Tom Sharpe

Bloody Mary

Tom Sharpe

Bloody Mary

Roman

Deutsch von Hans M. Herzog

Goldmann Verlag

Die englische Originalausgabe erschien 1995
unter dem Titel »Grantchester Grind«
bei Secker & Warburg, London

Umwelthinweis:
Dieses Buch und der Schutzumschlag wurden auf
chlorfrei gebleichtem Papier gedruckt.
Die Einschrumpffolie (zum Schutz vor Verschmutzung)
ist aus umweltschonender und
recyclingfähiger PE-Folie.

Der Goldmann Verlag ist ein
Unternehmen der Verlagsgruppe Bertelsmann

1. Auflage

Umschlaggestaltung: Design Team, München
Satz: Uhl + Massopust, Aalen
Printed in Germany · Presse-Druck Augsburg
ISBN 3-442-30682-5

Meinen Töchtern
Melanie, Grace und Jemima,
ohne die dieses Buch
nie geschrieben worden wäre

I

»Godber ist ermordet worden«, sagte Lady Mary. »Ich bin mir durchaus bewußt, daß Sie mir partout nicht glauben wollen, aber ich weiß es.«

Mr. Lapline seufzte. Als Lady Marys Anwalt war er gezwungen, sich zweimal jährlich anzuhören, wie sie beteuerte, der verstorbene Sir Godber Evans, Rektor von Porterhouse College in Cambridge – einer der ältesten Einrichtungen der dortigen Universität –, sei auf Befehl des Dekans, des Obertutors oder eines anderen leitenden Fellow vorsätzlich ins Jenseits befördert worden. Mr. Lapline, der selbst in Cambridge studiert und einen Heidenrespekt vor alten Institutionen hatte, ganz besonders vor alten Menschen, die zu Lebzeiten Institutionen geworden waren, ging diese Anschuldigung entschieden gegen den Strich. Einer weniger wohlhabenden Mandantin mit weniger guten Beziehungen hätte er das auch gesagt. Statt dessen machte er wie üblich Ausflüchte.

»Nicht, daß ich mich weigern würde, das zu glauben«, sagte er. »Aber wir waren nun mal trotz all unserer Bemühungen – und wie Sie wissen, haben wir zahlreiche Privatdetektive in Anspruch genommen, was für Sie persönlich beträchtliche Unkosten zur Folge hatte –, jedenfalls waren wir nicht in der Lage, auch nur den kleinsten Hinweis zu finden. Und um ehrlich zu sein ...«

Lady Mary unterbrach ihn. »Was Sie nicht herausfinden konnten, interessiert mich nicht im geringsten, Lapline. Ich sage

Ihnen, mein Mann ist ermordet worden. Eine Frau weiß so etwas. Ich verlange von Ihnen nichts weiter als Beweise. Ich bin keine junge Frau, und da Sie offenbar unfähig sind, diese Beweise zu erbringen ...« Sie ließ den Anwalt im ungewissen. Daß sie keine junge Frau war, ließ sich nicht übersehen, und Mr. Lapline hatte so seine Zweifel, ob sie je eine gewesen war. Was ihn beunruhigte, war die unausgesprochene Drohung. Seit ihrer kürzlich überstandenen Krankheit war sie, wie Mr. Lapline es formulierte – er lieh sich gern die Aussprüche berühmter Persönlichkeiten –, in aller Eile eine alte Frau geworden. In ihrer gegenwärtigen Stimmung war sie zu allem fähig. Mr. Lapline war nervös.

»Zieht man die Aussage des Leichenbeschauers in Betracht ...«, begann er, doch sie unterbrach ihn erneut.

»Ich weiß sehr gut, was dieser Hampelmann gesagt hat. Schließlich war ich ebenfalls bei der gerichtlichen Untersuchung zugegen. Und mich würde es ehrlich gesagt nicht überraschen, wenn er irgendwelche Beziehungen zu Porterhouse hätte. Oder geschmiert wurde.«

»Geschmiert?«

»Bestochen. Eingesackt. Nennen Sie's, wie Sie wollen.«

Mr. Lapline rutschte unruhig auf seinem Stuhl hin und her. Sein Magen setzte ihm wieder einmal übel zu. »Ich würde wohl kaum einen dieser Ausdrücke verwenden«, sagte er, »und rate auch Ihnen nachdrücklich davon ab. Jedenfalls in der Öffentlichkeit. Die Strafen für Verleumdung können außerordentlich hoch ausfallen. Als Ihr Rechtsberater werde ich Ihnen selbstredend zuhören, aber ...«

»Aber offenbar nichts unternehmen«, ergänzte Lady Mary. »Dessen bin ich mir mittlerweile vollauf bewußt.« Sie erhob sich. »Vielleicht wird mich eine unternehmungslustigere Kanzlei besser beraten.«

Doch Mr. Lapline hatte sich bereits von seinem Stuhl erhoben. »Meine liebe Lady Mary, ich versichere Ihnen, daß ich nur Ihr Bestes will«, sagte er, wohlwissend, daß zu diesem Besten das von ihrem Vater, dem liberalen Oberhausmitglied, geerbte Laceysche Vermögen gehörte. »Ich versuche nur, Ihnen nahezubringen, wie wichtig Diskretion ist, mehr nicht. Falls wir nun irgendwelche, wenn auch noch so minimale Beweise hätten, daß Sir Godber, äh… ermordet wurde, dann wäre ich der erste, der den Fall der Anklage vorlegte, nötigenfalls auch persönlich.«

Lady Mary nahm wieder Platz. »Ich hätte gedacht, die Beweise wären bereits vorhanden«, sagte sie. »Beispielsweise konnte Godber gar nicht betrunken gewesen sein. Er war Abstinenzler durch und durch. Dekan und Obertutor haben gelogen, als sie behaupteten, sie hätten ihn volltrunken vorgefunden.«

»Mag sein«, sagte Mr. Lapline. »Tatsache bleibt…« Er brach ab. Lady Marys starrer Blick war äußerst entnervend. »Es steht ja wohl außer Frage, daß er am Abend seines… seiner Ermordung eine größere Menge Whisky zu sich nahm. Den Autopsiebericht können wir wohl kaum anzweifeln. In diesem Punkt waren die medizinischen Beweise absolut eindeutig.«

»Es war aber auch eindeutig, daß er ihn zwischen dem Zeitpunkt des Angriffs auf ihn und seines Todes getrunken hatte, nicht vor dem sogenannten Zwischenfall. Die Theorie, er sei gefallen und habe sich den Schädelbruch wegen seiner Trunkenheit zugezogen, ist nicht hieb- und stichfest.«

»Stimmt, stimmt genau«, sagte Mr. Lapline, froh, daß er ihr in diesem Punkt zustimmen konnte.

»Womit wir bei der Flasche wären«, fuhr Lady Mary fort.

»Flasche? Welche Flasche?«

»Die Flasche Whisky natürlich. Sie war weg.«

»War weg?«

»Ja, weg, weg, weg. Wie oft muß ich mich noch wiederholen?«

»Überhaupt nicht mehr, Verehrteste«, sagte Mr. Lapline rasch. »Aber wie sicher können Sie sich da sein? Schließlich waren Sie damals zutiefst verzweifelt, und...«

»Ich bin nie zutiefst verzweifelt, Lapline«, raunzte Lady Mary ihn an.

»Dann eben verwirrt, und womöglich kam Ihnen gar nicht der Gedanke, in einem solch erschreckenden Augenblick nach der Flasche zu suchen. Außerdem könnten irgendwelche Bediensteten sie weggeworfen haben.«

»Er kam, und sie taten es nicht.«

»Er kam. Und sie taten es nicht«, sagte Mr. Lapline unwillkürlich und ehe er merkte, daß er ihre Worte nachplapperte. »Ich wollte sagen...«

»Mir kam noch am selben Abend der Gedanke, nach Whisky zu suchen, und die Flasche war fort. Ich sprach mit dem französischen Au-pair-Mädchen, das ohne Frage keine Ahnung hatte, was damit passiert war. Im Mülleimer lag sie auch nicht.«

»Wirklich?« frage Mr. Lapline leichtsinnigerweise.

»Ja, wirklich«, sagte Lady Mary. »Wenn ich sage, ich habe im Mülleimer nachgesehen, und da war sie nicht, war sie's auch nicht.«

»Unbedingt.«

»Mehr noch, wer auch immer Godber ermordet hat, zwang ihn vorher, als er hilflos war und im Sterben lag, besagte Flasche zu leeren, damit es so aussah, als hätte er im betrunkenen Zustand einen Unfall gehabt. Habe ich mich klar ausgedrückt?«

»Vollkommen«, sagte Mr. Lapline ohne Bedenken. »Klar wie Kloßbrühe.«

»Dann beging der Mörder den Fehler, die Flasche zu entfernen, damit die Polizei seine Fingerabdrücke darauf nicht fand. Hoffentlich ist auch das klar wie Kloßbrühe.«

»Aber ja. Sehr überzeugend«, behauptete Mr. Lapline. »Wirklich schade, daß dieser Beweis bei der gerichtlichen Untersuchung der Todesursache nicht vorgelegt wurde. Sonst hätte nämlich der Leichenbeschauer zweifellos seinen Befund verschoben, damit die Polizei weitere Ermittlungen hätte vornehmen können.«

Lady Mary wehrte sich entrüstet. »Bedenkt man, wie rasch die Untersuchung abgeschlossen wurde und in welcher geistigen Verfassung ich damals war, finde ich diese Bemerkung alles andere als hilfreich. Schließlich hatte ich unmißverständlich zu verstehen gegeben, daß mein Gatte ermordet worden war und ich wollte, daß der Gerechtigkeit Genüge getan wird.«

»Das haben Sie allerdings. Ganz ohne Frage«, stellte Mr. Lapline fest, der sich mit beträchtlichem Widerwillen an diese Szene erinnerte. Ausbrüche während einer gerichtlichen Untersuchung, in deren Verlauf eine hysterische Mandantin den Dekan und die Fellows eines berühmten Colleges in Cambridge des Mordes beschuldigte, gehörten zweifellos nicht zu seinen Vorlieben.

»Andererseits ...«

»Nicht zu vergessen die Frage des Telefons«, fuhr Lady Mary unbeirrt fort. »Warum war es vom Tisch gezerrt worden? Doch wohl, um zu verhindern, daß Godber Hilfe holte. Und daß sämtliche Whiskygläser unangetastet waren, beweist schließlich, daß man ihn gezwungen hat, das Zeug zu trinken. Wie viele Beweise brauchen Sie noch?«

»Na ja, immerhin hätte er auch …« Mr. Lapline brach ab. Es war wohl kaum empfehlenswert anzudeuten, daß Sir Godber auch aus der Flasche hätte trinken können. Lady Mary mochte zwar jede gute Sache unterstützen, die vorgab, im Dienst der Unterschicht zu wirken, aber sie würde kaum wohlwollend auf abfällige Bemerkungen reagieren, die sich auf das Benehmen ihres verstorbenen Mannes bezogen. Gentlemen tranken Whisky nicht pur aus Flaschen. Nicht, daß Mr. Lapline geglaubt hätte, Sir Godber Evans wäre ein Gentleman gewesen. Er hielt ihn lediglich für einen gescheiterten Politiker – er war Minister für Forschung und Technologie gewesen –, den man auf den Posten des Rektors von Porterhouse abgeschoben hatte. Und um es auch nur so weit zu bringen, hatte er die denkbar unattraktivste Frau geehelicht, weil sie wohlhabend und einflußreich war. Während er ihre schmalen Lippen und die spitze Nase betrachtete, fragte sich Mr. Lapline zum wiederholten Mal, wie das Sexualleben der beiden ausgesehen haben mochte.

Er schleppte sich gedanklich fort von diesem unappetitlichen Thema, bemüht, sich weniger morbide auf den Tod des verfluchten Mannes zu konzentrieren. »Leider muß ich darauf hinweisen, daß es sich bei den Beweisen – die zweifellos ausreichen, mich zu überzeugen – nichtsdestotrotz um Indizienbeweise handelt, die keineswegs genügen werden, die Behörden jetzt noch zur Aufnahme neuer Ermittlungen zu bewegen. Wie Sie sehr wohl wissen, sind Bürokraten höchst lästig …«

»Keiner weiß besser als ich, wie lästig Bürokraten sein können, Mr. Lapline. Darauf muß man mich nicht hinweisen.« Sie hielt inne und beugte sich vor. »Und aus ebendiesem Grund habe ich mich für eine völlig neue Taktik entschieden.«

Sie legte wieder eine Pause ein, damit sich Mr. Lapline fragen konnte, was diese Taktik für ihn bedeuten mochte. Sie ruckte mit ihrem Stuhl vorwärts. »Ich beabsichtige, in Porterhouse ein Sir-Godber-Evans-Gedächtnis-Fellowship ins Leben zu rufen. Zu diesem Zwecke werde ich dem College sechs Millionen Pfund spenden. Unterbrechen Sie mich nicht. Sechs Millionen Pfund. Nun, die wird man zweifellos annehmen, und Sie werden die nötigen Vereinbarungen treffen. Sie werden dafür sorgen, daß niemand erfährt, wer die Gönnerin und Sponsorin des von mir ausgewählten Fellows ist. Sie werden die Anwärter auf dieses Stipendium ermitteln …«

Die folgenden zwanzig Minuten hörte Mr. Lapline angestrengt zu, wobei seine Magenschmerzen immer übler wurden. Offensichtlich war sie wild entschlossen, den erfolgreichen Bewerber nach genau den Qualitäten auszuwählen, die dem Sir-Godber-Evans-Gedächtnis-Fellow in Porterhouse zu beträchtlicher Unbeliebtheit verhelfen würden. Selbst wenn der Mann nicht den schlüssigen Beweis antrat, daß Sir Godber ermordet worden war – und etwas anderes konnte sich Mr. Lapline gar nicht vorstellen –, mußten seine Nachforschungen die Fellows zutiefst irritieren.

»Ich werde mein Bestes tun, Lady Mary«, versprach er bedrückt, als sie schwieg. »Ich werde mein Bestes tun.«

Lady Mary bleckte lächelnd die Zähne. »*Mein* Bestes, Lapline, mein Bestes«, sagte sie. »Und verschwenden Sie keine Zeit. Ich werde jeden Kandidaten befragen, den Sie für geeignet halten, und Fehler verbitte ich mir. Sie haben mich bestimmt verstanden.«

So war es. Als Mr. Lapline das Haus in Kensington verließ, hatte ihn eine gewisse Verzweiflung gepackt. Wieder in den Büros der Anwaltskanzlei Lapline & Goodenough, The Strand, London, angekommen, schluckte er noch eine Tablette und machte sich an die enorme und beinahe noch nie dagewesene Aufgabe, seinen Kompagnon zu konsultieren. Dies bereitete ihm alles andere als Vergnügen. Goodenoughs Spezialität war, sich um die weniger respektablen Mandanten der Kanzlei zu kümmern, besonders um jene, für deren Schwierigkeiten das Finanzamt oder, schlimmer noch, die Polizei zuständig war. Etliche Konkursschuldner führten – dank Goodenoughs Bemühungen – auch weiterhin ein erstaunlich luxuriöses Leben, und etliche Herren, die Mr. Lapline am liebsten hinter Gittern gesehen hätte, blieben auf freiem Fuße. Mr. Lapline hielt nichts von Goodenough. Für eine so renommierte Kanzlei war er nicht seriös genug.

»Mein Lieber, Sie dürfen derartige Drohungen nicht ernst nehmen«, sagte Goodenough, als Mr. Lapline ihm von Lady Marys Forderungen berichtete. Daß sie anscheinend so verrückt ist, eine Vendetta gegen den Dekan und den Obertutor fortzusetzen, sollte Sie mit großer Zufriedenheit erfüllen.«

»Goodenough«, sagte Mr. Lapline streng, »der Ernst der Lage erfordert konstruktivere Beiträge als pure Frivolität. Falls ich ihren Anweisungen nicht haarklein nachkomme, geht sie zweifellos zu einer anderen Kanzlei. Was sollen wir tun?«

Goodenough dachte über den flehentlichen Unterton dieser Worte nach und war zufrieden. Es wurde auch langsam Zeit, daß Lapline seine Leistungen für die Firma würdigte. »Tja, zuallererst müssen wir sie bei Laune halten«, sagte er.

»Bei Laune halten?« wiederholte Mr. Lapline. »Sie bei Laune halten? Eine wie sie läßt sich nicht bei Laune halten. Sie verlangt rasches Handeln.«

»Dann soll sie es kriegen. Wir machen irgendeinen gräßlichen Burschen ausfindig, den sie einfach akzeptieren muß, und lassen den Unhold auf Porterhouse los.«

Mr. Lapline erschauerte. »Und wozu sollte das Ihrer Meinung nach gut sein? Außer daß man in ein Wespennest aus

Skandalen tritt und die schlimmste Serie von Verleumdungsklagen heraufbeschwört, die die Welt je erlebt hat.«

»Ganz genau«, sagte Goodenough. »Was könnte es Besseres geben? Wenn man den Dekan, den Obertutor etc. dazu bringt, juristisch gegen dieses Biest vorzugehen, frißt sie uns doch aus den Händen. Sie haben ja keine Ahnung, wie sehr die Zustellung von Vorladungen und sich abzeichnende gewaltige Schadenersatzzahlungen einen Mandanten an seine – oder in diesem Fall: eine Mandantin an ihre – Rechtsberater fesselt. Sie wird darauf angewiesen sein, daß wir sie aus diesem Schlamassel herausholen.«

Mr. Lapline klammerte sich pedantisch an ein Wort. »Fesselt? Fesselt? Ihre Wortwahl ist ebenso erschreckend wie Ihre Moral. Ehrlich gesagt finde ich Ihre Einstellung beängstigend.«

»Und so soll es auch sein«, sagte Goodenough. »Deshalb sind wir ja so hervorragende Partner. Ich befasse mich auf meine vorbildliche Art mit den üblen Realitäten unseres Berufszweiges, während Sie unseren Ruf professioneller Rechtschaffenheit hegen und pflegen. Ich weise ja nur darauf hin, daß wir Lady Bloody Mary geben müssen, was sie will, wenn wir sie als Mandantin behalten wollen.«

»Aber sie kann sich doch unmöglich von einer Schar zorniger Cambridge-Dons verklagen lassen wollen, die des Mordes beschuldigt wurden.«

»Ich wüßte nicht, was dagegen spricht«, sagte Goodenough. »Nach allem, was Sie mir erzählt haben, besteht nicht die geringste Chance, nach all den Jahren die gerichtliche Untersuchung der Todesursache ihres Mannes wiederaufzunehmen, während ihr ein Verleumdungsprozeß sehr wohl die Möglichkeit eröffnet, ihre Auffassung darzulegen. So etwas nennt man im allgemeinen Sprachgebrauch: Die Leute werden ihr blaues

Wunder erleben. Und denken Sie an unserere Honorare, Lapline, denken Sie an unsere Honorare.«

»Ich denke an unseren Ruf«, sagte Lapline, »unsere Redlichkeit. Ihr Vorschlag widerspricht völlig …«

»Kommen Sie runter, alter Knabe, kommen Sie runter von Ihrem hohen Roß. Und verschonen Sie mich mit Redlichkeit. Nach einem langen Tag, an dem ich mit steuerhinterziehenden Idioten zu tun hatte, die Redlichkeit nicht vom Heck eines Autobusses unterscheiden könnten, kann ich auf eine Dosis berufliche Selbstgerechtigkeit ganz gut verzichten. Entweder Sie wollen das Laceysche Vermögen weiter verwalten oder nicht. Entscheiden Sie sich.«

Doch Mr. Lapline hatte sich bereits entschieden. Lady Mary und das Laceysche Vermögen waren für seine berufliche Existenz bei weitem am wichtigsten. Das Vermögen der Laceys war zwar keineswegs gewaltig. Kein Vergleich mit den wirklich großen Vermögen, doch es war beträchtlich. Das wußte Mr. Lapline zu schätzen. Außerdem war es altes Geld und paßte sehr hübsch zu seinen eigenen Ansichten darüber, was richtig und angemessen war. Das ging sogar so weit, daß er es für »echtes« Geld hielt im Gegensatz zu der anderen Sorte, dem »unechten« Geld, mit dem sich Goodenough offenbar auskannte. Unechtes Geld zog auf absolut ungehörige Art und Weise durch die Welt, von einem Land zum anderen, aus einer Währung und einer Steueroase in die nächste. Mr. Lapline hielt davon ungefähr genauso wenig wie von Goodenough. Seiner Ansicht nach mangelte es beiden an Substanz. Anders als das Laceysche Geld. Es war sicher in solide britische Institutionen investiert, in Immobilien und gutgeführte Unternehmen. Daran war nicht zu rütteln. Doch vor allem anderen mußte Mr. Lapline es verwalten. Das Lacey-Vermögen war der Grundstein seines beruflichen Ansehens.

»Na schön, dann soll es so sein«, sagte er. »Ich muß das Ihnen überlassen. Mein Magen... Außerdem wüßte ich ohnehin nicht, wo ich nach einem sogenannten Gelehrten von der Sorte suchen sollte, die sie als Sir-Godber-Evans-Gedächtnis-Fellow akzeptieren würde.«

»Ich finde garantiert einen«, sagte Goodenough. »Überlassen Sie das mir. Und ich an Ihrer Stelle würde mir diese elende Gallenblase rausnehmen lassen.«

Mr. Lapline seufzte und schüttelte traurig den Kopf. »Sie haben gut reden«, sagte er. »Meine Frau erlaubt es nicht. Ihre Mutter ist bei einer Gallenoperation gestorben. Es ist verdammt lästig.« Er stand auf, um zu gehen. »Und vergessen Sie bitte nicht, daß dieser Sache nichts Anrüchiges anhaften darf. Wir sind verpflichtet, Lady Mary vor sich selbst zu schützen.«

Diese Bemerkung war darauf angelegt, Goodenough zu verärgern. »Das versteht sich von selbst«, sagte der. »Daß die alte Scharteke eine Macke hat, tut nichts zur Sache. Die Hälfte meiner Mandanten sind nicht ganz bei Trost, dennoch bleiben sie dank meiner Hilfe solvent und wandern nicht ins Kittchen. Fragen Sie Vera.«

Doch davon nahm Mr. Lapline lieber Abstand. Die körperlichen Vorzüge von Goodenoughs Sekretärin waren für Mr. Laplines Geschmack ein wenig zu auffällig und wurden, so vermutete er, gelegentlich eingesetzt, um die Steuerfahndung davon abzuhalten, sich zu gründlich mit den dubiosen Konten von Goodenoughs Mandanten zu befassen. Er zog es vor, nicht über die anderen Verwendungszwecke zu spekulieren, die sein Sozius für sie haben mochte. Mr. Lapline kehrte in sein Büro zurück und dachte wehmütig darüber nach, ob er sich die Gallenblase nicht doch herausnehmen lassen sollte.

Am selben Abend erörterte Goodenough das Problem mit Vera. »Sie ist eine alte Frau, die erlebt hat, daß sich alles, woran sie glaubte, als falsch erwies, und dadurch ist sie noch verbitterter geworden, als sie ohnehin schon war. Jedenfalls weiß sie nicht, was sie mit ihrem vielen Geld anfangen soll, und jetzt ist sie wild entschlossen, in Porterhouse auf den Putz zu hauen. Den guten Lappie hat sie schon zum Rotieren gebracht, und seine Gallenblase macht wieder Ärger. Wie immer, wenn er unter Streß steht. Ich habe mich einverstanden erklärt, statt seiner die Kandidaten zu finden.«

»Was bedeutet, daß *ich* es tun muß«, stellte Vera fest und genehmigte sich noch einen Gin-Tonic.

»Na ja, ich hatte eigentlich gehofft…«, sagte Goodenough und spielte den Schuldbewußten.

Vera machte es sich auf dem Sofa bequem. »Dazu brauche ich ein wenig Urlaub«, sagte sie. »Und Spesen.«

»Kein Problem. Bloody Marys Spesenkonto wird das schon richten. Und du bist ein Engel.«

2

So sah sich Vera zwar nicht, aber in den zwei Wochen ihrer Abwesenheit ging es Mr. Lapline viel schlechter. »Ist Ihnen auch wirklich klar, was Sie da tun?« fragte er Goodenough mehrmals, nur um gesagt zu bekommen, es sei alles unter Kontrolle. Goodenough verriet lieber nicht, wessen Kontrolle das war, und Mr. Lapline befragte ihn lieber nicht zu gründlich.

Als Vera zurückkehrte, hatte sie eine Liste mit zwanzig Akademikern dabei, die nur zu gern nach Porterhouse wollten. Goodenough überflog die Liste voller Skepsis.

»Ich hatte keine Ahnung, daß es so viele Universitäten gibt«, gestand er. »Und wer ist eigentlich dieser Kerl aus Grimsby, dessen Forschungsschwerpunkt psychoerotische anale Phantasien sind? Ich kann mir nicht vorstellen, daß Porterhouse ihn nimmt, sechs Millionen hin oder her.«

»Ich kann mir auch nicht denken, daß Lady Mary ihn nimmt«, sagte Vera. »Es sei denn, ihr gefällt, daß er am frühen Morgen bereits Alkohol zu sich nimmt. Andererseits ist er zweifellos radikal.«

»Und Dr. Lamprey Yeaster aus Bristol? Sein Lebenslauf klingt doch sehr solide: befaßt mit ›Historischer Analyse der industriellen und demographischen Entwicklung in Bradford‹.«

»Irgendwie kann ich mir nicht denken, daß er für sie das richtige ist«, sagte Vera. »Er ist Miglied der National Front, und seine Ansichten über Schwarze sind doch sehr bedenklich.«

»Wenn das so ist, wird sie ihn nicht mal mit der Kneifzange anfassen. Und ich sehe hier auch keinen anderen, für den sie sich entscheiden würde.«

»Und ob du den siehst, mein Lieber«, sagte Vera. »Meiner Meinung nach wird ihr Dr. Purefoy Osbert gefallen.«

Goodenough sah sie mißtrauisch an. »Heißt das, du hast ihn schon vorgemerkt. Warum? Was ist so Besonderes an ihm, wenn man von seinem Namen absieht?«

»Nicht sehr viel, außer daß er tut, was ich ihm sage. Sieh dir mal die Liste seiner Veröffentlichungen an.«

Goodenough las sie durch. »Offenbar hat er eine Vorliebe für Hinrichtungen«, sagte er. »Besonders für Erhängen. Eins seiner Bücher heißt *Fallstricke*.«

»Das ist Purefoys Hauptwerk. Ich hab's zwar selber nicht gelesen, hörte aber, es sei starker Tobak. Er hat in seiner Studie jeden Tod durch den Strang in England seit 1891 berücksichtigt.«

»Und du glaubst, Bloody Mary ist mit ihm einverstanden? Sie ist eine glühende Gegnerin der Todesstrafe.«

»Genau wie Purefoy. Du hast ja keine Ahnung, wie viele Unschuldige seiner Ansicht nach am Galgen gelandet sind. Das ist seine zentrale These.«

»Und was soll das hier mit Crippen? *Dr. Crippen ist unschuldig?* Der Widerling war nicht unschuldig. Er war schuldig wie nur was.«

»Nicht laut Purefoy«, sagte Vera. »Mrs. Crippen hat Selbstmord begangen, daraufhin ist der Doktor in Panik geraten und hat sie im Keller verscharrt.«

»Hä, nachdem er sie in kleine Stückchen zerhackt oder weiß Gott was getan hat? Dieser Osbert tickt wohl nicht richtig. Ich kann mir aber vorstellen, daß er sich mit Lady Mary prächtig versteht. Eins noch, warum nennst du ihn immer beim Vornamen?«

Vera lächelte. »Weil er mein Cousin ist.«

Das ließ Goodenough gegenüber Mr. Lapline unerwähnt. Ja, er modifizierte sogar Dr. Osberts Veröffentlichungsliste. Mr. Lapline ging es schon schlecht genug, ohne daß er sich damit beschäftigen mußte, ob Dr. Crippen unschuldig war und was geschah, als Mrs. Thompson gehängt wurde. Er hatte ausreichend Probleme mit seinen eigenen Eingeweiden. »Ich kann wirklich nicht behaupten, daß mir irgendeiner von denen auch nur ansatzweise gefällt«, sagte er, »und was diesen Burschen in Grimsby angeht...«

»Sie meinen, für Porterhouse ist er nicht der Richtige?«

Mr. Lapline brachte seine Ansicht zum Ausdruck, daß der Mann für nirgends der Richtige sei, außer für die Hölle. Goodenough verschwand, um den nächsten Schritt zu tun. Nachdem er Lady Marys Notizen über die leitenden Fellows gelesen hatte – ohne eine auch nur ansatzweise wohlwollende Bemerkung zu finden –, hielt er es für das beste, die Einrichtung eines neuen Stipendiums nicht mit dem Schatzmeister zu besprechen. Der Dekan (ihre Kommentare über den Dekan waren gehässig) und der Obertutor, »ein rundum unintelligenter Mensch, dessen Interesse für den Rudersport auf ein zwanghaft pubertäres Interesse« schließen lasse, wie sie es formulierte, mißtrauten offensichtlich dem Schatzmeister, der sich »aus finanziellen Erwägungen auf Godbers Seite geschlagen hat«. Unabhängige Belege für diese Antipathie lieferten die Berichte zweier Privatdetektive, die Lady Mary beauftragt hatte, den Tod ihres Mannes zu untersuchen. Ein Bericht – verfaßt von einem bedauernswerten Lauscher, der zwei höllische Monate als Tellerwäscher in den Collegeküchen zugebracht und sich dort von den Scheuerpulvern und Waschmitteln, die er hatte benutzen müssen, eine höchst unangenehme Hautkrankheit zugezogen hatte – schilderte den Dekan als die eigentliche Autorität in Porterhouse und den Obertutor als seinen Stellvertreter.

»Ich habe beschlossen, das Angebot durch den Obertutor vorbringen zu lassen«, teilte Goodenough Vera mit. »Wenn ich mit der Idee zum Schatzmeister ginge, würde der Dekan sie glatt abschmettern. Er würde Ärger wittern. Hat einen Riecher für so was. Wie auch immer, nach allem, was ich höre, ist der Schatzmeister so verzweifelt auf der Suche nach Geldquellen, daß er uns ohnehin unterstützen muß. Es macht einen besseren Eindruck, wenn es vom Tutor kommt.«

Dabei war diese List unnötig. Der Dekan schmiedete bereits Pläne, Porterhouse für einige Zeit zu verlassen. Er wollte einen reichen Nachfolger für Skullion suchen, vorzugsweise einen ehemaligen Porterhäusler, einen Alten Herrn. Er hatte Skullion immer gemocht, doch angesichts der angespannten finanziellen Lage in Porterhouse schien es unabdingbar, einen neuen Rektor zu finden – einen mit Beziehungen in die Finanzwelt und beträchtlichem Privatvermögen. Wenigstens war der Dekan dieser Meinung. So hatten sie auch dem finanziellen Debakel abgeholfen, in das Lord Fitzherbert das College gestürzt hatte. Fitzherbert war selbst ein recht wohlhabender Mann gewesen, und man hatte ihn – nicht ahnend, welche Katastrophe man damit heraufbeschwören würde – zum Rektor ernannt. Diese Methode war in Porterhouse immer besonders gern angewandt worden, und der Dekan wollte sich ihrer erneut bedienen. Die Hauptschwierigkeit bestand darin, Skullion loszuwerden. Niemand hatte vermutet, daß er nach seinem Schlaganfall noch so lange leben würde, und nun konnte der Dekan nur hoffen, daß er nach einem opulenten Abendessen leise dahinscheiden würde. Dem Dekan schwebte da das exquisite Entenessen vor. Skullion hatte immer eine Vorliebe für *Canards pressés à la Porterhouse* gehegt. Für alle Fälle hatte der Dekan den Collegearzt aufgesucht, in der Hoffnung, eine ungünstige Prognose für den Rektor gestellt zu bekommen, doch Dr. MacKendly war eher um den Dekan besorgt. »Was haben wir denn diesmal?« fragte er. »Macht Ihnen die olle Prostata wieder Ärger?«

»Wohl kaum«, sagte der Dekan, »da sie mir bisher noch nie auch nur den geringsten Ärger bereitet hat.«

»Tja, aber in Ihrem Alter mußte es irgendwann passieren«, sagte der Arzt, zog sich einen Plastikhandschuh über und wies auf die Untersuchungsliege. »Das könnte jetzt ein wenig unangenehm werden, tut aber nicht weh.«

»Das ganz gewiß nicht«, sagte der Dekan und blieb wie angewurzelt auf seinem Stuhl sitzen. »Ich bin nicht wegen eigener gesundheitlicher Probleme hier. Ich mache mir Sorgen um Skull ... den Rektor, wollte ich sagen.«

Dr. MacKendly nahm bedauernd hinter dem Schreibtisch Platz, zog den Handschuh aber nicht aus. »Skullion? Überrascht mich gar nicht. Ständig im Rollstuhl hocken und in einen Beutel pieseln, das muß ja irgendwann Folgen haben. Natürlich können wir operieren, aber das ist nicht unproblematisch. Manchmal ejakuliert man nach hinten in die Blase.«

»Ich kann mir kaum vorstellen, daß Skullion ... der Rektor irgendwohin ejakuliert«, sagte der Dekan ungehalten, »zumal er keine Prostataoperation braucht. Ich will von Ihnen wissen, was Sie von dem allgemeinen Gesundheitszustand des Rektors halten.«

Der Arzt nickte. Den Plastikhandschuh hatte er immer noch an. »Vom allgemeinen Gesundheitszustand, hm. Tja, das ist nun wieder etwas ganz anderes. Schließlich kann man in unserem Alter kaum erwarten, kerngesund zu sein, und ...«

»Ich rede vom Rektor, von Skullion, lieber Himmel«, fuhr ihn der Dekan an. »Von seinem allgemeinen Gesundheitszustand.«

»Hab's begriffen«, sagte der Arzt. »Und ich muß gestehen, daß es ihm gar nicht gutgeht. Wissen Sie, der Porterhouse Blue, den er hatte, war ein ganz schlimmer Schlaganfall. Erstaunlich, daß er ihn überhaupt überlebt hat. Er muß die Konstitution eines Ochsen haben.«

Der Dekan musterte ihn sehr ungehalten. »Und würden Sie seine Fähigkeit, den Pflichten eines Rektors des Colleges nachzukommen, in den gleichen bovinen Termini umschreiben?«

»Tja, da muß ich passen, Herr Dekan. Ich wußte noch nie so genau, welchen Pflichten ein Rektor nachkommen muß, außer im Speisesaal seine Mahlzeiten einzunehmen und bei offiziellen Anlässen und dergleichen anwesend zu sein. Ansonsten gibt es praktisch verdammt wenig zu tun, soweit ich das sehe. Das hat Skullion bewiesen, stimmt's?«

Der Dekan unternahm einen letzten Versuch, eine vernünftige Antwort zu bekommen. »Und wie lange bleibt ihm Ihrer Ansicht nach noch? Zu leben, meine ich.«

»Da muß ich schon wieder passen«, sagte der Doktor. »Läßt sich unmöglich beantworten. Ist natürlich nur eine Frage der Zeit.«

Jetzt reichte es dem Dekan. »Kennen Sie einen Fall, wo es das nicht war?« fragte er und stand auf.

»Nicht war? Nicht was war?«

»Eine Frage der Zeit. Nämlich vom Tage unserer Geburt an.«

Nachdem er den Arzt allein gelassen hatte, damit der das verdaute – er war Spezialist für Rugbyknie, nicht Metaphysik –, ging der Dekan die Treppe hinunter auf die King's Parade und dann übelstgelaunt nach Porterhouse zurück. Um ihn herum glotzten Touristen in Schaufenster, hockten auf der Mauer unterhalb der College-Kapelle oder fotografierten das Senate House. Der Dekan beachtete sie nicht. Sie waren Teil einer Welt, die er immer verachtet hatte.

Zwei Tage später machte er sich unter dem Vorwand, in Wales einen kranken Verwandten zu besuchen, auf die Suche nach einem neuen Rektor für Porterhouse. Etwas sagte ihm, er müsse sich beeilen. Es war nur ein dumpfes Gefühl, aber solche Gefühle trogen ihn selten.

Mr. Laplines ungute Gefühle im Magen waren mittlerweile so heftig geworden, daß gut zwei Wochen vergingen, ehe der mit der Arbeit seines Partners eingedeckte Goodenough ausreichend Zeit fand, um nach Cambridge zu fahren und mit dem

Obertutor im Garden House Hotel mit Blick auf den Fluß Cam zu speisen. »Ich hätte Sie ja in meinen Londoner Club eingeladen, aber der ist völlig überlaufen, und hier können wir ungestörter reden. Außerdem ist ein Besuch in Cambridge immer angenehm, und Sie sind gewiß ein vielbeschäftigter Mann. Hoffentlich haben Sie gegen ein Essen hier nichts einzuwenden?«

Der Obertutor hatte keinerlei Einwände. Über das Garden House hatte er schon viel Gutes gehört, und mittwochs war das Mittagessen im College-Speisesaal meist eher bescheiden. Er ließ sich einen sehr großen Pink Gin bringen und studierte die Speisekarte, während Goodenough von seinem Neffen im Leander Club erzählte, von seinem eigenen College, Magdalen in Oxford, und von Gott und der Welt plauderte, nur nicht auf die Angelegenheit zu sprechen kam, wegen der er eigentlich gekommen war. Erst nachdem er den Obertutor überredet hatte, sich noch einen sehr großen Pink Gin zu genehmigen, ihn anschließend mit einer ordentlichen Portion Paté, einem ausgezeichneten Filetsteak und anderthalb Flaschen Chambertin abgefüllt hatte und sie beide bei Kaffee und einem Chartreuse saßen, kam Goodenough endlich auf das Thema Stiftung zu sprechen. Dabei gab er sich ein klein wenig verlegen.

»Tatsächlich ist es so, daß uns jemand aus der City, der anonoym bleiben möchte, angewiesen hat herauszufinden, wie die leitenden Fellows zu der Einrichtung eines neuen Stipendiums stehen, und da ich, offen gesagt, Ihren Ruf als diskreter Mensch kenne, dachte ich, ein ruhiger Plausch mit Ihnen wäre der beste Anfang.« Er verstummte, damit der Obertutor die passende Zigarre zu einem weiteren Chartreuse auswählen konnte. »Das Gehalt des neuen Fellows würde selbstredend unser Mandant bezahlen, und die Spende an das College beliefe sich auf einen siebenstelligen Betrag.«

Wieder hielt er inne, damit der Tutor ausrechnen konnte, daß sieben Stellen eine Million ergaben. »Übrigens hat der Mandant angedeutet, daß nach ihrem... seinem Tod möglicherweise weitere sechs Millionen Pfund folgen konnten.«

»Sechs Millionen? Sagten Sie sechs Millionen?« erkundigte sich der Obertutor mit ziemlich belegter Stimme. Wäre nicht das Essen gewesen, der teure Chambertin und die Partagas-Zigarre, hätte er sich gefragt, ob er nicht das Opfer eines grausamen Streichs war. Noch nie hatte man Porterhouse eine so gewaltige Summe angeboten.

»Aber ja, mindestens sechs«, sagte Goodenough, der spürte, wie verwirrt der Tutor war. Das nutzte er aus und fuhr fort: »Allerdings unter der Bedingung, daß die Öffentlichkeit nichts davon erfährt. Leider ist mein Mandant ein sehr exzentrischer und öffentlichkeitsscheuer Mensch und besteht auf Anonymität. Darauf muß ich ausdrücklich hinweisen.«

Einen Moment lang dachte er daran anzudeuten, der Mandant könnte Getty sein. Dann kam ihm eine bessere Idee. »Sagt Ihnen der Name Getty etwas?«

»Ja.« Der Obertutor flüsterte fast.

»Bedauerlicherweise ist mein Mandant nicht ganz so wohlhabend, aber sie... er –« (er verfluchte den zweiten Chartreuse) »– ist nichtsdestotrotz außerordentlich vermögend.«

»Muß er wohl sein«, murmelte der Obertutor und machte den Fehler, den Rauch seiner Havanna zu tief zu inhalieren. Als sein Hustenanfall verebbte, redete Goodenough weiter: »Ich sage Ihnen das alles vertraulich, weil Sie im Ruf stehen, verschwiegen zu sein. Es ist unbedingt notwendig, daß nichts nach außen dringt. Man weiß sehr wohl, wie einflußreich Sie in Porterhouse sind, und ich bin mir sicher, mit Ihrer Unterstützung...«

Die wohlüberlegten Worte schwebten angenehm durch das

benebelte Bewußtsein des Obertutors. Der Mandant legt allergrößten Wert darauf, daß der Schatzmeister, dessen Ruf nicht so ... nun, um ein wenig indiskret zu sein: der nicht übermäßig zuverlässig sei, nicht ins Vertrauen gezogen werde, aber falls der Obertutor versichern könne, daß man die Spende annehmen – der Obertutor konnte – und den Fellow berufen werde – woran der Obertutor keinen Moment zweifelte –, dann sei die Angelegenheit geklärt, und Mr. Goodenoughs Mandant werde alles Nötige in die Wege leiten. Man werde ein Schreiben mit den Berufungsbedingungen aufsetzen und dem Obertutor zukommen lassen, der, vermutlich über den Collegerat, die nötigen Vorbereitungen zu treffen und die Entscheidung schriftlich zu bestätigen habe. Als Goodenough schließlich schwieg, war der Obertutor geradezu euphorisch. Goodenough nahm ihn in seinem Taxi mit nach Porterhouse und bestieg dann den Zug nach London.

»Was hat er gemacht?« sagte Mr. Lapline tags darauf.

»Es geschluckt«, sagte Goodenough.

»Es geschluckt? Wissen Sie das genau?« Mr. Lapline konnte sich nicht vorstellen, daß einer der leitenden Fellows von Porterhouse irgend etwas schluckte, außer Suppe.

»Hundertprozentig«, versicherte ihm Goodenough. »Hat den Vorschlag mit Haut und Haaren verschlungen, dazu eine ausgezeichnete Flasche Burgunder und ein halbrohes Steak ...«

»Meine Güte, Goodenough, reden Sie nicht von Essen. Wenn Sie wüßten, wie mich mein Magen quält ...«

»Verzeihung, Verzeihung. Ich will Ihnen ja bloß klarmachen, daß Sie nicht befürchten müssen, die Lady als Mandantin zu verlieren. Sie wird auf der Liste einen Anwärter finden, der sich als genau die Sorte Mensch erweist, den sie haben will, und Porterhouse wird ihn mit offenen Armen aufnehmen. Ob denen dann gefällt, was sie kriegen, ist eine ganz andere Frage. Das ist weder Ihr noch mein Problem.«

Doch Mr. Lapline war und blieb Pessimist. »Ich wünschte, ich hätte Ihre Zuversicht. Ich hoffe bei Gott, daß sie sich nicht für dieses analerotische Ferkel aus Grimsby entscheidet. Mit so einer Publikationsliste gehört dieser Widerling von Rechts wegen ins Gefängnis.«

Die folgenden Wochen nahm die Kanzlei Lapline & Goodenough ihre gewohnten und höchst ehrbaren Tätigkeiten wieder auf. Mr. Laplines Gallenblase beruhigte sich, und Lady Mary schickte man die Liste der Kandidaten samt Lebensläufen. Es blieb ihr überlassen, sie zu einem Vorstellungsgespräch in ihr Haus zu bitten. Goodenough wollte sich auf keinen Fall mit diesem Verfahren befassen. »Es würde mir nicht im Traum einfallen, die Kanzlei in solche Dinge zu verwickeln«, sagte er. »Wir sind kein akademisches Arbeitsamt. Außerdem habe ich von Porterhouse immer noch keine schriftliche Bestätigung des Vertrags erhalten, obwohl mir der Obertutor in einem Brief für das Essen gedankt und geschrieben hat, das Stipendium werde mit Sicherheit genehmigt.«

Dennoch hatte seine Lektüre der *Fallstricke* Goodenoughs Neugierde geweckt. Selbst für einen abgebrühten Burschen wie ihn war Purefoy Osberts Buch ausgesprochen erschütternd. Zwei Abende hintereinander blieb er lange wach, fasziniert von den körperlichen Auswirkungen der Hinrichtungen und Einzelheiten des Hängens, mit denen sich Dr. Osbert offenbar besonders gut auskannte.

»Weißt du genau, daß dein Cousin geistig gesund ist?« wollte er von Vera wissen. »Sein gräßliches Buch hätte auch jemand mit einer dezidierten Vorliebe für S & M schreiben können.«

»Du bist bloß ein alter Schnarchsack. So ist Purefoy überhaupt nicht. Nur hat sich der arme Schatz völlig der sozialen Gerechtigkeit verschrieben.«

»Fast hätte er mich getäuscht«, murmelte Goodenough. »Der arme Schatz« war ihm ein wenig seltsam vorgekommen, schließlich bezog es sich auf einen Mann, der ausgesprochen anschaulich beschrieb, welche Auswirkungen ein zu langer oder zu kurzer Fall auf Opfer hatte, die entweder zu klein und dick oder zu lang und dünn waren. Außerdem gab es Belege dafür – und an Dr. Osberts Fakten war nicht zu rütteln –, daß seit Abschaffung der Todesstrafe zahlreiche Menschen des Mordes schuldig befunden und lebenslang hinter Gitter gesteckt wurden, die sich später als völlig unschuldig erwiesen hatten und begnadigt wurden. Aus diesen unwiderlegbaren Statistiken ging hervor, daß auch ein beträchtlicher Teil derer, die man vor Abschaffung der Todesstrafe gehängt hatte, völlig unschuldig gewesen waren. Der Jurist in Goodenough fand diesen Schluß höchst beunruhigend. Er fragte sich, auf welche Resonanz diese Argumente beim Dekan und dem Obertutor stoßen würden.

»Vermutlich ist egal, was passiert, sobald man ihn erst einmal berufen hat«, sagte er zu Vera. »Dennoch sage ich eine Reihe äußerst hitziger Streitgespräche voraus.«

»Aus denen Purefoy als Sieger hervorgeht«, prophezeite Vera, »weil er von Tatsachen und Gewißheiten besessen ist.«

»Nicht nur davon. Übrigens ist es keine Tatsache, daß Crippen seine Frau nicht ermordet hat. Das ist eine Annahme, und zwar eine irrige.«

Doch Vera wollte sich nicht streiten. »Er ist ein ausgezeichneter Forscher und wahrer Gelehrter. Das wirst du schon merken, wenn du ihn kennenlernst.«

»Was ich nicht vorhabe«, sagte Goodenough.

Genausowenig, so schien es, wie Lady Mary. Die strapaziösen Befragungen der anderen Kandidaten auf das Stipendium wirkten sich negativ auf ihre lädierte Gesundheit aus. In sexuellen Dingen schon immer sehr zurückhaltend, hatte sie das Gespräch mit dem analerotischen Phantasten aus Grimsby als zutiefst beunruhigend empfunden. Aufgrund eines sehr schmerzhaften Ischiasleidens mußte sie das Gespräch auf einer Chaiselongue liegend führen, und als Dr. MacKerbie eintraf, hatte er sehr stark nach Bier und Whisky gerochen. Genauer gesagt: Er war um zehn Uhr morgens eindeutig betrunken und hatte offenbar den Eindruck gewonnen, sie liege da, um seine speziellen Phantasien zu genießen, ja, sogar selbst analerotische Erfahrungen zu machen. Ihre Rettung waren die Haushälterin, die ihre spitzen Schreie hörte, und Dr. MacKerbie persönlich, dessen Betrunkenheit das Öffnen seiner Hose zu einem gefährlichen Unterfangen werden ließ.

Nach dieser alptraumhaften Begegnung verschanzte sich Lady Mary jedesmal hinter einem massiven Schreibtisch, ließ einen Kassettenrecorder laufen und den Mann der Haushälterin zu ihrem Schutz in einer Zimmerecke Aufstellung nehmen. Das Gespräch mit Dr. Lamprey Yeaster verlief anfänglich recht gut. Wenigstens war der Historiker nüchtern, und seine Kenntnisse der industriellen und demographischen Entwicklung Bradfords vor dem Krieg waren beeindruckend. Gleiches galt auch – wenn auch auf völlig andere Art – für seine Ansichten über die britische Einwanderungspolitik nach dem Zweiten Weltkrieg und darüber, welche Konsequenzen es hatte, daß man Hunderttausende Westinder und Pakistani ins Land gelassen hatte. Nach zwanzig Minuten ließ ihn Lady Mary Evans aus dem Haus befördern, dann sank sie wieder auf die Chaiselongue, diesmal wegen nervöser Erschöpfung.

Die nächsten sechs Kandidaten stellten sie alle nicht zufrieden, und der einzige, den sie ansprechend fand, teilte mit, er habe seine Meinung geändert und wolle mit Porterhouse nichts zu tun haben, weil es ein verdammt elitäres Scheißcollege sei. Außerdem wolle er seine Forschungen über Kartoffelkrankheiten in Strathclyde fortsetzen, und Cambridge könne ihm ohnehin nichts bieten. Als Lady Mary schließlich bei dem Vivisektor aus Southampton angelangt war und sich einen ausgesprochen widerlichen Bericht über seine Arbeit mit Katzen hatte anhören müssen, stand sie kurz davor, das gesamte Projekt abzublasen. Doch ihr Pflichtgefühl behielt die Oberhand. Sie rief Mr. Lapline an, wurde jedoch zu Goodenough durchgestellt.

»Ich verstehe das Problem«, sagte er, als sie sich bitterlich über die mangelnde Qualität der Kandidaten beklagte und wissen wollte, warum man ihr einen Menschen geschickt habe, der es sich zur Lebensaufgabe machte, Katzen zu Tode zu quälen, wo sie doch ein besonderes Faible für Katzen habe, und... »Ja wirklich, Lady Mary, aber Porterhouse hat nun einmal einen ausgesprochen erbärmlichen Ruf, wie Sie wahrscheinlich wissen, und...«

Lady Mary wies darauf hin, daß ihr verstorbener Gatte Rektor von Porterhouse gewesen war und dort ermordet worden sei, daher kenne sie dessen erbärmlichen Ruf sehr wohl, und was das damit zu tun habe, daß man ihr einen Haufen Psychopathen vorbeigeschickt hätte.

»Die Sache ist die«, sagte Goodenough, »daß es sich als äußerst schwierig erwiesen hat, waschechte Wissenschaftler zu finden, die nach Porterhouse kommen wollen.«

»Bisher haben Sie keinen einzigen Wissenschaftler gefunden. Dieser gräßliche Mensch aus Bristol, der sämtliche Schwarzen in Länder zurückschicken will, aus denen sie gar nicht herkommen...«

»Sie meinen Dr. Lamprey Yeaster? Ich hatte ja keine Ahnung, daß er derart skandalöse politische Ansichten vertritt. Ich hatte mich darauf verlegt ...«

»Von nun an werden Sie sich darauf verlegen, wie Sie es zu nennen belieben, die Kandidaten persönlich zu überprüfen. Ich bin gesundheitlich nicht auf der Höhe und weigere mich, Personen zu begegnen, die entweder geisteskrank oder sonst irgendwie absolut widerwärtig sind. Ist das klar? Und außerdem, weshalb sind Sie mit dieser Angelegenheit befaßt? Bisher hatte ich immer mit Mr. Lapline zu tun.«

Goodenough seufzte vernehmlich in den Hörer. »Leider ist Mr. Lapline wegen seiner Gallenblase in ärztlicher Behandlung. Eine vorübergehende, aber sehr schmerzhafte Erkrankung, wie man mir sagte. Seien Sie versichert, daß ich in der Zwischenzeit alles Nötige veranlassen ...«

Er legte den Hörer auf und ging ins Nebenzimmer zu Vera. »Tja, das vereinfacht die Lage«, sagte er. »Du kannst Cousin Purefoy erzählen, daß er das Stipendium hat. Sie will keinen der anderen mehr sehen. Dann muß ich ihn also doch kennenlernen.«

3

Die Neuigkeit, daß er bald Sir-Godber-Evans-Gedächtnis-Fellow in Porterhouse sein würde, weckte gemischte Gefühle in Purefoy Osbert an der Universität Kloone. Er war sehr zufrieden in Kloone, wo er sein Studium begonnen und, nach dem Examen, auch seine Doktorarbeit verfaßt hatte – »Das Verbrechen der Strafe«, über die Unzulänglichkeiten des britischen Justizvollzugssystems. Andererseits zweifelte er nicht daran, daß er sich in Cambridge rundum wohl fühlen würde. Und der Stellenwechsel hätte so seine Vorteile. In der dortigen Universitätsbibliothek standen weit mehr Bücher als in Kloone, und in Bibliotheken fand Purefoy Gewißheiten. Gewißheit war für ihn eine Notwendigkeit, und dem geschriebenen Wort war eine Gewißheit eigen, die allem anderen im Leben fehlte. Wie ein intellektueller Spürhund hatte Purefoy Osbert die Nase dicht an Dokumenten, sammelte Informationen und schöpfte Selbstvertrauen aus der Sicherheit seiner Schlußfolgerungen. Theorien und Gewißheiten schützten ihn vor dem Chaos namens Universum. Sie halfen ihm auch, mit der chaotischen Widersprüchlichkeit der Ansichten seines Vaters fertigzuwerden.

Reverend Osbert war bekennender Eklektiker gewesen. Presbyterianisch erzogen, war er als Jugendlicher zum Methodismus konvertiert, dann Unitarier und anschließend Christlicher Wissenschafter geworden, ehe ihn die Lektüre von Newmans *Apologia* davon überzeugte, daß seine spirituelle Heimat Rom hieß. Diese Heimkehr hielt zwar nicht lange vor, war aber bei Purefoys Namensfindung hilfreich gewesen. Pazifismus Tolstoischer Prägung bot sich als Antwort an, und eine Zeitlang liebäugelte Reverend Osbert mit dem Buddhismus. Mit anderen Worten, Purefoy verbrachte seine Kindheit auf einer Achterbahn wechselnder Philosophien und ungewisser Ansichten. Wenn er morgens in dem Bewußtsein zur Schule ging, daß sein Vater an einen Gott glaubte, erfuhr er nachmittags bei seiner Heimkehr, Gott existiere nicht.

Mrs. Osbert hingegen war ein Muster an Beständigkeit. Solange ihr Mann die Rechnungen bezahlte – er hatte etliche kleine Häuser geerbt, die er an verläßliche Leute vermietete – und der Familie ein bequemes Leben ermöglichte, kümmerte es sie nicht, wie lange er welche Ansichten vertrat. »Halt dich einfach an die Fakten«, sagte sie, wenn eines seiner Experimente mal wieder zu lange anhielt, und häufig erzählte sie dem jungen Purefoy: »Das Problem mit deinem Vater ist, daß er nie Gewißheit über irgend etwas hat. Nie weiß er, was er glauben soll. Wenn er nur über irgend etwas Gewißheit hätte, wären wir alle viel glücklicher. Vergiß das nicht, dann wird es dir nie so ergehen wie ihm.« Da er nicht denselben Weg wie sein Vater einschlagen wollte, der nach der Rückkehr von einer Pilgerfahrt zu einem buddhistischen Schrein auf Sri Lanka eines gräßlichen Todes gestorben war – er hatte den Fehler gemacht, mit einem tollwütigen Hund Freundschaft schließen zu wollen –, vergaß Purefoy ihre Worte nie. »Ich habe ihm gesagt, er würde eines Tages zu weit gehen«, erklärte sie Purefoy nach der Beerdigung. »Und so war es auch. Nach Sri Lanka. Und das alles auf der Suche nach Seelenheil. Statt dessen ... Na, egal. Halt du dich einfach an Gewißheiten, und du kannst nicht viel falsch machen.«

Purefoy hatte sich große Mühe gegeben, ihren Rat zu befolgen. Und doch hatte er den väterlichen Hang übernommen, in Abstraktionen nach Sinn zu suchen. Auf der Universität Kloone hatte ihn vor allem Professor Walden Yapp beeinflußt, der fälschlicherweise wegen Mordes verurteilt worden war. Der Bericht des Professors über seinen Gefängnisaufenthalt und das vom Wissen über seine Unschuld hervorgerufene psychologische Trauma hatten Purefoy stark beeindruckt und die Wahl des Themas für seine Doktorarbeit beeinflußt. Professor Yapps Unschuld stand außer Zweifel. Hätte es bei seiner Verurteilung die Todesstrafe noch gegeben, wäre er gewiß gehängt worden. »Aufgrund meiner eigenen Erfahrung kann ich mit absoluter Sicherheit sagen, daß andere Menschen, die genauso unschuldig wie ich waren, am Galgen endeten.«

Professor Yapps Aussage hatte Purefoy Osbert angeregt,

fünf Jahre an seinem nächsten Buch, *Fallstricke*, zu arbeiten, und in seiner Widmung erwähnte er, wie sehr er Professor Yapp verpflichtet war. Anschließend betrieb er weitere Forschungen über unschuldige Opfer des Justizvollzugssystems sowie die brutalisierenden Auswirkungen des Gefängnislebens auf Gefangene wie Strafvollzugsbeamte, die in ein neues Buch mit dem Arbeitstitel ... *und Strafe für alle* einfließen sollten. Mit diesem Werk hoffte er, dem böswilligen und eindeutig mittelalterlichen Glauben der Öffentlichkeit den endgültigen Todesstoß zu versetzen, Verbrechen sei ein strafwürdiges Vergehen. Er ging sogar noch weiter. Er war nicht Professor Yapps Ansicht, Diebstahl, Mord, Überfall und andere kriminelle Aktivitäten seien die Folge von Armut und sozialem Elend. Er machte Recht und Gesetz dafür verantwortlich. Wie er seinen Studenten immer wieder eintrichterte: »Verbrechen resultieren aus einem System von Recht und Ordnung, das installiert wurde, um die gesellschaftliche Krankheit auszurotten, die es selbst erst verursacht. Indem wir das definieren, was ungesetzlich ist, sorgen wir dafür, daß das Gesetz gebrochen wird.« Natürlich stieß dieses Konzept bei seinen Studenten auf Gegenliebe und hatte den Vorteil, daß es die intelligenteren zwang, heftige Diskussionen untereinander auszutragen und sich gelegentlich sogar eine eigene Meinung zu bilden. In Kloone war das eine bemerkenswerte Leistung, die Dr. Osberts ohnehin bereits beachtlichem Ruf förderlich war. Doch die meiste Zeit verbrachte er in Bibliotheken oder im Staatsarchiv, wo er auf der Suche nach brauchbaren Informationen einen Karton mit Dokumenten nach dem anderen durchforstete.

Doch nicht nur sein Vater und seine Mutter hatten ihn beeinflußt, sondern auch seine Cousine Vera. Von Kindesbeinen an hatte er immer getan, was sie wollte. Sie war fünf Jahre älter als er und hatte ihm – als ebenso entgegenkommende wie in der Wahl ihrer Liebhaber nicht zimperliche junge Dame – nur allzugern Gelegenheit gegeben, sich über ihr Geschlecht Gewißheit zu verschaffen. Von diesem Augenblick pubertärer Offenbarung an war Purefoy von ihr hin- und hergerissen. Viele Stunden hatte er über sie nachgedacht und war sich sicher gewesen, in sie verliebt zu sein. Doch sie war ihren eigenen Weg gegangen, und Purefoy hatte sich auf die Suche nach anderen, weniger ungewissen Größen gemacht. Erst als er viel später Mrs. Ndhlovo kennenlernte, wußte er genau, daß er wirklich verliebt war.

In der irrigen Annahme, den Vortrag einer führenden Expertin über Gefängnisreform in Sierra Leone zu hören, saß er eines Abends in der ersten Reihe eines Abendseminars, das Mrs. Ndhlovo über Unfruchtbarkeit des Mannes und Masturbationstechniken hielt. Der Kurs war gut besucht, und obwohl Purefoy schon ein wenig von Vera aufgeklärt worden war, erfuhr er von Mrs. Ndhlovo sehr viel mehr. Besonders erhellend waren ihre Ausführungen zu Themen wie dem Coitus interruptus und wie man eine Ejaculatio praecox vermied. Und vor allem war sie wunderschön. Aber nicht allein ihre körperliche Schönheit zog ihn an: Sie hatte einen schönen Verstand. In einem merkwürdig deplazierten Pidgin-Englisch erzählte sie detailliert und mit einer so ruhigen Selbstsicherheit über Klitorisstimulation und Fellatio, daß ihm vor Bewunderung beinahe der Atem stockte. Und vor Begierde. Während dieser ersten Stunde hatte er seine wahre Liebe gefunden, und als er in der folgenden Woche immer auf demselben Platz saß und verzückt auf ihre prachtvollen Lippen starrte, während sie etliche ausgesprochen grausige Dias über die Auswirkung der Klitorisbeschneidung auf erwachsene Frauen in Ostafrika zeigte, stand für ihn fest, daß er verliebt war. Nach der Vorlesung stellte er sich vor, und so begann ihre Beziehung.

Unglücklicherweise für Purefoy mochte ihn Mrs. Ndhlovo zwar, erwiderte seine Gefühle aber nicht. Ihre erste Ehe in Kampala war nicht unbedingt ideal verlaufen. Die Entdeckung, daß Mr. Ndhlovo schon drei Ehefrauen hatte und daß der Vorschlag, wieder zu heiraten, von seiner ersten Frau stammte, hatte den Flitterwochen nicht unbedingt gutgetan. Dennoch hatte sie ihn auf ihre Art geliebt und es ehrlich bedauert, als er verschwand und es gerüchteweise hieß, er sei in General Idi Amins Kühltruhe gelandet. Daß letztere leer war, als der gestürzte General nach Saudi-Arabien floh, hatte ihre Befürchtungen keineswegs gedämpft. Inzwischen hatte sie Uganda verlassen und war nach Großbritannien gekommen, um sich eine neue Karriere im Bildungswesen aufzubauen. Innerhalb weniger Monate hatte sie sich in Kloone einen gewissen Ruf erworben, weil sie auf Partys in aller Offenheit verkündete, ihr Johnny sei so gut wie sicher »bei diesem schwarzen Drecksack Idi Amin abends als Snack gereicht worden«. Solche freimütigen Äußerungen zu Themen, die mit den Beziehungen zwischen Rassen zusammenhingen, hatte es an der Universität zuvor noch nie gegeben, doch niemand konnte Mrs. Ndhlovo einen Vorwurf machen. Natürlich war sie absolut berechtigt, so über den Mann zu reden, der ihren Gatten ermordet und verspeist hatte. Sie war in Uganda gewesen und hatte Entsetzliches durchgemacht. Daß sie sehr attraktiv war und so gut über sexuelle Praktiken in Afrika und anscheinend auch sonst überall auf der Welt Bescheid wußte, trug ebenfalls zu ihrer Beliebtheit bei. Außerdem war sie ein sehr praktischer Mensch.

»Schön und gut, du sagst, du mich liebst«, sagte sie in dem komischen Englisch, das Purefoy so gefiel, »aber du verdienst nicht genug für zwei Erwachsene und Kinder. Ehrgeiz du hast auch nicht. Kein Geld, kein Ehrgeiz, keine Mrs. Ndhlovo.«

»Aber Ingrid, du weißt doch ...«, setzte Purefoy an.

»Und nenn mich nicht so. Ich das nicht mag. Ich Mrs. Ndhlovo. Is anders.«

»Das kannst du laut sagen«, bekräftigte Purefoy. »Aber früher oder später werde ich garantiert eine Professur bekommen, und ...«

»Früher oder später zu spät«, stellte Mrs. Ndhlovo kategorisch fest. »Dann ich habe kein Kinder. Haben Pause.«

»Lila Pause?« fragte ein verdutzter Purefoy.

»Männerpause. Keine Ahnung, warum sie das Männerpause nennen. Muß jetzt schon einmal im Monat machen Pause. Nach Männerpause, überhaupt keine Pause mehr. Auch keine Kinder. Ich muß finden passenden Mann. Ehrgeiz. Geld. Nicht bloß Arsch auf Stuhl hocken Bücher lesen. Was richtig Großes machen. Muß Ehrgeiz haben.«

Nach diesen tristen Debatten war Purefoy entmutigt, besuchte aber dennoch ihre Abendkurse und hatte sie voller Qual und Ekstase demonstrieren sehen, wie man ein extrastarkes Kondom verwendete, um den Orgasmus des Mannes hinauszuzögern. Als ihre langen, spitz zulaufenden Finger das Ding über den Gipspenis streiften und dann den Hodensack tätschelten, erschlaffte er und wünschte bei Gott, er hätte sich vorsorglich selbst ein Gummi übergezogen. In der Woche darauf war er besser vorbereitet, doch diesmal hielt sie eine rein theoretische Vorlesung, in der ausschließlich ein historischer Abriß medizinischer und religiöser Vorbehalte gegen die sogenannte Selbstbefleckung oder Onanie gegeben wurde. Es hatte keine jener praktischen Demonstrationen gegeben, durch die ein Kondom erforderlich geworden wäre, und das Ding hatte Purefoy Osbert mitnichten eine Peinlichkeit erspart, sondern sie erst verursacht. Als Purefoy zu verhindern versuchte, daß es sein Hosenbein hinunterwanderte, hatte dies die Aufmerksamkeit der beiderseits von ihm sitzenden Frauen erregt, die offenbar von den historischen Vorbehalten gegen die Masturbation ebenso gelangweilt waren wie er. Purefoys sporadische Zuckungen waren viel aufregender. Purefoy lächelte die Frau zu seiner Rechten ausdruckslos an und wurde prompt mißverstanden. »Können Sie nicht bis nachher warten?« raunte sie so laut, daß man es noch mehrere Reihen weiter hinten hörte. Bis zum Ende der Stunde glotzte er Mrs. Ndhlovo starr an und bewegte sich kaum, aber nach Schluß der Veranstaltung mußte er wohl oder übel aufstehen. »Nach Ihnen«, sagte die Frau zu seiner Linken. Die rechts von ihm hatte sich schon eilig entfernt.

»Nein, bitte nach Ihnen«, entgegnete Purefoy und preßte sich gegen die Rückenlehne.

Die Frau schüttelte den Kopf. Sie hatte keineswegs vor, sich so dicht an einem Mann vorbeizuquetschen, der so merkwürdig krampfhaft und intensiv mit seinem Oberschenkel beschäftigt gewesen war. Auch sein leeres Lächeln hatte ihr gar nicht gefallen. »Hören Sie«, sagte sie ziemlich unfreundlich. »Sie gehen vor mir. In Ordnung?«

Es war zwar nicht in Ordnung, doch Purefoy setzte sich in Bewegung. Das Kondom auch. Zunächst blieb es an seinem Knie kleben, aber nur kurz. Als er einen Schritt vorwärts machte, rutschte es ihm aus dem Hosenbein und lag schlaff auf seiner Schuhspitze. Purefoy versuchte, es unauffällig wegzutreten, doch wieder erregten seine seltsamen Bewegungen nur die Aufmerksamkeit anderer. Als er merkte, daß er zum Gegenstand belustigten Interesses geworden war, hastete er durch den Flur und hinaus auf den Parkplatz, wo er sich ungestört mit der Entsorgung des Dings befassen konnte. Seitdem verwarf Purefoy die Kondommethode und nahm vor Mrs. Ndhlovos Kurs die Angelegenheit selbst in die Hände.

Kurz nach diesem und etlichen anderen vergeblichen Versuchen, Mrs. Ndhlovo zu bewegen, wenigstens eine partnerschaftliche Beziehung mit ihm einzugehen, wenn sie ihn schon nicht heiraten wollte, rief Vera ihn an, um ihm von dem Stipendium in Porterhouse zu berichten. Purefoy Osbert zeigte kein Interesse. »Ich bin hier sehr zufrieden, und Cambridge interessiert mich nicht. Und warum sollte mir jemand einfach so ein Stipendium in Porterhouse anbieten? Man muß sich bewerben und sein Forschungsspezialgebiet erläutern und …«

»Purefoy, Liebling, natürlich mußtest du dich bewerben. Das ist alles längst erledigt, und es steht fast schon fest, daß deine Bewerbung angenommen wurde.«

»Das kann nicht sein. Ich habe gar keine eingereicht.«

»Aber ich«, flötete Vera. »In deinem Namen.«

»Du kannst doch nicht herumlaufen und im Namen anderer Leute Bewerbungen abgeben. Erst mußt du ihre Zustimmung einholen, und außerdem kennst du ja weder meine Veröffentlichungen noch meinen Lebenslauf. Und du weißt nicht, worüber ich gegenwärtig forsche.«

»Natürlich weiß ich das. Hab ich von der Sekretärin an deiner Fakultät. Sie war sehr hilfreich.«

»Was?« krächzte ein mittlerweile äußerst irritierter, ja, wütender Purefoy. »Sie ist absolut nicht berechtigt, solche vertraulichen Informationen weiterzugeben. Ich hätte ihr mehr Verstand zugetraut, als so etwas zu tun …«

»Apropos Verstand«, unterbrach ihn Vera. »Du hast einen überragenden Verstand, und deshalb gehst du nach Porterhouse.«

»Kommt gar nicht in Frage«, entgegnete Purefoy. »Ich will wissen, warum dir Mrs. Pitch Einzelheiten aus meinem Lebenslauf gegeben hat. Sie kann doch nicht herumlaufen und allen Leuten …«

»Ach, sei doch still. Sie hat nichts dergleichen gemacht. Aber wenn du dich erinnern würdest – ich bin deine Cousine und weiß so ziemlich alles über dich. Außerdem steht es im Computer der Universität Kloone, und weil ich dein Paßwort kenne, mußte ich mich bloß einklinken und alles ausdrucken lassen.«

»Mein Paßwort? Das kennst du nicht. Von Mrs. Pitch kannst du's auch nicht haben, weil sie es nicht kennt.«

»Sie kennt es gewißlich nicht, aber ich kenne es gewiß.«

»Was um alles in der Welt soll das heißen?« wollte Purefoy wissen.

Vera kicherte. »Purefoy, mein Lieber, du bist so leicht zu durchschauen. ›Gewißheit‹ heißt dein Paßwort. Ich wußte, daß es etwas in der Art sein mußte. Schließlich ist es für dich zur Manie geworden.«

Purefoy Osbert stöhnte auf. Vera war schon immer klüger als er gewesen. »Wenn das so ist, werde ich es ändern«, sagte er. »Und ich gehe auf gar keinen Fall auch nur in die Nähe von Porterhouse College. Es gilt als schrecklich snobistisch und vieles andere mehr.«

»Und eben darum macht man dich dort zum Fellow. Damit du die Lage zum Besseren änderst«, sagte Vera. »Dort muß ernsthaft geforscht werden, und das wirst du tun. Dein Gehalt wird dreimal so hoch sein wie jetzt, und du wirst ohne irgendwelche Lehrverpflichtungen deinen eigenen Forschungen nachgehen können.«

Purefoy Osberts Schweigen sagte mehr als Worte. Erst an diesem Tag hatte er an einer überaus langweiligen Sitzung des Finanzausschusses teilnehmen müssen. Man hatte eventuelle finanzielle Kürzungen besprochen, auch vom Einfrieren der Gehälter war die Rede gewesen, und anschließend hatte er ein Seminar über Bentham geleitet, in dem mehrere Studenten ihre

Überzeugung geäußert hatten, nach dem panoptischen System erbaute Gefängnisse wie Dartmoor seien für Mörder und Sexualverbrecher weit besser geeignet als die von Purefoy befürworteten moderneren, offeneren Anstalten. Einige hatten sogar die Ansicht vertreten, Kinderschänder sollten kastriert und Mörder hingerichtet werden. Purefoy hatte das Seminar als höchst betrüblich empfunden, vor allem die Art, wie sich die borniertesten Studenten geweigert hatten, die von ihm vorgelegten Fakten zu akzeptieren. Und unversehens bot man ihm eine Professur an, bei der er nicht unterrichten mußte, und dazu ein Gehalt, das Mrs. Ndhlovo zufriedenstellen würde.

»Ist das dein Ernst?« fragte er skeptisch. »Ist das auch kein Scherz oder so was?«

»Hab ich dich je belogen, Purefoy? Na?«

Wieder zögerte Purefoy Osbert. »Nein, wohl nicht. Trotzdem … es geht hier um ein Gehalt …«

»Von fast sechzigtausend Pfund im Jahr, also weit mehr, als jeder Professor bekommt. Und jetzt gibst du mir deine Faxnummer, dann schicke ich dir die Kopie eines Briefes, den du morgen oder übermorgen von Lapline & Goodenough erhalten wirst, den Anwälten deines Sponsors.«

»Aber das ist doch die Kanzlei, in der du arbeitest«, sagte Purefoy.

»Weshalb ich zufällig weiß, daß man dir dieses Stipendium anbietet«, sagte Vera, notierte sich seine Nummer und legte auf.

Zehn Minuten später las ein verdutzter Purefoy Osbert den erstaunlichsten Brief seines Lebens. Er stand auf offiziellem Briefpapier der Kanzlei Lapline & Goodenough, war von Goodenough unterschrieben, und obwohl es sich nur um ein Fax handelte, gab es an seiner Echtheit nichts zu deuteln.

Purefoy las sich die aufgeführten Bedingungen sehr sorgfältig durch: »Als Sir-Godber-Evans-Gedächtnis-Fellow haben Sie lediglich den Auftrag, im Hinblick auf die mögliche Veröffentlichung einer Biographie zu recherchieren. Seine Amtszeit als Rektor von Porterhouse war nur sehr kurz und endete mit seinem Tod …«

Purefoy Osbert las weiter und versuchte den Haken zu finden. Anscheinend gab es keinen. Er konnte seine eigenen Studien fortsetzen, wenn er wollte, und sein Stipendium in einer Höhe von 55 000 Pfund wurde aus Mitteln bezahlt, die ein anonymer Sponsor garantierte. Kurz, man bot ihm einen Bombenjob an, und wenn sein Eindruck richtig war, barg die Sache keinerlei Risiken. Besonders schmeichelte ihm die wiederholte Betonung, wie sehr der Sponsor seine Methoden schätzte. Purefoy Osbert blieb den gesamten Abend euphorisch und spielte sogar mit dem Gedanken, Mrs. Ndhlovo aufzusuchen und ihr diese bemerkenswerte Neuigkeit mitzuteilen. Doch er ließ es bleiben. Er war sich immer noch nicht sicher, ob er nicht irgendeinem Streich aufgesessen war. Falls sich das Ganze als wahr erwies, konnte keine Rede mehr davon sein, daß es ihm an Geld oder Ehrgeiz mangelte. Und gewiß würde sie nicht mehr sagen können, er sei kein richtiger Mann.

4

Auch in Porterhouse gab es eine Verzögerung. Daß Goodenough darauf bestand, die Öffentlichkeit nicht zu informieren, und den Obertutor wegen dessen angeblicher Diskretion gelobt hatte, hatte letzteren in ein gewisses Dilemma gebracht. Zum einen konnte er das geplante Fellowship nun nicht mit dem Schatzmeister besprechen, weil dem nach Goodenoughs

Ansicht – die der Obertutor teilte – nicht zu trauen war, und zum anderen weilte der Dekan zur Zeit nicht in Cambridge, sondern bei einer angeblich kranken Verwandten in Wales. Und in Abwesenheit des Dekans durfte der Collegerat keine Beschlüsse fassen. Ohne Zustimmung des Dekans würde der Rektor das neue Stipendium nie absegnen. Und auch wenn Skullion mittlerweile wieder reden und sich ein wenig bewegen konnte, so hatte er doch nie jene Ehrerbietung – besonders gegenüber dem Dekan – verloren, die er sich in fünfundvierzig Jahren Tätigkeit als College-Pförtner angeeignet hatte. Zudem zog es auch der Obertutor vor, sich den Wünschen des Dekans zu fügen. Zwar hatten sie einander nie gemocht und waren manchmal so heftig zerstritten gewesen, daß sie nicht mehr miteinander redeten, doch gemeinsam hatten sie verhindert, daß Porterhouse dem Vorbild aller anderen Colleges in Cambridge gefolgt war. Genauer gesagt, sie hatten jegliche Liberalisierung so verlangsamt, daß die Vergangenheit Schritt halten und alte Werte auf Neues pfropfen konnte. Nach endlosen Diskussionen im Collegerat war man endlich übereingekommen, Studentinnen aufzunehmen, allerdings hatte der Obertutor die Einschränkung durchgesetzt, daß dadurch die für männliche Erstsemester vorhandenen Unterbringungsmöglichkeiten in keiner Weise beeinträchtigt werden dürften. Dieser Antrag war unbemerkt verabschiedet worden. Daß der Dekan von der Porterhouse-Frauenfraktion bekehrt worden war, hatte die jüngeren und eher progressiven Fellows so verblüfft – schließlich hatte er sich jahrelang vehement dagegen gesträubt –, daß sie nicht vorhersahen, welche Auswirkungen der Nachtrag des Obertutors oder dessen Unterstützung durch den Praelector haben würde, die dieser traditionsgemäß auf lateinisch vortragen durfte. Erst viel später, als die Frage aufkam, wie viele Frauen im College aufgenommen werden sollten, schwante den von Dr. Buscott geleiteten progressiven Fellows, welche Krise auf sie zukam. Porterhouse war einmal reich gewesen, doch dann hatte der damalige Schatzmeister, Lord Fitzherbert, das gesamte Vermögen in Monte Carlo verspielt. Nach dieser Katastrophe war Porterhouse in Armut versunken.

Selbst der Schatzmeister, der für Veränderungen und die Aufnahme von Frauen gestimmt hatte, war entsetzt gewesen, als man vorschlug, ihnen hinter der Kapelle einen neuen Wohnblock zu errichten. »Natürlich unterstütze ich den Vorschlag prinzipiell«, sagte er, »muß aber auf seine Undurchführbarkeit hinweisen. Ein solches Bauvorhaben würde Millionen verschlingen. Wie soll ich Ihrer Meinung nach diese Summen auftreiben?«

»Vermutlich genauso, wie andere Colleges solche Dinge auch regeln«, schlug der Astronom Professor Pawley vor, der bedeutendste Wissenschaftler von Porterhouse, der sich sein Leben lang mit Pawley Eins, einem ungeheuer weit entfernten Nebel, beschäftigt hatte. »Andere Schatzmeister greifen auf Banken und kommerzielle Kredite zurück. Es übersteigt doch wohl kaum unsere intellektuellen Ressourcen, ähnliche Quellen zu nutzen?«

Der Schatzmeister hatte die Beleidigung geschluckt und rächte sich. »Es geht hier nicht um unsere intellektuellen, sondern unsere praktischen Ressourcen. Man wird uns keine Kredite mehr gewähren. Der Wiederaufbau des Bull Towers wurde weit kostspieliger, als die Mitglieder des Wiederaufbauausschusses« – dessen Vorsitzender Professor Pawley gewesen war – »vorhergesehen hatten, denn es war ihnen entgangen, welche Preisunterschiede zwischen modernen Baustoffen wie beispielsweise Backsteinen und den unglaublich viel teureren Materialien bestehen, durch die uralte Substanzen ersetzt werden. Unter diesen Umständen wäre ich natürlich äußerst dankbar, wenn mir jemand erklären könnte, wo ich zusätzliche Mittel hernehmen soll.«

Angesichts dieser unbeantwortbaren Frage wurde das neue Gebäude nie verwirklicht, und obwohl Frauen in Porterhouse aufgenommen wurden, blieb ihre Zahl doch gering. Und da der Obertutor nicht nur für die Immatrikulation, sondern auch für den Ruderclub zuständig war, wiesen die aufgenommenen Frauen gewisse Charakteristiken auf, die sie von den jungen Frauen auf anderen Colleges unterschieden. Sogar der Kaplan, gewöhnlich ein toleranter Mensch, hatte sich beklagt.

»Ich weiß wohl, daß die Welt heutzutage anders ist, und ich versuche, mit der Zeit zu gehen«, sagte er eines Abends beim Nierchenragout, »aber für mich ist die Grenze erreicht, wenn junge Männer in aller Öffentlichkeit Lippenstift tragen. In meinem Treppenhaus wohnt ein ausgesprochen eigenartiger Mann. Heute morgen habe ich im Badezimmer eine Lippenstifthülse gefunden, und sein Rasierwasser verströmt wirklich einen irritierenden Duft.«

»Hat vermutlich keinen Zweck, es ihm zu erklären«, sagte der Praelector leise. Der Kaplan war zwar taub, aber Vorsicht war die Mutter der Porzellankiste.

»Auf keinen Fall«, bekräftigte der Dekan. »Weiß der Himmel, was er unternähme, wenn er je ihr wahres Geschlecht herausfände.«

»Wir müssen wohl dankbar sein, daß er sich nicht für Knaben interessiert. Viele der Dons in anderen Colleges tun es, wie man hört.«

»Erstaunlich, daß er in seinem Alter immer noch so aktiv ist«, sagte der Obertutor ein wenig traurig. »Dennoch war es offensichtlich ein schwerer Fehler, in seinem Flügel Frauen unterzubringen.« Sie sahen den für die Zimmerzuteilung verantwortlichen Schatzmeister vorwurfsvoll an.

»Ich hab nur zwei da einquartiert«, protestierte der, »und darauf geachtet, daß sie den Test bestanden.«

»Den Test? Was ist das für ein Test?« erkundigte sich der Praelector.

Der Schatzmeister zögerte. Dr. Buscott und einige der jüngeren Fellows saßen weiter unten am Tisch, und er wollte in ihren Augen nicht zur »alten Garde« gehören. »Das ist eine ausgesprochen veraltete Methode, um sicherzustellen ...«, fing er an, doch der Dekan war schneller.

»Der Schatzmeister will sagen, daß er die Personen in Augenschein nehmen muß, bevor er sie als Aufwartefrauen einstellt, um absolut sicherzugehen, daß sie abstoßend genug sind, um den Geschlechtstrieb selbst der sexuell frustriertesten Studenten zu ersticken«, erklärte er mit lauter Stimme. »Darum nennt man das den Aufwartefrauentest. Der Sinn der Sache ist, sie aus den Betten rauszuhalten, die sie machen sollen, wofür sie schließlich bezahlt werden.«

In der anschließenden Stille fragte der am anderen Tischende sitzende Dr. Buscott laut, was einige Leute eigentlich glaubten, in welchem Jahrhundert sie lebten. Die leitenden Fellows ignorierten ihn lieber. Dr. Buscott lehrte an der Universität, und damit war er, wie es der Dekan auszudrücken beliebte, kein richtiger Porterhouse-Mann.

»Nicht, daß das System immer funktioniert, wenn ich mich recht entsinne«, bemerkte der Praelector schließlich. »Dieser junge Mann, der damals den Bull Tower mit gasgefüllten Kondomen in die Luft jagte, hat es genau im Augenblick der Explosion mit seiner Aufwartefrau getrieben. Zipser war der Name des Burschen, soviel ich weiß. Wie hieß die Aufwartefrau noch gleich?«

»Biggs. Mrs. Biggs«, schrie der Kaplan unvermittelt. »Ich weiß noch, daß sie Big Bertha Biggs genannt wurde. Hat immer enge Stiefel und einen glänzenden roten Gummimantel getragen. Umwerfende Frau. Ausgesprochen üppige Figur. Ihr Lächeln werde ich nie vergessen.«

»Und ich bezweifle, daß es überhaupt jemand vergißt«, sagte der Dekan grimmig, »auch wenn wir, wie ich mit Freuden feststelle, nie erfahren werden, ob sie gelächelt hat, als der Turm in die Luft flog. Nicht, daß es mich im mindesten interessierte. Jeder sexuell abnorme Mensch – und ein junger Mann, der Mrs. Biggs auch nur im mindesten begehrenswert finden konnte, mußte pervers sein –, hat den Tod verdient. Die anderen Folgen, die fand ich beklagenswert. Ganz abgesehen von den gewaltigen Wiederaufbaukosten, bekam dieser verfluchte Rektor, der verblichene Sir Godber Evans, dadurch die Gelegenheit, dem Collegerat seinen Willen aufzuzwingen. Der ganze gräßliche Zwischenfall hatte nur ein Gutes, nämlich daß der Rektor bald darauf durch seine Trinkerei ums Leben kam.«

»Meines Wissens hatte er einen Unfall und ist gestürzt«, meldete sich Dr. Buscott vom anderen Ende des Tisches.

»Er wäre nicht gestürzt, wenn er nicht betrunken gewesen wäre.«

Doch Dr. Buscott war noch nicht fertig. »Und er hat dem College einen Chefpförtner als Rektor verpaßt. Ich habe nie begriffen, warum er Skullion ernannte. Immer vorausgesetzt, er hat es wirklich getan.«

Beinahe hätte sich der Obertutor von seinem Stuhl erhoben, und das Gesicht des Dekans lief rot an. »Wenn Sie uns der Lüge bezichtigen...«, setzte der Obertutor an, doch der Kaplan lenkte ab.

»Der brave Skullion«, brüllte er. »Neulich hab ich ihn mit

seiner Melone auf dem Kopf im Garten sitzen sehen. Er wirkte gut erholt und zweifellos vergnügter.«

»Hatte er seine Flasche dabei?« wollte der Praelector wissen.

»Seine Flasche? Ist mir nicht aufgefallen. Er hatte mal einen Beutel, wissen Sie. Der hing am Ende eines Schlauchs und rutschte manchmal heraus. Einmal bin ich, versehentlich natürlich, draufgetreten, und da ist der arme Kerl...«

»Halten Sie in Gottes Namen den Mund«, fuhr ihn der Obertutor an und schob seinen Teller weg. »Ich wüßte wirklich nicht, warum wir uns beim Nierenragout über Skullions Blasenprobleme unterhalten sollten.«

»Ganz Ihrer Meinung«, sagte der Dekan. »Das ist ein höchst unappetitliches Thema und absolut unpassend bei Tisch.«

»Warum ich keinen Appetit habe?« schrie der Kaplan. »Aber ich bin doch mitten beim Hauptgericht!«

»Wenn vielleicht mal eben jemand sein Hörgerät abschalten würde...«, sagte der Praelector.

Die erste Anlaufstelle des Dekans auf seiner Suche nach einem neuen Rektor war der Rennstall Coft Castle, der dem Präsidenten der Alte-Herren-Gesellschaft »Old Porterhouse Society« gehörte, General Sir Cathcart D'Eath, bei dem er sich Rat holen wollte.

»Hab es kommen sehen«, sagte der General. »Dumme Sache, wenn man einen Pförtner als Rektor nehmen muß. Noch schlimmer, einen Rollstuhlfahrer. Macht auf einem sportbetonten College einen schlechten Eindruck.«

»Durchaus«, sagte der Dekan, der des Generals Einschätzung von Porterhouse nicht teilte. Für ihn war das College ein Hort traditioneller Werte. »Der langen Rede kurzer Sinn: Unsere Finanzen sind in einem desolaten Zustand. Wir brauchen einen sehr reichen Rektor, der uns wieder aus den roten Zahlen bringt. Fällt Ihnen ein geeigneter Kandidat ein?«

»Könnten es mit Gutterby unten in Hampshire probieren. Gute Familie und Unmengen Geld«, schlug der General vor. »In letzter Zeit hatte es allerdings niemand leicht. Schwierig. Schwierig.«

Bis spätnachts saßen sie in Sir Cathcarts Bibliothek. Aus dem Inneren von Sir Walter Scotts *Rob Roy* hatte der General eine Flasche Glenmorangie gezaubert. Der Dekan hingegen trank Armagnac, der aus *Die drei Musketiere* stammte. Das brachte Sir Cathcart auf eine Idee.

»Vermutlich haben Sie Philippe Fitzherbert noch nicht in Betracht gezogen«, sagte er. »Der Junge vom alten Fitzherbert. Soll stinkreich sein. Hat ein Anwesen unten in der Gascogne, lebt aber hier. Eigenartiger Bursche. Mutter Französin.«

Der Dekan schien verwirrt. »Reich? Wenn ich bedenke, wie sein Vater das College praktisch an den Rand des Ruins gebracht und die Anglian Lowland Bank in den Konkurs getrieben hat, auf die wir angewiesen waren, finde ich es erstaunlich, daß sein Sohn reich sein soll. Das College mußte dem alten Fitzherbert als Rektor Geld abpressen.«

Sir Cathcart trank einen Schluck, und sein kupferroter Schnauzbart zuckte. Hinter den blutunterlaufenen Augen war etwas im Gange. »Hab was gehört.« Er verfiel in die abgehackte Sprechweise, mit der er schwerwiegende Überlegungen am besten ausdrücken konnte. »Seltsam. Sehr seltsam. Nach dem Krieg.«

Der Dekan saß starr in seinem weichen Sessel. Er merkte, daß auch der General seinen Instinkten gehorchte. Dabei unterbrach man ihn besser nicht.

»Sage Ihnen, wer mehr wissen könnte. Anthony, Anthony Lapschott. Macht Geschäfte. Nie ganz klar, was für welche.

War unter anderem auch Verleger, hat ein kleines Vermögen gemacht. Schreibt in seiner Freizeit Bücher. Hab mal versucht, eins zu lesen. Bin nicht schlau draus geworden. Igendwas über Machtverlust. Wußte nie so recht, was ich von ihm halten sollte, aber offenbar kannte er Gott und die Welt. Hält sich heutzutage in Dorset auf. Landzunge von Portland. Wenn einer Bescheid weiß, dann er.«

Der Dekan dachte über Anthony Lapschott nach. Er hatte ihn als seltsamen jungen Mann in Erinnerung, der vor allem Freunde auf anderen Colleges hatte. Kein Porterhäusler mit Leib und Seele. Andererseits galt er als einer der wenigen ernsthaften Denker, die Porterhouse je hervorgebracht hatte. Ja, er würde Lapschott aufsuchen. Der Dekan hatte wieder so ein bohrendes Gefühl in der Magengrube.

5

Der Schatzmeister hatte ebenfalls starke Gefühle, wenn auch ganz anderer Art. Im Gegensatz zum Obertutor, dessen Beziehung zum Dekan Höhen und Tiefen kannte, konnte man nicht behaupten, daß der Schatzmeister zu beiden eine Beziehung hätte, in der es etwas anderes als Tiefen gäbe. Der Dekan und der Obertutor verachteten und verabscheuten ihn, er wiederum konnte sie nicht ausstehen. Seit er sich bei den von ihnen geplanten Veränderungen auf die Seite des verstorbenen Rektors und Lady Marys geschlagen hatte, war er für Dekan und Obertutor ein Verräter und der Mann gewesen, der Skullion rausgeworfen hatte. Was Skullion selbst von ihm hielt, ließ sich nicht in Worte fassen, nicht einmal von jemandem, der in einer weniger erbärmlichen Verfassung als der Rektor war. Unter diesen Umständen war es eine weise Entscheidung von Goodenough gewesen, sich an den Obertutor zu wenden und den Schatzmeister links liegenzulassen. Andererseits wußte der für die sogenannten Finanzen des Colleges verantwortliche Schatzmeister nur allzu gut, daß die Krise ihren Höhepunkt erreicht hatte. Die komplette Bausubstanz des Colleges, die Dächer und Regenrinnen, das Mauerwerk und die alten Holzfußböden, mußten ausnahmslos renoviert werden, und während sich alle anderen Colleges in Cambridge eine Generalüberholung geleistet hatten, war Porterhouse so schmutzig und verrußt wie eh und je. In der Nähe des Haupttors war ein Stück Regenrinne auf die Straße gefallen, hatte aber glücklicherweise niemanden getroffen, im Dach der Kapelle klafften etliche Löcher, und der Boden des Alten Hofes war in einem erbärmlichen Zustand.

Kurzum, falls man nicht rasch Gelder auftrieb, würde Porterhouse verfallen, und wieder einmal wäre der Schatzmeister der Schuldige. In dem verzweifelten Versuch, diesem Los zu entgehen und sich Kenntnis darüber zu verschaffen, wie man Gelder auftreibt, hatte er kürzlich in Birmingham an einem Seminar über »Private Finanzierung der Hochschulbildung etc.« teilgenommen. Drei Tage lang hatte er sich eine Reihe Vorträge zu diesem Thema angehört und war sehr beeindruckt gewesen. Aus naheliegenden Gründen hatte er selbst nicht das Wort ergriffen, doch als der Schatzmeister eines Nachmittags aus einem Vortrag mit dem Titel »Privater Einfluß auf das Bildungswesen bei der Verwendung von Spenden« kam, den ein Don aus dem Peterhouse-College gehalten hatte, näherte sich ihm ein seltsam gekleideter Mann: Er hatte einen schwarzen Blazer an, einen hellbraunen Rollkragenpulli, weiße Strümpfe und Mokassins. Hinter den dunkelblauen Gläsern einer Sonnenbrille waren seine Augen kaum zu sehen.

»Darf ich mich vorstellen, Professor«, sagte er und zog eine Visitenkarte aus seiner Brusttasche. »Ich heiße Karl Kudzuvine, persönlicher Assistent von Edgar Hartang bei Transworld Television Productions und Associated Enterprises.«

Er sprach mit starkem amerikansichen Akzent, und seine Karte wies ihn tatsächlich als Karl Kudzuvine aus, persönlicher Assistent und Vizepräsident bei TTP etc. Des weiteren standen dort eine Reihe Telefon- und Faxnummern sowie eine Londoner und eine New Yorker Adresse.

»Als Vizepräsident und Mr. Hartangs persönlicher Assistent ist es mir eine Ehre, Ihnen zu sagen, wie erhellend ich Ihre Bemerkungen über privaten Einfluß bei der Verwendung von Spenden fand. Sie sollen wissen, daß Edgar Hartang Ihre Ansichten ohne Einschränkung teilt, und ich bin beauftragt, Ihnen mitzuteilen, daß er das Thema gern mit Ihnen besprechen würde, und zwar, wenn es Ihnen recht ist, am Mittwoch, dem zwölften, um zwölf Uhr fünfundvierzig beim Essen.« Und noch ehe der verblüffte Schatzmeister darlegen konnte, daß er nicht nur kein Wort über die Verwendung von Spenden oder privaten Einfluß gesagt hatte, sondern auch kein Professor sei, hatte der sonderbare Amerikaner seine Hand ergriffen und geschüttelt, hatte betont, ihn kennengelernt zu haben, sei ihm eine große Ehre, und war aus dem Foyer geeilt. Der Schatzmeister sah ihn in ein riesiges Auto steigen, das dunkle Fensterscheiben und auf dem Dach eine Art Satellitenschüssel hatte. Als der Wagen davonbrauste, las der Schatzmeister auf seiner Seite noch die Worte »Transworld Television.«

Dieser Anblick elektrisierte ihn. Er wußte nicht recht, ob er wußte, wer Mr. Edgar Hartang war, aber offensichtlich handelte es sich um einen Mann, der genug Geld hatte, um sich riesige Autos zu leisten. Der Schatzmeister ging ans andere Ende des Foyers zu dem Finanzexperten von Peterhouse, der sich gerade mit mehreren Rektoren technischer Fachhochschulen stritt, für die der Gedanke, Privatleute könnten sich in bildungspolitische Belange einmischen, etwas zutiefst Abstoßendes hatte.

»Verzeihen Sie«, sagte der Schatzmeister so gewinnend wie möglich, »verzeihen Sie, aber könnten Sie mir wohl einmal rasch Ihr Vortragsmanuskript leihen? Was Sie zu sagen hatten, hat meiner Meinung nach den Nagel auf den Kopf getroffen.«

»Diese Ansicht teilen wohl nicht alle Anwesenden«, sagte der Referent mit einem bösen Blick auf die Rücken der abziehenden Rektoren. »Sie können den ganzen Vortrag haben. Ich hab ihn auf Festplatte und kann ihn jederzeit ausdrucken.«

Der Schatzmeister ging auf sein Hotelzimmer und las den Vortrag sehr sorgfältig durch. Das finanzielle Fachchinesisch verstand er zwar nicht durchgehend, doch soweit er es mitbekam, behauptete der Mann, wer für die finanziellen Grundlagen von Institutionen sorgte, habe auch das Recht, deren Bildungspolitik zu bestimmen. Der Vortrag hätte demnach genausogut die Überschrift tragen können: »Wer die Musiker bezahlt, darf die Musik aussuchen!« – eine Doktrin, die des Schatzmeisters Zustimmung fand.

Auf der Zugfahrt zurück nach Cambridge las er den Vortrag noch mehrmals durch und lernte die zentralen Stellen auswendig. Am nächsten Tag im Büro änderte er zwei Buchstaben eines Wortes auf der Titelseite, entfernte den Namen des Autors und kopierte das Ganze mehrmals.

Am folgenden Mittwoch, genau um 12 Uhr 30, betrat er die Zentrale der Transworld Television Productions in der Nähe von St. Katherine's Dock, wo er sich zu seiner Überraschung Mr. Kudzuvine gegenübersah. Der Mann stand hinter dem Empfangstisch und hatte sich offenbar einen Pferdeschwanz wachsen lassen. Außerdem hatte er augenscheinlich ein Paar ansehnliche Brüste bekommen. Andererseits trug er die gleiche Sonnenbrille mit dunkelblauen Gläsern, den hellbraunen Rollkragenpulli und den schwarzen Blazer mit chromglänzenden Knöpfen. Noch beunruhigender war der Anblick zwei weiterer Kudzuvines, diesmal ohne Pferdeschwänze und Brüste, die durch einen Metallrahmen auf ihn zukamen, der genauso aussah wie ein Metalldetektor in einem Flughafen.

»Ich habe einen Termin bei Mr. Hartang«, teilte der Schatzmeister der Person – die, wie er jetzt sah, eindeutig weiblichen Geschlechts war – hinter dem Tresen mit.

Sie warf einen Blick auf den Computerbildschirm und reichte ihm eine Plastikkarte. »Folgen Sie einfach den Brüdern«, sagte sie. Als sich der Schatzmeister umdrehte, standen die beiden massigen Männer direkt hinter ihm. Im nächsten Augenblick leerte er sämtliche metallenen Gegenstände aus den Taschen, und seine Aktentasche war in einem Röntgengerät verschwunden. Keiner der beiden sagte ein Wort, und erst als er durch den Metalldetektor gegangen war und seine Taschen wieder füllte, tauchte Karl Kudzuvine auf. Auch er trug eine Sonnenbrille, einen braunen Rollkragenpulli, weiße Strümpfe und Mokassins. »Ich muß mich entschuldigen, Mr. Professor, Sir«, sagte er, während der Schatzmeister in eine winzige Fotokammer komplimentiert und mit einer Polaroidkamera fotografiert wurde, »aber wir kriegen Unmengen Drohungen von Terroristen, weil… einige unserer Serien waren über die Regenwälder und Wale und Oktopusbabys. Sie wissen schon.«

Das tat der Schatzmeister zwar nicht, aber Karl Kudzuvine war offensichtlich wild entschlossen, es ihm zu erzählen. »Sie wissen doch, in einigen Ländern ißt man Oktopusbabys. In solchen Ländern wie Spanien. Man gönnt ihnen ihre Jugend nicht und so was. Wir haben mal eine Serie über Oktopusbabys gedreht...« Er hielt kurz inne und betrachtete die Plastikkarte samt Mikrochip und Foto des Schatzmeisters. Der wollte gerade sagen, daß Oktopusbabys köstlich schmeckten, als Kudzuvine fortfuhr: »Haben jede Menge Schwierigkeiten gekriegt. Drohungen und so was. Darum müssen wir jetzt jeden überprüfen, der das Gebäude betritt. Sie haben jetzt Ihren Ausweis. Damit ist für Sie alles geritzt. Okay?«

Sie betraten einen Fahrstuhl, und Kudzuvine drückte den Knopf mit der Aufschrift »1. Stock«. Während der Lift dem über der Tür befindlichen Zeiger nach zu urteilen zehn Stockwerke in die Höhe schoß, gelangte der Schatzmeister zu der entsetzlichen Überzeugung, das Ding könne nur völlig kaputt sein und er werde gleich sein Leben lassen müssen. Doch da hielt der Fahrstuhl abrupt an, und Kudzuvine sprach in Richtung Mikrofon und Kamera, die an der Decke hingen. »K. K. und Gast Professor Schatzmeister in Managersuite Null«, sagte er. Im nächsten Augenblick fiel der Fahrstuhl – der Schatzmeister hätte den Ausdruck »stürzte« gewählt, wenn ihm Zeit zum Überlegen geblieben wäre und er sich nicht so erschreckt hätte – bis in eine Etage, die auf dem Anzeiger gar nicht auftauchte. Erneut sprach Kudzuvine in Richtung Kamera. Die Türen gingen auf, und der Schatzmeister betrat ein großes Büro mit dick verglasten Fenstern, in dem ein riesiger Tisch mit Glasplatte stand. Ansonsten waren in dem Raum kaum Möbel zu sehen, nur ein paar grüne Lederstühle und ein mächtiges Sofa. Der Fußboden schien aus Marmor zu sein, Teppiche gab es nicht. Hinter dem Schreibtisch erhob sich ein Mann, der mit seinem braunen Rollkragenpullover, der dunkelblauen Brille, den weißen Strümpfen und den Mokassins fast genauso aussah wie alle anderen in dem Gebäude. Er trug ein augenscheinlich recht schlechtsitzendes Toupet und kam zur Begrüßung auf den Schatzmeister zu.

»Freut mich mächtig, daß Sie kommen konnten«, sagte er mit beinahe schriller Stimme. »Karl hat mir Ihre überaus interessanten Ideen geschildert, und ich wollte unbedingt die Frage der Finanzierung von Hochschulen mit Ihnen besprechen. Kommen Sie bitte und nehmen Sie Platz.« Er ging voran zu dem grünen Ledersofa und tätschelte das eine Ende, um anzudeuten, wo der Schatzmeister zu sitzen hatte.

»Es ist sehr freundlich von Ihnen, mich einzuladen«, sagte der Schatzmeister und hoffte, daß er jetzt die auswendig gelernten Teile des Vortrags korrekt wiedergeben würde. »Ich habe eben einfach den Eindruck, die Wichtigkeit dessen, daß die Fremdmittel zur Verfügung stellenden Geber keinen maßgeblichen Einfluß nehmen dürften, wird überbetont. Als Geldempfänger befinden wir uns nicht in der Position... können wir weder moralisch noch de facto die von den Gebern erwünschten bildungsmäßigen Rahmenbedingungen bestimmen. Forschungen sollten auf die gesellschaftlichen Bedürfnisse der Industrie zugeschnitten sein und...«

Der am anderen Sofaende sitzende Edgar Hartang nickte zustimmend, die Augen hinter den blauen Brillengläsern verborgen. »Ich finde Ihre Ausführungen absolut zutreffend«, sagte er. »Mein Leben ist, wie ich leider gestehen muß, ohne höhere Bildung verlaufen, und vielleicht verspüre ich deshalb das Bedürfnis, bedeutenden Hochschuleinrichtungen wie beispielsweise Ihrem... äh... College ein wenig unter die Arme zu greifen.«

Der Schatzmeister nahm an, daß sein Gegenüber zögerte, weil ihm der Name nicht einfiel. »Porterhouse College«, half er nach.

»Natürlich. Porterhouse College ist weithin bekannt für das hohe Niveau seiner...« Wieder hielt Hartang inne, und fast hätte der Schatzmeister »Küche« gesagt. Ihm fiel ums Verrecken kein anderes hohes Niveau ein, auf das Porterhouse Anspruch erheben könnte, außer vielleicht im Sport. Doch Hartang spuckte schon weiter unverdrossen seine Platitüden und Klischees aus, was seine Hoffnungen und Absichten und die Notwendigkeit betraf, Beziehungen zu entwickeln, sinnvolle Beziehungen zum beiderseitigen Nutzen aller beteiligten und interessierten Institutionen wie… wie Porterhouse.

Der Schatzmeister saß da wie hypnotisiert. Er hatte keine Ahnung, was der Mann da erzählte, außer daß er gewillt schien, einen finanziellen Beitrag zu leisten. Wenigstens hoffte der Schatzmeister das. Sicher konnte er sich nicht sein, aber ein Mensch, dem das Schicksal von Wäldern und Oktopusbabys so sehr am Herzen lag, daß er irgendwann extreme Maßnahmen ergreifen mußte, um sich – wie zu vermuten stand – vor der mörderischen Aufmerksamkeit amazonischer Holzfäller und spanischer Fischer zu schützen, mußte erstaunlich wohltätig orientiert sein. Oder verrückt. Einige seiner Äußerungen ließen auf letzeres schließen, und vor allem einen Punkt konnte er weder vergessen noch auch nur ansatzweise verstehen. Es ging um »die Notwendigkeit, eine kurzlebige Erscheinung von Permanenz« zu erzeugen. (Und diese Formulierung oder dieses Konzept oder was es auch sein mochte streifte das verwirrte Hirn des Schatzmeisters nicht nur flüchtig, sondern verkeilte sich dort regelrecht und fühlte sich so zu Hause, daß der Schatzmeister später in seinem Leben abrupt aufwachte und um drei Uhr morgens seine Frau mit der Frage erschreckte, wie in Gottes Namen eine Erscheinung von Permanenz kurzlebig sein könne, wo sie doch definitionsgemäß das genaue Gegenteil sei. Aber die Frau des Schatzmeisters konnte ihm auch nicht weiterhelfen. Und gesagt zu bekommen, bei dieser Aussage handele es sich um ein Paradoxon, trug ebenfalls nicht zu seinem Seelenfrieden bei. »Ein Paradoxon? Ein Paradoxon?

Natürlich ist es ein verfluchtes Paradoxon. Ich weiß, daß es ein Scheißparadoxon ist«, brüllte er sie an. »Ich bin schließlich nicht behämmert. Ich will bloß wissen, was dieser grauenhafte Mensch mit... welche Bedeutung er dieser Aussage beimaß.« – »Vielleicht sollte es ja nichts Besonderes heißen«, gab seine Frau zu bedenken, doch da war sie an den Falschen geraten. »Du hast ihn nicht kennengelernt«, sagte er. »Und ich sage dir, es sollte etwas heißen.«)

Doch nun saß der Schatzmeister bloß da, schaute aufmerksam in die dunkelblauen Brillengläser, nickte gelegentlich und fragte sich im stillen, warum ein so offensichtlich reicher Mann wie Edgar Hartang eine so offensichtlich billige Perücke trug. Noch erstaunter war er, als der Servierwagen hereingeschoben wurde und er sich genötigt sah, fünf gewaltige Gänge von etwas zu essen, was für den Tycoon offenbar *ancienne cuisine* verkörperte, während sich Hartang persönlich mit den köstlichsten Tellern der Nouvelle-Variante vergnügte. Selbst der Wein, ein sehr schwerer Burgunder, war dem Schatzmeister zu mächtig, und mehrmals warf er fast neidische Blicke auf die Flasche Vichy-Wasser seines Gastgebers. Doch wenigstens wurden im Laufe des Essens Hartangs Gesprächsbeiträge klarer.

»Sie fragen sich bestimmt, warum ich mich genauso salopp kleide wie alle anderen, die hier bei Transworld Television Productions arbeiten.« Er verstummte und nippte an seinem Mineralwasser.

»Der Gedanke ging mir durch den Kopf«, bestätigte der Schatzmeister, obwohl ihn diese verdammte Perücke noch mehr beschäftigte.

Edgar Hartang blinzelte milde und lächelte schwach. »Okay, ich verrat's Ihnen«, sagte er und legte dabei den Kopf schräg, so daß die Perücke nach links verrutschte. »Ich habe mir nicht vorgenommen, mich zu kleiden wie sie, sondern ich gestatte ihnen, sich so zu kleiden wie ich. Rollkragenpullis gefallen mir schon immer. Sehr bequem und natürlich aus Seide. Und die Farbe paßt zu dem schwarzen Blazer. Die Knöpfe sind mein eigener Entwurf. Das Transworld-Emblem wurde draufgeprägt. Erkennen Sie ein Bäumchen?«

Der Schatzmeister betrachtete einen Knopf des Tycoons und sah etwas, das wie ein kleiner Strauch aussah.

»Sehr geschmackvoll«, fuhr Hartang fort. »Und der Pulli ist natürlich aus Seide.«

Das war dem Schatzmeister bereits bekannt.

»Der Blazer ist reiner Kaschmir. Dann saubere und frische weiße Strümpfe. Und für die Füße die ethnisch korrekten amerikanischen Mokassin-Schuhe, überaus bequem. Ich selbst mag das, und was gut genug für mich ist, ist auch gut genug für meine Mitarbeiter.« Wieder hielt er inne und wartete auf die Zustimmung seines Gegenübers.

»Eine wirklich nette Idee von Ihnen«, sagte der Schatzmeister, was er umgehend bereute. Edgar Hartangs Vokabular mochte seltsam eklektisch und sein Akzent nicht recht einzuordnen sein, doch fest stand, daß er Schwierigkeiten hatte, zwischen »nette Idee« und »dumme Idee« zu unterscheiden. Er nahm kurz die Brille ab, und diesmal fand der Schatzmeister seinen Blick alles andere als milde.

»Sie halten das für eine nette Idee?« fragte Hartang. »Finden Sie wirklich?«

»Damit meinte ich natürlich, es ist eine großartige Idee. Gewiß wären nur sehr wenige Männer in Ihrer Position so aufmerksam.«

»Kein einziger«, insistierte Hartang. »Keiner.«

»Keiner«, wiederholte der Schatzmeister, der spürte, daß hier Zustimmung gefragt war.

Eine Zeitlang aß er stumm weiter, während der bedeutende Mann ein paar Telefonate nach Hongkong, Buenos Aires und New York erledigte und anscheinend eine Magentablette lutschte. Erst als der Schatzmeister ein unangenehm klebriges Marmeladetörtchen verzehrt hatte, das seinem Gebiß übel zusetzte, und gerade einen Kaffee trank, verkündete Hartang seine Absichten. »Ich muß Sie nächste Woche noch mal treffen, um die Finanzierungsbedingungen abzuklären. Karl wird mit Ihnen und den Buchhaltern die Termine vereinbaren. Ich selbst beschäftige mich nicht mit Details. Nur mit Resultaten. War mir wirklich ein großes Vergnügen. Die Finanzierungsbedingungen besprechen wir nächste Woche.«

Und noch ehe sich der Schatzmeister bedanken konnte, war er durch eine als Spiegel getarnte kleine Tür in der Wand verschwunden. Karl Kudzuvine wartete am Fahrstuhl. »Gleiche Zeit, gleicher Ort, und vergessen Sie Ihren Ausweis nicht«, sagte er. »Und die Auszüge der Collegekonten.«

»Auszüge?«

»Klar. Wir müssen doch sehen, was wir kriegen. Okay?«

»Also, eigentlich haben wir …«, setzte der Schatzmeister an, wurde aber schon in ein Taxi verfrachtet, das er zum Bahnhof Liverpool Street Station fahren ließ. Das gesamte Erlebnis war höchst sonderbar und ein wenig beängstigend gewesen. Und doch konnte sich der Schatzmeister beglückwünschen. Auch wenn er vielleicht – ganz gewiß – nicht wußte, was da eigentlich vor sich ging, so hatte er anscheinend das Interesse irgendeines stinkreichen und exzentrischen Mannes, dessen nationale, ethnische oder sprachliche Herkunft er noch nicht einmal ansatzweise ergründen konnte, an Porterhouse geweckt, und die wiederholte Verwendung des Begriffes »Finanzierungsbedingungen« klang vielversprechend.

In der folgenden Woche zog er etliche Erkundigungen über Transworld Television Productions und Edgar Hartang ein; einige Auskünfte waren beruhigend, andere weniger. TTP hatte als kleine Fernseh- und Verlagsgesellschaft begonnen, die anfangs hauptsächlich für den US-amerikanischen Markt Lehr- und religiöse Zeichentrickfilme gedreht hatte. Doch mit dem Aufkommen des Satellitenfernsehens und dank einer offenbar gewaltigen Kapitalspritze – unbekannter Herkunft – hatte sie ihre Aktivitäten plötzlich ausgeweitet. Sie war eine Privatfirma und gehörte einer Art Treuhandgesellschaft, die von Liechtenstein und eventuell den Cayman Islands und Liberia aus operierte. Kurzum, keiner – jedenfalls keiner, den der Schatzmeister fragen konnte –, keiner wußte, wer Edgar Hartang war, woher er kam, oder auch nur, wo er lebte. Man vermutete, daß er in London ein Apartment im Transworld Center bewohnte, doch da er ausnahmslos incognito und per Privatflugzeug reiste, blieb es ein Geheimnis, was er außerhalb Großbritanniens trieb. Und was Transworld Television Productions machte, war ebenfalls nicht mit Bestimmtheit zu sagen. Die Firma stellte zwar immer noch religiöse Filme her, doch für so viele unterschiedliche Religionen und Glaubensbekenntnisse, daß keiner eine Ahnung hatte, wofür sie wirklich stand. Um alles noch verworrener zu machen, vermarktete Transworld ihre wie auch immer gearteten Produkte über so viele Tochtergesellschaften in so vielen Ländern, daß man unmöglich den Überblick behalten konnte.

»Aber was ist mit den Walen und den Oktopusbabys?« wollte der Schatzmeister von einem Mann wissen, der Verbindungen zur Abteilung Natur und Umweltschutz bei der BBC hatte.

»Wale und was?«

»Oktopusbabys«, wiederholte der Schatzmeister, der über

Karl Kudzuvines Erklärung für die außergewöhnlichen Sicherheitsmaßnahmen im Transworld Centre immer noch nicht hinweggekommen war. »Sie haben eine Fernsehserie gedreht, die ziemlich dramatische Auswirkungen auf die spanische Fischereiindustrie hatte. Es gab Morddrohungen und dergleichen.«

»Lieber Himmel, davon hab ich zwar nie gehört, aber wenn Sie es sagen. Versuchen Sie's in der Abteilung ›Tierwelt und Naturschutz‹. Die müssen's wissen. Ich nicht.«

Doch darauf hatte der Schatzmeister verzichtet. In seinen Augen war nur wichtig, daß Transworld Television Productions offenbar Geld übrig hatte. Eine Firma, die religiöse Filme für den Vatikan, für mehrere extreme protestantische Glaubensgemeinschaften im amerikanischen Bible Belt, für Hindus, für Buddhisten sowie diverse Sekten weltweit und außerdem Dokumentarfilme über Regenwälder und Oktopusbabys herstellte, mußte einfach unglaublich reich sein. Der Schatzmeister glaubte allmählich, auf eine private Goldmine gestoßen zu sein. Dennoch blieb er verwirrt, und seine Verblüffung steigerte sich, als er am folgenden Mittwoch nach London fuhr.

Diesmal traf er Mr. Hartang nicht an. »Er hat gerade mit Rio zu tun, und danach wird er in Bangkok gebraucht, er steht also nicht zur Verfügung«, teilte ihm Kudzuvine mit, als der Schatzmeister den Metalldetektor durchschritten hatte und die Hauptbücher von Porterhouse geröntgt worden waren. »Sie müssen sich mit mir und Skundler begnügen. Skundler macht die Bewertung.«

»Bewertung?« sagte der Schatzmeister.

»Geldmäßig. Okay?«

Sie nahmen den Fahrstuhl in den neunten Stock, dann ging es wieder runter bis sechs. »Vorsichtsmaßnahmen. Für den Notfall«, erklärte Kudzuvine.

»Gibt es immer noch Probleme wegen der Oktopusbabys?« erkundigte sich der Schatzmeister. Einen Augenblick lang schien Kudzuvine leicht verunsichert.

»Oktopusbabys? Na klar, die Oktopusbabys. Und ob, Mann. Diese beschissenen Spaghetti-Fischer in Italien. Die haben uns so viel Ärger gemacht, das können Sie sich gar nicht vorstellen. Morddrohungen, Mann.«

»Italiener? Italienische Fischer auch?« fragte der Schatzmeister.

»Wer sonst?« fragte Kudzuvine, doch zum Antworten hatte der Schatzmeister keine Zeit mehr. Sie waren im sechsten Stock angekommen. Kudzuvine trug die Hauptbücher in Skundlers Büro und stellte den Schatzmeister als Professor Schatzmeister vor.

»Ross Skundler«, sagte der Mann, der genau wie Edgar Hartang vor einer Woche aussah, nur ohne Haarteil. Auch auf diesem Schreibtisch lag eine Glasplatte, er war aber viel kleiner als der von Hartang, und die Stühle waren zwar genauso grün, doch eindeutig mit Kunstleder bezogen. Es gab kein Sofa. Während der Schatzmeister die Einzelheiten von Ross Skundlers Büro mit seinen Computern und Telefonen inspizierte, plagte sich der Bewertungsmanager damit, die Hauptbücher von Porterhouse zu erfassen. Sie waren extrem unhandlich und in dunkelrotes Leder gebunden. »Himmel«, murmelte er und sah von ihnen zu Kudzuvine. »Was ist das denn? Wo haben Sie die bloß gefunden? Ararat?«

»Arafat?« sagte Kudzuvine. »Was hat die PLO damit zu tun? Steht doch Porterhouse drauf. Können Sie bloß Zahlen lesen oder was?«

»Arche«, sagte Skundler, der offensichtlich von Kudzuvines Benehmen genausowenig hielt wie vom Aussehen der Hauptbücher. »Die Arche auf dem verdammten Berg Ararat. Tiere paarweise, okay? Können Sie nicht zählen oder was? Zwei mal zwei gleich vier?«

Der Schatzmeister hätte beinahe eine beiläufige Bemerkung über Oktopusbabys und Noah eingestreut, als ihm noch rechtzeitig einfiel, daß Oktopusse – oder hieß es Oktopi? – schwimmen konnten. In Gesellschaft dieser beiden Männer, die einander augenscheinlich nicht ausstehen konnten, fühlte er sich alles andere als wohl.

»Ich kann zählen«, sagte Kudzuvine, »Professor Schatzmeister hat keinen Computerausdruck. Stimmt das nicht, Prof?«

Der Schatzmeister nickte. »Leider haben wir mit Computern nichts am Hut«, versuchte er sich ihrer Sprechweise anzupassen.

»Das können Sie laut sagen«, erwiderte Skundler und betrachtete immer noch ausgesprochen finster die riesigen Hauptbücher. »Das ist so 'ne Art fiskalische Archäologie. Als hätte man's mit den Fuggers zu tun.«

Doch jetzt wurde es sogar dem Schatzmeister zuviel. »Ich möchte doch sehr bitten«, sagte er betont kühl.

Mr. Skundler musterte ihn mißtrauisch. »Um was?« fragte er.

Diesmal war Kudzuvine an der Reihe, einzugreifen und zu schlichten. »Nur weil der Prof nicht mit Computern umgehen kann, müssen Sie ihn noch lange nicht dermaßen beschimpfen. Der alte Herr kann doch nichts dazu.«

»Ihn wie beschimpfen, *fuck* noch mal?«

»Sie wissen schon. Gerade haben Sie's wieder gesagt.«

»Wieder gesagt? Sie meinen ...« Jetzt dämmerte es ihm. »Ich hab ihn nicht *Fucker* genannt. Was hat er denn verbrochen, daß ich ihn so beschimpfen sollte? *Fugger*, Blödmann, F-U-G-G-E-R. Deutsche Banker damals im finsteren Mittelalter. Na ... na, während der Kreuzzüge oder so. Haben mit Federkielen geschrieben. Herrgott noch mal, wie kann man so ein Geschäft führen. Mußten jedesmal 'ne Scheißgans fangen, wenn sie 'n Eintrag machen wollten. Benutzen Sie einen ...« Doch irgend etwas in der Miene des Schatzmeisters ließ ihn verstummen. »Okay, los geht's«, sagte er statt dessen und klappte das erste Hauptbuch auf. »Hoffe bloß, ihr seid schon bei der doppelten Buchführung angelangt.«

Der Schatzmeister wehrte sich. »Und ob wir das sind«, sagte er. »Und obendrein benutzen wir keine Federkiele.«

Mr. Skundler schob seine blaue Brille auf die Stirn und ließ die Blicke mehrere Minuten lang über die Seiten schweifen, während ihn der Schatzmeister zornig anstarrte und ihm Kudzuvine über die Schulter und auf die Zahlen schaute. Offensichtlich trauten sie ihren Augen nicht. Endlich sah Skundler hoch.

»Eins muß ich Ihnen sagen, Professor Schatzmeister«, sagte er in beinahe freundlichem Ton, »ich muß es Ihnen sagen. Bei solchen Zahlen vergeuden Sie Ihre Zeit. Sie brauchen keine doppelte Buchführung. Hier geht's nur in eine Richtung. Finanziell sozusagen am absoluten Nullpunkt.« Er schüttelte den Kopf. »So was hab ich nicht mehr gesehen, seit Maxwell irgendwo im Meer baden gegangen ist.«

»Meinen Sie nicht diese Bank, BCCI?« fragte Kudzuvine. »Maxwell wurde am Olivenberg begraben.«

»Oliven gehören in den Martini«, sagte Skundler. »Ölberg heißt der Hügel, verdammte Axt.«

Der Schatzmeister sah hundeelend aus. All seine Hoffnungen waren zerstoben. »Tut mir sehr leid«, sagte er, »aber so ist es nun mal. Wir sind ein sehr armes College, und ich möchte Ihre Zeit nicht länger verschwenden ...«

Skundler hob eine Hand. »Unsere Zeit verschwenden? Professor Baby, Sie verschwenden unsere Zeit nicht eine Mikrosekunde lang. Sie brauchen uns. Dafür sind wir da. Sie verschwenden unsere Zeit mitnichten. Was Besseres als das hier hab ich nicht mehr gesehen, seit die Berliner Mauer abgerissen wurde. Plötzlich steht Leuten wie Soros die Welt offen.«

»Wirklich?« sagte der Schatzmeister. »Ausgesprochen interessant. Sie reden von dem Finanzier Soros, der Pfund Sterling verkauft hat und …? Ach, egal. Sie denken tatsächlich, daß Mr. Hartang Porterhouse finanziell unter die Arme greifen wird?« Das sagte er so unsicher, daß Kudzuvine ihm beruhigend eine – wenn auch schwere – Hand auf die Schulter legte.

»Denken, Professor Schatzmeister? Wir denken nicht, wir wissen. Die Sache ist bereits unter Dach und Fach.«

»Wir werden das Kind schon schaukeln«, bekräftigte Skundler. »Die Sache ist geritzt, keine Frage.«

»Also, eine einzige Frage wäre da doch noch«, sagte der Schatzmeister, plötzlich von großem Glücksgefühl und Selbstvertrauen erfüllt. »Und zwar … und zwar, warum sollte Mr. Hartang so überaus großzügig sein?«

»Großzügig?« wiederholte Skundler. »Logisch ist er großzügig. Mit Großzügigkeit ist er reich geworden. Er ist Philantrop.«

»Das isser echt«, mischte sich Kudzuvine ein, »obwohl er sich seit dieser Herzkoronargeschichte bei den Mädels etwas zurückhalten muß. Strengt ihn zu sehr an. Wie ich mal zu ihm gesagt habe: ›Mr. Hartang, Sie sollten mal 'n Gang runterschalten. Machen Sie's wie Clinton, sollen sie doch auf die Knie fallen und Ihr Ding anbeten.‹«

»Also, ich muß schon sagen …«, begann der Schatzmeister, doch Skundler unterbrach ihn.

»Lieber nicht. Ist besser so, wenn sich K. K. in der Nähe herumtreibt. Der versteht alles falsch. Is vielleicht eine Frage der Hormone.«

»Mormone«, sagte Kudzuvine. »Mit M vorne.«

»Was hab ich gesagt?« fragte Skundler den Schatzmeister.

»Für den ist Unwissenheit so was wie 'ne Religion.«

»Von wegen Unwissenheit. Wir haben mal 'ne Fernsehserie über Mormonen in der Nähe von Salt Lake City gedreht. Echt nett.«

Als der Schatzmeister schließlich nach Cambridge zurückfuhr, waren die Hauptbücher unter einigen Schwierigkeiten kopiert worden, und er schwankte zwischen Euphorie und Verwirrung. Wenn er Kudzuvine und Ross Skundler richtig verstanden hatte, wollten Edgar Hartang und Transworld Television Productions nicht nur Geld nach Porterhouse pumpen, weil Hartang Philantrop war, sondern auch, wie es Kudzuvine formuliert hatte: »Weil in Cambridge ist die Action. Bei euch geht's voll ab.«

»Danke für das Kompliment, aber ...«

»Hören Sie. Sie wohnen da. Cambridge. Die Gegend ist klarer Punktsieger vor Disneyworld. Geschichte, die DNS, Professoren, haufenweise Kirchen und so 'n Kram. Überall Genies wie Hawking. Lesen Sie mal *Die Geschichte der Zeit*. Tolles Buch. Gibt einem was. Ich war da oben, hab mich mal umgesehen, und das war 'ne Wucht mit Unmengen Weibern auf'm Fluß und 'nem Rasen, als kriegte er jeden Tag 'ne Gesichtsbehandlung. Cambridge. Mann, Cambridge läßt die virtuelle Realität aussehen, als gäb's die gar nicht.«

Genauso kam dem Schatzmeister Transworld Television vor. Er begriff immer noch nicht, daß jemand wie Hartang reich davon wurde, daß er Geld verschenkte. Das ergab keinen Sinn.

6

Auch Purefoy Osberts Fahrt nach London verlief einigermaßen merkwürdig. Purefoy wußte nicht recht, warum – oder besser gesagt wie – man ihn als Sir-Godber-Evans-Gedächtnis-Fellow in Porterhouse ausgewählt hatte, und Goodenough wußte nicht recht, ob er ihn wirklich persönlich kennenlernen wollte. Er mußte von Vera gezwungen werden, die behauptete, er würde angenehm überrascht sein; Lady Mary hingegen bestand darauf, daß Dr. Osbert vor ihrem Gespräch mit ihm entweder von Lapline oder von Goodenough – am besten von beiden – überprüft wurde, um sicherzustellen, daß er gepflegt aussah, daß ihr kein Alkoholiker ins Haus stand, daß er kein geisteskranker Rassist wie Dr. Lamprey Yeaster aus Bristol war, der die Massenabschiebung von Schwarzen befürwortete, und daß er vor allem nicht aus Grimsby kam.

»Grimsby? Was hat sie gegen Grimsby?« wollte Mr. Lapline wissen, als er ihren Brief las. »Hochangesehene Stadt. Natürlich ist es im Winter kalt da oben.«

»Wenn Sie sich in Erinnerung rufen, daß der Kandidat aus Grimsby auf...«, fing Goodenough an.

Mr. Lapline erinnerte sich. »O Gott«, sagte er heftig. »Sie wollen mir doch nicht erzählen, daß Lady Mary ihn leibhaftig zum Vorstellungsgespräch empfangen hat?«

»Ich glaube, er ist sogar über sie hergefallen«, fuhr Goodenough fort. »So wie sie es erzählt hat, lag sie mit ihrem kranken Bein auf der Chaiselongue...«

»Ich warne Sie, Goodenough, wenn Sie Lady Mary als Mandantin verlieren, dann... dann...« Ein neuer Gallenblasenkrampf ließ ihn verstummen.

»Genau darum müssen wir Dr. Purefoy Osbert überprüfen«,

sagte Goodenough. »Ich dachte, wenn wir ihn zum Abendessen in den Savoy Grill einladen … Was ist denn jetzt los?«

Mr. Lapline erklärte, was los war, und warum er verdammt noch mal weder den Savoy Grill noch irgendein anderes Londoner Restaurant betreten werde, und falls Goodenough ernsthaft glaube …

»Ich hab ja nur gemeint, dann wüßten wir, ob er stubenrein ist und ordentlich mit Messer und Gabel umgehen kann und dergleichen. Wir können unmöglich einen ungehobelten oder verkommenen Kerl nach Porterhouse schicken. Oder zulassen, daß Lady Mary belästigt wird.«

Mr. Lapline warf ihm einen seltsamen Blick zu. »Goodenough«, sagte er dann, »manchmal frage ich mich, ob Sie wirklich ganz bei Trost sind. Falls Ihr Gedächtnis so weit zurückreicht, erinnern Sie sich vielleicht noch, daß ich Ihnen bei meiner ersten Durchsicht der Liste sagte, das seien durch die Bank unmögliche Kandidaten, und dieses Schwein aus Grimsby gehöre hinter Gitter. Und jetzt entblöden Sie sich nicht, mir zu erzählen, wir könnten nicht irgendeinen ungehobelten Kerl nach Porterhouse schicken. Die ganze verdammte Bande ist nicht mal ansatzweise gehobelt.«

»Aber kein anderer wollte den Posten, und wir mußten schließlich ein paar Kandidaten für sie auftreiben«, sagte Goodenough. »Jedenfalls werde ich diesen Purefoy Osbert zu einem guten Abendessen einladen und Ihnen erzählen, wie es war. Ich glaube, ich nehme ein Omelette Arnold Bennett.« Und mit dieser ungeschickten Schlußbemerkung verließ er das Büro.

Er war schließlich angenehm von Purefoy überrascht, der für einen Universitätsdozenten relativ gut gekleidet war, zur Feier des Tages sogar eine Krawatte angelegt hatte und sich nicht unangemessen beeindruckt zeigte, als er in den Savoy Grill eingeladen wurde. Nachdem Purefoy diesen Test mit fliegenden Fahnen bestanden hatte – er hatte als Aperitif ein Glas trockenen Sherry dem von Goodenough angebotenen extratrockenen Martini vorgezogen und anschließend zum Essen in aller Ruhe zwei Gläser Wein geleert –, hatte Goodenough darauf bestanden, ihn in ein ausgesprochen mieses Stripteaselokal mitzunehmen. Purefoy hatte dazu bemerkt, er sei noch nie in einem vergleichbaren Etablissement gewesen und habe auch nicht vor, dieses Erlebnis zu wiederholen. Außerdem seien die Frauen nicht der Rede wert, obwohl einige, wenn er es recht bedenke, so schlimm aussähen, daß ein Gespräch über sie vielleicht half, die Erinnerung an sie wieder loszuwerden. Aufgrund dieser Bemerkung – Goodenough fand die eine oder andere Stripperin recht attraktiv – machten sie, nachdem Purefoy praktisch gezwungen worden war, zwei doppelte Scotch zu kippen, als nächstes in einer Schwulenbar voller Transvestiten und in Leder gekleideter Männern halt, wo Purefoy von einer Person angefaßt wurde, die eine Lesbierin hätte sein können, aber wohl doch keine war. Inzwischen war Goodenough fast überzeugt, und was Purefoy von Goodenough hielt, ließ sich ohne das Wörtchen »fast« formulieren.

Goodenoughs nächste Frage, die er, lässig an den Tresen gelehnt, stellte, setzte allem die Krone auf: »Interessieren Sie sich zufällig für Analerotik?«

Purefoy wich ein paar hektische Schritte zurück und stieß gegen einen Mann in einem ledernen Stringtanga, der an dieser Begegnung offenbar Gefallen fand. »Verzeihung«, nuschelte Purefoy, der Goodenough immer noch mißtrauisch im Auge behielt.

»Weshalb denn?« sagte der Mann in dem Ledertanga. »Das Vergnügen ist ganz auf meiner Seite.«

Was in dem Fall zutraf. Purefoy Osbert amüsierte sich nämlich ganz und gar nicht. Der gesamte Abend war eine einzige Katastrophe gewesen. Ein Anwalt in einem zu hellen Anzug und grauen Wildlederschuhen hatte ihn in ein exorbitant teures Restaurant eingeladen und dort versucht, ihn mit einem riesigen superstarken Gin-Martini – den er glücklicherweise abgelehnt hatte – betrunken zu machen und hatte ihn dann während des Essens aufdringlich angestiert, wobei er sich offenbar vor allem für Purefoys Hände und den Mund interessierte. Anschließend, vermutlich um ihn kirre zu machen, hatte der Mann ihn in ein dreckiges Striplokal geschleppt, wo er mitansehen mußte, wie sich abstoßende Frauen aus ihren Klamotten wanden. Dann hatte er darauf bestanden, daß Purefoy in einer Bar voller Homosexueller zwei doppelte Whiskys kippte und auch noch gefragt, ob sich Purefoy für Analerotik interessiere. Kein Wunder, daß ihn dieser Drecksack schon den ganzen Abend lang so merkwürdig angeglotzt hatte. Purefoy wollte nicht bleiben und abwarten, was als nächstes geschah. Da mußte er seine Phantasie nicht lange bemühen. Und er konnte sich nun ziemlich genau denken, warum ihm das Stipendium in Porterhouse angeboten worden war, um das er sich gar nicht beworben hatte.

Purefoy Osbert begab sich in Richtung Tür und hatte unterwegs noch mehrere unangenehme Begegnungen. Goodenough folgte ihm, doch Purefoy reichte es jetzt. »Lassen Sie das gefälligst«, sagte er drohend und ging rückwärts auf die Straße. »Bleiben Sie mir gefälligst vom Leib.«

»Aber mein Lieber«, sagte Goodenough entschuldigend, »ich wollte doch nur …«

»Das kriegen Sie aber nicht, und damit basta. Keine Ahnung, wie Sie auf die Idee verfallen … o doch, jetzt weiß ich's. Meine verdammte Cousine ist schuld – das stellt sie sich unter einem lustigen Streich vor! Mein Gott, dafür wird sie mir bezahlen. Schleppt mich bis nach London.«

»Niemand schleppt Sie, das versichere ich Ihnen«, sagte Goodenough. »Sie haben das offenbar in den falschen Hals gekriegt.«

»Hab ich nicht«, erwiderte Purefoy ein wenig unartikuliert. Die beiden Scotch zeigten Wirkung. »Aber Sie kriegen gleich eins an den Hals…« Er sah sich nach einer Waffe um und wurde fast von einem Taxi überfahren. Als er nach vorn torkelte, packte ihn Goodenough am Arm.

Purefoy schüttelte ihn ab. »Damit das endgültig klar ist«, sagte er und ballte die Hand zur Faust. »Sie sind vielleicht eine verdammte Schwuchtel…. aber ich nicht, und wenn Sie mich noch mal anfassen, dann…«

Weiter kam er nicht. Vor ihm baute sich eine sehr große Person in einem grellkarierten Anzug auf. »Wen nennst du hier Schwuchtel?« fragte sie und landete umgehend einen K.-o.-Schlag auf Purefoy Osberts Kinn. Goodenough fing Purefoy auf und hielt ein Taxi an.

»Earls Court«, sagte er dem Fahrer und gab die Adresse von Veras Wohnung an. Als sie dort eintrafen, blutete Purefoys Nase nicht mehr, und er wußte gar nicht genau, was eigentlich passiert war. Sie nahmen den Fahrstuhl nach oben.

»Ich bin wohl besser nicht mehr da, wenn er am Morgen aufwacht«, sagte Goodenough zu Vera, als sie Purefoy ins Bett gebracht hatten. »Der Abend war absolut grauenhaft.«

»Das sehe ich«, sagte Vera. »Was um alles in der Welt ist denn passiert?«

»Er dachte, ich wollte ihn verführen. Dieser Scheißkerl aus Grimsby ist an allem schuld.«

»Und dann hast du ihn geschlagen, weil…?«

»Ich hab ihn nicht geschlagen. Das war ich nicht«, sagte

Goodenough. »Irgendeine lesbische Bodybuilderin hat ihm eine verpaßt, weil er mich Schwuchtel nannte. Und ich verrat dir noch was. Er glaubt, du hättest uns beide zusammengebracht, damit ich mich an ihn ranschmeißen kann. Er hat geschworen, dich umzubringen. Du hast ja keine Ahnung, wie es war. Als ob ich ihn flachlegen wollte.«

»Und jetzt verrat ich dir etwas«, sagte Vera. »Du bleibst über Nacht und legst mich flach. Das ist der einzige Ausweg.«

Sie gingen zusammen ins Schlafzimmer und zogen sich aus.

»Eins muß ich dir lassen«, sagte Goodenough. »Du suchst jedenfalls die idealen Kandidaten aus. Lady Mary wird von Purefoy begeistert sein, und in Porterhouse wird er ein Chaos anrichten.«

Zwei Tage später und nur nach beträchtlichen Überredungskünsten und gutem Zureden fuhr Purefoy zu dem Vorstellungsgespräch mit Lady Mary. Er hatte immer noch seine Zweifel, was Goodenoughs sexuelle Orientierung anging. »Du hättest diese Schwulenbar sehen sollen«, sagte er zu Vera. »Ehrlich, was die Leute treiben, ist mir egal, aber das war wie eine Höllenvision von Hieronymus Bosch. Und warum mußte er mich dauernd so ansehen?«

»Er mußte einfach sichergehen«, sagte Vera.

»Na, hoffentlich ist er sich jetzt sicher. Und laß mich nie wieder allein mit ihm. Schon möglich, daß er so stinknormal ist, wie du behauptest, aber wenn du gesehen hättest, wie er auf meinen Mund gestarrt hat…«

»Er ist in Ordnung, das kannst du mir glauben. Und jetzt erzähle ich dir von Lady Mary Evans…«

Purefoy Osbert blieb eine Stunde bei Lady Mary, die sich hinter ihrem Schreibtisch und mit dem Mann der Haushälterin in der Nähe immer noch am sichersten fühlte. »Dr. Osbert«, sagte sie, »wie ich Ihrer Bewerbung entnehme, waren Sie elf Jahre an der Universität Kloone. Ist das nicht eine lange Zeit, und immer an derselben Universität? Wollten Sie Ihre Laufbahn nicht voranbringen?«

»Meine Laufbahn besteht aus der Erforschung dessen, was wirklich geschehen ist«, sagte Purefoy und schaute nicht gerade freundlich in ihre seltsam blauen Augen. »Andere Methoden interessieren mich nicht, und ich kann die Fakten genausogut in Kloone recherchieren wie sonstwo. Gewißheit findet man in Primärquellen und, bis zu einem gewissen Maß, in Sekundärquellen, allerdings nur, wenn solche Befunde von einer anderen, völlig unabhängigen Quelle bestätigt werden.«

Lady Mary nickte, vielleicht zustimmend. »Und wie ich sehe, forschen Sie über die Methoden des Justizvollzugs oder, einfacher gesagt, über Gefängnisse.«

»Mit besonderer Betonung auf der Todesstrafe«, ergänzte Purefoy.

»Die Sie billigen?«

Es fehlte nicht viel, und Purefoy Osbert wäre aufgesprungen. »Die ich von ganzem Herzen mißbillige«, entgegnete er. »Ja, der Begriff ›mißbilligen‹ reicht nicht aus, um meine Überzeugung auszudrücken. Die Todesstrafe in jedweder Form ist ein Akt äußerster Barbarei und …«

Er war Feuer und Flamme, doch Lady Mary unterbrach ihn. »Das höre ich mit großer Freude«, sagte sie. »Dr. Osbert, was Sie soeben äußerten, bestätigt, was mir mein Anwalt, Mr. Lapline, versicherte, der mit der Kandidatenauswahl für das Stipendium betraut war, das ich am Porterhouse College stifte.«

Purefoy Osbert rutschte auf seinem Stuhl hin und her. Er wollte zwar das mit diesem Stipendium verbundene Geld haben, aber auch dieser eigenartigen Person gegenüber offen und ehrlich sein. »Ich finde, Sie sollten außerdem wissen«, sagte er, also »daß ich schwere Vorbehalte gegen das Porterhouse College hege. Wie ich leider sagen muß, genießt es einen ausgesprochen miserablen Ruf, und ich bin mir absolut nicht sicher, ob ich dorthin will.«

Vor ihm saß eine lächelnde Lady Mary, wenn man das, was sich in ihrem Gesicht abspielte, denn so nennen wollte. Ihre gelben Zähne glänzten. Was sie empfand, ließ sich nicht übersehen. »Mein lieber Dr. Osbert, ich hoffe, daß ich Sie so anreden darf, aber Ihre Meinung von Porterhouse deckt sich so voll und ganz mit meinen eigenen Ansichten über das College, daß ich Ihnen jetzt bereits versichern kann, das Stipendium gehört Ihnen, wenn Sie mir – und natürlich meinem verstorbenen Gatten – die Ehre erweisen, es anzunehmen.«

Sie lehnte sich in ihren Sessel zurück und ließ Purefoy die Anerkennung auskosten, die sie ihm hatte zukommen lassen. Purefoy Osbert dachte darüber nach.

»Ich brauche leider zusätzliche Informationen, bevor ich eine Entscheidung treffe«, sagte er fest. »Ich danke Ihnen für das Angebot, aber ich beschäftige mich nicht mit vagen Hypothesen und, offen gesagt, ich muß wissen, warum man mir diesen Posten anbietet und welche genauen Absichten Sie damit verbinden. Es hieß, es solle Material für eine Biographie Ihres Mannes aufbereitet werden, aber angesichts der Höhe des Gehalts oder Stipendiums...« Nun war Lady Marys Strahlen unübersehbar. Ja, wäre sie eine andere und Purefoy Osbert den Gefühlen von Frauen gegenüber aufgeschlossener gewesen, die nicht Mrs. Ndhlovo hießen, hätte er gesagt, daß sie sich in ihn verliebt hatte. Statt dessen hörte er zu, während sie den Zweck des Stipendiums erläuterte.

»Ich habe es ins Leben gerufen und biete es Ihnen an, weil die Arbeit meines Mannes in Porterhouse nicht so gewürdigt wurde, wie sie es verdient hätte. Wir... er hatte vor, aus dem

College eine herausragende Institution für Forschung und Lehre zu machen und stieß da bei den Fellows auf ganz beträchtlichen Widerstand. Ich möchte, daß er posthum die ihm gebührende Anerkennung und Wertschätzung erfährt. Und ich will, daß seine Pläne verwirklicht werden.«

»Aber ich wüßte nicht, wie ich einen substantiellen Beitrag dazu leisten könnte«, warf Purefoy ein.

»Zweifellos wird Ihre Anwesenheit ein erster Schritt sein«, sagte Lady Mary ernst und beugte sich über den Schreibtisch vor. Sie hielt inne und sah ihn mit ihren blaßblauen Augen an. »Und natürlich müssen Sie für die Erstellung einer Biographie alles über sein Leben und, wenn ich das sagen darf, seinen Tod herausfinden. Sie halten mich vielleicht für seltsam, aber ich bin mit der offiziellen Erklärung nicht zufrieden und will wissen, was genau passiert ist. Die Wahrheit, Dr. Osbert, mehr nicht. Ich gebe zu, daß man mich für eine schwache und fehlbare Frau hält, aber das ist eine von Männern beherrschte Welt, und das ist deren Ansicht. Dieses eine Mal bin ich bereit, die Einschätzung zu akzeptieren. Ich bitte Sie, in dieser Angelegenheit die Tatsachen herauszufinden. Falls Sie sichere Beweise finden sollten, daß das vorzeitige Ableben meines armen Godber auf natürliche Ursachen zurückzuführen ist, werde ich Ihr Urteil akzeptieren. Mein Leben lang mußte ich schwer verdauliche Wahrheiten akzeptieren, und zwar auf der Grundlage von teilweise grauenhaften Tatsachen.« Das wußte Purefoy Osbert bereits. Die Belege für ihren früheren Idealismus hingen vor ihm an den Wänden, als signierte Porträtfotos einiger der mörderischsten führenden Politiker des zwanzigsten Jahrhunderts. Sogar Purefoy Osbert, der sich für Politik oder Politiker nie groß interessiert hatte, war sich deren Gegenwart bewußt Lady Marys Ideale waren offenbar die gleichen, die er aus Kloone gewöhnt war.

»Für mich steht fest, daß Sie der Richtige für diese Aufgabe sind«, fuhr sie fort. »Mr. Goodenough wird Ihnen sämtliche zusätzlichen Informationen zukommen lassen, die Sie brauchen. Es gibt da eine Reihe von Unterlagen, die Sie äußerst aufschlußreich finden werden.« Und mit dieser praktischen Anmerkung beendete sie die Unterredung. Es hatte keinen Zweck, hier und jetzt ihre wirklichen Ziele zu offenbaren. Viel besser war es, wenn er sich rasch an die Arbeit machte. Und genau das teilte sie Mr. Goodenough telefonisch mit, als Purefoy Kensington Square verlassen hatte. Er hatte sich einverstanden erklärt, unter den in dem Brief aufgeführten Bedingungen nach Porterhouse zu gehen, allerdings nur mit der Garantie, daß seine Forschungen oder Ermittlungen über Sir Godbers Leben und Tod keinerlei Restriktionen unterlägen. Lady Mary hatte versichert, sie werde nichts tun, um seine Suche nach den Tatsachen zu behindern, deutete aber an, daß er von anderer Seite Schwierigkeiten bekommen könne.

»Ich bin von Dr. Osbert sehr beeindruckt«, berichtete sie Goodenough. Mr. Lapline hatte sich geweigert, den Anruf entgegenzunehmen (»Erzählen Sie ihr, ich sei tot oder im Krankenhaus oder sonst was«, hatte er seiner Sekretärin gesagt), und das damit begründet, sie werde bestimmt ebenso heftig auf einen Menschen reagieren, der Crippen für das unschuldige Opfer einer Verschwörung von Scotland Yard hielt, wie er selbst.

»Das freut mich sehr«, sagte Goodenough. »Ich muß gestehen, für mich war er von dem ganzen Haufen der beste.«

Lady Mary hätte ihm gern gesagt, was sie von dem restlichen Haufen hielt, aber eine Art Anfall hielt sie davon ab.

»Jedenfalls ist sie mit deinem entzückenden Cousin wohl ganz zufrieden«, sagte Goodenough zu Vera. »Ja, sie ist sogar einverstanden mit ihm. Ich werde das Adjektiv in seiner Gegenwart nicht benutzen. Er behandelt mich immer noch wie irgendein Tier, das man von Rechts wegen unter Quarantäne stellen müßte. Und passend zu ebendiesem Vergleich hat sie mich angewiesen – ich zitiere wörtlich –, ihn umgehend nach Porterhouse zu schaffen. Nein, mit ›rasch‹ hat sie sich gar nicht erst abgegeben. Sie sagte ›umgehend‹, und bei sechs Millionen in der Kasse wird uns der Collegerat vermutlich keine allzugroßen Schwierigkeiten machen.«

Er hatte recht. Nach einem Anruf beim Obertutor, gefolgt von einem Brief, noch einem Telefonat und einem Fax, war Goodenough zufrieden. »Ich glaube, wir haben den Boden schon sehr gut bereitet«, sagte er zu Mr. Lapline. »Der Dekan ist fort und kann nicht kontaktiert werden, und laut Obertutor wäre der das Haupthindernis für jeden Fellow, der nach dem verstorbenen Rektor benannt würde. Also wird man ohne ihn loslegen.«

»Ich hätte gedacht, das Haupthindernis wäre der jetzige Rektor persönlich«, sagte Mr. Lapline trübsinnig. »Es ist bestimmt nicht einfach, Ratsbeschlüsse von einem Rektor bestätigen zu lassen, der nur unter Schwierigkeiten sprechen und gar nicht schreiben kann. Glauben Sie, die bringen ihn soweit, daß er sein Kreuzchen macht? Falls ja, wird das auf zukünftige Historiker des zwanzigsten Jahrhunderts einen ausgesprochen seltsamen Eindruck machen.«

»Ich weiß nicht recht. Ich bin wohl optimistischer als Sie, was die Zukunft betrifft«, erwiderte Goodenough. »Wahrscheinlich kann dann sowieso niemand mehr lesen. Soviel ich weiß, kann er immerhin wieder sprechen.«

Der Collegerat stimmte Dr. Purefoy Osberts Berufung zu, und man holte Skullion zur Unterzeichnung des Dokuments. Allerdings hielt man es für besser, ihm das mit dem Sir-Godber-Evans-Gedächtnis zu verschweigen.

»Sagen Sie einfach, es sei ein neues Forschungsstipendium«, riet der Praelector dem Obertutor, der den Dekan vertrat. »Wenn ich mich recht entsinne, hegte er nicht unbedingt freundliche Gefühle für Sir Godber.«

»Der Mann war ihm zuwider«, sagte der Obertutor, »was ich ihm wirklich nicht verdenken kann. Ich konnte den Rektor selber nicht ausstehen. Ich habe nur nie begriffen, was der Schatzmeister in ihm sah. Vermutlich das Geld.«

»Natürlich war es das Geld, obwohl es Lady Marys Geld war. Hatte selbst keinen roten Heller. Hat die Knete geheiratet, kein gutes Geschäft. Das bringt mich auf den nächsten Punkt. Ich kann mir nicht einmal ansatzweise vorstellen, welche Finanziers aus der Londoner City Dr. Osbert und das Stipendium gesponsert haben. Meiner Ansicht nach hätten sie wohl am liebsten vergessen, daß es Sir Godber jemals gegeben hat. Als Minister für Forschung und Technologie hat er den kommerziellen Interessen dieses Landes unermeßlichen Schaden zugefügt. Schließlich hat er die öffentlichen Mittel für das gestrichen, was man heute Supraleitfähigkeit nennt. Die steckte damals noch in den Kinderschuhen.«

Nun warf sich der Kaplan irrigerweise ins Zeug. »Bevor ich nach Porterhouse kam, war ich auch fähig, eine Menge Kindstaufen zu leiten«, sagte er, »aber ›super‹ hätte ich keine davon genannt. Das ist eine der Segnungen meiner Tätigkeit als College-Kaplan, daß ich keine Neugeborenen mehr segnen muß. Wenn ich damals in das blickte, was man wohl ihre Gesichter nennen muß, hat mich das beinahe überzeugt, daß Darwin vollkommen recht hatte. Ich kann mich an einen besonders gräßlichen kleinen Knaben erinnern, bei dem ich wehmütig an Ockhams Rasiermesser denken mußte.«

»Ockhams Rasiermesser? Das wird doch wohl zur Beschneidung benutzt«, sagte der Obertutor.

Dr. Buscott schauderte, schwieg aber. Er wußte zwar, was Ockhams Rasiermesser war, doch jetzt war es zu spät für die Fortbildung der leitenden Fellows. Jedenfalls murmelte der Kaplan etwas, der gerade am Einnicken war. »Wissen Sie, Abaelard hat mir immer sehr leid getan. Er wurde mit so was wie Ockhams Rasiermesser bearbeitet. Äußerst unangenehme Sache das.«

7

In einem grauen Steinhaus auf der Landzunge von Portland beendeten der Dekan und Anthony Lapschott ihr spätes Dinner und nahmen den Kaffee in einem langen Zimmer mit Blick über die Lyme-Bucht ein. Die Landzunge von Portland wäre für den Dekan kein Ort gewesen, an dem er sich zur Ruhe gesetzt hätte. Für seinen Geschmack war es dort zu düster und schmuddelig, die Straßen zu leer und steil, und als er früher am Tag den Hügel hinauf am Gefängnis vorbeigefahren war, hatte der landeinwärts wehende Wind Böen der Stärke neun erreicht. Im Laufe des Abends hatte er noch weiter aufgefrischt und heulend am Haus und an den wenigen Büschen im Garten gerüttelt, doch in dem langen holzgetäfelten Zimmer schien der Sturm seltsam unwirklich. Alles dort – es war ebenso Arbeitszimmer und Bibliothek wie Salon – wirkte luxuriös, beinahe zu luxuriös mit den dicken Perserteppichen, den ausladenden Sesseln, dem massiven Schreibtisch mit Lederauflage und einer Couch, auf der Lapschott gern stundenlang lag und las, während jenseits der Fenster der unablässig wehende Wind gegen die Küste peitschte, ohne daß seine Bequemlichkeit darunter litt.

Und genau dieser Kontrast zwischen der grauen, grimmigen Welt draußen und der, die sich Lapschott in dem Haus geschaffen hatte, irritierte den Dekan. Außerdem hatte er für moderne Kunst überhaupt nichts übrig, und am wenigsten gefielen ihm Bacon und Lucian Freud. Seiner Ansicht nach hatte Lapschott einen zu blasierten Geschmack, und offenbar hatte sein Gastgeber von dieser Ablehnung etwas bemerkt. Während des von zwei Filipinas und einem Diener aufgetragenen Abendessens hatte Lapschott erklärt, warum er hier und nicht anderswo lebte, und den Dekan hatten seine Gründe ebenso irritiert wie das Haus an sich.

»Ich finde es amüsant, das Ende der Welt zu betrachten«, sagte Lapschott. »Oder vielleicht sollte ich sagen: die Enden der Welt.« Der Dekan hätte gut und gern auf beides verzichtet. Doch das innen noch rosige Lamm war erstaunlich gut und der Rotwein ausgezeichnet.

»Und in mancherlei Hinsicht gestattet mir die Landzunge von Portland eine melancholische Perspektive. Geographisch gesehen endet England hier. Land's End liegt in Cornwall, und die Einwohner Cornwalls sind Kelten, und außerdem ist Land's End heutzutage sehr kommerzialisiert. Aber hier gibt es nichts als Felsen und den Leuchtturm und jenseits davon das Fastnet Race und das offene Meer. Und im Westen liegt Dead Man's Bay, des Toten Mannes Bucht. So hat Hardy sie genannt. Ein zu nahe an der Küste segelndes Schiff würde der vom Ärmelkanal her blasende Wind erwischen. Es könnte die Landzunge nicht umrunden und würde auf die Sandbank Chesil Bank getrieben werden. Da draußen sind Hunderte von Männern ums Leben gekommen, Herr Dekan. Und hinter uns: noch mehr Tote. Zwei öde Gefängnisse und die dazugehörigen Steinbrüche, aus denen das Baumaterial für das Gibbs Building im King's College sowie die St.-Paul's-Kathedrale stammt. Die Strafgefangenen bauten die Wellenbrecher um den Hafen von Portland, sie leerten im neunzehnten Jahrhundert die Steinbrüche, um die weltgrößte Flotte zu schützen. Auch für sie war Portland das Ende der Welt. Wenn ich auf den Hafen hinabschaue, bereitet mir seine Leere eine seltsame Befriedigung. Die paar Schiffe, die es noch gibt, haben in einer winzigen Hafennische Platz. Diese Welt gibt es heute nicht mehr, auch wenn ich soeben die überaus interessante Biographie Fishers gelesen habe, von Jan Morris. Fisher war auf seine Art ein Verrückter, der das berühmte Kriegsschiff *Dreadnought* gebaut und ein Marinewettrüsten mit dem kaiserlichen Deutschland begonnen hat, ein ebenso törichtes wie romantisches Duell, das in einem Patt vor Jütland endete. Die Briten verloren weit mehr Schiffe und Besatzung, und die deutsche Marine wagte sich nicht mehr aufs Meer hinaus, bis sie nach Scapa Flow fuhr und dort versenkt wurde. Welch ein sinnloser Krieg, bestritten von Männern, die wir für zivilisiert hielten.«

»Die Deutschen haben angefangen«, entgegnete der Dekan. »Sie sind in Belgien einmarschiert, dem wir vertraglich verpflichtet waren.«

»Schon, aber wie sagen die Holländer: ›Belgien gibt es nicht.‹ Es wurde erst 1831 geschaffen«, pflichtete Lapschott recht abschätzig bei. »Außerdem fängt immer der Feind einen Krieg an. Man kann nicht Millionen Menschen opfern, ohne einen guten Grund vorzuschützen. Irgendwo habe ich eine Aufnahme von der Botschaft des Kaisers an das deutsche Volk, in der er 1914 ähnliches vortrug. Er zitiert Shakespeare und Hamlets Monolog. ›Sein oder Nichtsein‹. Das wiederholt er zweimal. Deutschland blieb nichts anderes übrig, und so zogen Millionen Männer in den Krieg, überzeugt, daß dem tatsächlich so war, um dann herauszufinden, daß ihnen ›Nichtsein‹ bevorstand. Erbärmliche Romantik. Niemand war zu rationalem Denken imstande. Die Vernunft fiel in Tiefschlaf, und dieser Schlaf gebar ein Ungeheuer, Adolf Hitler. Und natürlich Lenin, auch so ein Ungeheuer. Und was haben wir für Britannien erreicht? Was?«

Darauf wußte der Dekan keine Antwort. Das melancholische Interesse seines Gastgebers an der Geschichte teilte er nicht. Für seinen Geschmack war sie zu abstrakt. Britannien war immer noch das beste Land der Welt. »Vermutlich haben wir die Welt vor der Barbarei gerettet«, sagte er.

Lapschott musterte ihn sardonisch lächelnd. »Zweifellos vor einer Variante der Barbarei. Oder vor zwei. Aber offenbar ist sie heutzutage allerorten vorzufinden. Ich dachte eher an das, was Britannien verloren hat. Oder weggegeben. Damit meine ich nicht das Weltreich. Nein. Wir haben den Japanern den Weg geebnet, damit sie das werden konnten, was wir einmal waren.«

»Den Japanern den Weg geebnet, damit sie das werden konnten, was wir einmal waren?« sagte der verblüffte Dekan.

»Das englisch-japanische Bündnis von 1902. Die Japaner sollten unsere Interessen im Fernen Osten absichern, damit unsere Pazifikflotte die Britischen Inseln schützen konnte. Wir haben sie als ebenbürtig behandelt, und sie hielten ihren Teil der Abmachung ein, als sie 1914 Deutschland den Krieg erklärten und den gesamten deutschen Besitz im Pazifik übernahmen. Sehr vernünftig. Ein Inselvolk wie wir, eine seefahrende Nation, die immer noch unserem Beispiel folgte, als sie ohne vorherige Kriegserklärung die russische Flotte bei Port Arthur versenkte.«

»Heimtückische Teufel«, sagte der Dekan entrüstet. »Genau wie in Pearl Harbor.«

»Und Nelson hat die neutrale dänische Flotte vor Kopenhagen versenkt. Und Churchill bediente sich 1940 gegen die Franzosen vor Dakar genau dieser Methode. Wenn man vergleicht, verlief das fast immer nach dem identischen Muster. Was glauben Sie denn, warum uns die Franzosen bereits im siebzehnten Jahrhundert perfides Albion nannten? Weil wir heimtückisch waren.«

»Das Zitat stammt von Napoleon«, wandte der Dekan ein, doch Lapschott schüttelte den massigen Kopf.

»Es stammt von Bossuet, in einer seltsamen Predigt über Beschneidung.«

Der Dekan aß sein Lamm auf. Er fand dieses Gespräch höchst unangenehm. Er war gekommen, um sich wegen eines neuen Rektors beraten zu lassen, und behandelt wurde er wie ein Erstsemestler in einem Tutorium. Schlimmer noch, der Mistkerl konfrontierte ihn mit einem so zynischen Geschichtsbild, daß ihm sein selbstzufriedener Realismus wie bloße sentimentale Nostalgie vorkam. Er schwieg bis zum Ende des Essens, während Lapschott von Dichtern und Politikern erzählte, von Männern und Ereignissen, die den begrenzten Horizont des Dekans so weit überstiegen, daß ihn die geschmacklose Einrichtung des Salons froh stimmte.

Mit frischem Selbstbewußtsein kam er auf einen neuen Rektor zu sprechen. »Cathcart deutete an, Sie könnten mir vielleicht etwas über Fitzherbert erzählen, den Sohn unseres katastrophalen Schatzmeisters«, sagte er.

»Philippe? Da gibt's nicht viel zu erzählen. Der dämliche Sohn eines habgierigen Vaters. Lebt in Frankreich von dem Geld, das Fitzherbert *père* dem College gestohlen hat.«

»Gestohlen?« wiederholte der Dekan. »Angeblich hat er es in Monte Carlo verspielt.«

»Das hat er behauptet. Ich weiß es zufällig besser. Doch das nützt Ihnen jetzt nichts mehr. Der Sohn hat sein Erbe verjubelt. Wenn Sie einen reichen Rektor suchen, sind Sie bei Philippe an der falschen Adresse«, schloß Lapschott.

»Gutterby, Launcelot Gutterby vielleicht?« fragte der Dekan schon weniger zuversichtlich.

»Haben Sie seine Frau kennengelernt?«

»Nein, das Vergnügen hatte ich noch nicht. Nicht, daß ich den Kontakt zu Launcelot hätte abreißen lassen, ich bin aber nie eingeladen worden.«

Lapschott runzelte die schwere Stirn. »Falls man Sie je einlädt, rate ich Ihnen abzusagen. Lady Gutterby ist keine angenehme Frau, und sie hält ihn ausgesprochen kurz. Gar nicht dumm, wenn man bedenkt, wie zerstreut er ist, doch alles hat Grenzen. Meine heißt Fitou zu kaltem Hammel. Und zufällig weiß ich, daß im Keller exzellenter Wein lagert.«

Dem Dekan graute es. Auf Lady Gutterbys Gastfreundschaft würde er unbedingt verzichten. »Ich habe veranlaßt, daß ich bei Broadbeam absteige. Hat nach Ihnen studiert, aber ein guter Rugbyspieler. Wohnt in der Nähe von Bath.«

Lapschott nickte. Von Broadbeam hatte er Gutes gehört. In der folgenden Stunde berichtete der Dekan von seinen Reiseplänen und den Schwierigkeiten, die auf Porterhouse zukamen. Als er schließlich zu Bett ging und Lapschott mit hochgelegten Beinen auf dem Sofa liegend und Spengler lesend zurückließ, war der Dekan zutiefst deprimiert. Lapschott hatte ihm weder große Hoffnungen gemacht, einen Alten Herrn zu finden, der reich genug war, um das College zu retten, noch eigene Vorschläge unterbreitet. Offenbar sah er die Misere von Porterhouse lediglich als ein weiteres Beispiel für einen Niedergang, der auf eitle Dummheit und Faulheit zurückzuführen war. Was der Dekan von Lapschott hielt, ließ sich auf einen kurzen Nenner bringen: Der Mann war eingebildet, dekadent und möglicherweise ein Schlappschwanz. Sein Name klang verdächtig ausländisch. Das Unbehagen des Dekans wurde dadurch noch verstärkt, daß sein Zimmer nach Westen lag und nicht mit schweren Vorhängen vor den draußen tobenden Elementen abgeschirmt wurde. Der Dekan lag im Bett und lauschte dem Heulen des Windes.

Am Morgen stand er früh auf, dankte Lapschott in einem Briefchen für die Gastfreundschaft und reiste nach dem Frühstück ab. Mit dem Gefühl, etwas entronnen zu sein, das er weder verstand noch mochte, fuhr er den steilen Hügel hinunter, fort von den alten Gefängnissen und den riesigen Steinbrüchen und hinein in die sanft gewellte, leicht hügelige Landschaft Dorsets. Er ließ sich Zeit und blieb auf schmalen Landsträßchen. Sein nächster Besuch galt ebenfalls einem alten Porterhäusler, einem von der angenehmeren Sorte, Broadbeam. Dann standen noch einige andere Alte Herren auf seiner Liste, oben im Tal des Flusses Severn. Als letztes hatte er eine Fahrt hinauf nach Yorkshire und einen Besuch bei Jeremy Pimpole auf dem Programm, fast ebensosehr sein Lieblingsstudent wie der Skullions. Launcelot Gutterby und Jeremy Pimpole waren die strahlendsten Sterne am gesellschaftlichen Firmament des Chefpförtners gewesen. Auch heute noch hörte man den Rektor immer und immer wieder »Gutterby und Pimpole« murmeln, wenn er daran dachte, wie unsagbar überlegen sie als junge Studenten gewesen waren. Und im Grunde hatte sich auch der Dekan einen perfekten Gentleman genau so wie Jeremy Pimpole vorgestellt. Ein so wunderbar zerstreuter und charmanter junger Mann. Jetzt war er wohl Gentleman-Farmer und Verwalter des großen Pimpoleschen Gutes. Der Dekan lächelte bei dem Gedanken, welch gewaltiger Unterschied zwischen den Pimpoles und den Lapschotts dieser Welt bestand, und machte in einem Wäldchen eine Pinkelpause.

8

Bei Transworld Television Productions hatte Kudzuvine Neuigkeiten für den Schatzmeister. »Mr. Hartang will das College sehen, Professor«, sagte er. »Was er finanziert, muß er mit eigenen Augen sehen. Stimmt's?«

»Unbedingt«, sagte der Schatzmeister. »Er ist jederzeit herzlich willkommen, sich bei uns umzusehen.«

»Gibt bloß ein Problem, er reist nämlich nur mit seinem Learjet oder seiner 125, und ihr habt keinen Landeplatz.«

»Wir haben Marshalls' Flugplatz. Da könnte er problemlos landen, und er ist nur ein paar Meilen entfernt. Wir schicken ihm ein Auto.«

»Alles klar. Zufällig ist er aber gerade geschäftlich in Bangkok. Terminpläne sind so eng wie das Arschloch von 'ner Schildkröte, und das ist echt eng. Würde absaufen, wenn's anders wär. Das wissen Sie ja wohl. Wir ham mal 'n Film über Schildkröten auf irgend so 'ner Scheißinsel gedreht... Gal und noch was.«

»Galapagos«, sagte der Schatzmeister.

»Stimmt auffallend. Das muß man Ihnen lassen, Prof, in Geologie kennen Sie sich aus. Galap... wie war das?«

»Galapagos. Da hat Darwin zum erstenmal...«

Das konnte er Kudzuvine nicht erzählen. »Falsch. Das war irgendwo in Australien. Er kommt also nicht nach Porterhouse. Es kommt zu Hartang.«

»Ich verstehe nicht, wie das funktionieren soll«, wandte der nun völlig verdutzte Schatzmeister ein. »Man kann ja schließlich keine Gebäude versetzen. Das kommt nicht in Frage. Wirklich nicht, auf gar keinen Fall. Wir würden ihn mit Vergnügen bei uns willkommen heißen...«

»Sie hören mir nicht zu, Prof. In was für ’nem Geschäftszweig sind wir zugange? Transworld?«

»Transworld? Das weiß ich wohl, aber es gibt schließlich Grenzen, und ehrlich gesagt...«

»Transworld Television Productions«, sagte Kudzuvine. »Satellitenübertragungen. Okay?«

»Ach so«, sagte der Schatzmeister erleichtert. »Ich verstehe, was Sie meinen.«

»Alles klar, Prof Baby, alles klar. Wir machen den Film, und E. H. sieht ihn in Bangkok oder Lima, Peru oder sonstwo, alles easy. Einverstanden?«

»Natürlich, natürlich. Wenn Mr. Hartang das wünscht, können Sie sehr gern mit einer Videokamera kommen und das College filmen. Da gibt es bestimmt keinerlei Probleme.«

»Prima«, sagte Kudzuvine. »Dann machen wir jetzt einen Termin klar.«

»Tja, eigentlich wann Sie wollen, allerdings lernen die Studenten gerade für ihre Tripos, und es wäre besser...«

»Lernen für die Kripo? Sie haben Studenten, die für die Kripo büffeln? Ich wußte das ja gar nicht...«

»›Tripos‹ sind aus drei Teilen bestehende Prüfungen. Vorprüfungen, Teil eins und Teil zwei. Ganz anders als in Oxford, wo nur am Ende des dritten Studienjahres eine Prüfung abgelegt wird.«

»Eine?« sagte Kudzuvine, der jetzt genauso verdutzt war wie kurz zuvor der Schatzmeister. »Also Monopo? Scheiße, das is wirklich ’n Ding. Drei Jahre Studium für Monopos. Ihr habt da echt ein seltsames System.«

»Ich will Ihnen ja lediglich klarmachen«, sagte der Schatzmeister, »daß es besser wäre, wenn Sie bis nach den Prüfungen warten und im Juni vorbeikommen könnten, wenn wir die Maibälle feiern. Dann wird getanzt.«

»Wieso Maibälle im Juni?« wollte Kudzuvine wissen.

»Nach den ›Bumps‹…«

Doch jetzt reichte es Kudzuvine. Mit Bumps wollte er nichts zu tun haben. »Schon gut, bleiben wir also bei diesen Maibällen«, sagte er. »Is' bestimmt ungefährlicher.«

Das sah der Schatzmeister genauso. Ihm erschien es schier unmöglich, die Sitten und Gebräuche von Cambridge zu erklären. »Wir haben nicht jedes Jahr Maibälle«, sagte er. »Die ganze Organisation ist sehr teuer, und die Eintrittskarten kosten hundertfünfzig Pfund. Es gibt große Zelte mit Markisen… Vordächern.« Die Vorstellung war zu schrecklich, daß Kudzuvine Markisen mit irgendeiner französischen Adligen verwechseln könnte. »Und es spielen zwei Bands, und…«

»Das ist phantastisch, Baby. Mann, das isses! Scheiße, E. H. wird hingerissen sein. Echt, er steht total auf Partys und Bälle und so'n Zeug. Wenn wir das filmen, kriegt ihr so viel Geld wie ihr braucht, um euch in die verdammte Erdumlaufbahn zu befördern.«

Dem Schatzmeister war das nun entschieden zu enthusiastisch. Gelder wollte er, sonst nichts. »Heißt das, Sie kommen mit einer Kamera vorbei und nehmen die Maibälle auf? Das läßt sich bestimmt arrangieren.«

»Arrangieren? Und ob wir das arrangieren, da können Sie Gift drauf nehmen. Was haben wir heute?«

»Mittwoch«, antwortete der Schatzmeister.

»Genau. Wir kommen Sonntag hoch und sehen uns mal um. Sie wissen schon. Damit die Einstellungen stimmen. Gegen acht Uhr morgens. Bis dann.«

»Ich weiß nicht recht…«

»Das müssen Sie auch gar nicht, Prof Schatzmeister. Überlassen Sie es dem alten K. K. Alles paletti.«

Und wieder einmal wurde der Schatzmeister in ein Taxi verfrachtet und zur Liverpool Street Station gefahren. Wie immer nach einer Besprechung mit Kudzuvine fühlte er sich ausgesprochen unwohl.

Mochte der Mittwoch schon schlimm gewesen sein, so gestaltete sich der Sonntag als eine einzige Katastrophe. Der Schatzmeister besuchte nur selten einen Frühgottesdienst, er zog die Morgenliturgie oder eine Abendandacht vor, doch da er wußte, daß er Kudzuvine das College zeigen und infolgedessen auch dem College Kudzuvine zeigen mußte, und da er außerdem wußte, daß Porterhouse ruhige und mit einem Mindestmaß an Niveau ausgestattete Amerikaner bevorzugte, sandte der Schatzmeister dem Allmächtigen ein Stoßgebet, damit dieser ihn sicher und froh durch den Tag geleitete. Nach allem, was dann geschah, hatte Gott ihm nicht mal zugehört. Als der Schatzmeister um kurz vor acht die Kapelle verließ, versuchten Walter und drei andere Pförtner gerade zu verhindern, daß etliche Männer – und vielleicht auch Frauen –, die alle braune Rollkragenpullover, schwarze Blazer, weiße Socken, Mokassins und dunkelblau getönte Sonnenbrillen trugen, das Haupttor öffneten, um mit einem Kamerawagen auf den Alten Hof zu rumpeln.

»Das Ding dürfen Sie nicht hier reinfahren«, sagte Walter eben, »dazu haben Sie keine Erlaubnis.«

»Wir haben die Erlaubnis von Professor Schatzmeister«, erwiderte die vertraute laute Stimme. »Soll das etwa heißen, Professor Schatzmeister hat hier nichts zu sagen?«

Walter musterte mit irrem Blick all die identischen Gesichter um ihn herum und überlegte offenbar, wem er antworten sollte. »Das... das... das soll heißen, daß Sie mit diesem Ding nicht hier reinfahren können, das soll das heißen. Das darf man nicht«, rief er dann.

Kudzuvine stieß mit einem dicken Zeigefinger gegen seinen Wams. »Hör zu, Baby«, sagte er böse (Walter war achtundfünfzig), »hör zu, Baby. Ich hab dich was gefragt. Ich frage, ob Professor Schatzmeister hier was zu sagen hat. Ja oder nein?«

»Nein, nein«, sagte Walter, »hat er natürlich nicht. Wir haben hier keinen Professor Schratzmeier. Da sind Sie hier am falschen College. Warum fahren Sie nicht weiter zu ... na, wo auch immer man Sie erwartet, und – «

»Porterhouse«, sagte Kudzuvine. »In Porterhouse erwartet man uns.«

»Meinen Sie auch bestimmt nicht Peterhouse?« fragte Walter. »Peterhouse liegt dort drüben, vorbei an Queens' und Pembroke. Auf der rechten Seite.«

»Wollen Sie mir sagen, ich wüßte nicht, wo ich erwartet werde? Scheiße, um acht Uhr hab ich zu Professor Schatzmeister gesagt, und jetzt sagen Sie mir, ihr habt keinen Professor Schatzmeister?«

»Ja. Das heißt: nein ... und rühren Sie die Riegel nicht an. Die sind seid Ihrer Majestät nicht mehr aufgemacht worden. Allmächtiger Herr.« Walter sah sich hektisch nach der Hilfe einer höheren Autorität um und entdeckte den Schatzmeister und mehrere Studenten mit ernsten Mienen, die neben der Kapelle standen. »Wir haben einen Schatzmeister, aber keinen Professor ...«

Kudzuvine drehte sich um und folgte seinem Blick. »Was hab ich gesagt?« brüllte er. »Professor Schatzmeister, klar habt ihr einen Professor Schatzmeister. Hey, Prof, Sie sehen klasse aus.« Der Schatzmeister trug, wie in Porterhouse üblich, einen Talar zum Gottesdienst. Kudzuvine wandte sich zu der Gruppe Transworld-Mitarbeiter um. »Hey, seht euch mal dieses Kostüm an. Sieht ja scheißecht aus. Mönche, Mann, Mönche. Und der erst!« Der Kaplan war aus der Kapelle getreten und spähte fröhlich zu ihnen herüber. »Also echt, wer braucht da noch Darsteller, wenn solche Leute rumlaufen? Wir haben's geschafft.«

Der Schatzmeister eilte auf Kudzuvine zu. Er mußte den schauderhaften Kerl aufhalten, ehe vielleicht noch der Obertutor in seinem Morgenmantel auftauchte. »Um Himmels willen, nicht so laut«, sagte er und packte Kudzuvine am Ärmel. »Und Sie können mit diesem Ding nicht hereinfahren, was auch immer das ist. Das kommt nicht in Frage.«

»Ach nein?« Kudzuvine flüsterte jetzt fast. »Warum nicht?«

Der Schatzmeister sah sich nach irgendeinem praktischen Grund um und fand ihn prompt. »Der Rasen«, sagte er. »Der Rasen. Man darf damit nicht auf dem Rasen fahren.«

Verblüfft wandten Kudzuvine und seine Gruppe ihre Aufmerksamkeit dem Rasen des Alten Hofes zu. »Der Rasen?« wiederholte er, augenscheinlich voller Ehrfurcht. »Was ist denn an diesem Rasen so Besonderes?«

»Er ist mehrere Jahrhunderte alt«, flunkerte der Schatzmeister, einer plötzlichen Eingebung folgend. »Er ... er steht unter Naturschutz. Niemand darf ihn auch nur betreten.«

Kudzuvine schüttelte ungläubig den Kopf. »Seit Jahrhunderten darf ihn niemand mehr betreten? Wieso ist er dann so kurz und grün und so? Selbstmähend?«

»Nein, natürlich nicht. Er wird von Collegegärtnern gemäht, aber nur Dons dürfen ihn betreten.«

»Großer Gott«, sagte Kudzuvine. »Ein jahrhundertealter Rasen. Das versteh ich. Alles hier sieht aus, als wär's Jahrhunderte alt. Mr. Hartang wird begeistert sein.«

»Das will ich meinen«, sagte der Schatzmeister, der allmählich das Gefühl hatte, die Lage ein wenig in den Griff zu bekommen. »Aber nicht, wenn Sie den Lkw mit den vielen Kabeln hereinfahren und alles kaputtmachen.«

»Tja, da könnten Sie recht haben«, gab Kudzuvine zu. »Okay, Leute, laßt ihn auf der Straße stehen.«

»Das halte ich übrigens auch für keine sehr gute Idee«, fuhr der Schatzmeister fort. »Die Polizei wird …«

»Dann fahren wir ihn halt irgendwo anders hin. Wo ist der Campusparkplatz?«

Der Schatzmeister dachte krampfhaft nach. Er war nie auf den Gedanken gekommen, daß Porterhouse einen Campus haben oder sogar einer sein könnte. Walter kam ihm zu Hilfe. »Sie können es mal auf dem Löwengarten versuchen«, murmelte er. »Aber wenn Sie mich fragen, dann glaub ich nicht, daß Sie reinkommen.«

Kudzuvine wandte sein Augenmerk vom Rasen weg. »Sagten Sie … Sie sagten eben ›Löwengarten‹?« fragte er. Das Wort Ehrfurcht beschrieb seine Gemütslage unzureichend. Entsetzen, das war's.

»Er meint den Parkplatz«, erklärte der Schatzmeister. »Der hat mit dem College nichts zu tun. Und Löwen gibt es da keine, das versichere ich Ihnen.«

»Und ob«, widersprach Walter. »Einen großen roten.«

Der Schatzmeister sah ihn an und schüttelte den Kopf. Er hatte Skullion als Chefpförtner nie gemocht, doch manchmal wünschte er ihn sich zurück. Mit Skullion wäre eine solche Situation undenkbar gewesen. »Ja, Walter, aber einen steinernen. Ein Standbild«, erklärte er, um Geduld ringend. »Löwengarten heißt er nach dem alten Pub, der dort früher stand.«

»Ich sehe den ›Löwen‹ noch vor mir«, sagte der Kaplan, der sich zu der Versammlung vor dem Pförtnerhaus gesellt hatte. »Eine Schande, daß man ihn abgerissen hat. Nebenan gab es einen herrlichen Verbindungsgang, fast eine Arkade, mit Ledersofas auf beiden Seiten und kleinen Versicherungsbüros und Reedereivertretern dahinter. Dort habe ich morgens immer gegessen und Kaffee getrunken. Und natürlich gab es eine Bar. Und wenn mich mein Gedächtnis nicht trügt, hatte ein unternehmungslustiger junger Mann aus dem Magdalene College dort eine Art Kasino mit einem Rouletterad. Ein Mordsspaß.«

Kudzuvine und die anderen Rollkragenpullis starrten in stummer Bewunderung durch ihre blauen Sonnenbrillen. Offensichtlich hatten sie noch nie etwas Ähnliches gesehen oder gehört.

»Nun denn, liebe Leute, jetzt muß ich euch verlassen«, sagte der Kaplan. »Das Frühstück ruft. Geistige Nahrung schön und gut, aber, um die Worte unseres Herrn nur ganz leicht in Richtung Praxis zu lenken, ›Der Mensch lebt nicht von Wein und Keksen allein.‹ Schließlich müssen wir uns auch um unsere Körperlichkeit kümmern. Hat mich wirklich sehr gefreut.« Und damit taperte er in Richtung Speisesaal, dem Duft von Haferbrei, Schinken mit Eiern und frischem Kaffee folgend.

In der beinahe heiteren Atmosphäre, die von den nostalgischen Reminiszenzen des Geistlichen erzeugt worden war, brachte der Schatzmeister Kudzuvine in den folgenden zwanzig Minuten dazu, den Wagen in einiger Entfernung vom College abzustellen.

»Wenn Sie ihn brauchen, schaffen wir Platz in der Nähe des Fahrradschuppens«, erklärte er, »obwohl ich zugeben muß, daß ich mir nicht vorgestellt habe ... also, das Ding ist so groß, hätte es da nicht ein kleineres Format getan?«

Dieses Wort hätte er besser nicht benutzt. Kudzuvine kam es als Aufhänger gerade recht. »Professor Schatzmeister, haben Sie das gesagt?« blaffte er.

»Tja, ich glaube schon ...«, fing der Schatzmeister an, doch Kudzuvine hatte ihn am Arm gepackt.

»Kleinere Formate kommen nicht in Frage. Mit unseren Geräten können wir Fünfunddreißig- oder besser gleich Siebzigmillimeterfilme drehen. Es gibt da diese Bälle, verstehen Sie, und alle tanzen an der frischen Luft...« Er brach ab und wirkte verwirrt. »Wo wird getanzt?«

Der Schatzmeister lächelte. Es sollte für eine ganze Weile sein letztes Lächeln bleiben. »Na, hauptsächlich im Speisesaal«, antwortete er. »Die Tische werden rausgeräumt.«

»Im Speisesaal? Will ich sehen«, raunzte Kudzuvine.

Der Schatzmeister ging voran zu dem Wandelgang, gefolgt von einem staunenden Transworld-Television-Team. »Das ist der Wandelgang«, erklärte er. »Zu unserer Linken befinden sich die Küchenräume... nun, eigentlich sind sie noch tiefer, aber die Treppe führt in die ›Buttery‹. Und die Buttery...«

»Augenblick mal. Moment«, sagte Kudzuvine mit fast flehendem Unterton. »Heißt das, ihr macht da eure eigene Butter? Heißt das, in Holzfässern mit so Scheißgriffen und Milchmädchen und... Da bleibt einem glatt die Spucke weg. Das ist ja abgefahrener als abgefahren. Großer Gott, daß ich so was erleben darf. Und Sie sagten, Ihr benutzt keine Federkiele mehr.«

»Das tun wir auch nicht«, sagte der Schatzmeister kühl. Er war immer noch äußerst ungehalten über Mr. Skundlers Unhöflichkeit und dessen Ansicht, er müsse für jeden kleinen Eintrag eine Gans fangen. »Und die ›Buttery‹ hat nichts mit Butter zu tun. Dort wurden Brot und Bier – und in längst vergangenen Zeiten auch etwas Butter – aufbewahrt. Heute kauft man dort seinen Sherry und den Wein, und die Studenten können zum Essen Bier und Wein bestellen.«

Kudzuvine klappte die Kinnlade herunter. »Soll das heißen, daß ihr die Kids hier zum Alkoholismus ermutigt? Da fehlen mir die Worte! Das darf nicht wahr sein.«

»Nicht Alkoholismus. Nur vernünftig trinken sollen sie. Das gehört zu ihrer Bildung«, sagte der Schatzmeister, der wünschte, die letzte Bemerkung Kudzuvines wäre wahr.

Doch aufgrund seines schwächlichen Konzentrationsvermögens richtete der seine Aufmerksamkeit mittlerweile auf den Speisesaal, wo gerade ein Kellner mehr Kaffee gebracht hatte. »Seht euch das mal an, Leute«, sagte Kudzuvine und trat ein. Hinter ihm rang der Schatzmeister die Hände. Einige Studenten saßen beim Frühstück und schauten auf, verärgert ob der Störung. Kudzuvine bemerkte es nicht. Er starrte verzückt die an den getäfelten Wänden hängenden Porträts früherer Rektoren an, und besonders begeistert war er offenbar von Dr. Anderson (1669–89) und Jonathan Riderscombe (1740–48), beide ausgesprochen dicke Herrschaften.

»Scheiße«, sagte Kudzuvine, der augenscheinlich higher als high war. »Mich wundert nur, daß der Laden hier Porterhouse heißt. So wie diese Typen aussehen, müßte er eigentlich Steakhaus heißen. Und da glauben wir, wir hätten Probleme mit dem Übergewicht. Das da oben ist ja menschliche Foie gras. Will sagen: so kann man doch nicht auf natürlichem Weg werden. Die wurden mit Sicherheit zwangsgemästet. Und wie stand's mit ihrem Cholesterinspiegel? Hat garantiert jedes Meßverfahren gesprengt, die müssen das Zeug ja regelrecht ausgeschwitzt haben. Und mit solchen Wänsten konnten sie bestimmt nie ihre Schniedelwutze sehen. Außer natürlich im Spiegel. Und werft mal 'n Blick auf das Dach ...«

Als der Schatzmeister sie endlich wieder aus dem Speisesaal hinauskomplimentiert hatte, stand er kurz vor einem Nervenzusammenbruch. »So können wir nicht durch das ganze College laufen«, wandte er mit schwachem Stimmchen ein. »Könnte Ihr Team nicht ...«

»Völlig korrekt, Professor Schatzmeister. Mann, jetzt brauchen wir Ihre organisatorischen Fähigkeiten«, sagte er und ließ seine Mannschaft zu einer Einsatzbesprechung zusammentreten. Der Schatzmeister tupfte seine Stirn ab und betete. Vergebens. Während die Hartang-Doppelgänger in unterschiedliche Richtungen davonstoben, wandte sich Kudzuvine wieder dem Schatzmeister zu. Sein Enthusiasmus hatte geradezu beängstigende Ausmaße angenommen. »Klar, sie tanzen also im Speisesaal«, sagte er. »Wo sonst? Sie sagten zwei Bands und ...«

»Genauer gesagt legen wir eine Art hölzerne Bühne über den Neuen Hof und den Fellows' Garden, und die Zelte sind für das Buffet und den Champagner ...«

Kudzuvine hörte sich begierig die weitschweifige Erklärung an. »O Mann, o Mann«, seufzte er. »Lieber Himmel. Und alle rausgeputzt mit Universitätstracht und Smokings, als wär's Atlanta mit Clark Gable und dieser Vivien Leigh und immer noch Aunt-Jemima-Pfannkuchen-Mixzeit.«

»Verzeihung?« fragte der Schatzmeister, wie üblich äußerst unklug.

Kudzuvine wand sich. »Nein, Sir, ich bitte um Verzeihung, Prof. Das haben Sie überhört. Ich meinte, als wär's afroamerikanische Zeit unten in den Südstaaten, wo ich zufällig herkomme. Nämlich aus Bibliopolis, Alabama, und darauf bin ich mächtig stolz. Da bin ich aufgewachsen, in Bibliopolis, Alabama, das, wie Sie bestimmt wissen, nach dem Verfasser der Heiligen Schrift benannt wurde.«

Was der Schatzmeister bezweifelte. Er war nie auf den Gedanken gekommen, daß ein einziger Mensch die Bibel verfaßt haben könnte, aber warum sollte es nicht vorstellbar sein? Mit Kudzuvine in der Nähe war so ziemlich alles vorstellbar. Mittlerweile befaßte sich dieser gräßliche Mensch mit Hubschraubern und Kameratotalen.

»Okay, dann schwenken wir über diese Kirche da ...«

»Kapelle«, verbesserte ihn der Schatzmeister.

»Okay, Kapelle, und wir packen alles mit einer Weitwinkelaufnahme, wie man sie noch nicht gesehen hat, und dann drehen wir drüben bei dem Turm und lassen die Kids tanzen und die Bands spielen und ... Nein, so läuft's nicht. Der Helikopter würde sie übers ganze Areal wirbeln. Wir müssen was anderes machen. Ich denk ein Weilchen drüber nach.«

»Ich weiß nicht recht, ob das alles ... Was machen denn diese Leute da auf dem Dach der Kapelle?«

Kudzuvine drehte sich um. Etliche blaubebrillte Personen in Rollkragenpullis waren auf das bleitafelgedeckte Flachdach geklettert, offenbar, um es auszumessen. »Sie sind wohl auf der Suche nach Kamerapositionen. Techniker. Wer sie genau sind, ist auf diese Entfernung schwer zu sagen.«

Der Schatzmeister glotzte ihn verblüfft an. Auf welche Entfernung auch immer, er konnte diese Abziehbilder von Hartang unmöglich auseinanderhalten. Das war Teil des Grauens. »Ich glaube wirklich nicht, daß sie sich im Augenblick dort aufhalten sollten«, sagte er. »In der Kapelle wird gerade ›Brich uns, Herr, das Brot‹ gesungen.« Auch mit dieser Bemerkung hatte er kein Glück.

»Was gesungen? Her mit dem Brot? Jetzt gerade? Das muß ich sehen.«

»Nein, nicht, bitte nicht. Bitte«, flüsterte der Schatzmeister. Doch Kudzuvine schritt bereits durch den Säulengang in der Hoffnung – daran zweifelte der Schatzmeister kaum – »irgend so 'n paar kostümierte Mönche« zu sehen. Er folgte ihm in gedrückter Stimmung, und sein verwirrtes Hirn spiegelte ihm Visionen schrecklicher Flaschengeister vor. Oder war es die Büchse der Pandora? Irgendwas in der Art. In des Schatzmeisters Apokalypse war Kudzuvine nicht nur einer der vier Reiter, sondern die ganze verfluchte Bande.

In der Kapelle machten sich die Ausmaße der Aktivitäten des Transworld-Television-Teams langsam bemerkbar. Nur dem fast tauben Kaplan entging, daß etwa äußerst Merkwürdiges im Gange war. Dem Praelector war es sehr wohl bewußt. Und der Chor, der gerade beinahe erhebend »Wo Gott der Herr nicht bei uns hält, wenn unsre Feinde toben« schmetterte, starrte geschlossen zur Decke. Sie war schon immer der schwächste Teil der Kapelle gewesen, und fehlende Mittel hatten verhindert, daß die Balken ersetzt wurden. Unter dem Gewicht von Kudzuvines Kameratechnikern – es waren noch einige nach oben geklettert, um sich einen guten Überblick zu verschaffen – schienen die Dachsparren nachzugeben und leicht zu wippen. Und obwohl die Mokassins keinen großen Lärm veranstalteten, war in der Stille nach dem Kirchenlied ein Geräusch zu hören, als wäre ein Schwarm extrem großer Vögel – der Praelector dachte an Strauße, nur waren die bekanntlich flugunfähig – auf dem Dach gelandet, die nun auf der Suche nach Atzung umherstolzierten.

»Lasset uns beten«, sagte der Kaplan, »für all jene kranken und unglücklichen Menschen, die in diesem Augenblick ...« Er verstummte. Ein großes Stück Gipsstuck war abgebrochen und in die Sitzreihen hinabgestürzt. Nun wollte der Praelector nicht länger warten.

»Ich glaube«, schrie er, während sich über ihm ein lautstarkes Ächzen im Gebälk vernehmen ließ, »ich glaube, wir sollten jetzt alle das Gebäude verlassen.«

Noch ein großes Stück prächtigen Gipsstucks, diesmal von einem riesigen Cherubim, löste sich und sauste herab, nahm dabei eine marmorne Gedenktafel für Dr. Cox (1702–40) mit sich und erschlug fast einen Studenten auf der darunterstehenden Bank. Sogar der Kaplan hatte inzwischen gemerkt, daß etwas Erdbebenähnliches im Gange war. Als der Chor und die kleine Gemeinde zur Tür stürzte – »Nur keine Panik. Immer hübsch langsam«, rief jemand –, blieben sie abrupt stehen, weil Kudzuvine plötzlich auftauchte. Er stand in der Tür, eine bedrohliche Gestalt in Sonnenbrille und Rollkragenpulli, und hielt eine Hand hoch.

»Stehenbleiben«, brüllte er. »Stehenbleiben!«

Der Praelector sah sich kurz nach etwas Handfestem um. Er hatte so viele Stunden im Rex und im Kinema an der Mill Road verbracht, daß er einen Gangster auf den ersten Blick erkannte, und Kudzuvine war allem Anschein nach ein Mafioso. Doch die Stockung hielt nicht lange vor. Der nächste Brocken, diesmal festes, von dem Ende eines Dachbalkens gelöstes Mauerwerk, krachte nach unten und landete auf dem Lesepult. Jetzt gab es kein Halten mehr. Die Gemeinde schob sich nach vorn, ohne Kudzuvine im geringsten zu beachten, der zu Boden geschleudert und von einigen massigen Rugbyspielern und einer jungen Frau mit einer Vorliebe für Hockey niedergetrampelt wurde. Als sie die Gefahrenzone schließlich verlassen hatten, zeigte nur der Kaplan keinerlei Anzeichen von Unruhe.

»Wir alle müssen um Vergebung bitten«, sagte er zu dem bewegungslos daliegenden Kudzuvine, der starkes Nasenbluten hatte und nicht wußte, was ihn da überrannt hatte. Es fühlte sich an wie eine Herde Stiere in einem Film, an dessen Produktion in Texas er einmal beteiligt gewesen war. Jedenfalls war er mit dem Kopf auf die Steinplatten geschlagen und wußte nicht genau, wo er sich befand.

Der Kaplan half ihm auf die Füße: »Komm mal mit mir, mein lieber Junge«, und mit Hilfe zweier Studenten wurde Kudzuvine die Steintreppe hinauf in die Räume des Kaplans gebracht und auf dessen Bett befördert. Er war nur teilweise bei Bewußtsein.

9

Der Obertutor hingegen war bei absolut klarem Bewußtsein. Ja, in einem langen Leben, das in erster Linie dem Bestreben galt, alles aus seinem Bewußtsein zu beseitigen, was nicht mit Rudern, Essen und der Verdrängung von Realität zu tun hatte, war er noch nie auf unangenehmere Art bei Bewußtsein gewesen. Wie der Schatzmeister wünschte er bei Gott, er wäre es nicht. Den Abend zuvor hatte er im Corpus-Christi-College verbracht, und bei aller Unklugheit – der Portwein war nicht sehr gut gewesen, aber nach einer ganzen Flasche 47er Crusted Port war es ihm angeraten erschienen, zwei große Benedictine nachzulegen – hatte er doch hervorragend gespeist. Infolgedessen war er spät aufgewacht und hatte sich gefühlt wie der Tod in Latschen – und es war die Hölle. Das lag nicht allein an seinen grauenhaften Kopfschmerzen, sondern auch an seinem Magen. Er wollte gar nicht wissen, was da unten im Gange war, aber egal was, es sollte aufhören. Oder nach oben kommen. Der Drang, sich zu übergeben, war überwältigend, auch wenn er sich keine Linderung davon versprach. Ihm kam der Gedanke, daß er mittlerweile eine galoppierende Leberzirrhose hatte, und zwar eine, die mit Sporen angetrieben wurde. Doch am meisten Schwierigkeiten bereiteten ihm die Augen. Als er schließlich aufstand – »aufstand« stimmte nicht –, als er sich schließlich mühsam aufrappelte, mußte er sich erst mal zehn Minuten lang auf die Bettkante setzen und abwechselnd an den Bauch und an den Kopf fassen. Danach hatte er sich langsam an der Wand entlang zum Bad gehangelt, und er konnte gut darauf verzichten, das Gesicht zu erkennen, dessen Umrisse er nur verschwommen im Spiegel wahrnahm. Es war scheinbar von wandernden Flecken übersät, die sich über seine lila Haut bewegten und wie Fäden einer dichten Spinnwebe über seinen Wangen lagen. Und als er deutlich genug sah, um seine Augen genauer zu betrachten, glichen sie monströsen Erdbeeren. Einen Augenblick lang glaubte er, an einer besonders gefährlichen Form von Bindehautentzündung zu leiden. Doch die Farbe stimmte nicht. Die Scheißdinger waren scharlach- und karminrot, und von dem Weißen in seinen Augen zu reden, wäre einigermaßen irreführend gewesen. Doch am meisten beunruhigte ihn nicht das, was er in seinem Badezimmerspiegel gesehen hatte. Als er sich nämlich an der Wand entlang zu seinem Bett und, so hoffte er, zu seinem nahen Tod zurücktastete, kam er an dem Fenster mit Blick auf den Hof vorbei und… In diesem Moment wußte der Obertutor, daß er an Delirium tremens litt und schwor zum erstenmal, falls er überlebte – was er nicht wollte –, fürderhin nie mehr etwas auch nur ansatzweise Alkoholisches anzurühren.

Unten stand ein Mann in einem Rollkragenpullover, mit schwarzem Blazer, weißen Socken und dunkelblau getönter Sonnenbrille und starrte zum Bull Tower hinauf. Dagegen war eigentlich nichts einzuwenden, obwohl der Obertutor Touristen nicht ausstehen konnte. Wirklich entsetzt war er davon, daß ein anderer, identisch gekleideter Mann drüben bei dem Wandelgang stand und eine weitere Erscheinung – oder waren es zwei? – den Springbrunnen betrachtete. Sie waren überall. Der Obertutor umklammerte das Fensterbrett vor sich und versuchte, die Mistkerle zu zählen. Er kam auf etwa acht, war sich aber nicht sicher, ob es nicht sechzehn waren, als er den Blick gen Himmel richtete und auf dem Dach der Kapelle noch mehr entdeckte.

Mit einem gräßlichen Stöhnen ließ sich der Obertutor nach hinten gegen seinen Schreibtisch fallen und verfluchte sich, Gott und den beschissenen 47er Crusted Port, von den beiden

Benedictines ganz zu schweigen, die er bis zu diesem Augenblick vergessen hatte. Kein Zweifel. Er befand sich im Endstadium des Delirium tremens. So und nicht anders mußte es sein. Rosa Elefanten waren eine Sache. Er hatte gehört, daß Menschen mit Alkoholvergiftung so was sahen. Und Spinnen. Ehrlich gesagt hätte er für ein paar anständige rosa Elefanten oder Spinnen alles gegeben. Doch daß die Auswirkungen des Alkoholismus bei ihm offenbar die Vision Dutzender Männer mit dunklen Sonnenbrillen, weißen Socken und Rollkragenpullovern auslösten, deutete auf ein ihm bis dahin unvorstellbares Ausmaß von Irrsinn hin. Vorübergehend trug er sich mit dem Gedanken, wieder zurück ins Bad zu gehen und den Schrecken ein für allemal und endgültig zu beenden.

Ihn rettete eine weitere, schon fast überdeutliche Sinnestäuschung. Oder war es eine regelrechte Wahnvorstellung? An der Tür der Kapelle stand noch eine dieser gräßlichen Gestalten, und während der Obertutor voller Entsetzen hinabsah, stoben plötzlich zahlreiche Menschen aus der Kapelle und kämpften sich über die gräßliche Gestalt hinweg ins Freie. Der Obertutor schloß die Augen und kroch ins Bett zurück. Er lag da, den Kopf unter der Bettdecke, und betete, sterben zu dürfen.

In diesem Zustand befand er sich immer noch, als der selbst ganz verstörte Praelector eintraf. »Obertutor, Obertutor, sind Sie da?« rief er aus dem Flur. Der winselnde Obertutor tat, als sei er nirgends, doch der Praelector ließ sich nicht foppen. Im College geschahen so grauenhafte Dinge, daß er jemanden zu Rate ziehen mußte, doch keiner der jüngeren Fellows war zu sehen, der Dekan war abwesend, und Professor Pawley, der sich nachts astronomisch betätigt hatte, ließ sich nicht wecken. Nur der Obertutor konnte helfen, die Krise zu bewältigen. »Herr Obertutor, stehen Sie um Himmels willen auf. Es passieren die entsetzlichsten Dinge.«

Das wußte der Obertutor, aber er hatte nicht die geringste Lust, darüber zu sprechen. »Gehen Sie, bitte gehen Sie«, rief er leise aus dem Schlafzimmer. »Ich fühle mich ganz unpäßlich.«

»Unpäßlich? O weh, das tut mir leid. Soll sich der Doktor oder die Schwester um Sie kümmern? Ich werde gehen und …«

Doch die Vorstellung, daß ihn vor seinem Tod zuerst die Krankenschwester und dann Dr. MacKendly ansahen, rüttelte den Obertutor auf. »Nein, um Himmels willen, nein«, bettelte er und tauchte unter seinen Bettdecken auf. »Und schalten Sie auf keinen Fall das Licht an.«

Der in der Tür stehende Praelector zögerte. Er hatte gerüchteweise von dem Liebesleben des Obertutors gehört und befürchtete, womöglich irgendwie in dessen Privatsphäre einzudringen. »Wenn Sie sagen, Sie fühlen sich unpäßlich …«, fing er an.

»Ich bin … ich bin …« Der Obertutor rang nach Worten, die seinen Zustand beschrieben, ohne sein Delirium tremens oder die sonnenbebrillten Männer in den weißen Socken zur Sprache zu bringen. »Ich bin ein wenig neben mir.«

Einen Augenblick lang ließ sich der Praelector, der sich gewöhnlich von den Ereignissen nicht leicht beeinflussen ließ und die Dinge nahm, wie sie kamen, von seinen eigenen noch frischen Erlebnissen ablenken. »Wer kann das schon von sich behaupten«, sagte er. »Ich jedenfalls bin mir meiner Natur gelegentlich nicht ganz sicher. Es ist eine Frage philosophischer Nuancierung, daß …«

»Quatsch«, widersprach der Obertutor. »Mit Philosophie hat das gar nichts zu tun. Ich bin ein wenig neben mir.«

»Aha«, machte der Praelector und änderte seine sexuelle Theorie, nämlich, daß der Obertutor in Wirklichkeit neben jemand anderem sein könnte. »Meinen Sie das eigentlich wörtlich oder im übertragenen Sinn?«

Dem Obertutor war absolut nicht danach, diese Frage zu beantworten. »Was zum Teufel macht es denn aus, ob ich das … O Gott, diese Schmerzen … Merken Sie denn nicht, daß ich nicht ganz bei Verstand bin?« schrie er beinahe.

»Na, jedenfalls merke ich, daß Ihre Worte ziemlich unverständlich sind«, entgegnete der Praelector. »Andererseits sind nur sehr wenige Dons in Cambridge dauerhaft bei Verstand. Ich würde sogar soweit gehen zu sagen, daß einige gar keinen Verstand haben, bei dem sie sein könnten. Gewiß rührt daher der Ausdruck ›ohne Sinn und Verstand‹.«

»Was reden Sie da für eine Scheiße!« kreischte der Obertutor, den das Abstraktionsniveau dieses Gesprächs noch weiter in den Irrsinn trieb. »Ich hab das letzte bißchen Verstand verloren, das ich habe. Oder hatte. Ich bin verrückt. Ich bin irrsinnig. Das ist doch ganz einfach ausgedrückt, verstehen Sie es denn nicht?«

»Wenn Sie es so formulieren, kann ich nicht behaupten, ich sei völlig überrascht«, gestand der Praelector, dessen Langmut Grenzen hatte. »Um bei der Wahrheit zu bleiben, ich war nie davon überzeugt, daß Sie völlig normal sind. Das viele Gerudere, und ständig den Treidelpfad rauf und runter rennen und Obszönitäten schreien …«

Der Obertutor schrie noch etwas mehr herum, bis sich der Praelector genötigt sah, das Licht anzumachen. Warum er den Obertutor aufgesucht hatte, war ihm so gut wie entfallen. Was er jetzt sah, überzeugte ihn davon, daß seine ursprüngliche Prämisse richtig gewesen war. Offensichtlich hatte sich der Obertutor in sexueller Hinsicht etwas sehr Schlimmes zugemutet. Das Gesicht, das ihn aus dem Bett anfunkelte, gehörte augenscheinlich einem Menschen an der Schwelle des Todes. Die Besorgnis des Praelectors meldete sich zurück. »Mein lieber Mann, was haben Sie sich da angetan? Masturbation kann in Ihrem Alter sehr gefährlich sein. Haben Sie etwa irgendwelche…«

»Masturbation!« brüllte der Obertutor. »Masturbation am Arsch.« Wieder ein sehr unglücklich gewählter Ausdruck.

»Tja, wenn Sie's sagen«, bemerkte der Praelector und sah sich im Schlafzimmer um, ob er irgendwo einen jungen Mann entdeckte, doch er sah nur die überall auf dem Fußboden verstreuten Klamotten des Obertutors und neben dem Bett etwas, das wie eine sehr volle Flasche kalifornischer Chardonnay aussah. Dem Geruch nach konnte man annehmen, daß der Inhalt nicht seinen Vorstellungen entsprach. »Wie auch immer…«

Doch den Obertutor hatte die Bemerkung, er habe masturbiert, über alle Maßen gereizt. Er sprang zwar nicht aus dem Bett – zum Springen war er nicht in der Lage –, taumelte aber jedenfalls zu Boden.

Der Praelector betrachtete den nackten Körper voller Abscheu. Und Furcht. Der Obertutor hatte nicht übertrieben. Er war ausgesprochen wütend und ausgesprochen gefährlich. »Schon gut, ich gehe ja«, beteuerte der Praelector und schritt rückwärts zur Tür hinaus, als ihm einfiel, warum er eigentlich gekommen war. »Doch vorher sollten Sie wissen, daß sich überall im College gräßliche junge Männer mit Sonnenbrillen, Rollkragenpullovern, weißen Socken und…« Verdutzt bemerkte er, daß mit dem Obertutor eine Veränderung vor sich ging. Eben noch allem Anschein nach ein gemeingefährlicher Irrer, war er urplötzlich ein ganz anderer geworden.

Zu sagen, er sähe glücklich aus, wäre dennoch übertrieben gewesen. Der 47er Crusted Port und der Benedictine beeinflußten noch immer so ziemlich alle seine Körperteile, aber seine Erleichterung hatte ihn in etwas Menschenähnliches zurückverwandelt. »Was haben Sie da eben gesagt?« winselte er. »Was sagten Sie gerade?«

»Ich sagte, daß sich überall im College gräßliche junge Männer mit Sonnenbrillen, Rollkragenpullovern …«

Vor ihm sank der Obertutor auf die Knie und richtete seine blutunterlaufenen Augen zur Zimmerdecke. »Halleluja, gelobet sei der Herr«, stöhnte er und verlieh seinen Gefühlen Ausdruck, indem er sich übergab.

Da ließ ihn der Praelector allein und ging nach unten in den Hof, wo Walter, drei andere Pförtner, Arthur, der Koch, und das gesamte Küchenpersonal samt den Gärtnern mit Hilfe mehrerer Dutzend Studenten das Transworld-Team zusammengetrieben und auf die Straße gescheucht hatten. »Wenn ihr euch hier nochmals blicken laßt, setzt es mehr als nur 'ne blutige Nase«, sagte Walter zu einem aus der Gruppe, dessen Brille kaputt war und dem ein Mokassin fehlte. »Das nächstemal werdet ihr glauben, ein Orkan wär über euch hinweggefegt.«

So kam es dem in der Wohnung des Kaplans liegenden Kudzuvine immer noch vor. Die Schwester, eine massige Frau mit großen Händen, hatte ihn sich angesehen und geraten, Dr. MacKendly zu holen. »Man kann ja nie wissen, nicht wahr?« sagte sie zu dem Kaplan, der eine Schwäche für sie hatte. »Bei 'nem Schlag auf'n Kopf weiß man nie. Ich vermute mal, er wird wieder, aber man sollte besser auf Nummer Sicher gehen.«

»Ich weiß gar nicht, ob ich das will«, sagte der Praelector, der sich zu dem Grüppchen am Bett gesellt hatte. »Wer der Kapelle so etwas antut, fällt nicht in die Kategorie derer, die ich am Leben erhalten wissen möchte.« Er überlegte kurz und fuhr dann fort: »Übrigens, Schwester, es wäre wohl ratsam, dem Obertutor einen Besuch abzustatten. Er hat sich sehr seltsam aufgeführt und könnte vermutlich ein wenig Hilfe gebrauchen.«

Vor sich hin murmelnd, der führe sich immer ein wenig seltsam auf, begab sie sich auf die vom Praelector geplante Racheexpedition. Er hatte dem Obertutor weder dessen widerliches Benehmen noch dessen Redeweise verziehen. Die Schwester würde ihm guttun. Außerdem wollte er diesen üblen Gangster mit der geschwollenen Nase fragen, was er und seine Bande im College gewollt hatten. »Schließlich haben wir nichts, was sich zu stehlen lohnt, sonst hätten wir es schon verkauft«, sagte er zu dem Kaplan, der Kudzuvines mutmaßliche Gehirnerschütterung oder den Schädelbruch mit Cognac zu behandeln versuchte. Kudzuvine wollte keinen. Er lag da und stierte den Kaplan aus glasigen Augen an.

»Und nun machen Sie schön den Mund auf, mein Lieber«, sagte der Kaplan. »In Maßen genossen, ist einem das Gift von Nutzen, wie die liebe Marie Lloyd immer gesagt hat.«

»Irgendwie habe ich nicht den Eindruck, daß er Rémy Martin mag«, sagte der Praelector, der selber nichts gegen einen Drink einzuwenden hätte.

»Welcher Remmi Demmi?« nuschelte Kudzuvine. »Was ist Sache? Was geht hier vor?«

»Nichts geht hier vor. Sie hatten bloß einen kleinen Unfall und sind gestürzt...«

Kudzuvine dachte scharf nach. »Das nennen Sie einen kleinen Unfall? Von 'ner Herde beschissener Mönche zu Tode getrampelt werden? Das nennen Sie klein?«

»Das ist lediglich ein Ausdruck für... nur ein kleiner Euphemismus, eine Untertreibung. Kein Grund, sich aufzuregen.«

Kudzuvine schaute böse. »Deswegen muß man sich nicht aufregen? Sie machen wohl Witze. Und 'ne Untertreibung war's auch nicht. Es war eine beschissene Untertreibung. Sind Sie schon mal zu Tode getrampelt worden, und zwar von 'ner...«

»Ja«, antwortete der Kaplan mit erstaunlicher Autorität. »Genauer gesagt: Ich habe als Rugbystürmer im Gedränge gesteckt, wenn Sie wissen, was das heißt, und man hat oft genug auf mir herumgetrampelt. Wegen so etwas muß man nicht so ein Gewese machen. Sie sind offensichtlich Amerikaner.«

»Ich bin Bürger der größten Supermacht auf der Welt«, bestätigte Kudzuvine. »Das bin ich. Ein dort geborener und aufgewachsener Bürger der größten Supermacht der ganzen gottverdammten Welt, und stolz darauf, das könn' Sie mir glauben. Wir können es mit dem ganzen Kackrest von euch aufnehmen und euch erledigen, ohne Scheiß.«

»Mir fällt dazu ein, daß Ihnen das in Vietnam ganz besonders gut gelungen ist«, warf der Praelector ein, der in der Normandie an Land gegangen war und nicht vergessen hatte, daß seine Einheit bei Falaise von Fliegenden Festungen bombardiert worden war. »Eine höchst beeindruckende Vorstellung. Brillante Strategie, und was für hervorragend disziplinierte Truppen und Generäle, aber andererseits hatten Sie es nur mit kleinen Männlein zu tun, denen keine Flugzeuge zur Verfügung standen. Ich wage zu behaupten, wenn Sie von denen so schwer bombardiert worden wären wie die Vietnamesen von Ihnen …« Er überließ es Kudzuvine, den Vergleich zu beenden.

»Was reden Sie da für 'n Scheiß? Vietnam? Teufel auch, wir hatten keine Chance. Diese Scheißkerle sind so klein, die kann man nicht aufspüren und umbringen, und sie vermehren sich wie die Fliegen.«

Der Kaplan meldete sich mit einem anderen Cognac zurück, diesmal mit einem Hine. »Dieser hier wird Ihnen bestimmt schmecken«, erklärte er, mußte sich aber belehren lassen, er solle das Dreckszeug wegnehmen, denn er, Kudzuvine, sei Amerikaner, Antialkoholiker und Abstinenzler aus Bibliopolis, Alabama, und das könnten sie ihm glauben.

»Aber das tun wir ja«, behauptete der Praelector. »Wenn Sie uns jetzt einfach Ihren Namen nennen würden?«

»Wozu?« erkundigte sich Kudzuvine streitlustig.

Einen Augenblick lang war der Praelector versucht zu sagen, sie bräuchten ihn für seine nächsten Verwandten, wählte dann aber die taktvollere Variante. »Wir wollen einfach nur gut Freund sein und …«

»Scheiße!« rief Kudzuvine. »Mich zu Tode trampeln, als ob ich ein bekackter Iraki oder so was wär, und dann wollt ihr gut Freund sein? Fickt euch doch ins Knie!«

»Ich merke schon, das wird schwierig«, befand der Praelector, der einen anstrengenden Tag hatte und auf Beleidigungen mittlerweile allergisch reagierte.

»Ich verstehe nur nicht«, sagte der Kaplan, der sich den Cognac mittlerweile selbst einverleibt hatte, »was die Iraki mit totgetrampelt werden zu tun haben.«

»Man darf wohl davon ausgehen, daß es sich darauf bezieht, wie die weltgrößte Supermacht Planierraupen benutzt hat, um die armen Teufel in ihren Schützengräben zu beerdigen«, sagte der Praelector und goß sich ein Glas Rémy Martin ein.

»Da haben Sie verdammt recht. Diese Drecksäcke wußten nicht, wie ihnen geschah«, sagte Kudzuvine.

Der Ausdruck in den Augen des Kaplans wie des Praelectors ließ vermuten, etwas Ähnliches könne jeden Moment Kudzuvine selbst ereilen, doch so wie der gestrickt war, hatte er keine Ahnung, was da auf ihn zukam. »Ich weiß zwar nicht, ob Sie einen guten Anwalt haben«, sagte der Praelector sehr leise und sehr deutlich, »aber ich glaube, wenn die Polizei eintrifft und Sie der schweren Körperverletzung, des unbefugten Betretens fremden Grund und Bodens und der mutwilligen Beschädigung eines unter Denkmalschutz stehenden Gebäudes angeklagt werden …«

»Ein unter Denkmalschutz stehendes Gebäude? Was für 'n Scheiß reden Sie da? Was heißt'n das?« schrie Kudzuvine und versuchte sich aufzusetzen.

»Wenn Sie das mit etwas in Ihrem Heimatland vergleichen wollen, könnte ich vielleicht die vorsätzliche Zerstörung der Unitarierkirche in Cambridge, Massachusetts, vorschlagen, in der Emerson gepredigt hat. Aber vielleicht wissen Sie ja gar nicht, wer Emerson war?«

»Klar weiß ich, wer Emerson war. Hat das verfluchte elektrische Licht erfunden. Emerson!« Kudzuvine spie sie sozusagen an.

Der Praelector lächelte grimmig. »Ich versuche Ihnen klarzumachen, daß wir Sie – der von Anwälten und dem Rechtssystem in Ihrem herrlichen Land etablierten Tradition folgend – wegen des Schadens verklagen werden, den Sie an einer der ältesten und wertvollsten Kapellen in Cambridge verursacht haben. Nun weiß ich zwar nicht, in welcher Höhe man uns Schadensersatz und Nebenkosten zubilligen wird, aber die englischen Gerichte folgen zunehmend dem amerikanischen Vorbild und ...«

Er brauchte nicht fortzufahren. Die körperlichen Schäden, die Kudzuvine erlitten hatte, sanken zu völliger Bedeutungslosigkeit herab. Mit Schadensersatz kannte er sich aus. »Holt mir Hartang«, winselte er. »Ich brauche Hartang.«

»Leider haben wir keinen da«, sagte der Kaplan. »Lapsang Suchong ja, Earl Grey ebenfalls, aber keinen Hartang. Ehrlich gesagt habe ich von dieser Sorte noch nie gehört.«

Der Praelector zeigte weniger Mitgefühl. »Er bedient sich eines der ältesten juristischen Tricks der Welt. Stellt sich dumm und unzurechnungsfähig. Was ihm nicht im mindesten helfen wird. Wer auch immer sie waren, er hat diese grauenhaften Kerle ins College gebracht, wo sie fremden Grundbesitz unbefugt betreten und ungeheuren Schaden angerichtet haben. Also, wie heißen Sie noch gleich?«

»Kudzuvine«, sagte Kudzuvine.

»Tatsächlich? Wie die Kletterpflanze? Überaus interessant. Und Ihre Mutter hieß vermutlich Efeu«, sagte der Praelector. »Jedenfalls hatte sie irgendeinen botanischen Namen, und ich möchte wetten, daß Ihre Vorfahren aus Schweden stammen.«

»Was für 'n Scheiß erzählen Sie da über den Namen meiner Mutter? Botanisch? Sie hieß Lily May. Und was soll die Schwedenkacke? Mit Schweden ham wir nix am Hut. Bin ein frei geborener Bürger der größten Super ...«

»Genau. Die Vorzüge Amerikas haben wir bereits *ad nauseam* durchgekaut, wir brauchen sie nicht noch einmal zu hören. Wie heißen Sie wirklich? Und kommen Sie uns nicht mit Alfalfa oder Kentucky Bluegrass oder sonst irgendwas Linnéschem.«

Kudzuvine bemühte sich, auf der anderen Seite aus dem Bett zu steigen. Er war sichtlich verängstigt. Doch der Praelector hatte das Zimmer bereits verlassen.

»Hey, Mönch, was ist los mit dem Typ?« fragte Kudzuvine den Kaplan. »Ist der immer so?«

Offenbar dachte der Kaplan ernsthaft über diese Frage nach. »Das ist er wohl«, sagte er, »aber jetzt, wo Sie es erwähnen ... ach, ist ja egal. Er hat wohl gerade so seine Phase.«

»Seine Phase? Was hat irgendeine Phase damit zu tun? Glaubt der Typ vielleicht, daß er menstruiert oder was?«

»An irgend etwas wird es wohl liegen«, antwortete der Kaplan. »Das mit dem Tee tut mir überaus leid. Ich habe etwas chinesischen. Wie wäre es damit?«

Kudzuvine wollte keinen Tee, und auf ein Produkt chinesischer Provenienz legte er auch keinen gesteigerten Wert. Doch am meisten Sorgen machte er sich um »irgend etwas«. »Was macht er in dieser Phase?« fragte er, während er sich in Richtung Tür bewegte. »Verwandelt er sich in 'n Werwolf wie Frankenstein? Wir haben mal 'n Film über solche beschissenen Wölfe gedreht. Die haben 'ne echt strenge Rangordnung, wußten Sie das?«

»Wirklich sehr interessant«, sagte der Kaplan und stellte Kudzuvine mit einem Spazierstock ein Bein. Als der Praelector mit dem Chefpförtner und zwei Helfern zurückkam, lag er immer noch da. Er starrte auf ihre Schuhe und dunkelgrauen Hosenbeine und stöhnte.

»Es ist wohl an der Zeit, daß er etwas Starkes trinkt«, befand der Praelector, »allerdings meine ich, wir sollten keinen guten Cognac an das Schwein verschwenden. Irgendein ekliges Billiggesöff genügt. Ich hole etwas aus der Küche.« Er entfernte sich und kehrte gleich darauf mit einer großen Flasche zurück. »Dreht ihn um«, befahl er, und sofort wurde Kudzuvine gewendet und starrte verzweifelt nach oben in fünf Gesichter und auf die Flasche.

»Was habt ihr vor?« winselte er. »Was ist mit der Flasche?«

»In der Flasche ist ein ziemlich widerlicher Kochbrandy, von dem Sie eine ganze Menge probieren werden, bis Sie uns Ihren Namen verraten.«

»Kudzuvine, Kacke verdammte. Was glaubt ihr denn? Clinton oder Schwarzkopf oder was?«

»Nein, an diese Namen dachte ich eigentlich nicht«, sagte der Praelector, »doch jetzt, wo Sie es erwähnen ...« Er kniete sich neben Kudzuvine, und sein Blick war ausgesprochen kühl. »Und jetzt machen Sie den Mund auf.«

Kudzuvine biß die Zähne zusammen. »Ich hab's euch doch schon gesagt«, verkündete er durch die Nase und unter größten Schwierigkeiten, »ich bin ein frei geborener Bürger der größten Su ...«

Als ihm der Praelector ein wenig Schnaps auf die Zähne kippte, preßte Kudzuvine die Lippen fest zusammen.

»Ich merke schon, das wird sehr schwierig«, stellte der Praelector fest. »Wir müssen ihm den Mund mit irgendwas aufstemmen.« Sofort erhob er sich und sah sich nach einem geeigneten Gegenstand um. Offenbar war der Regenschirm des Kaplans genau das Richtige. »Also Walter, wenn Sie und Henry ihn bitte festhalten würden ...«

Doch Kudzuvine hatte sich wieder aufgerappelt und stand, den Rücken zur Wand, mit wild entschlossener Miene und einem elfenbeinernen Lineal da. »Wenn ihr mich anrührt«, quäkte er, »verdammt, ich mach euch kalt. Ich mach euch kalt, klar? Ihr bringt mich im Leben nicht dazu, daß ich beschissenen Alkohol trinke, damit ihr's wißt. Ich will hier raus, und als frei geborener Bürger ...«

»Er erzählt ziemlich viel davon, daß er frei geboren und ein Bürger ist«, befand der Praelector, doch der Kaplan war im Nebenzimmer verschwunden.

Als er wiederkam, schwenkte er triumphierend einen großen Gummibeutel, an dem ein Rohr befestigt war. »Ich frage mich, ob das von Nutzen sein könnte«, sagte er. »Gelegentlich kommt ein wirklich nettes Mädel aus Addenbrooke vorbei und verabreicht mir eine Dickdarmspülung ...«

»Scheiße«, warf Kudzuvine ein.

»Ganz genau. Man kippt die Flüssigkeit hier in den Beutel, und dieses Plastikstück am Ende des Rohrs wird ...«

»Auf keinen Fall, kommt nicht in die Tüte«, brüllte Kudzuvine. »Wenn ihr glaubt, daß ihr mir das Ding in den Arsch schiebt und einen Liter Fusel in den Spülapparat kippt, dann habt ihr sie nicht alle auf der Kante. Ich sag euch eins, wenn ich zur Botschaft gehe, erfahrt ihr Drecksäcke, was es heißt, ein Bürger der ... ein amerikanischer Bürger zu sein ...«

Er verstummte und glotzte. Der Kaplan hatte den Spülapparat Walter gereicht, der Kochbrandy hineingoß. Während sich der Beutel füllte, erläuterte der Kaplan dessen Funktion. »Was wie eine Wäscheklammer aussieht, reguliert den Durchfluß«, sagte er und wies auf einen an dem Rohr befestigten Plastikgriff. »Sobald wir dieses abgerundete Teil in seinen Mund gesteckt haben…«

Kudzuvines Aufschrei unterbrach seine Ausführungen. »Mund? Mund? Scheiße, dieses Ding kommt nicht mal in die Nähe von meinem Mund. Auf keinen Fall. Das ist unhygienisch. Wissen Sie, wo das Ding vorher gesteckt hat?«

»Und ob ich das weiß«, antwortete der Kaplan, »und zwar schon recht oft. Ich schätze mal, sie kommt seit 1986 vorbei. Und was hat die entzückende junge Daisy für zarte Hände. Ich weiß noch, wie ich damals an Verstopfung litt und…«

Er wurde von Kudzuvine unterbrochen, der Henry mit dem Lineal geschlagen hatte und in Richtung Tür gesprintet war. Sie überwältigten ihn und drängten ihn gegen die Wand.

»Das ließe sich bestimmt leichter verabreichen, wenn er läge«, sagte der Praelector. »Und wir wollen doch keinen Fusel auf dem Bett verschütten. Er muß also wieder auf den Fußboden.« Nach einem kurzen, aber heftigen Kampf wurde Kudzuvine auf den Teppich gedrückt.

»Sie halten den Beutel, Henry«, sagte Walter, »und ich stopfe einfach dieses Plastikteil… Seltsam geformt und ein wenig zu lang, um es ganz reinzustecken. Ist es schlimm, wenn wir ein bißchen verschütten, Sir? Es hat nämlich Löcher an der Seite, und wie gesagt, um es ganz reinzustecken, ist es etwas zu lang. Es könnte sonst passieren, daß wir ihm den Schnaps in die Lunge klippen, was für ihn nicht unbedingt angenehm wäre.«

Sie dachten kurz über dieses Problem nach, bis dem Kaplan

die Lösung einfiel. »Plastilin«, sagte er. »Ich weiß, daß ich noch irgendwo welches habe. Damit mache ich die Typen an meiner Schreibmaschine sauber und hebe Reißzwecken vom Boden auf. Wenn wir die obersten Löcher abdichten, müssen wir's ihm nicht so tief in den Hals schieben.«

Auf dem Fußboden verdoppelte Kudzuvine seine Bemühungen, verbunden mit den entsetzlichsten Drohungen, was die amerikanische Botschaft und Regierung ihnen und Porterhouse antun würden, nämlich wie in …

»Grenada und Haiti? Selbstredend sind wir auch eine Insel, und klein noch dazu«, sagte der Praelector und überlegte laut, warum die Vereinigten Staaten offenbar immer am liebsten mit Inselstaaten Krieg führten. »Aber das braucht uns nicht weiter zu kümmern. Nun denn, Mr. Mafiamann, verraten Sie uns also Ihren richtigen Namen samt Adresse und wer Sie sind und was Sie mit einer Gruppe von …« Er suchte nach einem passenden Wort.

Walter lieferte es. »Schlägern, Sir?«

»Ganz genau. Danke sehr, Walter. Mit einer Gruppe von Schlägern oder Gangstern hier wollten, die einem Gebäude ganz beträchtlichen Schaden zufügten – nämlich der Kapelle – die etliche Jahrhunderte vor der unglücklicherweise erfolgten Entdeckung Ihres entzückenden Landes erbaut wurde. Wirklich schade, daß Kolumbus nicht die andere Richtung eingeschlagen hat. Wenn Sie uns nun verraten, was wir wissen müssen, brauchen wir dieses recht eigenartige und, zugegeben, alles andere als hygienische Klistier nicht für einen Zweck zur Anwendung bringen, für den es ursprünglich wohl kaum vorgesehen war. Das ist Ihre letzte Gelegenheit.«

»Ich habe das Plastilin«, rief der Kaplan aufgeregt. »Wenn wir es nun einfach in die Löcher im oberen Teil des Plastikschlauchs stecken …«

»Bei einigen der Löcher wird das wohl nicht nötig sein, Sir«, teilte Walter ihm mit. »Einige sind bereits irgendwie verstopft, und zwar von … tja, ich sag's nur ungern, Sir, aber wenn Sie mich fragen …«

Kudzuvine war ein gebrochener Mann. »Ich schwöre bei Gott, ich heiße Kudzuvine, Karl Kudzuvine aus Bibliopolis, Alabama, Sir«, sagte er und heulte hemmungslos.

Das beeindruckte den Praelector nicht. Er hatte als Rekrutierungsoffizier für den britischen Auslandsgeheimdienst MI6 gearbeitet und war mit einigen seiner Methoden vertraut. »Klingt sehr wahrscheinlich«, sagte er. »Erst Linné und eine sehr unangenehme Schlingpflanze ähnlich der Winde, mit deren Hilfe man Bodenerosion im Süden der USA bekämpfen wollte, und jetzt eine Stadt namens Bibliopolis, die eindeutig gar nicht existiert. Was Ihnen wohl als nächstes einfällt?«

»Es stimmt, ich schwöre bei Gott. Ich bin Vizepräsident der Transworld Television Productions, und ich …«

»Meine Güte«, unterbrach der Praelector, »ist Ihnen schon einmal ein Amerikaner begegnet, der nicht Vizepräsident von irgendwas war? Mir jedenfalls nicht. Wie schrecklich öde, dieses aufgeblasene Getue.« Er täuschte ein Gähnen vor. »Fällt Ihnen eigentlich nichts Besseres als Transworld Television Productions ein? Ein ausgesprochen banaler Name für eine Firma. Ausgerechnet Transworld!«

»Aber ich schwöre bei Gott …«

Der Kaplan griff ein. »Zufällig haben wir heute Sonntag«, sagte er, »und ich wäre Ihnen sehr verbunden, wenn Sie auf solche Ausdrücke verzichten würden.«

Kudzuvine sah ihn mitleidheischend an. Der Kaplan hielt das Ende des Spülapparats, in dem sich nun nicht mehr nur braune, sondern auch blaue Löcher befanden, sehr bedrohlich in der Hand.

»Ausdrücke? Großer Gott, was für Ausdrücke? Wenn Sie mir dauernd beschissene Fragen stellen, wie soll ich die ohne Ausdrücke beantworten? Ich kann keine Zeichensprache mit Händen und so.«

Er lag da, noch immer heulend, und der Praelector setzte seine Befragung fort. Er hatte beschlossen, es auf die sanfte Tour zu probieren. »Ich möchte das zwar nicht tun, aber…«

»Sie möchten nicht?« unterbrach ihn Kudzuvine. »Sie wollen das nicht tun? Glauben Sie vielleicht, ich möchte es? Glauben Sie, ich will dieses dreckige Ding im Mund haben, das vorher sonstwo drin gewesen ist? Wenn Sie das glauben, irren Sie sich. Mann, einen größeren Irrtum gibt's gar nicht, Sir.«

»Liegt ganz bei Ihnen«, entgegnete der Praelector. »Entweder dieses Ding, wie Sie es nennen, und ehrlich gesagt weiß ich selbst nicht, wie ich es nennen soll, oder der Fusel. Ich weiß nicht, ob Ihnen Kochbrandy vertraut ist, aber er schmeckt nicht angenehm, überhaupt nicht angenehm. Ich persönlich halte mich immer an vernünftigen Cognac.« Er schwieg kurz. »Nun denn, wofür haben Sie sich entschieden?«

Kudzuvine dachte über die Alternativen nach und geriet in ernsthafte Schwierigkeiten. Offenbar hatte der Praelector nicht alles bedacht. »Sie meinen: Kochbrandy oder Cognac? Mann, dazu fällt mir echt nichts ein. Ich sag's Ihnen doch andauernd, ich bin Abstinenzler. Nicht mal Bier rühr ich an. Ich rauche kein Gras, gar nichts. Nicht mehr. Sie wissen schon, mein Körper soll rein und sauber bleiben. Ich gurgle nicht mal mehr mit Listerine, weil mir einer erzählt hat, daß da Alkohol drin ist. Und man sollte sich auch mit dem Zeug vorsehen, das man sich unter die Arme reibt. In einigen Deodorants ist Aluminium drin. Da kriegt man Alzheimer von.« Er brach ab, als ihm ein neuer, noch schrecklicherer Gedanke kam. »Ihr habt doch nicht Alzheimer, oder? Ach du Scheiße…«

Der Praelector zog sich einen Stuhl heran. Er war mit dem letzten bißchen Geduld am Ende, das er sich noch bewahrt hatte. »Wenn Sie soweit sind, Walter«, sagte er zu dem Chefpförtner, doch inzwischen war dem Kaplan etwas eingefallen. »Wissen Sie, möglicherweise hat er recht«, sagte er.

Der Praelector sah ihn an; genau wie Kudzuvine. »Womit?« fragte der Praelector, dem der Gedanke zuwider war, dieser dreckige amerikanische Gangster könnte mit irgend etwas recht haben.

»Mit dieser Fernsehgeschichte. Haben die Leute nicht vorhin versucht, einen mit Kabeln beladenen Lkw durch das Haupttor zu fahren, Walter?«

»Was, heute morgen, Sir? Wenn ich's recht bedenke, haben sie das tatsächlich. Auf der Seite stand Transworld Television. Ich hab das verhindert. Darauf hab ich mich nicht eingelassen. Ich hab ihnen erzählt, daß die Riegel zum letztenmal geöffnet wurden, als Ihre Majestät ...«

»Stimmt das, Walter?« unterbrach der Praelector. »Haben Sie diesen ... diesen Namen auch wirklich gesehen?«

»Aber ja, Sir, und Henry auch, nicht wahr, Henry?«

Der Pförtner nickte. »Er hat dauernd nach Professor Schratzmeier gefragt, und Sie sagten, wir hätten hier keinen Professor Schratzmeier, und dann kam der Schatzmeister vorbei. War beim Frühgottesdienst gewesen, der Schatzmeister, und Sie sagten, das sähe ihm gar nicht ähnlich, so früh zu kommen ...«

Auf dem Boden raffte sich Kudzuvine wieder zu einem Gesprächsbeitrag auf. Aus dem Spülapparatende tropfte Brandy auf sein Gesicht. »Professor Schatzmeister«, schrie er, »Professor Schatzmeister hat mir erlaubt, das College für Mr. Hartang zu ... zu filmen. Wenn Sie ihn fragen, wird er's Ihnen bestätigen. Ich hatte seine Genehmigung. Na ja gut, nicht auf dem Rasen.«

»Nicht auf dem Rasen? Was denn nicht auf dem Rasen?«

»Drauf rumlaufen. Der ist Jahrhunderte alt, wußten Sie das? Hunderte und Aberhunderte von Jahren alt.«

»Tatsächlich?« sagte der Praelector, der zufällig wußte, daß die Rasenflächen vor zehn Jahren neu ausgesät worden waren. »Tja, so hatte ich mir das noch nicht überlegt.« Allmählich glaubte er, egal, was vorgefallen war, der Schatzmeister würde einen gewaltigen Erklärungsbedarf zu befriedigen haben. In der Zwischenzeit mußte er mit diesem Mann, dessen Name einem ebenso unwahrscheinlich vorkam wie seine Syntax, sorgfältiger und raffinierter umgehen als bisher. Es wäre dem Ruf von Porterhouse nicht gerade zuträglich, wenn nach draußen durchsickerte – leider war das Wort hier wirklich angebracht –, daß man ihn mit zwangsweiser Einflößung von Brandy mittels eines Spülapparats bedroht hatte, den der Kaplan zehn Jahre lang für Dickdarmspülungen verwendet hatte. In den Cambridge Evening News sähe so etwas nicht gut aus.

Der Praelector leitete eine Beschwichtigungsoffensive in die Wege. »Mein lieber Junge«, sagte er und half Kudzuvine auf die Füße. »Sie sagten gerade, der Rasen sei Hunderte von Jahren alt, und ...«

»Klar. Das hat mir Professor Schatzmeister erzählt. Steht unter Naturschutz wie Walfische und so was alles«, sagte Kudzuvine, musterte ihn aber immer noch ausgesprochen argwöhnisch. »Von Dächern und Kapellen hat er nix gesagt. Stehn die auch unter Naturschutz?«

»Mehr oder weniger«, antwortete der Praelector und änderte seine Meinung. Dieser Kudzuvine – falls er wirklich so hieß – beherrschte die englische Sprache nur sehr rudimentär. »Sogar noch viel mehr. Sie sind laut einem von Ihrer Majestät der Königin unterzeichneten und vom Parlament verabschiedeten Gesetz unter Denkmalschutz stehende Gebäude, die nicht verändert, umgebaut, beschädigt oder auf andere Weise bearbeitet werden dürfen, wenn man nicht vorher eine schriftliche Erlaubnis eingeholt und den obersten Denkmalschützer Ihrer Majestät konsultiert hat, eine Erlaubnis, die nur erteilt wird, falls das Denkmal oder geschützte Gebäude kurz vor dem Einsturz steht. Ich kann Ihnen versichern, daß die Kapelle von Porterhouse sowie die in ihr enthaltenen schützenswerten Denkmale in letztere Kategorie fallen, was auf die Handlungen der Männer zurückzuführen ist, die Sie in das College gebracht haben und für die Sie die Verantwortung tragen. Ich kann mir nicht einmal ansatzweise die vollen Konsequenzen Ihrer Handlungsweise ausmalen, aber sie werden ganz gewiß äußerst drastisch ausfallen. Womöglich muß die Angelegenheit dem Kronrat vorgelegt werden. Hoffentlich habe ich mich klar ausgedrückt.« Selbstredend meinte der Praelector damit das Gegenteil.

Kudzuvine starrte ihn immer noch offenen Mundes an. »Dem Kronrat?« nuschelte er. »Sagten Sie Kronrat?«

»Der Kronrat Ihrer Majestät Königin Elisabeth II. beschäftigt sich mit Angelegenheiten …«

Kudzuvine hielt eine zitternde Hand hoch. »Sagen Sie's mir nicht«, bat er, »und ich hatte dermaßen romantische Vorstellungen über den Prinz von Wales und die königliche Familie! Und jetzt erzählen Sie mir, Ihre Majestät … Scheiße! Ihr Briten. Ich werd nie schnallen, was hier so abgeht.«

»Das tut wohl kaum jemand«, sagte der Praelector. »Wir sind, nehme ich an …«

»Ich muß jetzt raus hier, aber pronto«, stellte Kudzuvine fest und stolperte in Richtung Tür, aber erneut brachte ihn der Praelector zu Fall, diesmal über den Schirm. Während Kudzuvine hinfiel und sich den Kopf anschlug, durchzuckte ihn ganz kurz ein klarer Gedanke. Er mußte aus dieser Hölle verschwinden, bevor …

Als ihn Walter und Henry schließlich über den Fellows' Garden trugen, war er gnädigerweise bewußtlos.

»Leider muß dieses Geschöpf ein paar Tage lang unser Ehrengast sein, bis es sich wieder erholt hat«, sagte der Praelector. »Und für einen Ehrengast fällt mir kein besserer Ort ein als das Rektorenhaus. Es ist ungemein sicher und gut geschützt, außerdem wird er dem Rektor Gesellschaft leisten. Bestimmt sorgt Skullion dafür, daß man sich anständig um ihn kümmert. Ich werde Dr. MacKendly kommen lassen, und vielleicht empfiehlt es sich, daß die Schwester in das Nebenzimmer zieht, unterstützt von einem weiteren Pförtner sowie eventuell sogar dem einen oder anderen eher kräftigen Küchenhelfer. Sie werden ihn versorgen und sicherstellen, daß er das College nicht verläßt. Unterdessen ist es wohl Zeit, ein Wörtchen mit dem Schatzmeister zu reden.«

10

Während man Kudzuvine seinen Rollkragenpullover, seine Hose und Unterwäsche, die weißen Socken und Mokassins auszog und ihn splitternackt ins Bett steckte, erteilte der erschöpfte Praelector die Anweisung, nur Studenten und Fellows dürften Porterhouse betreten oder verlassen. Dann ging er nachsehen, ob der Obertutor in der Verfassung war, die Angelegenheit mit dem Schatzmeister zu besprechen. Als er bei ihm eintraf, schlürfte der Obertutor gerade eine Tasse Fleischbrühe und war in der Tat sehr schlecht gelaunt. Doch wenigstens war er nüchtern.

»Ich muß wahnsinnig gewesen sein«, murmelte er und starrte stumpf in den leeren Kamin.

Der Praelector gab ihm einen mitfühlenden Klaps auf die Schulter. »Sie haben sich allerdings äußerst seltsam aufgeführt, alter Junge, wenn ich auch nicht so weit gehen und behaupten würde, daß Sie wahnsinnig waren. Nur nicht ganz bei sich.«

Der Obertutor schreckte auf und sah ihn haßerfüllt an. »Fangen Sie nicht wieder damit an«, fauchte er. »Davon hatte ich heute morgen schon genug. Ob ich nun bei oder neben mir war, ob bei Sinnen oder unsinnig. Und dann haben Sie mich der Masturbation beschuldigt. Ich frage mich, warum Sie nicht mit der Sprache herausgerückt sind und mir vorgeworfen haben, ich litte an Wichseritis, und von mir wissen wollten, ob auf meinen Handflächen Haare wachsen. Und um das Maß voll zu machen, mußten Sie mir diese verdammte Schwester auf den Hals hetzen, obwohl Sie wußten, daß ich nackt auf dem Boden lag und mich kaum bewegen konnte. Sind Sie schon mal … ich will nicht sagen: von dieser gräßlichen Person gepflegt worden, denn ihre Pflegemethoden stammen noch aus der Zeit vor Florence Nightingale. Wissen Sie, was sie mit mir gemacht hat?«

»Nein«, sagte der Praelector rasch, »das weiß ich nicht. Aber warum haben Sie eigentlich gesagt, Sie müßten wahnsinnig gewesen sein, als ich eben ins Zimmer kam?«

»Weil«, antwortete der Obertutor überaus giftig, »weil ich glaubte, zwei große Benedictines nach einer ganzen Flasche Crusted Port in Corpus Christi – und so würde ich das verfluchte College lieber nicht nennen – brächten meinen Magen wieder auf Vordermann. Haben Sie schon mal eine ganze Flasche Crusted Port *und* zwei Benedictines getrunken?«

Des Praelectors Miene sprach Bände.

»Tja, lassen Sie's lieber, kann ich nur sagen. Die Folgen würde ich meinem ärgsten Feind nicht wünschen. Und welcher Volltrottel hat mir erzählt, 47 sei ein gutes Portweinjahr gewesen? Es war ein mieses, beschissenes Jahr für alles. Walfleisch und Hechtmakrele und der kälteste Winter, den man sich vorstellen kann... Wenn noch einmal jemand in meiner Gegenwart 1947 erwähnt...«

Als der Obertutor noch ein Schlückchen Fleischbrühe trank, ergriff der Praelector die Gelegenheit beim Schopf, auf die er gewartet hatte. »Da wir gerade von kleinen Problemen sprechen«, setzte er an und verstummte wieder.

Der Obertutor hatte gewürgt. »Klein? Kleine Probleme? Sie kommen hier rein und erzählen mir etwas von kleinen Problemen. Das ist das schlimmste Problem...«

Er gab es auf, und der Praelector fuhr fort. »Ich rede von Kudzuvine und dem Schaden, den er an der Kapelle angerichtet hat.« Er verstummte. Der Obertutor sah schon wieder gemeingefährlich aus.

»Der Anführer dieser Gaunerbande nennt sich Mr. Kudzuvine«, erklärte der Praelector.

Offensichtlich glaubte ihm der Obertutor nicht. »Warum?« wollte er wissen.

»Ich weiß es nicht. Ich stelle das nur fest. Und ich muß dazu sagen, daß ich ihm anfangs auch nicht geglaubt habe.«

»Ich glaube dem Bastard *jetzt* nicht. Ende und aus«, sagte der Obertutor.

»Nun ja, nicht ganz, wie sich herausstellt«, entgegnete der Praelector vorsichtig. Der Obertutor war nicht bloß unberechenbar – nein, Unberechenbarkeit war das falsche Wort –, sondern permanent übellaunig und jähzornig.

Er hatte dem Praelector sein wutentbranntes Gesicht zugewandt. »Nur weiter. Was meinen Sie mit ›nicht ganz‹? Heißt das, es kommt noch mehr?«

»So ist es leider. Sehen Sie, als das Dach der Kapelle einstürzte...«, fing er an.

»Sie sind ein Lügner, ein verfluchter Lügner«, schrie der Obertutor. »Sie kommen hier rein und machen sich mutwillig daran, mich zu quälen.« Er stand von seinem Stuhl auf, wobei er sich etwas Fleischbrühe auf die Hose kippte. »Heute habe ich wer weiß wie oft aus den Fenstern geschaut, um sicherzugehen, daß diese grauenhaften Gestalten nicht da waren, und ich erblinde auch nicht aufgrund der Masturbation, derer Sie mich beschuldigen, und das Dach der Kapelle ist noch da. Es ist nicht eingestürzt.«

»Ich habe Sie übrigens nicht der Masturbation beschuldigt. Ich dachte nur, daß...«

»Sie dachten? Ist das etwa keine Beschuldigung?«

»Nun, wir alle denken andauernd alles mögliche, was aber noch lange nicht heißt, daß wir es auch tun. Gott allein weiß, was wäre, wenn wir es täten«, sagte der Praelector.

»Um zu wissen, was ich tun würde, brauche ich keinen Gott. Das weiß ich verdammt gut selbst.« Der Obertutor ließ sich auf seinen Stuhl zurückfallen und verschüttete noch etwas Fleischbrühe.

»Noch mal zum Dach. Sie haben ganz recht, es ist nicht völlig eingebrochen, doch weil diese zwielichtigen Gestalten heute morgen während der Messe drauf herumturnten, sind mehrere große Stuckteile herabgefallen – ein Wunder, daß niemand getötet wurde –, die Büste von Dr. Cox ist weg, und das Lesepult hat eine neue und recht eigenartige Gestalt angenommen.«

»Aber das Pult ist aus massiver Bronze. Es ist ungemein stabil«, warf der Obertutor ein. »Wollen Sie andeuten, daß es verbogen ist?« Offenbar konnte er es nicht glauben.

»Weniger verbogen als verdreht. Sie kennen doch den Vogel an der Vorderseite, vermutlich ein Adler? Also, der fliegt nicht mehr vorwärts, sondern macht jetzt einen Looping.«

»Einen Looping? Sind Sie völlig durchgedreht? Das verfluchte Ding ist noch nie geflogen. Wär unmöglich, selbst wenn es gewollt hätte. Viel zu schwer und ...«

»Nun machen Sie mal 'n Punkt«, unterbrach ihn der Praelector. Jetzt war er an der Reihe, wütend zu sein. »Ab jetzt nehmen Sie Redewendungen gefälligst nicht mehr wörtlich und hören mir zu. Ein riesiger massiver Steinblock, der einen der Dachbalken stützte, ist nach unten gefallen und auf dem Lesepult gelandet. Anders ausgedrückt, sind wir nun in der Lage, von diesen Leuten gewaltigen Schadensersatz zu verlangen. Das könnte in die Millionen gehen.«

»Könnte, wird es aber nicht. Vermutlich werden wir die Schweine nie erwischen, und selbst wenn, werden sie sich da irgendwie wieder rauswinden.«

»Falsch. Mr. Kudzuvine liegt zur Zeit im Rektorenhaus bewußtlos im Bett. Ich habe Dr. MacKendly kommen lassen, und die Schwester ist bei ihm.« Ein Schauder durchlief den Obertutor. »Ich will damit folgendes sagen: Mr. Kudzuvine ist Vizepräsident einer Firma, die sich Transworld Television Productions nennt und auf Veranlassung des Schatzmeisters hier war, um irgendeinen Film über das College zu drehen. Mit anderen Worten ...«

»Der Schatzmeister? Soll das heißen, der vermaledeite Schatzmeister ist dafür verantwortlich, daß...? Ich bring das Schwein um. Ich werde ihm die Extremitäten einzeln ausreißen. Der wird sich noch wünschen, er wäre nie geboren worden. Ich werde ...«

»Setzen Sie sich«, befahl der Praelector, sich seine momentane körperliche Überlegenheit zunutze machend, und schob den Obertutor samt Fleischbrühe auf den Stuhl zurück. »Das lassen Sie mal schön bleiben. Wir sind in der strategisch günstigen Situation, daß wir diese Transworld-Television-Firma zwingen können, den von ihren Leuten angerichteten Schaden zu bezahlen und für diese Vereinbarung obendrein noch ein ganz beträchtliches Sümmchen zu berappen. Ich gehe jetzt den Schatzmeister suchen und möchte, daß Sie mich begleiten... Nein, angesichts Ihres gegenwärtigen Zustandes halte ich das nicht für ratsam. Ich werde mir eine neutrale Person suchen.«

Er ging nach draußen, wo Dr. Buscott mißmutig einen im Springbrunnen treibenden Mokassin betrachtete. »Ich weiß wirklich nicht, was aus der Welt noch werden soll«, sagte er. »Wie ich höre, gab es hier heute morgen eine Art Krawall.«

Der Praelector nahm ihn und Gilkes, einen jungen Physiker, mit ins Büro des Schatzmeisters. »Notieren Sie sich sorgfältig, was hier geredet wird«, sagte er. »Wir werden eine Schadensersatzklage anstrengen, und ich brauche Zeugen.«

Schließlich trieben sie den Schatzmeister in der kleinen Toilette hinter dem Büro der Collegesekretärin auf, die persönlich anwesend war, obwohl es Sonntag war. »Oh, Mrs. Morestead, haben Sie den Schatzmeister gesehen?« erkundigte sich der Praelector.

Mrs. Morestead deutete mit dem Kopf in Richtung Toilette, aus der man den Schatzmeister holte. Er war aschfahl und völlig verstört.

»Jetzt kommen Sie mal mit und erzählen uns alles bei einer schönen Tasse Tee«, sagte der Praelector so freundlich wie möglich. »Mrs. Morestead macht uns eine große Kanne starken Tee, wir knabbern ein paar Kekse, und dann erzählen Sie uns, warum Sie diese Transworld Television Company aufgefordert haben, einen Film über Porterhouse zu drehen. Ist ja schon gut. Niemand tut Ihnen... macht Ihnen einen Vorwurf, und bei uns sind Sie in Sicherheit. Berichten Sie uns jetzt in eigenen Worten... Nein, zum Stammeln besteht kein Anlaß, und ich habe nicht verstanden, was Sie da gestammelt haben. Nein, der Obertutor findet Sie hier nicht. Jawohl, er schleicht herum auf der Suche nach jemandem, den er verschlingen kann, allerdings bezweifle ich, daß er in der Verfassung ist, lange herumzuschleichen, und seine Lust, andere zu verschlingen, ist heute praktisch ... Da kommt ja schon Mrs. Morestead mit dem Tee. Ja, viel Zucker. Danke, Dr. Buscott, und die Kekse bitte, Mr. Gilkes. Das ist angenehm, nicht wahr? Angenehm und gemütlich.«

Der Schatzmeister schüttelte unglücklich den Kopf. »Sie bringen mich um. Das machen sie, ich weiß es«, wimmerte er.

»Das glaube ich nicht. Natürlich wird der Dekan ein wenig ungehalten sein, und der Obertutor ...«

»Die meine ich nicht. Ich meine diese gräßlichen Menschen bei Transworld Television. Beispielsweise Skundler.«

»Skundler?« wiederholte der Praelector und ließ sich den Namen buchstabieren, damit Mrs. Morestead ihn aufschreiben konnte.

»Und dann gibt es noch Edgar Hartang. Er ist der Chef von allem, ein schrecklicher und ungeheuer reicher Mann, der in seinem eigenen König Lear durch die Welt fliegt ...« Der Schatzmeister verstummte, weil er merkte, daß daran irgend etwas nicht stimmen konnte.

»Verstehe«, sagte der Praelector, und sein Tonfall hätte einem Bestattungsunternehmer am Bett eines Sterbenden zur Ehre gereicht. »Reden Sie doch weiter. In einem König Lear? Hat er zufälligerweise drei Töchter?«

»Er meint wohl einen Learjet«, sagte Gilkes. »Das ist ein Flugzeug für Manager.«

»Ist bestimmt sehr nützlich, und immerhin wissen wir nun, daß Mr. Hartang ein Mensch und keine Teesorte ist. Doch Sie haben uns noch nicht erzählt, warum Sie diese Leute beauftragt haben, einen Film über das College zu drehen.«

»Das habe ich gar nicht«, widersprach der Schatzmeister. »Sie wollten dem College gigantische Gelder geben, und ich habe an einer Konferenz über Geldbeschaffung teilgenommen, als Kudzuvine auf mich zukam und ...«

Während seine Geschichte heraussprudelte, saßen die anderen da und hörten gebannt zu. Wie es der Praelector vor dem Collegerat formulierte, als der ein paar Tage später zusammentrat, hatte er in diesem Augenblick das Gefühl, Porterhouse habe das große Los gezogen.

11

Dr. Purefoy Osbert hatte sich nicht gerade den günstigsten Moment ausgesucht, um seinen Posten als Sir-Godber-Evans-Gedächtnis-Fellow anzutreten. Er hatte mit der Universitätsleitung in Kloone vereinbart, einmal im Monat dorthin zu fahren, um den Studenten seines Fachbereichs noch fällige Prüfungen abzunehmen, ohne daß der Uni zusätzliche Kosten entstünden. Die Trennung war zwar plötzlich, aber freundschaftlich vonstatten gegangen. Sogar Mrs. Ndhlovo hatte ihm gezeigt, daß sie ihn bewunderte und seine Entscheidung guthieß, indem sie ihm erlaubte, sie zu küssen und ihre herrlichen Brüste zu streicheln. »Du wirst ja ein richtiger Mann, Purefoy«, sagte sie und verzichtete kurz auf ihr Pidgin-Englisch. »Ich sehe schon, daß du dir einen großen Namen machen wirst.«

»Du könntest den gleichen Namen haben, wenn du mich heiraten würdest. Dann wärest du Mrs. Osbert.«

Mrs. Ndhlovo dachte über diesen Vorschlag kurz nach und schüttelte dann den Kopf. »Nein, erst wenn du reich und berühmt bist«, sagte sie dann.

»Aber ich bin relativ reich, und wenn ich auch noch nicht berühmt sein mag, so bin ich doch Sir-Godber-Evans-Gedächtnis-Fellow am Porterhouse College in Cambridge, worüber man auch nicht die Nase rümpft.«

Mrs. Ndhlovo schob sich lachend eine Locke aus den Augen. »Ich rümpfe nicht die Nase, Purefoy Schatz. Ich zieh sie nicht mal kraus. Ich sage nur: Ich warte ab, was dir passiert. Ich hören, Porterhouse jetzt gerade nicht besonders gutes Haus. Sind einmal Menge böser Dinge geschehen.«

»Und ich beabsichtige, endgültig zu klären, was Sir Godber zugestoßen ist. Darum habe ich die Stellung und das Gehalt bekommen.«

»Ich weiß, was das Gehalt ist. Du hast es mir erzählt, und reich macht dich das nicht. Du bist nur gut versorgt und kannst dir zum Bummern ein nettes Mädel suchen, statt deine Sago zu schütteln.«

»Sago?« wiederholte Purefoy, der in Botanik nicht sehr bewandert war.

»Palme, Purefoy, deine Palme zu schütteln. Das heißt ...«

»Ich weiß, was es heißt. Ich war bei jeder Veranstaltung, die du zum Thema Fruchtbarkeit des Mannes und so weiter gehalten hast, und ich ...«

»Ich halte keine Veranstaltungen über so weiter. Is nich möglich. So weiter. Irgendwann is Schluß. Sogar Mr. Ndhlovo konnte irgendwann nicht mehr kommen. Kommt drei-, vier-, fünfmal, aber nicht so weiter. Und er richtiger Mann. Dicke Eier. Wüßte gern, was aus denen geworden ist.«

Purefoy interessierte sich nicht im mindesten für das Schicksal der Hoden des verblichenen Mr. Ndhlovo. »Ich will dir doch bloß klarmachen, daß ich nie an irgendeine andere Frau denke, wenn ich... wenn... nun ja, wenn ich Erleichterung von meiner aufgestauten Frustration suche.«

Mrs. Ndhlovos Augen weiteten sich erstaunt. »Ach du meine Güte«, sagte sie. »Ich habe zwar schon viele Ausdrücke dafür gehört, aber noch nie einen so wissenschaftlichen. Erleichterung von aufgestauter Frustration. Du sein doch nicht frustriert, oder, Liebling?«

»Natürlich bin ich das«, antwortete Purefoy, dem allmählich selber die Eier weh taten. »Das weißt du doch. Weil ich mich nach dir sehne.«

»Dann gib mir noch einen dicken Kuß, und ich laß dich noch mal meine Milchdrüsen befingern.«

»Mir wäre wirklich lieber, du würdest nicht solche Ausdrücke verwenden. Du hast entzückende Brüste, und es ziemt sich nicht, sie Milchdrüsen zu nennen.«

»Das ist wissenschaftlich, so wie du Erleichterung von aufgestauter Frustration statt Taschenbillard spielen sagst. Ich kenn andere Wörter, die sind genausogut.«

Purefoy Osbert hatte sich verhört und erschauerte.

»Bitte«, sagte er. »Du bist doch keine Kuh. Du bist die schönste Frau der Welt. Und du sprichst ein ganz ausgezeichnetes Englisch. Warum mußt du dich als jemand ausgeben, der du nicht bist. Du bist umwerfend.«

»Bin ich gar nich, Purefoy. Ich sein bloß richtige Frau. Sei du jetzt ein richtig Mann, und vielleicht...«

»Heiratest du mich dann? Bitte sag ja.«

»Möglicherweise«, sagte Mrs. Ndhlovo. »Doch zuerst mußt du dich in Porterhouse als richtiger Mann beweisen.«

Wie sich herausstellte, bereitete es Purefoy allergrößte Schwierigkeiten zu beweisen, daß er überhaupt etwas mit Porterhouse zu tun hatte. Als er am Haupttor ankam, war es verschlossen. Er zog an der Klingel und wartete. Innen ertönten laute Schritte, und eine Männerstimme fragte ihn, was er wolle.

»Stellen Sie sich vor: Ich möchte hinein. Man erwartet mich.«

Auf der anderen Seite des Tores lächelte der Chefpförtner in sich hinein. »Ganz genau. Das tut man«, sagte Walter. »Ich wußte, daß ihr wiederkommen würdet, und wie ich bereits sagte, setzt es mehr als nur 'ne blutige Nase, wenn ihr noch mal versucht, hier einzudringen. Und jetzt verschwindet.«

Purefoy stand verdattert auf dem Pflaster. Langsam begriff er, warum Porterhouse einen so miserablen Ruf hatte. Wahrscheinlich hatte alles, was ihm zu Ohren gekommen war, die Gräßlichkeit des Colleges noch untertrieben. Und er konnte sich gut vorstellen, daß Lady Mary mit ihrer Behauptung recht gehabt hatte, ihr Mann sei dort ermordet worden. Einen Augenblick lang war er kurz davor, nach Kloone zurückzukehren, doch der Gedanke an Mrs. Ndhlovo gab ihm Kraft. Um ihre Hand und alles andere zu gewinnen, mußte er sich als richtiger Mann erweisen. Für sie würde er alles tun.

»Hören Sie«, rief er durch das schwarze Tor. »Ich heiße Dr. Osbert und werde erwartet.«

Innen zögerte man kurz. »Sagten Sie Dr. Osbert?«

»Ja«, bestätigte Purefoy. »Genau das sagte ich.«

»Für diesen Kerl im Rektorenhaus haben wir schon Dr. MacKendly da«, rief Walter zurück. »Sind Sie ein Kollege von Dr. MacKendly oder was? Ich wußte nicht, daß er einen Kollegen hat.«

»Nein, natürlich bin ich kein Kollege von Dr. MacHenry. Ich bin Dr. Purefoy Osbert.«

»Und er hat Sie aus dem Addenbrooke-Krankenhaus angefordert?« fragte Walter. Er klang jetzt weniger aggressiv.

»Ich bin kein Arzt. Ich habe keine medizinische Fakultät besucht. Ich bin der ...«

Doch jetzt reichte es dem Chefpförtner. »Nee, irgendwie

hatte ich schon so ’n komisches Gefühl, daß Sie kein richtiger Doktor sind«, sagte er. »Aber ich verrat Ihnen was, wenn Sie versuchen, ins College reinzukommen, werden Sie verdammt noch mal einen brauchen. Und jetzt zischen Sie ab.«

Zum zweitenmal geriet Purefoys Entschlossenheit ins Wanken, doch er wich nicht. Hinter dem großen Tor wurde gemurmelt. Er glaubte die Worte zu hören: »Der Mistkerl versucht wirklich alles, Henry. Nennt sich einen Doktor!«

Purefoy zog wieder an der Klingelleine. Allmählich wurde er wütend. »Hören Sie«, rief er, »ich weiß nicht, wer Sie sind …«

»Damit sind wir schon zwei, Kumpel«, entgegnete Walter. »Ich weiß auch nicht, wer Sie sind, interessiert mich auch gar nicht.«

»Aber«, fuhr Purefoy fort, »ich bin der neue Fellow.«

»Jetzt ist er auf einmal ein Fellow«, sagte Walter.

»Ich bin der Sir-Godber-Evans-Gedächtnis-Fellow und heiße Dr. Purefoy Osbert. Haben Sie das verstanden?«

Auf der anderen Torseite blieb es lange still. Allmählich dämmerte es Walter, daß er womöglich einen schrecklichen Fehler beging. Doch er wollte auf keinen Fall ein Risiko eingehen. »Was für eine Brille tragen Sie?« fragte er.

»Ich habe keine Brille. Ich kann sehr gut sehen.«

Der Chefpförtner wünschte, ihm ginge es genauso. Es gab keinen Spion in dem Tor. Er versuchte, durch eine Ritze zu linsen, sah aber nur Purefoys Lederärmel. »Und Sie haben keine weißen Socken an?« fragte er.

»Natürlich habe ich keine weißen Socken an. Warum um alles in der Welt sollte ich weiße Socken anhaben? Wen interessiert, welche Farbe meine Socken haben?«

»Sind Sie wirklich der Sir-Godber-Evans … was Sie vorhin gesagt haben, Fellow?«

»Würde ich es sagen, wenn ich’s nicht wäre?« fragte Purefoy zurück. Wenn diese Kostprobe das in Porterhouse vorherrschende Intelligenzniveau wiedergab, ging er auf jeden Fall nach Kloone zurück. Wissen und Kenntnisse in die Köpfe der Leute dort zu bekommen war unendlich viel einfacher als das hier.

Hinter dem Tor teilte Henry Walter mit, daß sich der Bursche da draußen nicht wie ein Ami anhörte. Dem mußte Walter zustimmen, und bald öffnete sich langsam die kleine Pforte. Ein eigenartiges und höchst beunruhigtes Gesicht musterte Purefoy. Im Pförtnerhaus versuchte Henry, den Obertutor anzurufen, doch der nahm nicht ab.

»Sie kommen wohl besser rein, Sir«, sagte Walter und schaltete von seinem drohenden zu einem regelrecht unterwürfigen Tonfall um. »Und ich trage Ihr Gepäck, Sir.« Purefoy Osbert schritt durch die Pforte und trug es selbst. Falls dieser Kretin – für Euphemismen war jetzt keine Zeit mehr – die Koffer mit seinen Notizen und Manuskripten in die Hände bekam, würde er selbst sie wahrscheinlich nie wiedersehen.

»Es tut mir wirklich leid, Sir, aber wir hatten hier heute einige Problemchen, und meine Befehle lauteten, keinen rein- oder rauszulassen, der nicht zum College gehört. Der Praelector war da ganz strikt. Ich entschuldige mich, Sir. Wenn Sie mir bitte folgen würden, Sir ...«

Purefoy ging hinter ihm her ins Pförtnerhaus. Es war ganz anders als alle, die er je in Cambridge gesehen hatte. Das späte zwanzigste Jahrundert hatte hier keinerlei Spuren hinterlassen, das neunzehnte und sogar achtzehnte dafür um so mehr. Die Schubfächer sahen aus, als hätten dort Generationen von Tauben gehaust statt Briefe und Zettel. Doch alles war sauber und ordentlich geputzt. Sogar der Schlüsselhaken aus Messing war blitzblank gewienert, und der Glanz auf Walters Melone ließ vermuten, daß er den Hut mit Ehrerbietung behandelte. Purefoy stellte seine Koffer ab und fühlte sich ein wenig besser. Der Bienenwachsgeruch wirkte beruhigend auf seine Nerven.

Dennoch war der Empfang so ungewöhnlich ausgefallen, daß er den Chefpförtner nicht aus den Augen ließ, und dessen jungen Kollegen auch nicht, der auf dem uralten Telefonapparat im Büro weiter hinten vergeblich versuchte, eine Verbindung zum Obertutor herzustellen. »Hat keinen Zweck«, sagte er. »Er ist nicht da.«

»Und ob. Geht bloß nicht ran«, widersprach Walter. »Kein Wunder, wenn man bedenkt, in was für einem Zustand er gestern nacht war, als er aus Corpus nach Hause kam. Sah selber wie ein Corpus aus. Nicht auszudenken, wie er sich heute morgen gefühlt haben muß. O weh, er sah entsetzlich aus.«

Purefoy hörte diesem Gespräch zu und fand es beunruhigend. Wenn der Chefpförtner, selbst nicht gerade ein angenehm aussehender Mensch – wie er einen aus dem Winkel eines seltsam gefärbten linken Auges ansah war irgendwie unheimlich –, jemand anderen als entsetzlich aussehend beschrieb, mußte dieser einen absolut gräßlichen Anblick geboten haben. Und Henrys nächste Bemerkung war auch nicht unbedingt beruhigend.

»Von der Schwester hört man, er hat sich überall auf dem Schlafzimmerboden übergeben«, sagte er. »War noch dazu splitterfasernackt. Zuerst hielt sie ihn für tot. Hätte einen Porterhouse Blue gehabt, dachte sie.«

»Wenn er in seinem Alter so weitermacht, kriegt er einen, unter Garantie«, sagte Walter, und als er aus dem Büro auftauchte, trug er eine servile Miene zur Schau, die Purefoy hoffnungsvoll als Grinsen interpretierte. »Es tut mir sehr leid, Sir. Man hat mir nicht mitgeteilt, daß Sie heute kommen würden, und was die anderen betraf, hatte ich strikte Anweisungen. Aber ich habe Sie im Buch gefunden, und es hat seine Richtigkeit mit Ihnen. Der Schatzmeister hat Ihnen Räume mit Blick auf den Fellows' Garden zugewiesen, hier sind die Schlüssel. Henry trägt Ihr Gepäck, Sir, und zeigt Ihnen den Weg.«

Als Purefoy sich bückte, um seine Koffer aufzuheben, hielt Walter ihn auf. »Verzeihung, Sir«, sagte er mit einer schiefen Grimasse, der es geheimnisvollerweise gelang, äußerste Unterwürfigkeit mit etwas zutiefst Bedrohlichem zu verbinden, »aber Gentlemen und Fellows tragen in Porterhouse ihr Gepäck nicht selbst. Gibt kein gutes Vorbild ab. Das hat Mr. Skullion mir gesagt, der jetzt Rektor ist. Das ist eine Tradition, hat er gesagt, die furchtbar weit zurückreicht.«

Fast hätte Purefoy dem Mann zu verstehen gegeben, die Porterhouse-Traditionen seien ihm scheißegal und er trage sein Gepäck immer selbst, doch er hatte eine weite Reise hinter sich und war erschöpft. »Was mache ich mit meinem Wagen?« fragte er. »Er steht die Straße runter an einer Parkuhr.«

»Wenn Sie mir die Schlüssel geben, Sir, lasse ich ihn zum Old Coach House bringen, wo die Autos der Fellows abgestellt werden. Sie wissen nicht zufällig, welche Automarke Sie fahren, Sir?«

Für Purefoy Osbert stand fest, daß sich der Chefpförtner über ihn lustig machte, doch Walters nächste Bemerkung belehrte ihn eines Besseren. »Ich frage nur, Sir, weil es viele Fellows nicht wissen. Der Dekan fährt seit ewig und drei Tagen einen alten Rover, und er nennt ihn immer noch einen Lanchester, dabei werden die schon lange nicht mehr hergestellt. Ich glaub's jedenfalls nicht. Und der Kaplan hat 'n Armstrong Siddeley, fährt ihn aber nicht mehr und hat wohl völlig vergessen, daß es den Wagen noch gibt.«

Purefoy gab ihm die Schlüssel und sagte ihm, es sei ein grüner Renault. »Auf dem Nummernschild steht wohl A 5555 OGF«, sagte er.

»Danke sehr, Sir, und ich lege die Schlüssel in Ihr Fach. Dann wissen Sie, wo Sie nachsehen müssen.«

»Aber ich weiß noch gar nicht, welches mein Fach ist«, wandte Purefoy ein.

»Oh, aber ich weiß es, Sir. Sie brauchen mich nur zu fragen.« Und mit einer weiteren schrecklichen Grimasse verschwand er nach hinten, wo man ihn erzählen hörte, daß Dr. Oswald, der neue Fellow, nicht nur einen ausländischen Wagen fuhr, sondern auch noch einen französischen, was dem Obertutor gar nicht passen würde, weil der etwas gegen... Da Purefoy sich ziemlich gut vorstellen konnte, was jetzt kam, folgte er Henry und seinen beiden Koffern um den Alten Hof, an einem sehr alten Gebäude aus geschwärztem Kalkstein vorbei und weiter einen Weg hinauf zu einem anderen Haus, dieses aus geschwärztem Backstein. Unterwegs kamen sie an etlichen, für Purefoys Geschmack ausnahmslos zu anständig gekleideten Studenten vorbei. Er war Menschen in Stiefeln und zerrissenen Jeans gewohnt, deren Haare entweder sehr, sehr lang und ungewaschen oder kaum vorhanden waren. Saubere junge Menschen mit ordentlichen Haarschnitten waren ihm verdächtig, und er hatte den Eindruck, daß viele der jungen Männer sehr massig und muskulös waren und zu laut lachten. Und die einzige junge Frau, der er begegnete, lächelte nett, was er äußerst merkwürdig fand. In Kloone lächelten Frauen nicht. Sie guckten zumeist finster und gaben sich ihm gegenüber betont abweisend.

Am unteren Ende eines mit dem Buchstaben O gekennzeichneten Treppenhauses blieb Henry stehen und deutete auf eine leere Stelle oben an einer schwarzen Namenstafel. »Das sind Sie, Sir. Und wirklich hübsche Zimmer. Gleich neben dem Obertutor. Der Obertutor hat sehr viel für die jungen Herrschaften übrig, Sir.«

Er ging die Treppe hoch, gefolgt von Purefoy, der ein flaues Gefühl im Magen verspürte. Was der Pförtner gesagt hatte, hatte ihn wieder an den grausigen Abend mit Goodenough erinnert, und wenn er noch einmal die Aufmerksamkeiten einer aggressiven Schwuchtel ertragen mußte – zum zweitenmal in seinem Leben warf er *political correctness* über Bord –, würde er darauf bestehen, andere Zimmer zu bekommen. Doch wie im Falle Goodenough irrte er sich gewaltig. Der Mann, der aus der Tür gegenüber von Purefoys Wohnung auftauchte und wissen wollte, ob sie einen so gräßlichen Krach schlagen müßten, wirkte alles andere als schwul.

»Habe nur die Schlüssel fallen lassen, Sir«, sagte Henry, »und die Koffer dieses Gentlemans, Sir.«

»Schlüssel? Koffer?« murmelte der Obertutor. »Hörte sich für mich eher nach einer Elefantenherde mit Tamburins an.«

Er ging zurück in sein Zimmer und zog ganz zart die Tür hinter sich zu. Henry suchte im Dunkeln nach den Schlüsseln und kicherte. »Macht gerne mal ein Witzchen, der Obertutor. Und mag natürlich seinen Portwein. Ist ein leidenschaftlicher Porttrinker, o ja, Sir. Merkt man am Teint. Der Dekan trinkt am liebsten Tawny Port, weshalb er so aussieht, wie er aussieht, aber der Obertutor ist eher ein Freund des Crusted Port, mag seinen Bodensatz, und das sieht man ihm auch an.«

Doch immerhin hatte man Purefoy sehr komfortable Räume zugewiesen: ein großes Arbeitszimmer, ein weitläufiges Wohnzimmer und ein kleineres Schlafzimmer mit Blick auf ein Haus aus der Zeit Jakobs I. und über einige Rasenflächen hinweg. Etwas entfernt war ein Gebilde auszumachen, das wie ein großer Eibenholzquader aussah.

»Das ist das Rektorenhaus, wo der Rektor wohnt, und das da unten auf dem Rasen ist das Rektorenlabyrinth. Es heißt, da sind Leute reingegangen und nicht wieder rausgekommen.

Doch das ist bestimmt nur ein kleiner Scherz, Sir, allerdings würde ich selber nicht reingehen. Man geht besser auf Nummer Sicher, stimmt's? Und vermutlich darf ich es auch gar nicht. Dürfen den Rasen nicht betreten, die Bediensteten. Nur Fellows.«

Purefoy Osbert ging ins Arbeitszimmer und schaute dort aus dem Fenster. Auch hier sah er auf Gärten hinab, aber diesmal waren es klassische Rosenbeete und ein Steingarten mit Teich, neben dem ein Gewächs in die Höhe schoß, das wie ein gigantischer Rhabarber aussah.

»Das ist der Garten des Dekans, da drüben. Kümmert sich selber drum, wenn er nicht Arthritis oder Rheuma oder sonstwas hat, das er von der Feuchtigkeit kriegt, die vom Fluß aufsteigt, und von dem Ostwind. Kommt weit her aus Rußland über die Nordsee geweht, dieser Wind, und es gibt keinen einzigen Berg zwischen den Gog-Magog-Hügeln und irgendeinem Gebirge da drüben mit 'nem komischen Namen, so ähnlich wie die öffentlichen Toiletten unten am Busbahnhof. Ur ...«

»Der Ural«, sagte Purefoy und fragte sich, ob in Porterhouse alle Pförtner so gesprächig waren.

Endlich, nachdem er ihm gezeigt hatte, wie man den Gasofen anzündete, wie der kleine Herd im Dienstzimmer funktionierte und wo die Toilette war, ging Henry, und Purefoy nahm Platz. Er fragte sich, ob es eine gute Idee gewesen war, nach Porterhouse zu kommen. Alles hier war unglaublich anachronistisch und anders als die Welt, in der er dreißig Jahre lang gelebt hatte. Porterhouse war nicht bloß ein College in Cambridge; es war ein Museum.

12

Darauf hätte auch Kudzuvine kommen können, als er am nächsten Morgen das Bewußtsein wiedererlangte, wenn Kudzuvine denn ein nennenswertes Hirn gehabt hätte. Durch die Gehirnerschütterung und Dr. MacKendlys Medikamente zudem beeinträchtigt, arbeitete sein Spatzenhirn nur unter noch größeren Schwierigkeiten.

»Ich glaube, wir sollten ihm ein leichtes Schlaf- und Beruhigungsmittel verabreichen, Schwester«, hatte der Arzt erklärt, als er den bewußtlosen Amerikaner zum erstenmal untersuchte. »Eine Röntgenaufnahme oder dergleichen ist überflüssig. Reine Geldverschwendung. Der Bursche hat offensichtlich einen Schädel wie eine Stahlkugel, und falls nicht …« Er ließ Kudzuvines künftiges Wohlergehen in der Schwebe.

Doch das sogenannte Schlaf- und Beruhigungsmittel, das er ihm zweimal injizierte, übertraf des Doktors Erwartungen. Als Kudzuvine zu sich kam, zeigte er alle Anzeichen des Katatonikers. Er konnte zwar sehen, hören und fühlen, mehr aber auch nicht. Er war völlig bewegungsunfähig. Was er sah, ließ es ihm allerdings äußerst wünschenswert erscheinen, sich zu bewegen. Mehr noch: Es erfüllte ihn mit äußerstem Grauen. Direkt neben dem Bett, einem Bett, in dem Kudzuvine nie zuvor gelegen hatte, und in einem Zimmer, das ihm nicht einmal ansatzweise bekannt vorkam, saß das bösartigste Wesen, das er seit Quasimodo in einer Wiederaufführung des Films *Der Glöckner von Notre Dame* gesehen hatte. In Kudzuvines Zustand war dieses Monstrum aber unendlich viel gräßlicher anzusehen, und viel, viel beängstigender war es noch, von ihm angesehen zu werden, was auch immer es sein mochte. Kudzuvine hatte keinen blassen Schimmer.

Das schlimmste war, daß er seine Augen nicht schließen und den Anblick dieser Kreatur ausblenden konnte, die dasaß und ihn boshaft anstarrte. Aber damit nicht genug, er war anscheinend auch noch gelähmt. Und nackt. In dem verzweifelten Versuch herauszufinden, ob er obendrein auch noch die Sprache verloren hatte, rang Kudzuvine nach Worten. Das tat offenbar auch die unheimliche Gestalt auf dem Stuhl, und als er sie jetzt zwangsläufig genauer in Augenschein nahm, erkannte er, daß es Quasimodo *war,* und zwar die moderne Variante in einem verchromten Krankenhausstuhl, Mann, wie der beschissene Teufel mit einer Melone auf dem Kopf. Und dieses Etwas befand sich nur zwei Meter von ihm entfernt und gab undefinierbare Geräusche von sich. Eigentlich hätte Kudzuvine froh sein müssen, daß er hörte und nicht auch noch taub geworden war neben all den anderen Ausfällen, die anscheinend irgendwann einmal erfolgt waren. Doch nicht jetzt. Jetzt wollte er bloß die Geräusche abstellen, die das Wesen in dem Stuhl offenbar unter großen Mühen so unartikuliert von sich gab.

»Das hätten Sie nicht tun dürfen«, sagte Skullion. Er mußte den Satz mehrmals wiederholen, um sicherzugehen, daß Kudzuvine verstanden hatte, doch der war ihm schon ein Stück weit voraus. Er wußte, daß er nicht hätte tun sollen, was auch immer er getan haben mochte. Das lag auf der Hand. Als hätte er das falsche Dope genommen, Mann, einen Cocktail aus Crack, LSD, Krötenstoff und irgend so 'nem beschissenen Nervengas. Es mußte irgendeine Katastrophenmischung sein, etwas anderes war gar nicht möglich. Aber warum dieses verfluchte Schlafzimmer, wo dicke, sehr dicke Babys an der beschissenen Decke rumflogen und dieses beschissene Quasimodo-Update dahockte, als wartete es darauf, daß sein Scheißsteak genau richtig durchgebraten war?

»Sie haben die Kapelle beschädigt«, gab Skullion unter erheblichen Schwierigkeiten von sich. »Sie haben die Kapelle beschädigt.«

Irgend etwas in Kudzuvines Nervensystem rührte sich und erstarb. Er kannte das Wort »Kapelle«, und er kannte mit Sicherheit das Wort »Schaden«, wenn er es auch gewöhnlich in Zusammenhang mit Begriffen wie »Begrenzung« und »zufügen« verwendete, von denen in seiner jetzigen Lage keiner auch nur die geringste Bedeutung hatte. Kudzuvine klammerte sich an »Kapelle«, und da befand er sich immer noch, als die Schwester das Zimmer betrat und sagte: »Rektor, Sie dürfen den Gentleman nicht ermüden. Lassen Sie ihn in Frieden ruhen.« Wogegen nichts einzuwenden gewesen wäre, nur, daß eine massige Frau in Krankenschwesterkleidung dieses Etwas in dem Stuhl »Rektor« nannte, weckte in Kudzuvine dermaßen entsetzliche Vorstellungen von der gewaltigen Macht und dem Einfluß dieses Wesens, daß ihm absolut klar war, es mußte der Teufel sein. Das kombinierte er mit Kapelle und erhielt Friedhofskapelle, was seinen Zustand ja nun erklärte – das riesige Bett, das Zimmer und die an der Decke herumfliegenden verfluchten Babyengel.

Es erklärte auch, warum er splitternackt war. Er befand sich in der Leichenhalle eines Bestattungsunternehmers und wartete darauf, beerdigt, eingeäschert oder vielleicht vorher einbalsamiert zu werden. Und nun war auch klar, warum ihn das Wesen in dem Rollstuhl so angesehen hatte. Es hatte Maß für den Sarg genommen oder aber das Prozedere für die bevorstehende Einbalsamierung ersonnen. Vor allem war die schwarze Melone auf seinem Kopf nicht länger erstaunlich und die Tatsache, daß dieses Monstrum eine Weste mit quer darüberhängender Goldkette trug. Wenn es irgendwas gebraucht hätte, Kudzuvine in eine Raserei des Schreckens zu versetzen, dann die Befürchtung, lebendig begraben zu werden. Oder eingeäschert. Oder einbalsamiert. Über das Einbalsamieren von Menschen wußte Kudzuvine nicht viel, doch er war sich sicher, daß die Körper aufgeschnitten und die Organe entnommen wurden, bevor man etwas anderes hineinstopfte. Und das alles würde stattfinden, während er bei vollem Bewußtsein war – zeitweise wenigstens, zu Beginn, was zweifellos die schlimmste Phase war. Das ging nicht. Es durfte nicht sein. Er mußte ihnen zeigen, daß er noch am Leben war.

Kudzuvine gab Gurgellaute von sich und sagte mehrmals ziemlich laut »Scheiße«, was er dadurch abmilderte, daß er noch mehrmals »Gott« und sehr oft »Hilfe« nachschob. Dann sank er zurück und schlief ein, wurde aber eine Weile später wieder geweckt und sah, daß ein großer, dünner, ja, regelrecht ausgemergelter Alter und ein kleinerer, untersetzterer Mann in mittleren Jahren mit roten Haaren auf einer Seite des Bettes standen. Die massige Frau in Schwesterntracht stand auf der anderen. Doch wenigstens war dieses Wesen nicht bei ihnen.

»Und wie hat er sich geführt, Schwester?« fragte der Rothaarige. »Gab's Schwierigkeiten?«

»Überhaupt keine, Doktor«, antwortete die Frau. »Hat geschlafen wie ein Toter.«

»Hilfe, Hilfe«, brachte Kudzuvine nuschelnd heraus.

»Anscheinend will er etwas sagen«, bemerkte der große dünne Mann. Doch der Arzt hatte sich auf die Bettkante gesetzt und leuchtete mit einer Taschenlampe in Kudzuvines Auge. Zweifellos gefiel ihm nicht, was er sah. »Das neue Mittel, das ich gestern abend bei ihm ausprobiert habe, war anscheinend effizienter als erwartet«, sagte er. »Es ist eine synergistische Kombination mehrerer hochwirksamer antipsychotischer Tranquilizer mit einem Muskelrelaxans für den Fall aggressiver Tendenzen. Noch ganz neu auf dem Markt und wird den Ansprüchen des Herstellers zweifellos gerecht. Wenn man ihn sich so ansieht...«

»Hilfe. Gott. Hilfe«, wollte Kudzuvine schreien, versagte aber kläglich.

»Er will ganz offensichtlich irgendwas sagen«, wiederholte der ausgemergelte Alte.

»Ja, es sieht ganz so aus, nicht wahr?« sagte der Doktor. »Es handelt sich aber lediglich um einen Reflex. Er bekommt überhaupt nichts mit. Nun, ich muß ihm wohl nicht noch eine Spritze verabreichen. In diesem Zustand wird er bleiben. Hat er Wasser gelassen oder dergleichen?«

Die Schwester hob die Bettdecken und schüttelte den Kopf.

»Na, nur um sicherzugehen«, sagte der Arzt und holte ein Röhrchen heraus. »Ich habe immer ein Reserveröhrchen für den Rektor dabei.«

Der Praelector wandte sich ab und schaute aus dem Fenster, um sich den unangenehmen Anblick zu ersparen, wie ein Katheter in Kudzuvines Penis eingeführt wurde. Und Kudzuvine war alles andere als begeistert.

Die nächste Bemerkung des Praelectors jagte ihm einen Heidenschreck ein. »Da kommt ja der Kaplan«, sagte er. »Er will bestimmt ein Schwätzchen mit dem Rektor halten. Für gewöhnlich kommt er einmal am Tag vorbei. Eine merkwürdige Beziehung, wie ich immer fand.«

Doch Dr. MacKendly und die Schwester unterhielten sich gerade über die Möglichkeit, daß etwas durch den Hinterausgang sickern könnte. »Das kommt recht häufig vor«, sagte er. »Ich würde ihn auf eine Plastikunterlage legen. So ein schwarzer Müllsack ist genau das richtige.«

Sie betrachteten Kudzuvine ein letztes Mal und verließen das Zimmer, während er immer noch: »Hilfe. Gott. Hilfe«, hauchte. Was ihm überhaupt nichts brachte.

Hilfe erhielt er auch von seinen Kollegen bei Transworld Television nicht.

»Und wenn schon, Kudzuvine steckt also mal wieder in der Scheiße. Ist das bei ihm was Neues?« kommentierte Skundler, als man ihm von dem Zwischenfall in Porterhouse berichtete. »Soll er halt sehen, wie er da rauskommt. Geht mich nichts an. Wenn man im Mediengeschäft arbeitet, muß man was riskieren. Einige kommen zurück, andere nicht. So ist das Leben nun mal.« Und niemand erhob Einspruch gegen diese Einschätzung. Wie eine andere Angestellte vorausschauender, als sie ahnen konnte, bemerkte: »K. K. ist also weg. Er ist weg. Sonst noch was?«

In Bangkok hielt Edgar Hartang einen sechsjährigen Jungen auf dem Schoß. Für den Jungen war es ein neues Erlebnis, nicht aber für E. H. Er zwickte das Kind in die Brustwarze, kicherte und nahm seine blaue Sonnenbrille und das Toupet ab. Der gute alte E. H. war höllisch gut drauf.

Auch der Junge fand es höllisch. Nur war es eine andere Hölle.

13

Die Hölle des Schatzmeisters war von einer völlig anderen Art. Für ihn war es kein Vergnügen gewesen, seine Rolle beim Einmarsch von Transworld in Porterhouse darlegen zu müssen, doch immerhin hatten dabei sowohl der Dekan als auch der Obertutor gefehlt. Allerdings wußte er, welche Wutanfälle Kudzuvine und sein Trupp bei beiden ausgelöst und welche Einstellung sie ihm gegenüber eingenommen hätten. Er hätte seine Stelle verloren, wäre aus Porterhouse geflogen und hätte sich glücklich schätzen können, wenn er nicht obendrein die Peitsche bekommen hätte. Der Obertutor drohte gern einmal, er werde dieses oder jenes Schwein auspeitschen, und obwohl das bisher leere Drohungen geblieben waren, zweifelte der Schatzmeister nicht im mindesten daran, daß der Obertutor im vorliegenden Fall – angestachelt vom Dekan – seinen Worten Taten hätte folgen lassen. Statt dessen hatte ihn der Praelector mit Tee und ganz erstaunlichem Mitgefühl empfangen und seinen Bericht, wie er Kudzuvine kennengelernt und später mit Edgar Hartang zu Mittag gespeist hatte, immer interessanter gefunden, je länger er dauerte.

Dessen ungeachtet war sich der Schatzmeister bewußt gewesen, daß die Collegesekretärin alles stenografisch festhielt und daß sich der Student Gilkes eifrig Notizen machte. Als die Befragung schließlich beendet war, ging es dem Schatzmeister viel besser. »Sie waren sehr, sehr freundlich zu mir«, sagte er überschwenglich zum Praelector. »Ich weiß gar nicht, wie ich Ihnen danken soll.«

»Kein Grund zu flennen, mein Lieber. Eigentlich müssen wir Ihnen danken. Sie wissen ja gar nicht, was Sie für das College getan haben. Und machen Sie sich keine Sorgen wegen Mr. Kudzuvine. Er ist in sicheren Händen.«

»Haben Sie ihn der Polizei übergeben?« fragte der Schatzmeister.

»Natürlich nicht. Er ist in sichereren Händen. Und jetzt gehen Sie nach Hause und ruhen sich bis morgen früh mal so richtig aus. In den kommenden Tagen brauchen wir Sie in intellektueller Hochform.«

Damals war dem Schatzmeister die volle Bedeutung dieser Bemerkung nicht aufgegangen. Er hatte sich auf den Heimweg gemacht, war aus Furcht, auf dem Weg zum Haupttor dem

Obertutor zu begegnen, durch das hintere Tor geeilt und hatte etliche sehr stramme Whiskys gekippt, ehe er die doppelte Menge der empfohlenen Dosis von den Schlaftabletten seiner Frau genommen hatte und zu Bett gegangen war. Montags blieb er zu Hause, und erst als er am Dienstag sein Büro in Porterhouse aufsuchte, erfuhr er, was der Praelector mit dem Satz gemeint hatte, Kudzuvine befinde sich in sehr sicheren Händen. »Soll das heißen, er ist oben im Rektorenhaus untergebracht?« fragte er Walter im Pförtnerhaus. »Was? Bei Skullion?«

»Ganz so würde ich es nicht formulieren, Sir. Er ist weniger untergebracht als abgelegt, wenn Sie wissen, was ich meine.«

Der Schatzmeister wußte es nicht. Es hörte sich immer so an, als wäre das Rektorenhaus von Porterhouse eher ein Beinhaus als ein Wohngebäude. Erst der verblichene Sir Godber, und jetzt Kudzuvine. »Um Himmels willen, woran ist er denn gestorben? Hat ihn der Obertutor mit der Peitsche …?«

»Nein, Sir, nichts dergleichen. Dazu war der Obertutor nicht in der Verfassung. Er hatte ein wenig über die Stränge geschlagen und fühlte sich nicht sehr wohl. Nein, der amerikanische Drecks … Gentleman hatte in den Räumen des Kaplans einen Unfall, und man war der Ansicht, es wäre am besten, wenn sich Dr. MacKendly und die Schwester um ihn kümmerten. Sie ist gerade da, und Mr. Skullion … der Rektor hat an seinem Bett gesessen, um sicherzustellen, daß der Mann nicht noch mehr zu Schaden kommt. Schließlich legt das College keinen Wert auf schlechte Publicity, nicht wahr, Sir?«

»Nein, ganz gewiß nicht«, sagte der Schatzmeister skeptisch und fragte sich, wieviel Publicity Transworld Television dem tätlichen Angriff – daß Kudzuvine einen Unfall hatte, glaubte er keine Sekunde – auf einen seiner Vizepräsidenten widmen würde. Vermutlich würde man sogar noch auf den Osterinseln zu sehen bekommen, wie ein bandagierter Kudzuvine aus dem College getragen wurde. Zweifellos gab es dort Satellitenfernsehen; auf St. Helena war es erst kürzlich installiert worden. Der Schatzmeister begab sich in sein Büro, wo die Collegesekretärin ihn bereits erwartete.

»Ach, da sind Sie ja«, sagte sie. »Geht es Ihnen besser? Nein? Na, es dauert seine Zeit, bis man über so etwas wegkommt. Der Praelector hat mich jedenfalls gebeten, ihn zu informieren, wenn Sie einträfen. Er will vorbeikommen und alles besprechen.«

»Ich glaube wirklich nicht, daß ich in der...«, setzte der Schatzmeister an, doch zu spät. Mrs. Morestead hatte sich bereits in ihr Büro begeben und den Praelector angerufen. »Sie werden jeden Moment hier sein«, sagte sie vergnügt, als sie zurückkam und sich mit Schreibblock und Stift hinsetzte.

»Sie? Wer begleitet ihn denn?«

»Ich weiß es nicht genau, aber ich habe gerade eben Mr. Retter und Mr. Wyve über den Hof gehen sehen.«

»Mr. Retter *und* Mr. Wyve?« sagte der Schatzmeister, erneut von Angst gepackt. Die Lage mußte völlig verzweifelt sein, wenn beide Rechtsanwälte des Colleges gekommen waren. So etwas hatte es noch nie gegeben. Mrs. Moresteads nächste Bemerkung versetzte ihn in Panik. »Und gestern hatten wir die Herren vom Denkmalschutz aus London hier, samt Mr. Furness, dem Architekten. Waren den ganzen Tag da, und die Bautechniker haben das Dach der Kapelle mit dicken Balken abgestützt. Sie sagten, unter Umständen müsse man das ganze Ding abreißen.«

Der Schatzmeister schlug die Hände vors Gesicht und wartete auf das Schlimmste. Es näherte sich in Gestalt des Obertutors, des Praelectors, Dr. Buscotts und des Kaplans. Der Obertutor schaute besonders grimmig drein. Er hatte seinen

Kater immer noch nicht überstanden, und der sprichwörtliche »Schluck auf den Kater«, den er in Form eines Glases reinen Rums zu sich genommen hatte, war seiner Laune nicht unbedingt zuträglich gewesen. Jedenfalls hatte der Praelector auch weiterhin das Sagen. Er war viel älter als der Obertutor, und da Mr. Retter und Mr. Wyve anwesend waren, schien es eher unwahrscheinlich, daß die Pferdepeitsche zur Anwendung kommen würde. »Für uns alle ist dieses Büro wohl nicht groß genug«, befand der Praelector. »Vielleicht sollten wir uns in das private Speisezimmer der Fellows zurückziehen.«

Sie marschierten quer über den Hof, gefolgt von Mrs. Morestead mit Stenoblock und Stift, und erst als sie um einen Mahagonitisch im privaten Speisezimmer Platz genommen hatten, trug der Praelector den Zweck dieser Sitzung vor. Seine Ansprache glich einer Grabesrede.

»Wir sind heute zusammengekommen«, sagte er, »weil wir Maßnahmen ergreifen müssen, um mit etwas fertigzuwerden, was sich wohl als größere Katastrophe für das College selbst wie für das architektonische Erbe des gesamten Landes beschreiben läßt. Die Kapelle von Porterhouse ist ein herausragendes Exemplar der spätmittelalterlichen neoromanischen Sakralarchitektur Großbritanniens. Ihr Stil ist insofern einzigartig, als er der Gotik sehr wenig verdankt. Da sie zu einer Zeit errichtet wurde, als landesweit der gotische Baustil vorherrschte, scheint es mir ein deutliches Zeichen für die damals schon herrschende konservative Grundhaltung des Colleges zu sein, daß unsere Vorgänger beschlossen, den Gottesdienst auf möglichst traditionelle Weise abzuhalten. Porterhouse war schon immer stolz darauf, im wahrsten Sinne des Wortes ›seiner Zeit hinterherzuhinken‹ oder, noch präziser gesagt, in einer zeitlosen Welt zu existieren. Zu einer Zeit, da die Veränderung alles erobert und die Zukunft nichts zu bieten scheint als die Verblödung des menschlichen Geistes durch pausenloses Fernsehen und die Verbreitung schauderhafter Sendungen zur Befriedigung minderwertiger menschlicher Bedürfnisse, ist es daher von äußerster Wichtigkeit, daß wir die Firma bekämpfen, die unserer Kapelle mutwillig und auf verbrecherische Weise solchen Schaden zugefügt hat. Es ist unsere Pflicht und Schuldigkeit, diesen Leuten bei Transworld Television nicht nur deshalb den höchstmöglichen Schadensersatz abzuverlangen, weil sie der gesamten Bausubstanz des Colleges sichtbaren Schaden zugefügt haben, sondern auch wegen der seelischen Nöte, die sie Mitgliedern des Colleges zufügten. Ich für meinen Teil werde mich von dem Schock nie erholen ...«

Während der Praelector seine schier endlose Rede vom Stapel ließ, grübelte der Schatzmeister darüber nach, welche anderen Teile des Colleges, zu deren Restauration man die Leute von Transworld Television Productions zwingen könnte, in letzter Zeit gelitten hatten. Hinter dem Cox Block war kürzlich ein ordentliches Stück Dachrinne auf die Straße gefallen, zum Glück, als sich gerade niemand drunter befand. Nicht, daß einer dieser gräßlichen jungen Männer dafür verantwortlich sein könnte, das Dach war viel zu steil, und sie hätten Seile da oben gebraucht, aber egal. Außerdem mußte eine komplette Abteilung der Bibliothek neu verfugt werden, und sämtliche Schornsteine waren in einem gefährlichen Zustand ... Der Schatzmeister vertrieb sich die Zeit damit, eine Liste erforderlicher Reparaturen zu erstellen.

Ihm gegenüber saßen Seite an Seite Mr. Retter und Mr. Wyve und schwiegen. Ihre Stellung als Rechtsberater von Porterhouse hatten sie von der Anwaltsfirma Waxthorne, Libbott und Chaine übernommen, als sie dort Partner geworden waren. Seither hatten sie diese Verbindung bereut. Waxthorne, Libbott und Chaine waren alle schon seit langem tot, doch als solide Juristen hatten Mr. Retter und Mr. Wyve darauf bestanden, deren Namen beizubehalten. Dies verschaffte ihnen eine adäquate Tarnung für ihre eigenen juristischen Mängel, da sie sagen konnten, Mr. Waxthorne habe die Ansicht vertreten, daß... Da Mr. Waxthorne seit fünfundsechzig Jahren auf dem Friedhof an der Newmarket Road lag, konnte man ihm nur eine beratende Funktion zuweisen, und es war absolut realistisch und korrekt, wenn Mr. Retter oder Mr. Wyve erklärten, er könne keinen ihrer Mandanten persönlich empfangen. Genau das gleiche ließ sich von den Herren Libbott und Chaine behaupten: Ersterer hatte es vorgezogen, sich einäschern zu lassen, statt auch nur die gleiche Erde in der Nähe jener Partner zu teilen, die er jahrelang verabscheut hatte, während letzterer seinen Leichnam der medizinischen Fakultät der Universität zu Forschungszwecken und zur Sektion vermacht hatte – weniger aus dem Drang heraus, den medizinischen Fortschritt zu fördern, als um sicherzugehen, daß er auch wirklich und wahrhaftig tot wäre, bevor man ihn ins Krematorium an der Huntingdon Road brachte. Bis zu einem gewissen Punkt hatte man seine Wünsche respektiert, allerdings fand sein Schädel bei einer ziemlich schlappen Trinkervereinigung im King's College, die sich »Chaine Males« nannte, immer noch als Weinkelch Verwendung. Und bis zu einem gewissen Punkt hatten Mr. Retter und Mr. Wyve Erfolg gehabt. Ihr Spezialgebiet war immer die Arbeit für Colleges gewesen, und sie hatten nie Fälle angenommen, bei denen sie vor Gericht hätten erscheinen müssen, auch wenn Mr. Retter einmal wegen Trunkenheit am Steuer einen Gerichtstermin persönlich wahrgenommen hatte und seinen Führerschein für ein Jahr losgeworden war. Wenn sich irgendwelche Prozesse anbahnten, beauftragten sie unweigerlich andere Anwälte in London.

Die Honorare von Waxthorne, Libbott und Chaine überstiegen jedes Maß. Doch das überraschte kaum. Als Anwälte von Porterhouse waren sie gezwungen, kostenlos für das College zu arbeiten. An manchen Tagen verfluchten sie den Praelector. Als junger Mann hatte er Waxthorne gekannt, war bei dessen Begräbnis zugegen gewesen und hatte viele Jahre lang den Kontakt zu der Witwe aufrechterhalten. Er wußte sehr gut, daß Libbott eingeäschert worden war und Chaine jenen Bereich der medizinischen Fakultät durchlaufen hatte, aus dem man nur stückchenweise wieder herauskommt. Doch jetzt hatten die beiden Anwälte das Gefühl, einen Fall zu übernehmen, der für Porterhouse so einträglich werden könnte, daß man sie bezahlte. »Schließlich haben wir nichts zu verlieren«, hatte Mr. Wyve gesagt. »Falls sie gegen Transworld gewinnen – was zugegebenermaßen eher unwahrscheinlich ist –, sind sie so weit saniert, daß sie einige unserer Verluste abdecken, die wir bei der Arbeit für sie gemacht haben.«

»Doch falls sie verlieren, was gegen solch eine große Firma bestimmt passieren wird, fallen gewaltige Kosten an.«

»Ihre, nicht unsere«, sagte Mr. Wyve, und damit war die Sache erledigt.

Jedenfalls schwiegen sie während der Sitzung und überließen es Praelector und Obertutor, dem Schatzmeister zu erklären, was er ihrer Meinung nach tun sollte. Auch hielten sie es für klüger aufzubrechen, bevor man diesem die Fakten darlegte. Denn wie hatte es Mr. Retter gegenüber Mr. Wyve formuliert: »Wir dürfen auf keinen Fall an irgendwelchen dubiosen Taten beteiligt sein, die sie eventuell vorhaben. Das würde unsere Rolle in diesem Fall gefährden und wäre nicht gut für unseren Ruf. Der Ausdruck in den Augen des Obertutors hat mir überhaupt nicht gefallen. Doch nachdem ich die Aussage des Schatzmeisters gelesen habe, glaube ich allmählich, daß sie gar nicht so schlecht dastehen. Transworld Television Productions hat sich an den Schatzmeister gewandt, und der hatte ein Arbeitsessen mit diesem Hartang. Ich kann nicht behaupten, daß mir diese Leute auch nur ansatzweise sympathisch wären.«

Hinter ihnen im privaten Speisezimmer reagierte der Schatzmeister schockiert. »Mich zu Kudzuvine setzen?« stieß er hervor. »Mich zu ihm setzen? Ich will nicht mal in seine Nähe kommen. Das mach ich nicht. Kommt nicht in Frage.«

Der Obertutor erhob sich langsam. Nun machte sich der pure Rum wirklich bemerkbar. »Mrs. Morestead, wenn Sie uns bitte verlassen würden«, sagte er mit grauenhaft drohendem Unterton. »Von dem nun folgenden privaten Gespräch brauchen wir kein Protokoll.«

Einen Augenblick lang zögerte die Collegesekretärin. Eigentlich konnte sie den Schatzmeister ganz gut leiden, vor allem weil er sie nie anbrüllte, was der Obertutor regelmäßig tat. Doch sie fügte sich und verließ das Zimmer. Dr. Buscott mochte weder den Schatzmeister noch den Obertutor, interessierte sich aber für das, was nun passieren würde. Er lehnte sich zurück und wartete.

Anders der Schatzmeister. Er sprintete in Richtung Tür, doch der daneben sitzende Praelector hatte bereits abgeschlossen und den Schlüssel eingesteckt.

»Wenn ich den Mistkerl in die Finger kriege ...«, setzte der Obertutor an, doch der Praelector unterbrach ihn.

»Wenn Sie freundlicherweise Platz nehmen würden«, sagte er. »Wir brauchen den Schatzmeister in einem Stück, wenn er sich zu diesem Kudzuvine setzen und ihn dazu bringen soll, die für unseren Prozeß relevanten Fragen zu beantworten. Wenn Sie den Schatzmeister jetzt verdreschen, haben wir lediglich drei Kranke im Rektorenhaus. Außerdem sind seine Aussagen von größter Wichtigkeit.«

»Na schön«, knurrte der Obertutor unwillig, nahm aber wieder Platz. Der Schatzmeister folgte seinem Beispiel nicht. Er blieb stehen, bereit, um den Tisch zu laufen, sobald der Obertutor wieder aufstand.

Wieder einmal sorgte der Kaplan für eine Entspannung der Lage. »Ich muß schon sagen, daß ich bei unserem Gast, Mr. Kudzuvine, nicht den Eindruck hatte, er könne Fragen beantworten, als ich ihn neulich aufsuchte. Er gab einige seltsame Geräusche von sich, besonders als ich ihn fragte, ob er beichten wolle, bevor er das Abendmahl empfange.«

»Der Mann ist fanatischer Abstinenzler«, sagte der Praelector und war erstaunt, als der Obertutor unvermittelt wünschte, er wäre auch einer. »Vermutlich ist das heilige Abendmahl nicht sein Fall.«

»Dann eben etwas anderes«, sagte der Kaplan. »Er benutzt übrigens denselben schmutzigen Beutel mit Röhrchen wie Skullion. Glauben Sie, jeder, der sich im Rektorenhaus aufhält, muß so ein Ding benutzen?«

»Lassen Sie uns auf unser ursprüngliches Thema zurückkommen«, schlug Dr. Buscott vor, »mit anderen Worten, der Schatzmeister wird seinen Einfluß auf diesen Kudzuvine geltend machen …«

»Kommt nicht in Frage«, sagte der Schatzmeister. »Verdammt will ich sein, wenn ich das tue. Außerdem habe ich keinerlei Einfluß auf ihn. Sie wissen ja nicht, wie er ist.«

»Ich kann es mir ziemlich genau vorstellen«, knurrte der Obertutor. »Blaugetönte Sonnenbrille und Rollkragenpullover …«

»Stimmt«, unterbrach ihn der Praelector, »ich glaube aber nicht, daß der Schatzmeister sein Äußeres meint. Ich glaube, er meint seine Psyche, seine Mentalität, falls man bei ihm von so etwas sprechen kann, obwohl man immer öfter hört, die höheren Anthropoiden seien zu rationalem Denken fähig … Nicht daß ich Kudzuvine zu den höheren Anthropoiden zählen würde. Eher weiter unten angesiedelt als, sagen wir, ein Pavian mit Gehirnschaden. Wo war ich stehengeblieben? Genau, die Vorbehalte des Schatzmeisters dagegen, sich zu dieser Kreatur zu setzen und mit ihr zu plaudern, beruhen, nehme ich an, auf der Angst, Mr. Kudzuvine könne das Gefühl haben, seine gegenwärtige Lage resultiere aus seiner Verbindung zum Schatzmeister. Dagegen kann ich Ihnen garantieren, daß er Sie für einen wahren Freund hält.«

»Warum sollte er? Und in welchem Zustand befindet er sich zur Zeit?« wollte der Schatzmeister wissen, entsetzt ob der Information, daß der wie auch immer geartete Zustand von Kudzuvine es verlangte, Katheter und Beutel zu tragen.

»Beschäftigen wir uns doch zuerst mit Ihrer zweiten Frage. Sie ist von gewissem Belang, was seine positive Einstellung zu Ihnen betrifft. Was sich am Sonntag in den Räumen des Kaplans ereignete, schließt leider aus, daß Mr. Kudzuvine für den Kaplan oder mich noch irgendeine positive Regung empfindet. Bei unseren Versuchen, den Mann zu bewegen, uns seine Identität zu verraten, haben wir vielleicht nicht ganz glücklich agiert.«

»Ah, das erklärt natürlich alles«, rief der Kaplan. »Als ich mich nach dem Schlauchbeutel erkundigte, hat er höchst sonderbar reagiert. Natürlich, natürlich! Ich hatte den Kochbrandy vergessen, und ich verstehe, daß meine Bemerkungen über die Vorteile einer Dickdarmspülung …«

»Was zum Teufel schwätzt er da?« fragte der Obertutor, kaum daß er das Wort Kochbrandy hörte.

»Nichts, gar nichts. Ich will darauf hinaus, daß Kudzuvine dank Dr. MacKendly zwar nicht weiß, was über ihn gekommen ist, doch sobald er wieder vernünftig wird, erkennt er womöglich, wer über ihn gekommen ist. Damit kommen der Kaplan und ich nicht mehr in Frage.«

»Wollen Sie ernsthaft behaupten, Sie und der Kaplan hätten diesen Mann tätlich angegriffen?« fragte Dr. Buscott. Er amüsierte sich köstlich.

»Nein, das behaupte ich nicht«, erwiderte der Praelector betont kühl. »Den Begriff ›über ihn gekommen‹ verwende ich in dem rein metaphorischen Sinn, daß er nicht wußte, was vor sich ging. Habe ich mich jetzt klar und deutlich ausgedrückt, Dr. Buscott?«

Der nickte. Er fand es erstaunlich, welche Verwandlung mit dem Praelector vorgegangen war, während es in Porterhouse kriselte und der Dekan nicht anwesend war, um seine Autorität geltend zu machen. Der Praelector war ein wirklich sehr alter Mann, der sich bisher immer im Hintergrund gehalten hatte. Dr. Buscott fand das alles im höchsten Maße merkwürdig. Er würde nie begreifen, was in den leitenden Fellows vorging.

Der Schatzmeister hingegen versuchte immer noch zu begreifen, weshalb Kudzuvine etwas für ihn empfinden sollte. »Wenn Sie sagen ›dank Dr. MacKendly‹, dann …?« sagte er und ließ die Frage offen.

»Damit meine ich, daß ihm der Doktor ein leichtes Medikament verabreicht hat, wodurch Mr. Kudzuvines manisches und kriminelles Verhalten in eine, wie man mir sagte, bemerkenswerte Sanftmut und Ruhe umschlug. Skullion … der Rektor sitzt häufig neben seinem Bett, und die beiden verstehen sich wohl recht gut. Wie Sie wissen, ist der Rektor nicht der Mensch, mit dem man auf Anhieb problemlos klarkommt.«

»Genau wie Kudzuvine», sagte der Schatzmeister. »Er ist verflucht unangenehm.«

»Er war sehr unangenehm, zugegeben, ist es jetzt aber nicht

mehr«, sagte der Praelector. »Wir begleiten Sie also bis zur Schlafzimmertür, und dann werden Sie…«

Der Schatzmeister leistete noch kurz Widerstand, der jedoch erlahmte, als der Praelector versprach, es würde ständig jemand als Eingreifreserve in der Nähe sein. Und weil der Obertutor ausmalte, was passieren würde, wenn er nicht ginge.

»Also«, blaffte der Praelector, »Dr. Buscott, Sie bedienen auf dem Treppenabsatz das Tonbandgerät, und die Pförtner sind auch da. Wenn wir dann soweit sind, Gentlemen…«

Doch der Schatzmeister machte immer noch letzte Ausflüchte. »Was für Fragen soll ich denn stellen?« sagte er und kippte sich einen extragroßen Whisky aus der auf dem Sideboard stehenden Karaffe ein.

»Sie haben doch die von Mr. Retter erstellte Liste gelesen, oder?« fragte der Praelector. Der Schatzmeister nickte. »Wir brauchen also keine Zeit mehr zu verlieren.«

»Darf ich noch rasch ein Schlückchen…?«

»Nein«, sagte der Obertutor, »das dürfen Sie nicht.«

14

Das Grüppchen ging in den morgendlichen Sonnenschein hinaus, vorbei am Labyrinth zum Rektorenhaus. Dort geleitete man den Schatzmeister sogleich ins Schlafzimmer, in dem Kudzuvine gegen die Kissen gelehnt lag. Der Schatzmeister näherte sich ihm mißtrauisch. Kudzuvine sah überhaupt nicht bösartig aus. Eher ziemlich mitgenommen.

»Hallo, Karl«, sagte der Schatzmeister mit belegter Stimme und Whiskydämpfe ausatmend. »Es stört Sie doch nicht, wenn ich Karl zu Ihnen sage, oder, K. K.?«

»Nein, Prof, das stört mich nicht. Ich bin einfach begeistert, daß Sie überhaupt etwas zu mir sagen. Mann, Professor Schatzmeister, bin ich froh, Sie zu sehen. Ich hab vielleicht einen Höllentrip hinter mir. Ich wußte echt nicht, daß sie so schlimm sein können. Auf so einem Trip war ich noch nie, und ich hab wirklich schon ein paar abgefahrene Sachen hinter mir.«

»Nun ja, vermutlich sind Sie durch das viele Herumziehen und die Reisen auf die Galapagosinseln ein erfahrener Reisender geworden.«

»Reisender? Galap… Wie war das? Gal…?«

»Wo die Schildkröten sind.«

»Welche Schildkröten?« Wieder erschien der panische Blick in Kudzuvines Augen.

Der Schatzmeister beschloß, das Gespräch wieder auf aktuellere Belange zu bringen. »Und wie geht es Ihnen jetzt? Fühlen Sie sich besser? Sie selbst in sich, meine ich.«

Bei diesem Ausdruck erschauderte der vor der Schlafzimmertür stehende Obertutor. Er hatte so ausgiebig Gespräche über das Selbst geführt, daß sie ein Leben lang vorhielten. Der Praelector und Dr. Buscott hörten weiter aufmerksam zu. Wie sehr auf sein Selbst bezogen Kudzuvine war, stellte sich immer deutlicher heraus. »In mir? Wie ich mich in mir fühle?« nuschelte er. »Scheiße auch, hab keine Ahnung, wie ich mich überhaupt irgendwo fühle. Ich weiß nicht mal, wo ich verdammt noch mal bin, und dann kommt so ein Kackscheusal und glotzt mich an, als wär ich in 'ner eisernen Lunge, und ich kann mich kein Stück bewegen, nich mal die Augen schließen, und da fragen Sie mich, wie ich mich in mir fühle. Dazu fällt mir rein gar nix ein.«

»Aber es geht Ihnen doch bestimmt besser?« fragte der Schatzmeister. »Sie können ganz normal sitzen, reden und die Augen öffnen und schließen.«

»Jetzt. Na klar. Ich kann mich wieder bewegen, und natürlich mach ich andauernd die Augen auf und zu, nur um zu überprüfen, ob ich es auch kann, weil, Prof, einiges von dem, was ich hier gesehen habe, will ich wirklich nie wieder sehen. O nein, Sir. Nich diesseits der Hölle. Und ich muß Ihnen verraten, daß ich nach dieser Reise nicht mal mehr 'n Joint rauchen werde. Keine Ahnung, was es war, aber ich hab 'ne Überdosis von irgendwas echt Beschissenem abgekriegt. Wirklich, die Kerle von der chemischen Kriegsführung sollten mir 'n bißchen Blut abzapfen und mal nachgucken, was das war, Scheiße verdammte. Mit diesem Zeug im Arsenal könnten sie die Marineinfanterie verschrotten. Die Panzer auch, und trotzdem problemlos Kriege gewinnen. Herrgott noch mal, das war vielleicht 'n Hammer, könn' Sie mir glauben. Isses immer noch. Ich hab andauernd so 'n Gefühl, als wär ich tot oder so ähnlich.«

»Wirklich sonderbar«, sagte der Schatzmeister. »Das ist bestimmt äußerst unangenehm.«

Kudzuvine starrte ihn entsetzt an. »Unangenehm?« quäkte er. »Is nich unangenehm. Es ist… es ist… Teufel, ich weiß nicht mal, was es ist. Irgend so 'n alter Knacker, der mir irgendwie bekannt vorkommt, latscht hier rein und fängt an zu beten, als wär ich mausetot, und ich kann mich nicht bewegen oder was sagen, und ich versuch's, aber er hört mir nicht zu, und dann ist da noch 'n Typ und 'ne Krankenschwester und Quasimodo in 'nem Rollstuhl, und wenn sie weg sind, träum ich gräßliches Zeug über Kochbrandy. Wissen Sie, was Kochbrandy ist, Prof?«

Der Schatzmeister sagte, er könne es sich lebhaft vorstellen, doch Kudzuvine war anderer Meinung. »Nicht dieser Kochbrandy, o nein. Nicht so, wie ich ihn kenne. Das können Sie nicht, is unmöglich, weil es in meinem verdammten Kopf ist.

Mann, habt ihr in der Gegend irgendwelche guten Seelenklempner? Denn wenn ich so was träume, muß ich einfach schizoid sein, und dann brauch ich echt dringend Hilfe.«

»Das tut mir wirklich leid«, sagte der Schatzmeister, um es sich mit ihm nicht zu verderben. »Das ist dann wohl ein ganz scheußlicher Traum?«

»Wann?« fragte Kudzuvine, der wieder verwirrt war.

»Wann Sie ihn haben«, sagte der Schatzmeister.

»Und ob. Großer Gott, gräßlicher geht's gar nicht, Mann, grauenhaft. Da gibt's einen Mönch, und so einen entsetzlichen Alten, und damit meine ich alt und bösartig und entsetzlich, und man drückt mich auf den Fußboden, und sie haben ein beschissenes Klistier mit Gummispülapparat und …«

»Ich glaube, diesen Traum können wir getrost beiseite lassen«, sagte der Praelector laut von der Treppe her. Kudzuvines Kinnlade klappte herunter, und er glotzte in Richtung Treppe. Genau wie der Schatzmeister.

»Haben Sie das gehört?« fragte Kudzuvine, als er seine Stimme wiederfand.

Doch der Schatzmeister hatte Zeit zum Nachdenken gehabt. »Was gehört?« erkundigte er sich.

Kudzuvine wich tief ins Bett zurück. Er mußte verrückt sein.

Der Schatzmeister wechselte das Thema. »Etwas wollte ich Sie schon seit geraumer Zeit fragen«, sagte er. »Mr. Hartang hat mir erzählt, er gestatte seinen Mitarbeitern, genau die gleiche Kleidung zu tragen wie er, weil er wolle, daß sie sich wohl fühlen. Das ist doch wohl sehr aufmerksam von ihm, oder?«

Kudzuvine erwachte wieder zum Leben. Der Name Hartang schien ihn elektrisiert zu haben. Jedenfalls mußte er nun nicht mehr über sein eigenes Wohlbefinden oder dessen Nichtvorhandensein nachdenken. »Das hat er Ihnen erzählt? Hartang, der alte E. H., hat Ihnen das erzählt?«

»Ja, das hat er mir erzählt«, bestätigte der Schatzmeister. »Ich habe mich gefragt, warum er eine so offensichtlich billige Perücke trägt.«

»Also, ich will Ihnen mal was verraten, Prof«, sagte Kudzuvine, der sich anscheinend für ein Thema erwärmte, das ihm am Herzen lag. »Wohl fühlen – daß ich nicht lache. Dem alten Sackgesicht geht das Wohlergehen seiner Mitarbeiter am Arsch vorbei. Die meiste Zeit, sagen wir vierundzwanzig Stunden täglich, weiß er nicht mal, daß es sie überhaupt gibt. Er bezahlt sie – das muß er, weil sie seinen Laden für ihn schmeißen, aber wenn sie vor seiner Nase tot umfallen, bemerkt er's nicht mal, außer die Unordnung auf dem Boden. Einmal war ich dabei, wie er einen zur Sau gemacht hat, weil dem was durch die Lappen gegangen ist, auf irgend so 'ner Insel…«Er überlegte krampfhaft, auf welcher, und diesmal war der Schatzmeister klug genug, weder die Galapagosinseln noch Schildkröten zu erwähnen. »Caymans oder Bahamas oder sonstwas unten beim Bermudadreieck. Die ganzen verdammten zwanzig Millionen sind den Bach runter. Deshalb will E. H. diesen Typ auch ins Bermudadreieck runterschaffen lassen, nachdem er ihn vorher durch den Häcksler gejagt hat. Er erzählt ihm also, was auf ihn zukommt, und der Typ hört das gar nicht gerne und hat ein schwaches Herz oder so was, also kratzt er ab. Liegt da starr und steif rum, und wissen Sie, was dem alten E. H. Kummer macht?«

»Nein«, antwortete der von diesen Worten zutiefst angewiderte Schatzmeister. »Was machte ihm Kummer?«

Beim Gedanken daran lächelte Kudzuvine leise. »Der Typ hat sich auf dem Teppich eingepißt, und E. H. sagt, bringt das ganze Teil raus, ihm ist bloß wichtig, daß das Zimmer nicht nach Pisse stinkt. Geht raus und ißt zu Mittag. Als er wiederkommt, liegt da ein neuer Teppich, aber weil ihm die verfluchte Farbe nicht gefällt, muß der auch wieder raus. Glauben Sie vielleicht, das war's? Ändert seine Meinung noch mal. Jetzt muß es ein Marmorfußboden sein. Damit man's wegwischen kann, wenn einer draufpißt. Bleiben keine Flecken. Und so isser, der gute alte E. H. Entzückender Typ. Stimmt's?«

Dieses Wort hätte der Schatzmeister schwerlich gewählt. Er spähte nervös zur Tür, doch da fiel ihm ein, daß draußen der Obertutor stand, und außerdem war Kudzuvine augenscheinlich die Liebenswürdigkeit in Person und ihm immer noch sehr zugetan. Der Schatzmeister legte auf seine Zuneigung zwar keinen Wert, aber er hatte sie nun mal. »Was ist dann mit dem Verstorbenen geschehen?« erkundigte er sich.

»Gar nichts. E. H. hat die freien Mitarbeiter aus Chicago abbestellt und ihn echt hübsch einäschern lassen. Eines natürlichen Todes und alles, also kein Grund zur Sorge.«

»Vermutlich nicht«, stimmte der Schatzmeister zu. »Aber wenn ihm seine Mitarbeiter gleichgültig sind, warum tragen dann alle die gleiche Kleidung wie er? Wollen Sie wie er aussehen? Ist das der Grund?«

Wieder erschien ein seltsames Lächeln auf Kudzuvines Gesicht. »Prof Schatzmeister, das haben Sie nun aber nicht geschnallt«, sagte er, und diesmal war unübersehbar, daß er den Schatzmeister mochte. »Scheiße, wer will schon wie der olle E. H. aussehen? Der Typ ist häßlich wie'n Kackschwein. Fehlt bloß noch, daß er andauernd grunzt. Und nur um Schweine geht's.« Er brach ab, damit der Schatzmeister diese neue Information verarbeiten konnte.

Der war hoffnungslos überfordert. »Schweine?« wiederholte er. »Wieso kommen jetzt Schweine ins Spiel?«

Diesmal lachte Kudzuvine. Er fühlte sich wirklich viel besser. »Wieder falsch, Prof Baby. Schweine kommen überhaupt nicht ins Spiel. Was ihm nicht paßt, ist das, was in Schweine reinkommt. Hat sozusagen 'ne Schweinephobie. Andere Leute in seiner Lage kriegen 'ne Phobie gegen Brücken oder neue Autobahnen. Kannte mal einen, der war echt schlecht auf Krokodile zu sprechen, weil die so ziemlich alles und jedes fressen. Sag ich zu ihm: ›Harry, warum macht dir das so 'ne Schweineangst? Du wohnst in Atlanta, Georgia, nicht oben am verdammten Nil, Afrika.‹ Hat nix geholfen. Eines Tages sind sie mit dem armen Sack Haie fischen gefahren, er war der Köder. Haben auch 'n paar echt gigantische Monster mit ihm gefangen. Hat Stunden gedauert, bis sie diese Babys reingeholt hatten.« Wieder legte er eine Pause ein, als er an diese enorme Leistung dachte. »Beim ollen E. H. sind's also Schweine. Er will nicht in ihren Freßtrögen enden, wie die Frau von irgend so 'm Typ, über den er was in der Zeitung gelesen hat. Zu mir hat er mal gesagt, als wir irgendwohin geflogen sind, er ißt nichts Chinesisches, und wenn er verhungern müßte, und darauf sage ich: ›Das ist echt nett von Ihnen, Mr. Hartang. Liegt es daran, daß die Hunde und kleine Welpen und so was essen?‹, und wissen Sie, was er geantwortet hat? Er sagt: ›Karl K.‹ – so nennt er mich immer, wenn er gut drauf ist –, ›Karl K., Sie sind dermaßen blöde und wissen es nicht mal. Denken Sie doch bloß mal an süß-sauer.‹ Ich denk also darüber nach, und da krieg ich 'ne Erleuchtung. ›Oh, Schweinefleisch, Sie meinen Schweinefleisch.‹ Mann, da is sein Gesicht so komisch angelaufen, und ich war froh, daß das Scheißflugzeug 'ne Überdruckkabine hatte, sonst wär ich auf der Stelle über Bord gegangen. Aber als wir irgendwo in Miami gelandet sind, hatte ich ihn wieder ziemlich beruhigt. Hab gelernt, Schweine oder Schweinefleisch nicht mehr zu erwähnen. Speck ist auch verboten. Sogar Spanferkel is von der Speisekarte gestrichen. Wir hatten mal geschäftlich mit 'nem Heini zu tun, der Frischling hieß, und E. H. hat den Deal abgeblasen, weil ihm einer erzählte, ein Frischling wär ein kleines Schwein. Und beim Fluchen und Schimpfen muß man auch vorsichtig sein. Ich sehe mich bei E. H. mit meinen Ausdrücken vor, damit mir nicht manchmal ›Schweinerei‹ oder ›Sauerei‹ rausrutscht. Jawoll Sir, Prof Schatzmeister, er und alles Schweinische passen nicht zusammen.«

Dem Schatzmeister war inzwischen richtig unwohl, doch Furcht und Aufregung fesselten ihn auf seinen Stuhl. »Ja, das habe ich begriffen«, sagte er zögernd, »aber ich verstehe immer noch nicht, warum Sie alle weiße Socken, Rollkragenpullover und solche blauen Sonnenbrillen tragen.«

»Schiet, ganz einfach. Genau wie mit den Metalldetektoren und den Ausweisen, das ist eine Vorsichtsmaßnahme. Wenn einer das Scheißgebäude mit 'ner Uzi betritt... Nein, mit 'ner Uzi könnte er vermutlich alle ummähen, aber bei unseren Sicherheitsmaßnahmen käme nie im Leben einer von draußen rein, nicht mit 'ner Uzi. Müßte echt klein und aus Plastik sein und vielleicht einen Schuß haben, und er würde das Ding tief in seinen Arsch schieben müssen, und wer würde so was schon tun? Sich mit 'ner unzuverlässigen 38er aus Plastik ohne Abzugshahn den Arsch wegpusten? Ach was. Er kommt also ins Haus, wer ist das Ziel? Alle sehen gleich aus. Läuft rum und fragt, wer Edgar Hartang ist, hat aber keinen Ausweis. Hey, Prof Mann, ich sag Ihnen was. Dieser Typ möchte ich nicht sein. Den würden sie durchlöchern wie damals den anderen Kerl unter der Black-Monks-Brücke, bloß daß sie's hier mit 'm Fleischerhaken machen würden, wenn er Glück hat. Klar? Und deshalb läßt der alte E. H. das Personal bei Transworld die gleichen Klamotten tragen wie er selber. Im Multimedia-Finanzgeschäft bringt man es nicht so weit wie Edgar Hartang, wenn man seinen Arsch nicht verdammt gut absichert, und E. H. hat sich nach allen Seiten hin abgesichert.«

»Aber warum trägt er so eine billige Perücke?« Die Frage rutschte dem Schatzmeister heraus. In seinem ganzen Leben hatte er noch nie so gräßliche Geschichten gehört.

»Warum er die Perücke trägt? In meiner Anwesenheit hatte er die auch ständig auf. Genau wie die Brille. Niemand weiß, wie er wirklich aussieht. Er nimmt sie ab, und es könnte jemand anderes sein, den niemand kennt. Ja, Sir, Prof Schatzmeister, um den alten Scheißkerl zu kriegen, muß man verdammt früh aufstehen, beispielsweise vorgestern, denn soviel ich weiß, schläft er nicht und ist ständig irgendwo anders oder in dem Bunker, den wir hier drüben haben.«

»Und der Bunker ist...?«

»Transworld Television Production Centre. Junge, ist der Schuppen feuerfest! Um das Baby wegzupusten, braucht man schon 'ne Megatonne, verstehen Sie, was ich meine?«

Eins verstand der Schatzmeister. Nie hätte er sich mit Kudzuvine auf irgend etwas einlassen dürfen. Das Geldbeschaffungsseminar war der größte Fehler seines Lebens gewesen. Bisher hatte er nicht einmal gewußt, daß solche Leute existierten, und falls sie es taten, sollte man es ihnen verbieten. Er hatte immer nur höfliche und gebildete Amerikaner kennengelernt. Doch jetzt hatte man ihm eine verrückte, grauenhafte, sadistische und monströse Welt gezeigt. Und ihn mitten hineingestellt. Er mußte hier raus, bevor er komplett den Verstand verlor. Sehr langsam und äußerst vorsichtig erhob er sich von seinem Stuhl und bewegte sich auf die Tür zu.

»Hey, Prof Schatzmeister Baby, Sie wollen doch nicht gehen? Hey, nein, halt, ich brauche Sie. Ich brauch Sie dringend.«

Doch der Schatzmeister wartete nicht, bis er herausfand, wozu Kudzuvine ihn dringend brauchte. Er wollte raus, und Kudzuvine brauchte ein Loch im Kopf. Statt dessen bekam er Skullion.

»Ich glaube, wir sollten dem Rektor gestatten, sich zu ihm zu setzen», sagte die Schwester, als der stammelnde Schatzmeister aus der Tür gewankt kam. »Gewöhnlich hat seine Anwesenheit einen beruhigenden Einfluß auf den Patienten, und ich werde Dr. MacKendly verständigen. Wir sollten ihm wohl am besten etwas zur Beruhigung geben.«

»Ich fand schon immer verblüffend, wie es dem Rektor gelingt, seiner Autorität bei den unangenehmsten Personen Geltung zu verschaffen«, sagte der Praelector, als er und der Obertutor ein paar Minuten später nach unten gingen, im Gefolge des Schatzmeisters, der vom Kaplan getröstet wurde.

»Das ist keine unangenehme Person«, entgegnete der Obertutor, »dieses Schwein ist ein elender Gangster.«

»Das war mir von dem Augenblick an klar, als ich ihn zum erstenmal sah«, sagte der Praelector, »aber er entpuppt sich als ein ausgesprochen nützlicher Gangster.«

Über ihnen entfernte Dr. Buscott sorgfältig das volle Tonband, auf dem jedes Wort festgehalten war, das Kudzuvine gesagt hatte, und ersetzte es durch ein leeres. Doch bevor er das tat, hatte Dr. Buscott die zusätzliche Vorsichtsmaßnahme ergriffen, die Aufnahme mit seiner und des Kaplans beschworener Aussage zu beenden, das soeben Gehörte sei eine wahre und authentische Aufzeichnung des an jenem Datum und zu jener Uhrzeit Gesagten.

15

Purefoy Osbert beobachtete das ständige Kommen und Gehen im Rektorenhaus. Er hatte keine Ahnung, was dort drüben vor sich ging, doch von seinem Zimmerfenster aus konnte er sehen, wie der Obertutor, der Praelector und der Kaplan auf ihre charakteristische Art und Weise den Rasen überquerten und am Rektorenlabyrinth vorbeigingen. Jetzt, da er sich besser fühlte, machte der Obertutor große Schritte, der Praelector stakste langsam und nachdenklich, den Kopf gesenkt wie ein langbeiniger Wasservogel, vielleicht ein nach Fischen Ausschau haltender Reiher. Der Kaplan trabte, und den Schatzmeister mußte man stützen. Doch die seltsamste Gestalt, die aus dem Haus auftauchte, war der Rektor persönlich, der sich – gewöhnlich in der Abenddämmerung, doch gelegentlich, wenn er nicht neben Kudzuvines Bett sitzen mußte, auch morgens oder nachmittags – in die Nähe des hinteren Tores setzte. Wie zu seiner Zeit als Chefpförtner wartete er, daß die jungen Gentlemen, wie er die Studenten immer noch nannte, zur Schließungszeit über die Mauer kletterten. Nicht, daß es die »Schließungszeit« im klassischen Sinne noch gab. Wenn die Collegetore nicht gegen Eindringlinge verriegelt wurden, blieben sie rund um die Uhr unverschlossen. Doch in Porterhouse hielt sich hartnäckig die Tradition, daß der Nachtpförtner jeden Studenten, der nach Mitternacht eintraf, in eine Liste eintrug, und diese Liste bekam der Dekan, der notorische Zuspätkommer vorlud und ihnen mit Geldbußen oder sogar zeitweiliger Verweisung von der Universität drohte, wenn sie sich nicht besserten. Dabei hatte der Dekan eigentlich nichts dagegen. Wie er es oft genug Übeltätern gegenüber formulierte: »Es gibt im Leben immer eine richtige und eine falsche

Methode. Und nach Mitternacht heißt die richtige: über die hintere Mauer neben dem Rektorenhaus.« Daß die hintere Mauer mit einer Doppelreihe Dornen gespickt war, um zu verhindern, daß Studenten darüberkletterten, sorgte für jene Art von Herausforderung, die der Dekan billigte.

»Außerdem hat der Rektor auf diese Weise etwas Interessantes zu sehen und etwas, worauf er seine Aufmerksamkeit richten kann«, hatte er auf einer Sitzung des Collegerates erklärt, als einer der jüngeren Dons vorgeschlagen hatte, die Dornen zu entfernen, da sie ein gefährliches Relikt aus der Vergangenheit darstellten. Der Vorschlag war abgelehnt worden, und die Dornen auf der Oberkante der Mauer und der großen hölzernen Tore blieben. Genau wie Skullion darunter, der in seinem Rollstuhl dort saß oder gelegentlich bis zu der Stelle humpelte, wo er so viele Jahre lang gestanden hatte, nämlich an den Stamm einer alten Birke gelehnt, auf den Lippen die Worte: »Das erfährt morgen früh der Dekan, Sir.« Weil Vollmond war, sah Purefoy Osbert den dunklen Umriß sogar noch um ein Uhr morgens, als er sein Licht ausknipste, und es war ihm unheimlich. Er konnte nicht einmal ansatzweise ergründen, was im Kopf des ehemaligen Chefpförtners vorging und woher die schiere Ausdauer dieses Mannes kam. Aber schließlich war ihm Porterhouse insgesamt ein Rätsel. Was nicht allein daran lag, daß es anders war als alle anderen Colleges in Cambridge. Ein Grund war wohl, daß Porterhouse sich augenscheinlich weigerte zu aktzeptieren, daß es seit… nun, seit der Zeit vor dem Ersten Weltkrieg irgendwelche Veränderungen gegeben hatte, und es weigerte sich auch, die erstaunlichen naturwissenschaftlichen und medizinischen Leistungen anzuerkennen, die Jahr für Jahr von Leuten in Pembroke und Christ's, in Queen's und Sidney Sussex, ja, genaugenommen in jedem College Cambridges erbracht wurden. Außer in Porterhouse. In Porterhouse lag die Betonung immer auf den Künsten sowie, falls man dem Kriegerdenkmal Glauben schenkte, auf den Kriegskünsten. An der Somme, bei Loos und wieder im Zweiten Weltkrieg waren Hunderte von Porterhouse-Männern gehorsam in den Tod marschiert. Und wohin Purefoy Osbert bei seiner Erkundung des Colleges auch kam, er traf auf große muskulöse Studenten, die ihn höflich begrüßten oder – im Falle jener, die noch nicht gehört hatten, daß er der neue Sir-Godber-Evans-Gedächtnis-Fellow war – so behandelten, als wäre er einer der College-Bediensteten.

»Ey, du mit dem Gesicht«, hatte ihm ein junger Rüpel zugerufen, »komm mal rüber und faß bei meinem Schreibtisch mit an. Er ist verdammt schwer, ich kann ihn allein nicht verschieben.« Und Purefoy hatte ihm den Gefallen getan, aber äußerst kühl und höflich darauf hingewiesen, daß er in Zukunft als Dr. Osbert angesprochen zu werden wünschte, »nicht als ›Gesicht‹, wenn Sie nichts dagegen haben«. Doch sein Hauptinteresse galt seinem Auftrag, der Erforschung des Lebens und des Umfeldes von Sir Godber Evans. Wie immer stattete er als erstes der Collegebibliothek einen Besuch ab, einem seltsam achteckig geformten steinernen Gebilde, das abseits der anderen Gebäude in einem eigenen ummauerten Garten hinter der Kapelle lag. Im Inneren führte eine zentral gelegene eiserne Wendeltreppe, von der die Regale sternförmig abgingen, von einer Etage in die andere. Über dem letzten Geschoß fiel durch ein Oberlicht das Tageslicht herein.

Purefoy Osbert erkannte das System sofort. »Benthams Panoptikum«, sagte er zu dem Bibliothekar, der eigentlich an dem runden Schreibtisch unter der Treppe hätte sitzen müssen, es sich aber in einem kleinen, seitlich gelegenen Büro bequemer gemacht hatte.

»Ganz recht, aber da sich keiner die Mühe macht, hier drin

zu lesen oder Bücher auszuleihen, kommt es einem wie eine überflüssige Vorsichtsmaßnahme vor«, erwiderte der Bibliothekar. »Ich kann mir nicht vorstellen, daß es irgendwem in den Sinn kommt, ein Buch zu stehlen. Ich muß hier nur gelegentlich die Regale abstauben und im Winter das Licht ein- und ausschalten.«

»Aber womit beschäftigen Sie sich die ganze Zeit über? Wie ich sehe, schreiben Sie etwas«, stellte Purefoy fest. Auf einer Seite des Schreibtisches stand eine uralte schwarzemaillierte Schreibmaschine, und in einem Drahtkorb lagen maschinenbeschriebene Blätter.

»Och, ich vertrödele die Zeit mit einer Überarbeitung von Romleys *Geschichte von Porterhouse*, die nicht nur völlig veraltet ist – sie stammt aus dem Jahr 1911 – sondern auch voller gravierender Fehler steckt. Beispielsweise schwingt er sich zu der Behauptung auf, Porterhouse sei vor Peterhouse gegründet worden, dem ältesten College in Cambridge, wie jedermann weiß. Nur Mr. Romley nicht. Nein, er ist überzeugt, die ursprüngliche Gründung sei Porterhouse, das aus einer 1095 errichteten Schule für Franziskanermönche entstanden sei.«

»Aber der Franziskanerorden wurde erst im dreizehnten Jahrhundert gegründet«, sagte Purefoy. »Das kann nicht stimmen. Er muß einen anderen Orden gemeint haben, beispielsweise die Benediktiner, die viel früher gegründet wurden.«

»529 nach Christi, um genau zu sein«, sagte der Bibliothekar, woraufhin Purefoy ihn sofort ins Herz schloß. Der Bibliothekar war zweifellos ein Mensch, der großen Wert auf Gewißheiten legte.

»Aber das hat dieser Romley doch bestimmt gewußt?«

»Der Himmel allein weiß, was er wußte. Nach allem, was ich bei den älteren Fellows erlebt habe, dachte er vermutlich, Benedictine sei nichts weiter als ein Likör.«

»Tja, wenn alle Fakten so schlecht recherchiert sind, würde ich an Ihrer Stelle die Überarbeitung vergessen und meine eigene Geschichte des Colleges schreiben.«

»Dazu habe ich mich bereits mehr oder weniger durchgerungen. Eigentlich bin ich ja aus einem anderen Grund hier. Mein Spezialgebiet waren Warzen, Ekzeme und Hautkrankheiten generell. Meinen Studienabschluß habe ich in Glasgow als Arzt gemacht. Was ein schwerer Fehler war. Für die Betrachtung von Hautkrankheiten war ich nicht geschaffen, und ich war auch nicht gut darin. Als ich eine Anzeige für diese Stellung las, dachte ich, das wäre ein viel angenehmeres Leben, schließlich habe ich schon immer gern gelesen und kann Ungenauigkeiten nicht ausstehen. Das war ein weiterer Grund, weshalb ich mich aus der Medizin verabschiedet habe. Die Diagnose beruht weitgehend auf Vermutungen, und während die Wirkung offensichtlich ist, läßt sich das über die Ursache sehr selten sagen. Keiner weiß genau, was Ekzeme verursacht, und von Warzen hat man wohl auch keine große Ahnung. Manche Leute kriegen sie durch Besprechen weg. Jedenfalls war ich nicht bereit, ein medizinischer Wünschelrutengänger zu sein.«

Sie unterhielten sich noch eine Weile, und Purefoy erzählte ihm von der Arbeit, die er über das Leben des verblichenen Rektors Sir Godber Evans erstellen sollte. »Eigentlich wollte ich Sie fragen, ob Sie wissen, wo einige seiner Unterlagen sind«, sagte er.

»Eventuell liegen sie im Archiv«, sagte der Bibliothekar mit einem abschätzigen Lächeln. »Doch wenn man bedenkt, was der Dekan und der Obertutor von ihm hielten, wäre ich nicht überrascht, wenn sie sie verbrannt hätten.«

Purefoy war zutiefst schockiert. »Was?« rief er aus. »Aber so etwas tut man doch nicht. Dokumente zu vernichten ist ein

Sakrileg. Nur sie bleiben uns von der Geschichte, und die Fakten... So darf man Wissen nicht vernichten.«

»In Porterhouse darf man. Lesen Sie mal Romleys Geschichte, dann sehen Sie, was der von Fakten hielt. Vermutlich hätte er eine Tatsache selbst dann nicht erkannt, wenn man sie ihm auf einem Teller serviert hätte.« Er hielt inne und überlegte. »Doch wenn man es recht bedenkt, hätte er sie mit jeder Menge Bratkartoffeln drumherum und einem Glas ausgezeichneten Rotwein dazu doch erkannt. Egal, wir können in die Krypta runtergehen und nachsehen.«

»In die Krypta? Unter der Kapelle?«

»Nein, hier drunter. Eigentlich ist es nur ein riesiger Keller, aber man nennt ihn die Bibliothekskrypta. Fragen Sie mich nicht, warum. Alles in Porterhouse hat irgendeinen obskuren Namen. Haben Sie schon die Absteige gesehen?«

Purefoy verneinte und sagte, von so etwas habe er noch nie gehört.

»Das war ein Teil der ursprünglichen Unterkünfte, wo die Gelehrten geschlafen haben. Heute hat man es in verschiedene Räume unterteilt, nennt es aber immer noch ›die Absteige‹.«

Er schloß eine Wandtür auf, und sie gingen eine steile steinerne Treppe hinunter. Als der Bibliothekar das Licht anknipsen wollte, passierte gar nichts. »Das liegt an der Feuchtigkeit», erklärte er. »Der ganze Raum ist eine Art Tropfsteinhöhle, und die Elektrik hat man seit Menschengedenken nicht erneuert. Darum trage ich Schuhe mit Gummisohlen und habe diese schweren Arbeitshandschuhe hier liegen. Ich rate Ihnen, sie zu benutzen, wenn Sie runtergehen. Sie wollen ja wohl nicht durch einen Stromschlag getötet werden.«

Nachdem er noch mehrmals den alten Schalter betätigt hatte, ging das Licht endlich an. Es war sehr schwach. »Der Schatzmeister besteht auf Fünfzehnwattbirnen, um Geld zu sparen, doch falls Sie mehr Licht brauchen – ich habe in meinem Büro Hundertfünfziger. Ehrlich gesagt weiß ich aber nicht, was dann mit den Leitungen passieren würde. Wahrscheinlich gäbe es einen Kabelbrand, und das ganze Gebäude würde abfackeln.«

Doch Purefoy betrachtete mit einer Mischung aus Entsetzen und Verblüffung den gewaltigen Stapel alter Teekisten, der den Keller füllte. »Die sind das Archiv? Da soll wirklich das Collegearchiv sein? Das ist verrückt, kriminell und verrückt. Sehen Sie sich den Schimmel an.« Er deutete auf Pilzwucherungen an der Seite einer Kiste.

»Ich weiß. Ich habe zwar versucht, etwas dagegen zu unternehmen, aber wenn es regnet, kriegen wir hier unten jedesmal etliche Zentimeter Wasser, weil irgendein Abfluß verstopft ist und man kein Geld für die Beseitigung der Verstopfung ausgeben will. Unter einige Kisten habe ich Backsteine gelegt, was aber augenscheinlich nicht viel hilft.«

Als sie an dem Riesenstapel vorbeigingen, griff Purefoy in einige Kisten und berührte feuchtes Papier. Ungläubig schüttelte er den Kopf. Selbst wenn der Bibliothekar recht hatte und Dekan und Obertutor hätten Sir Godber Evans' Unterlagen verbrannt, war das pure Zeitverschwendung gewesen. Sie hätten die Papiere nur hier unten deponieren müssen. Die Feuchtigkeit besorgte den Rest. Aber jedenfalls hatte er eine Aufgabe gefunden: diese Teekisten durchforsten, ihren Inhalt in die Bibliothek hinauftragen und Stück für Stück trocknen. Er wollte nicht mitansehen, wie sich Fakten in Schimmel verwandelten, und bei nächster Gelegenheit würde er dem Schatzmeister und dem Dekan etwas erzählen. Er würde darauf bestehen, daß man einen Teil von Lady Marys Spende dazu verwendete, ein ordentliches, trockenes und wohltemperiertes Archiv für die Unterlagen von Porterhouse zu schaffen.

16

Zu der Zeit war der Dekan schon unterwegs nach Cambridge. Seine Besuche bei Broadbeam und den anderen Alten Herren waren ergebnislos verlaufen. Keinem war ein wirklich wohlhabender Mann eingefallen, dem es eine Ehre wäre, Rektor von Porterhouse zu werden.

»Die verdammte Rezession ist schuld, verstehen Sie?« hatte Broadbeam dem Dekan erklärt. »Die Immobilienpreise sind im Keller, es gab das Debakel bei Lloyds und den schwarzen Mittwoch. Mir fällt niemand mit einem so großen Vermögen ein, wie Ihnen vorschwebt. Vermutlich wollen Sie nicht wieder einen ehemaligen Minister als Rektor? Nein, hätte mich auch gewundert.« Der Dekan hatte bei diesen Worten eine ganz seltsame Gesichtsfarbe bekommen. »Könnte mir zwar vorstellen, daß Sie irgendeinen amerikanischen Akademiker auftreiben, der es ganz prima fände, sich Rektor von Porterhouse zu nennen, aber bei der Auswahl müßten Sie ziemlich gut aufpassen. Einige unserer transatlantischen Freunde nehmen die höhere Bildung sehr wichtig, und man will ja nicht den Charakter des Colleges verderben, indem man einen überschlauen Rektor einsetzt.«

Wohin der Dekan auch kam, es war immer das gleiche gewesen. Zu seinem Entsetzen hatte er entdeckt, daß Jeremy Pimpole, der von seiner südafrikanischen Mutter Millionen geerbt hatte, in einem Wildhüterhäuschen auf dem Anwesen lebte, das seine Familie seit der Mitte des achtzehnten Jahrhunderts bewohnte. Haus und Land waren verkauft worden, und Pimpole schien sich jetzt ausschließlich für seinen Hund, eine schielende Kreuzung zwischen Bullterrier und Schäfer, und die örtliche Kneipe zu interessieren, die beide nicht nach des Dekans Geschmack waren. Und Pimpoles Begeisterung für alles Hündische beschränkte sich nicht allein auf den alten Köter. Im Pub bestand er darauf, zwei große Hundeschnauzen zu bestellen, die, wie der Dekan zu seinem Entsetzen erfuhr, aus zwei Teilen Gin auf drei Teile Bitter-Bier bestanden. Als er einwand, er könne unmöglich einen halben Liter von dem schauderhaften Gesöff runterwürgen und ob er nicht ein kleines Glas oder am besten gar nichts haben könne, war Pimpole ziemlich unangenehm geworden und hatte darauf verwiesen, daß jahrelanges Training erforderlich gewesen sei, bis sich der Kneipenwirt das Mischungsverhältnis gemerkt habe.

»War verflucht schwierig, dem Burschen begreiflich zu machen, daß ein Halber zwanzig Unzen hat, was bedeutet, daß man sieben Unzen auf dreizehn gutes Bitter nehmen muß, um eine ordentliche Hundeschnauze zu kriegen. Würde man den armen Kerl bitten, einen Viertelliter zu mixen, wär er völlig überfordert. Dumm wie Bohnenstroh.«

Der Dekan glaubte gar nichts mehr. Pimpoles Berechnungen hatten ihn völlig verwirrt. »Aber wenn es zwei Teile Gin sind – und ich hoffe ehrlich, Sie machen Witze –, wie um alles in der Welt können dann drei Teile Bier dreizehn ergeben? Und sieben Unzen Gin … Lieber Gott.«

»Wollen Sie mich einen verdammten Lügner nennen?« fragte Pimpole wütend.

»Nein, natürlich nicht«, sagte der Dekan rasch. Jetzt begriff er die Ähnlichkeit der Pimpoleschen Nase mit der seines Hundes, und er konnte sich lebhaft vorstellen, aus welchem Grund er nur noch im Wildhüterhäuschen wohnte.

»Sehen Sie die drei Emaillekrüge, die er verwendet, den großen und die beiden kleinen?« fuhr Pimpole fort und deutete mit einem schmierigen Finger auf das Ende der Theke, wo der Barkeeper den großen aus einer Ginflasche füllte. »Der halbvolle große sind sieben, und zwei kleine ergibt dreizehn. Kapiert?«

Der Dekan hoffte, daß dem nicht so war, wollte sich aber auf kein Streitgespräch mehr einlassen. Der schielende Hund lag neben der Tür und beäugte ihn bösartig. »Ich nehme es an«, sagte der Dekan und sah zu, wie der Wirt das Bier in die kleinen Krüge goß und dann, nachdem er vermutlich eine halbe Flasche Gin in jedes Glas gekippt hatte, zwei kleine Krüge Bier hinzugab. Der Dekan entschied, daß er unter keinen Umständen einen halben Liter Hundeschnauze trinken würde. Es war sowieso kein normaler Hund, sondern eine Höllenhundschnauze.

»Na dann, runter damit, Dekan, alter Junge. Schön, daß Sie vorbeigekommen sind und mich besuchen.«

»Ja«, pflichtete ihm der Dekan bitter bei. Es war nicht schön, daß er vorbeigekommen war und diesen schauderhaften Säufer besuchte. Er nahm ein Testschlückchen von dem elenden Gesöff und schauderte. Wie auch immer das Mischungsverhältnis von Gin zu Bier hätte sein sollen, es war nicht einmal annäherungsweise zwei zu drei; eher fünf Teile Gin auf zwei Teile Bitter. Außerdem hatte er Gin nie gemocht. Es war ein Frauengetränk, wie er immer sagte, und es hatte schon immer den Spitznamen »Mutters Ruin«. Der Dekan trank noch ein Schlückchen und revidierte seine Ansicht. Es ruinierte nicht nur Mütter. Es war der Ruin eines gepflegten großen Bieres. Aber es war natürlich kein großes Bier. Nach allem, was er sehen konnte, waren es zweihundert Milliliter Bier in einem großen Glas, aufgefüllt mit Gin. Und dieses Zeug hatte augenscheinlich den verfluchten Pimpole in den Ruin getrieben. Was war er doch damals für ein netter junger Mann gewesen, ein wenig flatterhaft, zugegeben, aber ihn umgab eine herrliche Unschuld, die seine Überheblichkeit gegenüber den Mitmenschen wieder aufwog. Heute war Pimpoles Charme verflogen, dachte der Dekan, nicht einmal der Kneipenwirt fand seine Anwesenheit angenehm. Aber wenn er tagtäglich solche Unmengen Gin trank, und dem Aussehen seiner Nase nach zu urteilen war das seit etlichen Jahrzehnten der Fall, hatte er auf diese Weise zahlreiche Ferienaufenthalte des Wirts in Benidorm finanziert oder wo auch immer solche Leute ihren Urlaub verbrachten. Nur Pimpoles Überheblichkeit war geblieben, und die hatte sich in gereizte Arroganz verwandelt. Der Dekan trank noch ein Schlückchen und merkte, daß Pimpole ihn ziemlich verächtlich betrachtete.

»Na los, Dekan, alter Kumpel, trink aus wie ein Mann«, sagte er. »Wo ist denn der alte Porterhouse-Geist geblieben? Reich mir den Port und so weiter. Dürfen die anderen nicht warten lassen. Gehört sich nicht.«

»Welche anderen?« wollte der Dekan wissen, der soeben noch einen widerlichen Schluck hinuntergespült hatte, und das auf leeren Magen.

»Ich«, sagte Pimpole. »Der olle Jeremy Pimpole.«

»Ach ja, natürlich«, sagte der Dekan und registrierte beunruhigt, daß Pimpoles Glas leer war. Nichts konnte ihn dazu bringen, sich einen halben Liter von dem Gesöff in den Hals zu kippen, als wäre es Wasser.

Er änderte seine Taktik und probierte es mit Anbiederung. »Hören Sie, mein lieber Junge ...«, fing er an.

»Bleiben Sie mir bloß mit Ihrem ›lieben Jungen‹ vom Leib«, fuhr ihn Pimpole an. »Ich bin gut und gerne meine zweiundfünfzig und hab keine weichen blonden Haare und rosigen Wangen mehr, die Sie immer so bewundert haben.«

»Ach ja, wie wahr«, sagte der Dekan, womit er sich auf die weichen blonden Haare bezog und nicht auf den zweiten Teil des Satzes. »Das soll heißen ...«, wollte er sich korrigieren.

»Erst nippen Sie an einer korrekt gemixten Hundeschnauze, wie eine beschissene Schwuchtel Tee schlürft, und jetzt fangen Sie auch noch an …«

»Nein, das tue ich ganz gewiß nicht«, widersprach der Dekan erzürnt. Noch nie zuvor hatte ihm jemand ins Gesicht gesagt, er sei eine beschissene Schwuchtel. »Damit bezog ich mich auf die unübersehbare Tatsache, daß Sie eine Glatze wie eine Billardkugel haben, und ich würde an Ihrer Stelle etwas gegen den fiesen Schorf da oben unternehmen, bevor er noch schlimmer wird, und darauf, daß Ihre ehemals, ich zitiere, rosigen Wangen eher aussehen wie eine Weltkarte aus der Zeit, als wir noch ein Empire hatten. Hauptsächlich rot, aber mit ekligen grünen und gelben Stellen, wo die Franzosen oder die Deutschen saßen. Schreiben Sie sich das gefälligst hinter die Ohren.«

Einen Augenblick lang dachte der Dekan, Pimpole werde ihn schlagen. Doch statt dessen warf er den Kopf zurück und brüllte vor Lachen. »Punktsieg für Sie, Dekan, alter Drecksack«, grölte er. »Klingt schon viel besser.« Er drehte sich zu einigen Leuten weiter unten am Tresen um, die der Dekan für Bauern hielt. »Habt ihr das gehört, Jungs? Der elende alte Dekan sagt, mein Gesicht sieht aus wie eine beschissene Weltkarte aus der Zeit, als wir noch ein Empire hatten, und …« Er drehte sich wieder zum Dekan um. »Was war das noch gleich mit den grünen und gelben Stellen?«

»Egal, ist ja egal«, sagte der Dekan, der genausowenig vorhatte, sich mit einer Kneipe voller Farmarbeiter und Flittchen über Pimpoles Teint zu unterhalten, wie er den Rest dieser ekligen Hundeschnauze austrinken wollte.

»Mir ist es aber nicht egal«, widersprach Pimpole, dessen Stimmungen binnen Sekunden umschlugen. Er hielt dem Dekan sein Gesicht vor die Nase. »Und was ist mit meinem Zinken? Wie sieht der aus?«

»Wie ein Zinken«, antwortete der Dekan. »Ich finde, Sie haben diesen Begriff sehr schön gewählt. Zinken, Sir, Zinken.«

Wieder bog Pimpole den Kopf nach hinten und brüllte vor Lachen. »So isses richtig, Dekan. Gib ihm Saures. So macht man es in Porterhouse. Mitten zwischen die Augen und kein Pardon. Und jetzt kippen Sie die Hundeschnauze runter, und wir genehmigen uns die nächste. Ich hab Durst.«

Als der Dekan einen Blick in sein Glas warf, entdeckte er entsetzt, daß er versehentlich fast die Hälfte geleert hatte. Jetzt war Schluß, selbst wenn es ihm dieser Pimpole mit Gewalt in den Rachen schütten wollte. Lieber starb er im Kampf als an einer Hundeschnauze.

Er schlug zurück. »Sie mögen Durst haben, Pimpole«, sagte er, »aber ich habe zufällig ein Magengeschwür.« Was nicht stimmte, aber so schnell fiel ihm keine andere Ausrede ein. »Auf leeren Magen trinke ich keinen Schluck von diesem Gesöff, und damit basta.«

Damit war keineswegs basta. Pimpole hatte die Lage gut im Griff. »Wirt«, brüllte er, und als der Mann weiterredete und für andere Gäste Bier zapfte, wurde daraus: »Fred, du Arschloch!«

»Fred, du Arschloch, der Dekan hier hat 'n Geschwür. Zieh los und sag deiner Frau, du weißt schon, die mit dem Silberblick und den schweinedicken Möpsen, sie soll sich zur Abwechslung mal nützlich machen und 'n paar von ihren ekelhaften Käsebroten schmieren. Und zwar pronto.«

Einen Augenblick, einen grauenvollen Augenblick lang dachte der Dekan, er werde in Raufhändel verwickelt werden, oder wie man Kneipenschlägereien sonst nannte. Jedenfalls ließ der Ausdruck in den Augen des Kneipiers vermuten, daß er wußte, welche Frau Pimpole gemeint hatte, und daß er mit dessen Einschätzung ihrer körperlichen Reize nicht ganz konform ging. Doch dann sprach aus diesem Blick nur noch Haß, und der Mann verschwand, wobei er irgend etwas von Lord Suffkopp murmelte, dem er's eines Tages heimzahlen werde.

Ein oder zwei Minuten später war er wieder da. »Sie sagt, sie hat nichts mehr von dem ekelhaften Käse, den Sie so mögen. Ob es ein Stück kalter Hammel auch tut?«

»Ja, ja, selbstverständlich. Sehr gern, danke«, sagte der Dekan höflich, doch Pimpole war noch nicht fertig.

»Woher hat sie das Schaf?« wollte er wissen.

»Keine Ahnung«, antwortete der Kneipier, »und ehrlich gesagt wüßte ich nicht, warum das so wichtig sein sollte.«

»Das weißt du nicht? Aber ich«, entgegnete Pimpole. »Wenn sie's von dem alten Sam hat, möchte es der Dekan wohl lieber nicht essen. Ich würd's jedenfalls nicht tun.«

»Nicht frisch genug für Sie, Mr. Pimpole?« fragte der Wirt sarkastisch.

Pimpole beugte sich vor, das leere Glas in der Hand. »Zu durchgefickt für mich, Fred, zu durchgefickt. Seit seine Frau vor zwei Jahren gestorben ist, hat Sam sein Ding in Schafe gesteckt, wenn er nicht anderer Leute Ehefrauen kriegen konnte, jawoll. Mag sein Fleisch kalt, der olle Sam.«

»Großer Gott«, sagte der Dekan, und sogar der Wirt zuckte zurück. Doch Pimpole hatte seinen Diskurs noch immer nicht beendet. »Wenn man nicht zu heikel ist, macht es wohl kaum was aus. Und bei Sam kriegt man's auch billiger und größer. Fragen Sie doch Ihre Betty Schielauge, ob sie nicht meiner Meinung ist.« Der Wirt schlurfte davon, während der Dekan nach einer Entschuldigung suchte, weshalb er doch keine Hammelfleischsandwiches wollte. Ihm war der Appetit vergangen, und außerdem stand für ihn felsenfest, daß die Frau etwas ganz Widerliches mit den belegten Broten anstellen würde, um sich zu rächen. Er hörte, wie in der Küche einige sehr unfreundliche Worte fielen, vor allem aus dem Munde des Mannes.

»Da hab ich den richtigen Ton getroffen, Dekan, alter Junge«, sagte Pimpole mit einem anzüglichen Blinzeln. »Und keine Sorge wegen Ihres Hammels. Der alte Sam war öfter in Betty drin, als er Schafe hat, und außerdem mag er sie lebend und im Pelzmantel. Ich hab das bloß gesagt, um Fred zu ärgern.«

»Hört sich ganz so an, als wäre Ihnen das nur allzu gut gelungen«, sagte der Dekan. »Wie auch immer, bei meinem Magengeschwür ...«

»Na klar, Ihr verfluchtes altes Geschwür. Deswegen müssen wir was unternehmen, stimmt's? Meine Mami hat immer gesagt, Pfefferminz ...« Damit beugte sich Pimpole über die Theke und schnappte sich eine Flasche Crème de menthe und ein großes Weinglas.

»Hören Sie um Gottes willen auf«, rief der Dekan, als Pimpole eingoß. »Das kann doch nicht Ihr Ernst sein. Nach dem halben Liter Gin?«

Pimpole beachtete ihn nicht. Er hatte das Weinglas gefüllt und etwas Crème de menthe auf dem Tresen verschüttet. »Nun sehen Sie sich das an, das ist Ihre Schuld«, sagte er vorwurfsvoll.

»Gar nichts ist meine Schuld«, widersprach der Dekan. »Und verflucht will ich sein, wenn ich dieses eklige Zeug trinke. Und daß Sie nicht ...«

»Na los, sei ein braves kleines Dekanchen und nimm Mamis leckere Medizin wie ein braves kleines Männlein, dann geht's dem Bauchi gleich viel besser.«

»Das werd ich hübsch bleiben lassen. Nehmen Sie den Mist weg. Ich verabscheue das Zeug. Und mehr noch verabscheue ich Ihren widerwärtigen Pub hier. Sie können ja bleiben, wenn Sie wollen, aber ich gehe nach Hause.«

»Trautes Scheißheim, Glück allein«, sagte Pimpole und trank das große Weinglas mit Crème de menthe aus, während der Dekan, dem mittlerweile egal war, was der schielende Hund ihm antat, aus der Kneipe marschierte und dabei dem Köter auf den Schwanz trat. Draußen suchte er sein Auto und wollte gerade einsteigen, als er einen Polizeiwagen sah, in dem zwei Polizisten saßen und ihn beobachteten. Der Dekan machte einen Bogen um sein Auto, versuchte unbekümmert dreinzuschauen und schlenderte die Straße entlang, um ein Hotel oder wenigstens ein Fremdenzimmer ausfindig zu machen, wo er die Nacht verbringen konnte. Es gab keines.

»Nur den Pub», sagte ihm ein Mann, den er unterwegs anhielt und fragte. »Den Leg of Lamb. Aber empfehlen kann ich den nicht. Hieß mal Pimpole Arms, aber sie mußten den Namen ändern, weil Seine Lordschaft gewisse Marotten hatte. Schafe, Sie verstehen schon. Einige dieser alteingesessenen Familien werden mit der Zeit wirklich wunderlich.«

»Das ist mir auch schon aufgefallen«, sagte der Dekan, setzte Schafe auf die Liste mit Jeremy Pimpoles Lastern und machte sich niedergeschlagen in Richtung Pimpole Hall und Wildhüterhäuschen auf den Weg. Es war kein angenehmer Marsch. Das Häuschen lag zweieinhalb Kilometer vom Dorf entfernt, und der matschige Weg war unbeleuchtet. Allein der Mond kam ihm zu Hilfe, und auch das nur gelegentlich, da er die meiste Zeit hinter Wolken verborgen blieb. In den Hecken beiderseits des Pfades raschelten Nachttiere, und irgendwo schrie eine Eule. Normalerweise hätte das dem Dekan nicht so viel ausgemacht, doch die Gin-Bier-Mixtur und die schreckliche Atmosphäre in der Kneipe, wo die unterschwellige Gewalt fast mit Händen greifbar gewesen war, von Pimpoles abrupten Stimmungsschwankungen ganz zu schweigen, hatten das Nervenkostüm des Dekans derart in Mitleidenschaft gezogen, daß ihn jeder Laut aufschreckte und jeder dunkle Schatten in Angst und Schrecken versetzte. Während er sich verfluchte, weil er nicht versucht hatte, ein Taxi zu finden – obwohl es im Dorf mit ziemlicher Sicherheit keins gab –, und sich noch mehr verfluchte, weil er Pimpole überhaupt besucht hatte, trottete der Dekan weiter, hielt aber dann und wann an, um zu lauschen. Er hätte schwören können, daß die Nachtluft immer wieder ein paar Takte des Porterhouse-Rudersongs aus der Richtung des Dorfes herüberwehte. Als er zum drittenmal stehenblieb, war kein Zweifel mehr möglich. Nun war der Text zu verstehen. »Rumms, rumms, rumms, rumms, gegen das Boot vor uns. Rumms, rumms, rumms, singt fröhlich mit uns. Da ist kein Boot, ist kein Boot, ist kein Boot vor uns, drum ergeben wir uns dem Suff und treffen uns alle bei Hobson's Conduit im Puff.«

Unter anderen Umständen hätte der Dekan dieses alte Lied genossen, das er so oft gehört und in seiner Jugend selbst gesungen hatte, auch ohne zu wissen, wo der Puff von Hobson's Conduit war; er konnte nur vermuten, daß der vormals in The Little Rose gegenüber dem Fitzwilliam Museum gewesen sein mochte. Doch jetzt in der Dunkelheit – mittlerweile hatte es angefangen zu regnen – und wohl wissend, daß der Sänger des Liedes nach seiner »Hundeschnauze« ein mit Crème de menthe gefülltes extragroßes Weinglas geleert und womöglich »für unterwegs« noch einen Drink hinterhergekippt hatte, und daß diesen übellaunigen Menschen ein großer schielender Hund begleitete, auf dessen Schwanz der Dekan eben erst getreten war, hatte dieses Lied für ihn jeden Zauber verloren. Es brachte den Dekan lediglich dazu, sich um seine unmittelbare Zukunft Sorgen zu machen. Eine Weile, eine lange Weile spielte er mit dem Gedanken, unter der Hecke oder in einem Heuhaufen zu schlafen. Doch es gab keine bequemen Heuhaufen mehr, und außerdem regnete es immer noch, und der Dekan hatte keineswegs vor, unter irgendeiner Hecke an Lungenentzündung zu verrecken. Wenn er sich aber versteckte und den besoffenen Pimpole vorbeigehen ließ, würde das Scheusal vielleicht einschlafen, so daß er sich nach oben auf sein Zimmer schleichen könnte…

Der Dekan entdeckte ein Tor und wollte sich gerade darüberschwingen – das verdammte Ding war verschlossen –, als er sah, daß es oben auch noch mit Stacheldraht gesichert war. Er murmelte einen Fluch, machte kehrt und hastete weiter, bis er zu seiner Rechten ein dunkles Wäldchen erreichte. Er kletterte hinunter in den Graben und quetschte sich dann unter Schmerzen in die Hecke, wo er versuchte, in einem Stechpalmenstrauch Schutz zu finden. Mittlerweile klang Pimpoles schauderhafte Stimme recht nahe. Er sang einen abstoßend derben Song, eine Version von »Old MacDonald Had a Farm«, die so schweinisch war, daß sich der Dekan über Pimpoles Beziehung zu dem ekligen Hund so seine Gedanken machte und zu dem Schluß kam, daß sich wohl kein Tier in seiner Gegenwart sicher fühlen konnte. Leider hatte der schielende Hund ähnliche Gefühle, was den Dekan betraf, und während der den Weg entlangtapernde Pimpole den Dekan in seinem schwarzen Anzug durchaus für einen Teil des Stechpalmenstrauches gehalten hätte, wußte es die Hundenase besser. Der Hund blieb stehen und spähte knurrend in die Dunkelheit. Pimpole hielt an und spähte ebenfalls.

»Irgendwas Beschissenes is da drin«, murmelte er. »Das seh ich mir besser mal an.« Als er auf ihn zukam, befand der Dekan, nun bliebe ihm nichts anderes übrig, als die Hecke so würdevoll wie möglich zu verlassen.

»Ich bin es nur, Jeremy, alter Knabe«, rief er, trat aus der Stechpalme und fiel kopfüber in den Graben. Wie er schnell herausfand, wuchsen in diesem Graben Brennesseln zuhauf. In seiner Qual hockte sich der Dekan auf alle viere und sah zu der schwankenden Gestalt Pimpoles auf, die sich von den treibenden Wolken abhob.

»Was zum Teufel machen Sie da unten?« fragte Pimpole. »Und wer gibt Ihnen eigentlich das Recht, mich ›Jeremy, alter Knabe‹ zu nennen? Für Sie immer noch Lord Pimpole, vergessen Sie das ja nicht. Und wer zur Hölle sind Sie?«

»Ich bin der Dekan. Sie wissen doch, der Dekan von Porterhouse, lieber Jeremy ...«

»Für Sie Lord Pimpole«, brüllte Pimpole und rief den Hund. »Scab, Scab, los, faß!«

Doch jetzt reichte es dem Dekan, er hatte genug von den Brennesseln, dem Graben, von der ganzen verfluchten Situation, und er hatte keineswegs die Absicht, sich von diesem Dreckskköter fassen zu lassen. Er rappelte sich auf, stürmte aus dem Graben und wäre übel auf die Nase gefallen, wenn er nicht in Pimpoles Arme gesackt wäre.

»Immer schön langsam«, schrie der. »Nur ruhig Blut. Kein Grund abzuhauen wie eine verdammte verbrühte Katze. Ach du meine Güte, wenn das nicht der Dekan ist. Mein Lieber, was um alles auf der Welt haben Sie denn da im Graben gemacht? Man hat ja schon von Heckenschützen und dergleichen gehört, aber in der Rolle hab ich Sie nie gesehen, alter Freund und Kupferstecher. Sie haben da unten wohl jemanden geheiratet, was? Wirklich ein komischer Anblick.« Und während er dem Dekan den Dunst von Crème de menthe, Gin und gezapftem Bier ins Gesicht atmete, hakte er ihn unter, und gemeinsam wankten sie auf das Häuschen zu. Enttäuscht, daß er sich nicht für den Tritt auf seinen Schwanz hatte rächen können, zockelte der Hund hinterher. Doch immerhin hatte Pimpole etwas von seiner alten Wärme und Freundlichkeit zurückgewonnen, was wahrscheinlich auf eine zweite oder sogar dritte »Hundeschnauze« zurückzuführen war. Er war zweifellos sehr betrunken und von Weltschmerz übermannt.

»Weiß wirklich nicht, was aus diesem Scheißland geworden ist, mein lieber alter Dekan«, sagte, nein, weinte er. »Vor die Hunde gegangen. Nichts gegen Hunde. Mag die kleinen Scheißer. Und die großen natürlich auch. Irische Wolfshunde. Großartige Tiere. Kannte mal einen Burschen in Spanien, der sie gezüchtet hat. Hervorragender Menschenkenner. Mochte mich aber nicht besonders. Keine Ahnung, warum. Bin doch kein schlechter Hund, oder, Dekan?«

»Nein, natürlich nicht. Ein sehr guter«, sagte der Dekan.

»Hab aber mein ganzes Scheißgeld verloren. Weiß nicht, warum. Kam einfach keins mehr. War eigentlich von Mami, klar. Kupfer und all so was aus Nordrhodesien und solchen Gegenden. Plötzlich war Schluß. Konnte den Butler nicht mehr bezahlen. Das Arschloch fing an zu saufen. Keine schlechte Idee, dachte ich mir, und so haben wir uns Hundeschnauzen gemixt und hatten gemeinsam unseren Spaß, das können Sie mir glauben, aber das mußte ich alles aufgeben. Polopferde. Ich mochte Polo, aber dann kamen eines Tages ein paar Kerle vorbei. Nannten sich Gerichtsvollzieher oder Konkursverwalter oder so was. Die hatte ich im Leben noch nicht gesehen. Hab ihnen eine Hundeschnauze angeboten. Weiß gar nicht mehr, was danach passiert ist. Lebe jetzt allein, mit Scab natürlich. Ist ein verdammt treuer Freund, der Scab. Die Frau vom alten Barney Furbelow kommt dreimal die Woche und besorgt mir den Haushalt, und ich besorg's ihr, wann immer ich kann. War mal der Hilfsgärtner, der olle Barney. Und vor ihm sein Vater. Die guten alten Zeiten, Dekan, die verflucht guten alten Zeiten.«

Irgendwie schafften sie es bis ins Häuschen, wo Pimpole sich vergeblich mühte, den Dekan nach oben auf sein Zimmer zu bringen. Der Dekan half ihm auf die Beine.

»Ich schlaf auf der Couch im Wohnzimmer«, murmelte Pimpole. »Wenn Sie mal müssen, Toilette ist auf dem Hof.«

Der Dekan ging nach oben auf sein Zimmer, zog sich aus und stieg ins Bett. Daß es eiserne Bettgestelle dieser Machart noch gab, hatte der Dekan vergessen, und die Matratze war schäbig und durchgelegen. Seine Hände brannten immer noch von den Nesseln, genau wie das Gesicht, und das Bettzeug roch eigenartig, doch er war froh, allein zu sein und ein Dach über dem Kopf zu haben. Es war ein grauenhafter Tag gewesen.

Und auch die Nacht wurde nicht sehr angenehm. Eine schlaflose Stunde später mußte er pinkeln, und die Toilette lag nach hinten heraus im Freien. Nicht so der schielende Hund. Er schlief bei Pimpole im Wohnzimmer, und kaum hatte der Dekan die unterste Treppenstufe erreicht, streckte er seinen schrecklichen Kopf aus der Tür und knurrte. Als der Dekan stehenblieb, kam der Köter noch weiter heraus und knurrte erneut. Entnervt ging der Dekan rückwärts die Treppe hoch, schloß seine Schlafzimmertür und hoffte, daß in einem Zimmer, das mit einem derart antiken Bett ausgestattet war, auch ein Nachttopf aufzustöbern sei. Dem war nicht so, und in seiner Verzweiflung sah sich der Dekan gezwungen, aus dem Fenster zu pinkeln, dem Geräusch nach auf einen blechernen Mülleimerdeckel. Dann ging er wieder zu Bett und schlief ein. Nach einer Stunde wachte er zitternd auf und dachte an das Sterben jenes Englands, das er so geliebt hatte, und wie sehr alles vor die Hunde gegangen war. Und er dachte, daß er sich nach Porterhouse zurücksehnte, wo er in Sicherheit war und nie wieder das Grauen würde erleben müssen, in einer heruntergekommenen Kneipe mit dem gräßlichen Pimpole eine Hundeschnauze zu trinken.

Er wußte nicht, wie viele Stunden er insgesamt geschlafen hatte, doch um sechs Uhr morgens hielt er es nicht mehr aus. Er stand auf und suchte nach einem Badezimmer, wo er sich waschen und rasieren konnte. Es gab keins, oder falls doch, befand es sich im Erdgeschoß, und dieser Scheißköter … Er zog sich an und dankte Gott, daß er nur eine Reisetasche mit ins Haus genommen hatte und das restliche Gepäck noch im Kofferraum seines alten Rover verstaut war. Todesmutig ging er nach unten, und Scabs Knurren trotzend verließ er das Häuschen.

Als er wieder in Cambridge eintraf, hatte der Dekan noch weitere Schrecken des modernen England überstehen müssen. Statt der schmalen Sträßchen und Landstraßen, die ihm auf seiner Fahrt gen Norden soviel Freude gemacht hatten, war er eisern auf der Autobahn geblieben, aber in der Nähe von Lancaster durch einen Unfall, bei dem Chemikalien ausgetreten waren, aufgehalten worden; in dem gewaltigen Stau war der alte Rover heißgelaufen; der Mann vom Automobilclub, der gekommen war, um ihn wieder zum Laufen zu bringen, hatte sich gewundert, daß der Wagen überhaupt lief, und sich erkundigt, wie er es bewerkstelligt habe, die TÜV-Plakette zu bekommen; die Raststätte, wo er sich einen Kaffee und einen kleinen Imbiß genehmigen wollte, war von acht Busladungen Fußballfans aus Liverpool und etlichen begleitenden Polizeifahrzeugen überfüllt gewesen; die Wurst mit Pommes, für die er sich entschieden hatte, um das Vakuum in seinem Magen zu füllen, waren ihm nicht bekommen, so daß er sich besorgt fragte, ob das Haltbarkeitsdatum der Würstchen nicht schon längst abgelaufen war; und um seine Demütigung komplett zu machen, hatte ihn ein junger Rüpel, mit dem er auf einer öffentlichen Toilette bei Birmingham versehentlich zusammengestoßen war, als blöden alten Wichser beschimpft. Zuguterletzt – krönender Abschluß dieses Tages voller Schrecken – hatte er auch noch die Abfahrt auf der M 1 verpaßt und mußte endlos weit fahren, bevor er irgendwann den Weg zurück nach Cambridge fand.

Endlich in Porterhouse eingetroffen, hatte der Dekan nicht einmal schlechte Laune. Er war zu erschöpft und ernüchtert, um überhaupt irgendeine Laune zu haben. Er hatte seit achtundvierzig Stunden nicht mehr gebadet, war unrasiert und nun einfach nur froh, wieder in einer Welt zu sein, die er begriff und bis zu einem gewissen Grad unter Kontrolle hatte. Und in einem Bett zu schlafen, das nicht zwangläufig die Assoziation zu Kopfsteinpflaster weckte, wie die Matratze in Pimpoles Gästezimmer. Nachdem er Walter die Autoschlüssel überreicht hatte, schlich er sich auf sein Zimmer und legte sich hin. Seine Eingeweide meldeten sich wieder einmal, und diesmal war unüberhörbar, was sie verlangten. Er würde sich das Essen aufs Zimmer bringen lassen und an diesem Abend nicht zum Dinner gehen. Egal, in wessen Gesellschaft, er war heute nicht präsentabel.

17

Dasselbe ließ sich sowohl vom Schatzmeister als auch von Kudzuvine behaupten, selbst wenn Kudzuvine eine gewisse Sehnsucht nach dem Schatzmeister verspürte. Es war Skullions Gesellschaft, die er fürchtete wie der Teufel das Weihwasser. Der Schatzmeister hingegen war nach seinem ersten kleinen Plausch, wie sich der Praelector auszudrücken beliebte, so erschüttert und entsetzt gewesen, daß Dr. MacKendly ihm, genau wie Kudzuvine, ein Beruhigungsmittel verabreichen mußte, bevor er sich überreden ließ, das Schlafzimmer ein zweites Mal zu betreten.

»Davon kriegen Sie ein bißchen mehr Mumm«, sagte der Doktor, ehe er die Spritze ansetzte. »Man hat das Zeug vor dem Krieg mit dem Irak an ein paar amerikanischen Wehrdienstverweigerern getestet, die dadurch in die Elite der weltbesten Soldaten katapultiert wurden.«

Der Schatzmeister wies darauf hin, daß er kein guter Soldat werden wollte, während der Praelector laut überlegte, wie es Wehrdienstverweigerer in der amerikanischen Armee geben konnte, da sie doch ausschließlich aus Freiwilligen und Berufssoldaten bestehe. »Und ich wüßte immer noch ganz gern die Namen der beiden Kampfhubschrauberpiloten, die unsere zwei deutlich erkennbaren Panzerfahrzeuge vernichtet haben«, sagte er. »Unsere lieben transatlantischen Alliierten haben sich geweigert, ihnen für das Untersuchungsverfahren eine Aussagegenehmigung zu erteilen oder ihre Identität bekanntzugeben. Und so was nennt sich Verbündete! Daß ich nicht lache.«

Doch die heftigsten Einwände erhob der Schatzmeister. Er wollte absolut nichts mit Amerikanern zu tun haben, schon gar nicht mit solchen wie Kudzuvine, die aus Bibliopolis, Alabama, stammten und genüßlich gräßliche Geschichten von ihnen bekannten Personen erzählten, die als Haifischköder benutzt worden waren. Vor allem wollte er kein Wort mehr über Edgar Hartang hören. Wie er es in einer Sprache formulierte, die an sein letztes Gespräch mit Kudzuvine anknüpfte (die Droge hatte einige seltsame Nebenwirkungen): »Teufel auch, Mann, dieser Hartung ist eine verfluchte wandelnde Todesmaschine. Wenn der rauskriegt, daß ich Erkundigungen über ihn einziehe, läßt er mich von irgendeinem Mitarbeiter wegpusten, oder es geht aus zwanzigtausend Fuß Höhe ab mit mir durch die Luke und rein in das beschissene Bermudadreieck.«

»Was durchaus für Hartang spricht«, sagte der Obertutor, doch der Praelector war weniger begeistert.

»Haben Sie auch bestimmt die richtige Dosis verabreicht?« fragte er Dr. MacKendly. »Wir wollen ja schließlich nicht, daß er da reinmarschiert und den gräßlichen Burschen vor den Kopf stößt, indem er genauso redet wie er. Dann wird es nämlich später bei der Tonbandabschrift äußerst schwierig, den einen vom anderen zu unterscheiden.«

»Wahrscheinlich nur eine vorübergehende Nebenwirkung«, versicherte ihm der Arzt. »Natürlich reagieren nicht alle Menschen gleich darauf, aber bestimmt beruhigt er sich und kommt wieder völlig ins Lot. Ich habe das Zeug damals von einem Mediziner drüben im US-Luftwaffenstützpunkt Mildenhall bekommen, als sie den Luftangriff auf Libyen flogen. Sie haben das einigen ihrer Piloten gegeben, die Muffensausen hatten, abgeschossen und bei lebendigem Leib von Araberinnen gehäutet zu werden. Kann ich ihnen nicht verdenken. Araberinnen machen so was. Als die Piloten dann losflogen, waren sie ganz vergnügt und völlig normal.«

»Vielleicht erklärt das, weshalb sie nur Gaddafis Kinder umgebracht und ihn verfehlt haben«, vermutete der Praelector.

»Und wofür genau haben Sie sich den Stoff besorgt?« wollte der Obertutor wissen.

Der Doktor lächelte. »Wir hatten ein paar Studenten, die es mit der Angst bekamen, als sie sich vom Senatsgebäude abseilen wollten«, antwortete er. »Dachte, so bekämen sie vielleicht neuen Mut. Mußte es dann aber doch nicht verwenden. Einer der armen Kerle ist vom Ben Nevis gestürzt, und der andere hat das Bergsteigen ganz aufgegeben, was ein wenig feige von ihm war, wie ich fand. Na, es gibt eben solche und solche.«

»Ja, aber bei dem Schatzmeister hat es gleich eine Menge bewirkt«, sagte der Praelector. »Noch nie habe ich eine solche Veränderung an einem Menschen erlebt.«

»Das ist nur vorübergehend«, warf Dr. MacKendly ein. »In Null Komma nichts ist er wieder er selbst.«

»Fangen Sie um Himmels willen nicht wieder mit diesem Selbst-Gerede an«, blaffte der Obertutor. »Ich halt das nicht aus.«

Dr. MacKendly musterte ihn neugierig. »Wir sind ein wenig gereizt, stimmt's?« fragte er, doch bevor ihm der Obertutor seine Befindlichkeit präzise darlegen konnte, machte der Schatzmeister ernst. »Der Hund will jetzt das Kaninchen sehen«, sagte er plötzlich, ein Bild, das eher ungewöhnlich für ihn war, und raste durch die Tür ins Schlafzimmer.

In diesem Fall traf die Metapher den Nagel auf den Kopf. Welches Tier der Schatzmeister auch immer geworden sein mochte, Kudzuvine wies alle Züge eines verängstigten Kaninchens auf. Ein Tag und eine Nacht, als der Rektor neben seinem Bett gesessen hatte, hatten sein Selbstvertrauen so gründlich zerstört wie irgendein von Dr. MacKendly falsch verschriebenes Antipsychotikum. Er war begeistert, seinen Freund Professor Schatzmeister wiederzusehen. Und das sagte er auch. »Bin ich froh, Sie zu sehen, Prof Schatzmeister«, sagte er. »Scheiße, und wie ich das bin. Dieses Quasimodo-Update steht mir bis hier.«

»Hören Sie gefälligst auf, so über den Rektor zu reden«, sagte der Schatzmeister grob.

»Den Rektor? Sie nennen ihn auch den Rektor, Prof Schatzmeister? O mein Gott. Warum hilft mir denn niemand?«

»Und nennen Sie mich nicht mehr Professor Schatzmeister. Ich bin der Schatzmeister. Kriegen Sie das endlich in Ihren dummen Schädel.«

Kudzuvine verkroch sich wieder in seinem Bett. »Der Schatzmeister? Und Quasimodo ist der Rektor? O Herrgott, hilf. Wo bin ich hier?«

Der Schatzmeister ignorierte die Frage. »Der Schatzmeister. Mit Betonung auf *der*. Und daß Sie den Rektor ja nicht mehr Quasimodo nennen. Er heißt Skullion. Aber nicht für Sie, Kudzuvine. Sie nennen ihn gefälligst ›der Rektor‹. Mit Betonung auf *der*. Lassen Sie sich das gesagt sein.«

»Jawohl Sir, und ob ich das tue. Was immer Sie sagen, Professor der Schatzmeister.«

»Ohne Professor. Ich bin kein Professor. Ich sag's Ihnen doch andauernd, ich bin der Schatzmeister. Das hier ist nicht irgendein akademisches Drecksloch in Scheißbibliopolis, Alabama, oder sonstwo in den USA, wo jedes Arschloch, das lesen, schreiben und bescheuerte Dissertationen produzieren kann wie Mistfliegen Eier legen, sich Professor schimpfen darf. Das hier ist nicht mal Cambridge, Massachusetts. Wir befinden uns hier in Cambridge, England, oder um präzise zu sein: Porterhouse College, Cambridge, England, und wenn Sie sich das nächstemal das Porträt eines unserer großen Rektoren aus der Vergangenheit ansehen, nennen Sie ihn gefälligst nicht menschliche Foie gras, sonst erleben Sie, was Zwangsernährung wirklich bedeutet.«

»Jawohl, Sir, Prof... ich wollte sagen: Mr. der Schatzmeister, Sir«, winselte Kudzuvine.

»Schon besser, Kudzuvine«, befand der Schatzmeister. »Jetzt stelle ich Ihnen einige einfache Fragen, und die werden Sie wahrheitsgemäß beantworten, sonst...«

Doch die bloße Erwähnung von Zwangsernährung hatte einen besonders wunden Punkt in Kudzuvines verdrehtem Hirn getroffen. Er begriff jetzt, warum der Kaplan den abscheulichen Spülapparat so bereitwillig herausgerückt hatte.

Das alles hatte er nicht in seinem wahnsinnigen Unterbewußtsein geträumt. Es war kein Symptom seines Irrsinns, sondern eine alte Porterhouse-Sitte. »Ich schwöre, daß ich Ihnen alles erzähle, was Sie wissen wollen, ich schwör's bei Gott«, stöhnte er.

»Genau«, sagte der Schatzmeister, der offenbar zum erstenmal in seinem Leben so richtig obenauf war und das auch wußte. «Also: Was macht Hartang, und erzählen Sie mir keinen Scheiß von Oktopusbabys, Schildkröten und den Galapagosinseln.«

»Also, wir drehen echt auch Filme über bedrohte Tierarten ...«, fing Kudzuvine an, doch der Schatzmeister unterbrach ihn.

»Ihr habt wohl 'ne Ladung beschissene Schildkröten von den Galapagosinseln geholt, sagen wir zwanzig Millionen Schildkröten, und die machen jetzt alle blau im Bermudadreieck? Ich sagte wahrheitsgemäß, Kudzuvine, wahrheitsgemäß antworten. Soll ich's Ihnen buchstabieren?«

»Großer Gott, nein, ich möchte keinen Buchstabierunterricht, Prof Schatz ... der Schatzmeister, Sir. Zwanzig Millionen mit Bogota Best. Sie wissen schon. Wiederverkaufswert zwanzig Millionen, Sie wissen schon.«

»Nein«, widersprach der Schatzmeister. »Sagen Sie's mir, Kudzuvine. Erzählen Sie mir von Bogota Best.«

»Kokain, Mann, Koks, Schnee, Eis, kolumbianisches Nasenpuder. Das war die Ladung. Als Tarnung haben wir Transworld Television Productions. Fliegen überallhin und drehen für kleine Kinder Filme über Gott. So hat es angefangen. Der alte E. H. sagt: ›Was wollen die Leute? Gott und 'ne Dröhnung.‹ Das Notwendige zum Scheißleben, so nennt er's. Hat er auch noch aus der Heiligen Schrift. Das hat er mal irgendwo im Knast gelesen, und da steht, man lebt eben nich vom Brot allein, sondern braucht auch Geist, und das bringt den ollen E. H. zum Überlegen, weil's bei ihm in der Brotabteilung hapert und er 'n bißchen Belugakaviar und ein dickes Steak verdammt gut gebrauchen könnte, aber was ist mit dem Geist? Scheiße, er will keinen selbstgebrannten Fusel oder was sie da trinken, wo er herkommt, weiß ich, Slivovitz oder Schnaps oder so was. Muß irgendein anderer Geist sein, was die Heilige Schrift hier meint. Er hockt da also rum und überlegt, doch die meiste Zeit über denkt er an Mäuse, aber nicht an so verdammte Nageviecher, sondern an das Zeug, womit man sich alles kaufen kann, und da kriegt er die Antwort auf all seine Probleme. Der alte E. H. entdeckt die Religion und dreht auf einmal religiöse Filme, und es ist scheißegal, was für 'ne Religion, solange die Leute sie kaufen. Lieber Himmel, Prof… *der* Schatzmeister, Sir, wissen Sie eigentlich, wieviel Geld man verdienen kann, wenn man den Leuten Gewißheit gibt, daß sie niemals sterben werden, sondern einfach in den Himmel einrücken, ohne daß dumme Fragen gestellt werden? Scheiße, Mann, Milliarden, und damit meine ich Dollar, deutsche Mark, englische Pfund, Rupien, Yen, ganz egal. Ehrlich. Aber der olle E. H. hat unten in Lima, Peru, oder vielleicht in Rio oder sonstwo ein paar Kumpel, und die helfen ihm, noch mehr von diesem religiösen Kinderkram auf den Markt zu werfen und finanzieren ihm alles, wenn er für sie Bogota Best schmuggelt. Wie soll er da draußen irgendwo im Dschungel ablehnen, umgeben von Typen mit Knarren wie Dos Passos, und da baumeln die Fleischerhaken, und die Piranhas warten auf 'n Imbiß? Is nich drin. Also schmuggelt er ein-, zweimal den Stoff und findet es prima. Hat 'ne Tarnung mit ›Jesus liebt dich‹ oder ›Mahatma Gandhi hat einen Platz für dich in seinem Herzen‹, wir haben mal einen Film über den Gott Gandhi gemacht, und die Schildkröten und Regenwälder und Wale und die Okto…

O.k., ich will ganz ehrlich sein, *der* Schatzmeister Sir, es waren keine Oktopusbabys. Hatten überhaupt keine Beine. Flossen. Seehundbabys. Jawohl, Sir, Seehundbabys.«

»Warum haben Sie dann Oktopusse gesagt?» wollte der Schatzmeister wissen.

Kudzuvine grübelte. »Hatte was mit Beinen zu tun. Die Seehundbabys wurden wohl damals für den Film totgeschlagen und überall war Blut, und ich denke mir: ›Scheiße, wenn sie Beine hätten, würden sie nicht bloß dahocken und das mit sich machen lassen‹, und dann kamen mir mal Oktopusse in den Sinn, also solche Riesenmonster wie es in Alaska, Kanada oder so gibt, und daß die keine acht Scheißbeine brauchen. Vier oder fünf täten's auch, um einen totzuquetschen, und die Seehundbabys könnten zwei oder drei davon gut gebrauchen. Damit sie nicht bloß da rumhocken müßten. Ich war einfach bloß verwirrt, mehr nich.«

»Entwirren Sie sich, Kudzuvine«, sagte der Schatzmeister. »Wie genau schmuggelt also Hartang Bogota Best, und weshalb will er Porterhouse Geld geben? Das verraten Sie mir mal.«

»Scheiße verdammte, Pro... der Schatzmeister, Sir, er schmuggelt kein Dope mehr. Traut sich nicht mehr. Er hat zwanzig Millionen von Dos Passos' Piepen verloren, und damit isser praktisch tot. Nein, Sir, die Kartelle, die Sizilianer und die Burschen aus Rußland, mit denen man sich besser nicht anlegt, sie alle, die schmuggeln den Stoff. Womit die nicht umgehen können, das sind die Dollarscheine, die lastwagenweise eintreffen. Und wenn der olle E. H. von etwas Ahnung hat, dann isses Knete. Der denkt nicht in Worten, sondern in Dollar, Mark, Franc, Peseten, Pfund und Yen. Sie haben ihn ja gehört. Werden Sie schlau aus ihm? Ich nicht, außer, wenn er wen tot haben will. Aber Zahlen und Ziffern ist wieder was anderes. Schiet, als hätt er 'n Computer statt 'm Hirn, und zwar einen echt schnellen Superrechner. Darum wäscht er die Knete für die Kartelle, die Sizilianer und die Kuriere. Hat weltweit Satelliten und Fernsehstationen, das ›Sie werden ewig leben‹– Geschäft kommt immer besser in Gang, und Mann, was tun die Leute nicht alles Gott zuliebe, und die Spenden fließen in rauhen Mengen, also wer weiß schon, daß dir das Koksgeld von den Dollar, Mark oder Rupien den Weg in den Himmel kauft? Unmöglich. Und der alte E. H. kann Geld per Satellit von einer Bank in Bombay, Indien, nach Santiago, Argentinien, und weiter über London, England, zu irgendeiner Bank in den Staaten schicken, als wär es gewaschen, getrocknet und gebügelt worden und samt Moses vom Berg runtergekommen, bloß daß es sich leichter handhaben läßt. Teufel auch, er wirbelt sogar Knete rein nach Moskau, Rußland, und wieder raus wie beim Jojofestival in Santa Fe, und er kauft die halbe UdSSR.«

»Das verstehe ich ja alles«, behauptete der Schatzmeister, dessen Muntermacher allmählich nachließ. »Aber warum gibt er Porterhouse Geld?«

Kudzuvine musterte ihn ungläubig. Das viele Reden hatte ihm unendlich gutgetan. »Er gibt's doch gar nich. Er kauft den Laden. Die alte Schildkröte braucht einen neuen Panzer. Wie schon gesagt, der Mann ist mächtig vorsichtig. Immer und überall. Es gibt zu viele Typen wie Dos Passos, die ihn tot sehen wollen. Darum kauft er sich das, was ihn schützt. Zuerst gibt er ein bißchen, als so 'ne Art Köder, und eh man sich's versieht, steckt man in 'nem Spinnennetz drin, und er hat ein neues Versteck. Beispielsweise …

»Hier versteckt er sich nicht«, sagte der Schatzmeister. »Das können Sie mir glauben, Kudzuvine, glauben Sie's ruhig.«

»Schiet, Prof … der Schatzmeister, Sir, ich werd's ihm sagen.

Ich sag's ihm, sobald ich ihn sehe, ›Mr. Hartang, gehen Sie bloß nicht nach Porterhouse College, wenn Sie nicht total verrückt sind. Sie müssen an Ihre Figur denken, und, Mann, diese Babys da essen wie die Scheunendrescher. Die essen nicht bloß, die schlingen wie… wie Sumoringergeier nach 'm Hungerstreik oder nach der Fastenzeit oder irgend so 'm Scheiß. Fleisch? Wenn Sie glauben, so ein texanisches Lendenstück wär groß, das ist noch gar nichts.‹ Wissen Sie, was ich heute morgen zum Frühstück hatte? Blut. Haben behauptet, es wär Wurst. Glauben Sie vielleicht, ich hol mir Aids von 'ner beschissenen Wurst, die aussieht wie 'n Teerklumpen in 'nem Kondom oder ein Kackhaufen aus Asphalt mit Schweineschmalzbrocken drin? Kein Gedanke, Schatzmeister-Baby, kommt nicht in die Tüte.«

Er verstummte. Der Schatzmeister stand drohend über ihm und sah fuchsteufelswild aus. »Wenn Sie mich noch ein einziges Mal ›Schatzmeister-Baby‹ nennen, Kudzuvine-Arschgeige, wasche ich Ihnen den Mund mit Harpic aus. Wissen Sie, was Harpic ist, Kudzuvine? Ein Toilettenreiniger. Wenn Sie also Ihre beschissenen Mandeln und ihre Zäpfchen behalten wollen und dazu 'ne Zunge, die nicht aussieht, als käm sie frisch vom Grillrost, dann nennen Sie mich nie wieder ›Schatzmeister-Baby‹. Klar?«

»Ja Sir, ja Sir, *der* Schatzmeister, Sir. Das war unüberlegt von mir. Kommt nicht mehr vor. Ich will keine Mundspülung. Dieser Spülapparat hat mir gereicht, ehrlich. Nie wieder will ich so 'n Ding sehen. Nein, Sir, ich bin bloß ein guter, alter amerikanischer Knabe und weiß gar nichts, ich schwör's.«

Doch der Schatzmeister stand immer noch. »Amerikaner mögen Sie sein, aber ein guter alter Knabe sind Sie nicht. Sie sind bloß armer weißer Abschaum, und vergessen Sie das ja nicht.«

»Nein, Sir, ich bin bloß armer weißer Abschaum, und das werd ich nie vergessen, das versprech ich Ihnen, *der* Schatzmeister, Sir.«

Der Schatzmeister nahm wieder Platz. »Und jetzt verraten Sie mir genau, wie Hartang vorgeht, welche Telefonnummer er hat, und fangen Sie an mit Namen, Orten, Kontonummern und...«

Draußen auf dem Treppenabsatz sahen der Obertutor und der Praelector einander verblüfft an. Sogar Dr. MacKendly war erstaunt. Dr. Buscott legte eine neue Spule in das Tonbandgerät.

»Ich hätte das nie für möglich gehalten«, gestand der Obertutor. »Ich bin nicht einmal sicher, daß ich es jetzt glaube.«

»Was glauben?« fragte der Praelector, der die ganze Episode ebenfalls kaum hatte fassen können.

»Daß so etwas in dem Schatzmeister steckt. Ich habe ihn immer für einen schlappen kleinen Wicht gehalten, und was war das von wegen einem Spülapparat? Das begreife ich nicht.«

Doch der Praelector antwortete nicht. Er fragte sich, was genau in dem Schatzmeister steckte und wie sie das Material verwenden sollten, das Kudzuvine ihnen lieferte. Sogar der hinter ihnen sitzende Skullion hörte interessiert zu. Ihm hatte besonders gefallen, wie der Schatzmeister darauf bestanden hatte, daß Kudzuvine ihn »der Rektor, mit Betonung auf *der*« nannte, und nicht ein Quasimodo-Update, was immer das sein mochte.

18

Als der Dekan am nächsten Morgen zum Frühstück nach unten kam, ging es ihm viel besser. Er hatte gebadet, sich rasiert, sehr gut geschlafen und freute sich auf seinen Haferbrei, auf Schinken mit Eiern, Toast mit Marmelade und Kaffee. Doch als er über den Hof zum Speisesaal ging, fiel ihm auf, daß mit der Kapelle etwas überhaupt nicht stimmte. Ein Eisengerüst umgab sie, und sogar von der Rasenmitte des Alten Hofs aus sah er, daß das Dach ganz ungewöhnlich schräg war. Offenbar hatte es Ärger mit den Dachbalken gegeben. Schon vor Jahren hätte man sich um sie kümmern müssen, doch der Schatzmeister hatte erklärt, für mehr als die notwendigsten Reparaturen reiche das Geld auf dem College-Bankkonto nicht aus. Das war typisch für diesen Mann. Na, er würde mal ein Wörtchen mit ihm reden. Doch das mußte warten. Jetzt wollte der Dekan frühstücken. Er setzte sich und war verblüfft, als der Obertutor die Stimme erhob, noch ehe er mit seinem Haferbrei begonnen hatte.

»Es ist unbedingt notwendig, daß wir heute morgen zu einer Besprechung zusammenkommen«, verkündete er. »Sie und ich und der Praelector. Um zehn Uhr in meinen Räumen.«

Der Dekan wirkte geschockt. In Porterhouse galt das ungeschriebene Gesetz, daß niemand beim Frühstück sprach. Ein genuscheltes »Guten Morgen« war das höchste der Gefühle. Danach wurde das Essen schweigend eingenommen. Es mußte ernsthafte Probleme geben, wenn der Obertutor, der es mit der Tradition peinlich genau nahm, auf diese Weise das Wort ergriff. Der Dekan nickte ziemlich unwillig, schwieg aber. Sein Haferbrei wurde kalt. Doch als der Praelector eintraf und ihm mit einem bedeutungsschwangeren Blick auf den Obertutor dieselbe Nachricht zuflüsterte, wußte der Dekan, daß es sich um eine größere Krise handelte. Etwas wahrhaft Schreckliches mußte geschehen sein. Ein Weilchen noch gehorchte er der Tradition, doch die Anspannung war zu groß für ihn. »Ist... ist der Rektor von uns gegangen?« flüsterte er.

Der Obertutor schüttelte den Kopf. »Schlimmer als das, viel schlimmer«, antwortete er. »Kann jetzt nicht darüber reden.«

»Hoffentlich nicht«, erwiderte der Dekan und widmete sich wieder seinem Haferbrei. Doch die Freude an seinem ersten ordentlichen Frühstück seit Wochen war dahin. Er konnte sich nicht einmal auf seine Eier mit Schinken konzentrieren. Ihm wurde ganz elend, wenn er daran dachte, was sie ihm wohl mitzuteilen hatten. Selbst der Schaden an der Kapelle berechtigte wohl kaum zu solch extremer Redseligkeit. Für die Reparaturen konnte das College jederzeit eine Unterstützung bekommen. Die Kapelle war ein wichtiges historisches Baudenkmal, und die englische Denkmalstiftung würde mit Sicherheit einen gewissen Betrag zuschießen. Mit äußerst ungutem Gefühl trank der Dekan seinen Kaffee aus und trat in den strahlenden Sonnenschein hinaus. Der Praelector und der Obertutor folgten ihm auf den Fersen. »Also, was zum Teufel soll das alles?« wollte der Dekan wissen.

»Der Schatzmeister ist an allem schuld...«, fing der Obertutor an, doch der Praelector, mit dem, wie es dem Dekan schien, während seiner Abwesenheit eine bedeutsame Änderung vorgegangen war, unterbrach ihn.

»Die Angelegenheit ist viel zu wichtig, um Schuldzuweisungen vorzunehmen«, sagte er, »und außerdem bin ich mir gar nicht sicher, ob wir dieses Thema in der Öffentlichkeit besprechen sollten.« Sie gingen direkt in die Zimmer des Obertutors, wo Dr. Buscott das Tonbandgerät aufgestellt und dem Obertutor gezeigt hatte, wie man die Bänder wechselte.

Den ganzen Vormittag über hörte sich der Dekan mit wachsendem Entsetzen und immer größerer Verblüffung den Bericht an, den vor allem der sicherlich besser informierte und zweifellos rationalere Praelector von den sonderbaren Ereignissen zum besten gab, die zu der Krise geführt hatten. Und fassungslos lauschte er der Tonbandaufnahme der beiden Unterredungen zwischen dem Schatzmeister und Kudzuvine.

Erst als die beendet war und er um etwas Stärkeres als Sherry gebeten hatte, vorzugsweise einen Whisky-Soda, konnte er selbst sprechen. »Soll das etwa heißen, dieses unsägliche Schwein Wieheißterdochgleich ist mit Skullion im Rektorenhaus untergebracht? Dieser grauenhafte Mensch gehört hinter Gitter!«

»Ganz meine Meinung«, sagte der Obertutor. »Doch aus irgendeinem mir unbegreiflichen Grund war wohl der Praelector hier der Auffassung, es gereiche dem College zum Vorteil, wenn er in der Obhut des Rektors bliebe.«

»Obhut? Obhut?« wiederholte der Dekan, der beim besten Willen nicht begriff, wie man annahm, man könnte einen alten Mann im Rollstuhl damit beauftragen, einen Kerl unter Kontrolle zu behalten, der nach eigener Aussage mit ziemlicher Sicherheit Menschen ermordet hatte und zweifellos bei der Ermordung anderer zugegen gewesen war.

»Skullion übt wohl einen ganz eigenartigen Einfluß auf den Mann aus«, informierte ihn der Praelector. »Es ist wirklich erstaunlich zu beobachten, wie dieser Kerl reagiert, wenn der Rektor ins Zimmer rollt. Meines Wissens haben gewisse Schlangen dieselbe Wirkung auf ihre Beutetiere. Jedenfalls habe ich den Eindruck gewonnen, daß Mr. Kudzuvine lieber im Rektorenhaus zu bleiben wünscht, als in die fürsorgliche Obhut Mr. Hartangs überführt zu werden. Nach allem, was ich seinen wirren Äußerungen entnehme – und ich muß sagen, daß deren Syntax sehr zu wünschen übrig läßt –, hält er das College für die sicherste Form von Refugium.«

»Er kann es verdammt noch mal halten, für was er will«, sagte der Dekan. »Ich für meinen Teil will, daß er so schnell wie möglich aus Porterhouse verschwindet und in die Hände dieses Drecksgangsters Hartang und seiner Häckselmaschine kommt. Ich hoffe von Herzen, daß er eines langsamen und schmerzhaften Todes stirbt.«

Doch wieder machte der Praelector seine neu gewonnene Autorität geltend. »Ich finde, wir sollten diese Angelegenheit ausdiskutieren und keine übereilten Schritte unternehmen, die wir eventuell später bereuen.«

Der Dekan war verblüfft, genau wie der Obertutor. »Was um alles in der Welt reden Sie da? Bereuen? Übereilte Schritte? Diese Drecksbrut kommt hierher, zerstört die Kapelle und glaubt, das College kaufen zu können, damit dieses Ungeheuer, dieser Drogendealer Hartang es – wie hat sich dieser Schuft ausgedrückt – als einen neuen Schildkrötenpanzer verwendet! Wenn er auch nur in die Nähe des Colleges kommt, werd ich mich seiner annehmen, daß ihm Hören und Sehen vergeht. Und was hat er über unsere Eßgewohnheiten gesagt?«

»Ich glaube, er hat gesagt, wir schlingen… wie japanische Sumoringergeier nach der Fastenzeit oder so ähnlich«, sagte der Obertutor.

»Wörtlich sagte er: Sumoringergeier nach 'm Hungerstreik«, korrigierte der Praelector. »Ich muß gestehen, ich hielt das eigentlich für ein ausgesprochen eindrucksvolles Bild. Amerikaner haben eine bemerkenswerte Art, mit Worten umzugehen. Ich werde Blutwurst wohl nie wieder so sehen können wie früher. Obwohl ich mir beim besten Willen nicht denken kann, wie er auf die Idee kommt, man könnte von einer Wurst Aids bekommen.«

»Ich begreife nicht, weshalb er immer wieder von Gummispülapparaten und Zwangsernährung anfängt«, sagte der Obertutor.

»Ich begreife überhaupt nichts. Rein gar nichts. Absolut verdammt noch mal nichts«, brüllte der Dekan. »Und was ist Sache mit – verflucht noch eins, ich rede ja schon wie dieses Schwein. Was in Gottes Namen war eigentlich mit dem Schatzmeister los? Er klang ja geradezu beängstigend. Nicht daß ich es ihm vorwerfe, Gott bewahre, aber er hörte sich reichlich übergeschnappt an.«

»Danach fragen Sie besser Dr. MacKendly«, sagte der Praelector. »Er hat ihm irgendein Aufputschmittel gegeben, so nennt man das wohl. Leider sind die Nachwirkungen das genaue Gegenteil, nämlich als hätte man ihm ein extrem starkes Abputschmittel verabreicht.«

»Geschieht dem Trottel recht, was brockt er uns diese Suppe ein«, fauchte der Dekan. »Ich will mit dem verfluchten Master Schatzmeister reden.«

Der Praelector sah skeptisch drein. »Ich wäre da vorsichtig«, sagte er. »Er fühlt sich in der Tat nicht wohl, und sein geistiger Zustand läßt sehr zu wünschen übrig.«

»Das werden wir sehen«, sagte der Dekan.

Während des Mittagessens sah er sehr gut, was der Praelector gemeint hatte. Der Schatzmeister verweigerte plötzlich die Annahme ganz exquisiter Koteletts, was er damit begründete, er wolle verdammt sein, wenn er das Lamm Gottes äße. Der Dekan betrachtete ihn argwöhnisch. Offensichtlich war der Schatzmeister wirklich höchst verwirrt und nahm kein Blatt mehr vor den Mund.

Doch der Kaplan griff das Thema auf. »Von der Dogmatik her ist das ein sehr interessanter Punkt«, sagte er. »Beim

Abendmahl werden wir aufgefordert, den Leib Christi zu essen und sein Blut zu trinken. Das hat unser Herr beim letzten Abendmahl vorgeschlagen.«

»Mittagessen«, sagte der Schatzmeister und spielte dabei irritierend mit seinem Messer herum.

»Mittagessen?«

»Beim letzten Mittagessen vorgeschlagen«, blaffte der Schatzmeister. »Wenn man ein Abendmahl haben kann, warum zum Teufel sollte es dann kein Mittagessen geben?« Einen Moment lang herrschte eine beklommene Stille, doch der Schatzmeister war noch nicht fertig.

»Außerdem ist es ein mächtiger Unterschied, ob einem irgendein Keks auf die Zunge gelegt wird, oder ob man sich durch einen Teller voller Hammelfleisch frißt. Und wozu ist die Pfefferminzsauce da?«

»Die Pfefferminzsauce? Mein lieber ...«

»Ich werd's Ihnen verraten«, sagte der Schatzmeister wütend. »Sie soll den Lammgeschmack überdecken.«

Der Kaplan nickte. »Da ist etwas dran, ja», sagte er, »auch wenn ich ehrlich gesagt finde, daß es zu weit geht, wenn man Pfefferminzsauce über ein Kotelett kippt. Ein Kotelett schmeckt immer besser *au naturelle* oder mit frischen Erbsen ...«

»Nicht dieses Lamm. Das Lamm Gottes, du lieber Himmel«, schrie der Schatzmeister. »Die Pfefferminzsauce überdeckt den Geschmack von ...«

»War eine interessante These«, überlegte der Kaplan, als man den Schatzmeister weggebracht hatte.

»Welche? Ich fand sie alle uninteressant«, sagte der Dekan. »Und mir hat nicht sehr gefallen, wie er seine Thesen mit dem Messer unterstrichen hat.«

»Die über das letzte Mittagessen«, sagte der Kaplan, »oder auch Abendmahl. Für mich war das Abendessen immer ein eher dürftiges Mahl, eigentlich eher ein Imbiß. Aber wenn man gekreuzigt wird, möchte man vermutlich nichts übermäßig Schweres zu sich nehmen.«

»Herr im Himmel«, sagte Dr. Buscott angewidert.

»Ganz genau«, fuhr der Kaplan fort. »Von IHM war gerade die Rede. Höchst merkwürdiger Bursche, wie ich immer fand. Ich habe mich oft gefragt, was aus ihm wohl geworden wäre, wenn er als Student nach Porterhouse gekommen wäre.«

»Er hätte sich nützlich machen und dem Schatzmeister helfen können. Damit der wieder normal wird, braucht es schon ein Wunder«, sagte der Obertutor und nahm sich eins der Koteletts, die der Schatzmeister abgelehnt hatte.

Am anderen Ende des High Table saßen Purefoy Osbert und der Bibliothekar und aßen schweigend.

»Führen die sich immer so auf?« fragte Purefoy.

»Sie sind immer ausgesprochen seltsam, aber so etwas habe ich noch nie erlebt«, antwortete der Bibliothekar. »Wie's scheint ist in letzter Zeit der ganze Laden hier durchgedreht. Seltsamerweise hatte man bei dem Schatzmeister immer das Gefühl, er wäre der Zurückhaltendste von allen.«

»Und wer ist der kleine Rundliche mit dem roten Gesicht?«

»Das ist der Dekan«, antwortete der Bibliothekar. »Der kleine zornig aussehende Mann. Mit dem sollte man sich nicht anlegen, schon gar nicht, wenn er schlecht gelaunt ist, und so wie er aussieht, ist er zur Zeit nicht besonders guter Stimmung.«

»Und wer ist der großgewachsene schmale Bursche?« fragte Purefoy.

»Das ist der Praelector. Der ist eigentlich ganz in Ordnung. Sehr alt, aber für Porterhouse relativ gebildet«, sagte der Bibliothekar. »Als kleinste Leuchte von allen gilt der Obertutor, aber ich weiß nicht recht, ob er sich nicht verstellt. Bei den leitenden Fellows läßt sich das schwer sagen. Die spielen ständig irgendwelche Spielchen und gerieren sich als Volltrottel, bis man plötzlich herauskriegt, daß sie einen für einen Idioten halten, weil sie einen reingelegt haben. Doch irgendwie ist ganz Cambridge so. Alle sind so unglaublich ehrgeizig. Mich stört das nicht weiter, schließlich ist ein Bibliothekar nur so was wie ein Fellow ehrenhalber, und ich esse kaum einmal im Speisesaal. Doch von Ihnen als Sir-Godber-Evans-Gedächtnis-Fellow erwartet man das wohl, und da müssen Sie durch. Man nennt das Ihr ›Einstandsdinner‹.«

Doch momentan war der Dekan noch viel zu beschäftigt, um Dr. Osbert zu bemerken. Nicht allein des Schatzmeisters Geisteszustand beunruhigte ihn. Das war noch seine geringste Sorge. Etwas am Verhalten des Praelectors und die Tatsache, daß er augenscheinlich die Lage besser im Griff hatte als der Obertutor, der von seinen Emotionen beherrscht wurde, ließen ihn vermuten, daß der Praelector in dem Geschehen größere Vorteile erkannte, als man auf den ersten Blick bemerkte. Er mußte sich einmal in aller Ruhe und unter vier Augen mit ihm unterhalten.

19

Im Transworld Television Productions Centre im Londoner Dockland versuchte Hartang, Kudzuvine aufzutreiben. »Bringen Sie mir K. K.«, befahl er Ross Skundler in einem Tonfall, der, falls er Kudzuvine zu Ohren gekommen wäre, bewirkt hätte, daß der sich nicht so leicht hätte bringen lassen. Der erste Brief von Waxthorne, Libbott und Chaine, Rechtsanwälte, 615 Green Street, Cambridge, gemeinsam von den Herren Retter und Wyve aufgesetzt und an Edgar Hartang persönlich adressiert, gehörte nicht zu der Sorte Post, die er gern bekam. Es handelte sich um eine detaillierte Auflistung der Vorwürfe gegen Edgar Hartang und Transworld Television Productions. Das mehrere Seiten umfassende Schreiben mahnte eine baldige Antwort auf ihren Vorschlag, daß Hartang – zwecks Vermeidung ganz erheblicher Kosten und der zu erwartenden Publicity – den Betrag von zwanzig Millionen Pfund als Anzahlung zur Behebung des an den Gebäuden des Porterhouse Colleges entstandenen Schadens und Entschädigung für die seelische Belastung der Fellows sowie kurz vor den Examina stehenden Studenten leistete.

»Zwanzig Millionen Pfund? Sind die nicht ganz dicht? Ich hab Kudzuvine gesagt, er soll den Scheißladen kaufen, nicht ihn kurz und klein schlagen», schrie er Skundler an, der an Kudzuvines Stelle als Blitzableiter für Hartangs schreckliche Wut herhalten mußte. »Ich fahre ein paar Tage nach Bangkok, und kaum komme ich zurück, finde ich das hier. Brauch ich eine Forderung nach zwanzig Millionen Pfund Sterling? Ungefähr so dringend wie ein paar Löcher im Arsch. Und wo zum Teufel steckt Kudzuvine?«

»Das weiß offenbar niemand«, sagte Skundler und bereute, daß er über K. K. gesagt hatte, der stecke mächtig tief in der Scheiße. Jetzt steckte er selbst bis über beide Ohren drin. Er hatte die Porterhouse-Buchführung abgesegnet und stellvertretend auch die Durchführung des Plans. »Seit er mit dem Team da oben war, ist er einfach nicht mehr zur Arbeit erschienen, Sir.«

»Team? Was für ein Team? Ein beschissenes Destruktivteam, 'ne Art Abrißmannschaft? Hattet ihr vielleicht einen beschissenen Bulldozer dabei? Also, wo isser?«

»Ich werd versuchen, noch mehr Informationen einzuholen, E. H.«, sagte Skundler und verdrückte sich in Richtung Tür.

»Das tun Sie nicht«, sagte Hartang mit unverkennbar drohendem Unterton. »Sie bleiben und erzählen mir, was hier los gewesen ist, während ich in Bangkok war.« Er senkte die Lautstärke zu einem schrecklichen Flüstern. »Und erzählen Sie bloß nicht, Sie wüßten es nicht, Skundler.« Die Augen hinter den blauen Brillengläsern schienen Ross Skundler zu zerhäckseln. Nur wenn jemand ein Todeskandidat war, redete Edgar Hartang so beängstigend deutlich.

»Ich weiß bloß, Kudzuvine hat sich von dem Professor einladen lassen, am Sonntag ein Video über Porterhouse College zu machen, und dann ist Kudzuvine nach Cambridge gefahren ...«

»Erzählen Sie mir was Neues, Skundler. Zum Beispiel: Wer ist der Professor? Weiß ich vielleicht nicht, daß Kudzuvine in Cambridge war? Ich wette zwanzig Millionen Pfund, daß ich's weiß.«

»Professor Schatzmeister, Sir, den Sie ... den Kudzuvine für Sie bei dem Geldbeschaffungsseminar aufgetrieben hat, weil er dachte, der Mann wär doof wie Hundescheiße ...«

»Doof wie Hundescheiße? Für Sie sind zwanzig Millionen Pfund vielleicht Hundescheiße, Skundler, aber doof ist das nicht. Spricht Bände. Was ich höre, gefällt mir gar nicht.«

Skundler gefiel es noch weniger. Jetzt hing er nicht nur am Haken, er wurde bereits eingeholt. Und zwar rasch. »Dieser Professor Schatzmeister, den haben Sie gesehen, Sir. Sie hatten ihn am Mittwoch, dem zwölften, um zwölf Uhr fünfundvierzig zu einem Arbeitsessen herbestellt. Wissen Sie noch?«

»Stellen Sie mir eine Frage, Skundler? Stellen Sie mir wirklich eine Frage? Denn wenn Sie das tun, habe ich …«

»Nein, Sir, Mr. Hartang«, sagte Skundler, der die Antwort nicht hören wollte. Er kannte sie bereits. »Ich rufe mir nur die Einzelheiten in Erinnerung, und wie dämlich er mir erschien. Echt vertrottelt.«

Hartang ging in Gedanken zurück zu dem Treffen. »Hat gefressen wie ein Schwein«, sagte er unwillkürlich und bekam einen Krampfanfall. Als er sich schließlich mehrere Tabletten in den Rachen geworfen und mit Mineralwasser heruntergespült hatte, korrigierte er sich. Die Schweinephobie wurde von einer anderen Überlegung in den Hintergrund gedrängt. Irgendein abgetakelter Professor wollte ihn um zwanzig Millionen schröpfen. »Absurd«, murmelte er, womit er den Schatzmeister meinte. »Kriegt seine Anzüge von der Heilsarmee, Trödelladen, irgendwas in der Art. Aber dämlich isser nicht.«

»Nein, Sir, vermutlich nicht«, bestätigte Skundler und wünschte, er bräuchte den nächsten Besuch des Schatzmeisters mit den Hauptbüchern nicht zu erwähnen.

»Keine Vermutungen, Skundler. Sagen Sie, wie's ist.«

»Also hab ich Kudzuvine gesagt, wir müßten den Computerausdruck sehen, um über ihre Finanzlage Bescheid zu wissen. Wir kaufen doch nicht die Katze im Sack, solche Schweinereien können wir uns nicht leisten … Großer Gott, Mr. Hartang, alles in Ordnung? Oder soll ich das Notfallteam rufen?«

Hartang schüttelte den Kopf … oder der schüttelte ihn. Alles an ihm schüttelte sich etwa eine Minute lang, und auf sein Gesicht traten Schweißperlen. Als er sich schließlich wieder zusammenriß, zitterte zwar seine Stimme, doch was er sagen wollte, war mehr als deutlich. »Mir geht's gut, Skundler. Aber wenn Sie noch einmal dieses Wort verwenden, geht's Ihnen schlecht. Beim nächstenmal führe ich ein Ferngespräch.«

Skundler versuchte zu schlucken. Seine Kehle war knochentrocken. Er kannte Hartangs Ferngespräche. »Bei Fax Mord«, könnte man sagen. »Der Professor bringt also seine Hauptbücher an, Sir, sahen aus als … als stammten sie noch aus der Zeit vor Erfindung des Buchdrucks.«

»Ja, natürlich«, sagte Hartang. »Schon mal ein beschissenes Hauptbuch gesehen, in das was reingedruckt war? Ich nämlich nicht. Ein Leben lang hab ich Buchführung gemacht, aber nie ein Hauptbuch gesehen, in das man was gedruckt hätte.«

»Nein, Sir, so hab ich das nicht gemeint. Ich meinte, sie stammten aus grauer Vorzeit. Die haben noch Federkiele und so was benutzt. Ich sag zu dem Professor …«

»Skundler«, sagte Hartang ganz leise und musterte ihn aus zusammengekniffenen Augen, »Skundler, haben Sie Ihren beschissenen kleinen Verstand verloren? Oder wollen Sie mir erzählen, Sie hätten sie nicht alle auf der Kante? Ich glaub Ihnen nämlich nicht. Ich glaub kein einziges mieses, beschissenes Wort, das Sie mir da erzählen. Sie lügen, Skundler. Und Lügner kann ich auf den Tod nich ausstehen. Ich hab Sie mal gemocht, Skundler. Skundler gehört zum Team, hab ich gesagt. Jetzt nicht mehr. Jetzt nicht mehr, wo Sie mir weismachen wollen, daß die in eurem Porterhouse College für die Buchführung immer noch Federkiele benutzen.«

»Das hab ich nich gesagt, Mr. Hartang, Sir«, brachte Skundler heraus. »Ich sagte, haben früher. Den Professor hab ich gefragt: ›Benutzen Sie immer noch Federkiele?‹ Darauf er …«

»Ja, wir benutzen Federkiele, hat er Ihnen geantwortet. Als ob sie da 'ne Million Scheißgänse rumlaufen hätten. Dummes Zeug, Arschloch. Gleich werden Sie mir weismachen wollen, die hätten nicht mal doppelte Buchführung.«

Skundler ergriff die letzte Gelegenheit. »Doch, Sir. Aber bei jeder Menge Soll und überhaupt keinem Haben versteh ich nicht, warum. Ich hab zu dem Professor gesagt...«

»Ich verrat Ihnen, warum, Skundler. Ich verrat's Ihnen. Weil dieser beschissene Tommy in dem speckigen Anzug, den ihm einer zum Auftragen geschenkt hat, Sie nach Strich und Faden verarscht und veralbert. Hat er auch probiert, Ihnen Anteile für eine Goldgrube im beschissenen New Jersey anzudrehen? Denn wenn er's getan hätte, hätten Sie zugeschlagen. Sie hätten gekauft, und zwar mit Kußhand. Na, Sie und Kudzuvine haben mir Probleme im Wert von zwanzig Millionen Pfund Sterling eingehandelt.« Er drückte auf einen unter dem riesigen Tisch angebrachten Knopf. »Schickt mir Schnabel, Feuchtwangler und Bolsover rüber. Und zwar fix«, brüllte er. Skundler eilte in Richtung Tür. »Sie nicht, Skundler, Sie nicht. Ihre Gesellschaft möchte ich noch ein wenig länger genießen. Nicht viel, nur ein wenig länger. Okay.« Er verstummte, und die Echsenaugen musterten Ross Skundler. »Wollen Sie einen Drink, Ross?« fragte er dann. »Denn ich will verdammt noch mal sofort einen kippen. Und ich rühre sonst keinen Alkohol an.«

»Ja, Sir, ich könnte einen vertragen.«

»Sie kriegen aber keinen. Und jetzt holen Sie mir den Chivas Regal. Wo Sie und Kudzuvine hinkommen, kriegt ihr Unmengen zu trinken. Und zwar Salzwasser.«

Skundler ging zu der Hauptbar hinüber und holte den Scotch und ein Glas. Als er die Sachen auf die Tischplatte stellte, schepperten sie.

Edgar Hartang las den Brief noch einmal durch. Er wollte die Meinung seiner Anwälte hören, und zwar sehr schnell. In seinen Augen sah das wirklich schlimm aus. Als wär er echt geliefert.

20

Als der Dekan endlich das Arbeitszimmer des Praelectors verließ, um den Rektor aufzusuchen und bei der Gelegenheit selbst nachzusehen, wie dieser monströse Gangster leibhaftig aussah, war es spätnachmittags. Die Stunden davor hatte er damit verbracht, sich von dem Praelector erklären zu lassen, wie dieser die Herren Retter und Wyve bezüglich Schadensbehebung und Entschädigung konsultiert hatte, und war von der Argumentation des Praelectors beeindruckt gewesen. Dennoch hatte er so seine Vorbehalte. »Ich verstehe ja, was Sie mit Reparaturkosten und Entschädigung meinen«, sagte er, »kann mir aber ehrlich gesagt nicht vorstellen, daß dieser schauderhafte Hartang kampflos zahlt. Wenn halbwegs stimmt, was man auf dem Band hört, mischt der Mann schließlich kräftig im Drogenhandel mit.«

»Und genau deshalb wird er zahlen«, behauptete der Praelector. »Ich glaube, ihm bleibt gar keine andere Wahl.«

»Aber Geld von einem Drogendealer? Das Schwein müßte eigentlich im Gefängnis schmoren! Wie können wir rechtfertigen, daß wir so schmutziges Geld annehmen?«

»Über die Frage habe ich gründlich nachgedacht«, sagte der Praelector. »Und ich bin zu dem Schluß gekommen, daß wir uns nach Präzedenzfällen in diesem College richten müssen.«

Einen Augenblick lang mochte der Dekan seinen Ohren nicht trauen. »Präzedenzfälle? Präzedenzfälle? Sie wollen damit doch wohl nicht andeuten, irgendein Angehöriger dieses Colleges sei im Drogenhandel tätig gewesen?«

»Meines Wissens nicht, obwohl ich mir denken könnte, daß es statistisch gesehen sehr wahrscheinlich ist. Nein, ich dachte dabei an einen unserer Rektoren. Ist schon lange tot, wenn auch nicht so lange, wenn man es recht bedenkt. 1749. Jonathan Riderscombe hat sein Geld mit Sklavenhandel verdient. Nun weiß ich nicht, was schlimmer ist, Drogen oder Sklaven. Ich muß zugeben, daß ich den Sklavenhandel für verabscheuungswürdig halte. Doch wir haben davon profitiert. Und für Sentimentalitäten bin ich zu alt.«

Der Dekan behielt seine Ansichten zu diesem Thema für sich. Er ließ sich nicht gern an die dunkle Herkunft großer Vermögen erinnern. Auch war er sehr überrascht und alles andere als begeistert, daß während seiner Abwesenheit ein neuer Fellow ernannt worden war. »Das Sir-Godber-Evans-Gedächtnis-Fellowship?« sagte er. »Das hört sich gar nicht gut an. Diesen verdammten Evans müßte man aus dem Gedächtnis tilgen. Er war einer der schlechtesten Rektoren, die wir je hatten. Von Fitzherbert natürlich abgesehen, doch das ist eine andere Geschichte. Vor einer Entscheidung hätte man mich konsultieren müssen.«

»Leider waren Sie unerreichbar«, entgegnete der Praelector.

»Cathcart wußte, wo ich hinwollte. Den hätten Sie fragen können.«

»Das hätten wir, wenn wir gewußt hätten, daß Sie keinen sterbenden Verwandten besuchten«, bemerkte der Praelector mit gewisser Schärfe. »Sie können wohl kaum von uns erwarten, daß wir sämtliche Krankenhäuser und Altenpflegeheime in Wales anrufen, außerdem gab es stichhaltige Gründe, eine sehr rasche Entscheidung zu fällen.«

»Ach ja? Und welche Gründe mögen das sein?« fragte der Dekan, der sich übergangen fühlte.

»Sechs Millionen Pfund«, antwortete der Praelector, was dem Dekan die Sprache verschlug. »Ich schätze, diese Summe könnte man einen ausreichend stichhaltigen Grund nennen. Man hatte uns eine Art Ultimatum gestellt. Doch der Obertutor weiß über diese Angelegenheit mehr als ich. An ihn haben sich die Anwälte des Spenders gewandt. Fragen Sie mich nicht, warum.«

»Nicht an den Schatzmeister?«

»Nicht an den Schatzmeister.«

»Und wer genau ist dieser erstaunlich großzügige Spender? Wissen wir das?«

Der Praelector schüttelte den Kopf. »Nein, wissen wir nicht, aber eine Vermutung darf ich wohl äußern. Der Obertutor will uns glauben machen, es handele sich um eine Gruppe von Finanziers aus der Londoner City, die Sir Godber Evans Unternehmungen in ihrem Interesse honorieren wollen. Das nehme ich ihm aber nicht ab.«

Der Dekan auch nicht. »Finanziers, dummes Zeug«, sagte er, »der verdammte Kerl hat den finanziellen Interessen des Landes schlimmen Schaden zugefügt. Unverbesserlicher Keynesianer.«

»Stimmt«, pflichtete ihm der Praelector bei. »Andererseits gibt es da eine gewisse Person, Lady möchte ich sie nicht nenne, weil sie meines Erachtens keine ist, obwohl sie den Titel trägt... Sie verstehen, worauf ich hinaus will?«

»Allerdings, und lassen Sie mich raten, was die Namen der beteiligten Anwälte betrifft. Das waren nicht zufällig Lapline und Goodenough?«

»Das weiß ich nicht. Der Obertutor hat sich da nicht in die Karten sehen lassen. Doch sechs Millionen Pfund sind nicht zu verachten. Damit haben wir eine Kriegskasse gegen dieses Ungeheuer Hartang.«

Er lächelte kurz, und der Dekan bestätigte mit einem Kopfnicken, daß diese Aussage zutraf. »Leider haben wir dadurch auch einen neuen Fellow bekommen, dessen Vorleben wir meines Erachtens gründlicher untersuchen sollten. Woher kommt er? Der Obertutor war doch wohl in der Lage, dem Collegerat diese Information zukommen zu lassen?«

»Universität Kloone. Er hat sich anscheinend auf die Forschung über Verbrechen und Strafmaßnahmen spezialisiert, und sein Hauptwerk ist ein dicker Wälzer über Erhängen, der *Fallstricke* heißt. Ich selbst kenne es zwar nicht, habe aber von Leuten, die solche Bücher lesen, gehört, es sei ein Standardwerk.«

»Und er ist wohl gegen Tod durch den Strang«, sagte der Dekan.

»Davon gehe ich aus. Die Witwe hätte ihn nicht finanziert, wenn er die Todesstrafe befürwortete«, sagte der Praelector. »Aber Sie werden ihn heute abend kennenlernen. Es ist sein Einstandsdinner. Ich selbst habe ihn noch nicht gesprochen, wir müssen also einfach mal sehen, was man uns da vorgesetzt hat. In der Zwischenzeit haben wir den Schatzmeister in die Nervenklinik gesteckt, in die er ohnehin gehört, und wir haben sechs Millionen Pfund in der Kasse. Und falls Retter und Wyve die Lage nicht völlig verkennen, haben wir ...«

»Den Gangster Hartang am Skrotum«, schloß der Dekan.

Der Praelector bestätigte, daß ihm dieser Gedanke auch gekommen war, obwohl er ihn zurückhaltender formuliert hätte. »Und mehr noch«, fuhr er fort, »dieser Kudzuvine steht uns zur freien Verfügung. Präziser gesagt, er ist unsere Geisel.«

Das brachte sogar den Dekan zum Lächeln. »Ich muß Ihnen gratulieren, Praelector. Für einen Mann Ihres Alters haben Sie erstklassige Arbeit geleistet.«

»Das Alter hat wohl nichts damit zu tun, Herr Dekan, außer in folgender Hinsicht: Ich hatte das Glück, in eine Zeit hineingeboren zu werden, da Britannien die mächtigste Nation auf Erden war und der Sklavenhandel der Vergangenheit angehörte. Zugegeben, es war nur ein kurzer Augenblick der Geschichte, doch die Redensart ›Ein Engländer steht felsenfest zu seinem Wort‹ hatte damals noch eine gewisse Berechtigung. heute ist das anders. Männer wie Maxwell – der natürlich in Wirklichkeit Hoch hieß – und der Abschaum, der Wilson in den Adelsstand erhob und Mrs. Thatcher hervorbrachte, haben diese einstige Gewißheit ins Lächerliche gezogen.«

»Meine eigenen jüngsten Erlebnisse haben mich davon überzeugt, daß irgend etwas schrecklich schiefgelaufen ist«, bestätigte der Dekan unglücklich. »Ein schlimmer Verfall der Sitten hat eingesetzt.«

»Ja, so ist es«, fuhr der Praelector fort. »Als ich jung war und wir so tun mußten, als wären wir Ehrenmänner, mußten wir uns ehrenhaft benehmen, um diese Fassade aufrechtzuerhalten. Das war die größte Tugend, zu der uns die Heuchelei verpflichtete. Und Heuchelei war schon immer eine sehr englische Eigenschaft.«

Der Dekan ließ ihn allein dasitzen und mit traurigem Weitblick über jene große Vergangenheit nachgrübeln, als Korruption und Lüge noch keine akzeptierten gesellschaftlichen Normen waren. Solche Verfehlungen hatte es zwar immer gegeben, und es würde sie immer geben, doch damals waren sie noch nicht weit verbreitet und gesellschaftlich akzeptabel gewesen. Krieg war nötig gewesen, zwei Weltkriege, in denen Millionen im Kampf für Versprechen gestorben waren, die nie eingelöst wurden, um England moralisch in die Knie zu zwingen. Und Männer wie Hartang ganz nach oben zu katapultieren. Der Praelector würde sein Leben geben, um zu verhindern, daß Hartang und seinesgleichen Porterhouse und die romantischen Tugenden zerstörten, die es verkörperte. Und doch mußte er lächeln. Engländer waren schon immer schlau gewesen, und er war auch kein Narr. Er ließ nur andere in dem Glauben, er sei einer.

Der Dekan näherte sich dem Rektorenhaus mit größerer Beklommenheit, als er erwartet hatte. Sein Mut hatte ihn nicht verlassen, doch er hatte in den letzten paar Tagen so viele Schrecken und Demütigungen ertragen müssen, daß sein Selbstvertrauen schwer angeschlagen war. Außerdem hatten ihn die Gewalt und die ekelhaften Bilder in Kudzuvines Sprache auf den Tonbändern ernsthaft verstört. Selbst während seines Militärdienstes bei der Marine hatte er nichts derart Schmutziges und Brutales gehört wie die Ausdrucksweise, derer sich Kudzuvine bediente. Und nicht nur die Ausdrucksweise dieser Kreatur, mehr noch die gefühllose Hinnahme einer sinn- und bedeutungslosen Welt hatte ihn schockiert, schockiert und beunruhigt. Ausnahmsweise einmal empfand er ein gewisses Mitgefühl für den Schatzmeister und verstand, warum der in einer Nervenklinik gelandet war, auch wenn sein Mitgefühl damit endete. Der Mann mußte schon vorher verrückt gewesen sein, um sich überhaupt mit Kreaturen wie Kudzuvine und dem noch widerwärtigeren Hartang einzulassen. Als er sich die Bänder anhörte, war der Dekan mit der Hölle auf Erden konfrontiert worden, und er wollte keinen ihrer Stammgäste kennenlernen. Doch es war unumgänglich, also drückte er seinen kurzen Rücken durch und überquerte eiligen Schrittes den Rasen. Zu seiner Verblüffung stellte er fest, daß die Terrassentüren verriegelt waren. Er mußte zur Seitentür gehen und klingeln.

Die Tür wurde bei vorgelegter Kette von Arthur geöffnet. Hinter ihm stand Henry, der Unterpförtner. »Ach, Sie sind es, Sir«, sagte Arthur. »Bitte warten Sie kurz, ich mache die Kette ab.«

»Warum haben Sie die Kette überhaupt vorgelegt?« wollte der Dekan wissen. »Es wird schon niemand einbrechen. Viel zu stehlen gibt es ja nicht.«

»Es liegt an dem amerikanischen Gentleman da oben, obwohl ich ihn persönlich keineswegs für einen Gentleman halte, wenn Sie wissen, was ich meine.«

»Und ob«, sagte der Dekan, »und ob ich das weiß, Arthur, und ich bin ganz Ihrer Meinung. Wo ist der Rektor?«

»Mr. Skullion ist bei ihm auf dem Zimmer, Sir. Er verbringt die meiste Zeit da drinnen, auch wenn ich mir nicht denken kann, was er an dieser schauderhaften Sprache findet, Sir. Doch so haben wir den Amerikaner unter Kontrolle. Frißt dem Rektor praktisch aus der Hand.«

Der Dekan stieg die Treppe nach oben, wo er der Schwester begegnete. »Sehr unangenehme Sache das, Schwester«, sagte er. »Tut mir leid, daß wir Sie dieser gräßlichen Tortur unterziehen müssen. Unendlich leid.«

»Für mich ist es keine Tortur«, erwiderte die Schwester, »überhaupt nicht. Ich finde, es ist eine angenehme Abwechslung nach all der Husterei, den Erkältungen und so weiter. Das hier ist viel interessanter, ich habe so viele verrückte Geschichten gehört, und ich muß gestehen, daß ich meinen Wortschatz erweitert habe.«

»Tja«, sagte der Dekan skeptisch. Er hatte nicht die Absicht, in Porterhouse eine Krankenschwester zu beschäftigen, deren Wortschatz mehr Gossenausdrücke enthielt, als erträglich war. »Tja, das glaube ich wohl. Und dem Rektor geht es gesundheitlich gut?«

»Ich wüßte nicht, wann er je besser ausgesehen hätte, Sir. Glücklicher und wieder mehr der alte, verstehen Sie.«

»Ausgezeichnet«, sagte der Dekan. »Nun, ich möchte Sie nicht von Ihren Pflichten abhalten, Schwester.«

Er öffnete die Schlafzimmertür und hielt verblüfft inne. Vor Skullions Rollstuhl kniete ein nackter Mann auf dem Boden, die Hände flehentlich erhoben. »Sie müssen mir helfen, Rektor. Sie müssen einfach. Wenn Sie mich hier wegschicken, werd ich verrecken. Er hat mich zum Tode verurteilt. Großer Gott, Scheiße verdammte, was hab ich gemacht, Mann, und Zeit wird er sich mit mir nehmen, wie ein langsames Schmoren auf dem Holzkohlengrill, mit so was kennen Sie sich doch aus, Rektor, wenn sich einer damit auskennt, dann Sie. Bitte, bitte, Sie müssen jetzt sagen, daß Sie dem alten Kudzuvine helfen. Ich tu alles, was Sie sagen, Rektor, echt alles. Sie brauchen's bloß zu sagen.«

Kudzuvine warf sich vor dem Rollstuhl zu Boden.

Der Insasse des Gefährts gab seltsame Laute von sich. Selbst der Dekan, der seit Skullions Porterhouse Blue dessen undeutliche Ausdrucksweise gewohnt war, fand die Laute unverständlich und beängstigend. Schön und gut, daß die Schwester erklärte, sie könne sich nicht erinnern, wann Skullion besser ausgesehen habe und mehr der alte gewesen sei, doch dem Dekan kam ihr Optimismus regelrecht pervers vor. Zwar konnte er jetzt lediglich Skullions Rücken und die tief ins Gesicht gezogene Melone sehen, doch den schauerlichen Grunz- und Glucksgeräuschen nach zu urteilen war es dem Rektor noch nie schlechter gegangen. Sogar kurz nach seinem Schlaganfall hatte man Skullion mit Mühe verstehen können, doch was er jetzt zu sagen versuchte, war ohne irgendeine erkennbare Bedeutung. Es klang wie ersticktes Gebrabbel. Und was der Mann von sich gab, der sich lang auf den Fußboden geworfen hatte, ergab auch keinen großen Sinn, obwohl wenigstens ein Teil seiner Äußerungen absolut stimmte. Wenn auch nur die Hälfte von dem zutraf, was der Dekan auf den Tonbändern über Hartang gehört hatte, würde er Kudzuvine zweifellos zu Tode foltern lassen.

Wie auch immer, vor Skullion zu Kreuze zu kriechen ließ auf einen so erbärmlichen Mangel an Rückgrat schließen, daß der

Dekan angewidert war. »Meine Güte, nun erheben Sie sich doch endlich, Mann«, sagte er und betrat das Zimmer. Kudzuvine rappelte sich auf und eilte zurück ins Bett, wo er zusammengekauert hockte und diese neue finstere Erscheinung anstarrte, die in sein Leben getreten war. Der Dekan beachtete ihn nicht. Seine Aufmerksamkeit galt Skullion, und nun, da er in das Gesicht des Rektors blickte, sah er zu seiner Überraschung ein Lächeln aufblitzen, und das eine Auge zwinkerte ihm zu.

»Wenn Sie einverstanden sind, Rektor, ich finde, wir sollten uns mal eben unter vier Augen unterhalten«, sagte er und schob Skullion aus dem Zimmer. Hinter ihnen schüttelte Kudzuvine den Kopf. Wo auch immer er gelandet war, in einer Art beschissenem Kloster mit diesem Laute absondernden Mann im Rollstuhl und mit Hut, es mußte in irgendeiner bekackten Welt sein, in der er noch nie gewesen war. Und sie war seine einzige Hoffnung.

»Verraten Sie mir, Skullion, natürlich nur, wenn Sie können«, sagte der Dekan, »und wenn Sie keinen neuen Schlaganfall hatten, erzählen Sie mir, warum Sie diese gräßlichen Geräusche von sich geben.«

»Hat mich Quasimodo genannt, das hat er. Quasimodo und einen beschissenen Glöckner. Nun weiß ich zwar nicht, was Quasimodo heißt, is bestimmt italienisch oder spanisch oder so was. Jedenfalls isses eine Frechheit. Darum dachte ich mir, ich quasimodoe zurück und seh mal, wie es ihm gefällt. Tja, das hat ihn mächtig angekotzt, wenn Sie den Ausdruck verzeihen. Ihm gefällt mein Gebrabbel genausowenig wir mir sein verfluchtes Quasimodo«, erklärte Skullion. »Nicht, wenn ich den Knilch stundenlang vollbrabbele. Ich sitze da, betrachte ihn mit Adleraugen, und schon das erträgt er nicht. Ich hab ihn demoralisiert, jawoll. Nicht, daß da viel Moral gewesen wär. Er ist einer von den Yanks, die glauben, die Welt gehört ihnen. Dem Praelector hat er mal erzählt, er sei ein geborener Amerikaner und könne der restlichen Welt zeigen, wo der Hammer hängt. Hat dem Praelector genausowenig gefallen wie mir. Und da dachte ich mir: Um so was zu sagen, bist du hier am falschen Ort, ich werd dich schon zurechtschleifen, Jungchen, auch wenn ich im Rollstuhl sitze und mich kaum bewegen kann. Und so war's auch, Sir, ich hab's getan. Ich hab das Ekelpaket zum Stammeln gebracht. Noch ein paar Tage, und sie sperren ihn für den Rest seines Lebens in die Klapse nach Fulbourn, für unzurechnungsfähig erklärt, was er meiner Ansicht nach sowieso ist.«

»Also, Skullion – Herr Rektor, um genau zu sein –, das muß ich Ihnen lassen, Sie haben da ganze Arbeit geleistet«, sagte der Dekan. »Als ich hereinkam, haben Sie mir zuerst einen gewaltigen Schrecken eingejagt. Aber damit sollten Sie es wohl genug sein lassen. Wir brauchen die Zeugenaussage dieses üblen Burschen, und wenn er stammelnd und brabbelnd vor Gericht tritt, macht das keinen guten Eindruck. Lassen Sie ihn fürs erste in Ruhe. Sie haben alles Erforderliche getan.«

»Aber bloß, wenn er mich nicht mehr Quasimodo oder Glöckner nennt, Sir«, sagte Skullion. »Am besten warnen Sie ihn. Und ich will auch nicht mehr, daß er mich anbetet. Ich bin schließlich nicht irgendein elender Götze. Und so was nennt sich Christ. Dämlicher Yank.«

»Ich kümmere mich drum, Herr Rektor«, sagte der Dekan und ging zurück ins Schlafzimmer.

»Ich möchte Sie warnen«, sagte er zu Kudzuvine. »Ich möchte Sie warnen, weil ich den Rektor überredet habe, den Plan nicht weiterzuverfolgen, der ihm für Sie vorschwebte. Unter folgenden Bedingungen: Sie werden nicht mehr das Wort an ihn richten, und Sie werden ihn unter keinen Umständen Quasimodo oder Glöckner von Notre Dame nennen. Weiterhin werden Sie sich höflich und zivilisiert benehmen. Falls Sie diesen Bedingungen nicht nachkommen, kann ich für Ihre Sicherheit nicht garantieren. Haben Sie das verstanden?«

»Jawohl Sir, und ob, Sir. Scheiße, und wie ich Sie verstanden habe.«

»Da ist noch ein Punkt«, sagte der Dekan. »Sie werden Ihre Sprache mäßigen. In Porterhouse ist es unüblich, schmutzige Ausdrücke zu verwenden. Verstanden?«

»Ich nehm's an, Sir«, antwortete Kudzuvine demütig.

»Nehmen Sie nichts an. Wissen Sie es«, sagte der Dekan und verließ das Zimmer.

21

An diesem Abend saß Purefoy Osbert zum erstenmal im Speisesaal, und zwar – da es sein Einstandsdinner war – im Kreise der leitenden Fellows. Doch zuvor machte man ihn mit dem Gemeinschaftsraum und dem ungemein starken Special Porterhouse Amontillado Sherry bekannt, der angeblich zur Zeit des spanischen Aufstands gegen Napoleon abgefüllt worden war. Man trank ihn nur zu besonderen Gelegenheiten und selten öfter als einmal im Jahr. Für den Anfang war der Dekan zufrieden, sich im Hintergrund zu halten und den Sir-Godber-Evans-Gedächtnis-Fellow lediglich aus der Entfernung zu beobachten, während er sicherstellte, daß der Kellner mit der Karaffe Purefoys Glas immer gefüllt hielt.

Sogar der Obertutor, der immer noch sehr auf seine Leber

achtete, was Dessertweine betraf, hatte sich bereit erklärt, leutselig zu sein. »Wir müssen herausfinden, was dieser junge Mann bei uns vorhat«, hatte der Dekan zu ihm gesagt und die Frage unterdrückt, warum er dem Collegerat verschwiegen habe, daß der anonyme Spender über Lady Marys Anwälte an ihn herangetreten war. Es würde genügen, wenn er diesen Treffer später erzielte.

Purefoys Empfang verlief viel angenehmer als von ihm erwartet. Der Praelector und der von Natur aus umgängliche Kaplan waren besonders freundlich. Professor Pawley sprach über das Thema der Zeitmessung vom Urknall an und wollte ihm sogar erklären, welche Bedeutung seiner Entdeckung des Nebels Pawley Eins zukam, während Dr. Buscott, der Dr. Osbert für seine progressive Fraktion rekrutieren wollte, ihn zu *Fallstricke* beglückwünschte, das er in weiser Voraussicht zumindest auszugsweise in der Universitätsbibliothek gelesen hatte. Als sie schließlich zum Dinner marschierten, hatte Purefoy ganz nebenbei vier Gläser des Special Amontillado getrunken und war mittlerweile zu der Ansicht gelangt, seine erste Einschätzung von Porterhouse sei wohl doch etwas zu kraß ausgefallen. Jetzt erst trat der Dekan näher.

»Mein Lieber, erlauben Sie mir bitte, mich vorzustellen«, sagte er mit gespielter Jovialität. »Ich bin der Dekan. Sie müssen unbedingt neben mir Platz nehmen. Ich kann es kaum erwarten, von Ihrer Arbeit zu hören. Ihnen eilt ein beträchtlicher Ruf voraus, und wir sind, ich muß es gestehen, ein ziemlich ignoranter Haufen alter Fellows, die nicht auf dem laufenden sind, was ihr jungen Leute auf euren Spezialforschungsgebieten so treibt.«

Im Verlauf des Mahls, bestehend aus einer exzellenten Fleischsuppe, gedünstetem Lachs, einem köstlichen zartrosa Roastbeef, Karamelcreme, Stilton-Käse und Obst sowie vor allem dem dazu kredenzten Montrachet und dem Fontbadet – ein kleines, aber exzellentes Weinberglein, wie der Dekan immer wieder betonte –, und dem Margaux und dem Château d'Yquem, wuchs Purefoy Osberts Selbstvertrauen. Er war bereit, über alles zu reden, einschließlich seine feste Überzeugung, daß Dr. Crippen für ein Verbrechen gehängt worden war, das dieser mitnichten begangen habe. An dieser Stelle war es zu einem Bruch im Gespräch gekommen, doch ein vom Dekan unter dem Tisch verabreichter Fußtritt hatte den Obertutor zum Schweigen gebracht, der gerade sagen wollte, so einen elenden Unfug habe er sein Lebtag noch nicht gehört. Der Kaplan rettete die Situation mit den Worten, in seinen Augen sei Ehegattenmord ohnehin kein Kapitalverbrechen, da – wie im Falle von Mrs. Crippen – zahlreiche Frauen derart gräßliche, ewig meckernde Xanthippen seien, daß sie es nicht anders verdient hätten. Erneut hatte der Dekan eingegriffen.

»Sie müssen dem Kaplan verzeihen«, sagte er. »Er war schon immer ein rechter Schürzenjäger.« Diese Bemerkung hatte Purefoy so verblüfft, daß ihm keine Erwiderung eingefallen war. Gleich darauf hatte sich das Gespräch der Erlesenheit des Château Lafite zugewandt, der nach Auffassung des Dekans eine köstlich feminine Note aufwies, sowie denen des Château Latour, dem der Obertutor als eher maskulinem Getränk den Vorzug gab. Unter anderen Umständen hätte Purefoy diese Vorlieben für zutiefst verdächtig gehalten. Doch jetzt ließ er sich gern mit einem weiteren Batzen Stilton abspeisen. Die Kombination von Sherry und diversen ausgezeichneten Weinen mit der unbeschwerten Geselligkeit um ihn herum hatte all seine Vorurteile gegenüber Porterhouse zerstreut. »Ich amüsiere mich königlich«, gestand er dem Dekan, der erwiderte, das höre er mit großer Freude.

»Es ist immer erfrischend, ein neues Gesicht am High Table

begrüßen zu können«, sagte er, nachdem der Kaplan das Dankgebet gemurmelt hatte und sie sich wieder in den Gemeinschaftsraum begaben, um ihren Kaffee mit Port oder Cognac zu sich zu nehmen, je nach Gusto. Der Obertutor blieb beim Kaffee, aber Purefoy, der noch nie im Leben so viel getrunken hatte und ordentlich einen sitzen hatte, beging den Fehler, sowohl Portwein als auch Cognac zu verlangen, sehr zum Entsetzen des Obertutors und zur Freude des Dekans, dessen Plan aufging. Seine einzige Sorge war, Purefoy Osbert könnte aus den Latschen kippen, bevor er verriet, was das Sir-Godber-Evans-Gedächtnis-Stipendium wirklich bezweckte. Und als sich Purefoy noch einen Cognac genehmigte, griff der Dekan ein. »Mein lieber Dr. Osbert«, sagte er, »ich möchte Ihnen einen Rat geben. Port an und für sich und in Maßen genossen ist gut und schön, aber er ist bereits mit Branntwein versetzt, und obendrein noch Cognac trinken heißt, am Morgen eine äußerst unangenehme Überraschung zu erleben. Stimmen Sie mir nicht zu, Obertutor?«

»Das können Sie laut sagen«, rief der Obertutor. »Neulich abends in Corpus… Doch darüber möchte ich lieber nicht reden.«

Doch Purefoy griff das eine Wort auf. »Apropos Corpus«, sagte er, »wissen Sie eigentlich, worüber ich hier forschen soll?«

»Nein«, sagte der Dekan weit leutseliger, als ihm zumute war. »Ich habe mich schon gefragt, welches spezielle Interesse Sie an dem College haben. Bitte erzählen Sie es uns doch.«

»Das erraten Sie nie.«

Der Dekan verzichtete lächelnd darauf. »Da mögen Sie recht haben.«

Purefoy Osbert kippte seinen restlichen Port runter und hielt auffordernd sein leeres Glas hin. »Ich bin hier, um für Ihre

Ladyschaft herauszufinden, welcher Fellow ihren Mann ermordet hat. Er war nämlich Rektor von Porterhouse, müssen Sie wissen.«

In der auf diese entsetzliche Enthüllung folgenden Stille sagte der Dekan geistesgegenwärtig, er habe wohl schon einmal gehört, daß Sir Godber der Rektor gewesen sei, doch seiner Meinung nach habe die Macht eigentlich bei Lady Mary gelegen. »Vermutlich könnte man sagen, wir hatten eine Direktrice von Porterhouse, und falls mir in den Sinn gekommen wäre, jemanden zu ermorden, hätte ich mich wohl eher für sie als für ihn entschieden. Ein völlig unfähiger Mensch, kaum wert, ermordet zu werden.«

Durch das Grüppchen lief ein nervöses Kichern. Purefoy konzentrierte sich auf diesen Gedankengang. Er kam ihm logisch vor, doch irgendwo steckte ein Fehler. Er brauchte eine Weile, bis er ihn fand.

»D's schtimmt«, sagte er sehr vernuschelt, »aber wenn ihr ihn umbringt, hat sie doch keine Macht mehr, oder?«

»Da ist etwas dran«, gab der Dekan zu. »Ich kann Ihre Argumentation nicht widerlegen. Und auf welchem von uns Fellows ruht Ihr größter Verdacht?«

»Hab keinen Verdacht«, brachte Purefoy unter einigen Schwierigkeiten heraus. »Alles prima Fellows, soweit ich sehe.«

»Was allem Anschein nach nicht sehr weit ist«, bemerkte der Praelector und stand auf. »Ich muß gestehen, daß ich in einem sehr langen Leben zum erstenmal unter Mordverdacht stehe. Ein völlig neues Gefühl.«

Doch der Obertutor nahm die Anschuldigung nicht so gelassen hin. »Herr im Himmel, etwas so Ungeheuerliches habe ich noch nie gehört. Ernennt einen Fellow, um zu beweisen, daß einer von uns ihren verfluchten Mann ermordet hat.

Werde morgen früh meinen Anwalt konsultieren. Dafür wird diese Frau bezahlen«, sagte er und stürmte aus dem Raum, dem Praelector nach.

Purefoy Osbert blieb bei dem Dekan und dem Kaplan sitzen, der auf seinem Stuhl eingenickt war und von den Verkäuferinnen im Boots-Drogeriemarkt träumte.

»Trinken Sie aus, mein Lieber«, sagte der Dekan und reichte den Portwein weiter. »Ach ja, Simpson, vielleicht möchte Dr. Osbert noch eine Tasse Kaffee.« Der Kellner schenkte Kaffee nach. »Und heute brauchen wir Sie wohl nicht mehr.«

Er wartete, bis Simpson gegangen war, und setzte dann seine Befragung fort. Purefoy Osbert war inzwischen sturzbetrunken. »Und was bringt die Lady auf die Idee, daß Sir Godber ermordet wurde?« fragte der Dekan. »Meines Wissens hat er dem Scotch überreichlich zugesprochen, ist gestürzt und hat sich den Kopf am Kamin aufgeschlagen. Das hat jedenfalls die gerichtsmedizinische Untersuchung ergeben.«

»Das weiß ich wohl«, sagte Purefoy, »weiß ich wohl. Ich hab ihre Abschrift gelesen. Bin voll informiert.«

Das merkte sich der Dekan. Dieses verdammte Weib hatte sich wirklich die größte Mühe gegeben. Und jetzt war sie willens, sechs Millionen Pfund auszugeben. Das war alles höchst interessant. Purefoys nächste Bemerkung war noch aufschlußreicher. »Hab auch den Obduktionsbericht gelesen«, sagte er.

»Tatsächlich? Und stützt der die These der Lady?«

»Sie sagt, er habe nie zuviel getrunken.«

»Aha«, ermutigte ihn der Dekan. »Und?«

»Im Obduktionsbericht steht auch, er sei nicht betrunken gewesen.«

»Aber im Obduktionsbericht steht eindeutig, er habe eine große Menge Whisky zu sich genommen«, sagte der Dekan.

»Der ihn aber nicht betrunken gemacht hatte, als er einen Schlag auf den Kopf bekam«, wandte Purefoy ein.

»Ach ja? Woher wissen wir das?«

»Sie wissen's nicht, aber ich«, sagte Purefoy. »Weil er nicht in dem ausgeflossenen Blut war.«

»Ausgeflossenes Blut? Dem kann ich nicht recht folgen.«

»Das Blut, das aus seiner Wunde floß. Der Alkohol war bei seinem Tod zwar in den Magen, aber noch nicht in die Blutbahn gelangt, so daß er nicht betrunken gewesen sein konnte, korrekt?«

Der Dekan blieb stumm. Zum erstenmal verspürte er ein gewisses Unbehagen, was Dr. Purefoy Osbert betraf. Der Mann mochte sehr, sehr betrunken sein, aber die Klarheit seiner Gedankengänge verriet ihm, daß er es hier nicht mit einem Trottel zu tun hatte. Lady Mary hatte sich ihren Mitstreiter sehr clever ausgewählt. »Und glauben Sie, daß Sir Godber ermordet wurde?« fragte er.

»Ich? Keine Ahnung. Ich richte mich nur nach Fakten, und davon habe ich nicht genug, um zu wissen oder auch nur zu glauben, aber ...« Purefoy Osbert verstummte. Er sah starr geradeaus, als wäre der Dekan gar nicht da, doch sein Verstand arbeitete noch immer erstaunlich flink und konzentriert.

»Ja?« ermunterte ihn der Dekan.

»Motiv«, sagte Purefoy. »Angenommen, er wurde ermordet, cherchez das Motiv. Der Dekan hatte eins und der Obertutor auch. Sie sollten rausgeschmissen werden. Das hat sie gesagt. O ja, sie hatten ein Motiv. Aber sie hatten auch ein Alibi. Sie waren auf der Party dieses Generals und konnten es auch beweisen. Sehr praktisch.«

Der Dekan saß reglos da und hörte zu. Es war, als belauschte man einen Mann, dessen Verstand im Schlaf redet. Und was er sagte, klang beängstigend logisch.

»Und noch jemand besaß ein Motiv. Dieser Pförtner, Skullion. Er war entlassen worden. Er wollte sich rächen. Er wollte seinen Arbeitsplatz wiederhaben, und den würde er bekommen, falls Sir Godber starb. Dafür wollten Dekan und Tutor sorgen. Sie waren es ihm schuldig. Und wo war er in jener Nacht? Diese Frage verlangt eine Antwort.«

Im Gemeinschaftsraum war es ganz ruhig geworden. Nur das schwere Atmen des Kaplans schien die Luft zu verwirbeln. Eine Uhr tickte laut. Aus dem Unbehagen des Dekans war Furcht geworden. Die Argumentation war lückenlos. Er und der Obertutor waren nicht zu Sir Cathcarts Party eingeladen worden. Sie waren dort aufgetaucht, um den General zu zwingen, daß er seinen Einfluß benutzte, das College von Sir Godber zu befreien, und nach ihrem Auftritt war der Rektor tödlich verletzt worden. Natürlich ein Unfall. Natürlich war er nicht ermordet worden, aber wenn man diesem betrunkenen jungen Mann beim Denken zuhörte, war das unheimlich und ein wenig beängstigend. Als wäre Dr. Osbert der Staatsanwalt in einem Prozeß und baute langsam, aber systematisch seine Anklage auf. Die Turmuhr im Bull Tower schlug Mitternacht, und immer noch verfolgte Purefoy laut seinen Gedankengang. »Aber warum hat der Pförtner Skullion seinen alten Arbeitsplatz nicht zurückbekommen?« fragte er.

Der Dekan schwieg. Er wollte Dr. Osberts Antwort hören.

»Weil Dekan und Obertutor behaupteten, der sterbende Rektor habe Skullion zu seinem Nachfolger ernannt. Aber warum sollte Sir Godber das tun, wo er ihn doch haßte? Das ergibt keinen Sinn.«

Damals war es dem Dekan widersinnig vorgekommen, doch ihm schwante Fürchterliches, was als nächstes folgen würde. Er irrte sich.

»Was ergibt also Sinn? Sie behaupteten nur, der Sterbende

habe ihn ernannt. Niemand war anwesend, der dies bestätigen konnte. Ja, das schon eher: Sie machten den Pförtner als Belohnung zum Rektor, weil er den Mord beging oder damit er den Mund hielt. Oder beides. Das ergibt Sinn. Viel mehr Sinn.« Purefoy hielt inne.

Der Dekan sah sich bemüßigt zu intervenieren. Diese Anschuldigung war zu ungeheuerlich, als daß man sie einfach im Raum stehenlassen konnte. »Aber Skullion hatte einen Porterhouse Blue, einen Schlaganfall«, sagte er. »Er war dazu nicht in der Lage.«

Purefoy Osbert starrte immer noch vor sich hin und wartete, daß ihm eine Erklärung einfiel. »Schon mal gehört, daß ein durch einen Schlag ... Schlaganfall behinderter Mensch ins Gefängnis mußte?« fragte er und reichte die Antwort selbst nach. »Ich nicht. Ein an den Rollstuhl gefesselter Mann, der nicht einmal sprechen konnte, im Gefängnis? Das gibt es nicht. Und doch machen sie den Pförtner Skullion, der einen Schlaganfall hatte und im Rollstuhl sitzt, zum Rektor? Von Porterhouse, dem snobistischsten College von Cambridge? Dafür muß es einen Grund geben.«

Doch auf den Grund kam er nicht. Ohne jede Vorwarnung kippte Purefoy Osbert langsam von seinem Stuhl nach vorn und schlug der Länge nach aufs Gesicht. Ein Weilchen saß der Dekan da und betrachtete die lang ausgestreckte Gestalt. Verachtung empfand er keine mehr, nur noch Angst und so etwas wie Bewunderung. Sein Haß galt allein Lady Mary.

Der Dekan erhob sich, überquerte den Hof und betrat das Pförtnerhaus. »Walter«, sagte er zu dem Chefpförtner, »man muß dem neuen Fellow vermutlich auf seine Zimmer helfen. Und wenn Sie schon mal unterwegs sind, wecken Sie auch gleich den Kaplan.«

»Verträgt er den Schnaps nicht, Sir?«

»So könnte man es formulieren, Walter«, sagte der Dekan, klang aber nicht sehr überzeugend. Betrunken war der Sir-Godber-Evans-Gedächtnis-Fellow zu beängstigenden Schlußfolgerungen fähig. Nüchtern war er womöglich tödlich. Tödlich und völlig im Irrtum. Müde stieg der Dekan die steinerne Treppe zu seinen Gemächern empor und dachte wie so oft, wie gefährlich purer Intellekt sein konnte. In Cambridge bedeutete purer Intellekt Macht, und Macht hatte die Tendenz, zu korrumpieren. Mit Dr. Purefoy Osbert mußte etwas geschehen.

22

Edgar Hartang interessierte sich nicht für Intellekt, ob pur oder sonstwie, ließ aber keinen Zweifel daran, daß mit Kudzuvine etwas geschehen mußte. Stundenlang hatte er sich mit seinem Juristenteam beraten, und was ihm Schnabel, Feuchtwangler oder Bolsover erzählten, hatte ihm alles nicht gepaßt. »Wenn das heißen soll, weil dieser beschissene Kudzuvine in diesem beschissenen Porterhouse durchdreht, muß ich zwanzig Millionen Pfund abdrücken, dann seid ihr wohl genauso verrückt wie er«, war seine erste Reaktion gewesen.

»Wir reden hier lediglich von den juristischen Konsequenzen dieses Falles«, hatte Schnabel erwidert. »Und wenn die Fakten wirklich so sind, wie sie die das College vertretenden Anwälte darlegen, ist Transworld zweifellos haftbar. Das ist nun einmal die Sachlage und notgedrungen unser Ergebnis.«

Zwei Tage später hatte sich die Sachlage verschlimmert, und Skundler, der dreizehn Pfund abgenommen hatte, weil er unter den Augen eines Mannes arbeiten mußte, der klipp und klar festgestellt hatte, daß er eines äußerst schmerzhaften Todes sterben sollte, war angewiesen worden, ein paar freie Mitarbeiter für die Suche nach Kudzuvine zu engagieren.

»Nein, nicht aus Chicago, noch nicht«, hatte Hartang ihn angebrüllt. »Leute von hier. Und zwar telefonisch, Skundler. Sie verlassen diesen Raum nicht.«

Nach dem Bericht der Mitarbeiter, laut dem Kudzuvine mit an Sicherheit grenzender Wahrscheinlichkeit immer noch in Porterhouse weilte, und einer weiteren Mitteilung von Waxthorne, Libbott und Chaine, daß sie im Besitz sogar noch belastenderer, wenn auch nicht näher benannter Beweise seien, hatte Hartang einen Wutanfall bekommen. »Heißt das, dieses Arschloch hat gesungen?« schrie er das Juristenteam an. »Ich... ans Kreuz nageln werd ich dieses... dieses...« Ihm fehlten die Worte.

»Er hat wohl so etwas wie eine beeidete Erklärung abgegeben«, sagte Bolsover zu ihm. »Eine Art eidesstattliche Versicherung, ein Eingeständnis...«

»Ich weiß, was eine beschissene beeidete Erklärung ist«, grölte Hartang. »Was soll das heißen, von wegen unsere sonstigen Aktivitäten, Scheiße noch mal? Das will ich wissen.«

»Man kann nur vermuten...« Feuchtwangler riskierte es, Bolsover ein wenig zu entlasten. Er ließ die Vermutung lieber unausgesprochen.

»Vermuten? Ich weiß es. Ich weiß, was...« Er wandte sich an Skundler. »Was hat Kudzuvine in seinem Kopf? Ich meine Fakten, Blödmann, keine dämlichen Neuronen. Was weiß er, was er diesen Scheißrechtsverdrehern ausplaudern konnte?«

Verzweifelt unternahm Skundler einen gewagten Versuch. »Als V. P. kennt er Einzelheiten, Sir. Hat zwar nichts im Hirn...«

»Das wird mir immer klarer. Erzählen Sie mir was Neues.«

»Er hat ein fotografisches Gedächtnis, Mr. Hartang, Sir.

Eine Art Aktenschrank voller Kontonummern, Lieferungstermine, Finanzströme und ...«

»Großer Gott«, sagte Edgar Hartang und wischte sich den Schweiß aus dem Gesicht. Die nun folgende Stille war lang und schrecklich. Endlich ergriff er wieder das Wort: »Holt mir ein paar freie Mitarbeiter aus den Staaten ...«, setzte er an, doch diesmal fiel ihm Schnabel erstaunlich mutig ins Wort.

»Ich ... Wir raten entschieden von jedem Unterfangen ab, das die Lage verschlimmern könnte«, sagte er.

»Verschlimmern? Wieviel schlimmer kann's denn werden, wenn ihr das hier nicht für das Schlimmste haltet? Ich muß mir diesen Scheiß gefallen lassen und kann nichts dagegen tun?«

»Das habe ich nicht gesagt. Sie sollen nur wissen: Nichts in dieser Mitteilung der College-Anwälte deutet darauf hin, daß sie beabsichtigen, den Bereich des Zivilrechts zu verlassen und strafrechtlich gegen uns vorzugehen. So haben wir es verstanden.« Neben ihm nickten seine beiden Partner zustimmend.

Hartang nagte an einem Fingerknöchel. »Heißt das, die Schweine wollen uns erpressen? Wollen Sie das andeuten?« fragte er.

»In diese Begriffe würden wir es nicht fassen«, sagte Bolsover. »Eher, daß sie verhandeln.«

»Nennen Sie es, wie Sie wollen. Ich nenne es Erpressung.«

»Und noch eins müssen wir Ihnen sagen, nämlich, wenn sie Kudzuvine irgendwo wegpacken, finden wir ihn nie und nimmer. Alles, was dazu beitragen könnte ...«

»Sagen Sie nicht, die Situation zu verschlimmern. Das geht gar nicht«, sagte Hartang. »Sie raten mir also ab, ich soll über zwanzig Millionen bezahlen.«

»Verhandeln, mehr nicht«, sagte Feuchtwangler. »Eine andere Möglichkeit sehen wir nicht.«

»Ich bin über den Tisch gezogen worden. Und zwar von

einem arschgeigigen Mösenlecker in einem Anzug, den ich nicht mal im Sarg tragen würde. Und alles nur, weil ich ihnen finanziell unter die Arme greifen wollte. Zwanzig Millionen ist ein ziemlicher Griff unter die Arme, und was krieg ich dafür? Nada. Null und Sense.« (Immerhin mußt du nicht ins Gefängnis, dachten die Anwälte gleichzeitig, behielten diese Überlegung aber für sich.)

»Okay, verhandeln. Aber danach ...«

»Nur noch eins, Mr. Hartang, wir möchten, daß Ross Skundler uns begleitet.«

»Was? Zum Verhandeln? Skundler bleibt hier bei mir. Wir haben Termine einzuhalten«, sagte Hartang wütend.

»Nicht zum Verhandeln«, entgegnete Schnabel. »Er muß uns alles erzählen, was Kudzuvine weiß und was unsere Position schwächen könnte. Als Bewertungsmanager kann er unsere Ausgangsposition für Verhandlungen erheblich verbessern.«

Hartang überlegte kurz. Eigentlich war er den Anblick des permanent geduckten Skundler gründlich leid. »Yeah, klingt irgendwie vernünftig«, sagte er. »Achten Sie bloß darauf, daß er das Gebäude nicht verläßt. Noch mehr Überläufer in dieses Porterhouse kann ich nicht brauchen.«

Sie betraten den Fahrstuhl, und während der die Etagen hinauf- und hinunterraste, dankte ihnen Ross Skundler. »Ich verdanke Ihnen mein Leben«, sagte er. »Ehrlich, mein Wort drauf.«

»Wir wollten bloß nicht noch mehr Blutvergießen«, antwortete Schnabel. »Das liegt uns nicht. Und da Kudzuvine sich abgesetzt hat, muß der alte Drecksack öfter mal über seine Schulter schauen. Könnte sein, daß jemand Hackfleisch aus ihm machen will. Soviel ich weiß, ist Dos Passos in der Stadt.«

»Großer Gott«, sagte Skundler. »Ich weiß gar nicht, wie ich Ihnen danken soll.«

»Ich verrate Ihnen noch was, und zwar gratis«, sagte Bolsover. »Jemand anders schuldet der Firma zwanzig Millionen plus, nämlich plus Kosten. Was können wir denn schon zum Verhandeln anbieten? Waxthorne, Libbott und Chaine haben ihn am Wickel.«

»Glauben Sie, er läßt sie irgendwann mal wegpusten?« wollte Feuchtwangler wissen.

Bolsover lächelte. »Würde er zwar gern, die sind aber schwer aufzutreiben. Habe Erkundigungen eingezogen. Die sind schon seit über dreißig Jahren tot.«

Der Fahrstuhl schoß aus der zehnten Etage nach ganz unten. Skundler folgte ihnen auf die Straße hinaus. Die Anwälte waren jetzt seine einzige Hoffnung.

In Cambridge parkte der Range Rover von Sir Cathcart D'Eath in der Auffahrt zum Rektorenhaus. An dem Wagen hing ein Pferdeanhänger, dessen Türen zum Haupteingang hin geöffnet waren.

»Ist schon in Ordnung, Sir«, sagte Arthur. »Die Luft ist rein. Niemand da. Sie können ihn jetzt rausbringen.«

»Spute dich, Yank«, sagte der General, und Kudzuvine rannte in den Pferdeanhänger. Der japanische Bursche des Generals schloß und verriegelte die Türen, und schon war der Range Rover in Richtung Coft Castle unterwegs. Aus einem Fenster im Erdgeschoß beobachtete Skullion die Abreise des Amerikaners mit einem gewissen Bedauern. Er hatte es genossen, ihn vollzubrabbeln.

In den Büroräumen von Waxthorne, Libbott und Chaine, Anwälte, las sich der Praelector mit zunehmender Verblüffung Kudzuvines beeidete Erklärung durch.

»Zugegeben, viele Fachtermini verstehe ich nicht«, sagte er,

»doch mein Gesamteindruck ist der, daß er Edgar Hartang verpfiffen – so lautet meines Wissens der umgangssprachliche Ausdruck – daß er Edgar Hartang verpfiffen hat, der Bankier etlicher Drogenkartelle zu sein. Stimmt das?«

Mr. Retter nickte. »Natürlich haben wir keinerlei Beweise für diesen Vorwurf«, sagte er, »und aus diesem Grund haben wir vorsichtshalber zwei beeidete Erklärungen aufgesetzt. In der einen übernimmt Transworld Television Productions die volle Verantwortung für den Schaden an der Kapelle und der allgemeinen Bausubstanz des Colleges, einschließlich des Schadens am geistigen und körperlichen Wohlergehen von mehr als vierhundert Studenten, die zu diesem sehr entscheidenden Zeitpunkt ihres Lebens, nämlich kurz vor den Tripos, für ihre Prüfungen lernten.«

Nach reiflichem Nachdenken hielt der Praelector die Bezeichnung »sehr entscheidend« für irreführend. »Da habe ich so meine Zweifel«, sagte er. »Die Hälfte von ihnen bekommt sowieso Thirds, also akademische Grade dritter Klasse, oder Specials, wie man sie früher nannte.«

»Sind Sie da nicht übertrieben pessimistisch?« fragte Mr. Wyve, doch der Praelector ließ sich nicht davon abbringen.

»Dieses College war nie für herausragende akademische Leistungen bekannt. Andererseits habe ich mir immer gern vorgestellt, daß wir einen zivilisierenden Einfluß ausüben.«

»Zweifellos. Doch da man unmöglich herausfinden kann, wie die Prüfungsresultate ausgefallen wären, wenn dieses schreckliche Ereignis nicht stattgefunden hätte, dürfen wir wohl von der Annahme ausgehen, daß sie ausgezeichnet gewesen wären. Außerdem muß man das den Doktoranden und Lehrkräften zugefügte seelische Leid in Betracht ziehen. Wir können mit Fug und Recht geltend machen, daß bedeutende wissenschaftliche Entdeckungen gefährdet wurden.«

»Das kann man zwar geltend machen«, sagte der Praelector, »aber ich glaube kaum, daß das irgendwer auch nur im mindesten glaubhaft finden würde.«

»Gut, aber feststellen läßt es sich ebenfalls nicht. Und den Schaden an der Bausubstanz eines der ältesten architektonischen Denkmäler von Cambridge kann man weder leugnen noch quantifizieren.«

Dagegen hatte der Praelector nichts einzuwenden. Mochte man den wissenschaftlichen Ruf von Porterhouse in Frage stellen, an der Einzigartigkeit seiner alten Gebäude gab es nichts zu deuteln. »Und wie schätzen Sie unsere Chancen ein, Hartang zu einer außergerichtlichen Einigung zu bewegen?«

Mr. Retter warf seinem Partner einen vielsagenden Blick zu. Die Antwort gab Mr. Wyve. »Das ist schon schwieriger zu sagen. So etwas zieht sich gern Monate, sogar Jahre hin. Wir können nur hoffen, daß Transworld die Rechtmäßigkeit unseres Falles einsieht und das Verfahren nicht hinauszögert.«

»Ich hätte gedacht, seine zweite beeidete Erklärung würde die Angelegenheit ein wenig beschleunigen«, sagte der Praelector.»

»Unbedingt«, sagte Mr. Retter und nahm ihm das Dokument ab. »Sagen wir einfach, man hält es am besten in Reserve. Mehr muß ich dazu wohl nicht sagen. Sie haben gewiß Verständnis dafür.«

Das hatte der Praelector. Er hatte seine Einschätzung der Herren Retter und Wyve revidiert. Justitia mochte blind sein, diese Anwälte waren es nicht.

23

Der Dekan war früher als sonst aufgestanden. Gewöhnlich blieb er nach einem Einstandsdinner recht lange im Bett liegen, doch diesmal hatte er einen besonderen Grund, schon auf den Beinen zu sein. Er mußte verhindern, daß der Obertutor seine Drohung wahrmachte und wegen der Anschuldigung, er sei an der Ermordung des verblichenen Rektors beteiligt gewesen, seine Anwälte konsultierte. Der Obertutor war ein impulsiver Mensch, und nach Purefoy Osberts gefährlichen Ausführungen letzte Nacht kam es unbedingt darauf an, daß weder der Obertutor noch er, der Dekan, auf diese offensichtlich absurden Anwürfe reagierten. Er wartete bis nach dem Frühstück, ehe er das Thema ansprach.

»Obertutor, wenn ich Sie kurz sprechen dürfte«, sagte er, als sie durch die Arkaden gingen.

»Wenn es um gestern abend und die Anschuldigung dieses unverschämten jungen Lümmels geht, gibt es meines Erachtens nichts zu besprechen. Ich habe um elf einen Anwaltstermin. Gleich heute früh habe ich angerufen. So etwas lasse ich mir nicht bieten.«

»Auf keinen Fall«, pflichtete ihm der Dekan bei. »Vielleicht könnten wir durch den Garten schlendern und die nötigen Schritte erörtern.« Und während sie die Birkenallee auf und ab gingen – der Obertutor hatte seine übliche Drohung ausgestoßen, Dr. Osbert auspeitschen zu wollen – lenkte der Dekan das Gespräch auf den springenden Punkt.

»Dr. Osbert war gestern abend sturzbetrunken«, sagte er. »Wenn man Port und Cognac durcheinander trinkt, ist die Wirkung mörderisch.« Der Obertutor sagte, das könne er aus eigener Erfahrung bestätigen, und es geschehe dem kleinen

Lügenbold recht, wenn er sich heute morgen fühle wie der Tod in Latschen.

»Da bin ich völlig Ihrer Meinung«, sagte der Dekan, »aber ich will darauf hinaus, daß wir diesem Mistkerl in gewisser Weise zutiefst dankbar sein müssen, weil er uns haarklein erläutert hat, warum er ernannt wurde und was Lady Mary für ihre sechs Millionen erwartet. Gefahr erkannt, Gefahr gebannt.«

»Ich werde den Drecksack schon bannen. Mich nennt keiner ungestraft einen Mörder. Das verdammte Schwein wird noch bereuen, daß er diese Anschuldigung gemacht hat.«

»Das tut er bestimmt schon«, sagte der Dekan und befand, nun sei die Zeit gekommen, dem Obertutor den Wind aus den Segeln zu nehmen. »Wenn ich ehrlich bin, hielt ich es für äußerst unklug, diesen neuen Fellow so kurzfristig zu ernennen, und noch dazu, ohne seine Referenzen ordentlich zu überprüfen.«

»Was zum Teufel soll das heißen?« fragte der Obertutor wütend. »Es ging um sechs Millionen Pfund, und außerdem kam er mit der besten Empfehlung.«

»Zweifellos von Lapline und Goodenough.« Der Dekan spielte seine Trumpfkarte aus.

Der Obertutor glotzte ihn an. »Woher zum Teufel ... woher wissen Sie das?«

»Weil«, antwortete der Dekan, »ich mich erinnern kann, daß sie bei der gerichtlichen Untersuchung für Lady Mary tätig waren. Das ist Ihnen doch bestimmt auch nicht entgangen.« Innerlich mußte der Dekan lächeln. Er war dem Obertutor behilflich, sein Gesicht zu retten. Es war wichtig, den Mann auf seine Seite zu ziehen.

»Jetzt, wo Sie es erwähnen«, murmelte der Obertutor kleinlaut. »Ich habe mich damals schon gefragt ... Der Wunsch des Geldgebers, anonym zu bleiben ...«

»Ist ja auch unwichtig. Einem solchen Betrag konnten wir kaum die kalte Schulter zeigen.« Der Dekan hatte seinen Köder ausgeworfen. Er brauchte den Landungshaken nicht einzuziehen. »Die Crux an der Geschichte ist, daß ich blieb, um zu hören, was er noch zu sagen hatte, als Sie gestern abend gingen, und ich muß Ihnen sagen, daß seine Argumentation zwar komplett falsch ist, er aber genug Indizienbeweise hat, um uns zu einem Prozeß wegen übler Nachrede anzustacheln, was dazu führen würde …«

»Anzustacheln? Warum sagen Sie ›uns zu einem Prozeß wegen übler Nachrede anzustacheln‹? Mit Sicherheit würden wir gewaltige Schadensersatzbeträge zugesprochen bekommen.«

»Schon möglich. Aber von wem? Dr. Osbert? Kann ich mir nicht denken. Der Mann wäre bankrott, und wir würden nur eins bekommen, nämlich Publicity von der äußerst unangenehmen Sorte.«

»Aber Lady Mary hat ihn dazu angestiftet. Sie sagten selbst, sie müsse sein Förderer sein. Die Frau ist ungeheuer reich.«

»Aber auch wenn wir beweisen könnten, daß sie das Stipendium gestiftet hat, käme die Verleumdung doch von Dr. Osbert. Von ihrem Gefühlsausbruch bei der Untersuchung abgesehen, hat sie sich in der Öffentlichkeit weder mündlich noch schriftlich geäußert«, sagte der Dekan. »Wir haben es mit einem sehr gefährlichen Feind zu tun.«

Der Obertutor hielt den Blick beim Gehen gesenkt. Er mußte zugeben, daß die Argumentation des Dekans schlüssig war. Dennoch fand er die Situation unerträglich. »Was sollen wir denn machen?« fragte er schließlich. »Wir können doch nicht einfach einen Menschen herumlaufen lassen, der uns des Mordes bezichtigt, und nichts dagegen tun.«

»Ganz meiner Meinung«, sagte der Dekan. »Ich schlage

vor, etwas zu unternehmen, um dem einen Riegel vorzuschieben, aber mir fehlte bisher die Zeit, um die richtige Taktik auszuarbeiten. Ich weiß nur, daß wir warten müssen, bis er den nächsten Schritt tut. Ich jedenfalls beabsichtige, ihn in der Zwischenzeit betont freundlich zu behandeln und rate Ihnen, das gleiche zu tun. Das wird ihm unendlich peinlich sein.«

Als sie sich trennten, hatte sich der Obertutor dazu durchgerungen, seinen Anwaltsbesuch abzusagen und seine wahren Gefühle gegenüber Purefoy hinter einer Maske aus Entgegenkommen und Freundlichkeit zu verbergen. »Ich werde mir die größte Mühe geben«, sagte er. »Es wird aber ausgesprochen schwer werden. Dieser elende Schuft...«

Und Purefoy Osbert fühlte sich verdammt elend. Sein Zustand war zwar nicht so extrem wie der des Obertutors nach seinem Dinner im Corpus-Christi-College – Osbert kam seine Jugend zu Hilfe –, doch er war beklagenswert genug und wurde dadurch noch verschlimmert, daß er sich weder erinnerte, was er dem Dekan gesagt hatte, noch auch nur, ob er überhaupt etwas gesagt oder es nur gedacht hatte. Oder sonstwas. Er wußte allerdings genau, daß er den Fellows verraten hatte, warum Lady Mary sein Stipendium finanzierte und was sie damit bezweckte. Daran erinnerte er sich noch sowie an die entwaffnende Bemerkung des Dekans über Sir Godbers Unfähigkeit, und daß Lady Mary die Direktrice von Porterhouse gewesen sei. Nachdem sich Purefoy Osbert endlich aus dem Bett gequält, sich gewaschen und rasiert hatte, begegnete ihm auf dem Weg in die Bibliothek im Treppenhaus der Obertutor.

»Guten Morgen, Dr. Osbert«, sagte der und lächelte ihn beunruhigend an. »Hoffentlich hatten Sie eine angenehme Nacht. Wenn ich irgend etwas für Sie tun kann, um Ihr Leben hier angenehm zu machen, wenden Sie sich ohne zu zögern an mich. Ich bin fast immer zu Hause und freue mich über jeden Besuch Ihrerseits. Rudern Sie zufällig, oder betreiben Sie irgendeine andere Sportart?«

Es gelang Purefoy, matt zurückzulächeln und einzugestehen, daß er nicht ruderte und auch sonst sportlich nicht sehr aktiv war, ehe er nach unten schlurfte, mehr denn je überzeugt, daß der Obertutor ein Auge auf ihn geworfen hatte.

Und was den Dekan betraf, hatte er auch so seine Zweifel, als er dem zufällig beim Rektorenhaus begegnete. Er begrüßte Purefoy beinahe überschwenglich. »Ein wirklich angenehmer Abend und sehr unterhaltsam, wenn wir dem auch am nächsten Morgen leider mit einem Kater unseren Tribut zollen müssen. Ein geringer Preis für eine so erfreuliche Gesellschaft. Ganz wunderbar.« Und damit ging der Dekan weiter, scheinbar ein fröhliches Männlein, und ließ einen Purefoy Osbert stehen, dem Porterhouse immer rätselhafter wurde. Egal, was man von den leitenden Fellows hielt, gelassen waren sie.

Purefoy betrat die Straße durch das Haupttor und ging langsam über die Brücke an der Garret Hostel Lane auf die Universitätsbibliothek zu. Auf dem Fluß schwammen ein paar Boote, in denen aber vor allem Touristen saßen.

Hinter ihm tat der Dekan etwas, was er sich selten zuvor erlaubt hatte. Er las in Purefoys Zimmer dessen Post, während der Obertutor am Fenster Wache hielt.

»Hier ist etwas Interessantes«, sagte der Dekan schließlich. »Lesen Sie sich das durch, und sagen Sie mir, was Sie davon halten. Ich passe auf.« Damit reichte er dem Obertutor einen Brief und ein Blatt Papier, der beides in Augenschein nahm.

»Donnerwetter!« sagte der Obertutor, als er fertig war. »Wer hätte gedacht, daß ein so unscheinbares Bürschchen dermaßen verderbt wäre? Kein Wunder, daß der Dreckskerl nicht rudert oder sonst einen ordentlichen Sport betreibt.«

»Na, immerhin kennen wir nun seine kleinen Vorlieben«, sagte der Dekan und eilte nach unten ins Collegebüro, um die beiden Dokumente zu fotokopieren, bevor er sie genau dorthin zurücklegte, wo er sie gefunden hatte.

»Bimbomädels, hä?« sagte General Sir Cathcart D'Eath später am selben Tag. »Ist immer nützlich zu wissen, welchen Geschmack einer hat. Kann ihm nicht mal einen Vorwurf machen. Kannte zu meiner Zeit ein paar verflixt hübsche schwarze junge Stuten. Beispielsweise eine wirklich scharfe kleine Braut in Sierra Leone. Hieß Ruby. Die gute alte Gummi-Ruby. Lieber Himmel, die wußte, wie man einen Mann scharf macht.«

Doch den Dekan interessierten die sexuellen Reminiszenzen des Generals nicht. Für ihn waren Mrs. Ndhlovos Ratschläge zur Masturbation gleichermaßen alarmierend wie in psychologischer Hinsicht aufschlußreich. »Können Sie da etwas machen?« fragte er.

»Hab selber mit Onanie nichts am Hut«, sagte der General, »schätze aber, die Avocadomethode könnte nützlich sein, wenn man mal ohne Gesellschaft ist, es müßte aber eine reife sein. Vermutlich kann man sie in einer Mikrowelle auf die passende Temperatur bringen.«

»Meine Güte, Cathcart, das interessiert mich nicht im mindesten. Ich will wissen, was wir wegen Dr. Osbert machen können«, erwiderte der Dekan. Manchmal irritierte ihn die Vorliebe des Generals für die schmuddeligen Seiten des Lebens schon sehr. Selbstredend konnte man ihn nicht mit dem gräßlichen Jeremy Pimpole vergleichen, der gehörte in eine ganz andere Liga, aber... Und Dr. Osbert und seine Geliebte Mrs.

Ndhlovo waren offensichtlich Perverse übelster Machart. Jede Frau, die sich so begeistert über Dinge verbreitete, die dem Dekan nicht einmal in Zeiten schlimmster sexueller Notlagen in den Sinn gekommen waren – obwohl es die höchst selten gegeben hatte – mußte zum Abschaum der Gesellschaft gehören. Und Dr. Purefoy Osbert war völlig in sie verschossen. Das ging aus ihrem Brief hervor, mit dem sie offenbar einen Brief Osberts beantwortet hatte. Wie hatte der Dekan zum Obertutor gesagt: »Ich muß schon sagen, seine Eltern haben einen höchst passenden Namen für ihn gewählt. *Pure of faith* – reinen Glaubens, du meine Güte.« Doch jetzt mußte er Sir Cathcarts Aufmerksamkeit auf andere Dinge lenken als die Zweckentfremdung von Avocados.

»Mir geht es um folgendes«, sagte der Dekan. »Können wir mit Hilfe dieser Information verhindern, daß er seine Untersuchung der Umstände von Sir Godber Evans' Tod fortsetzt? Heute morgen gelang es mir nur unter größten Schwierigkeiten, dem Obertutor sein Vorhaben auszureden, seine Anwälte eine Anzeige wegen Verleumdung einreichen zu lassen.«

Der General war schockiert. »Soll das heißen, der Mann hat geschrieben, Sie und der Obertutor hätten den Mord ...«

»Nicht geschrieben. Gesagt. Habe ich Ihnen erzählt. Gestern abend im Gemeinschaftsraum.«

»In diesem Fall ist es üble Nachrede, keine Verleumdung. Für Verleumdung muß es schriftlich vorliegen. Bin erstaunt, daß Sie den Unterschied nicht kennen.«

»Was vielleicht daran liegt, daß wir nicht in Kreisen verkehren, wo die Leute übereinander Lügen zuhauf schreiben«, sagte der Dekan. »Zurück zu Dr. Osbert ...«

»Jemand soll sich um ihn kümmern, stimmt's?«

Der Dekan zögerte. Er wollte zwar unbedingt, daß etwas unternommen wurde, um Purefoy Osbert abzuschrecken, hatte aber so seine Zweifel, was das »sich um ihn kümmern« anging. Der General hatte beunruhigend viele Freunde in der militärischen Sondereinsatzgruppe SAS. »Nur in dem Sinn, daß er der Lächerlichkeit preisgegeben wird und daß man diese Situation nutzen kann, um ihn zu überreden, seine Nachforschungen einzustellen. Oder wenigstens Skullion nicht mehr zu behelligen, das ja. Ich will aber nicht, daß er irgendeinen körperlichen Schaden nimmt.«

»Ich schätze, daß er sich wahrscheinlich viel üblere Verletzungen zufügt, wenn er einige der Ratschläge dieser Schwarzen beherzigt«, sagte der General. »Kannte mal einen Kerl, der hat sich in einer Milchflasche verfangen. Zerbrechen konnte er sie nicht, aus Angst, sich schlimm zu verletzen. Mußte einen Arzt rufen, und der war auch ratlos. Er ließ ihn rasch ins Krankenhaus bringen, doch ich weiß nicht mehr, wie sie das vermaledeite Ding abbekamen. Hat's mir für alle Fälle erzählt, aber ich hab's vergessen. Seither hat er keine Milchflaschen mehr angerührt.«

Der Dekan verzog das Gesicht. »Wir brauchen wohl nichts ganz so Drastisches, Cathcart«, sagte er. »Ich dachte eher an sein offensichtliches Bedürfnis nach abartigen sexuellen Varianten.« Er überließ es dem General, seine eigenen Schlüsse zu ziehen.

»Aha«, sagte der. »O ja. Habe verstanden. So was ließe sich bestimmt arrangieren. Ich kenne eine kesse Biene am Rose Crescent, die würde uns nur allzugern ihre Folterkammer zur Verfügung stellen.«

»Um Himmels willen, Cathcart, haben Sie mich nicht verstanden? Ich sagte: keine Gewalt.«

»Keine Gewalt, alter Junge, bloß ein bißchen Fesseln und Durchkitzeln. Ist überhaupt nichts Gefährliches dabei. Zur Abwechslung mal recht spaßig.«

»Und sie ist schwarz?« fragte der Dekan, der sich ums Verrecken nicht vorstellen konnte, was daran spaßig sein sollte.

»Natürlich ist sie nicht schwarz. Weiß wie frisch gefallener Schnee«, sagte der General. »Aber ich verrate Ihnen ein Geheimnis, wenn Sie's unbedingt wissen wollen...«

»Bloß nicht«, sagte der Dekan, »auf gar keinen Fall.«

Doch jetzt war Sir Cathcart nicht mehr zu bremsen. »In einem gewissen Trainingslager, gar nicht so weit von Hereford entfernt, haben sie alle möglichen Frauen, und wenn sie rauskriegen wollen, ob die Jungs verschiedene Verhörtechniken ertragen, zieht man sie nackt aus, verbindet ihnen die Augen und führt sie in...«

»Wenn Sie nichts dagegen haben, ich will das wirklich nicht hören«, flehte der Dekan.

»Ist doch nicht schlimm. Tut den Burschen nicht weh. Bißchen Erniedrigung. Außerdem erweitert es den Horizont, wenn man so was weiß. Man kann nicht sein Leben lang in 'ner Traumwelt leben.«

»Ist mir viel lieber, das versichere ich Ihnen. Ehrenwort. Zuviel Realität erträgt der Mensch nicht. Dieser Mensch hier jedenfalls nicht.«

»Ganz wie Sie wünschen. Ich sage ja bloß, daß sie da alle möglichen Frauen haben. Chinesinnen, Inderinnen, natürlich Irinnen. Soviel ich weiß auch ein Eskimomädel. Russinnen selbstredend, und Deutsche. Aber für unseren jungen Freund schwebt mir eine Zulufrau vor. Umwerfendes Weib. Wenn man sie groß und schwarz mag, ist sie genau das richtige.«

»Nichts für mich«, sagte der Dekan einigermaßen verärgert. »Ich will davon nichts mehr hören.« Und er stand auf, um zu gehen.

»Übrigens«, fuhr er fort, als ihn der General nach draußen zu seinem Wagen begleitete, »wie heißt... welchen neuen Namen haben Sie ihm doch gleich verpaßt? Sie wissen schon wem.«

»Ach dem. Kentucky Fry. Im Grunde seines Herzens kein übler Bursche, und eins muß ich ihm lassen, er kann sehr gut mit Pferden. Ich laß ihn in der Katzenfutterfabrik arbeiten. Da kriegt man ihn nicht zu sehen, und offenbar ist er glücklicher mit einem Messer in der Hand und dem Blut überall. Findet, wir sollten eine Schweinezucht aufmachen. Erstaunlich. Trauert immer mal wieder Skullion nach. Offenbar hat der Rektor bei ihm einen bleibenden Eindruck hinterlassen. Und wie geht's dem alten Schlingel?«

»Seltsam, daß Sie fragen«, sagte der Dekan. »War in den letzten paar Tagen ein wenig daneben. Ich glaube, ihm fehlt Kentucky Fry.«

24

Und so war es. Skullion hatte gern neben Kudzuvines Bett gesessen und ihn seine Macht spüren lassen. Es war schon lange her, daß er die Kraft seiner Persönlichkeit an einem lohnenswerten Gegenspieler demonstrieren konnte, und von einem verdammten Yank Quasimodo und der Glöckner genannt zu werden hatte seine Lebensgeister beflügelt. Als er Kudzuvine noch in einen Zustand stammelnden Entsetzens versetzen konnte, hatte ihn das von der Langeweile befreit, die ihn seit seinem Porterhouse Blue plagte. Doch jetzt war diese Langeweile wieder da, und zwar schlimmer als zuvor, weil er jetzt wußte, was ihm entging. Zur Kompensation bestand er darauf, daß Arthur ihm flaschenweise Hardy's Special Ale aus der Buttery brachte, wo es, was kaum jemand wußte, vor zwanzig

Jahren zum Reifen gelagert worden war. »Herbwürzig, aber nicht bitter«, stand auf dem Etikett, »harmonisch und ausgewogen«. Was man von Skullion nicht behaupten konnte, doch es war sein Lieblingsgesöff, und als Rektor durfte er so viel davon trinken, wie er wollte und sein lästiger Beutel faßte. Oder weit mehr, wenn er draußen im Freien war und der Beutel vom Schlauchende abgenommen und unter der auf seinen Knien liegenden Decke verborgen wurde, wo er auch die Flaschen mit dem Ale versteckt hatte. Wie Arthur erklärte, der seinen Biergeschmack teilte: »Da draußen auf dem Rasen können Sie immer mal ein Leck haben, ohne daß es einer merkt. Wenn Sie eine Hündin wären, wär das was anderes, Mr. Skullion, aber das sind Sie ja nich. Sie sind 'n alter Rüde.« Bei diesem Kompliment hatte Skullion gelächelt. »Hündinnenpisse hinterläßt nämlich Spuren auf Gras«, fuhr Arthur fort, »aber Hundepisse nicht. Das weiß ich genau, weil mein alter Dad drüben in Hardingley Hundezüchter war, und die alte Mrs. Scarbell machte immer einen Mordsaufstand, wenn eine Hündin auf den Rasen gepinkelt hatte. ›Was denkst du dir bloß dabei, Arthur?‹ sagte sie zu meinem Vater, von dem ich den Vornamen habe. ›Du weißt doch, daß nichts wächst, wo eine Hundedame Wasser gelassen hat.‹ Und dann sagte mein alter Dad …«

Solche Qualität hatten die Gespräche, auf die Skullion angewiesen war, um nicht das letzte bißchen Interesse am Leben zu verlieren. Und auf seinen täglichen Konsum von Hardy's Special Ale nebst der Erinnerungen, die das Bier aus der Versenkung zu locken schien. Jeden Tag kam der Koch auf einen Plausch vorbei oder brachte ihm, wenn es am High Table etwas ganz Besonderes zu essen gab, ein Häppchen. »Ich wußte, das würde Ihnen munden, Mr. Skullion, und ich hab's in kleine Stückchen geschnitten, damit es sich leichter kauen läßt«, sagte er, worauf Skullion erwiderte: »Sehr hübsch,

Smutje, sehr lecker. Wenn ich mich recht entsinne, waren Sie immer der beste Chefkoch in diesem oder sonst irgendeinem anderen College, und der alte Dingsbums drüben in Trinity war wirklich sehr gut.« Fast täglich brachte der Koch ein paar Wachteleier vorbei, auch wenn sie nicht auf der Speisekarte der Fellows standen, weil Skullion sie so gern mochte und sie leicht rutschten.

Die meisten dieser kleinen Begegnungen verwandter Geister fanden außer Sichtweite des übrigen Colleges statt, nämlich um die Ecke am anderen Ende des Labyrinths, doch Purefoy Osbert konnte von seinem Arbeitszimmer auf das untere Ende des Rollstuhls sehen. Fasziniert beobachtete er, wie der Koch in weißer Mütze und Jacke den Rasen überquerte, in den Händen ein großes silbernes Tablett mit Speisen samt darübergelegter tadellos gebügelter Serviette. Und nicht minder interessant fand er den Anblick des Rektors, wenn der bis spätnachts an die große Birke gelehnt unendlich geduldig das mit den mächtigen drehbaren Dornen gespickte Hintertor beobachtete, über das nie jemand kletterte. Ihm schien es, als werde er Zeuge eines uralten Porterhouse-Rituals, das die Jahrhunderte überdauert hatte. Und immer fragte sich Purefoy, was hinter der Eibenhecke des Labyrinths geredet wurde und was er durch Lauschen erfahren könnte. Schließlich gewann seine Neugier die Oberhand, und eines Abends vor der Essenszeit, als Skullion noch sicher im Rektorenhaus weilte, schlenderte Purefoy Osbert unauffällig durch den Rosengarten, machte außer Sichtweite des Hauses kehrt und betrat das Labyrinth.Es war zwar kein großes, aber äußerst kompliziert angelegt, und die Eibenhecke war alt und dicht. Purefoy brauchte zwanzig Minuten, um an die Ecke zu gelangen, hinter der Skullion nachmittags saß, wenn der Koch seine Gaben vorbeibrachte. Purefoy Osbert hockte sich hin und wartete.

Er mußte eine Stunde ausharren, bis sich der Rektor eigenhändig ins Freie rollte und nur einen oder zwei Meter entfernt mit seinen Flaschen Ale und der Erinnerung an ein verlorenes Porterhouse Stellung bezog. Doch an diesem Nachmittag hatte er schlechte Laune. Er war mit der Schwester aneinandergeraten, die darauf bestanden hatte, ihn zu baden. »Es ist zwecklos, mich anzuknurren, Rektor«, hatte sie gesagt, »so dürfen Sie nicht stinken. Sie werden gebadet und bekommen frische Kleidung. Ihr alter Anzug gehört in die Reinigung, und wenn es nach mir ginge, in den Müllverbrenner. Na dann, runter mit dem Jackett und ...«

Von der Schwester gebadet zu werden, war Skullions schlimmster Augenblick der ganzen Woche. Es war der Gipfel der Demütigung. Seiner Kleider und der Melone auf seinem Kopf beraubt, der Insignie seines Chefpförtneramtes, die er nicht einmal als Rektor abgelegt hatte, war er mehr als nur ausgezogen; er fühlte sich bloß, bloß und verletzlich im Beisein einer Frau, die weder die Sensibilität noch den Respekt vor Anstand und Schicklichkeit aufbrachte, die er erwartete. Er hatte zwar nichts dagegen, daß sein Rücken geschrubbt wurde – das fand er recht angenehm –, doch es gab andere Bereiche, für die sich die Schwester so gründlich und übertrieben interessierte, daß sie darauf bestand, die besonders ausgiebig zu waschen. Andernfalls würde er, wie sie es derb formulierte, noch mehr wie ein alter Fuchsrüde stinken, als er es ohnehin schon tat. Skullion hatte nichts dagegen, von Arthur mit einem alten Hund verglichen zu werden, doch wenn ihn ein Drachen wie diese Schwester einen alten Fuchsrüden nannte, ging das ein gutes Stück zu weit. Was er ihr auch unmißverständlich gesagt hatte. »Sie sind nicht mal verheiratet, was ja auch kein Wunder ist, und wenn Sie rausfinden wollen, was Sie verpaßt haben, dann suchen Sie sich gefälligst einen anderen Mann, an dem Sie rumfummeln, denn ich kann verflucht noch mal darauf verzichten. Und auf Sie auch. Ich kann mich alleine um mich kümmern.« Was nicht dazu beigetragen hatte, die Laune der Schwester oder ihren Umgang mit ihm zu verbessern.

»Sie haben eine schmutzige Phantasie, jawoll, und Sie brauchen mich gar nicht so anzustarren. Nennt sich Rektor von Porterhouse und kann nicht mal reden wie ein Gentleman«, hatte sie ihn angefahren und ihm dann den Fangschuß versetzt. »Neulich habe ich den De... ganz egal, wen, sagen hören, jawoll, daß es langsam Zeit wird, Sie ins Heim zu schicken. Und ob er das gesagt hat. Was glauben Sie denn, wo er kürzlich gewesen ist? Der hat keine kranken Verwandten in Wales besucht, sondern ist bei ehemaligen Porterhäuslern auf der Suche nach einem neuen Rektor vorstellig geworden. Das hat er gemacht. Und wenn Sie mir nicht glauben, fragen Sie doch Walter im Pförtnerhaus, der wird's Ihnen bestätigen. Ich wundere mich überhaupt, daß Sie's nicht schon wissen, denn im College hat es längst die Runde gemacht. Sie kommen nach Porterhouse Park, und ich jedenfalls weine Ihnen keine Träne nach. Da muß ich mir nicht länger die Hände dreckig machen, um Sie zu baden.« Das hatte sie so gehässig und überzeugend erzählt, daß Skullion gespürt hatte, sie sagte die Wahrheit. Ohnehin hatte er etwas Ähnliches bereits vermutet, weil Smutje, Arthur und Walter ihn neuerdings regelrecht mitfühlend behandelt hatten. Auf Mitgefühl hatte er noch nie Wert gelegt, und bis vor kurzem hatten sie auch keines an ihn verschwendet. Eher hatten sie ihn mit demselben Respekt behandelt wie damals, als er noch Chefpförtner und wichtigster Collegebediensteter gewesen war. Doch fragen würde er sie nicht. Er wollte nicht, daß sie ihn anlügen mußten. Das war nicht korrekt, und auf Korrektheit hatte er immer großen Wert gelegt.

Jetzt saß er also an diesem warmen Nachmittag da, trank

enorme Mengen von Hardy's Special Ale, die ihm Arthur geöffnet hatte, und hegte einen tiefen Groll auf die Welt. Er raunzte sogar den Koch an, weil der zum erstenmal die Krusten seines Gurkensandwichs abgeschnitten hatte, die er ihm zum Tee reichte. Und als Arthur kam, um ihm mitzuteilen, sein Abendessen sei fertig, hatte er erwidert, er wolle keins.

»Sie müssen bei Kräften bleiben, Mr. Skullion«, hatte Arthur erklärt.

»Wieso?« wollte Skullion wissen. »Wieso, verdammt noch mal?«

Arthur war verdutzt. »Tja, das weiß ich auch nicht recht, Mr. Skullion. Aber Sie haben Ihr Futter sonst doch immer so gern verdrückt.«

»Aber jetzt nicht. Holen Sie mir lieber noch 'n Halben Hardy's. Ich muß über einiges nachdenken.«

Einen Augenblick lang zögerte Arthur. Er wußte, daß er eigentlich sagen müßte, Skullion hätte schon genug gehabt, und nach weiteren sechs Flaschen – das meinte der nämlich mit einem Halben – wäre er nicht nur angetrunken, sondern jenseits von Gut und Böse. Doch er hielt sich zurück. Das lag nicht nur daran, daß Skullion – daß Mr. Skullion – der Rektor war. Wäre es nur das gewesen, so wie bei den früheren Rektoren, dann hätte er ihm ins Gesicht gesagt, das reiche jetzt, und es sei nicht richtig, wenn sich der Rektor sinnlos besoff. Ja, das hätte er gesagt und wäre für seine verdammte Anmaßung verflucht worden, und danach hätte er den Rektor zu seinem Abendessen ins Haus gebracht oder auch nicht, und am Morgen wäre dieser Zwischenfall vergessen gewesen oder zumindest übergangen worden. Doch bei Mr. Skullion war es etwas anderes. Mr. Skullion war nicht nur irgendein alter Rektor von Porterhouse, sondern Mr. Skullion, der Chefpförtner, was für Arthur, den Koch und alle anderen Collegebediensteten, die ihn noch aus seiner Glanzzeit kannten, weit mehr bedeutete. Und es ging tiefer, viel, viel tiefer als das. Denn Mr. Skullion war Mr. Skullion, der immer alles korrekt gemacht und nie gelogen hatte, außer wenn er jemand anderen oder den Ruf des Colleges retten mußte. Für Porterhouse hätte er sein Leben gegeben, keine Frage, das stand felsenfest. Als Chefpförtner hatte er die jungen Gentlemen auf Vordermann gebracht. »Sie sollten sich mal die Haare schneiden lassen, Mr. Walker«, hatte ihn Arthur einmal zu einem Anfangssemester sagen hören. »Wir können schließlich nicht zulassen, daß man über Porterhouse behauptet, hier wimmele es nur so von kleinen Schwuchteln wie in King's, stimmt's, Sir? Und falls Sie knapp bei Kasse sind, Sir, hier ist eine halbe Krone, die schreibe ich Ihnen an.« Und genauso hatte er es mit jedem Collegebediensteten gehalten, der zurechtgewiesen werden mußte, und ihm gesagt, er solle seine Arbeit ordentlich und korrekt machen, egal, worum es gerade ging. »Ordnung ist das halbe Leben«, war Mr. Skullions Wahlspruch gewesen, und falls es ein Wort gab – und das gab es –, das er häufiger als alle anderen benutzt hatte, dann das Wörtchen »korrekt«. Mr. Skullion war korrekt und ordentlich. Und wenn er sich jetzt ordentlich besaufen wollte, würde ihn Arthur nicht daran hindern. Mr. Skullion war sein eigener Herr, und von der Sorte gab es nicht mehr viele, weder in Cambridge noch sonstwo. Daher ging Arthur nach einem nur ganz kurzen Moment des Zögerns ins Rektorenhaus, kam mit den Flaschen wieder und stellte sie geöffnet auf das Tablett unter der Decke in Skullions Reichweite. Er sagte nichts weiter als: »Ist alles in Ordnung, Mr. Skullion?« Und der hatte mit einem merkwürdigen Blick erwidert: »In Ordnung, Arthur? In Ordnung? Mit mir ist alles in Ordnung. Bei den anderen stimmt es nicht.« Und als Arthur wieder ins Haus gegangen war, hatte er Skullion rufen hören: »Und danke sehr, Arthur, vielen Dank«, was nur korrekt war.

In drei Meter Entfernung hinter der Eibenhecke saß Purefoy Osbert im moosigen Gras und wünschte, er könnte sich bewegen. Allmählich bekam er selbst Hunger, und erfahren hatte er gar nichts, außer daß der Rektor Halbe trank und weder sein Dinner essen noch zum Tee die Krusten von seinen Gurkensandwiches abgeschnitten haben wollte. Über ihm verdunkelte sich der Himmel – im Labyrinth war es bereits ziemlich düster –, doch Skullion saß immer noch da und mit ihm Purefoy Osbert, und jeder hielt eine Wacht, die der andere nicht verstanden hätte. Und sie waren immer noch da, als der Dekan nach zehn Uhr abends aus dem Gemeinschaftsraum kam und zum Rektorenhaus ging. Er hatte gut gespeist, mit dem Obertutor noch ein Gespräch über Dr. Osbert geführt und ihm – ohne irgendwelche Einzelheiten zu nennen – versichert, er brauche sich keine Sorgen mehr zu machen, die Sache werde erledigt. Jetzt wollte er mit Skullion reden, um ihn davor zu warnen, mit dem neuen Fellow zu sprechen. Skullion schien ihn nicht kommen zu hören.

Die Schritte des Dekans auf dem Rasen waren leise, und erst als er am Labyrinth vorbeikam, bemerkte auch er die dunkle Gestalt hinter sich und hörte eine Flasche klirren. »Lieber Himmel, Rektor«, sagte er, »was machen Sie denn hier draußen?» Es war eine alberne Frage. Skullion saß fast jeden Abend im Freien, wenn auch gewöhnlich am hinteren Tor.

»Sitzen«, sagte Skullion noch undeutlicher als sonst. Ein Hauch von Hardy's Special Ale wehte zum Dekan herüber. »Sitzen und denken.«

»Sie sitzen und trinken?« Der Dekan interpretierte das Wort, wie es ihm paßte. Es war eine unkluge Bemerkung.

»Sitzen und denken und trinken«, sagte Skullion, und sein Tonfall war weder freundlich, noch enthielt er den Respekt, den der Dekan gewöhnt war. Es gehörte sich nicht, daß ein ehemaliger Pförtner so mit ihm sprach.

»In erster Linie trinken, so wie sich's anhört«, sagte der Dekan.

»Nein, denken. Das Trinken ist meine Sache, nicht Ihre. Es ist mein gutes Recht.«

»Natürlich, Rektor, natürlich«, sagte der Dekan rasch. Er merkte, daß er zu weit gegangen war. »Sie dürfen trinken, soviel Sie wollen.«

»Und denken«, sagte Skullion.

»Das natürlich auch«, bestätigte der Dekan. »Und worüber haben Sie nachgedacht?«

»Über Sie«, antwortete Skullion. »Über Sie und den Park. Porterhouse Park, wo ihr die ganzen alten Fellows hinschickt, die ihr loswerden wollt, Irre wie den alten Dr. Vertel.«

»Dr. Vertel? So ein kompletter Unsinn, Skullion. Sie wissen sehr gut...«

»Aha, auf einmal heißt es Skullion, wie?« Die Wut in Skullions Stimme war unüberhörbar. »Und ich weiß es wirklich sehr gut. Der alte Vertel hat Sauereien gemacht, nicht wahr? Hat sich den Aufwartefrauen und den Kindern drüben im Schwimmbad von Newnham nackt gezeigt, drum mußte er weg.«

»Sie sind betrunken und reden wirres Zeug«, stellte der Dekan verärgert fest.

»Ich bin betrunken und weiß genau, was ich sage, weil ich im Pförtnerhaus war, als die Polizisten kamen. Und ich habe sie hingehalten, bis Sie ihn durch den Hinterausgang in den Wagen des Obertutors und runter nach Porterhouse Park gebracht haben, wo die Polizei ihn nicht finden konnte oder wollte. Weggeschlossen, hieß es damals, weggeschlossen. Und der Praelector hat einen Witz drüber gemacht und ›weggeparkt‹ gesagt, und Sie haben alle gelacht beim Kaffee im Gemeinschaftsraum. Also erzählen Sie mir nicht, ich rede wirres Zeug. Und glauben Sie ja nicht, daß ihr mich wegschließen könnt, denn das könnt ihr nicht. Und damit basta.«

Im Dunkeln, wo er sich als Silhouette vor den erleuchteten Fenstern des Rektorenhauses abhob, verspürte der Dekan die gleiche seltsame Unruhe wie vor ein paar Nächten, als er Purefoy Osbert zugehört hatte. Doch diesmal empfand er die Lage als noch bedrohlicher. Skullion umgab eine Stärke und eine tiefe Wut, die dem jungen Mann gefehlt hatten. Der Dekan versuchte es mit Beschwichtigung. »Ich versichere Ihnen, Rektor, es steht gar nicht zur Debatte, daß Sie in den Park geschickt werden. Niemand ist auf diese Idee verfallen. Sie ist absurd.«

Das aus dem Rollstuhl kommende Geräusch erinnerte entfernt an Gelächter. »Blödsinn«, sagte Skullion, »Blödsinn. Wo waren Sie in den letzten Wochen? Auf Krankenbesuch in Wales? Das können Sie meiner Oma erzählen. Sie haben die Runde gemacht und die alten Herren, die wichtigsten, befragt, wer neuer Rektor werden soll. Und streiten Sie's nicht ab, denn ich weiß es.«

»Woher haben Sie ...« Der Dekan stockte, doch zu spät. Ihm sträubten sich die Nackenhaare. Was Skullion wußte, war beängstigend, und der Dekan ahnte, daß es noch schlimmer kommen würde.

»Woher ich das weiß, ist meine Sache«, fuhr Skullion fort. Er klang jetzt kein bißchen betrunken, sondern erschreckend nüchtern. »Und was ich weiß, ist auch meine Sache, und Sie sollten zur Kenntnis nehmen, daß Sie mich nicht nach Porterhouse Park schicken, nie und nimmer.« Er hielt inne und ließ diese Feststellung wirken. »Wissen Sie, warum?«

Der Dekan wußte es nicht und wollte es nicht wissen. Aber Skullion ließ sich nicht mehr bremsen. Er war der Rektor von Porterhouse, und das war dem Dekan zum erstenmal bewußt. Er selbst war der Unterlegene. »Weil ich euch bei den Klöten habe«, sagte Skullion. »Wissen Sie, was das heißt?«

Der Dekan glaubte es zu wissen, schwieg aber.

»Bei den Eiern«, sagte Skullion, »bei den verdammten Eiern, und wollen Sie wissen, wie und warum?«

»Skullion, Sie haben genug gesagt...«, setzte der Dekan an, doch Skullion wurde nur noch lauter.

»Nennen Sie mich nie wieder Skullion«, sagte er. »Von jetzt an heißt es Rektor.«

Der Dekan schnappte nach Luft. Irgend etwas war mit Skullion geschehen, aber er hatte keine Ahnung, was.

»Stellen Sie sich folgende Frage«, sagte Skullion. »Stellen Sie sich folgende Frage: Wer hat sechs Millionen Piepen aufgebracht, um den neuen Fellow herzuschicken, diesen Oswald oder wie er heißt? Diesen Sir-Godber-Evans-Gedächtnis-Fellow. Wer war das?«

Der Dekan ergriff beim Schopf, was er einen Moment lang für seine Gelegenheit hielt. »Genau darüber wollte ich mit Ihnen reden, Rektor.«

»Tja, da sind Sie ja wohl zu spät gekommen«, fuhr Skullion fort. »Diese verfluchte Lady Mary hat ihn geschickt. Und warum? Ich verrate Ihnen, warum. Weil sie immer noch wissen will, wer ihren Mann ermordet hat, und dieser Bursche soll hier herumschnüffeln.«

Er machte eine Pause. Der Dekan war wie vom Donner gerührt. Skullion schien alles zu wissen. Nicht nur »schien«. Er wußte alles. In dem betretenen, langen Schweigen schwang Entsetzen mit.

»Und ich kann es ihm verraten», sagte Skullion. »Und wenn

ihr mich im Porterhouse Park wegschließen wollt, werd ich's auch tun. Wollen Sie wissen, warum?«

»Nein, Skullion, nein«, flehte der Dekan.

Doch Skullion war bereit zum Gnadenstoß. »Weil ich es war. Ich habe den Mistkerl umgebracht, ob es Ihnen nun paßt oder nicht.«

Und ehe der Dekan noch etwas sagen konnte, hatte der Rektor den Knopf an seinem Rollstuhl gedrückt und rollte erbittert auf das Rektorenhaus zu, eine Spur leerer Bierflaschen auf dem Rasen hinter sich zurücklassend.

Purefoy Osbert hatte vergessen, wie kalt ihm war. Das soeben Gehörte hatte ihn fast ebenso fassungslos gemacht wie den Dekan, der immer noch dastand wie angewurzelt. Durch die Eibenhecke sah Purefoy einen Teil von ihm, der sich gut sichtbar vor dem beleuchteten Rektorenhaus abhob, und immer noch bewegte er sich nicht. Während eines langen Lebens voller College-Intrigen und bitterer Konkurrenz war der Dekan noch nie so gründlich ausmanövriert worden. Ausmanövriert war das falsche Wort. Skullion hatte gar nicht manövriert: mit Zähnen und Klauen hatte er seine Schlacht geschlagen. Und mit dem Hirn. Und der Dekan war vernichtet. Von der geballten Macht der Skullionschen Verbalattacke war er in den Staub gezwungen und gedemütigt worden. Und all das durch einen weitgehend gelähmten Mann im Rollstuhl, der etliche Flaschen Ale intus hatte und lediglich ein Collegebediensteter war. So hatte ihn der Dekan immer gesehen. Jetzt wußte er es besser. Skullion hatte die Wahrheit gesagt und sonst nichts. Er war tatsächlich der Rektor von Porterhouse. Fünf Minuten vergingen, bis sich der Dekan soweit erholt hatte, daß er über den Rasen davonstolpern konnte. Wo Skullion gesessen hatte, trat er in eine feuchte Stelle, merkte es aber nicht. In seiner Verfassung konnte er kaum noch klar denken, und die wenigen bitteren Überlegungen, zu denen er imstande war, galten anderen Dingen.

Daß der Dekan ging, war für Purefoy Osbert eine gewisse Erleichterung. Nur eine gewisse, denn er war dermaßen steifgefroren, daß er sich nur unter Schwierigkeiten aufrappelte und eher taumelte, als daß er ging. Zum Taumeln war das Labyrinth nicht der geeignete Ort. Es war stockfinster, und Purefoy konnte zwar diffus den Nachthimmel und den Schein der Lichter von Cambridge erkennen, die einen matten Schimmer im Dunkeln abgaben, aber sonst nichts. Es war ihm schon schwer genug gefallen, durch das Labyrinth bis zu der Stelle vorzudringen, wo Skullion gesessen hatte. Wieder herauszufinden erwies sich als unmöglich. Immer und immer wieder glaubte er, kurz vor dem Ziel zu sein, weil er durch die äußeren Eiben beleuchtete Fenster sah, nur um sich dann in derselben Ecke wiederzufinden, aus der er aufgebrochen war. Irgendwo in der Nähe schlug die Uhr am Bull Tower Mitternacht. Zum x-tenmal versuchte Purefoy, sich den Weg ins Gedächtnis zu rufen, auf dem er hereingekommen war. Er war nämlich bis fast zum Mittelpunkt des Labyrinths gegangen, dann links und gleich darauf rechts abgebogen, und nach ein paar Metern ging es dann wieder links herum… oder doch rechts? Aber eigentlich war das völlig egal. Er hatte keine Ahnung, wo er anfangen und in welche Richtung er gehen mußte. Er konnte keinen klaren Gedanken mehr fassen. Mit ausgestreckten Händen tastete er sich den Weg entlang und stieß in plötzlichen Sackgassen gegen die Eibenhecke, so daß er kehrtmachen und einen anderen Weg finden mußte. Die Uhr schlug eins, dann zwei, und Purefoy mußte sich setzen und eine Weile zittern, bis ihn die Kälte und die Angst vor einer Lungenentzündung wieder auf die Füße zwangen, nur um dann eine weitere Stunde lang durch die Dunkelheit zu stolpern. Erst weit nach drei stieß er mitten ins Zentrum des Labyrinths vor. Jedenfalls glaubte er das. Mit Sicherheit ließ es sich nicht feststellen. Er befand sich in einer weiteren Sackgasse. Oft genug hatte er daran gedacht, sich durch die Hecke einen Weg nach draußen zu bahnen, doch die Eiben waren alt und an den Ecken in gestaffelten Dreierreihen gepflanzt worden, so daß man sich unmöglich zwischen den dicken Stämmen durchzwängen konnte.

Er versuchte sogar zu klettern, war aber noch nie ein großer Sportler gewesen, und die Kälte hatte ihm das letzte bißchen Kraft aus den Armen geraubt. Ohnehin gab es keine einzelnen Äste, die man hätte packen können. Er war in einem Eibendickicht. Und in einem Dickicht aus Angst. Er hatte ein paar Meter von einem Mörder entfernt gesessen und sein Geständnis mitangehört, wenn man Skullions Enthüllung so nennen konnte. Für Purefoy Osbert hatte es sich nicht wie ein Geständnis angehört. Dafür war es viel zu drohend gewesen. Und der Mann hatte keinerlei Reue gezeigt. »Weil ich es war«, hatte er gesagt, und es hatte beinahe stolz und zweifellos sehr drohend geklungen. »Ich habe den Mistkerl umgebracht, ob es Ihnen nun paßt oder nicht.« In Purefoy Osberts Ohren, der seine gesamte Laufbahn der Suche nach Gründen für Verbrechen, und insbesondere für Mord, gewidmet hatte, bei denen aber jede Verantwortung für Schuld von dem Kriminellen auf Polizei, Justiz- und Gefängnissystem verlagert wurden, waren diese Worte eine schreckliche Widerlegung von allem, was er geglaubt hatte. Die schiere Brutalität und Kaltblütigkeit dieser Haltung ließen ihn fast so heftig frösteln wie die Nachtluft. Mehr noch, sie drangen mitten ins Zentrum seines Wesens, und anders als die Kälte der Nacht würde ihn diese Kälte nie wieder verlassen. Er war in einem Labyrinth des Wissens gefangen, das gleichzeitig Nichtwissen war. Seine Theorie über Sir Godbers Tod war, logisch betrachtet, fast völlig richtig gewesen – was des Dekans Komplizenschaft anging, hatte er sich geirrt, aber das war auch alles. Und er wußte, so sicher wie er wußte, daß er aus diesem Eibenlabyrinth erst im spärlichen Licht des frühen Morgens wieder herausfinden würde, daß er sie nie beweisen konnte. Einem so harten Menschen wie dem Mörder im Rollstuhl war er noch nie begegnet. Der Mann war hart wie Diamant. Nichts und niemandem konnte es gelingen, seinen Willen zu brechen. Diese Härte hatte Purefoy Osbert aus Skullions Stimme herausgehört, und intuitiv wußte er, welche Willensstärke im Hirn dieses Mannes mit der Melone steckte. Es war, als hörte man den Tod persönlich sprechen.

Er war jetzt nicht nur durchgefroren, hungrig und Gefangener dieses Labyrinths, sondern obendrein von panischer Angst erfüllt. Alles, was er darüber gehört hatte, wie grauenhaft Porterhouse sei, war noch eine Untertreibung gewesen. Als der Morgen dämmerte und die Eibenwände des Labyrinths keine schwarzen Mauern mehr waren, sondern ihre dunkelgrünen Blätter zum Vorschein kamen, kämpfte Purefoy Osbert seine Panik nieder und unternahm einen letzten Versuch, den Ausgang zu finden. Er lauschte auf die Turmuhr des Bull Towers und bemühte sich, im Kopf dessen Position festzulegen. Auf dieser Seite des Labyrinths war der Eingang gewesen, und dorthin machte er sich auf den Weg. Dennoch hatte die Uhr fünfmal geschlagen, als er völlig erschöpft auf den Rasen stolperte, sich in seine Wohnung schlich und dort aufs Bett fiel. Er konnte keinen klaren Gedanken mehr fassen. Nur sein Instinkt verriet ihm, daß er Porterhouse verlassen mußte, bevor ihn dieser Ort vernichtete. Womöglich sogar so, wie er Sir Godber Evans vernichtet hatte.

25

Wäre Edgar Hartangs sehnlichster Wunsch in Erfüllung gegangen, hätte er Kudzuvine umlegen lassen. Vielleicht hätte er noch Schnabel, Feuchtwangler und Bolsover in das Massaker miteinbezogen, weil sie Ross Skundler aus dem Gebäude hatten entkommen lassen. Außerdem waren ihre Vorschläge gar nicht nach seinem Geschmack. Doch er war auf sie angewiesen. Sie wußten zuviel, und Schnabel schenkte ihm reinen Wein ein.

»Anscheinend haben sie Karl Kudzuvine eine beeidete Erklärung entlockt, die nicht viel Spielraum läßt«, sagte ihm Schnabel.

»Worüber? Und wer glaubt dem Scheißkerl schon?«

»Über alles. Und was die Frage angeht, wer ihm glaubt, da würde ich sagen: so ziemlich jeder.«

«Er hat nichts als Hörensagen zu bieten. Aus zweiter Hand«, wandte Hartang ein.

Schnabel tat das mit einem Achselzucken ab. »Aber es wird von Skundler bestätigt. Nach allem, was wir von den Porterhouse-Anwälten gesehen haben, kannte Kudzuvine die Termine diverser Lieferungen, denen Skundler Zahlungen zuordnen kann.«

Hinter den blauen Brillengläsern hatten sich Hartangs Augen verengt. »Sie haben Skundler eine Aussage machen lassen? Das haben Sie gemacht?«

»Nein, war nicht nötig. Er ahnte, was kam, und hat sich rückversichert. Mit Kopien finanzieller Vorgänge und Transaktionen, die jetzt in einem Bankschließfach lagern. Wir haben nur die Kopien gesehen.

Hartang wischte sich mit dem Taschentuch übers Gesicht.

»Das hat man davon, wenn man Leuten hilft«, sagte er. »Diese Scheißkerle. Diese Scheißkerle. Wie gehen wir vor?«

»Kommt drauf an«, sagte Schnabel. »Die haben keine Strafanzeige erstattet, was sie tun könnten. Das ist ein gutes Zeichen. Schließlich wollen Sie ja wohl kaum im Old Bailey zu einem Prozeß antreten oder von der amerikanischen Rauschgiftbehörde mit Ermittlungen überzogen werden.«

Hartang wollte nicht.

»Die spielen also mit offenen Karten«, fuhr Schnabel fort. »An Ihren Geschäften sind sie nicht interessiert, sondern nur auf Schadensersatz aus.«

»Wieviel?«

»Vierzig Millionen.«

»Vierzig Millionen?« krächzte Hartang. »Vierzig Millionen ist ›nur‹? Wie kommen die auf so einen Betrag? Beim letztenmal waren es noch zwanzig.«

»Kudzuvine könnte schuld sein«, sagte Schnabel. »Was sie an Informationen von ihm bekommen haben.Vielleicht verlangt er seinen Anteil. Keine Ahnung. Ich gebe nur weiter, was die Porterhouse-Anwälte sagen.«

»Beschissene Erpressung«, schrie Hartang und wußte, daß man ihn reingelegt hatte. Als ob das noch nicht reichte, war gerade Dos Passos in London und wollte ihm immer noch ans Leder, weil er damals die Lieferung Bogota Best verloren hatte. Und da erzählte ihm Schnabel, er solle sich am besten außergerichtlich mit Porterhouse einigen oder sich auf die unangenehme Alternative einstellen, im Old Bailey auf der Anklagebank zu sitzen oder sogar in die USA abgeschoben zu werden, wo ihn eine Anklage wegen RICO erwartete.

»Und damit meine ich nicht Puerto Rico«, sagte Schnabel. »Angeblich zeigt das FBI Interesse. Und das hört man aus zuverlässigen Quellen.«

»Wie gut?«

»Lord Tankerell«, sagte Schnabel. »Von dem haben Sie schon gehört, Mr. Hartang. War vor etlichen Jahren zufällig der Generalstaatsanwalt.«

»Der? Einen beschissenen Ex-Generalstaatsanwalt nennen Sie eine zuverlässige Quelle? Diese Rechtsverdreher sind zu dämlich, um ihren Namen zu buchstabieren.«

»Klar. Was Karl K. und Ross Skundler unterschrieben und beeidet haben, brauchen sie auch nicht zu buchstabieren«, gab Schnabel zu bedenken. »Das wird verlesen, und schon schieben Sie für zwölf bis zwanzig in den Bau. In den Staaten wohl eher neunundneunzig plus. Da gibt's eine Hochsicherheitseinrichtung für RICO-Leute, nämlich Marian. Da unten isses bombensicher. Da kommt keiner an Sie ran, bis die Bestatter geholt werden.«

Es blieb lange still, während Edgar Hartang diese Information verdaute, bis ihm speiübel war. »Was hat es mit diesem RICO auf sich?« fragte er dann.

»Racketeer Influenced and Corrupt Organizations Act, Sondergesetz zur Bekämpfung von Mafia und so weiter. Aber das wissen Sie doch, Mr. Hartang. Sozusagen winzige Maschen für große Fische, und raus kommt man nie.«

Hartang schwieg. Er dachte über einen Ausweg nach.

»Ich muß Ihnen noch einen Rat geben. Ich würde gar nicht erst versuchen, mich aus dem Staub zu machen.«

»Staub? Über was für 'n Scheißstaub reden Sie da, Mann?«

»Beispielsweise, das Land zu verlassen. Man weiß zuviel über eine andere Sorte Staub. Wie das Talkumpuder, das Sie am 15. Juni 1987 aus Venezuela eingeflogen haben. Oder die am 11. November 89 aus Ekuador nach Miami verbrachte Ladung. Steht alles hier drin, und keine Schlupflöcher. Falls Sie also vorhaben, mit Ihrem Learjet irgendwohin zu entschweben, lassen Sie's. Ross Skundler hat das alles kommen sehen und sich eine weitere Lebensversicherung zugelegt. Nämlich eine Mini-Videokamera in Ihrem Bad, damit er weiß, für wen er arbeitet. Typ mit Glatze, keine Brille, nicht beschnitten, Leberfleck auf der rechten Schulter, Blinddarmnarbe, holt sich vor Bildern von kleinen Jungs einen runter. Kennen Sie so einen vielleicht, Mr. Hartang? Denn wenn Sie ihn kennen, dann zahlen Sie besser Ihre vierzig Millionen, und seien Sie dankbar.«

»Vierzig Millionen? Guter Gott.« Er hielt inne und sah den Anwalt giftig an. »Schnabel, für wen arbeiten Sie eigentlich? Für mich oder die anderen?«

Schnabel seufzte. Mit diesen Gangstern war es immer das gleiche. Wenn sie so richtig in der Scheiße saßen, mußte man ihnen die Konsequenzen Punkt für Punkt auseinanderklamüsern. »Mr. Hartang«, erklärte er geduldig, »ich arbeite für mich selbst, und Sie haben mich beauftragt, Ihnen reinen Wein einzuschenken, damit Sie eine vernünftige Entscheidung treffen können. Wenn ich Ihnen einen Wetterbericht übermitteln soll, in dem es heißt, bis in alle Ewigkeit scheint tagsüber die Sonne, und Regen fällt nur nachts, hab ich nichts dagegen, bloß verliere ich einen wertvollen Klienten, weil er den Rest seines Lebens einsitzt, und muß auf meine üblichen Honorare verzichten, wenn er mal wieder in Schwierigkeiten steckt. So ist es nun mal. Ich will bloß, daß Sie eine vernünftige Entscheidung treffen, mehr nicht. Die nötigen Informationen habe ich Ihnen gegeben. Treffen Sie die Entscheidung. Die kann ich Ihnen nicht abnehmen.«

»Haben Sie schon.« Hartang klang verbittert. »Nämlich vierzig beschissene Millionen, und das nennen Sie eine vernünftige Entscheidung?«

»Eigentlich nicht. Ich nenne es notwendig. Wie in lebensnotwendig.«

»Scheiße«, sagte Hartang so ökonomisch wie gewohnt.

»Da wäre nur noch eins, Mr. Hartang«, fuhr Schnabel fort. »Eine Kleinigkeit, aber sie liegt Schwarz auf Weiß vor. Waren Sie jemals in Damaskus, Syrien? Khartum, Sudan? Am Arsch der Erde?«

Hartungs Grunzen hieß, das sei durchaus möglich.

»Schon mal mit einem gewissen Carlos ein paar Drinks genommen?«

»Klar hab ich mit Hunderten Burschen namens Carlos einen getrunken. Ich habe geschäftlich mit Südamerika zu tun. Glauben Sie, da kann man vermeiden, mit irgendwelchen Carlosen einen zu heben?«

»Nur eine Frage, Mr. Hartang. Sagt Ihnen Abu Nidal etwas? Sie haben nicht vielleicht zu Ihrer Absicherung in der arabischen Welt das eine oder andere Kommandounternehmen von denen finanziert? Sie haben wirklich sonderbare Freunde, aber ich fürchte, daß die Ihnen in dieser Situation kaum helfen werden.«

»Was genau wollen Sie damit sagen, Schnabel? Nur heraus damit.«

»Heraus kommt folgendes«, sagte Schnabel. »Sie zahlen die vierzig Millionen plus sämtliche anfallenden Kosten und kaufen sich damit Immunität in London. Wenn Geld reinkommt, fragt keiner nach dem Warum. Die Bank von England freut sich, weil Sie in Großbritannien so viel investieren. Der Finanzminister schützt Sie, weil Sie eine Menge Steuern bezahlen, und alle lieben Sie, weil Sie einem College in Cambridge unter die Arme gegriffen haben. Sogar Bolsover liebt Sie, was schwierig ist, so wie Sie ihn beschimpft haben. Wenn Sie unsere Honorare zahlen, haben wir Sie alle lieb. Stimmt's?« Er machte eine kurze Pause, dann fuhr er fort: »Aber wenn Sie den Talkumweg beschreiten, wird Sie keiner lieben. Die britische Regierung, der Generalstaatsanwalt der Vereinigten Staaten, das FBI und natürlich die US-Rauschgiftbehörde DEA, die Drug Enforcement Agency, aber das wußten Sie ja, nicht wahr, Mr. Hartang? Sie haben sich Feinde gemacht, und mit Freunden wie Carlos und Abu Nidal gibt es für Sie schlimmere Aufenthaltsorte als Marian, Illinois. Es kursiert das Gerücht, die Israelis seien der Meinung, kaum hätten Sie sich bei ein paar bösen Buben rückversichert, ginge in Tel Aviv schon eine Bombe hoch. Bei dem Video, das Ross Skundler aufgenommen hat, können Sie sich so vieler Gesichtsoperationen unterziehen, wie Sie wollen, und 'ner Geschlechtsumwandlung noch dazu, die kriegen Sie doch. Ich sage nur Mossad, Mr. Hartang, Mossad.«

Mittlerweile lief Hartang der Schweiß in Strömen übers Gesicht. Er nahm noch eine Tablette, und Schnabel fuhr fort: »Natürlich nur ein Gerücht, und vielleicht ist nichts dran, aber falls doch, stecken Sie meiner Ansicht nach tiefer in der Scheiße, als Sie ahnen. Damit will ich nicht sagen, daß es wahr ist, aber so sind nun mal Gerüchte. Und wenn Sie mir nicht glauben, dann schauen Sie mal aus dem Fenster und sehen sich diese beiden Wagen da unten an, denn eins ist so sicher wie der Tod, diese Burschen sind keine Transworld-Groupies, das können Sie mir glauben.«

Als er schließlich das Gebäude verließ, fühlte sich Schnabel ausgezeichnet. »Er zahlt«, berichtete er Feuchtwangler und Bolsover, sobald er wieder im Büro war. »Und zwar zahlt er sich dumm und dämlich. Das mit den beiden Wagen und den Gorillas drin war eine gute Idee von Ihnen, Bolsover. Das muß ich Ihnen lassen. Das drücken wir dem Mistkerl auf die Spesen.«

»Was soll das alles von wegen Skundlers Video?« fragte Feuchtwangler. »War mir völlig neu.«

Doch Schnabel lächelte nur geheimnisvoll. »Gehen wir irgendwo einen Kaffee trinken«, sagte er. »Wir sollten unsere Position überdenken.«

Feuchtwangler und Bolsover nickten. Ihnen war der gleiche Gedanke gekommen. Sie gingen auf die Straße und nahmen ein Taxi.

»Wir dürfen nie vergessen, daß wir es mit einem Mann zu tun haben, der jedes Gefühl für Realität verloren hat«, sagte Schnabel.

»Mit Genies ist das nun mal so«, gab Feuchtwangler zu bedenken, »und in finanziellen Dingen ist er eins. Er hat mehr Geld als Verstand, und mittlerweile hat er sein letztes bißchen Verstand verloren. Er ist zum hoffnungslosen Fall und Einzelgänger geworden.«

»Genau meine Rede. Und die Überprüfung seiner Angelegenheiten wird nicht bei ihm haltmachen. Er zieht uns mit rein. Zugegeben, wir sind lediglich seine Rechtsvertreter, aber wenn die Kacke am Dampfen ist, kriegen wir auch was davon ab. Wir werden selbst mit gewissen einflußreichen Kräften in Verhandlungen treten müssen.«

»Wenn er das rausfindet, bringt er uns um«, sagte Bolsover.

Schnabel schüttelte den Kopf. »Er wird es nicht rausfinden, und um klar zu denken, ist er viel zu verängstigt.«

»Kurzum, wir machen einen Deal. Darauf läuft Ihr Vorschlag ja wohl hinaus«, sagte Feuchtwangler.

»Wir werden uns absichern, und wenn man nach meinen Gesprächen mit Lord Tankerell gehen kann, und das möchte ich doch sehr annehmen, läßt sich die Lage ohne große Probleme entschärfen. Genau das habe ich Hartang eben gesagt.«

»Sie alter Fuchs, Sie haben mit den Verhandlungen schon begonnen«, sagte Bolsover.

Doch erneut lächelte Schnabel nur geheimnisvoll.

Über das Gesicht des Praelectors huschte kaum die Andeutung eines Lächelns, als die Herren Retter und Wyve ihm die Nachricht überbrachten. »Vierzig Millionen Pfund? Sind Sie da ganz sicher? Transworld Television Productions drucken ihr Geld wohl selbst.«

»Das könnte man wohl beinahe wörtlich so formulieren«, sagte Mr. Wyve, »und Edgar Hartang, das soll keine Wertung beinhalten, stinkt vor Geld.«

»Wenn man bedenkt, daß das alles von Fernsehsendungen über Wale und Delphine stammt«, sagte der Praelector. »Neulich sah ich eine sehr interessante Sendung über Bären in Alaska. Sie waten in Flüsse hinaus und fangen springende Lachse. Man sollte nicht meinen, daß ein Bär mit Auge und Hand so flink sein kann. Oder müßte es Tatze heißen? Höchst bemerkenswert. Doch schließlich beruhen so viele Wunder der Natur darauf, daß sich an den unmöglichsten Orten etwas Genialisches entwickelt. Ich habe einmal Darwin gelesen und auch wenn es wirklich schwere Kost war, habe ich herausgefunden, was er mit Überleben der Art gemeint hat.«

»Der Praelector«, sagte Mr. Retter, als sie ernst, aber von stiller Freude erfüllt den Fellows' Garden durchschritten, »ist ein wirklich bemerkenswerter alter Gentleman. Ich verwende das Wort durchaus positiv. Ist Ihnen aufgefallen, daß er taktvollerweise alles vergessen hat, was dieser Verrückte Kudzuvine auf Tonband gesprochen hat? Auch hat er beide beeideten Erklärungen äußerst sorgfältig gelesen, aber über den ganzen Schmutz hinweggesehen. Es war eine Ehre, mit ihm zusammenzuarbeiten.«

Mr. Wyve pflichtete ihm aufrichtig bei. Ihn hatte das mit den Bären beeindruckt, die in den reißendsten Flüssen Lachse fingen. Der unausgesprochene Vergleich war gelungen. »Ich glaube nicht, daß der Praelector und seinesgleichen so etwas wie eine vom Aussterben bedrohte Art sind«, sagte er. »Wie Sie so richtig sagten, es war eine Ehre, einen gebildeten Verstand der alten Schule bei der Arbeit zu erleben.«

»Bis vor ein paar Tagen hätte ich Ihre Verwendung des Wortes ›gebildet‹ in Frage gestellt. Jetzt nicht mehr«, stimmte Mr. Retter zu.

Der Praelector war besorgt. Natürlich war es angenehm zu wissen, daß dem College kein Konkurs mehr drohte, doch es lauerten andere Probleme. Der Schatzmeister befand sich in der Nervenheilanstalt Fulbourn, und merkwürdigerweise tat er dem Praelector leid. Schließlich verdankte man dem Schatzmeister versehentlich die vierzig Millionen Pfund, und er hatte sich, obwohl der Praelector den Mann nicht unbedingt mochte, nach Kräften darum bemüht, daß Porterhouse zahlungsfähig blieb und auch bleiben würde – jetzt, da die Finanzierung des Colleges gesichert war.

Am Nachmittag ließ der Praelector ein Taxi kommen und sich zur Heilanstalt fahren, um dem Schatzmeister einen Besuch abzustatten.

»Welche Droge er auch genommen haben mag, von ihren Folgen hat er sich erholt, doch ich bezweifle, ob man ihn schon so bald entlassen sollte«, sagte ihm der für Entgiftung zuständige Psychiater. »Er ist immer noch extrem verängstigt und leidet an schweren depressiven Schüben. Offenbar beschäftigt er sich obsessiv mit einer äußerst seltsamen Menagerie.«

»Lassen Sie mich raten, mit welchen Tieren«, sagte der Praelector. »Schweine, Schildkröten, Oktopusbabys, Haie und eventuell Piranhas. Habe ich zufällig recht?»

Der Arzt musterte ihn erstaunt. »Woher wußten Sie das?«

Doch um das zu verraten, war der Praelector zu diskret. »Leider hat er als Schatzmeister unter schrecklichem Streß gestanden, was unsere Finanzen anging. Wie Sie vermutlich wissen, ist Porterhouse kein wohlhabendes College, und der arme Kerl fühlt sich für unsere Engpässe verantwortlich. Doch all das ist ausgestanden, und dank seiner phantastischen Bemühungen sind wir wieder flüssig.«

»Aber woher stammen seine Zwangsvorstellungen über Schweine, Schildkröten und ...«

»Ganz einfach«, behauptete der Praelector. »Auf unserem alljährlichen Gründungsfest speisen wir sehr gut und manchmal ein wenig zu exotisch. Vielleicht ist Ihnen nicht klar, was echte Schildkröten heutzutage kosten. Auch Haie sind keineswegs billig, und natürlich haben wir jedesmal einen wilden Eber. Für den Schatzmeister war das alles zuviel.«

»Das überrascht mich gar nicht«, sagte der Arzt. »Eine schwerer verdauliche Speisenfolge könnte ich mir nicht vorstellen. Und es gibt wirklich auch Piranhas?«

»Nur als Häppchen am Ende des Festmahls. Auf Toast mit einer Zitronenscheibe ergeben sie sehr delikate Verdauungshappen. Wenn Sie gern eine Einladung hätten für ...«

Doch der Arzt entschuldigte sich, und weg war er. Der Praelector betrat das Zimmer des Schatzmeisters, der gerade ein Einwanderungsformular für Neuseeland studierte. »Sie tragen sich doch nicht ernsthaft mit dem Gedanken, uns zu verlassen?« fragte der Praelector. »Ausgerechnet zum Zeitpunkt Ihres größten Triumphs? Außerdem sagt man, es sei ein außerordentlich ödes Land.«

»Darum will ich ja dorthin«, sagte der Schatzmeister. »Für mich kann die Gegend gar nicht öde genug sein.«

»Aber mein lieber Schatzmeister, man kann auch im College ein ödes Dasein fristen. Zudem brauchen wir gerade jetzt Ihre Sachkenntnis, wo uns vierzig Millionen Pfund von Transworld ins Haus stehen.«

»So nötig wie ein Loch im Kopf«, sagte der Schatzmeister verbittert. Die Antidepressiva, auf die man ihn gesetzt hatte, bremsten sein Denkvermögen. »Ich... Sagten Sie vierzig Millionen Pfund?«

Der Praelector nickte. »Allerdings. Als Gegenleistung für unser Versprechen, auf jede Publicity zu verzichten, hat Mr. Hartang den Schadensersatzbetrag großzügigerweise verdoppelt. Er hatte wohl gute Gründe, seinem Herzen, wie man so sagt, einen Stoß zu geben.«

»Das glaube ich nicht«, sagte der Schatzmeister. »Der hat kein Herz, sondern einen pochenden Tresor. Und selbst wenn er eins hätte, was ist dann mit diesem verfluchten Kudzuvine? Wenn der sich noch im Rektorenhaus aufhält, komme ich auf keinen Fall nach Porterhouse zurück.«

Der Praelector lächelte ihm zu und tätschelte seine Schulter. »Ich gebe Ihnen mein Ehrenwort, daß Mr. Kudzuvine nicht mehr unter uns weilt«, sagte er. »Er ist eingetaucht in...«

»Ins Bermudadreieck. Ich will's nicht hören«, kreischte der Schatzmeister.

»Eigentlich wollte ich sagen: in einen völlig anderen Beruf, wo er all seine Talente einsetzen kann und volle Befriedigung findet.«

»Er ist also damit befaßt, irgendwas umzubringen«, stellte der Schatzmeister fest.

Doch der Praelector ließ sich nichts entlocken. »Er ist befaßt mit einer Arbeit, die absolut nichts mit einem seiner früheren Aufgabengebiete zu tun hat«, sagte er. »Ihn werden Sie nie wieder sehen oder hören. Und nein, tot ist er nicht. Er ist sehr lebendig und, wie man mir zu verstehen gab, glücklich. Nun denn, draußen wartet ein Taxi...«

Das überzeugte den Schatzmeister endgültig. Mit den Collegefinanzen mußte etwas Unglaubliches passiert sein, daß der

Praelector einen Wagen mit laufendem Taxameter so lange warten ließ. »Sie waren wirklich sehr gut zu mir«, sagte der Schatzmeister mit Nachdruck, als sie durch den Flur nach draußen gingen. »Ich weiß nicht, was ich ohne Sie angefangen hätte.«

»Gewiß wären Sie ganz genauso gut zurechtgekommen«, sagte der Praelector, »aber für mich steht wirklich fest, daß das Leben in Neuseeland nicht nach Ihrem Geschmack wäre. Das viele Lamm.«

Der Schatzmeister pflichtete ihm bei. Lamm war von seiner Speisekarte gestrichen.

26

Für den Dekan waren die nun folgenden paar Tage so verteufelt schwer wie kaum eine Zeit zuvor. Er saß auf seinem Zimmer, bemüht, mit Skullions Drohung fertig zu werden. Alles, woran er geglaubt hatte, war durch dieses Geständnis ins Wanken geraten. Er sah sich mit einer widerwärtig brutalen Welt konfrontiert, in der die von ihm hochgeachteten traditionellen Werte beiseite gefegt worden waren. Pflichtgefühl, Respekt, Ehre und Gerechtigkeit galten nichts mehr. Oder sie befanden sich im Widerstreit miteinander. »Ich habe die Pflicht, die Polizei zu informieren«, sagte er sich im stillen, um von einer anderen inneren Stimme beschimpft zu werden, er solle diese Dummheit gefälligst unterlassen. »Denn daß Skullion dir gesagt hat, er habe Sir Godber getötet, ist noch lange kein Beweis. Er muß es nur leugnen, und wie stehst du dann da?« Diese Frage konnte der Dekan nicht beantworten. Andererseits galt es auch, die Ehre des Colleges zu bedenken. Selbst eine unbewiesene Beschuldigung würde zu einem Skandal führen, und Porterhouse hatte in den letzten Jahren zu viele Skandale erlebt, um einen weiteren zu überstehen. Eine neue Krise würde nur denen einen Vorwand liefern, die den gesamten Charakter des Colleges ändern wollten, und dann würden der Dekan und der Obertutor von forschen jungen Fellows wie Dr. Buscott und seinesgleichen ausgebootet werden. Der Premierminister würde einen neuen Rektor ernennen, und Porterhouse würde zu einem weiteren akademischen Durchlauferhitzer wie Selwyn oder Fitzwilliam degenerieren. Der Dekan hing sein Pflichtgefühl an den Nagel und seinen Glauben an die Gerechtigkeit gleich dazu.

Aber das waren nicht die einzigen Konsequenzen. Sein Leben lang hatte der Dekan Skullion als Bediensteten betrachtet, als einen gesellschaftlich tieferstehenden Menschen, dessen Respekt lebender Beweis dafür war, daß sich die alte Ordnung nicht grundlegend geändert hatte. Nun hatte Skullion diese beruhigende Illusion zerstört. »Nennen Sie mich nie wieder Skullion«, hatte er gesagt. »Von jetzt an heißt es Rektor.« Dieser Befehl, und das war der einzige passende Begriff, hatte die Welt des Dekans auf den Kopf gestellt. So kurz nach seiner Begegnung mit dem betrunkenen Jeremy Pimpole, der völlig verwahrlost im Wildhüterhäuschen wohnte, hatte Skullions Pochen auf seine Autorität dem gesellschaftlichen Traum des Dekans den Garaus gemacht. Zweifellos blieben noch kleine Inseln der alten Ordnung, wo man den gebührenden Respekt zollte, aber die Flut gleichmacherischer Vulgarität stieg und würde sie bald alle überschwemmen. Diese gelebte Barbarei hatte der Dekan auf den Autobahnraststätten erlebt und war schockiert gewesen. Er fand es unerträglich, ihr auch in Porterhouse zu begegnen. Auch trug das Wissen, daß er in Sachen Sir Godbers Tod unrecht und Lady Mary recht gehabt hatte, zu seiner Desillusionierung bei. Ihr Mann war ermordet worden. Und nicht genug mit dieser gräßlichen Erkenntnis, der Dekan hatte auch noch die letzten Worte des Sterbenden mißverstanden und so interpretiert, daß er seinen eigenen Mörder zum Rektor von Porterhouse gemacht hatte. In diesem Irrtum lag zwar eine perfide Ironie, doch der Dekan war jetzt nicht in der Stimmung, sie zu würdigen. Vielmehr zog er sich in seine Wohnung zurück, hing den finstersten Gedanken nach, nahm stumm seine Mahlzeiten im Speisesaal ein und unternahm lange melancholische Spaziergänge nach Grantchester, wobei er mit sich zu Rate ging, was um alles in der Welt zu tun sei.

Auf einem dieser Spaziergänge traf er den Praelector. Auch er wirkte gedankenverloren. »Ah, Dekan, wie ich sehe, haben Sie sich inzwischen angewöhnt, regelmäßig den Gang nach Grantchester anzutreten.«

Der Dekan rang sich ein Lächeln ab. »Ich mache meinen Verdauungsspaziergang«, erwiderte er. »Ich habe gemerkt, daß ein wenig Bewegung gut gegen mein Rheuma ist.«

»Das auch«, bestätigte der Praelector. »Aber ich für mein Teil unternehme diese Wanderung, um meine Gedanken zur Lage des Colleges zu ordnen. Sie ist nicht gut.«

»In welcher Hinsicht?« erkundigte sich der Dekan vorsichtig.

»Genau weiß ich das nicht. Während des Schatzmeisters Abwesenheit habe ich die Konten und unsere Ausgaben überprüft und muß gestehen, daß sie so katastrophal sind, wie der arme Mann immer behauptet hat. Selbst für mein ungeübtes Auge sieht die Situation hoffnungslos aus. Ich fürchte, wir stehen kurz vor dem Bankrott.«

»Bankrott? Aber ein College kann nicht bankrott gehen. So etwas gibt es einfach nicht. Wir sind nicht irgendeine Firma oder ein Privatmann. Porterhouse ist eine Institution, eine der ältesten in Cambridge. Sie werden nicht zulassen, daß wir Bankrott machen.«

»Sie, Dekan, sie? Darf ich fragen, wer diese allgegenwärtigen ›sie‹ sein könnten?« Der Praelector hielt inne, um dem Dekan den Vortritt durch ein schmales Schwingtor zu lassen.

Der Dekan ging hindurch und blieb stehen. Noch nie zuvor hatte er sich mit einer so direkten Frage zur Gesellschaftsstruktur auseinandersetzen müssen. Für seinen Verstand, der genauso auf Respekt und Achtung gedrillt war wie der von Skullion, waren »sie« die anonyme und allmächtige, im Herzen Britanniens angesiedelte Elite, ein diffuses Amalgam der – um ein Klischee zu benutzen – Großen und Guten, die Londons City und Whitehall kontrollierten und sich im Athenaeum, dem Carlton und den besseren Clubs oder im House of Lords trafen, geeint in ihrer Treue zur Krone. Sich fragen zu lassen, wer »sie« seien, bedeutete gleichzeitig, die schiere Existenz der Autorität an sich in Frage zu stellen und unumstößliche Prinzipien ins Wanken zu bringen. »Das kann ich nicht beantworten«, sagte er fest und schaute über die Wiesen hinweg auf einen gestutzten Weidenbaum am Flußufer.

Der Praelector ging durch das Tor und trat beiseite, um einen joggenden Studenten vorbeizulassen. »Die da oben«, sagte er dann, »sind nicht mehr auf unserer Seite. An ihre Stelle sind gewinnsüchtige Kreaturen ohne jegliches soziales Interesse getreten. Unser Niedergang fällt in eins mit meiner Lebenszeit. Eine triste, entmutigende Epoche, die uns noch dazu auf Gedeih und Verderb dem Markt ausliefert. Zwei Kriege haben wir geführt und einen wertlosen Sieg errungen, auf Kosten von Millionen Toten und unserer gesamten Unabhängigkeit. So erging es auch Sparta und Athen, und Griechenlands Größe war dahin. So wie die Griechen haben wir nichts zu verkaufen außer uns selbst.«

»Ich kann Ihnen nicht folgen«, sagte der Dekan. »Wie können wir uns verkaufen? Einem Käufer hätte ich nichts anzubieten. Ich bin ein alter Mann, und alles, was mir etwas bedeutet, befindet sich im College.«

»Das war eher allgemein gesprochen. Wir persönlich sind ja wohl alle durch Pensionen und kleine private Rücklagen versorgt. Ich dachte da an das College. Es ist unser kollektiver Besitz.«

»Aber das kommt gar nicht in Frage«, sagte der Dekan. »Das College steht nicht zum Verkauf. Wir sind nicht irgendeine handelsfähige Ware.«

Der Praelector stach mit seinem Spazierstock in einen Maulwurfshügel. »Da wäre ich mir gar nicht so sicher. Es muß schon ein mutiger Mann sein, der im aktuellen Meinungsklima vorherzusagen wagte, was eine möglicherweise zum Verkauf stehende Ware ist. Wer hätte noch vor ein paar Jahren für möglich gehalten, daß Wasser an Privatfirmen, noch dazu einige ausländische, verkauft werden würde, und daß jede englische Familie für ein lebensnotwendiges Gut bezahlen und dafür herhalten müßte, daß Aktionäre Profit machen? Und Wasser ist auch ein Monopol. Wir haben nicht die freie Auswahl, welche Leitung wir benutzen wollen. Und wenn Wasser, warum nicht auch Luft?«

»Das ist doch absurd«, warf der Dekan ein. »Jeder kann Luft atmen. Sie ist überall. Dafür braucht man weder Rohre noch Stauseen, weder Pumpstationen noch Filtrierwerke wie beim Wasser.«

»Sind Sie da ganz sicher? Ich nicht«, sagte der Praelector. »Ständig ist von Luftverschmutzung die Rede. Verursacht durch Autoabgase, Fabrikemissionen und sogar die Kessel von Zentralheizungsanlagen. Man könnte absolut schlüssig begründen, warum Luft gereinigt und für den menschlichen Verbrauch aufbereitet werden müßte. Die Menschen, die nur ans Geld denken, könnten diese Argumentation übernehmen. ›Saubere Luft‹, würden sie sagen, und was man säubern muß, kostet Geld und muß bezahlt werden. Und wo Geld bezahlt werden muß, läßt sich folgerichtig auch Profit erzielen. Damit die Kräfte des Marktes wirken können, muß es materielle Anreize geben. Dieses Prinzip wenden die ›die da oben‹, unsere Herren, an. Ein anderes ist für sie nicht bindend.«

»Es ist ein widerwärtiges Prinzip«, sagte der Dekan erregt. »Mir leuchtet nicht ein, wie man es so allumfassend anwenden will. Einige Dinge lassen sich nicht in Geldkategorien erfassen.«

»Nennen Sie mir eins«, sagte der Praelector.

Der Dekan blieb stehen und überlegte, was sich nicht mit einem Preisschild versehen ließ. »Ein Menschenleben«, antwortete er dann. »Berechnen Sie doch ein Menschenleben nach finanziellen Maßstäben, wenn Sie können. Es ist unmöglich.«

»Da irren Sie sich«, entgegnete der Praelector und wies mit seinem Stock auf ein Betonhochhaus am Horizont. »Das Krankenhaus von Addenbrooke, das neue da drüben. Gehen Sie mal hin und fragen Sie die Ärzte der geriatrischen oder der Intensivstationen, nach welchen Kriterien sie eine Herz-Lungen-Maschine abstellen oder befinden, daß einige Patienten für gewisse komplizierte Operationen nicht in Frage kommen! Besser noch, fragen Sie, warum ausländische Patienten, die riesige Summen für Lebertransplantationen bezahlen können, englischen Patienten vorgezogen werden, die ein Leben lang ihre Steuern in das staatliche Gesundheitssystem NHS einbezahlt haben. Sie werden Ihnen den Grund nennen, die Ärzte. Denn das Finanzministerium verwendet sämtliche NHS-Zahlungen für andere Dinge wie Straßen und Beamtengehälter.

Das Geld fließt in den allgemeinen Etat, und nur ein Teil dient der Pflege britischer Patienten. Und daher lassen Chirurgen reiche Ausländer bezahlen, um die Gelder aufzubringen, die sie für unsere Operationen brauchen.«

Eine Weile gingen sie wortlos weiter, und die Überlegungen des Dekans wurden noch trübsinniger. Die Argumente des alten Mannes hatten seine Überzeugung verstärkt, man müsse wegen Skullion etwas unternehmen. Der Dekan kam zu dem Schluß, wenn der Praelector die grauenhaften Realitäten des Lebens ertrug, ohne sich und anderen etwas vorzumachen, dann müßte auch er sich dieser Herausforderung stellen und aussprechen, was ihn bedrückte. Und falls es um die College-Finanzen wirklich so schlimm bestellt war – was er zum erstenmal nicht bezweifelte –, dann würde die Suche nach einem neuen Rektor sogar noch dringlicher. »Ob Sie mich wohl hinunter zum Fluß begleiten würden?« sagte er, als sie am letzten Tor angelangt waren. »Da ist man ungestörter, und was ich zu sagen habe, muß unbedingt unter uns bleiben.«

Sie bogen vom Weg ab und begaben sich hinunter ans Flußufer. Dort standen sie am Wasser und betrachteten die Pflanzen, die von der Strömung bewegt wurden, und der Dekan erzählte die Geschichte von Skullions Geständnis sowie dessen Drohung, damit an die Öffentlichkeit zu gehen. Der Praelector betrachtete eine Zeitlang die Wasserpflanzen, bevor er das Wort ergriff.

»Das paßt«, sagte er schließlich, »das paßt zu den Tatsachen. So ganz überrascht mich das nicht. In uns allen schlummert eine gewalttätige Ader, und Godber Evans hatte Skullion rausgeworfen, in dem mehr Gewalttätigkeit schlummerte als in den meisten anderen Menschen. Immer noch schlummert, so wie sich's anhört. Sie sagen, er hat Sie bedroht?«

Der Dekan nickte. »Skullion war betrunken. Er sagte, er habe uns bei den Klöten, bei den Eiern, den verdammten Eiern, hat er gesagt, und als ich ihn fragte, was er damit meinte, antwortete er, er wisse, daß Lady Mary diesen Dr. Osbert geschickt habe, um herauszufinden, wer der Mörder ihres Mannes sei. Gott weiß, wie er solche Sachen erfährt.«

»Indem er sich an die Autorität seines alten Postens klammert«, sagte der Praelector. »In seinen Augen ist er immer noch der Chefpförtner. Und das wissen auch sämtliche Bediensteten. Sie berichten ihm alles, was ihnen zu Ohren kommt. Der Koch, die Kellner, die Studentendiener und Aufwartefrauen, die unsere Zimmer aufräumen. Ihnen entgeht kaum etwas, und was sie Skullion nicht erzählen, leitet er selbst ab. Wie hat er sich noch gleich über Dr. Osbert geäußert? Erinnern Sie sich an den genauen Wortlaut?«

Der Dekan kramte in seiner Erinnerung nach dieser schrecklichen Nacht. »Er hat eine Frage gestellt«, sagte er. »Das weiß ich noch. Etwa folgende: ›Wer hat sechs Millionen Pfund aufgebracht, um uns den neuen Sir-Godber-Evans-Gedächtnis-Fellow zu schicken?‹ Das hat er gefragt, und als ich antwortete, ich wisse es nicht, fuhr er fort: ›Diese verfluchte Lady Mary war's, weil sie wissen wollte, wer ihren Mann ermordet hat, und dieser Fellow soll hier herumschnüffeln.‹ Ja, so hat er es formuliert. Wortwörtlich. ›Hier herumschnüffeln.‹«

»Und weiter?«

»Weiter sagte er, das könne er Dr. Osbert verraten«, fuhr der Dekan fort. »›Weil ich es war. Und wenn ihr mich im Porterhouse Park wegschließen wollt, werd ich's ihm sagen. Ich habe den Mistkerl umgebracht, ob es Ihnen nun paßt oder nicht.‹«

Der Praelector seufzte lang und ausgiebig. »Er sagte, ihn wegschließen, stimmt's? Skullion hat wirklich ein gutes Gedächtnis, das muß man ihm lassen. Darüber habe ich früher mal einen Scherz gemacht.«

»Und das wußte er noch«, sagte der Dekan. »Er behauptete, Sie hätten es ›wegparken‹ genannt.«

»Und das ist die Wahrheit«, bestätigte der Praelector und schlug mit seinem Stock auf ein Grasbüschel. »Das war damals, als Vertel vor Eintreffen der Polizei verschwinden mußte.« Er schwieg kurz. »Dann hat uns also Rektor Skullion an den Klöten, wie? Das glaube ich nicht.«

Er drehte sich um und ging voran, hinauf zu dem asphaltierten Weg, und der Dekan hinterher. Er war froh, daß er sich dem Praelector offenbart hatte. Der alte Mann strahlte eine Kraft aus, die ihm selbst abhanden gekommen war, eine Zielstrebigkeit und einen glasklaren Verstand. Und diesmal ging der Praelector als erster durch die Schwingtore.

Lange Zeit sprach keiner von beiden, und erst als sie Laundress Green überquert und an der Mühle angekommen waren, wandte sich der Praelector an ihn. »Sie haben das doch noch keinem anderen erzählt, oder?« fragte er.

»Keinem, Praelector, keiner Menschenseele.«

»Gut. Und jetzt trennen sich unsere Wege. Wir wollen nicht beim gemeinsamen Betreten des Colleges gesehen werden. Wir reden später. So kann die Lage nicht bleiben.« Und der Praelector schritt, wie es dem Dekan erschien, erstaunlich energiegeladen durch die Gasse Richtung Silver Street.

Eine Zeitlang verweilte der Dekan noch an der Mühle, sah zu, wie das Wasser über das Wehr und unter der Brücke hinwegstrudelte, auf der er stand, und erinnerte sich wehmütig daran, wie ein südafrikanischer Student aufgrund einer Wette um fünf Pfund mitten im Winter durch den Mühlteich geschwommen war. Das war 1950 gewesen, und der junge Mann hatte Pendray geheißen. Der Dekan fragte sich, was aus ihm wohl geworden war. Er schaute gerade noch rechtzeitig auf, um zu sehen, wie der Praelector weiter hinten in der öffentlichen Toilette verschwand, was seine plötzliche Eile erklärte. Nach dieser neuerlichen Desillusionierung drehte sich der Dekan um und ging in die andere Richtung durch Little St. Mary's Passage. Bevor er nach Porterhouse zurückkehrte, wollte er sich noch im Copper Kettle ein Täßchen Tee genehmigen. Wie er so unglücklich dasaß, wurde ihm klar, warum man den Praelector früher den »Vater des Colleges« genannt hatte. Und auch der Ausdruck »Gang nach Grantchester« hatte für ihn eine ganz neue Bedeutung gewonnen.

An der Universität Kloone beendete Purefoy Osbert seine fortlaufende Betreuung, bei der er einmal im Monat die Arbeiten der Studenten las, mit einem kurzen Kommentar versah und benotete. Er war mit dem befriedigenden Gefühl aus Cambridge angereist, was er Mrs. Ndhlovo zu erzählen hatte, würde sie zweifellos davon überzeugen, daß er ein richtiger Mann war. Er hatte ein paar Tage gebraucht, um seine Erkältung und die Angst zu überwinden, die sich im Labyrinth seiner bemächtigt hatten, doch von da an sah er sich in einem ganz neuen Licht. Er war nach Porterhouse gekommen, um herauszufinden, wer Sir Godber Evans ermordet hatte, und in wenigen Wochen war ihm gelungen, was Anwälte und professionelle Privatdetektive monate- und jahrelang vergeblich versucht hatten. Er hatte die Zeit und den Ort, die Anwesenheit des Dekans und die sonstigen Umstände dieses Ereignisses äußerst sorgfältig notiert, sich sogar in Unkosten gestürzt und in der Benet Street ein Schließfach genommen, wo er diese Aufzeichnungen verwahrte. Allerding war er seiner ersten Eingebung nicht gefolgt, nach London zu fahren und Goodenough und Vera seine Erkenntnisse mitzuteilen, weil die sie wohl als nicht beweiskräftig verworfen oder sofort – und seiner Meinung nach übereilt – aktiv geworden wären. Er brauchte Zeit zum Nachdenken, und außerdem war er sich seiner Theorien über die Verbrechensursachen sowie die Rolle von Polizei und Justiz als Auslöser kriminellen Verhaltens nicht mehr hundertprozentig sicher. Schlimmer noch, Purefoy war zum erstenmal in seinem Leben zwar nicht einem Mörder von Angesicht zu Angesicht gegenübergetreten, hatte aber seine Umrisse gesehen und die Brutalität in seiner Stimme gehört. Skullion hatte kein vernünftiges Argument, keine plausible Ausrede oder auch nur eine Erklärung für seine Tat vorgebracht, lediglich die Drohung, es Purefoy zu sagen, falls ihn der Dekan und die Fellows nach Porterhouse Park abschieben wollten. Purefoy Osbert hatte nie zuvor von Porterhouse Park gehört. Jetzt wußte er, daß man alte Fellows dorthin brachte, sobald sie lästig wurden oder mit der Polizei in Konflikt gerieten. Doch im Grunde blieb die Frage nach Skullions Motiv unbeantwortet. Er hatte noch eine Menge Arbeit vor sich, ehe er Lady Mary, Goodenough und Lapline überzeugende Ergebnisse liefern konnte.

Je intensiver er über das Problem nachdachte, desto mehr neue Haken entdeckte er. Dem Dekan und den anderen Fellows hatte er im Gemeinschaftsraum eröffnet, warum er Sir-Godber-Evans-Gedächtnis-Fellow geworden war, und nun würden sie auf der Hut sein. Purefoy verwünschte sich und seine alkoholbedingte Indiskretion. Sie hatte zur Folge, daß man auf jede seiner Fragen mit Schweigen oder vorsätzlich irreführenden Antworten reagieren würde. Kurzum, er hatte erfahren, was er hatte erfahren wollen, konnte aber nichts damit anfangen. Und es gab noch einen Grund, warum er nicht wußte, was nun zu tun sei, und dieser Grund belastete ihn sehr. Skullion war alt und behindert, eine tragische Gestalt in seinem Rollstuhl und mit der uralten Melone auf dem Kopf, und ihn zu überführen würde niemandem dienen. Lediglich Lady Marys Rachegefühle würden befriedigt, und Purefoy empfand keinerlei Sympathie für sie. Der Mörder würde nie wieder töten, und selbst wenn man ihm seine Tat beweisen könnte, was würde dann ein Gefängnisaufenthalt nützen? Nicht daß, Purefoys wohlinformierter Meinung nach, Gefängnisse irgend etwas nützten. Sie waren Symptome des Versagens einer Gesellschaft und machten krank, was sie eigentlich heilen sollten. Da ihm so viele widersprüchliche Gedanken durch den Kopf gingen, suchte Purefoy Osbert Trost, indem er sich auf seine Liebe zu Mrs. Ndhlovo besann. Ihr würde er alles erklären, und als Frau, die so viel vom Leben gesehen hatte, würde sie mit Sicherheit genau wissen, was zu tun war.

Nachdem er die Durchsicht der Arbeiten beendet und mit allen vierzehn Studenten vereinbart hatte, sie am nächsten Mittag zum Essen in der Mensa zu treffen, um Probleme zu besprechen, die sie mit ihrer Literaturliste haben mochten, machte er sich schon viel besser gelaunt auf den Weg zu Mrs. Ndhlovo. Unterwegs kaufte er ein paar rote Rosen. Mrs. Ndhlovos Wohnung lag im ersten Stock eines großen, kurz nach der Jahrhundertwende erbauten Hauses. Purefoy ging die Treppe hinauf und wollte gerade anklopfen, als die Tür von einer Frau geöffnet wurde, die Mrs. Ndhlovo zwar ähnlich sah, aber nicht sie war, und die sein Anblick seltsamerweise nicht zu überraschen schien. Sie hatte dunkle Haare, trug eine Brille und einen Rock mit einem hochgeschlossenen Pullover darüber. »O mein Gott, Sie sind es«, sagte sie. »Das hätte ich mir denken können. Sie geben wohl nie auf?«

Irgend etwas mußte schrecklich schiefgelaufen sein, soviel stand fest, obwohl er beim besten Willen nicht drauf kam, was das sein könnte, außer daß er sich vielleicht im Haus geirrt hatte und diese Frau ihn für einen Mieteintreiber oder für jemanden hielt, der ihm ähnlich sah und zudringlich geworden war oder sie sogar sexuell belästigt hatte. Purefoy stammelte eine Entschuldigung: »Tut mir schrecklich leid«, sagte er. »Ich suche eine Mrs. Ndhlovo.«

»Mrs. Ndhlovo wohnt hier nicht mehr«, sagte die Frau.

»Verstehe«, sagte Purefoy. »Haben Sie zufällig ihre neue Adresse?«

»Sie wollen Mrs. Ndhlovos neue Adresse haben? Die möchten Sie von mir haben?« sagte die Frau, und die Wiederholung fand Purefoy ziemlich überflüssig, die Betonung geradezu beängstigend. Außerdem hatte er den Eindruck, daß ihre Stimme jetzt anders klang.

»Ja, die möchte ich von Ihnen haben«, bestätigte er und starrte die blauen Augen hinter den dicken Brillengläsern an. »Ich bin ein alter Freund von ihr aus der Universität.«

»Und«, sagte die Frau und musterte ihn ziemlich unverschämt von oben bis unten. »Wie alt?«

»Wie alt?« wiederholte Purefoy, dem immer absonderlicher zumute wurde. Mit dem »Und« hatte sich der Akzent der Frau verändert. Er klang jetzt mitteleuropäisch. »Ach so, Sie meinen, wie lange ich sie kenne? Also, im Grunde kenne ich sie ...«

»Mein ich nich«, unterbrach ihn die Frau. »Ich will Ihr Alter, jetzt.«

Purefoy glotzte sie an. Irgend etwas stimmte hier ganz und gar nicht. Zuerst hatte sie ein relativ normales Mittelklasseenglisch gesprochen, doch nun klang ihr Akzent wie in Filmen, in denen KGB-Verhörexperten vorkamen. Er sah an ihr vorbei in das Zimmer. Mrs. Ndhlovos Kleidungsstücke lagen auf dem Sofa verstreut, und ein geöffneter Koffer stand auf dem Fußboden. »Nun hören Sie mal zu ...«, setzte er an, doch die Frau unterbrach ihn.

»Mrs. Ndhlovo ist verschwunden«, sagte sie. »Wissen Sie, wo sie hin ist?«

»Natürlich nicht«, antwortete Purefoy. »Wenn ich es wüßte, wäre ich ja wohl nicht hier.« Wieder hatte er das deutliche Gefühl, daß das, was hier vorging, keinen Sinn ergab. Erneut hatte sich der Akzent der Frau verändert. Sie klang jetzt eindeutig englisch.

»Aber ihre Leiche könnten Sie identifizieren?«

»Leiche?« wiederholte ein zutiefst beunruhigter Purefoy. Im Verlauf weniger Minuten hatte er die Überzeugung gewinnen müssen, er sei zur falschen Adresse gekommen, er habe eine völlig Fremde kennengelernt, die ihn offenbar erwartet hatte und von einem ganz normalen Englisch in merkwürdig gutturale Laute verfallen war, um nun wieder auf Englisch eine Frage zu stellen, aus der man schließen mußte, daß Mrs. Ndhlovo tot und wenn schon nicht völlig verschwunden, so doch derartig verunstaltet war, daß es eines alten Bekannten bedurfte, sie zu identifizieren. »Leiche? Sie wollen doch nicht ...«

»Wie oft hatten Sie Intimkontakt mit der Frau? Sie waren ihr Liebhaber, jawoll?«

»Großer Gott«, sagte Purefoy und mußte sich am Türrahmen festhalten. Ihm schwindelte, wie diese gräßliche Person die Akzente wechselte – ganz zu schweigen von den frechen Unterstellungen bei ihren Fragen. Und jetzt hatte sie ihn am Arm gepackt und zerrte ihn in das Zimmer. Purefoy Osbert krallte sich am Türrahmen fest. »Hören Sie«, krächzte er, »ich weiß überhaupt nicht, was Sie da reden. Ich habe nicht den geringsten Hinweis ...«

»Aha, genau darauf habe ich gewartet. Hinweis«, sagte die Frau. »In solchen Fällen sind wir auf diese kleinen Fehler angewiesen, Dr. Osbert. Sie sagten ›Hinweis‹.«

Purefoy Osberts Hand ließ den Türrahmen los, weil die Frau

an ihm zerrte, aber vor allem, weil sie ihn soeben Dr. Osbert genannt und sein Entsetzen noch geschürt hatte, als sie von solchen Fällen und Hinweisen sprach. Er taumelte in das Zimmer und lehnte sich an die Wand. Die Frau schloß die Tür ab, steckte den Schlüssel ein und huschte dann, mit einer ausgesprochen unheimlich zu nennenden Bewegung, während der sie ihn keinen Moment aus den Augen ließ, quer durchs Zimmer zur Schlafzimmertür, die sie ebenfalls schloß.

»Setzen Sie sich«, sagte sie. Purefoy blieb stehen, bemüht, einen klaren Gedanken zu fassen. Das fiel ihm keineswegs leicht. Genauer gesagt, es gelang ihm gar nicht. »Habe ich nicht…«, versuchte er zu sagen, merkte jedoch, daß seine Stimme versagte. Sie klang hoch und piepsig. Er versuchte es erneut: »Woher kennen Sie meinen Namen? Und was geht hier vor? Und warum liegen Mrs. Ndhlovos Kleidungsstücke überall verstreut?«

»Ich sagte: Setzen Sie sich«, wiederholte die Frau. Sie zog einen Stuhl von Mrs. Ndhlovos Schreibtisch heran, drehte ihn so, daß seine Rückenlehne auf Purefoy gerichtet war, und nahm dann breitbeinig darauf Platz, wobei sie ein gutes Stück Bein zeigte. Purefoy Osbert schlich sich von der Wand weg und setzte sich auf die Armlehne des Sofas.

»Gut. Also, Dr. Osbert, ich will, daß Sie ganz von vorne anfangen und mir in Ihren Worten erzählen, wie Sie Mrs. Ndhlovo kennengelernt haben.«

Von der Sofalehne aus sah Purefoy sie an und dachte krampfhaft nach. Für ihn stand fest, daß er sich entweder in Gegenwart einer Polizistin in Zivil oder, da sie offenbar allein war und mehrere hauptsächlich ausländische Akzente beherrschte, der Mitarbeiterin eines Geheimdienstes befand. So oder so, sie jagte ihm eine Heidenangst ein. »Woher kennen Sie meinen Namen?« fragte er bei dem Versuch, sich zu orientieren.

»Sie werden meine Fragen beantworten«, erwiderte sie. »Ich bin nicht hier, um Ihre zu beantworten. Wenn Sie nicht kooperativ sind, muß ich meine Mitarbeiter rufen.« Sie warf einen vielsagenden Blick in Richtung Schlafzimmertür.

Purefoy schüttelte den Kopf. Auch ohne jede Unterstützung war diese Frau übel genug. Unglücklich sah er sich in dem Zimmer um, betrachtete die vielen vertrauten afrikanischen Nippsachen und Kinkerlitzchen, die Mrs. Ndhlovo überall verstreut hatte, doch sie spendeten ihm ebensowenig Trost wie ihre Kleidungsstücke und der leere Koffer. »Ich habe sie halt an der Universität kennengelernt«, sagte er. »Im Aufenthaltsraum oder in der Mensa. Irgendwas in der Art.«

Die Frau streckte die Hand nach einem Notizbuch aus und öffnete es. »Wir haben Grund zu der Annahme, daß dies nicht der Wahrheit entspricht«, sagte sie. »Sie haben ihren Abendkurs über Unfruchtbarkeit des Mannes und Masturbationstechniken im Raum fünf des Scargill-Gebäudes besucht. Bei späterer Gelegenheit gaben Sie als Ausrede an, Sie hätten ihn irrtümlich für eine Vorlesung über die Gefängnisreform in Sierra Leone gehalten.«

Purefoy Osbert schluckte mit trockenem Hals. Die Frau klappte das Buch zu und legte es auf den Schreibtisch zurück. »So war es«, gab er zu. »Es war wirklich ein Versehen.«

»In der Woche darauf kamen Sie wieder. Würden Sie das bitte erklären?«

Purefoy sah sich in dem Zimmer um und suchte nach einer passenden Antwort. »Ich wollte nur …«, fing er an und brach wieder ab.

»Sie wollten nur was? Sie wollten nur lernen, wie man masturbiert?«

»Nein, natürlich nicht«, sagte Purefoy wütend. »Das ist unerträglich.«

»Unerträglich? Was meinen Sie mit unerträglich?« fragte die Frau, wobei sie wieder in ihren harten Akzent verfiel. »Sie leiden also nicht an von Klubhausens Syndrom mit die haarige Hände?«

»Herrgott im Himmel«, sagte Purefoy, dem der Angstschweiß ausbrach und der allmählich dachte – sofern er überhaupt noch denken konnte –, daß er verrückt wurde. Davon überzeugte ihn die nächste Frage.

»Sagen Sie, Dr. Osbert, erzählen Sie mir von Ihrem Interesse an Klitorisbeschneidung. Hatten Sie jemals persönlich Erfahrungen damit gewonnen?«

»Was?« schrie Purefoy, und einen Augenblick lang sah es so aus, als bekäme nun auch die Frau Bedenken. »Was haben Sie gesagt?«

»Sie haben mich doch verstanden«, fuhr sie ihn an. »Beantworten Sie die Frage.«

»Persönlich?« brüllte Purefoy. »Wie zum Teufel sollte ich persönlich Erfahrungen mit Klitorisbeschneidung gemacht haben? Ich hab nun mal keine Klitoris, großer Gott.«

»Jawoll, da ist was dran«, gab die Frau zu und wechselte zu Lubjanka 1948. »Nachhärr natürrlich nicht märr, aber vorhärr ...«

»Nachher? Vorher?« schrie Purefoy. »Zu keiner Zeit hätte ich eine Klitoris haben können. Ich bin keine Frau.«

»Sind Sie nicht?« sagte die Frau skeptisch. »Sie besuchen Abendkurse über klitorale Stimulation und Beschneidung an Frauen und sind keine Frau? Das werden wir in einer anderen Phase der Untersuchung überprüfen.«

Purefoy hätte am liebsten gesagt, das könne sie auch sofort prüfen, überlegte es sich aber anders.

»Also«, sagte die Frau, »wann haben Sie Mrs. Ndhlovo zuletzt lebend gesehen?«

Purefoy Osbert wurde ganz elend. »Heißt das, sie ist tot?« stammelte er.

Die Frau erhob sich. »Sie müßten doch wissen, Dr. Osbert, in welchem Zustand sie sich befand, als Sie sie zuletzt sahen. Lebte sie da noch, Dr. Osbert? Oder war sie schon... Na schön, ich werde die Frage umformulieren.« Sie brach ab und schwieg eine halbe Minute lang. Purefoy kam es länger vor. So etwa wie eine halbe Stunde. »Nun?« fuhr sie ihn plötzlich an. »Wie lautet Ihre Antwort?«

Purefoy blinzelte. »Worauf?« fragte er schwach. »Sie sagten, Sie wollten die Frage umformulieren.«

»Die Frage umformulieren, Dr. Osbert? Warum sollte ich das tun?« Purefoys Finger krallten sich in die Rückenlehne des Sofas. Mehr konnte er nicht tun, um die Realität in den Griff zu bekommen. Als wäre das alles noch nicht genug, bildete er sich ein, daß er in einem hinteren Zimmer der Wohnung jemanden schluchzen hörte. »Ich habe keine Ahnung, warum Sie sagten, Sie wollten die Frage umformulieren«, sagte er. »Woher soll ich das wissen? Ich wußte ja gar nicht, um welche Frage es ging.«

»Wirklich raffiniert«, sagte die Frau. »Ihre ausweichenden Antworten sind psychologisch interessant. Offensichtlich haben Sie sich auf genau diese Art Befragung vorbereitet. Und die Blumen sind auch von einer gewissen Bedeutung. Die haben Sie als Hinweis darauf mitgebracht, daß Sie nicht wissen, was geschehen ist? Ist das korrekt?«

»Stimmt nicht. Ich habe sie für Mrs. ...«

»Falsch«, fauchte die Frau, deren blasse Augen hinter den Brillengläsern glitzerten. »Falsch. Es wird Zeit, daß Sie sich den Realitäten stellen.« Sie stieg von ihrem Stuhl, begab sich zur Schlafzimmertür, und einen Augenblick lang schöpfte Purefoy Hoffnung.

An der Tür blieb die Frau stehen und sah ihn noch einmal an. »Kein schöner Anblick«, sagte sie mit belegter Stimme. »Drei Wochen bei aufgedrehter Zentralheizung und geöffneter Kühlschranktür sind alles andere als hübsch. Aber Sie kennen sich ja aus, was die Verwesung angeht, die einsetzende Verflüssigung, sobald ...«

Purefoy war aschfahl geworden und schwitzte heftig. »Um Himmel willen, bringen wir es hinter uns«, quäkte er. Das Schluchzgeräusch war jetzt unüberhörbar. Schwungvoll öffnete die Frau die Tür und schob Purefoy Osbert in das Zimmer. Mrs. Ndhlovo lag auf dem Bett, ein Taschentuch im Mund, das Gesicht rot angelaufen, Tränen liefen ihr über die Wangen, und die Knie waren wie in einem Krampf an den Körper gezogen. Einen Augenblick lang glotzte Purefoy sie mit offenem Mund an, von Erleichterung überwältigt. Es war ein kurzer Augenblick. Ihr fehlte absolut gar nichts. Sie bog sich nur vor Lachen.

Mit einem letzten Zucken rollte sie vom Bett und zog sich das Taschentuch aus dem Mund. »O Purefoy«, sagte sie mit schwachem Stimmchen, »du warst umwerfend.«

Doch Purefoy Osbert hörte sie kaum. Auch die andere Frau krümmte sich vor Lachen. Blind vor Wut stürmte er an ihr vorbei aus der Wohnung und stampfte gleich darauf wütend die Straße hinunter. Er hatte von Mrs. Ndhlovo, der Universität Kloone und dem ganzen verfluchten Haufen die Nase gestrichen voll. Wenn es nach ihm ging, konnten sie ihm allesamt gestohlen bleiben. Er holte in der Universität nicht einmal seine Unterlagen ab, sondern machte sich gleich auf die lange Rückfahrt nach Cambridge. Und unterwegs entwarf er einen Brief, in dem haarklein stand, was er von dieser verdammten Mrs. Ndhlovo hielt.

In der Wohnung, die er soeben verlassen hatte, schaute die

Frau, die er für Mrs. Ndhlovo gehalten und die ihm gegenüber darauf bestanden hatte, so angeredet zu werden, von den am Boden liegenden roten Rosen auf und sagte traurig zu ihrer Schwester: »Diesmal sind wir wohl zu weit gegangen. Armer Purefoy. Das wird er mir vermutlich nie verzeihen. Und du mußt zugeben, daß er den Tatsachen sehr tapfer ins Auge gesehen hat.«

»Wenn er dich wirklich liebt, kommt er drüber weg«, sagte ihre Schwester. »Und wenn er nicht irgendwo Humor hätte, wäre er sowieso nicht wert, geheiratet zu werden.«

»Das wird man ihm nicht leicht erklären können«, sagte Ingrid. »O weh, immer wieder sucht uns die Vergangenheit heim.«

27

An eine Schwarze heranzukommen, die zu dem bereit war, was General Cathcart D'Eath für Purefoy Osbert vorgesehen hatte, war schwieriger als erwartet. Seine Kontakte zum Sondereinsatzkommando SAS hatten ihm dabei überhaupt nichts genützt. »Sparmaßnahmen«, wurde ihm beschieden. »Die Hälfte unserer Jungs sind irgendwohin abgeordnet oder helfen den Amerikanern. Wir sind praktisch eine Einheit, die sich selbst finanzieren muß. Die Lage stinkt zum Himmel. Tut uns leid, daß wir nicht behilflich sein können, aber so ist es nun mal. Haben praktisch Einstellungsstop.« Infolgedessen hatte die Zulufrau ihren Arbeitsplatz verloren und war wieder nach Südafrika gezogen, um die dortigen neuen Verteidigungsstreitkräfte auf Vordermann zu bringen, und von den Kumpels des Generals konnte ihm keiner eine Alternative vorschlagen.

Schließlich mußte er sich mit einer strammen Weißen aus Thetford begnügen, die ihm einer seiner Stallburschen als »scharfe Alte« und »nicht wählerisch« empfohlen hatte.

Als der General sie über den Tresen der Kneipe hinweg, in der sie arbeitete, musterte, verstand er, was der Mann gemeint hatte. Sie war eine ältliche Wasserstoffblonde, deren Verfallsdatum schon längst abgelaufen war; ihre beste Zeit waren die sechziger und siebziger Jahre gewesen, als auf den amerikanischen Luftstützpunkten am meisten Betrieb herrschte und sie sich mit den Jungs in Mildenhall und Alconbury und so weiter köstlich amüsiert hatte, Sie verstehen? Das tat der General seiner Meinung nach und verabredete mit ihr, daß sie sich in dem Haus gegenüber des botanischen Gartens einfand, das er für seine eigenen merkwürdigen Bedürfnisse als geheimen Treffpunkt unterhielt. Es war von Bürogebäuden umgeben, und das Erdgeschoß wurde tagsüber von Architekten genutzt. Es unterschied sich von den anderen Häusern in der Straße praktisch nicht und hatte außerdem den Vorteil, daß man es durch die Garage betreten konnte, die hinter dem Haus in eine Gasse mündete. In einem rosafarbenen und geräuschisolierten Schlafzimmer besprach hier der General die Kostümauswahl und das Szenario, das ihm für seine Kandidatin vorschwebte. »Er ist ein ziemlich junger Mann«, sagte er und merkte, daß er gar nicht genau wußte, wie alt Dr. Osbert war.

Myrtle Ransby sagte , sie mochte junge Männer. Alte Männer übrigens auch. »Sind erfahrener, verstehen Sie?«

Der General zog es vor, es nicht zu tun. Auf der Skala seiner Geschmacksrichtungen war kein Platz für jemanden, der so reif wie Myrtle war. Er konzentrierte sich lieber auf Purefoy Osberts mutmaßliche Vorlieben. Im Nebenraum hinter dem Spiegel hatte Sir Cathcarts attraktive Sekretärin bereits die Kamera ausgerichtet und den Ton eingestellt. »Die Sache ist die«, fuhr er fort, »daß er lange in Afrika war, genauer gesagt Südafrikaner ist, und schwarze Frauen findet er nicht nur anziehend, sondern auch beängstigend. Ziel dieser Therapie ist, ihm zu beweisen, wie irrelevant Hautfarbe ist...«

»Gar nicht wahr«, sagte Myrtle, doch ein Blick des Generals ließ sie verstummen.

»Mit anderen Worten, unter der Haut sind wir alle genau gleich, und daher tragen Sie diesen... äh, Artikel.« Sir Cathcart deutete auf ein schwarzes Latexkostüm, das über einem Stuhl hing. »Dann müssen Sie sich weniger schwärzen, und es wird Ihnen helfen, Ihre Reize zu bändigen, die Sie, wie Sie zugeben müssen, im Überfluß besitzen.«

»Och, Sie sind ja schlimm, General, ein ganz Schlimmer sind Sie«, sagte Myrtle Ransby.

Sir Cathcart beschränkte sich auf zweifelhafte Komplimente. Um Myrtle Ransbys Aussehen zu beschreiben, hätte er nicht das Wort schlimm gewählt. Der Zahn der Zeit und die Exzesse langer stürmischer Nächte sowie der Alkohol hatten ihren Tribut gefordert. Sie war weit schlimmer als schlimm. Besonders auffallend war ihre Frisur.

»Ich begreife nicht, warum Sie mich in die Gummikapuze stecken wollen, wenn es immer noch natürlich aussehen soll«, sagte sie. »Damit ruiniert man bloß mein toupiertes Haar.«

»Da ist etwas dran«, sagte der General und fragte sich allmählich, ob er je wieder unvoreingenommen schwarzen Latex betrachten konnte. Jedenfalls würde das Kostüm den von ihm bevorzugten kleineren Frauen nicht mehr passen, und er zweifelte nicht daran, daß Dr. Osbert eine grundlegende Änderung seiner sexuellen Perspektive bevorstand. Andererseits hätte ihn eine nackte und weiße Myrtle glatt in den Wahnsinn getrieben.

Hinter der Trennwand, wo sie sich auf Geheiß des Generals

umkleiden mußte, mühte sich Myrtle ab. »Da kommt man unheimlich schwer rein«, rief sie. »Sind Sie sicher, daß es nicht für eine kleinere Person angefertigt wurde? Ich hab schließlich meine Proportionen, echt.«

»Und ob Sie die haben, meine Liebe«, bestätigte Sir Cathcart, »und zwar ganz entzückende.«

Zehn Minuten später kam Myrtle hinter der Trennwand hervor und entsprach seinen schlimmsten Erwartungen. Durch die für ihre Brustwarzen vorgesehenen Löcher quoll rosa Haut. »Das liegt daran, daß ich beim Anziehen unten anfangen mußte«, erklärte sie atemlos. »Sie sind weiter nach oben gequetscht. Wenn Sie den Finger durchstecken und sie packen würden, könnte man sie nach unten ziehen, damit sie am richtigen Platz wären.«

Der General biß die Zähne zusammen und tat wie ihm geheißen. Angenehm war es nicht, und Myrtle machte es keineswegs einfacher, als sie sich an ihn schmiegte und flüsterte, er sei ein wirklich entzückender Mann. Doch schließlich quollen ihre riesigen Warzen durch die Löcher, und dahinter nahmen ihre Brüste ein orthodoxeres, wenn auch wulstiges Aussehen an. Das einzige Problem bestand darin, daß die Brustwarzen nicht schwarz waren.

»Dann müssen wir sie eben färben«, sagte der General. »Mir fällt keine andere Lösung ein.«

»Meine Augen kann man nicht färben, Schätzchen. Was wollen Sie damit machen?«

Der General dachte ein Weilchen über dieses Problem nach. »Am besten wäre, wenn Sie ihn nicht zu direkt ansähen. Die Kapuze ist eine zusätzliche Hilfe, und die Beleuchtung werden wir schummrig lassen. Außerdem nehme ich stark an, daß er seine Aufmerksamkeit einigen anderen Körperteilen widmen wird, die ihm viel näher sind.«

Myrtle kicherte. »Oh, also so was«, sagte sie. »Dann soll ich ihm wohl auch das alte Hustenmittel geben, stimmt's?

»Hustenmittel? Ich kann Ihnen nicht folgen.«

»Na, Cunnilingus natürlich. Einige Fallatis stehen drauf, klar?«

»Aber ja, ja doch, vollkommen«, antwortete Sir Cathcart erschaudernd, »ich kann Ihnen aber versichern, daß das nicht mein Bier ist.«

»Oh, Sie schlimmer Schlawiner, General. Auch das noch. Glauben Sie, er hätte gern ein hübsches...«

»Das fände er bestimmt ganz köstlich, aber wir sollten trotzdem drauf verzichten. Nun denn, der Plan sieht so aus...«

»Ich muß mal pieseln«, sagte Myrtle. »Dieses schrecklich enge Kostüm drückt meine...«

»Schon recht«, sagte der General laut und fragte sich, wie lange das wohl dauern mochte. Wenn sie sich aus dem Kostüm pellen müßte, wäre sie mehrere Stunden beschäftigt.

Doch sie war im Nu wieder da. »Wirklich praktisch, dieses Loch da unten«, sagte sie, »doch wenn Sie mich fragen, könnte es noch ein bißchen geweitet werden, damit er die alte Oralbehandlung auch voll ausnutzen kann, verstehen Sie?«

»Das kriegen Sie bestimmt irgendwie hin«, sagte Sir Cathcart, den mittlerweile ein leichter Ekel erfaßt hatte. »Wie bereits erwähnt, er hat eine ambivalente Einstellung zu Frauen und insbesondere...«

»Ach je, so einer ist er also?« unterbrach ihn Myrtle. »Heutzutage gibt es so viele von der Sorte, nicht wahr? Ich weiß nicht, was aus der Welt werden soll. Neulich erst hab ich zu meinem Männe gesagt...«

»Das glaube ich Ihnen gerne, aber bringen wir es hinter uns«, sagte der General gereizt. »Ich wollte gerade sagen, daß er ein echter Fesselungsfreak ist und sich vielleicht ein wenig wehrt, wenn er Sie hereinkommen sieht. Probleme wird es aber keine geben. Mein Mitarbeiter wird Ihnen zur Seite stehen.«

»Aha, ein Pärchen also? Ich wußte gar nicht, daß es Pärchen sein sollten. Öfter mal was Neues, wie ich immer sage.«

»Das glaube ich gern. Doch es ist nur ein Pärchen beteiligt, nämlich Sie und der junge Mann. Sobald Sie ihn pudelnackt haben, kann es bei ihm womöglich zu Erregungsschwierigkeiten kommen. Ja, wenn ich Sie so aufgedonnert sehe, bin ich mir fast sicher, daß er …«

»Das ist nun wirklich nicht nett von Ihnen, ehrlich«, sagte Myrtle. »Ich bin vielleicht nicht mehr so jung wie früher, aber …«

»Das nicht«, sagte der General rasch. »Sondern weil er Sie für eine Schwarze hält. Ich habe Ihnen doch gesagt, er ist Südafrikaner und hat Probleme mit schwarzen Frauen. Und genau deshalb geben wir uns für den armen Kerl so große Mühe. Und darum, liebe Myrtle, sind Sie genau die Richtige für ihn, nämlich eine reife und attraktive erfahrene Frau, die seine sexuelle Orientierung gründlich umkrempeln kann.«

Myrtle Ransby plusterte sich auf. »Das ist natürlich was anderes. Ich wollte schon immer Schauspielerin sein«, sagte sie. »So ungeheuer kultiviert.«

»Nun, ergreifen Sie die Gelegenheit beim Schopf. Zuerst werden Sie ihn als Schwarze zufriedenstellen, wobei er sich als Resultat seiner phobischen Reaktion zunächst ein wenig wehren mag. Doch dann werden Sie sich nach und nach in all Ihrer strahlenden Schönheit als die entzückende weiße Frau offenbaren, die Sie sind.«

»Heißt das, ich darf mal wieder einen guten alten Striptease hinlegen? Oh, das gefällt mir echt. Man zieht sich gaaanz langsam aus und tanzt zwischendurch ein bißchen.« Sie verstummte und schien verwirrt. »Hat er denn einen Knebel im Mund? So wie die meisten Fesselungsfreaks?«

»Aber natürlich«, sagte der General. »Das hätte ich erwähnen müssen. Wieso, gibt es da ein Problem?«

»Tja, ich verstehe nicht, wie er mir das alte Hustenmittel geben kann, wenn er geknebelt ist.«

»Wenn ich es recht bedenke, ist das allerdings ein Problemchen, aber irgendwie werden Sie schon eine Lösung finden. Improvisation, Sie verstehen schon. Schließlich hat er eine Nase und so was. Das gilt, solange Sie eine Schwarze sind. Sobald Sie sich als Weiße zu erkennen gegeben haben, können Sie auf den Knebel verzichten. Dann wird er Sie in dem Bereich so zufriedenstellen, wie er nur kann. Und noch eins: unter der Kapuze tragen Sie diesen kleinen Ohrhörer. Da ist ein winziger Empfänger drin, und ich werde Ihnen sagen, was Sie tun sollen, und dergleichen. Die benutzt man andauernd bei Filmdreharbeiten und im Fernsehen, verstehen Sie? Tja, mehr fällt mir im Moment nicht ein. Sie können jetzt die Latexklamotten ausziehen und wieder in Ihre Laméhose schlüpfen. Ganz bezaubernd, das muß ich wirklich sagen.«

Myrtle Ransby verschwand hinter der Trennwand und brauchte viel länger, um aus ihrem Kostüm herauszukommen, als beim Ankleiden. Doch wenigstens mußte Sir Cathcart nicht wieder mit seinen Fingern zur Hilfe kommen. Statt dessen dachte er über die erforderliche Diskretion nach. Da ihm Dr. Osbert nicht persönlich bekannt war, konnte er nicht genau wissen, was dieser davon hielt, wenn man ihn in einem fremden Haus ans Bett fesselte und sexuellen Gefälligkeiten unterzog, die Myrtle ihm so selbstlos anbieten würde. Später einmal, wenn er erst die Videoaufnahme gesehen hatte, wäre es etwas anderes, aber es empfahl sich dennoch, kein Risiko einzugehen. »Übrigens sollten Sie sich besser einen Künstlernamen zulegen«, sagte er. »Wenn er nämlich weiß, daß Ihr richtiger Name Myrtle Ransby ist, könnte er unter Umständen zur Plage werden, wenn er sich in Sie verknallt oder so.«

Hinter der Trennwand wurde gekichert. »Och, Sie Dummerchen, Sir Cathcart. Sie glauben doch wohl nicht im Ernst, daß ich wirklich Myrtle Ransby heiße? Natürlich nicht. Wie die Yanks immer gesagt haben, den benutze ich für Sondereinsätze. Mein Männe hätte was dagegen, wenn ich rumliefe und erzählen würde, wer ich wirklich bin. Er hat eine sehr gute Stellung bei der British Telecom.«

»Na, dann ist ja alles in Ordnung«, stellte der General fest. »Und was sagten Sie doch gleich, wie viele Kinder Sie haben?«

»Hab gar nichts gesagt«, sagte Myrtle, die immer noch mit ihrem Kostüm zu kämpfen hatte. »Es sind aber neun, die Fehlgeburten nicht mitgerechnet.«

»Aha«, sagte Sir Cathcart, der schon vermutet hatte, daß sie die Mutter einer Großfamilie war. Wie auch immer, noch etwas machte ihm Sorgen. Wenn sie so raffiniert war, bei Sondereinsätzen einen falschen Namen zu verwenden und neun Kinder sowie einen Mann bei der British Telecom versorgen mußte, war sie auch pfiffig genug herauszufinden, wer er war. Plötzlich dämmerte ihm, daß sie ihn »General« und »Sir Cathcart« genannt hatte. In dem Bewußtsein, daß diese schauderhafte Frau in der Lage war, ihn zu erpressen, beschloß der General, Vorsichtsmaßnahmen zu ergreifen.

»Wenn Sie einverstanden sind, meine Liebe«, sagte er, als sie in ihrer Goldlaméhose, einem durchsichtigen grellroten Top und einem Mantel mit Leopardenfellmuster wieder auftauchte, »ich muß nur mal eben einem Geschäftspartner von mir einen Besuch abstatten. Wir haben da ein kleines Unternehmen am Laufen, und ich möchte, daß Sie ihn kennenlernen. Er ist ein interessanter Kerl mit besonderen Fähigkeiten und würde bestimmt gern einer so zauberhaften Person wie Ihnen begegnen.«

Sie betraten die Garage und fuhren nach Coft Castle.

»Oh, ist ja todschick«, sagte Myrtle bewundernd. Sir Cathcart fuhr an dem Schild mit der Aufschrift »Cathcarts Katzenfutterfabrik« vorbei, wo sie ausstiegen.

»Hier herein, meine Liebe«, sagte der General und führte Myrtle in den Schlachthof, wo Kentucky Fry gerade einen uralten Hengst abhäutete, den er erst kurz zuvor getötet hatte.

»Kentucky Fry, ich möchte Ihnen Miss Myrtle vorstellen ...«, begann der General, doch Myrtle Ransby war die Botschaft der gräßlichen Szene samt Kudzuvines blutbeschmiertem Messer nicht entgangen. »Sie müssen sich wegen mir keine Sorgen machen, Bischof«, winselte sie, als man ihr aus dem Schuppen wieder herausgeholfen hatte. »Ich werd zu keinem ein Sterbenswörtchen sagen, ich schwör's bei Gott.«

Sir Cathcart strahlte sie an. »Natürlich nicht, meine Liebe«, sagte er. »Und bestimmt möchten Sie im voraus bezahlt werden.«

Myrtles Miene hellte sich merklich auf. So einen Gentleman wußte sie zu würdigen.

»Wäre Ihnen die Hälfte jetzt und die andere Hälfte nachher recht?«

»Aber ja. Ausgesprochen großzügig von Ihnen«, sagte sie, doch zu ihrer Überraschung holte der General ein Bündel großer Geldscheine heraus und riß sie entzwei.

»Nur keine Bange. Die Banken akzeptieren auch problemlos zerrissene Scheine. Man klebt sie einfach mit Tesafilm wieder zusammen«, erklärte er und reichte ihr das halbe Bündel.

»Ja, Bischof, ganz wie Sie meinen. Und ich sag keinem ein Sterbenswörtchen.«

»Dann ruf ich Sie an, sobald unser junger Freund bereit ist«, sagte der General. Myrtle Ransby stieg in den Wagen und wurde weggefahren.

Als nächstes besprach sich Sir Cathcart mit seiner Sekretärin, einer Blondine aus Las Vegas, die ganz wild auf Generäle und Pferde war und nichts dagegen hatte, nicht mehr in der Nähe von gewissen Typen in Nevada zu sein. »Also, meine Liebe«, sagte er, »was haben Sie über Dr. Osbert herausgefunden? Haben Sie im Pförtnerhaus angerufen, wie ich es Ihnen gesagt habe?«

»Puh, General, die Leute da sagen, er ist Einzelgänger und ein Spinner. Wissen Sie, worauf er steht? Sie werden es nicht glauben.«

»Verraten Sie es mir, meine Liebe«, sagte Sir Cathcart und genehmigte sich einen großen Scotch, um die Erinnerung an das mit Myrtle Ransby prall gefüllte schwarze Latex zu verdrängen. Das Goldlamé und das Leopardenfell waren auch nicht viel besser gewesen. »Worauf steht er?«

»Auf Penisse.«

»Auf Penisse, meine Liebe? Sind Sie da sicher?«

»Das hat man mir gesagt. Das ist doch nun echt 'ne ziemliche Nummer, schätze ich.«

»Das können Sie aber laut sagen«, bestätigte der General und nahm einen großen Schluck Whisky. Ein Mann, der Mrs. Ndhlovo Briefe entlocken konnte, in denen sie für gewisse Masturbationstechniken die Verwendung von Avocados vorschlug, und der zudem auf Penisse stand, vereinte so viele sexuelle Neigungen auf sich, daß er vielleicht sogar die ältliche und überreife Myrtle Ransby attraktiv fand. »Was genau haben sie denn gesagt?« erkundigte er sich. »Und die Leute wußten doch hoffentlich nicht, wer Sie sind, oder?«

»Aber nein, General, ich habe mich an Ihre Anweisungen

gehalten. Daß ich von der Botschaft sei, aufgrund eines Visumantrags von Dr. Osbert anriefe und genaue Auskünfte über sein Spezialgebiet bräuchte.«

»Und da sagte man Ihnen Penisse? Bestimmt wurden Sie veralbert. Der Kerl ist Fachmann für Verbrechen und Strafmaßnahmen. Er hat ein Buch über Tod durch den Strang geschrieben. Ist mir schleierhaft, was das mit Penissen zu tun hätte. Es sei denn ...« Er hielt kurz inne und grübelte nach. »Allerdings heißt es, man bekäme im Augenblick seines Todes eine Erektion und einen Orgasmus. Nicht daß das unter diesen Umständen ein großer Trost wäre.«

Die junge Frau warf einen Blick auf ihre Notizen. »Hier steht's ja«, sagte sie. »Ich fragte nach seinem Spezialgebiet, und sie antworteten, er sei der Sir-Godber-Evans-Gedächtnis-Fellow, ein Kriminalstrafkundler und sehr penibel.«

»Ach so«, sagte Sir Cathcart und war beruhigt. »Das hat aber nun rein gar nichts mit Penissen zu tun. P-E-N-I-B-E-L heißt soviel wie sorgfältig oder genau, und hat mit dem Wort P-E-N... egal. Den Fehler kann ein Mädchen schon mal machen. Dann wollen wir mal sehen, was haben wir hier?«

Er blätterte die Kopien von Purefoys Briefen durch, die ihm der Dekan gegeben hatte. »Da haben wir's ja. Die amerikanische Gesellschaft zur Abschaffung grausamer und unmenschlicher Bestrafung. Deren Vorsitzender kommt im August nach England und würde gern Dr. Osbert kennenlernen, dessen Buch etc. pp. Unleserliche Unterschrift der Sekretärin. Das ist wohl genau das Richtige. Der Briefkopf läßt sich leicht nachmachen, und mit Umschlag und Briefmarke dürfte es keine Schwierigkeiten geben. Nun denn, meine Liebe, da Sie ja nun in Ihr hübsches Köpfchen gekriegt haben, daß penibel nicht direkt etwas mit Pillermännern zu tun hat, werden Sie in Kürze als hiesiges eingeschriebenes Mitglied der amerikanischen Gesellschaft zur Abschaffung grausamer und unmenschlicher Bestrafung das Treffen mit der Vorsitzenden vorbereiten und es kaum erwarten können, den ehrenwerten Dr. P. Osbert kennenzulernen, Verfasser von *Fallstricke*. Ich besorge mir bei Heffer's ein Exemplar, und Sie ackern das dann durch. Das wird Ihnen doch wohl nicht besonders schwerfallen, oder?«

»O Mann, General, es ist eine große Ehre, Ihnen behilflich zu sein«, sagte die Blondine. »Egal wobei, Sie müssen's bloß sagen.«

»Wirklich sehr freundlich von Ihnen«, sagte der General, ging nach oben und fragte sich zum erstenmal, weshalb Amerikaner häufig solche Experten in den kompliziertesten Bereichen des Lebens, in einfachen Dingen wie beispielsweise Geographie aber völlige Ignoranten waren. Lag wohl an der Spezialisierung. Daran, und daß sie keine Europäer waren. Was nicht hieß, daß Myrtle Ransby intelligenter wäre. Gott allein wußte, was sie aus penibel gemacht hätte.

28

In Porterhouse gab es zahlreiche Anlässe, bei denen man den Eindruck gewinnen konnte, die maßlose Völlerei früherer Rektoren sei bis in die Gegenwart herübergerettet worden. Dies traf besonders auf Donnerstagabende zu. Donnerstags gab es immer ein exzellentes Dinner. Freitags war Fischtag; ursprünglich aus religiösen Gründen hatte es Fisch zum Mittag- und zum Abendessen gegeben, aber heute war es einfach eine Tradition, an der der Koch eisern festhielt. Doch da Fisch nicht sehr sättigend war und zu viele Gräten enthielt, als daß man sich große Brocken in den Mund stopfen könnte, sorgten die Fellows Donnerstag abends mit Fleisch und sättigenden Beilagen ordentlich vor. Und am zweiten Donnerstag nach Ostern standen immer *Canards pressés à la Porterhouse* auf dem Speiseplan. An jenem Donnerstag kam General Sir Cathcart D'Eath ins College, um zu speisen. »Muß mich doch mal wieder zugunsten der Gesellschaft sehen lassen, der großartigen Gemeinschaft alter Porterhäusler, deren Geist die Kontinente umspannt«, dröhnte er im Gemeinschaftsraum, wo sich die Fellows auf einen Sherry versammelt hatten. Die Unterhaltung kam gerade einmal wieder ins Stocken, bei solchen Versammlungen keine Seltenheit.

Der Kaplan brach das Schweigen. »Was hat Cathcart gesagt?« brüllte er. Er hatte vergessen, sein Hörgerät einzuschalten.

Dr. Buscott ergriff die Gelegenheit, auf die er schon ewig gewartet hatte, nämlich seit der General ihn irrtümlich für einen Jungpförtner gehalten und ihn gerügt hatte, er solle sich gefälligst die Haare schneiden lassen, oder er sei die Stellung los. »General Sir Cathcart D'Eath«, verkündete er in einem Tonfall, der dem Toastmaster bei einem turbulenten Umtrunk zur Ehre gereicht hätte, »General Sir Cathcart D'Eath KCMG etcetera hat soeben erklärt, der Geist der alten Porterhäusler umspanne die Kontinente.«

»Was um alles in der Welt meint er denn damit?«

»Ich habe nicht die geringste Ahnung«, erklärte Dr. Buscott und zog sich in die Gesellschaft seiner Wissenschaftskollegen zurück, wo er sich sicherer fühlte.

Der Obertutor überredete den General, noch einen Amontillado zu trinken. »Das ist etwas sehr Feines, Special Old Amontillado. Den gibt es bei uns nur zu besonderen Anlässen.«

»Wo ist der Dekan?« fragte der General, der am liebsten gesagt hätte, er sei nicht gekommen, um sich von langhaarigen Lümmeln beleidigen zu lassen, die seine Titel mit einem etcetera abtataten. Er hatte einen besonderen Grund, an diesem Abend anwesend zu sein: Er hoffte, Dr. Osbert kennenzulernen und herauszufinden, ob er der geeignete Kandidat war, Myrtle Ransby ausgeliefert zu werden. »Hat keinen Zweck, die alte Scharteke an einen sexuellen Leistungssportler zu vergeuden, der nichts dagegen hat, unter einer halben Tonne in Gummi verpackte Speckschwarte abgefilmt zu werden. Man muß seine Psyche ergründen, verstehen Sie? Manche Burschen mögen so was«, hatte er seiner Sekretärin gesagt, die das nicht zum erstenmal zu hören bekam. Den Sherry in der Hand, sah er sich jetzt in dem außergewöhnlich vollen Gemeinschaftsraum nach dem Dekan um.

»Ich finde ihn nicht«, bemerkte der Obertutor. »Übrigens war er in letzter Zeit leicht von der Rolle. So wie wir alle. Diese gräßlichen amerikanischen Fernsehleute und der Schaden an der Kapelle, Sie wissen schon.«

»Ja natürlich«, dröhnte der General, »aber ich habe gerüchteweise gehört, daß der Schadensersatz gewaltig sein wird. Zwangsläufig. Wie mir Kentucky Fry erzählt hat, sind das milliardenschwere Leute.«

»Kentucky Fry?« wiederholte der Obertutor. »Ich begreife ums Verrecken nicht, wie Leute so ein Zeug runterkriegen. Eines Abends habe ich mal in London den Fehler gemacht. Absolut unverdaulich.«

»Tatsächlich?« sagte der General und musterte den Obertutor mißtrauisch. Er hatte das dumpfe Gefühl, daß ihn da jemand auf den Arm nahm.

Das wurde durch den Kaplan bestätigt, der mittlerweile sein Hörgerät eingeschaltet hatte. »Die Hähnchen von Colonel Soundso«, rief er. »Habe ich einmal gegessen. Scheußliches Zeug.

Die Bedienung war allerdings sehr attraktiv. Entzückende Beine.«

»Was ist denn der neue Bursche für einer, dieser Godber-Evans-Fellow?« fragte der General, um das Thema zu wechseln.

»Ist gestorben, wissen Sie?« grölte der Kaplan. »Überrascht mich, daß es Ihnen keiner erzählt hat. Ermordet worden, heißt es.«

»Was?« sagte der General. »Ermordet? Schon?« Er sah sich nach dem Obertutor um, doch der war in der Menge verschwunden.

»Erstaunlich, daß keiner Sie informiert hat«, fuhr der Kaplan fort. »Ist schon eine ganze Weile her. Ich fand es höchst beunruhigend. Natürlich war er bei uns allen unbeliebt, aber ...« Das Eintreffen des Praelectors verhinderte, daß weitere Informationen die Angelegenheit hätten klären können.

»Ich habe soeben das mit Dr. Osbert gehört«, teilte ihm der General mit.

Der Praelector warf ihm einen merkwürdigen Blick zu und schüttelte den Kopf. »Eine üble Geschichte«, sagte er. »Ich mache den Obertutor dafür verantwortlich.«

»Den Obertutor?« sagte der General. »Sie wollen mir doch nicht allen Ernstes erzählen ...« Ein Kellner mit Karaffe schob sich zwischen sie und schenkte nach.

»Er hätte nie zulassen dürfen, daß man ihn als Fellow aufnahm«, fuhr der Praelector fort. »Wir wurden nicht ordnungsgemäß informiert. Es hieß lediglich, einige Freunde aus der Londoner City hätten das Geld bereitgestellt. Jetzt ist es natürlich zu spät. Das Kind ist in den Brunnen gefallen.«

»Es ist nie zu spät, um Buße zu tun«, blaffte der Kaplan, den der Kellner beiseite geschoben hatte und der sich erst jetzt wieder zu ihnen gesellte. »Andererseits hat man dazu keine Gelegenheit mehr, wenn man ermordet wurde.«

Diesmal war der Praelector schockiert. »Benutzen Sie dieses Wort nicht«, herrschte er den Kaplan an. »Das ist nicht offiziell. Wir dürfen nicht zulassen, daß sich Gerüchte verbreiten.«

»Das will ich verdammt noch mal meinen«, sagte Sir Cathcart. »Ich jedenfalls hatte keine Ahnung.«

»So ging es uns allen«, sagte der Praelector. »Ich habe es erst heute nachmittag erfahren.«

Der Kaplan sah ihn baß erstaunt an. »Aber Sie waren doch dabei, als er es zugab. Genau wie wir alle, und zwar nach seinem Einstandsdinner. Als er sich einen angesoffen hat.« Doch bevor die Frage zufriedenstellend geklärt werden konnte, wurde zum Dinner gerufen. Sie marschierten langsam in den Speisesaal, wo der Kaplan das Tischgebet brüllte.

»Praelector«, flüsterte Sir Cathcart verschwörerisch, als sie endlich Platz genommen hatten, »jetzt können wir zwar nicht über Dr. Osbert reden, aber vielleicht sollten wir uns nachher unter vier Augen unterhalten.«

»Ganz wie Sie möchten«, sagte der Praelector so unbekümmert, daß es dem General die Sprache verschlug, »obwohl ich ehrlich gesagt dachte, wir sollten eher die andere … ähem … nun ja, Angelegenheit erörtern.«

Sir Cathcart schaute sich vorsichtig um. »Die andere Angelegenheit?« wiederholte er zwischen zusammengebissenen Zähnen. »Welche andere Angelegenheit?«

»Kann jetzt nicht drüber reden«, sagte der Praelector eilig. »Ich hoffe bei Gott, daß der Kaplan die Klappe hält. Erst heute nachmittag habe ich den Dekan gebeten, es nicht weiterzusagen. Wenn es dem Obertutor zu Ohren käme, wäre wirklich die Hölle los. Der Zustand dieses Burschen ist schon schlimm genug, da muß man ihn nicht zusätzlich provozieren. Der ist so labil wie der Teufel persönlich.«

»Ja«, pflichtete ihm Sir Cathcart bei, und dachte bei sich,

daß ein Mensch, der erst kürzlich den Sir-Godber-Evans-Gedächtnis-Fellow umgebracht hatte, allerdings ziemlich daneben sein mußte. Labil war da noch geschmeichelt. Er beobachtete, wie der weiter unten am Tisch sitzende Obertutor ganz unbefangen mit dem Fellow neben ihm plauderte, ohne irgendwelche Anzeichen für Mordlust an den Tag zu legen. Und vor allem überlegte er, wie er die Hälfte der zweitausend Pfund wiederbekam, die er Myrtle Ransby gegeben hatte. Er war so in Gedanken versunken, daß er kaum merkte, was er gerade aß, bis *Canards pressés à la Porterhouse* aufgetragen wurde.

Dieses Gericht war selbst nach Porterhouseschen Maßstäben außergewöhnlich. In dem Glauben, daß er – nach dem Einsturz der Kapelle und bei dem tristen Bild, das das Büro des Schatzmeisters von den College-Finanzen zeichnete – aller Wahrscheinlichkeit nach nie wieder Gelegenheit bekäme, ein großes Entenessen zu zelebrieren, hatte sich der Chefkoch mächtig ins Zeug gelegt. Genauer gesagt, hatte er drei der größten Entenzuchtbetriebe East Anglias aufgesucht und war mit über hundertdreißig gerupften Aylesburys und dem festen Willen zurückgekehrt, sie zu einem solchen Konzentrat zu verfeinern, daß dieses letzte Entenessen in die gastronomischen Annalen von Porterhouse eingehen würde. Tagelang hatten die uralten Pressen unter der Anstrengung geächzt, die größtmögliche Entenmasse auf das kleinstmögliche Volumen zu bringen, oder, um es anders zu formulieren, drei übergewichtige Enten zu einem Rechteck zu quetschen, das nicht größer als eine Streichholzschachtel war. Und auch wenn ihm diese bemerkenswerte Verkleinerung nicht völlig gelungen war, so hatte doch das Resultat, das schließlich vor General Sir Cathcart D'Eath plaziert wurde, so wenig Ähnlichkeit mit einer Ente oder etwas anderem auch nur annähernd Flug- oder

Schwimmfähigem, daß er unter Schwierigkeiten seinen ersten Happen zerkaut hatte, ehe ihm klarwurde, was er soeben heruntergeschluckt hatte. Er betrachtete mit Stielaugen erst die Speisekarte und dann seinen Teller. »Guter Gott, ich dachte, das wäre irgendeine Paté«, murmelte er und versuchte, eine zusammengepreßte Feder aus seinen Zähnen zu befreien. »Das ist keine gepreßte Ente, sondern dreifach destilliertes Cholesterin. Weiß Gott, was das mit den Arterien anstellt.«

»Interessante Frage«, sagte der Praelector, aß seine erste Portion auf und ließ sich eine zweite geben. »Der Brennwert ist ganz enorm hoch. Als jüngerer Mann habe ich dazu ein paar kleine Berechnungen angestellt. Die genauen Zahlen habe ich vergessen, weiß aber noch, daß ein mittelgroßer verhungernder Schiffbrüchiger auf einer Eisscholle recht gut überleben könnte, wenn er jeden dritten Tag eine Portion zu sich nähme.«

»Das glaube ich gern, aber da ich nicht auf einer verfluchten Eisscholle hocke ...«, begann der General und wollte gerade seinen Teller wegschieben, als der Kellner eingriff.

»Stimmt etwas nicht, Sir Cathcart? Die Spezialität des Küchenchefs, Sir.«

Der General griff wieder zu Messer und Gabel. »Kurzzeitiger Schluckauf«, sagte er. »Mein Kompliment an den Koch, und richten Sie ihm aus, seine Ente ist köstlich.«

»Sind«, korrigierte der Kellner rätselhafterweise und ging.

»Wie ich gerade sagen wollte«, fuhr der Praelector vergnügt fort, »ich habe Ente schon immer für eine äußerst delikate Speise gehalten. Gans ist ein wenig fettiger, hat dafür aber wohlschmeckenderes Fleisch, wohingegen mir Ente – von Wildenten natürlich abgesehen – immer etwas fade erscheint. Doch mit Salbei und Zwiebel ...«

Sir Cathcart stocherte an seiner Ente herum, bemüht, nicht

auf die Worte des Praelectors zu hören. Er war noch nie ein guter Esser gewesen – sein Interesse an den weniger appetitlichen Qualitäten des anderen Geschlechts bewirkte, daß er auf seine Figur achtete –, und jetzt fühlte er sich ausgesprochen elend. Professor Pawley war auch keine Hilfe, der erwähnte, daß seines Wissens schon Leute nach einem Entenessen tot umgefallen seien. »Dr. Lathaniel beispielsweise, daran erinnere ich mich noch, und übrigens auch Canon Bowel. Vermutlich eine Frage des jeweiligen Metabolismus.«

»Canon Bowel?« sagte der Praelector. »Auch so ein erbärmlicher Rektor. Ich muß schon sagen, wir hatten ein gerüttelt Maß an schlechten Rektoren. Nicht, daß er beim Entenessen verstorben wäre. Hatte ein Magengeschwür.«

»Er wollte das abendliche Komplet für alle verbindlich machen«, rief der Kaplan. »Wir mußten etwas wegen ihm unternehmen. Also, was gab es an jenem Abend zu essen? Ich erinnere mich, daß wir als Vorspeise Krabben in pikanter Pilzsauce hatten, aber ...«

»Es waren der Hasenpfeffer und die Zabaglione ...«

»Ach ja, die Zabaglione«, seufzte der Kaplan verzückt. »Es war ein Spezialrezept, das weiß ich noch. Ein Dutzend Eigelb vom Gänseei, ein Pfund Zucker, und statt Sherry kam Cointreau hinein. Oh, war das köstlich.«

»Und es gab einen besonderen Käse mit Paprika drauf«, sagte der Praelector.

Weiter unten am Tisch spitzte der Obertutor die Ohren. »Ich merke, daß Sie über Canon Bowel reden«, rief er laut. »Die Zigarren haben dem Mann den Rest gegeben. Sie waren gewaltig. Dafür mußten wir extra Gelder bereitstellen. Ach, das waren noch Zeiten. Damals waren wir ein College von echtem Schrot und Korn. Schlachthaus nannte man uns.«

Gegen Ende des Dinners hegte Sir Cathcart große Sympathie

für Canon Bowel, und er begriff, warum der Dekan nicht anwesend war. Sich zu einem Entenessen setzen zu müssen, obwohl man wußte, daß der Obertutor ein Mörder war, der sich auch noch darüber freute, daß das College »Schlachthaus« genannt wurde, reichte aus, um jeden erbleichen zu lassen. Mit aschfahlem Gesicht folgte er dem Praelector in den Gemeinschaftsraum. »Wenn Sie nichts dagegen haben, möchte ich weder Port noch Kaffee«, sagte Sir Cathcart. »Vielleicht hilft ja ein wenig frische Luft.» Sie begaben sich in den Fellows' Garden hinaus, wo sich der Praelector eine Zigarre anzündete.

»Also, was diesen Mord betrifft«, sagte Sir Cathcart. »Was wollen Sie deswegen unternehmen?«

»Den Kerl loswerden natürlich«, antwortete der Praelector. »Unmöglich, ihn länger im College zu dulden.«

»Heißt das, er ist immer noch hier?«

»Aber sicher. Können den verfluchten Kerl schließlich nicht bei Nacht und Nebel rausschmuggeln«, sagte der Praelector und verstärkte das Unbehagen des Generals noch mit den Worten: »Ich habe übrigens vor, irgendwann heute abend mit ihm darüber zu reden. Leicht wird es nicht, aber ich muß es versuchen. Hängt alles vom Wetter ab, versteht sich.«

»Ach ja? Das spielt eine Rolle?« sagte Sir Cathcart. »Wirklich äußerst bemerkenswert. Natürlich hat man schon von ... so etwas gehört, aber mir war nicht klar, daß Gespräche vom Wetter abhängen.«

»Nur bei schönem Wetter möglich, sagt der Dekan«, fuhr der Praelector fort. »Er ist der Fachmann. Ich gebe mich mit so etwas nicht ab. Man versteht so schlecht, was dieser verfluchte Mensch sagt. Bei seinem Zustand nicht überraschend, aber vermutlich bin ich zu zartbesaitet. Grauenhafter Zustand. Mir tut der arme Teufel immer leid. Wie schrecklich, so aus dem Leben zu scheiden.«

Sir Cathcart schwieg. Er fühlte sich selbst schrecklich. Er hatte den Dekan und den Praelector immer als ausgesprochen rationale, für Aberglauben überhaupt nicht empfängliche Menschen betrachtet, und plötzlich herauszufinden, daß beide überzeugte Spiritisten waren, beunruhigte ihn fast so sehr wie das Wissen, daß der Obertutor eben den Mann ermordet hatte, mit dem sich der Praelector noch am selben Abend unterhalten wollte, falls es das Wetter zuließ. Und daß sich die Leiche oder der Kadaver, oder wie auch immer man ermordete Personen nennen mochte, noch im College befand – und obendrein in einem grauenhaften Zustand –, war seinem Seelenfrieden auch nicht gerade zuträglich. Es ging nun nicht mehr darum, daß in Porterhouse eventuell das eine oder andere verändert werden sollte. Es *mußte* sich verdammt noch mal eine ganze Menge ändern, und zwar, bevor Polizei und Medien überall herumstrolchten und sämtliche leitenden Fellows verhaftet waren. So etwas hätte dem College gerade noch gefehlt. Der alte Spitzname Schlachthaus wäre ihm dann sicher für immer.

Er riß sich zusammen und legte dem Praelector tröstend eine Hand auf den Arm. »Hören Sie, alter Junge, warum gehen wir zwei nicht rein, setzen uns in irgendeine ruhig Ecke, und dann versuch ich mal, einen dieser College-Juristen zu erwischen. Es wird, glaube ich, wirklich Zeit, daß wir sie in diese Sache einweihen. Es ist ja eine ausgesprochen delikate Situation. Also, wie heißen die Leute?«

»Waxthorne, Libbott und Chaine«, antwortete der Praelector eher unwirsch und schüttelte den Arm ab. Er konnte es gar nicht leiden, wenn man ihn »alter Junge« nannte und so offensichtlich gönnerhaft behandelte, als wäre er Patient auf einer geriatrischen Station. »Allerdings werden Sie die um diese Uhrzeit nicht finden.« Er kicherte böse. »Genauer gesagt: Die finden Sie überhaupt nicht mehr. Waxthorne ist seit sechzig Jahren tot. Liegt auf dem Friedhof an der Newmarket Road. Und Libbott wurde ein paar Jahre später eingeäschert. Was aus Chaine wurde, weiß ich nicht genau, habe aber eine recht seltsame Geschichte gehört, er sei irgendwann im King's College gelandet, wo sein Schädel als Trinkbecher benutzt wird. Hat mir Waxthornes Witwe verraten. Ich habe den Kontakt zu ihr aufrechterhalten, müssen Sie wissen, regelmäßig. Nette Frau.« Einen Augenblick lang wanderten seine Gedanken zurück zu den angenehmen Nachmittagen in ihrem Haus an der Sedley Taylor Road.

Neben ihm stellte sich Sir Cathcart auf eine weitere Reihe von Todesfällen ein. Je länger der Abend dauerte, desto grauenhafter wurde er. Dennoch versuchte er es noch einmal. »Ich dachte, die College-Anwälte seien ... Retter und ... Wyve«, sagte er schließlich. »Vielleicht sollte ich die beiden mal anrufen ...«

»Ach, die«, sagte der Praelector. »Das würde ich bleiben lassen. Die haben mit der anderen Sache schon genug um die Ohren. Und je weniger Leute davon wissen, desto besser. Nein, nein, wir müssen diese Angelegenheit allein regeln. Und es ist eine schöne Nacht, also finden wir ihn bestimmt.«

Sir Cathcart stierte zum Himmel empor und kaute an den Spitzen seines roten Schnauzbartes herum. »Sie reden immer von ›wir‹, sagte er dann. »Ich bin mir gar nicht sicher, ob ich noch weiter verwickelt werden will in ... diese ... na, Sie wissen schon.«

»Ganz wie Sie wollen. Ich kenne meine Pflichten. Außerdem wüßte ich nicht, wie Sie sich jetzt noch da rauswinden könnten. Wir sind alle beteiligt. Es geht um den Ruf des Colleges. Und ehrlich gesagt ... ach, vergessen Sie's. Reden ist Silber, Schweigen ist Gold. Am besten besprechen wir es mit dem Dekan.« Und mit diesem seltsam widersprüchlichen Schlenker ging der Praelector voran quer durch den Garten zum Aufgang des Dekans.

Sie trafen ihn an, als er gerade eine Tasse Kaffee trank. Auf dem Tisch neben ihm stand ein Teller mit halb aufgegessenen belegten Broten. »Oh, hallo, Cathcart, Praelector. Tut mir leid, daß ich nicht am Entenessen teilgenommen habe. War irgendwie nicht in der Stimmung. Konnte mich dem nicht stellen. Vermutlich aus Feigheit.«

»Ganz und gar nicht, mein Lieber«, sagte der General. »Ich weiß genau, wie Sie sich fühlen. Das ganze elende Fett, und dieser Osbert immer noch im Haus. Gräßliche Geschichte. Und auch noch übel zugerichtet, laut dem Praelector hier. Und der Obertutor sitzt da, plaudert und benimmt sich völlig normal. Zuerst davon gehört hab ich vom Kaplan.«

Der Praelector wandte sich streng an den Dekan. »Ich sagte Ihnen doch, Sie sollten es nicht weitererzählen. Und dann ruft der Kaplan praktisch die Neuigkeit von den Dächern. Zum Glück hört ihm keiner richtig zu.«

Nun war der Dekan deutlich beunruhigt. »Ich versichere Ihnen, daß ich dem Kaplan kein Sterbenswörtchen verraten habe. Dem zuallerletzt. Sie glauben doch nicht ...«

»Ich weiß nicht, was ich glauben soll«, sagte der Praelector. »Ich weiß nur, daß jemand geplaudert hat.«

Der General war bemüht, die Lage in den Griff zu bekommen. »Also, Leute, wir erreichen gar nichts, wenn wir nur drüber quasseln. Wir müssen uns überlegen, wie wir den Ruf des Colleges wahren. Wenn ruchbar würde, daß wir einen Mörder beherbergen, wäre das für die Revolverblätter ein gefundenes Fressen. Und für die seriösen Zeitungen auch. Briefe an die Times und an Fernsehsender. Wir müssen praktisch denken und irgendwie die Polizei draußen halten. Das funktioniert am besten, wenn man die Leiche vom Gelände schafft. Wo ist sie zur Zeit?«

»Nun, wenn ich raten soll«, sagte der Praelector, inzwischen überzeugt, daß Sir Cathcart weit betrunkener war, als er aussah, »wenn ich raten soll, würde ich sagen, er liegt immer noch in der Gruft. In letzter Zeit war ich zwar nicht unten, um nachzusehen, aber da bewahrt man sie gewöhnlich auf.«

»In der Gruft, hä? Tja, da liegt er wohl genausogut wie irgendwo anders. Da geht kaum mal jemand runter.«

»Auf jeden Fall«, sagte der Dekan, »ist es das wichtigste, Skullion aus dem Rektorenhaus zu schaffen. Er hat schon damit gedroht, der ganzen Welt zu erzählen, daß er Sir Godber umgebracht hat, falls wir auch nur mit dem Gedanken spielten, ihn nach Porterhouse Park zu verlegen, und...«

»Verzeihen Sie«, sagte Sir Cathcart und ließ sich langsam in einen Sessel gleiten. »Ich fühle mich nicht besonders wohl. Liegt wohl an der verdammten Ente, aber mir ist völlig schleierhaft, wie sie sich so rasch auf mein Hirn auswirken konnte. Sie glauben doch nicht, daß ich einen Blue habe, oder?«

»Einen Blue? Aber nein«, sagte der Praelector. »Ein Porterhouse Blue wirkt sich immer zuerst auf das Sprachvermögen aus. Wenn Sie einen Schlaganfall hätten, dann würden Sie sich anders anhören.«

»Und wie wirkt er sich auf das Hörvermögen aus? Ich dachte, ich hätte den Dekan soeben sagen hören, Skullion habe gedroht, der Welt zu erzählen, daß er Sir Godber Evans umgebracht hat.«

»Ganz richtig. Das habe ich gesagt«, bemerkte der Dekan. »Was paßt Ihnen daran nicht?«

Sir Cathcart fand keine Worte. Mit rotem Gesicht hing er schlaff in dem alten Ledersessel. »Ich begreife das nicht«, nuschelte er. »Ich begreife das nicht einmal ansatzweise.«

»Das geht uns allen so«, gestand der Praelector. »Das ist eins der Probleme, das wir aber jetzt sofort nicht lösen können. Wir müssen umgehend Maßnahmen ergreifen. Mag er uns auch noch so sehr drohen, Skullion muß weg, nötigenfalls mit Gewalt. Wir können es uns einfach nicht leisten, einen Mörder als Rektor zu haben.«

»Natürlich nicht, aber verstehen Sie doch, er könnte die Presse informieren«, gab der Dekan ängstlich zu bedenken.

Doch Sir Cathcart D'Eath hatte seine kurze Schwächephase überwunden. Die Worte »umgehend Maßnahmen ergreifen« und »Gewalt« hatten seine militärischen Instinkte geweckt, und die deutliche Aussage, daß der Rektor von Porterhouse ein Mörder war, hatte alle anderen Überlegungen aus seinem Kopf vertrieben. Daß der Obertutor Dr. Osbert getötet hatte, war ein vergleichsweise läßliches Vergehen. Er stand auf und stand mit gespreizten Beinen vor dem Kamin. »Also, als erstes müssen wir ihm die Lage klarmachen«, sagte er. »Ich kenne Skullion schon sehr lange und glaube, mit Fug und Recht behaupten zu können, daß er mir vertraut. Ich werde mit ihm von Mann zu Mann, von Soldat zu Soldat sprechen und ...«

»Ach du meine Güte«, murmelte der Praelector, doch der General ließ sich nicht unterbrechen, »...und ihm darlegen, daß er jetzt die Pflicht hat zu gehen. Er war immer ein loyaler Collegebediensteter, und ich möchte behaupten, daß sein Verbrechen an dem verstorbenen Sir Godber Evans, mag es auch bedauerlich sein, zum Besten von Porterhouse geschah. Ehrlich gesagt hege ich ein gutes Stück Sympathie für den alten Knaben, und als Militär zweifle ich nicht daran, daß ich mich unter denselben Umständen genauso verhalten hätte. Unten in Burma mußten wir einmal einige aus der ›Watussi Rifles‹-Einheit liquidieren, und ich kann mit Bestimmtheit behaupten, daß ich nicht davor zurückschreckte, mir die Hände schmutzig zu machen. Also, Sie warten hier, und ich ziehe los und suche Skullion auf. Finde ihn garantiert beim Wachdienst am hinteren Tor.«

Und noch ehe ihn Dekan oder Praelector aufhalten konnten, verließ er das Zimmer, und sie hörten seine Schritte die Treppe hinunter und hinaus in die Nacht poltern.

»Hat er denn eine größere Menge gepreßte Ente zu sich genommen?« erkundigte sich der Dekan.

Der Praelector schüttelte den Kopf. »Leider fast gar nichts. Arterienverkalkung ist ein Berufsrisiko, das anscheinend in erster Linie Kavalleristen befällt. Wir müssen einfach abwarten, was bei diesem Angriff der schweren Brigade herauskommt.«

29

Draußen in der Dunkelheit unter der alten Birke am hinteren Tor konnte Skullion verfolgen, wie der General die Rasenfläche überquerte und die Rosenbeete umrundete, wenn dessen Zigarre gelegentlich aufglühte. Sir Cathcart hatte sie gleich angezündet, als er ins Freie kam, nicht nur, damit er Zeit zum Überlegen hatte, was er sagen wollte, sondern auch um Skullion vorzuwarnen, daß er unterwegs war. »Wozu den alten Sack beunruhigen«, hatte er sich gesagt.

Doch Skullion war nicht beunruhigt. Er wußte, daß so etwas früher oder später passieren mußte. Er hatte den Dekan auf Normalmaß zurückgestutzt, was der ihm nie verzeihen würde. Obendrein hatte er ihm einen schlimmen Schock versetzt, als er ihm erzählte, er habe diesen elenden Sir Godber Evans umgebracht. Das Geständnis war ihm bloß rausgerutscht, weil er besoffen und stinksauer gewesen war. Doch es war nun einmal passiert, und in mancher Hinsicht bedauerte es Skullion auch nicht. Er hatte die Nase voll davon, daß sie ihn Rektor nannten, aber nicht so behandelten. Daß der Schatzmeister dem elenden Yank befohlen hatte, ihn nicht ein Quasimodo-Update, sondern Rektor zu nennen, hatte die Atmosphäre gereinigt und ihn seine Stellung im College in einem neuen Licht sehen lassen. Dabei war er beileibe nicht stolz darauf, Rektor von Porterhouse zu sein und hilflos in einem Rollstuhl sitzen zu müssen.

Früher, als Chefpförtner, war das noch anders gewesen. Damals hatte er wirklich Macht besessen, selbst wenn er sich verstellen und die jungen Kerle »Sir« nennen mußte. Diese Lektion hatte er bei der Königlichen Marineinfanterie gelernt, wo er miterlebt hatte, wie die Feldwebel vor jungen Offizieren und Grünschnäbeln salutiert und sie »Sir« genannt, andererseits darauf geachtet hatten, daß in Wirklichkeit sie es waren, die die Fäden in Händen hielten. In Frankreich war Skullion Zeuge geworden, wie ein Unteroffizier einen Leutnant erschossen hatte, der sich als Held aufspielen und sie alle in den Tod führen wollte, als er eine deutsche Panzergrenadierkompanie angriff, die in einem Hohlweg auf sie lauerte. Er hatte den Unteroffizier murmeln hören: »Er oder wir. Und wir gehen nicht dabei drauf«, und dann erschoß er den Offizier. Und in Lympstone – oder war es Deal gewesen? – hatte ihn Feldwebel Smith eines regnerischen Nachmittags im Exerzierhaus gefragt: »Was ist deine wichtigste Aufgabe im diesem verfluchten Krieg, Junge? Das werd ich dir verdammt noch mal verraten. Den beschissenen Feind zu töten. Und dazu mußt du am Leben bleiben, klar? Also zieh die Rübe ein und vergiß nicht, daß dich deine vermaledeite Mutter wiedersehen will, und das wird sie nicht, wenn du ein toter Landser bist und irgendein beschissener Deutscher mit dir das gemacht hat, was du mit ihm tun sollst, schließlich wirst du dafür bezahlt.« Das alles war schon unendlich lange her, aber Skullion hatte es nie vergessen, genausowenig wie das Erlebnis in Frankreich. Und Menschen wie General Sir Cathcart D'Eath hatten erzählt, sie führten einen »guten Krieg«. Als ob es Spaß machte, wenn man fror, durchnäßt und hungrig war und eine Scheißangst hatte. Und wenn man jemanden schreien hörte, war das auch kein Vergnügen, selbst wenn es ein verfluchter verwundeter Deutscher war.

Und nun wartete Skullion unter dem großen Baum auf Sir Cathcart und bedauerte nicht, daß es vorbei war.

»Ah, Skullion«, sagte der General und musterte die am Birkenstamm lehnende dunkle Gestalt. »Warten wohl immer noch darauf, daß wir darüberklettern, was?«

»Sie, Sir Cathcart, Sie sind immer gern drübergeklettert, das stimmt. Oft hab ich Sie erwischt, und noch öfter durchgelassen, aber das haben Sie wohl nie gemerkt, Sir.«

Die Zigarrenspitze des Generals glühte dankbar. »Sie sind ein alter Schlawiner, Skullion, das wissen Sie ja wohl, ein übler alter Schlawiner.«

Skullion gab ein grunzendes Geräusch von sich, das auch ein Kichern hätte sein können.

»Schlimme Sache das, Skullion, schlimme Sache«, fuhr der General fort. »Der Dekan ist bestürzt, der Praelector auch. Kann man nicht durchgehen lassen, wissen Sie.«

»Nein, Sir«, sagte Skullion.

»Ich kann's Ihnen übrigens nicht verdenken. Dieser gräßliche Mensch war als Rektor denkbar ungeeignet. Sie haben versucht, dem College auf Ihre Art einen Dienst zu erweisen.«

Er brach ab. Irgendwo hinter ihm ertönte heiseres Gelächter.

»Ruderer«, erklärte Skullion. »Bereiten sich auf die Bootsrennen vor. Der Obertutor trainiert mit ihnen.«

»Ja«, sagte der General, dem plötzlich einfiel, daß Skullion nicht der einzige Mörder auf dem Collegegelände war. »Und da wäre noch etwas. Der Ruf des Colleges ist in Gefahr. Diese Geschichte wird unweigerlich nach draußen dringen, und wenn die Polizei erst mal ihre Nase hineinsteckt, läßt sie sich nicht mehr aufhalten. Das können wir nicht zulassen. Und es geht auch nicht an, daß Sie den Dekan bedrohen. Also, egal, was Sie sagen… nun, um es ganz deutlich zu sagen, Skullion, von Mann zu Mann und so weiter, Ihre Amtszeit ist abgelaufen. Ihr Spiel ist beendet, Sie sind im Abseits gelandet, ganz wie Sie wollen. Wie mir der Dekan berichtet hat, wollen Sie nicht nach Porterhouse Park.«

»Nein, Sir Cathcart, auf keinen Fall. Nicht zu den Irren wie Dr. Vertel. Lieber sterbe ich hier und jetzt und bring's hinter mich. Ich mein's ernst, Sir. Lieber sterbe ich auf der Stelle.«

Sir Cathcart ließ sich das kurz durch den Kopf gehen, verwarf es aber. »Ich verrate Ihnen was«, sagte er schließlich, »Sie müssen auf gar keinen Fall in den Park. Mein Wort als Gentleman, man wird Sie nicht mal darum bitten. Was sagen Sie dazu?«

»Sehr freundlich von Ihnen, Sir, sehr freundlich.«

»Andererseits braucht das College einen neuen Rektor. Das sehen Sie doch wohl ein.«

»Aber ja, Sir Cathcart. Ich war nie der Rektor, den das College gebraucht hat. Das habe ich immer gewußt.«

»Guter Mann. Wenn Sie sich nun zur Ruhe setzen, natürlich aus freien Stücken…« Sir Cathcart ließ die Frage in der windstillen Nachtluft offen. Einen Augenblick lang blieb Skullion stumm.

»Falls ich mich zur Ruhe setze, Sir Cathcart, wäre ich doch berechtigt, meinen Nachfolger zu ernennen? Das ist doch das gute Recht des Rektors, stimmt's?«

Sir Cathcart nickte. »Das Recht stünde Ihnen allerdings zu«, bestätigte er. »Es ist Ihr gutes Recht als Rektor, die Person zu benennen, die Ihr Nachfolger werden soll. Und Sie könnten bei mir auf Coft Castle wohnen, und gelegentlich würden wir hierherfahren und dem College einen Besuch abstatten. Um Ihnen das vorzuschlagen, bin ich hier.«

»Wenn das so ist, bin ich bereit abzutreten«, sagte Skullion ernst, »und zwar, wann immer Sie wollen, Sir. Und meinen Nachfolger benenne ich jetzt.«

»Und wer soll es sein?« fragte Sir Cathcart.

»Lord Pimpole, Sir, Lord Pimpole.«

»Sehr schön, Rektor, sehr schön. Und darf ich dem Dekan Ihre Entscheidung mitteilen?«

»Ja, Sir Cathcart, sagen Sie es ihm. Und Sie können ihm auch sagen, er braucht keine Angst zu haben, daß dieser Sir-Godber-Evans-Fellow, Dr. Osbert, herausfindet, daß ich den verfluchten Sir Godber getötet habe, denn er weiß es schon.«

Sir Cathcart zögerte. Im Falle des verstorbenen Dr. Osbert wäre »wußte« das passendere Wort.

»Er weiß Bescheid, weil ich es ihm gesagt habe«, fuhr Skullion fort. »Er saß nämlich im Labyrinth, als ich es dem Dekan mitteilte. Den ganzen Nachmittag war er schon dort, hat gewartet und gelauscht, und er hat jedes meiner Worte gehört.«

»Großer Gott«, sagte Sir Cathcart und begriff nun, warum sich der Obertutor zu einer solchen Gewalttat hatte hinreißen lassen.

»Mehr noch, der dämliche Hund ist die ganze Scheißnacht im Labyrinth herumgetrampelt und hat den Ausgang gesucht.« Bei dem Gedanken mußte Skullion kichern.

»Und Sie wußten die ganze Zeit über, daß er zuhörte?«

»Na klar. Ich war nicht umsonst die vielen Jahre lang Skullion der Chefpförtner, der alles wußte, was im College vor sich ging. Ja, ich habe ihn gehört und im stillen gedacht: ›Ich werd dir verraten, was du herausfinden wolltest, und es wird dir überhaupt nichts nützen, weil du nichts damit anfangen kannst.‹ Und es hat ihm nichts genützt.«

»Hmmm«, lautete Sir Cathcarts einziger Kommentar dazu. Erneut bereute er, daß er unter diesen unergründlichen Umständen auch nur in die Nähe des Colleges gekommen war. Jedenfalls hatte er nicht vor, sich durch weitere Fragen in die Nesseln zu setzen. »Na, dann werde ich zum Dekan zurückgehen«, sagte er rasch, bevor es zu weiteren Enthüllungen kam. »Er wird von Ihrer Entscheidung gewiß begeistert sein. Die Vorbereitungen für Ihren Auszug aus dem Rektorenhaus können wir ein anderes Mal treffen.« Und mit einem hastigen »gute Nacht« ging er quer über den Rasen zurück.

Er fand den Dekan und den Praelector stumm und trübsinnig dasitzend vor.

»Und?« fragte der Dekan, ohne sich zu erheben, doch Sir Cathcart brauchte rasch ein Stärkungsmittel.

»Darf ich mir einen genehmigen?« fragte er und goß sich einen großen Coganc ein. Erst als er ihn ausgetrunken hatte, baute er sich wieder vor dem Kamin auf.

»Lieber Himmel, Cathcart, erlösen Sie uns von unserem Elend. Wie lautet die Antwort?«

»Guter Mann, Skullion, «, sagte er schließlich, nachdem er beschlossen hatte, daß selbst unter alten Freunden einiges für Täuschung sprach. Den Satz des Praelectors, »Reden ist Silber, Schweigen ist Gold«, fand er inzwischen sehr vernünftig. »Er ist damit einverstanden, seinen Abschied zu nehmen. Ich sagte, den genauen Zeitpunkt, an dem er das Rektorenhaus räumt, könne man später festlegen.«

»Und er hat keine Schwierigkeiten gemacht?« erkundigte sich der Praelector.

»Gar keine. Bedauert die ganze Chose und entschuldigt sich bei allen dafür, daß er so verdammt lästig gewesen ist.«

»Das ist unglaublich«, befand der Dekan. »Er hat nicht gedroht, an die Öffentlichkeit zu gehen, wenn wir ihn nach Porterhouse Park schicken?«

»Keineswegs. Natürlich geht er widerstrebend, aber ich habe keinen Zweifel daran gelassen, daß es für ihn und das Wohl des Colleges das beste ist. Ich schlage vor, daß wir etwas Dampf machen. Beispielsweise morgen. Überlassen Sie das mir. Privater Krankentransporter, ein paar kräftige Pfleger, die ihn reinheben, und dann sofort die Autobahn runter. Sie können verbreiten, daß er seinen zweiten Porterhouse Blue hatte.«

»Ich muß schon sagen, Cathcart, heute abend haben Sie erstklassige Arbeit geleistet«, sagte der Dekan, erhob sich und griff nach dem Weinbrand. »Da ist wohl ein Schluck zur Feier des Tages angebracht.«

»Das ist wirklich eine große Erleichterung«, pflichtete der Praelector bei, »obwohl uns immer noch die Frage bleibt, wer neuer Rektor werden soll.«

Sir Cathcart hob eine Hand. »Deswegen brauchen Sie sich auch nicht den Kopf zu zerbrechen. Skullion hat sein traditionelles Recht in Anspruch genommen und seinen Nachfolger ernannt.« Er machte eine Kunstpause. Die beiden Älteren betrachteten ihn verdutzt.

»Es ist nun mal sein Recht. Ich konnte es ihm kaum abschlagen«, fuhr Sir Cathcart fort.

»Sein gutes Recht«, bestätigte der Dekan. »Übrigens eine unserer ältesten Traditionen. Reicht meines Wissens zurück bis 1492.«

»Tja, da sehen Sie's. Ich sollte wohl besser aufbrechen. Es war ein schwieriger Abend, aber wenigstens müssen Sie sich wegen Skullion keine grauen Haare mehr wachsen lassen.«

»Aber Sie haben uns noch nicht erzählt, wen Skullion, also der Rektor, zu seinem Nachfolger ernannt hat.«

»Und das ist ziemlich wichtig«, bekräftigte der Praelector.

»Ach das. Aber natürlich, wie dumm von mir. Jeremy Pimpole. Den hat er ernannt. Lord Pimpole ...« Er verstummte und sah den Dekan an. »Sind Sie wohlauf, Herr Dekan?«

Es war eine dumme Frage. Daß der Dekan alles andere als wohlauf war, ließ sich nicht übersehen. Er klammerte sich an der Tischkante fest und hatte den Cognac fallen gelassen. »Nein, nein«, keuchte er. »Nicht der. Um Gottes willen, nicht der Hunde ...« Er schwankte und wäre fast gestürzt.

»Nicht der was?« fragte Sir Cathcart, während er und der Praelector dem Dekan zu einem Stuhl verhalfen.

»Nicht der Hundeschnauzenmann«, winselte er.

Sir Cathcart beugte sich besorgt über ihn. »Der Hundeschnauzenmann?«

»Pimpole. Das kann nicht sein. Nicht Pimpole.«

»Anscheinend geht es ihm nicht sehr gut«, sagte der Praelector. »Vielleicht war die Belastung zu groß für ihn. Ich würde ihm keinen Brandy mehr geben.«

Doch Sir Cathcart war selbst fix und fertig. »Das hab ich auch gar nicht vor«, blaffte er. »Ich brauche selber einen. Ich komme her zu diesem schauderhaften Dinner und stelle fest, daß sich der Laden in einen menschlichen Schlachthof verwandelt hat. Und kaum gelingt es mir, den Mörder zu überreden, von hier zu verschwinden ... Verflucht, was ist denn so schlimm an Lord Pimpole? Kannte seinen Vater. Reizende Familie. Und stinkreich obendrein. Genau der Richtige.«

»Nein, ist er nicht«, stöhnte der Dekan. »Er ist ein völlig anderer Mensch geworden. Ein heruntergekommener Schluckspecht. Pimpole Hall und das Landgut wurden verkauft, damit er seine Schulden begleichen konnte. Er hat ein Vermögen versoffen. Er wäscht sich nicht mal mehr. Pimpole wohnt samt seinem bissigen Köter in einem baufälligen Häuschen und trinkt Hundeschnauzen.« Er hielt inne und starrte die zwei Männer wild an. »Haben Sie schon mal eine Hundeschnauze getrunken?« Beide schüttelten die Köpfe.

»Hab davon gehört«, sagte Sir Cathcart, »aber...«

»Dann lassen Sie's bleiben«, fuhr der Dekan fort. »Nie nicht! Falls Sie Wert auf ihre geistige Gesundheit legen. Pimpole kippt eine nach der anderen. Sieben Unzen Gin auf dreizehn Unzen Bier.«

»Ach du Scheiße«, sagte Sir Cathcart, »der Arsch ist wohl wahnsinnig geworden.«

»Und ob, Cathcart. Ja, mehr noch... nein, ich kann Ihnen nicht erzählen, wie verkommen Pimpole ist. Es ist zu abscheulich.«

»Versuchen Sie's, alter Knabe«, ermunterte ihn Sir Cathcart. »Versuchen Sie, es uns zu sagen. Bis jetzt schlagen Sie sich wacker.«

»Ich glaube, mehr brauchen wir nicht zu hören«, sagte der Praelector. »Sieben Unzen Gin...« Er verstummte vor Ekel und Ungläubigkeit. Aber Sir Cathcart war begierig, von Pimpoles Verderbtheit zu hören.

Der Dekan erzählte. Und Sir Cathcart verstand. »Schafe?« sagte er langsam. »Schafe und Hunde? Tja, das läßt die Angelegenheit in einem ganz neuen Licht erscheinen.«

Er goß sich noch etwas vom Cognac des Dekans ein und nahm Platz. Der Praelector ergriff als erster wieder das Wort. »Es läßt auch Skullions scheinbare Bereitschaft, aufs Altenteil zu gehen, in einem ganz neuen Licht erscheinen. Er hat uns, um die Sprache des Schachspiels zu benutzen, matt gesetzt.«

Im Zimmer herrschte Stille, während sie das verdauten. Wieder ertönte von irgendwo im College heiseres Gelächter.

Das brachte Sir Cathcart auf den Obertutor. »Ich weiß, warum der Obertutor ...« Er zögerte kurz und wählte seine Worte mit Bedacht. »Ich weiß, warum der Obertutor zu diesem äußersten Mittel griff. Skullion hatte Dr. Osbert erzählt, daß er Sir Godber ermordet hatte. Offensichtlich wurde dem Obertutor klar, daß er umgehend handeln mußte. Dennoch hat dieser zweite Mord die Lage entsetzlich verkompliziert. Aber wenn die Leiche in der Gruft liegt, bleibt uns vermutlich noch etwas Zeit.« Diesmal waren Dekan und Praelector offensichtlich beunruhigt. Sie sahen einander an und wandten sich wieder Sir Cathcart zu.

»Cathcart, alter Junge«, sagte der Praelector, »haben Sie schon mal allergisch auf Ente reagiert? Genauer gesagt, hat der Verzehr von konzentriertem Fett jemals Ihr Wahrnehmungsvermögen beeinträchtigt?«

Sir Cathcart D'Eaths Augen quollen aus seinem lila angelaufenen Gesicht. »Ob ich was habe?« brüllte er. »Auf Ente allergisch reagiert? Sind Sie noch ganz bei Trost? Da liegen überall in dem verfluchten College Leichen herum, und Sie wollen wissen, ob der Verzehr eingestampfter Enten meine Wahrnehmung beeinträchtigt. Nun, allerdings ...«

»Pst, mein Lieber, sprechen Sie doch leise«, griff der Dekan ein.

Das tat Sir Cathcart. »Nun, allerdings hat sich meine Wahrnehmung verändert«, sagte er mit heiserer Stimme. »Ich nehme wahr, daß das College kollektiv nicht mehr alle Tassen im Schrank hat. Wir haben nicht nur einen ehmaligen Chefpförtner als Rektor, der außerdem zugibt, seinen Vorgänger umgebracht zu haben, sondern auch einen Obertutor, der einen anderen Fellow totgeschlagen und dessen Leiche in die Gruft gezerrt hat, und als Krönung des Ganzen ...«

»Was um alles in der Welt reden Sie da? Wie kommen Sie

auf die Idee, der Obertutor hätte jemanden totgeschlagen? Leichen in der Gruft? Natürlich liegen Leichen in der Gruft. Dort sind die Rektoren begraben. Und sonst keiner.«

Sir Cathcart betrachtete die beiden voller Zweifel und mit äußerstem Mißtrauen. »Warum haben Sie mir dann vor diesem elenden Essen erzählt, der Obertutor habe den neuen Fellow Osbert niedergemetzelt?« wollte er vom Praelector wissen.

»Ich? Ich habe mit keinem Wort behauptet, der Obertutor habe Dr. Osbert ermordet«, widersprach der Praelector entrüstet. »So einen blühenden Unsinn habe ich mein Lebtag noch nicht gehört.«

»Und ob Sie das haben. Sie sagten, daß Sie den Obertutor dafür verantwortlich machen ...« Sir Cathcart zögerte. In seinem verwirrten Hirn machten sich neue Zweifel breit.

Der Praelector nutzte diese Pause. »Ich sagte, ich mache den Obertutor dafür verantwortlich, daß er zuließ, daß Dr. Osbert ernannt wurde, ohne vorher ordentlich zu prüfen, wer ihn für das Stipendium vorgeschlagen hat. Ich sagte nicht, er habe jemanden ermordet.«

»Und meines Wissens ist Dr. Osbert höchst lebendig«, sagte der Dekan.

Sir Cathcart rutschte betreten auf seinem Stuhl herum. »Da ist offensichtlich grauenhafter Bockmist passiert«, sagte er. »Und doch hat mir irgendein dämlicher Trottel erzählt ...« Er verstummte, als ihm langsam die Erleuchtung kam.

»Vielleicht der Kaplan?« versuchte es der Dekan.

Sir Cathcart nickte.

»Aha«, machte der Praelector vielsagend und griff nach dem Cognac. »Das erklärt alles. Bleibt uns nur noch die lästige Frage, wer Skullions Nachfolger als Rektor werden soll. Wir sind uns ja wohl alle einig, daß er nicht Lord Pimpole ernannt hat.«

Einen Augenblick lang schien es, als würde Sir Cathcart Einspruch erheben, weil er sein Wort als Gentleman etc. gegeben hatte, doch er verzichtete darauf. Selbst für seinen sexuellen Eklektizismus waren Schafe und Hunde zuviel.

»Gut«, fuhr der Praelector fort. »Wenn das so ist, werde ich eine Notsitzung des Collegerats einberufen, um den Rektor *non compos mentis* erklären zu lassen. Das macht sämtliche zukünftigen Ernennungen unwirksam, die er noch vornehmen mag. Uns steht nur dieses Verfahren zur Verfügung, das den weiteren Vorteil hat, alle lächerlichen Behauptungen, er habe Sir Godber Evans ermordet, null und nichtig zu machen. Und wenn Sie mich jetzt entschuldigen würden, ich gehöre schon längst ins Bett.«

»Ich auch«, sagte Sir Cathcart.

Als er an dem Rektorenhaus vorbeikam, hastete eine Gestalt ins College. Es war der Mann, um dessentwillen der General gekommen war.

30

Der Purefoy Osbert, der an diesem Abend Porterhouse betrat, hatte sich gründlich gewandelt. Er war nicht mehr der festen Überzeugung, daß Verbrechen Produkte des Rechtssystems waren oder daß menschliches Fehlverhalten ausschließlich auf Polizeibrutalität und gesellschaftliche Repression zurückzuführen sei. Diese Verallgemeinerungen hatte er überwunden zugunsten einer individuelleren Weltsicht, in der seine private Wut alles andere überschattete. Er war vorsätzlich gedemütigt und als Narr hingestellt worden. Auf der Rückfahrt von Kloone hatte er sich mit der offensichtlichen Tatsache auseinandersetzen müssen, daß Mrs. Ndhlovo ihn keineswegs liebte oder auch nur mochte, sondern seine Gefühle für sie der Lächerlichkeit preisgegeben hatte. Genauso fest stand, daß sie ihn immer für einen Trottel gehalten hatte. Und mittlerweile war Purefoy ganz ihrer Meinung. Er war ein Volltrottel gewesen, auf ihre Geschichten von einem schwarzen Ehemann in Uganda hereinzufallen, den Präsident Idi Amin häppchenweise zum Nachtmahl verspeist hatte. Eine Frau, die Universitätsbehörden dazu brachte, eine so unwahrscheinliche Geschichte zu glauben, indem sie ein wenig Pidgin-Englisch zauberte, mußte eine Expertin in Sachen Scharlatanerie sein. Hätte er erfahren, daß sie nie auch nur in der Nähe von Afrika gewesen wäre und ihr enzyklopädisches Wissen über sexuelle Praktiken einzig aus Abhandlungen zu dem Thema oder vom Hörensagen bezöge, er wäre nicht überrascht gewesen. Wie auch immer, sie war eindeutig nicht nur eine Lügnerin und Betrügerin, sondern auch ein herzloses Miststück, mit dem Purefoy nichts zu tun haben wollte. Sie gehörte einer Vergangenheit an, die er zu vergessen wünschte. Er hatte sogar das Vorhaben aufgegeben, ihr in einem Brief zu schreiben, was er von ihr hielt. Das war sie nicht wert; womöglich fand sie noch irgendeine perverse Befriedigung in dem Wissen, wie tief sie ihn gekränkt hatte, und außerdem hatte er Wichtigeres zu tun.

Zunächst einmal wollte er in Porterhouse einen bleibenden Eindruck hinterlassen. Dieses College war schlimmer als ein Anachronismus und mehr als ein Archaismus, es war dekadent, und es tarnte seine abgrundtiefe Banalität und das Fehlen jeder akademischen Bedeutung mit krankhafter Arroganz, die vor der Welt draußen unter anderem verbergen sollte, daß es moralisch wie finanziell abgedankt hatte. Purefoy hatte keine Ahnung, was andere Colleges in Cambridge vor der Welt verbargen, doch sie brachten immerhin gebildete Studenten und Gelehrte von hohem Rang hervor. Man behauptete sogar – allerdings mochte Purefoy dieser Statistik nicht recht glauben –, ein einziges College, nämlich Trinity, habe mehr Nobelpreisträger hervorgebracht als ganz Frankreich. Kurzum, andere Colleges in Cambridge konnten es sich leisten, eine gewisse Überheblichkeit an den Tag zu legen. Porterhouse stand das nicht zu. Porterhouse war lächerlich. Und schlimmer noch, sein Rektor war ein unwissendes Monster, das zugegeben hatte, seinen Vorgänger ermordet zu haben, ohne dabei auch nur ein Minimum an Reue oder Bedauern zu zeigen. Nun, das alles sollte sich ändern. Von Mrs. Ndhlovos Gelächter und der daraus resultierenden Erkenntnis seiner eigenen unerfreulichen Situation wütend gemacht, hatte Purefoy Osbert jede Furcht vor den alten Hampelmännern verloren, die sich leitende Fellows nannten. Er beabsichtigte, seinen Vertrag als Sir-Godber-Evans-Gedächtnis-Fellow einzuhalten und ihnen einen gehörigen Denkzettel zu verpassen. Mit diesem alles dominierenden Gedanken ging er an Sir Cathcart D'Eath vorbei, ohne ihn zu bemerken, und begab sich auf sein Zimmer. Es war zu spät, um noch etwas zu unternehmen, doch am Morgen würde er den Dekan zur Rede stellen und ihm sagen, was er vorhatte. Er beabsichtigte anzukündigen, daß er mit seinen Informationen zur Polizei gehen wolle, und dann die Reaktion des Dekans abzuwarten. Auf diese Reaktion kam es ihm an. Purefoy Osbert hatte am eigenen Leibe erfahren, wie wirksam Provokationen sein konnten. Er würde den Dekan zwingen zuzugeben, daß Skullions Geständnis der Wahrheit entsprach. Oder es abzustreiten. Welche der beiden Möglichkeiten, war ziemlich egal. Auch seine eigene Position war ihm dabei unwichtig. Sein ganzes Leben lang hatte er daran festgehalten, ausschließlich Gewißheiten zu akzeptieren. Doch vorhin, während dieser einen halben Stunde in Mrs. Ndhlovos

Wohnung, hatte er erfahren, daß einen nichts so sehr aus der Fassung brachte wie ein solides Vorwissen des anderen, gepaart mit grotesk unlogischen Anschuldigungen. Diese Technik wollte er am Morgen beim Dekan ausprobieren. Von den Ereignissen des Tages erschöpft, schlief Purefoy Osbert tief und fest.

Der Praelector hatte wie üblich einen weniger tiefen Schlaf. Häufig wachte er eine oder zwei Stunden nachdem er zu Bett gegangen war wieder auf und lag dann wach, um über die Ereignisse des vergangenen Tages nachzugrübeln oder einfach ganz zufrieden im Dunkeln dazuliegen und seine Gedanken wandern zu lassen. Er genoß diese Nächte. Sie gaben ihm Gelegenheit, ungestört über allerhand nachzudenken ohne das Gefühl, irgend etwas Nützliches tun zu müssen. Doch in dieser Nacht kreisten seine Gedanken ausschließlich um die Frage, wer neuer Rektor werden sollte. Anders als der Dekan und der Obertutor hatte er keine Illusionen, was Porterhouse betraf. Der Zustand der Collegefinanzen hatte ihn, wie er dem Dekan auf ihrem Spaziergang gestanden hatte, erschüttert. Und um das Maß vollzumachen, hatte er dann von Skullions Verbrechen, seiner bevorstehenden Verlegung nach Porterhouse Park und der Notwendigkeit erfahren, einen Nachfolger zu ernennen. Außerdem hatten die zahlreichen Mißverständnisse beim Entenessen und später im Zimmer des Dekans bewiesen, wie unfähig die angebliche Collegeleitung war. Der Obertutor hatte sich kindisch emotional verhalten, der Dekan war demoralisiert gewesen, und Sir Cathcart D'Eaths Stimmungs- und Identitätsschwankungen hatten vermuten lassen, daß sich erste Anzeichen von Altersabbau bei ihm bemerkbar machten. Kein Zweifel, es mußten unbedingt radikale Veränderungen vorgenommen werden. Als sich im Morgengrauen der Himmel aufhellte, stieß der Praelector zum Kern des Problems vor. Plötzlich erkannte er, worauf es ankam, und er fand eine verblüffende Lösung.

Sie war so verblüffend, daß er sich im Bett aufrichtete und gegen die Kissen gelehnt darüber nachdachte. Und obwohl er die Sache von allen möglichen Seiten beleuchtete, fand er keinen Pferdefuß. Andererseits war seine Idee so außerordentlich verwegen, daß er kaum wagte, sie ernsthaft in Betracht zu ziehen. Eine Stunde lang lag er auf die Kissen gestützt da, suchte nach einer gemäßigteren Alternative und fand keine. Schließlich sah er ganz deutlich vor seinem inneren Auge, was er tun mußte, und in der klaren Gewißheit, einen Ausweg zur Rettung von Porterhouse gefunden zu haben, glitt er tief unter die Decke und schlief weiter.

Um halb acht wachte er wieder auf. Er badete und rasierte sich, und dann nahm er wie jeden Morgen nackt vor dem Garderobenspiegel Aufstellung und betrachtete seinen langen hageren Körper mit leidenschaftsloser Akzeptanz, sein Tribut an die Realität. Er sah, was er geworden war – ein alter Mann mit spindeldürren Beinen, leicht gebeugt, aber mit klaren blauen Augen über einer langen Nase und festen, wenn auch schmal gewordenen Lippen. Danach kleidete er sich sorgfältiger als gewöhnlich an und entschied sich für seinen Lieblingsanzug, ein sehr altes Stück, das er so selten trug, daß es aussah, als habe Dege es erst vor einer Woche geschneidert. Nachdem er sich vergewissert hatte, daß seine Krawatte von so unauffälliger Eleganz war wie der Anzug, begab er sich über den Umweg Rektorenhaus zum Frühstück.

»Teilen Sie den leitenden Fellows freundlicherweise mit, daß um elf Uhr dreißig eine außerordentliche Sitzung des Collegerats stattfinden wird«, sagte er zu Walter. »Es ist äußerst wichtig, daß möglichst viele anwesend sind.« Mit diesen Worten ließ er den Chefpförtner stehen und überquerte den Alten Hof in Richtung Speisesaal.

»Es steht was Ernstes an«, sagte Walter zu dem Unterpförtner. »Wenn sie Außerordentliches sagen, ist nicht mit ihnen zu spaßen. Und wenn der Praelector die Melodie vorgibt, dann tanzt man dazu.«

Den restlichen Vormittag nutzte der Praelector zu diversen Gängen. Er suchte die Kanzlei von Waxthorne, Libbott und Chaine auf, wo er mit Mr. Retter eine halbe Stunde verbrachte. Zurück ließ er einen konsternierten und zutiefst beunruhigten Anwalt, der über die Brisanz der Lage in Porterhouse keinerlei Zweifel mehr hegte. Anschließend nahm der Praelector ein Taxi zum Haus des Schatzmeisters, und nach einem ebenso kurzen wie erbitterten Wortwechsel, in dessen Verlauf ihm der Praelector mit tödlicher Klarheit aufzeigte, welche Alternativen die Zukunft für ihn bereithielt, schluckte der Schatzmeister drei Tabletten und begleitete ihn zurück nach Porterhouse.

»Ich muß ein paar Telefonate erledigen, aber Sie können unterdessen mit nach oben in meine Wohnung kommen und Platz nehmen«, sagte der Praelector. »Und solange Sie meinen Anweisungen folgen, sind Sie in Sicherheit.« Der Schatzmeister entgegnete, er fühle sich bereits in Sicherheit, doch sehr überzeugend klang das nicht.

Als sie unter den Fenstern des Dekans vorbeigingen, ließen laute Stimmen vermuten, daß dort heftig diskutiert wurde. Der Praelector blieb stehen und horchte. Er war genausosehr gegen das heimliche Belauschen von Gesprächen wie gegen das Lesen von Briefen fremder Menschen, doch im Laufe der Nacht hatte er sämtliche moralischen und gesellschaftlichen Konventionen über Bord geworfen.

»Sie … Sie … wagen es, hierherzukommen und … und mich zu bedrohen … Sie … erdreisten sich zu … zu behaupten, ich hätte den Mo... Mord an dem verstorbenen Rektor angestiftet?« stammelte der Dekan.

»Sagen Sie es mir«, antwortete eine leise, ruhige Stimme. »Sagen Sie es mir, und ich sage Ihnen, was Sie getan haben.«

Es wurde still. Selbst der Schatzmeister merkte, wie bedrohlich diese kühle und berechnete Aussage war. Er wimmerte.

Der Praelector zögerte kurz, bevor er den Schatzmeister aufforderte, in sein Zimmer zu gehen und dort zu warten. Dann ging er rasch ins Haus und die Treppe hinauf. Oben angekommen, hörte er die erstickte Stimme des Dekans. »Sie... Sie erbärmlicher kleiner Gerne... Gernegroß«, versuchte er zu rufen. »Ich werde... juristisch... gegen Sie vorgehen. Ich werde...«

»Aber natürlich«, unterbrach ihn Purefoy Osbert mit ebenso eiskalter wie selbstsicherer Stimme. »Aber natürlich, rufen Sie die Polizei. Das Telefon steht direkt neben Ihnen. Kennen Sie die Nummer?«

Der Praelector hatte genug gehört. Er öffnete die Tür und betrat das Zimmer. »Ah, Dr. Osbert«, sagte er gespielt freundlich, »wie praktisch. Hoffentlich störe ich nicht bei einer wichtigen Unterredung?«

Purefoy Osbert stand mitten im Zimmer, mit dem Rücken zum Fenster. Er schwieg, und wegen des von draußen einfallenden Sonnenscheins konnte der Praelector seinen Gesichtsausdruck nicht erkennen. Doch das Gesicht des Dekans sah er recht gut. Es war aschfahl mit hektischen lila Flecken.

»Er beschuldigt mich, Sir... Sir... Sir Godbers Ermordung angestiftet zu haben«, brachte der Dekan heraus. »Er behauptet...«

»Das kann gar nicht sein«, warf der Praelector ein, der sich immer noch unbekümmert gab. »Dr. Osbert ist sicherlich nicht so dumm, derartige durch nichts gerechtfertigte Anschuldigungen zu machen. Er erfüllt lediglich seine Vertragsbedingungen als Gedächtnis-Fellow, und wir alle wissen, welche Sicht Lady Mary von der Angelegenheit hat. Für eine Witwe ist das verständlich, und da wir einen Rektor im fortgeschrittenen Stadium von alkoholbedingtem Altersschwachsinn haben, erscheinen solche Vermutungen leider nur allzu plausibel.« Er wandte sich an Purefoy. »Sie haben vermutlich mit dem armen Skullion gesprochen?« Er hielt kurz inne und lächelte. »Der arme Mann hat leider einen Schuldkomplex entwickelt, eine zweifellos durch seinen Schlaganfall und das schwere Los seiner Stellung als sogenannter Rektor herbeigeführte Wahnidee. Er war seinerzeit ein exzellenter Chefpförtner. Daß er Alkoholiker geworden ist, können wir ihm wohl kaum zum Vorwurf machen.«

Purefoy Osbert schaute in die blauen Augen, in denen er ein verstohlenes Lächeln ausmachte, und wußte, daß er seinen Meister gefunden hatte. »Ich habe keine Anschuldigungen vorgebracht«, sagte er. »Ich wollte lediglich wissen, was der Dekan denkt. Ich glaube, das habe ich erfahren.« Und ohne ein weiteres Wort verließ er das Zimmer. Während sich seine Schritte über die Treppe entfernten, half der Praelector dem Dekan aus seinem Sessel.

»Kommen Sie«, sagte er, »wir haben es eilig. Der Rat tritt in fünf Minuten zusammen, und ich muß vorher noch einmal telefonieren.«

»Dieser gräßliche Mensch ...«, begann der Dekan, doch der Praelector hob einen Finger an die Lippen und horchte. Das Geräusch einer Krankenwagensirene wurde lauter.

»Sie kommen den Rektor holen«, sagte er und ging voran auf den Hof.

Die außerordentliche Sitzung des Collegerats war alles andere als vergnüglich. Selbst der Obertutor und Dr. Buscott, die offenbar spürten, daß etwas noch nie Dagewesenes in der Luft lag, hielten sich merklich zurück. Der Dekan, immer noch von Purefoy Osberts ruhig vorgetragener Vermutung erschüttert, er habe sich mit Skullion verschworen, Sir Godber zu ermorden, war nur noch in der Lage, sich mit allem einverstanden zu erklären, was der Praelector vorschlug, obwohl er genausowenig wie der Schatzmeister dessen Argumentation folgen konnte oder die Konsequenzen begriff.

»In erster Linie sind wir heute hier, um das Abdanken des Rektors zur Kenntnis zu nehmen«, verkündete der Praelector. »Während der Nacht hat sich sein Zustand soweit verschlechtert, daß er nicht mehr in der Lage ist, die wenigen Pflichten zu erfüllen, auf die seine Tätigkeit beschränkt war. Diese Tatsache sowie seine Geistesverfassung zwangen ihn, seine Stellung als Rektor aufzugeben, da er *non compos mentis* ist. Bis der neue Rektor ernannt worden ist, befinden wir uns somit in einer Phase des Interregnums. Ja, Dr. Buscott?«

»Ich wüßte nur gern, ob Skul... ob der ehemalige Rektor sein Recht wahrgenommen hat, seinen Nachfolger zu nominieren«, sagte Dr. Buscott. »Und wenn das der Fall ist, ob diese Ernennung in Anbetracht seines Zustandes irgendeine Rechtsgültigkeit besitzt.«

»Das ist eine völlig berechtigte Frage, zu der ich heute morgen die Collegeanwälte konsultiert habe. Sie haben mir ihre Ansicht mitgeteilt, und zwar: Unter den Umständen, daß der Rektor nicht in der Lage ist, eine rationale Entscheidung zu treffen, obliegt die Ernennung eines neuen Rektors dem Collegerat, und falls der Rat sich nicht einigen kann, fällt die Angelegenheit automatisch auf die Krone zu. Oder, um es präziser zu formulieren: dann wird die amtierende Regierung einen neuen Rektor einsetzen.« Er hielt inne und blickte in die Runde. »Ich für mein Teil bin strikt gegen letztere Vorgehensweise. Wir haben bereits Erfahrungen mit der Wahl eines Premierministers machen können, und die waren katastrophal.«

In Erinnerung an den verstorbenen Sir Godber Evans murmelten die Fellows zustimmend.

»Daher ist es im Interesse des Colleges von großer Wichtigkeit, Einmütigkeit an den Tag zu legen und zugleich die unwiderlegbare Tatsache zu akzeptieren, daß Porterhouse in einer beispiellosen und katastrophalen finanziellen Krise steckt. Ich will mich nicht über die Ursachen auslassen. Statt zurückzublicken möchte ich Sie bitten, in die Zukunft zu schauen. Wir sind jetzt in der Lage sicherzustellen, daß aus Porterhouse, dem derzeit ärmsten College in Cambridge, das kurz vor dem völligen Bankrott steht, eines der reichsten Häuser werden kann.«

Ein Raunen der Verblüffung lief um den Tisch. Der Praelector wartete, bis die Anwesenden ihm wieder ungeteilte Aufmerksamkeit schenkten. »Das müssen Sie mir leider unbesehen glauben. Ich bin seit vielen Jahren Fellow von Porterhouse, und ich kann wohl behaupten, daß mir die Interessen des Colleges am Herzen liegen.«

Weitere zwanzig Minuten lang trug der Praelector Zahlen und Fakten aus dem Büro des Schatzmeisters vor, um die Verschuldung des Colleges zu verdeutlichen und klarzustellen, daß von der Schadensersatzzahlung durch Transworld Television eine vorübergehende Erleichterung zu erwarten war. Und die ganze Zeit über saßen die Fellows da, von seiner unerwarteten Autorität wie gebannt. Jahrelang hatte sich der Praelector leise und unauffällig um seine Angelegenheiten gekümmert, ohne als maßgebliche Instanz im College beachtet zu werden. Doch nun, in einem dritten Frühling des Intellekts, dominierte er sie alle. Und als der Praelector sie schließlich um ihre ungeteilte Zustimmung bat, Verhandlungen mit einem Kandidaten seiner Wahl aufnehmen zu dürfen, ohne daß Fragen gestellt würden, verabschiedete der Rat diesen Antrag ohne eine einzige Gegenstimme. Dann marschierten die Fellows von Porterhouse in die Frühlingssonne hinaus, und es herrschte unter ihnen eine neue Zuversicht. Sie hatten ihre Autorität an einen Mann abgetreten, dem sie vertrauen konnten, und das gab ihnen ein Gefühl von Freiheit.

Was man von Skullion nicht behaupten konnte. Er saß in seinem Rollstuhl im Krankenwagen und wußte, daß man ihn wieder hereingelegt hatte. Er kam nicht nach Coft Castle, wie der General versprochen hatte. Dafür waren sie schon zu lange unterwegs, und sie fuhren zu schnell. Sie befanden sich auf der Autobahn in Richtung Porterhouse Park, und er konnte rein gar nichts dagegen tun. Wieder einmal hatte man ihn für dumm verkauft. Und wie sie ihn aus Porterhouse geschafft hatten, war auch clever gewesen; erst hatten sie Arthur zur Apotheke geschickt, damit er ihm seine Blutdrucktabletten holte, und kaum war das Rektorenhaus leer, waren sie ohne auch nur anzuklopfen hereinspaziert, hatten ihn in Null Komma nichts in den Krankenwagen verfrachtet, und ab ging's.

Na ja, er war verdammt noch mal selber schuld. Er hätte sich eben nicht besaufen und dem Dekan drohen dürfen. Und er hätte nicht auf diesen verfluchten Sir Cathcart D'Eath hören dürfen. Er hätte wissen müssen, daß diese Mistkerle zusammenhielten. So war's schon immer gewesen, und so würde es immer bleiben, wenn es darum ging, daß sie ihre Haut retteten. Was sie aber nicht davon abhielt, sich gegenseitig die Kehlen aufzuschlitzen, wenn es sein mußte. Und wo er jetzt weg war, würden sie behaupten, er habe wieder einen Porterhouse

Blue bekommen, und Smutje und die anderen wußten es nicht besser. Sie wußten nicht, daß man ihn nach Porterhouse Park gebracht hatte, und falls doch, würde es nichts nützen. Dorthin kamen nie Besucher. Dort wurden die Leute einfach hinverfrachtet, wenn sie nicht mehr alle Tassen im Schrank hatten, wie der alte Dr. Vertel und auch Mr. Manners, der die Herren in Verlegenheit gebracht hatte mit seiner Inkontinenz und seiner unangenehmen Angewohnheit, unvermittelt mit dem Schirm auf Studenten loszugehen, weil er dachte, daß sie ihn hinter seinem Rücken auslachten. Und jetzt war er an der Reihe, und zweifellos hatte dort irgendein beinhartes altes Weib das Sagen, das ihn mit Tabletten vollstopfte, ihn herumkommandierte und in die Badewanne steckte. Und an sonnigen Tagen würden sie ihn ins Freie schieben, damit er die Landschaft anglotzen und den anderen alten Irren zuhören konnte, wie sie vor sich hin brabbelten. Er würde mit ihnen essen müssen, und sie würden ihn mit Skullion anreden und wie Dreck behandeln. Der alte Vertel hatte ihn nie leiden können, und er lebte sicher noch, weil im *Porterhouse Magazine* kein Nachruf gestanden hatte. Skullion saß in seinem Rollstuhl, starrte auf den Vorhang, den sie vor das Heckfenster des Krankenwagens gezogen hatten, und verfluchte sich als Narr.

31

Purefoy Osbert beobachtete interessiert, wie die Fellows im Gänsemarsch aus der alten Bibliothek kamen. Einen Moment lang dachte er, sie hätten über die Bedrohung gesprochen, die er für den Rektor darstellte, doch die Sitzung war vor seiner Konfrontation mit dem Dekan einberufen worden. Da mußte etwas anderes im Busch sein. Einige Studenten, die im Hof an ihm vorbeigegangen waren, hatten sich darüber unterhalten, daß der Rektor wieder einen Porterhouse Blue bekommen habe und ein Krankenwagen am Rektorenhaus vorgefahren sei. Welche Ursache die Aufregung im College auch haben mochte, Purefoy wollte sie sich unbedingt zunutze machen. Sein Besuch beim Dekan und dessen ohnmächtige und stammelnd vorgebrachte Wut hatten Purefoys Selbstvertrauen enormen Auftrieb gegeben, und die Atmosphäre in Porterhouse schüchterte ihn nicht länger ein. Die Zeremonien und Rituale wie das Einstandsdinner, die archaische Terminologie – »die Absteige«, »der Dekan«, »der Rektor« – waren lediglich theatralische und billige Kunstgriffe, mit denen man leicht zu beeindruckende Hirne narrte und, wie bei einer Freimaurerzeremonie, die Beschränktheit der Funktionäre tarnte, die sich hinter solchen Titeln versteckten. In sämtlichen anderen Colleges, die Purefoy je besucht hatte, war man mit alldem wenigstens ansatzweise selbstironisch umgegangen. Nicht so in Porterhouse. Hier beherrschte die aufgeblasene Wichtigtuerei von Kleingeistern die Atmosphäre. Purefoy Osbert durchschaute diese Heuchelei und wählte sein nächstes Opfer. Es sollte der Obertutor sein. Den fing er ab, als er gerade die Treppe heraufkam.

»Ach, da sind Sie ja«, sagte Purefoy, aus seiner Tür tretend. »Ich möchte Sie mal kurz sprechen.«

Der Obertutor sah ihn böse an. Es paßte ihm gar nicht, ohne Titel angesprochen zu werden. Und ganz gewiß wollte *er* Dr. Osbert nicht »mal kurz sprechen«. »Habe gerade zu tun«, sagte er kurz und betrat seine Wohnung.

Purefoy Osbert kam hinterher, noch ehe ihm der Obertutor die Tür vor der Nase zuknallen konnte. »Es geht um die Behauptungen des Dekans«, sagte er.

»Behauptungen? Was zum Teufel reden Sie da?«

»Ich hatte gehofft, Sie könnten mir erklären, welche Rolle Sie da gespielt haben«, sagte Purefoy.

»Meine Rolle? Welche Rolle?« wollte der Obertutor wissen.

»In Anbetracht von Skullions Geständnis ist es wichtig, die Ereignisse in die richtige Perspektive zu rücken«, fuhr Purefoy fort. »Der Dekan sagt nun aber... vielleicht sollte man gerechterweise Ihre Darstellung hören. So können Sie sich spätere Dementis ersparen.«

Der Obertutor wich schwankend in sein Arbeitszimmer zurück. »Skullions Geständnis?« stieß er hervor. »Was hat Skullion denn gestanden?«

»Daß er persönlich für den Mord an Sir Godber Evans verantwortlich ist. Aber nur für die eigentliche Mordtat. Die Verantwortung weist er... Wenn Sie nun der Ordnung halber einfach erklären würden, wie Sie daran beteiligt waren...« Purefoy brach ab und wartete, wie der Obertutor auf die Unterstellung reagieren würde, er sei an einem Mord beteiligt gewesen. Es dauerte eine ganze Weile. Der Obertutor glotzte ihn entsetzt an.

»Sir Godber Evans' Mord?« brachte er schließlich heraus. »Ich hatte ja keine Ahnung.«

»Das hat der Dekan in seiner Aussage aber anders dargestellt. Also, laut der Zeugenaussage, die Sie bei der Untersuchung machten, waren Sie zum Zeitpunkt des Mordes nicht im College. Wenn Sie diese jetzt ändern möchten...«

»Sie ändern? Aber ich war auf Coft Castle, zu Besuch bei Sir Cathcart D'Eath. Dort wurden wir gesehen.«

»Wir?« wiederholte Purefoy ungläubig. »Sagten Sie ›wir‹?«

»Natürlich sagte ich wir. Der Dekan und ich.«

»Ach ja? So hat das der Dekan aber nicht dargestellt«, erwiderte Purefoy. »Aber wenn Sie bei dieser Version bleiben...«

»Natürlich bleibe ich bei dieser Version«, schrie der Obertutor. »Es ist verdammt noch mal die Wahrheit.«

»Sie brauchen nicht zu schreien«, teilte ihm Purefoy mit. »Warum setzen Sie sich nicht und erzählen mir von diesem sogenannten Alibi? Wenn Sie sich das erst mal von der Seele geredet haben, fühlen Sie sich gleich viel besser.«

Der Obertutor setzte sich, ohne zu überlegen. Er konnte kaum einen klaren Gedanken fassen. »Ich muß mir nichts von der Seele reden. Über den Mord an Sir Godber Evans weiß ich nichts. Ich wußte nicht einmal, daß er ermordet wurde. Keiner hat mich informiert.«

Purefoy Osbert lächelte, und dieses Lächeln sagte, daß man den Obertutor wohl kaum zu informieren brauchte. »Als Sie früher an dem tragischen Abend mit ihm sprachen, was genau sagten Sie da zu ihm?«

»Zu ihm sagte? Was ich zu wem sagte, lieber Himmel?«

»Zu Skullion natürlich.«

»Aber ich habe an dem Abend überhaupt nicht mit ihm gesprochen. Was zum Teufel sollte ich mit Skullion besprechen?«

»Das möchte ich ja von Ihnen hören«, sagte Purefoy Osbert. »Laut Dekan waren Sie derjenige, welcher ...«

»Scheiß auf den Dekan«, rief der Obertutor. »Mir ist völlig egal, was dieser dämliche Drecksack behauptet, ich sage Ihnen, ich bin an dem Abend nicht mal in Skullions Nähe gewesen ...«

»Genau«, unterbrach ihn Purefoy, »der Dekan ist also ein Lügner und ...«

»Hören Sie«, brüllte der Obertutor, »ich weiß nicht, ob dieser Mensch ein Lügner ist oder nicht. Was ich dazu ...«

»Dann sagen Sie also jetzt, seine Darstellung Ihrer Handlungen ist korrekt?«

Der Obertutor sah sich hektisch im Zimmer um. Purefoy

Osbert erkannte dieses Symptom wieder. Genauso hatte er sich in Mrs. Ndhlovos Wohnung gefühlt. Er beschloß, der Moral des Obertutors einen weiteren Schlag zu versetzen. »Wie Sie wissen, wurde der Rektor, Skullion, heute morgen weggebracht ...«

Das genügte. Der Obertutor wußte es augenscheinlich, doch bis zu diesem Moment war ihm die ganze Tragweite der außerordentlichen Sitzung nicht aufgegangen. Die Aussage des Praelectors, Skullion sei *non compos mentis*, verstand er nur allzu gut. Seiner ehrlichen Meinung nach war Latein völlig ungeeignet, um den Geisteszustand dieses Mannes zu beschreiben. Er hatte eindeutig nicht mehr alle Tassen im Schrank. Doch das gleiche galt für den verfluchten Dekan, wenn man's recht bedachte. Der Obertutor stellte sich vor, daß die Polizei Skullion bereits verhörte und bald ihre Ermittlungen in Porterhouse fortsetzen würde. Und der Dekan mußte irgendwie an dem Mord beteiligt sein, sonst würde er ihn nicht diesem Schwein Osbert gegenüber anschwärzen. Der hoffnungslos verwirrte Obertutor kam zu einem Entschluß.

»Also, schön, eins werd ich Ihnen verraten«, sagte er. »Der Dekan kam auf die Idee, daß wir an jenem Abend zum Coft Castle fuhren. Er schlug es beim Dinner vor, und ich weiß noch, wie überrascht ich war. Ich sagte sogar, das käme nicht in Frage, aber er bestand darauf, trotz meiner Einwände.«

»Verstehe«, sagte Purefoy nach einer vielsagenden Pause. »Da haben wir vom Dekan etwas ganz anderes gehört. Er sagte, Sie hätten darauf bestanden, an jenem Abend das College zu verlassen. Er sagt ...«

»Dann ist er ein elender Lügner«, rief der Obertutor. »Ich werde Ihnen genau sagen, was er gesagt hat.«

Zehn Minuten später ging Purefoy Osbert. Der Obertutor hatte ihm einige ganz erstaunliche Informationen geliefert. Er hatte sozusagen einen völlig neuen Kriegsschauplatz eröffnet, durch den General Sir Cathcart D'Eath mit ziemlicher Sicherheit zu einem Wutausbruch und neuen Indiskretionen provoziert würde. Wie der Dekan darauf reagieren würde, konnte Purefoy sich nicht vorstellen. In seinem Zimmer überprüfte er seinen Mini-Kassettenrecorder und legte eine neue Kassette ein. Dann ging er nach unten in den Fellows' Garden. Nun hatten ihm Mrs. Ndhlovo und ihre Freundin schließlich doch einen guten Dienst erwiesen.

Der Praelector nahm einen Zug nach London und bestieg ein Taxi zum Hotel Goring. Normalerweise bevorzugte er bei seinen seltenen Besuchen in der Hauptstadt eine bescheidenere Unterkunft am Russell Square, doch das Goring umgab eine Aura solider Ehrbarkeit, und der Praelector wußte, daß er unter diesen Umständen alle Solidität und Ehrbarkeit brauchte, die er nur kriegen konnte. Dort empfing er Schnabel und Feuchtwangler zu einer auf seinen Wunsch angesetzten zwanglosen Besprechung. Der zutiefst beunruhigte Mr. Retter hatte sich dagegen ausgesprochen. »Sie werden mit Menschen ...« – Mr. Retter hatte bei dem Wort gezögert und beinahe »Rechtsverdrehern« gesagt – »...zu tun haben, die für Honorare, wie sie sie bei Transworld erhalten, ihren Großmüttern bei lebendigem Leib die Haut abziehen würden. Vor denen müssen Sie sich wirklich vorsehen.«

»Das tue ich immer«, erwiderte der Praelector und entschied, auf den Nachsatz »wenn ich mit Anwälten spreche«, zu verzichten.

Und so begrüßte an diesem Abend ein scheinbar gütiger alter Herr die Herren Schnabel und Feuchtwangler in einer Ecke des Salons. »Diese unerfreuliche Angelegenheit läßt sich mit Sicherheit gütlicher regeln«, sagte er zu ihnen, als sie es sich einigermaßen bequem gemacht hatten. Mr. Schnabel meinte, er bezweifle das. Und Mr. Feuchtwangler nickte zustimmend.

»Unser Klient ist kein gütlicher Mensch«, stellte Schnabel richtig.

Der Praelector lächelte. »Wer von uns ist das schon«, sagte er. »Doch wir müssen uns mit den Gegebenheiten arrangieren, meinen Sie nicht?«

Schnabel erwiderte, seiner Ansicht nach verstünde sein Klient dieses Wort nicht.

»›Gegebenheiten‹ oder ›arrangieren‹?« erkundigte sich der Praelector.

»Beide«, sagte Schnabel.

»Jedenfalls muß er einen gut entwickelten Selbsterhaltungstrieb besitzen, um so lange überlebt zu haben«, fuhr der Praelector fort. »Ist Mr. Passos noch in der Stadt?«

Schnabel hüstelte. Feuchtwangler schluckte mit trockenem Mund.

»Darüber weiß ich nichts«, behauptete Schnabel.

»Aber natürlich nicht«, pflichtete ihm der Praelector bei. »Das liegt außerhalb Ihres Zuständigkeitsbereiches. Ich schätze jedoch, daß es Ihren Klienten einigermaßen beunruhigt, und könnte mir vorstellen, daß er nur höchst ungern nach Thailand oder Singapur ausgeliefert werden möchte. Meines Wissens ist dort für einige kommerzielle Unternehmungen die Todesstrafe obligatorisch. »Natürlich bin ich in solchen Dingen keineswegs Experte, aber ...«

»Scheiße«, sagte Schnabel. Das war kein gütiger alter Herr mit Altersflecken an den Händen. Das war der Tod persönlich.

Der Praelector winkte einen Kellner heran. »Dürfte ich Sie zu einem Drink einladen?« fragte er. Keiner von beiden wollte etwas Stärkeres als Wasser. Der Praelector bestellte einen Fino.

»Nun denn, wie eingangs angemerkt, diese Angelegenheit läßt sich sicherlich auf einer gütlichen und für beide Seiten vorteilhaften Basis klären, auf einer Basis, die für Ihren Klienten höchst akzeptabel ist. Natürlich muß ich ihm den Vorschlag persönlich unterbreiten und könnte mir vorstellen, daß er es vorzöge, wenn ich ihn in seinem Büro aufsuchte. Morgen früh habe ich den einen oder anderen wichtigen Termin, aber vielleicht paßt es ihm ja um sechzehn Uhr.«

»Ich kann mir nicht denken, daß es ihm zu irgendeiner Zeit...«, fing Schnabel an, aber Feuchtwangler unterbrach ihn. »Hören Sie«, sagte er, »wenn Sie sagen ›eine für beide Seiten vorteilhafte Basis‹, wäre es für uns bei der Vereinbarung eines Termins hilfreich, wenn wir wüßten, was uns erwartet.«

»Natürlich, natürlich«, sagte der Praelector. »Ich verstehe Ihr Anliegen durchaus. Lassen Sie es mich nur so formulieren, daß sich die finanziellen Konsequenzen des Vorschlages, den ich autorisiert wurde, Ihrem Klienten zu unterbreiten, keineswegs negativ auf Ihre Kanzlei auswirken werden. Ganz im Gegenteil. Wie Sie wissen, wurden wir bisher von Waxthorne, Libbott und Chaine in Cambridge vertreten, und natürlich werden wir uns für kleinere Fälle auch zukünftig ihrer Dienste versichern. Doch falls Ihr Klient wie erhofft unseren Vorschlag annimmt, wird das College die Sachkenntnis einer Kanzlei brauchen, die größere Erfahrung auf den Gebieten Finanz- und Handelsrecht hat. Und wenn Sie mich jetzt entschuldigen, ich bin zum Essen mit meinem Patensohn verabredet.«

In Begleitung der beiden Anwälte ging der Praelector nach draußen zu einem Taxi. »Downing Street«, sagte er laut und deutlich zu dem Fahrer. »Number Eleven«.

Schnabel und Feuchtwangler standen vor dem Bürgersteig und sahen dem Taxi nach. Jetzt bezweifelten sie nicht mehr, daß ihr Klient den Termin am nächsten Nachmittag wahrnehmen würde.

Im Taxi lächelte der Praelector vor sich hin, und als sie Whitehall hinunterfuhren, beugte er sich vor. »Ich habe es mir anders überlegt«, sagte er dem Fahrer, als sie in die Mall einbogen. »In der Jermyn Street gibt es ein recht gutes Restaurant. Dort werde ich wohl speisen.«

32

Während des Lunchs hatte sich die Freiheit verflüchtigt, die der Dekan beim Verlassen des Ratssaals verspürt hatte. An ihre Stelle war Unsicherheit getreten und das Gefühl, daß sich im verborgenen mysteriöse Dinge ereigneten, die das College von Grund auf verändern würden. Dem Dekan war die Kontrolle über die Lage entglitten. Er war durch die vielen Schrekken erschöpft... zu erschöpft, um zu merken, wie ihn der Obertutor so bösartig und haßerfüllt ansah, daß Sir Cathcarts Vermutung vom Abend zuvor, er sei ein geisteskranker Killer, völlig plausibel wirkte. Jedenfalls trug sich der Obertutor mit Mordgedanken, und nur die Tatsache, daß am High Table keine ausgewachsenen Streitereien mehr gestattet wurden (eine Sitte, die bis ins siebzehnte Jahrhundert zurückreichte, als sich zwei Fellows zwischen der Wildpastete und dem Roastbeef wegen einer Meinungsverschiedenheit über das Wort »Bestiarium« spontan duelliert hatten, wobei ein begabter Theologe mit einer Hasenscharte sein Leben ließ), hinderte den Obertutor daran, den Dekan präzise davon in Kenntnis zu setzen, was er von ihm hielt. Zudem hatte der freitägliche Fisch wie üblich mäßigenden Einfluß. In der Seebarbe steckten so viele Gräten, die herausgepult werden mußten, daß für Streitereien keine Zeit blieb.

Gesprächig war nur der Kaplan. »Ich mache mir große Sorgen um den Rektor«, sagte er. »Als ich im Krankenhaus Addenbrooke anrief, um herauszufinden, wie es ihm ging, versicherte man mir, er sei dort überhaupt nicht eingeliefert worden.«

»Überrascht mich nicht. Vermutlich haben sie ihn nicht erkannt«, sagte Dr. Buscott. »Jedenfalls nicht als Rektor eines Colleges. Eher als Penner oder dergleichen.«

»Was zum Teufel soll das heißen?« fragte der Obertutor, froh über jeden Vorwand, sich abreagieren zu können.

»Lediglich, daß Rektoren anderer Colleges gepflegter sind und keine Melonen tragen.«

»Ich kann mir nicht denken, daß man ihn mit einer Melone auf dem Kopf eingeliefert hat«, befand Professor Pawley. »Und selbst falls er bei seinem letzten Schlaganfall einen Bowlerhut trug, was ich bezweifeln möchte, hätte man ihn abgenommen, als man Skullion auf eine Tragbahre legte.«

»Gegen Melonen ist nichts einzuwenden«, sagte der Obertutor. »Sie waren mal sehr modern«.

»Die roten mit den vielen Kernen haben mir schon als Kind nicht geschmeckt«, mischte sich der Kaplan ein. »Sind zu wäßrig. Die länglichen gelben schmecken viel fruchtiger, und die kleinen runden sind auch recht lecker.«

»Wir reden doch nicht über solche Melonen. Es ging um Skullions Hut.«

»Natürlich habe ich seinen Namen genannt. Sonst hätte man im Krankenhaus ja gar nicht gewußt, wen ich meine. Trotzdem blieb man dabei, er sei nicht da.«

»Eventuell liegt er im Evelyn«, sagte Professor Pawley. »Es heißt, da sei es recht gemütlich.«

Der Dekan beachtete ihr Gerede nicht. Was ihn betraf, existierte Skullion nicht mehr, und ohnehin wollte er den anderen nicht verraten, wo er war. Je weniger Bescheid wußten, desto besser. Er fragte sich, wo der Praelector stecken mochte, und ob es klug gewesen war, dem alten Mann die Vollmacht zu erteilen, mit einem Kandidaten seiner Wahl Verhandlungen aufzunehmen. Daran ließ sich zwar jetzt nichts mehr ändern, aber dennoch war ihm nicht ganz wohl in seiner Haut. Schließlich entschuldigte er sich vor Ende des Essens und unternahm einen Spaziergang.

Der Obertutor wäre ihm fast gefolgt, überlegte es sich dann aber anders. Es blieb noch genügend Zeit für ein offenes Gespräch mit dem Dekan, und vielleicht behielt ja sogar die Polizei das College im Auge. Keinen Moment lang hatte er die Version geglaubt, Skullion sei in ein Krankenhaus gebracht worden. Mit erstaunlichem Taktgefühl – oder vielleicht auch nur aus praktischen Gründen, weil ein Rollstuhl nicht in einen Polizeiwagen paßte – hatte die Polizei einen Krankenwagen eingesetzt, um Skullion zum Polizeirevier Parkside zu bringen, wo man ihn jetzt ohne Zweifel verhörte. Der Obertutor überlegte kurz, ob er ihm nicht vielleicht einen Anwalt besorgen sollte, als ihm einfiel, daß der Praelector an diesem Vormittag Mr. Retter aufsuchen wollte, vorgeblich, um den Syndikus betreffs der verfassungsmäßigen Position eines Nachfolgers des unzurechnungsfähigen Rektors zu konsultieren. Erneut verblüffte ihn, welchen Takt und welche Sorgfalt der Praelector an den Tag gelegt hatte, um unerwünschte Publicity zu vermeiden. Was nur belegte, daß der Collegerat ihm zu Recht so viel Vertrauen geschenkt hatte.

Dennoch war der Obertutor immer noch schlechter Laune, als er mit dem Fahrrad zum Bootshaus von Porterhouse aufbrach. Seine Überlegungen drehten sich um Dr. Purefoy Osbert. Liebend gern hätte er dafür gesorgt, daß dieser junge Mann den Tag verfluchte, an dem er Porterhouse betreten hatte. Nachdem er seine Wut am Boot Nummer eins ausgelassen hatte, überlegte er auf dem Rückweg immer noch, wie er diesem verdammten Dr. Osbert eins auswischen konnte.

Als er am Pförtnerhaus vorbeikam, trat Walter mit einem Briefumschlag ins Freie.

»Verzeihen Sie die Störung, Sir«, sagte er. »Dringende Nachricht für Dr. Osbert, und da Sie am selben Aufgang wohnen, dachte ich mir…« Der Obertutor nahm den Umschlag und radelte davon. Er konnte es kaum erwarten herauszufinden, was das für eine dringende Nachricht sein mochte. Vielleicht erwies sie sich als nützlich.

In seinem Zimmer angekommen, stellte er den elektrischen Wasserkocher an, öffnete den Umschlag unter Wasserdampf und las den Brief. Er fand ihn eher uninteressant. Es handelte sich lediglich um eine Einladung der Vorsitzenden der amerikanischen Gesellschaft zur Abschaffung grausamer und unmenschlicher Bestrafung zu einem Treffen mit dem Verfasser von *Fallstricke*, ein Werk, das sie mit großem Interesse und Gewinn gelesen habe etc. pp. Leider sei sie sehr beschäftigt, und der einzige verfügbare freie Termin sei der Freitag abend. Sie übernachte bei Freunden, es wäre ihr aber eine Ehre, sich um 20 Uhr vor dem Hotel Royal mit Dr. Osbert zu treffen. Der Obertutor faltete den Brief und steckte ihn zurück in den Umschlag, dann änderte er seine Meinung und zerriß ihn. Diesen Termin würde Dr. Osbert nicht wahrnehmen.

In London telefonierte Schnabel mit Transworld Television. »Ich sage Ihnen doch, man bietet Ihnen offensichtlich einen Ausweg«, sagte er zu Hartang. »Dieser Typ ist echt, und er ist richtig einflußreich.«

»Und zwar wie richtig?« wollte Hartang wissen.

»Und zwar Downing Street«, antwortete Schnabel.

Es gab eine lange Pause, in der Hartang über diese ungewöhnliche Aussage nachdachte.

»Wenn er wirklich so einflußreich ist, was will er dann von mir?« fragte er endlich.

»Keine Ahnung. Er will Ihnen irgendeinen Vorschlag unterbreiten. Er hat ganz ausdrücklich betont, seiner Ansicht nach könne man diese Angelegenheit auf einer gütlichen und für beide Seiten vorteilhaften Basis klären. Feuchtwangler war dabei. Er kann's Ihnen bestätigen.« Feuchtwangler bestätigte es und gab den Hörer an Schnabel zurück. Es dauerte noch eine halbe Stunde, bis Hartang sich einverstanden erklärte, den Praelector zu treffen, aber selbst dann blieb er äußerst mißtrauisch. Erst eine beiläufig erwähnte Auslieferung an Singapur als mögliche Alternative überzeugte ihn.

»Wenn Sie das vermasseln, Schnabel, werd ich mir nicht bloß neue Rechtsanwälte suchen, dann brauch ich die Unterstützung von ein paar Spezialisten aus Chicago. Hab ich mich klar ausgedrückt?«

Schnabel bestätigte das und legte auf. »Number Eleven Downing Street, und da redet dieser dämliche Drecksack so daher«, sagte er.

Der Praelector stand spät auf und frühstückte in aller Ruhe. Dann besuchte er, für den Fall, daß man ihn beschattete, einen Neffen, der im Innenministerium beschäftigt war. Anschließend speiste er mit einem Bischof im Ruhestand zu Mittag. Sein ganzer Tag war so organisiert, daß jeder Beobachter den Eindruck gewinnen mußte, er habe es mit einem außerordentlich einflußreichen Mann zu tun. Als er ins Hotel Goring zurückkam, wartete eine Einladung auf ihn, sich im Transworld Television Centre mit Mr. Edgar Hartang zu treffen. Der Praelector ruhte sich aus und nahm dann ein Taxi in die Docklands, wo er einer Leibesvisitation unterzogen und von einem Metalldetektor überprüft wurde, ehe er in dem Fahrstuhl nach oben und nach unten bis zu dem nicht numerierten Stockwerk schoß, wo er Hartangs trostloses Büro betrat. Hartang begrüßte ihn mit schleimigem Interesse und einer ekelhaften Unterwürfigkeit, die des Schatzmeisters Bericht über sein Treffen mit diesem Mann vollauf bestätigte. Hartang machte einen auf mitteleuropäischer Charmebolzen. Den Praelector täuschte er damit keine Sekunde. Andererseits registrierte er zufrieden, daß Hartang sich des Blazers, des Rollkragenpullis und sogar der weißen Socken entledigt hatte und ein wenig konservativer gekleidet war, nämlich in einem hellen Anzug mit schlichter Krawatte.

»Ich wurde«, sagte der Praelector nach Austausch einiger Höflichkeitsfloskeln, »vom Collegerat des Porterhouse Colleges ermächtigt, Ihnen die Stellung eines Rektors an unserem College anzutragen.« Er hielt inne und betrachtete Hartang so feierlich, wie er nur konnte. Hartang glotzte ihn durch leicht getönte Brillengläser an – die dunkelblauen waren den Weg der weißen Socken und der Mokassins gegangen –, und aus seinem Blick sprachen Ungläubigkeit und tiefes Mißtrauen.

Der Praelector genoß sein Erstaunen einen Augenblick lang, dann fuhr er fort. »Ich bezwecke mit dieser Entscheidung zweierlei, erstens ist sie zum Wohle des Colleges und zweitens, wie ich meine, sehr zum Wohle Ihres Ansehens als bedeutender Finanzier und große Persönlichkeit. Lassen Sie mich darauf hinweisen, daß die Vergabe des Rektorpostens in Porterhouse ein Vorrecht der Krone darstellt, und daß die Krone – oder genauer gesagt: die amtierende Regierung, mit anderen Worten der Premierminister – bereit ist, ihre Autorität in diesen Fragen an den Collegerat abzutreten. Sie hat dies im vorliegenden Falle aus Gründen getan, auf die wir hier nicht näher einzugehen brauchen und die darzulegen mir ohnehin nicht gestattet ist. Es genügt wohl, wenn ich sage, daß besagte Gründe mit dem nationalen Interesse zusammenhängen. Vertraglichen Verpflichtungen mit gewissen Ländern müßte man durch Ihre Zusage nicht nachkommen, während gleichzeitig Ihre anerkannte Sachkenntnis in finanziellen Dingen unangetastet bliebe.« Wieder hielt der Praelector inne, und diesmal setzte er eine äußert bedeutsame Miene auf, um die Ernsthaftigkeit zu unterstreichen, mit der er gesprochen hatte. Er hatte nicht umsonst als Knabe Forellen gekitzelt und wußte, wann man besonders vorsichtig sein mußte. Edgar Hartung, der am anderen Ende des grünen Sofas saß, hatte kaum geatmet.

»Selbstverständlich werden Sie diesen Vorschlag in Ruhe durchdenken und mit Ihren Beratern erörtern wollen, ehe Sie uns antworten. Seien Sie jedoch versichert, daß das Amt eines Rektors keineswegs leichtfertig oder einer Laune folgend vergeben wird. Auch ist es lediglich mit formalen Pflichten verbunden. Ihr Amtssitz wäre das Rektorenhaus, und die Collegebediensteten stünden ebenso zu Ihrer Verfügung wie jeglicher Komfort, den Sie zu Ihrer Bequemlichkeit und Sicherheit wünschen. Zugleich wäre Ihre gesellschaftliche Stellung gesichert. Porterhouse ist eines der ältesten Colleges in Cambridge, und, falls mir eine offene Bemerkung gestattet ist, Ihre Leistungen auf dem Gebiet der elektronischen Kommunikation wären für uns unbezahlbar, von Ihrer Sachkenntnis auf dem Gebiet der Finanzen ganz zu schweigen. Ich werde Sie jetzt verlassen. Die kommenden drei Tage wohne ich im Hotel Goring und erwarte dort Ihre Antwort.«

Der Praelector erhob sich und verabschiedete sich mit einer kaum merklichen diplomatischen Verbeugung. Als sich die

Fahrstuhltüren geschlossen hatten, lockerte Hartang seinen Kragen, nahm wieder Platz und versuchte, sich einen Reim zu machen auf die ungewöhnliche Mixtur aus Drohungen und Versprechungen, die ihm soeben zu Ohren gekommen war. In seinem ganzen Leben hatte er noch nie etwas auch nur annähernd Vergleichbares erlebt. Eine Stunde lang suchte er im Angebot des Praelectors nach einem Haken, fand aber keinen. Vielleicht kam ja Schnabel dahinter. Er nahm den Hörer ab und tippte die Privatnummer des Anwalts.

Es war ein anderer Hartang, der sich an diesem Abend zu einer Besprechung mit Schnabel, Feuchtwangler und Bolsover einfand. Die Erkenntnis, daß etwas Fundamentales in seinem Leben geschehen war, hatte Edgar Hartang im Umgang mit seinen Rechtsanwälten zurückhaltender werden lassen. »Halten Sie es für koscher, daß man den alten Sack ermächtigt hat, Verhandlungen zu führen, als ob er 'n Botschafter wär oder so was?« fragte er sie.

»Durchaus«, sagte Schnabel.

»Es ist eine sehr große Ehre«, ergänzte Bolsover.

»Und bietet höllisch gute Protektion«, lautete Feuchtwanglers Kommentar. »Ich hab noch nie gehört, daß sie einen Collegepräsidenten ausgeliefert hätten.«

Hartang kaute auf einem Fingerknöchel herum. Das mit den vertraglichen Verpflichtungen hatte ihm gar nicht gefallen. Und ein Patensohn in der Downing Street? Und was zum Teufel hatte der alte Knilch mit dem Typ zu schaffen, der im britischen Innenministerium beschäftigt war, und mit Bischöfen und dergleichen?

»So haben es die Tommys immer gehalten«, erläuterte Feuchtwangler. »Erst wickeln sie einen nach Strich und Faden ein, und dann sagen sie: ›Mach bei uns mit, alter Knabe.‹ Welche andere Option Ihnen bleibt, muß ich nicht erwähnen, das wissen Sie ja. Was glauben Sie denn, wie Dick Whittington Oberbürgermeister von London geworden ist?«

Hartang erwiderte, er kenne keinen Dick Whittington. »Was springt für die dabei raus?« wollte er wissen.

»Wie er schon sagte, Ihre Sachkenntnis. In erster Linie Geld. Datenautobahnkram ist teuer. Eins muß man Kudzuvine lassen: Er hat Ihnen einen Gefallen getan.«

Das war eine riskante Aussage. Hartang war noch nicht soweit, sich oder anderen einzugestehen, Kudzuvine tue ihm irgendwelche Gefallen.

»Und eins steht fest«, sagte Bolsover. »Sobald Sie offiziell annehmen, sitzt Dos Passos im Flugzeug und verschwindet. Er wird bereits überwacht.«

Das war ein überzeugendes Argument. Hartang erklärte sich bereit, Rektor von Porterhouse zu werden.

»Ist schon erstaunlich, wie sich die Dinge verändern«, sagte Schnabel, als sie wegfuhren. »Ich würde noch nicht behaupten, daß er zivilisiert ist, aber die Entwicklung ist eingeläutet. Ich könnte mir vorstellen, daß er in zwei Jahren stubenrein ist.«

»Porterhouserein«, korrigierte Bolsover.

33

Der Praelector saß in der Frühlingssonne auf einer Bank und sah ein paar Kindern beim Kämpfen zu. Es war unendlich viele Jahre her, daß er sich im Gras gewälzt und versucht hatte, einen anderen Jungen unterzukriegen, doch er konnte sich noch lebhaft erinnern, was für ein Spaß das gewesen war, auch wenn er verlor. Und jetzt hatte er zum erstenmal seit vielen Jahren wieder Spaß, diesmal allerdings den Spaß, den ein richtiger Sieg mit sich brachte. Natürlich standen ihm noch etliche Schlachten bevor. Zum einen mußte Hartang gebändigt werden, denn selbst in diesen derben Zeiten ging es nicht an, daß ein Rektor am High Table allzu häufig Worte wie »Arschgesicht« in den Mund nahm. Doch der Praelector beabsichtigte, Hartangs Charakterbildung den anderen Fellows und der Atmosphäre des Colleges mit seinen vielen kleinen Förmlichkeiten zu überlassen. Seine drängenderen Probleme waren ganz anders geartet. Er mußte den Collegerat dazu bringen, Hartangs Ernennung zu bestätigen, und ein so schwieriges Unterfangen hatte er in seinem ganzen Leben noch nicht bewältigen müssen. Selbst die genialsten Gelehrten von Cambridge hatten keine Ahnung von der politischen Brisanz im Finanzwesen und in der Industrie. Sie waren in einem Wohlfahrtsstaat aufgewachsen und hatten die zwanziger und dreißiger Jahre nicht erlebt, als die Armen so richtig hungrig gewesen waren, als Männer, Frauen und Kinder verhärmte bleiche Gesichter hatten und als es noch Suppenküchen der Heilsarmee gab. Einige Akademiker mochten von solchen Dingen gelesen haben, aber selbst erlebt hatten sie es nicht. Statt dessen machten sie bei nostalgischen Possen und Pseudohungermärschen mit, ihre wohlgenährten Gesichter vor Gesundheit strotzend und ihre Füße in warmen, gutbesohlten Schuhen, und wenn sie dann voller Selbstgerechtigkeit nach Hause geeilt waren, beglückwünschten sie sich in zentralbeheizten Häusern bei Räucherlachs und Coq-au-vin zu ihrer aufrechten Gesinnung. Und überall wurden sie per Fernsehen und Hochglanzillustrierte von echtem Leid und wahrem Elend auf Distanz gehalten oder dagegen immunisiert. Der Praelector lebte schon zu lange, um die Zeit vor Beveridge zu vergessen. Jetzt mußte sich Porterhouse mit seiner Entscheidung abfinden oder untergehen. Es war sein letzter Kampf. Er stand auf, und auf dem Rückweg zum Hotel frohlockte er beim Gedanken an den Gesichtsausdruck des Dekans, wenn der die Neuigkeit erfuhr.

Auch Purefoy Osbert und Mrs. Ndhlovo genossen den Sonnenschein. Sie saßen auf einer Bank unterhalb der Mauer, die Porterhouse umgab, hinter ihnen das alte Tor zum Fluß. Jetzt war es versperrt und der Fluß über hundert Meter weit entfernt, doch von diesem Tor aus waren die Rektoren und Fellows vor Jahrhunderten in die Boote gestiegen, um zu ihren Colleges zu gelangen, ohne sich dem Morast und Dreck der Straßen auszusetzen.

»Ich mußte einfach vorbeikommen und dir alles erklären«, sagte sie. »Schließlich war es nur ein Scherz, kein sehr geschmackvoller, zugegeben, aber gute Scherze sind nun mal sehr selten.«

Purefoy betrachtete finster ein paar Pferde, die vor ihnen auf der Weide grasten. Er hatte immer noch so seine Zweifel, was Mrs. Ndhlovo und ihre Schwester anging. Und er wußte nicht recht, ob er ihr auch nur ein einziges Wort glauben sollte. Andererseits war er insgeheim froh darüber, daß sie nie die dritte Frau des verblichenen Mr. Ndhlovo gewesen war.

»Nur so haben sie mich ins Land gelassen«, hatte sie erklärt. Purefoy hatte erwidert, das müsse sie ihm erklären.

»Wie sollte denn deiner Meinung nach ein Mensch, der weder Geburtsurkunde noch Reisepaß hat, ohne Papiere durch die Paßkontrolle kommen? Das ist unmöglich.«

»Aber irgendeinen Ausweis mußt du doch haben. Du wirst doch wohl wissen, wer du bist.«

»Inzwischen weiß ich, wer ich bin, aber damals wußte ich es nicht. Niemand wußte es. Du hast nie in einem Land wie

Argentinien unter der Militärdiktatur gelebt, wo die Leute buchstäblich einfach verschwanden. So erging es meiner Mutter und meinem Vater. Brigitte und ich wurden eines Morgens in einer Stadt namens Fray Bentos am Ufer des Rio Plata auf einem Picknicktisch gefunden. Jemand hatte uns ein Schildchen umgebunden, auf dem in Englisch das Wort ›Unbekannt‹ stand. Wir wurden in ein katholisches Waisenhaus gebracht, wo uns die Nonnen Incognito nannten. Anfangs war das ein Scherz, doch der Name blieb haften, und so wurde aus mir Ingrid Natasha Cognito. Wir haßten das Waisenhaus und die Nonnen, und wir liefen weg und gingen nach Paraguay. Das war alles andere als angenehm, wir lebten bei ganz armen Deutschen in einem sehr merkwürdigen Ort. Wir waren blauäugig und blondhaarig und sprachen Englisch.«

Purefoy hörte zu, schläfrig aber fasziniert. Der Rio de la Plata, Fray Bentos und die stillgelegte Fleischwarenfabrik, der Golf-Club, wo an der Wand eine Krönungsplakette für George VI. hing und die Entfernungsangaben zu den Löchern immer noch in Yards angegeben waren, Paraguay und Stroessners im Stechschritt über einen staubigen Platz paradierende Soldaten mit ihren deutschen Helmen, die heruntergekommenen Bauernhäuser der Nachkommen deutscher Auswanderer aus dem neunzehnten Jahrhundert, bizarre südafrikanische Sekten in modernen Gebäudekomplexen, Hitze und Insekten, und dann durch Uruguay zurück nach Montevideo, eine Stadt, die in den fünfziger Jahren stehengeblieben zu sein schien, und wo sich Briten und Amerikaner nach wie vor im Englischen Club mit seiner zersprungenen und geklebten Wohnzimmerfensterscheibe trafen, dem Club, in dessen Bar die Gipsdecke teilweise heruntergebrochen war und wo sich gebundene Jahrgänge der *Montevideo Times* in der Bibliothek neben dem uralten und unbenutzten Fechtboden stapelten. Von hier ging es weiter nach Afrika, diesmal mit Hilfe der südafrikanischen Sektenmitglieder.

Die weißen Pferde grasten auf der Weide vor ihnen, und Purefoys Phantasie folgte der Geschichte von Miss I. N. Cognitos Irrfahrten mit der wachsenden Überzeugung, daß sie die Wahrheit sagte. Dennoch blieb er mißtrauisch. Heutzutage mußte sich in einer auch nur ansatzweise zivilisierten Gesellschaft jeder legitimieren können, und sei es auch nur mittels einiger Nonnen in einem Waisenhaus oder irgendeines anderen Menschen, der ihn schon eine Zeitlang kannte.

»So kommt man aber nicht nach Großbritannien rein«, sagte Ingrid. »Versuch doch mal, die Kontrollen in Heathrow zu passieren ohne Paß oder Geburtsurkunde. Die Beamten von der Einwanderungsbehörde machen nicht mal den Versuch, einem zu glauben. Wir haben es einmal mit einem Frachtflugzeug aus Lusaka probiert. Das war ein Fehler. Die Besatzung hat große Schwierigkeiten bekommen, und wir wurden einer Leibesvisitation unterzogen. Und mußten Abführmittel nehmen, wir hätten ja mit Drogen oder Diamanten gefüllte Präservative geschluckt haben können.«

»Was habt ihr denn bloß in Lusaka gemacht?«

»Ich hab dir doch erzählt, daß wir wiedergeborene Mitglieder der Benonisekte wurden. Wegen irgendwelcher Visionen, die irgendeine Frau anno 1927 hatte, hielten es die Leute für eine gute Idee, Südafrika mit ein wenig Geld zu verlassen und in Südamerika Missionen zu bauen.«

»Die hätten euch doch Ausweise geben können ...«

»Hätten können. Haben aber nicht, weil wir ihnen erzählten, Religion sei Opium fürs Volk, und wenn man ihnen nicht glaubt, können religiöse Menschen erstaunlich intolerant werden. Sie verstießen uns in die dunkelste Finsternis, in diesem Fall nach Brakpan, und wir mußten uns allein durchschlagen.«

»Wie seid ihr dann in dieses Land hier gekommen?«

»Indem wir uns mit einem netten Griechen anfreundeten, der einen Tante-Emma-Laden und zwei Schwestern hatte, die einverstanden waren, ihre Reisepässe zu verlieren. In Athen mußten wir ihm die dann zurückgeben. Danach war es relativ leicht. Wir haben uns entlang der Mittelmeerküste bis Spanien vorgearbeitet, hauptsächlich an Bord von Jachten, und dann war da ein netter alter Herr in Palamos, der brauchte eine Besatzung. Seine Frau mochte im Winter die Biscaya nicht überqueren und nahm ein Flugzeug nach Hause. Und so legten wir eines Tages in Falmouth an und kamen an Land, als gerade keiner hinsah.«

»Und habt ihr immer noch keine Papiere? Du hast weder Paß noch Geburtsurkunde noch sonst was?«

»Und ob. Wenn man erst mal hier ist, kommt man problemlos an eine Geburtsurkunde.«

»Wie?« fragte Purefoy. Er wollte Gewißheit. Die lieferte sie ihm.

Purefoy betrachtete sie verdutzt. »Das hast du nicht getan«, sagte er. »Wenigstens will ich das nicht hoffen.«

»Aber irgendwas mußte ich doch tun. Und er war ein so bedauernswerter Mensch. Ganz allein auf der Welt, und dann schuftete er in diesem Einwohnermeldeamt im Somerset House vor sich hin, und noch nie war jemand nett zu ihm gewesen.«

»Dann hast du also einen auf den Namen Mrs. Ndhlovo ausgestellten Paß?« erkundigte sich Purefoy mißtrauisch.

»Aber nein, nicht Mrs. Ndhlovo. Die war erst viel später und nur ein vorübergehender Notbehelf. Ich bin Isobel Rathwick, geboren in Bornemouth. Ich bin jetzt eine juristisch einwandfreie Engländerin. Trotzdem ist mir Mrs. Ndhlovo viel lieber. Ich möchte nicht, daß du mich anders nennst. So habe ich meinen Spaß mit all den ernsthaften Menschen, denen die dritte Welt so sehr am Herzen liegt.«

»Das kann ich mir denken«, sagte Purefoy. »Und was ist mit deiner Schwester? Was treibt die gerade?«

»Die ist eine schrecklich ehrbare Bürgerin und lebt in Woking. Sie ist verheiratet und hat zwei Töchter, aber gelegentlich muß sie ausbrechen und mal wieder sie selbst sein.«

»Das klingt für mich alles sehr eigenartig. Ich begreife nicht, wie du mit einer erlogenen Identität leben kannst.«

»Weil wir unsere eigene Identität erfinden mußten, Purefoy, Liebling, genau wie alle anderen auch.«

»Ich nicht«, widersprach Purefoy. »Ich weiß ganz gewiß, wer ich bin.«

Das denkst auch nur du, dachte Mrs. Ndhlovo, verkniff es sich aber, es laut auszusprechen.

Sie bummelten über die King's Parade zurück, sahen sich die Marktstände an und tranken in einem kleinen Café hinter dem Rathaus Tee, und diesmal erzählte ihr Purefoy von seinen Sparringsrunden mit dem Dekan und dem Obertutor und daß Skullion weggebracht worden war.

»O Purefoy, wie genial. Und das alles wegen mir und Brigitte. Ich glaube, ich werde ein sogenannter... Wie sollen wir das nennen? Ein Provokateur, genau, ein Provokateur werden und Seminare für schüchterne junge Männer abhalten, die alles glauben, was man ihnen erzählt oder was sie in Büchern lesen. Ich habe die Nase voll von der Unfruchtbarkeit des Mannes und all den vielen eifrigen Frauen, die sich so wegen Klitorisbeschneidung engagieren, aber nicht eine ringt sich mal ein Lächeln ab.«

»Aber du bist doch Expertin für so was. Das kannst du doch nicht einfach hinschmeißen.«

»Ich hab's mir doch auch einfach so angeeignet«, widersprach Ms. I. N.Cognito. »Die Dias hab ich mir in London besorgt, und alles übrige ist angelesen. Und wenn du wissen willst, warum: weil es mich angeödet hat, Stewardeß bei einer Fluggesellschaft zu sein und höflich mit Menschen umzugehen, die ich nie wiedersehen wollte. Was mußte man da für Lügen erzählen! Und immer waren es dieselben öden Lügen. Als Mrs. Ndhlovo konnte ich wenigstens phantasievoll sein, aber das nervt mich mittlerweile auch. Was glaubst du, wie viele grauenhafte Weiber mich schon angebaggert haben! Aber das wird jetzt alles anders. Ich möchte, daß du mir dein Porterhouse zeigst. Ich werde mich um die Stelle eines Provokateurs bewerben. Der Provokateursdebütantin. Glaubst du, sie nehmen mich?«

»Die haben hier schon genug Probleme«, antwortete Purefoy.

Im Schlafzimmer von General Sir Cathcart D'Eaths »geheimer Wohnung« in der Nähe des botanischen Gartens erlebte Myrtle Ransby den schlimmsten Kater ihres Lebens. Am Abend zuvor war sie, wie vom General angeordnet, pünktlich eingetroffen und hatte bereits einen oder zwei Schnäpse intus gehabt, um ihre Nerven zu stärken, die immer noch darunter litten, daß sie in der Katzenfutterfabrik dem Amerikaner mit dem blutigen Kittel und dem teilweise zerlegten Hengst begegnet war. Sie war durch die Hintertür gekommen, und nach weiteren ein, zwei Schnäpsen – etwas anderes gab es nicht – hatte sie es unter großen Schwierigkeiten geschafft, sich in den schwarzen Latexanzug zu zwängen und die Kapuze über ihre toupierten Haare zu ziehen. Dann hatte sie sich hingesetzt, gewartet und ab und an noch einen Schnaps gekippt. Der Kunde war nicht gekommen. Myrtle kramte in ihrer Tasche nach den Anweisungen des Generals und las sie noch einmal durch. Er hatte eindeutig Freitag abend, acht Uhr, gesagt; jetzt war es kurz vor neun. Egal, was auch geschah, sie hatte ihr Geld bekommen. Die durchgerissenen Scheine würden wieder geklebt werden, und wenn sie die ganze Nacht hier herumhockte. Zwei Stunden später beschloß sie, die Kapuze abzunehmen und ein wenig frische Luft zu schnappen. Voraussetzung war, daß sie zuerst die Gummihandschuhe auszog, und die sträubten sich. Ihren Kampf mit den Biestern mußte sie unterbrechen, weil sie ein dringendes Pinkelbedürfnis überkam, und sie focht gerade eine neue Schlacht, diesmal mit der unteren Hälfte ihres Kostüms, als das Telefon klingelte. Myrtle sagte ihm, es solle sie am Arsch lecken, und blieb, wo sie war. Als es dann zu spät war, sprintete sie in Richtung Gerät und stolperte. Das Telefon hörte auf zu klingeln. Myrtle griff sich die Brandyflasche. Es war kurz vor Mitternacht, als sie bei dem Versuch, wieder aufs Klo zu gehen, versehentlich das Licht ausknipste und den Schalter nicht mehr fand. Ihr Bemühen, Handschuhe, Kapuze und ihr restliches Kostüm loszuwerden, war mittlerweile pure Zeitverschwendung. Im Finstern kroch sie auf dem Boden herum, griff sich die Schnapsflasche und machte sie leer. Dann nickte sie ein und verbrachte die Nacht dort, wo sie gerade lag, zufrieden, jegliches Bewußtsein von Zeit, Ort und ihrem Zustand verloren zu haben.

Am Morgen, einem von Fensterläden barmherzig verdunkelten Morgen, war das ganz anders. Sie brauchte eine Weile, um herauszufinden, warum sie kaum atmen und nur teilweise aus einem Auge sehen konnte – Kapuze und toupierte Haare hatten ihre Lage geändert – und warum sie in etwas eingepackt war, das sich kalt und feucht anfühlte. Langsam und mühsam rappelte sie sich auf, gelangte mit Hilfe der Wand ins Bad und knipste das Licht an. Ihr Spiegelbild war ihrer Selbstachtung nicht unbedingt zuträglich. Obwohl sie schauderhafte Morgen in Gesellschaft der Jungs vom Luftwaffenstützpunkt gewöhnt war, die ein seltsames Faible für Fetischoutfits hegten, hatte sie sich noch nie in einem auch nur annähernd so bizarren Zustand gesehen. Myrtle Ransby setzte sich auf den Toilettendeckel und heulte los, bis ihr vage einfiel, daß sie ihrem Mann versprochen hatte, spätestens um ein Uhr zurück zu sein. Und ihr war die andere Hälfte der zweitausend Pfund versprochen worden. Einen Moment lang stieg Wut in ihr hoch. Man hatte sie versetzt, sie befand sich in einem fremden Haus und steckte in einem viel zu kleinen Gummianzug. Verschärfend kam hinzu, daß Wochenende war und sie irgendwie nach Hause gelangen mußte. In diesem Augenblick machte sich die Wirkung des Schnapses auf verschiedene Weise bemerkbar.

Zehn Minuten später, sie fühlte sich nun ein wenig besser, rappelte sich Myrtle auf und sah sich nach etwas um, womit sie sich aus dem Kostüm schälen konnte. Doch außer einer völlig untauglichen alten Zahnbürste fand sie nur einen Naßrasierer mit Doppelklinge, der ihr trotz verzweifelter Anstrengungen auch nicht weiterhalf. Nachdem sie erneut vergeblich versucht hatte, die Handschuhe abzustreifen, brachte sie ergebnislose zwanzig Minuten damit zu, an den diversen Löchern des Kostüms herumzuzerren, das jedesmal mit Macht in die Ausgangsposition zurückschnellte. Es hatte keinen Wert. Sie wollte nicht riskieren, sich das Nasenbein zu brechen oder an ihren falschen Zähnen zu ersticken. Sie mußte Hilfe herbeitelefonieren. Sie hockte auf der Bettkante, schielte auf das Telefon herunter und fragte sich, was ihr Mann Len wohl sagen oder – und das war weit wichtiger – tun würde, wenn er vorbeikäme und sie in diesem Zustand vorfände. So wie sie ihn kannte, würde er sie entweder vermöbeln, und das nicht zu wenig, schließlich konnte sie sich nicht wehren, oder, was noch schlimmer war, er würde sich kranklachen und alles seinen gräßlichen Kumpeln unten im Stammlokal weitererzählen, und sie wäre die Witzfigur von ganz Thetford.

Und noch finsterere Überlegungen machten sich in ihrem Kopf breit. Man hatte sie verdammt noch mal versetzt, und sie kam sich vor wie ein Vollidiot, doch am schlimmsten war, daß sie ein schwuchteliger alter General und Sir nach Strich und Faden übers Ohr gehauen hatte. O nein, nicht mit ihr. Myrtle Ransby hatte schon zu viele elende Streitereien, ja, regelrechte Schlachten um die Bezahlung geleisteter Dienste durchgestanden, um sich von einem alten Kacker namens D'Eath, Sir Cathcart D'Eath, um ihre zweitausend Piepen betuppen zu lassen. Mit Haut und Haaren würde sie ihn verspeisen, da war ihr dieser Yank, der Pferdekiller, ganz egal. Nach langem Grübeln rief Myrtle ihre Schwester an und bat sie, aus Red Lodge rüberzukommen und keinem ein Wort zu sagen, aber wirklich kein Sterbenswörtchen. Maggie teilte ihr mit, sie könne erst kommen, wenn Perce mit dem Wagen von Newmarket zurück sei, und Myrtle wisse doch, wie Perce sei, wenn er in Newmarket war. Am schlimmsten natürlich, wenn er gewonnen hatte. Jedenfalls käme sie, sobald sie könne. Statt sich auf eine längere Auseinandersetzung mit ihrer Schwester einzulassen, legte Myrtle den Hörer auf und sah in ihrer Handtasche nach, ob der Umschlag mit ihrer Hälfte der zwei Riesen noch sicher verstaut war. Die hatte sie zum Vergleich mitgebracht, ob sie auch genauso abgerissen waren wie die anderen, damit sie nicht übers Ohr gehauen wurde. Auf ihrer Uhr war es 3:15. Sie blieb auf dem Bett liegen, bis endlich um sieben Uhr abends Maggie vorfuhr und hupte. Myrtle zog ihren Leopardenfellmantel über – die Goldlaméhose war zu eng und paßte nicht über die Latexklamotten –, ging nach unten und flitzte zum Auto.

»Meine Güte«, sagte Maggie, »meine Güte, Myrtle, was soll

diese Michelin-Reifen-Montur? Warst du auf 'ner Modenschau für Gummifreaks oder was?«

Ein bitterböser Blick aus blauen Augen warnte sie davor zu lachen. Sie bogen auf die Barton Road und ließen Cambridge hinter sich.

Sir Cathcart D'Eath hatte zwei anstrengende Tage hinter sich. Das Entenessen und die erschütternden Ereignisse danach hatten ihm eine schlaflose Nacht beschert, und tags darauf war er früh aufgestanden, um alles für Skullions raschen Abtransport aus dem Rektorenhaus vorzubereiten. Zu diesem Zweck hatte er diverse Telefonate tätigen müssen, und außerdem war es schwierig gewesen, so kurzfristig einen Krankenwagen mit passender Besatzung aus London kommen zu lassen. Doch schließlich – und nach beträchtlichen Ausgaben seinerseits – war es ihm gelungen. Nach einem sehr leichten Mittagessen hielt er Siesta und bereitete sich auf eine kleine Dinnerparty vor, die er für eine Reihe alter und vornehmer Freunde gab, die sich übers Wochenende mit ihren Gattinnen angesagt hatten. Am wichtigsten war, daß er Sir Edmund und Lady Sarah Lazarus-Crouch eingeladen hatte. Dem General kam es besonders darauf an, sich bei den Lazarus-Crouches einzuschmeicheln, weil seine Nichte, Katherine D'Eath, mit deren Sohn Harry verlobt war, und Sir Cathcart legte großen Wert darauf, sich Sir Edmunds beträchtlichen finanziellen Sachverstand zunutze zu machen; der hatte nämlich der Queen geraten, sämtliche Verbindungen zu mindestens drei Firmen zu kappen, die später allesamt pleite gegangen waren. Kurzum, auf Coft Castle versammelten sich an diesem Abend unaufdringlich bedeutende Persönlichkeiten. Sogar Sir Cathcarts Sekretärin hatte an diesem Wochenende frei bekommen, und Kentucky Fry hatte er zu einem Kurzurlaub auf einen Schweinezuchtbetrieb nach Leicestershire geschickt. Doch die ganze Zeit über konnte sich Sir Cathcart des dumpfen Gefühls nicht erwehren, daß er – aufgrund des gräßlichen Entenessens und sonstiger Ablenkungen jenes Tages – irgend etwas vergessen hatte, was er besser hätte erledigen sollen. Was das war, sollte ihm bald genug wieder einfallen.

Der General und seine Gäste waren soeben mit ihren Gläsern in die alte Orangerie geschlendert, als Myrtle Ransby mit Maggie in einem verbeulten Cortina vorfuhr. Die Gespräche in der Orangerie brachen abrupt ab, als Myrtle aus dem Wagen stolperte und die Anwesenden mit einem furchterregenden Blick bedachte. Sir Cathcarts Meinung nach ohnehin keine Augenweide, sah sie jetzt geradezu verheerend aus. Mit ihrem umgehängten Leopardenfell und den sich unter der Kapuze knäuelnden ehemals toupierten Haaren wankte sie auf das Grüppchen zu. In der Hand hielt sie die durchgerissenen Geldscheine, und ihre vorstehenden Brustwarzen und die geschwollenen Schenkel wirkten bedrohlich.

»O mein Gott, was um alles in der Welt kommt denn da?« stieß Lady Sarah hervor, als Myrtle sich näherte.

»Das muß ein Irrtum sein«, nuschelte Sir Cathcart und fuhr vor lauter Verzweiflung rasch fort: »Vielleicht sammelt sie für irgendeine karitative Organisation.«

Doch bevor er seine Gäste zurück ins Haus komplimentieren konnte, war Myrtle zur Tür herein. »Sie sind mir verflucht was schuldig«, schrie sie und schwenkte die durchgerissenen Scheine. »Zweitausend bekackte Piepen. Und die zahlen Sie mir, sonst…«

Die Drohung war überflüssig. Nichts hätte für Sir Cathcart katastrophaler sein können als ihr Auftauchen zu diesem Zeitpunkt. Puterrot und sprachlos versuchte er mit den Lippen die stumme Botschaft zu formen, sie solle verschwinden, doch davon wollte Myrtle nichts wissen. Sie war gekommen, weil sie ihr Geld und ihre Rache haben wollte, und wild entschlossen, sich beides zu verschaffen. Mit grimmiger Miene wandte sie sich an die Gäste.

»Er sagt, er steht auf Niggerweiber, und ich soll mir das verdammte Gummizeugs überziehen«, sagte sie zu ihnen. »Er hat da so ein Haus in Cambridge, wissen Sie, und verlangt von mir, daß ich ihm eine Oralbehandlung verpasse, und ich muß mir die Brustwarzen färben. Und wissen Sie, was er dann macht?« Die gesellschaftliche Rangordnung korrekt einschätzend, näherte sie sich den Lazarus-Crouches. »Verschnürt mich so, daß ich mich nicht bewegen kann und läßt mich die ganze Nacht und den ganzen Tag da liegen, damit er...«

»Das habe ich keineswegs getan«, stammelte Sir Cathcart törichterweise. »Ich...«

Doch jetzt gab es kein Entkommen mehr. Myrtle hatte Lady Sarah gegen eine Kamelie gedrückt und atmete ihr schale Brandydünste ins Gesicht. »Er steht auf die Duschnummer, verstehen Sie?« teilte sie ihr durch die Kapuze mit. »Ich nenn so was ekelhaft. Sie verstehen?«

Offensichtlich hatte Lady Sarah eine diffuse Ahnung, hätte aber gerne darauf verzichtet. »Nein, wirklich«, sagte sie.

»Doch, wirklich«, sagte Myrtle und wedelte ihr mit den zerrissenen Scheinen vor der Nase herum. »Warum wollte er mir wohl sonst zwei Riesen bezahlen? Schmutzige alte Kerle zahlen doch wohl nicht so viel Geld für die olle Missionarsstellung, oder?«

»Nein, das kann ich mir nicht vorstellen«, murmelte Lady Sarah schwach.

»Ich muß schon sagen...«, versuchte einer von Cathcarts Kameraden einzugreifen, doch da drehte sich Myrtle um und hielt ihm das Geld unter die Nase. »Zwei Riesen. Das isser mir schuldig«, knurrte sie durch die Kapuze. »Ich geh erst, wenn ich's habe.«

»Schon gut«, sagte Sir Edmund diplomatisch und bugsierte seine Frau in Richtung Tür. Etliche der vornehmen alten Kameraden und ihre Gattinnen folgten. Nur einer blieb.

»Also, gute Frau, wenn Sie uns mal entschuldigen würden«, sagte er zu Myrtle und nahm Sir Cathcart beiseite. »Geben Sie ihr um Himmels willen das Geld«, sagte er. »Das gehört sich einfach.«

Wenig später hing Sir Cathcart schlaff auf einem Stuhl in der Bibliothek und sah zu, wie die letzten Wagen abfuhren. Nicht einmal trinken wollte er etwas. Er war entlarvt worden.

34

Der Collegerat trat zwei Wochen später zu einer Plenarsitzung zusammen, um sich den Bericht des Praelectors anzuhören und eine Entscheidung zu fällen. Im Vorfeld hatte es etliche informelle Besprechungen und hitzige Debatten gegeben. Doch der Praelector hatte den Boden so gründlich beackert, daß Dekan und Obertutor zwar immer noch wütend waren, aber keine triftigen Argumente mehr hatten. Der Praelector verließ sich nicht mehr auf seine unbestrittene Autorität alleine. Nun hatte er Macht eingesetzt, und zwar bediente er sich dabei eines denkbar seltsamen und ausgefallenen Werkzeugs – nämlich Purefoy Osberts.

»Das ist reine Erpressung«, schnaubte der Dekan fuchsteufelswild, als ihm der Praelector erklärte, Dr. Osberts Verdächtigungen seien eine Waffe, die er durchaus verwenden werde, falls dies unumgänglich sein sollte.

»Nennen Sie es, wie Sie wollen«, erwiderte der Praelector. »Es ist die Wahrheit, und wenn es sein muß, werde ich sie benützen.«

»Wenn Sie das täten, würden Sie das College ruinieren. Sie würden genau das zugrunde richten, was Sie angeblich bewahren wollen.«

»Ich wiederhole, Sie haben die Wahl. Wenn Sie sich Hartangs Nominierung zum Rektor widersetzen, geht Porterhouse ohnehin zugrunde.«

»Aber der Mann ist ein Verbrecher, ein Ungeheuer.«

»Das leugne ich nicht. Aber er ist außerdem enorm reich – und verwundbar. Wenn wir ihm zu seinem Schutz Ehrbarkeit bieten, erhalten wir weit mehr als seine Dankbarkeit. Er wird uns ausgeliefert sein.«

Der Dekan feixte ungläubig.

»Ich meine es ernst. Uns ausgeliefert«, fuhr der Praelector fort. »Sie haben ja die beinahe unsäglichen Zustände nicht gesehen, unter denen er lebt, und was dieser bedauernswerte Mensch wohl für Stil hält. Die großen Glastische, das geschmacklose grüne Ledersofa, die schmiedeeisernen Stühle, die Fenster aus Panzerglas. Sie würden angesichts der Vulgarität seines Minimalismus erschauern. Gott sei Dank sammelt er keine Gemälde.«

»Ich begreife nicht, was uns das angeht«, sagte der Dekan. »Sie wollen diesen Mörder und Verbrecher ins College einschleusen und behaupten, damit sei er uns ausgeliefert. Sie sind wahnsinnig.«

Doch der Praelector lächelte nur. »Karl V., König von Spanien und Kaiser des Heiligen Römischen Reiches, damals der mächtigste Mann in Europa und somit wahrscheinlich noch unsympathischer als Edgar Hartang, zog sich die letzten Jahre seines Lebens in ein Kloster zurück. Ich habe dem neuen Rektor gegenüber diesen Vergleich nicht gezogen – und bezweifle, daß er ihn verstehen würde –, stelle mir aber vor, daß wir in Mr. Hartangs Leben eine ähnliche Rolle spielen können. Eine ruhige Phase der Besinnung, kombiniert mit der Befriedigung zu wissen, daß man für die Exzesse seiner Vergangenheit bezahlt, indem man seinen Beitrag zu den kulturellen Errungenschaften der Gegenwart leistet. Gewiß wird unser zukünftiger Rektor das Leben hier so wohlwollend einschätzen. Schließlich hat er keine Familie.«

»Woher wissen Sie das? Bestimmt hat er überall auf der Welt schauderhaften Nachwuchs gezeugt.«

»Knaben«, erwiderte der Praelector süffisant. »Und wenn Sie wissen wollen, woher ich das weiß: Mr. Schnabel verhielt sich äußerst kooperativ. Die Firma Schnabel, Feuchtwangler und Bolsover, die neuen Rechtsberater des Colleges, waren wirklich zu hilfreich. Was Mr. Hartangs Zukunft angeht, sind sie ganz meiner Meinung. Er hat sich wohl eine Drohung zuviel geleistet. Aber Sie werden die Herrschaften ja kennenlernen, wenn sie herkommen, um die Verträge auszufertigen. Alles muß seine Richtigkeit haben.«

»Aber was werden Retter und Wyve dazu sagen? Die kann man doch nicht einfach so abservieren.«

»Niemand wird abserviert«, widersprach der Praelector. »Sie werden sich weiterhin um die vor Ort anfallenden Angelegenheiten kümmern, und außerdem werden sie von Porterhouse bezahlt, eine völlig neue Erfahrung für sie. Vermutlich ist Ihnen nicht klar, wieviel wir den beiden schulden, aber …«

Dr. Buscott gegenüber schlug der Praelector einen ganz anderen Ton an, und im Gespräch mit Professor Pawley betonte er: »Dadurch wird sichergestellt, daß Porterhouse einen substantiellen Förderbeitrag für die wissenschaftlichen Projekte der

Universität leisten kann, und selbstredend wird dabei Ihren Vorschlägen zentrale Bedeutung zukommen.«

Doch die größten Schwierigkeiten machte der Obertutor.

»Rauschgift? Heroin, Kokain, und Sie wollen, daß ein Drogendealer Rektor von Porterhouse wird? Ich werde mich seiner Nominierung mit allem Nachdruck widersetzen«, sagte der Obertutor. »Sie sorgen da für einen erschreckenden Präzedenzfall. Nein, ich weigere mich, an einer derart widerwärtigen Verschwörung mitzuwirken. Nur über meine Leiche.«

Den Bruchteil einer Sekunde war der Praelector versucht, zu sagen, das ließe sich einrichten, doch er verzichtete darauf. »Es wird in Porterhouse kein Rauschgift geben«, versprach er. »Komischerweise ist Mr. Hartang genau Ihrer Meinung. Stimmt, früher bestanden bei ihm gewisse Verbindungen zum Rauschgifthandel, aber er hat seine Fehler schon vor geraumer Zeit eingesehen.«

»Nicht, wenn man den Tonbändern glaubt. Wie ist er Ihrer Ansicht nach sonst zu so viel Geld gekommen? Er steckt mit der Mafia und den südamerikanischen Drogenkartellen unter einer Decke. Er läßt Leute ermorden, beauftragt bezahlte Killer, er begeht die ungeheuerlichsten Verbrechen ...«

»Stimmt, Obertutor, stimmt auffallend. Wer sich ihm in den Weg stellt, nimmt in der Regel ein böses Ende.« Er hielt inne, damit der Obertutor seine Schlüsse ziehen konnte. »Allerdings hat ihn die Geschichte gelehrt, daß Ehrbarkeit auch ihre Vorteile hat. Nehmen wir Präsident Kennedys Vater. Hat seine Laufbahn als Schwarzbrenner und Gangster begonnen, der während der Prohibition miesen Gin und Whisky verkaufte und mit ziemlicher Sicherheit Konkurrenten ermorden ließ. Im Krieg wurde er dann als Botschafter bei uns eingesetzt.«

»Der Scheißkerl hat behauptet, Hitler werde gewinnen«,

gab der Obertutor zurück, »außerdem mußten sie das Prohibitionsgesetz zurücknehmen, weil sie nicht verhindern konnten, daß die Leute soffen, und weil sie Gangstern wie Al Capone und Joseph Kennedy Geld in die Tasche scheffelten.«

»Genau darauf wollte ich hinaus«, warf der Praelector ein. »Glauben Sie ernsthaft, daß es jetzt den amerikanischen Behörden, soweit sie überhaupt existieren, trotz ihres gewaltigen Finanzdefizits gelingt, den Rauschgifthandel zu beenden?«

Der Obertutor antwortete, er hoffe es inständig.

»Aber denken Sie doch nur an die finanziellen Vorteile, die es für die Regierungen hätte, wenn Drogen legalisiert würden«, gab der Praelector zu bedenken. »Und auch der gesellschaftliche Nutzen wäre gewaltig.«

»Welcher gesellschaftliche Nutzen? Ich kann mir nicht vorstellen, daß der massenhafte Genuß von Crack irgendeinen gesellschaftlichen Nutzen hätte.«

»O doch, die Ausschaltung des kriminellen Klüngels, der heute den Handel kontrolliert. Außerdem war ich nie der Ansicht, die Gesellschaft solle von einer selbsternannten und vorgeblich moralischen Elite reglementiert werden. Wenn die Menschen irgendwelchen Neigungen frönen, die nur ihnen selbst schaden, ist das ihre Sache. Der Versuch, sie zu moralischer Perfektion zu kujonieren, ist zum Scheitern verurteilt. Oder endet in Krieg.«

»Sie sind ein Zyniker«, befand der Obertutor.

»Ich habe in einem Krieg gekämpft, und auch wenn ich nicht behaupten kann, ich hätte gewußt, wofür ich kämpfte, war mir doch immer ziemlich klar, wogegen ich kämpfte«, sagte der Praelector. »Bis jetzt habe ich immer auf der richtigen Seite gestanden. Vermutlich ein auf Geburt und historischen Faktoren beruhender Zufall, der mich aber nicht dem Zynismus in die Arme treibt.«

»Diesmal nicht«, entgegnete der Obertutor. »Diesmal sind Sie auf der falschen Seite, und ich werde mich Ihnen widersetzen.«

»Das ist Ihr gutes Recht«, sagte der Praelector. »Ich muß Sie allerdings warnen, daß Sie es noch bereuen werden.«

So war es denn auch, und zwar im Handumdrehen. Zwei Tage später erhielt der Obertutor einen Brief, in dem er aufgefordert wurde, für Renovierungen und Dachdeckarbeiten am Bootshaus von Porterhouse weit mehr als erwartet zu bezahlen.

»Das geht mich nichts an«, sagte er zum Schatzmeister, der sich schließlich hatte breitschlagen lassen, seine Arbeit wiederaufzunehmen. »Das College finanziert den Bootsclub, nicht ich.«

»Meines Wissens hat es in der Vergangenheit ...«, setzte der Schatzmeister an, doch schon kam ihm aus dem Büro der Sekretärin der Praelector zu Hilfe.

»Offenbar haben Sie in letzter Zeit die Collegestatuten von 1851 nicht studiert.«

»Die Collegestatuten von 1851? Natürlich nicht. Ich wußte gar nichts von deren Existenz«, blaffte der Obertutor.

»Zufällig habe ich eine Kopie des fraglichen Abschnitts bei mir«, sagte der Praelector und reichte ihm ein Papier mit durchnumerierten Paragraphen. »Die Ziffer 9 bezieht sich auf Ihre rechtliche Stellung hinsichtlich der Ausgaben, die Sie getätigt haben, ohne daß Sie der Haushalts- und Finanzausschuß des Collegerates dazu ermächtigt hat. Wirklich höchst bedauerlich, aber so ist es nun einmal.«

Der Obertutor las den betreffenden Paragraphen und war entsetzt. »›Sollte ein leitender Mitarbeiter des Colleges, in welcher Funktion auch immer, ohne die Zustimmung des Haushalts- und Finanzausschusses tätig werden ...‹ Sind Sie verrückt? Ich kann keine vierzigtausend Pfund zahlen, und verdammt will ich sein, wenn ich's tue. Und von diesem beschis...« – (Mittlerweile hatte sich Mrs. Morestead zu dem Schatzmeister und dem Praelector gesellt) – »... von... von diesem Ausschuß habe ich noch nie etwas gehört.«

»Er tritt einmal im Trimester zusammen, nicht wahr, Schatzmeister?«

Der nickte schwach. Er war zu verängstigt, um zu sprechen. In seinem Gehirn kreisten Visionen vom Auspeitschen.

»Es stimmt, solche Angelegenheiten waren früher reine Formsache«, fuhr der Praelector fort, »doch angesichts der dem College gegenwärtig drohenden Finanzkrise ist die Ziffer 9 leider rechtsverbindlich geworden. Unsere Gläubiger bestehen auf sofortiger Begleichung unserer Schulden, und da Sie juristisch gesehen verantwortlich sind...«

Der Obertutor zog sich zurück und konsultierte seinen Rechtsanwalt. »Da können wir leider wenig machen«, teilte der ihm mit.

Als der Collegerat schließlich zu seiner Plenarsitzung zusammentrat, hatte der Obertutor kapituliert. Ein bankrottes Porterhouse war eine Sache, doch er war nicht gewillt, finanziell selbst vor die Hunde zu gehen. Nun konnte Hartang neuer Rektor werden.

35

Es war Vormittag, und Purefoy und Ingrid lagen immer noch im Bett. »Du vergeudest hier deine Zeit, Purefoy, Liebster«, sagte sie. »Mehr findest du nicht heraus, und selbst wenn, was könntest du damit anfangen? Die sind doch alle so alt.«

»Ich will nur wissen, was genau passiert ist.«

»Die Wahrheit, stimmt's? Aber die verraten sie dir nie.«

»Vielleicht hast du recht, aber ich will trotzdem wissen, wo Skullion ist. Er befindet sich in keinem der Krankenhäuser oder Pflegeheime von Cambridge, und damals nachts hat er dem Dekan gedroht, falls sie ihn in den Porterhouse Park schickten, würde er verraten, daß er Sir Godber ermordet hat. Drei Tage später verschwindet er plötzlich, und seitdem hat man von ihm nichts mehr gesehen oder gehört. Und in Null Komma nichts haben sie einen neuen Rektor gewählt, der so reich wie Krösus ist. Daß das ein Zufall war, kann mir keiner erzählen.«

Sie erhoben sich und gingen auf eine Tasse Kaffee in den Copper Kettle.

Im Ratssaal legte der Praelector seinen Füllfederhalter beiseite. Er hatte sich durchgesetzt, und der Rat war seinem Vorschlag gefolgt: Edgar Hartang war zum neuen Rektor gewählt. Die anderen Fellows waren gegangen, nur der Dekan und der Obertutor waren mit dem Praelector zurückgeblieben. Die beiden ersteren waren nicht gerade gut gelaunt.

»Das nehmen Sie auf Ihre Kappe«, stellte der Dekan fest. »Gott allein weiß, was für ein Ungeheuer wir uns da aufgehalst haben, aber wir müssen mit dem Mann eben so gut es geht fertig werden.«

»Er ist nicht der erste problematische Rektor. Wir hatten die Wahl zwischen ihm und dem Bankrott. Was auch passiert, ich werde es nicht mehr erleben», sagte der Praelector. »Ich lege mein Amt nieder.«

»Und keinen Augenblick zu früh«, befand der Obertutor verbittert.

»Ich bin ganz Ihrer Meinung. Ich habe mich unsinnigerweise viel zu lange an diesen Posten geklammert. Es wird Zeit, daß jüngere, begabtere Fellows an die Reihe kommen.«

»Und beabsichtigen Sie, in Cambridge zu bleiben und gelegentlich im Speisesaal zu essen?« erkundigte sich der Dekan mit leicht boshaftem Unterton.

»Nein. Ich habe eine Nichte in Chichester, und ganz in ihrer Nähe gibt es eine nette Pension. Da wollte ich schon immer hinziehen. Ich könnte mir aber vorstellen, daß es mir im Park recht gut gefällt. Jedenfalls werde ich meine Amtszeit beenden. Schluß damit.«

In dem Bewußtsein, daß eine Epoche zu Ende gegangen war, begaben sie sich nach draußen in die Frühlingssonne. Der Dekan und der Obertutor dachten an ihre eigene Zukunft. Sie hatten nicht vor, zu bleiben und Zeugen der bevorstehenden Veränderungen zu werden. Im Büro des Schatzmeisters war Ross Skundler bereits dabei, die Bildschirme und elektronischen Gerätschaften zu installieren, die er für unverzichtbar hielt. Seine Einstellung war eine der Bedingungen Schnabels gewesen. »Bisher war er von unschätzbarem Wert für Sie«, hatte er bei ihrem letzten Gespräch im Transworld Television Centre zu Hartang gesagt. »Und mit alldem hier hatte er nichts zu tun. Vergessen Sie die Vergangenheit. Sie sind Rektor von Porterhouse und ein freier Mann.«

»Frei am Arsch«, sagte Hartang.

»Und ich würde auf solche Ausdrücke verzichten. Als Respektsperson und Angehöriger des Establishments müssen Sie Ihre Sprache mäßigen.«

»Noch bin ich nicht da«, entgegnete Hartang, doch vom Kopf her war er es. Er hatte mit Schnabel und Bolsover Porterhouse aufgesucht, um sich den Laden mal selbst anzusehen, und, obwohl ihm der Anblick nicht gefallen hatte, wußte er, daß es keine sicherere Alternative gab. Er hatte dem College sogar noch einen zweiten Besuch abgestattet, beide Male ohne Perücke oder dunkelblaue Brille, und in einem betont unauffälligen Anzug.

Doch davor war er von vier Personen aufgesucht worden, zwei Männer und zwei Frauen, die ihre taktvollerweise in Briefumschlägen steckenden Karten am Empfang abgegeben hatten, ausschließlich zur persönlichen Prüfung durch Mr. E. Hartang. Sie hatten auch dafür gesorgt, daß sie von Schnabel, Bolsover und Feuchtwangler begleitet wurden. Die Anwälte hatten sich angemessen zurückhaltend benommen. Sie wußten, wann sie es mit dem Geheimdienst zu tun hatten.

»Ihre Rechtsberater sind anwesend, Mr. Hartang, damit Sie nicht das Gefühl haben, unter dem Zwang zu stehen, Fragen beantworten zu müssen, die Sie nicht beantworten wollen oder die Sie Ihrer Ansicht nach belasten könnten«, hatte die ältere Frau mit den blaugetönten Haaren höflich erklärt. »Das sollen Sie unseres Erachtens wissen.«

Hartang wußte es besser. Die wollten ihm bloß weismachen, die Todesspritze täte kein bißchen weh.

Doch ihm war klar, daß er keine andere Wahl hatte, als ihnen das zu erzählen, was sie hören wollten. Schnabel und Feuchtwangler hatten pro forma versucht, Einspruch zu erheben, worauf Hartang sie gestoppt hatte. Sie wußten nicht, was Sache war. So hatte er es natürlich nicht formuliert. Er hatte sie lediglich darauf hingewiesen, ihre Anwesenheit sei nicht erforderlich, und er habe mit den beiden Herren und den beiden Damen Geschäftliches zu besprechen, das ginge schon in Ordnung. Mitarbeit gegen Schutz. Und als die Anwälte gegangen waren, hatte er nur eine Bedingung gestellt: Wenn sie die Informationen bekamen, die er ihnen jetzt geben würde, dann sollten sie so tun, als hätten Sie diese Informationen von anderen erhalten, mit denen Hartang noch eine Rechnung zu begleichen hätte. Falls sie diese simple Forderung akzeptierten, konnten sie jedes Mikron Information haben, das er besaß, allerdings nicht mündlich. Sie würden das, was sie suchten, in Computerdateien finden, die unter elektronisch so extrem gesicherten Bedingungen entstanden waren, daß selbst raffinierteste Geräte die Signale aus der Zentraleinheit nicht abrufen konnten. Wieder gab er ihnen keine präzise Erklärung. Dafür war später noch Zeit, falls sie ihren Teil der Abmachung einhielten und ihm Zeit und Gelegenheit gaben, sich Sicherheit und Schutz zu beschaffen. Dies sprach er nicht laut aus, doch das war auch nicht nötig. Sie wußten es, und vorausgesetzt, er gab ihnen besagte Dateien, mit deren Hilfe sie Festnahmen und zufriedenstellende Urteile erwirken konnten, hatten sie nichts dagegen. Sie sagten, sie verstünden seine Wünsche, und nach einer kurzen Unterbrechung des Gesprächs, während der Hartang das Büro verließ, um Disketten zu holen, waren sie verschwunden.

Eine Woche danach kam Schnabel vorbei und teilte Hartang mit, der Rektorenposten von Porterhouse stehe zu seiner Verfügung.

Bei seinem ersten Besuch hatten ihn die Fellows ernst und höflich begrüßt und ihm das College gezeigt. Die drehbaren Dornen auf den Mauern und die vergitterten Fenster, die, wie man ihm versicherte, verhindern sollten, daß sich Eindringlinge Zutritt verschafften, hatten ihn beruhigt. Die Gruft unter der Kapelle war allerdings geradezu irritierend gewesen.

»Dort liegen die Rektoren begraben«, hatte ihn der Dekan aufgeklärt, als sie die Treppe hinuntergingen. Voller Widerwillen hatte Hartang die aufeinandergestapelten Särge betrachtet. Er hatte würdevolle steinerne Sarkophage erwartet, nicht so eine chaotische Ansammlung von Holzkisten. Doch trotz der unordentlichen Gruft, und obwohl man die ramponierte Kapelle wegen der Renovierungsarbeiten nicht betreten konnte, hatte Porterhouse etwas an sich, das Schnabels Versicherung glaubwürdig erscheinen ließ, als Rektor könne er hier sämtliche Verbindungen zu seiner Vergangenheit abbrechen.

Sogar Hartang konnte sich nicht vorstellen, daß Mosie Diabentos oder Dos Passos ihre Experten in diese uralten Höfe schickten, um ihn umlegen zu lassen. Das wäre ja so, als würde man den Erzbischof von Canterbury in der Westminster Abbey wegpusten. Zu einem Augenblick der Spannung war es nur gekommen, als ihnen der Chefkellner den Gemeinschaftsraum zeigte. »Hier nehmen die Dons nach dem Dinner ihren Kaffee ein«, hatte er gesagt.

»Dons?« flüsterte Hartang Schnabel heiser zu. »Sie haben nie was von gesagt, daß es hier Dons gibt. Was sind das für Dons, verdammte Kacke?«

»Nicht solche Dons, keine Mafiosi. So nennt man in Cambridge die Fellows eines Colleges. Beispielsweise den Dekan, die Professoren und so weiter.«

»Dann bin ich der Oberdon?«

»Sie sind der Rektor. Man wird Sie nicht einmal Mr. Hartang nennen, sondern nur mit Rektor anreden. Es ist eine große Ehre.«

»Fünfhundert Millionen Ehre, Schnabel.«

»Dann ist eben Ihr Pensionsfonds das Kleingeld los, Rektor. Sehen Sie's doch so.«

Hartang sah es aus verschiedenen Blickwinkeln, aber die Entscheidung war ihm bereits abgenommen worden. Er hatte immer noch Transworld Television Productions und würde nie arm sein. Und doch, während er in seiner tristen Suite in den Londoner Docklands wartete, trauerte er der Zeit nach, als er mitten in der Nacht jemanden auf der anderen Seite der Erde anrufen konnte, und dieser Jemand hörte sich dann pflichtschuldigst an, was er gerade zu sagen hatte, und die Angst dieser Leute bestätigte Hartang, daß er Macht besaß. Das war jetzt nicht mehr möglich. Die allgegenwärtigen »sie« würden den Anruf abfangen, trotz des Sprachverschlüsselers jedes einzelne Wort erfahren, das er von sich gab, und auch seine vorsichtigsten Aussagen analysieren. Das wußte er so genau, wie er wußte, daß seine diversen Tarnnamen in Verhörräumen der Polizei in Rom und Palermo genannt wurden, in New York, Los Angeles und in südamerikanischen Städten, von Leuten, die ihn genauso verpfeifen wollten, wie er sie verpfiffen hatte. Was ihnen schwerlich gelingen würde, weil man ohnehin die Computerdisketten bereits in einem kolumbianischen Garten gefunden hatte und Dos Passos' Tod in den Zeitungen und im Fernsehen bekanntgegeben worden war. Es hieß, er sei nach einer Woche in Polizeigewahrsam bei einem Autounfall ums Leben gekommen. Auf dem Heimweg nach einem so kurzen Verhör in Bogota platzt Dos Passos ein Reifen? Und die Disketten mit Unmengen von Infos lagen in seinem Garten. Da sah man mal wieder, daß man heutzutage keinem, aber auch gar keinem trauen konnte.

Und noch etwas anderes ließ Hartang keine Ruhe. Wer auch immer diese Geschichte geplant und ausgeführt hatte, sie hatten genau gewußt, was sie taten. Nichts hatte man dem Zufall überlassen. Diese Leute hatten Kudzuvine benutzt, weil er ein Kretin war und sie über ihn an Hartang herankamen. Daran zweifelte er keinen Augenblick. Und Hartang hatten sie sich vorgeknöpft, weil sie damit mehrere Fliegen mit einer Klappe schlugen: Er kannte die Quellen, die Höhe der Beträge und wußte, wohin das Geld geflossen war, was kein anderer wußte, wirklich keiner. Und warum? Weil sämtliche Informationen entweder in seinem Kopf steckten oder in so viele überall verstreute Bruchteile zerlegt waren, daß man das Ganze nicht fand, und wenn man noch so viele Zahlen von einem noch so hochentwickelten Computer addieren ließ. Der würde nämlich aller Wahrscheinlichkeit nach kein erkennbares Muster finden. Und selbst wenn er es fände, würde dieses Muster ihn nicht weiterbringen, weil es sich nicht deutlich von all den anderen Mustern unterschied, die er entdeckte, da man ihm die erforderlichen Zahlen nicht eingeben konnte. Die Schnittstellen gab es nur in seinen Gehirnwindungen, und wenn er Alzheimer bekam oder starb, verschwand das Gesamtbild mit ihm. Die Idee hatte er von einem Spinner auf einem Autoschrottplatz bei Scranton bekommen, der auf der Suche nach dem Sinn des Lebens war. Der hatte folgendes gesagt: »Er muß hier sein, der Sinn des Lebens«, und dann hatte er eine Radkappe hochgehoben und gelacht. »Das könnte er sein. Wär doch möglich, oder?« Und Hartang hatte ihm zugestimmt, der Sinn des Lebens könnte tatsächlich die Radkappe eines alten Hudson Terraplane sein, der nicht mehr hergestellt wurde. Yeah, der Irre hatte ihm gezeigt, wie man das, was versteckt werden mußte, in einem Chaos kalkulierten Irrsinns verbarg.

»Sie« hatten sich also den Richtigen vorgeknöpft und ihn sich geschnappt, und im Gegenzug hatte er ihnen genug von dem preisgegeben, was sie wollten, ohne alles zu verraten. Aber wer hat ihn geschnappt? Wer hatte diese Falle gestellt? Es mußte eine Regierungsbehörde sein. So nett, wie die ihn behandelten, war nichts anderes denkbar.

Edgar Hartang stellte den Kassettenrecorder an und setzte seine Sprechübungen fort. Er durfte nicht vergessen, sich ordentlich auszudrücken. Mußte lernen, »Scheiße« und »Kacke, verdammte« aus seinem Wortschatz zu streichen.

36

Skullion saß auf der Veranda und schaute finster über den Garten und die Wattlandschaft hinweg auf das dahinterliegende Meer, als Mrs. Morphy Purefoy und Mrs. Ndhlovo durch das Haus führte.

»Ich muß schon sagen, Mr. S. ist ein ganz schwieriger Mensch, isser wirklich«, berichtete sie ihnen. »Die anderen, Dr. V. und Mr. L., klar haben die ihre kleinen Macken, was man in ihrem Alter auch erwarten muß, aber unfreundlich sind sie nicht, finde ich. Bloß ein bißchen schmutzig, Sie verstehen schon, aber wie ich immer zu Alf sage, der mein Mann ist, wenn du mal in dem Alter bist – bei seinem Gerauche und Gesaufe eher unwahrscheinlich –, wirst du genauso sein, und hoffentlich ist dann jemand wie ich da, der hinter dir her saubermacht. Ich rede von den Wäschekosten. Klar haben wir eine Waschmaschine, aber ...«

»Wenn Sie sagen, er sei unfreundlich ...«, warf Purefoy ein, um das Thema zu wechseln.

»Sie werden's ja selber sehen«, sagte Mrs. Morphy. »Geradezu unverschämt, aber andererseits ist er ja noch nicht lange hier und hat sich noch nicht eingewöhnt. Aber das kommt noch. Alle gewöhnen sich dran, weil wir keine großen Umstände machen, und so war's schon immer. Jedenfalls macht Mr. S. kaum einmal den Mund auf, und falls doch was herauskommt, mag sich das ein anständiger Mensch nicht anhören.« Sie blieb vor den Glastüren zur Veranda stehen. »Ich komme nicht mit, wenn Sie einverstanden sind. Er würde mir bloß sagen, ich sollte mich ... na, Sie wissen schon.«

Sie latschte in die Küche zurück und ließ sie im Eßzimmer stehen. Nebenan lief ein Fernseher. Purefoy und Mrs. Ndhlovo sahen zu der dunklen Gestalt mit der Melone auf dem Kopf hinaus, die auf der Veranda zusammengesunken im Rollstuhl hockte. Das war nicht der Porterhouse Park, den sie erwartet hatten, sondern ein schlichtes Backsteinhaus, das allein auf einer kleinen Anhöhe stand, umgeben von einem verfallenen Zaun, der es von dem Stechginster und dem Strandhafer auf den Dünen beiderseits des Anwesens trennte. Das Ganze hatte überhaupt nichts Parkähnliches, und Purefoy war mehrmals die knapp einen Kilometer entfernte Hauptstraße rauf- und runtergefahren, ehe er an einer Tankstelle gehalten und sich nach Porterhouse Park erkundigt hatte.

»Es gibt da ein Haus, das man den Park nennt«, hatte die Frau an der Kasse geantwortet. »Von Porterhouse weiß ich nichts. Es ist das Altersheim unten an der Fish Lane, so 'n Seniorenheim halt. Für mich wär das nix.«

Als sie jetzt zögernd in dem mit dunklen Möbeln vollgestellten Speiseraum standen, den das Verandadach noch dunkler machte, verstanden sie, warum die Frau nichts mit dem Park zu tun haben wollte. Purefoy öffnete die Tür, und sogleich polterte Skullion los, seinen Gefühlen für die Wirtschafterin freien Lauf lassend. »Was willst du jetzt schon wieder, du altes Ekel?« fragte er, ohne sich umzudrehen. »Willste nachsehen, ob ich schon tot und verfault bin? Bin ich nicht, also verpiß dich.«

Purefoy hüstelte diplomatisch. »Nun, genaugenommen ist hier nicht das alte Ekel«, sagte er und trat vor, damit Skullion ihn sah. »Ich heiße Osbert, und ich bin von Porterhouse hergefahren ...«

Skullion hatte ihn unter der Krempe seiner Melone hervor mit Haß und Verachtung gemustert. Fast wäre Purefoy vor soviel offener Feindschaft zurückgewichen, doch er hielt stand, und schon – und zu seiner großen Überraschung – grinste Skullion.

»Dr. Osbert? Sie sind also Dr. Osbert. Und Sie sind vom College hergefahren. Wer hätte das gedacht. Es geschehen noch Zeichen und Wunder.« Er verstummte und grunzte, möglicherweise vor Vergnügen. »Ich hab mich drauf gefreut, Sie kennenzulernen. Hab ich wirklich. Holen Sie sich einen Stuhl und setzen Sie sich, damit ich mir nicht den Hals breche, wenn ich zu Ihnen aufsehe.«

Purefoy zog sich einen Holzstuhl heran und nahm Platz. Mrs. Ndhlovo blieb im Hintergrund unbeweglich stehen. »Und ihr können Sie sagen, sie soll sich auch setzen«, sagte Skullion dann, jetzt sichtlich amüsiert. »Wollen Sie wissen, woher ich weiß, daß sie da ist?« fuhr Skullion fort, allerdings ohne eine Antwort abzuwarten. »Weil diese alte Ziege hier stinkt, und zwar wirklich stinkt, und die da hinten wäscht sich. Zur Abwechslung mal ganz nett. Ist sie Ihre Sekretärin?«

»Eigentlich nicht, aber wir möchten uns dennoch mit Ihnen unterhalten.«

»Das glaub ich gerne«, sagte Skullion. »Das glaub ich gerne.« Er ließ den Blick über die unkrautüberwucherten Blumenbeete zum Watt wandern, durch das sich silbrige Rinnsale zogen. Es herrschte Ebbe, und auf dem Schlamm staksten nur ein paar Seevögel. Es war eine deprimierende Aussicht. »Das nennen sie Porterhouse Park. Komischer Name für so eine billige Absteige, aber sie haben ja auch einen komischen Humor, diese Dons. Entweder das, oder sie wollen einen hierherlocken, ohne daß man einen Aufstand macht. Aber Sie sind doch ein Don, oder?«

»Angeblich. Ich bin mir da aber nicht so sicher.«

»Genausowenig sicher wie ich«, sagte Skullion. »Nein, Sie sind kein Don. Noch nicht. Sie sind ein Schnüffler und werden von dieser Lady Mary dafür bezahlt, daß Sie herausfinden, wer ihren Mann umgebracht hat. Und jetzt wissen Sie's.«

Purefoy schwieg. Er wartete darauf, daß Skullion es ihm sagte.

»Und soll ich Ihnen verraten, woher Sie's wissen? Weil Sie an dem Abend im Labyrinth gesessen haben, als ich mich mit Hardy's Ale besoffen und dem Dekan gedroht habe, was ich tun würde, falls sie mich hierherschickten, und da haben Sie gelauscht.« Er kicherte. »Ich konnte Sie sozusagen lauschen hören. Wissen Sie das?« Erneut hielt er inne. »Ich hörte Sie, weil ich wußte, daß Sie kaum geatmet haben. Und wenn das unverständlich klingt, denken Sie drüber nach.«

Purefoy versuchte es. Er fürchtete sich immer noch vor dem Mann im Rollstuhl, der so absolut nicht schuldbewußt von seinem Mord an Sir Godber erzählt hatte, und jetzt regte sich diese Furcht erneut. Doch etwas war anders. Unter dieser lächerlichen Melone arbeitete ein reger Verstand. Ein geschulter Verstand, der jahrelang beobachtet, zugehört und gewartet hatte, daß jemand etwas tat, um dann selbst einen völlig unerwarteten Haken zu schlagen. So wie gerade eben, als Skullion Purefoy gesagt hatte, er wisse, daß er an jenem Abend im Labyrinth gewesen sei.

»Und jetzt soll ich Ihnen alles darüber erzählen«, fuhr Skullion fort, »und dazu bin ich auch bereit. Ich bin bereit, Ihnen alles zu sagen, was ich weiß, alles. Aber nicht ohne Gegenleistung. Und damit meine ich nicht Geld. Ich habe auf meinem Bankkonto, was man ausreichende Mittel nennt. Ich meine etwas anderes.«

»Und das wäre?« fragte Purefoy.

Skullion musterte ihn kurz. »Ich will hier weg. Das will ich. Hier raus. Und allein schaff ich das nicht. Mir ist nur eine einzige Möglichkeit eingefallen, und zwar, daß ich mich mit eigener Kraft da rausrolle und im Watt ertränke, was ich aber nicht vorhabe, außer es geht gar nicht anders. Nein, Sie fahren zurück, holen einen Transporter, ein Seil und eine Taschenlampe, kommen heute nacht um eins wieder her, und dann holen Sie mich am Tor ab, und wir fahren irgendwohin, wo ich Ihnen alles erzähle, was ich weiß. Das sind meine Bedingungen.«

»Das läßt sich vermutlich einrichten«, sagte Purefoy ein wenig unsicher. »Aber das Tor ist verschlossen, mit Kette und Vorhängeschloß. Diese Frau kam vorhin raus und hat es aufgemacht.«

»Und hier gibt es einen Schlüssel«, teilte ihm Skullion mit. »Und falls nicht, der Zaun ist so morsch, daß man ihn eintreten könnte. So oder so, das sind meine Bedingungen. Ein Wagen, der groß genug ist, daß dieser Rollstuhl hineinpaßt, und das Seil nicht vergessen. Das wär alles. Um eins.«

Damit beendeten sie ihren Besuch, gingen zum Auto zurück und fuhren die Fish Lane rauf zur Hauptstraße.

»Ich frage mich, was er wohl vorhat«, sagte Purefoy. »Ist dir so ein Mensch schon mal begegnet?«

»Was auch immer ihm durch den Kopf geht, du wirst es erfahren, wenn du ihn da rausholst. Was für ein schrecklicher Ort. Und dieses gräßliche Weib.«

»Und du meinst wirklich, wir sollten tun, was er will? Und wenn er nun stirbt oder so was?«

»Purefoy, du denkst einfach zuviel. Tu doch zur Abwechslung mal etwas.«

Sie mieteten in Hunstanton einen Transporter und kauften ein Nylonseil. Den Rest des Tages gingen sie am Strand spazieren, hockten in Cafés herum und fragten sich, was Skullion ihnen wohl erzählen würde. Und sie machten sich Sorgen – Purefoy jedenfalls. So etwas hatte er noch nie im Leben getan.

Um elf Uhr abends stellten sie den Renault in einem Seitenweg ab, fuhren mit dem Lieferwagen die Küstenstraße hinunter in Richtung Burnt Overy, parkten abseits der Küste auf einem Weg und warteten. Um zehn vor eins stand der Transporter mit ausgeschalteten Scheinwerfern vor dem Tor. Hinter dem Zaun sahen sie die Umrisse des Hauses. In einem Eckfenster brannte noch Licht, doch auch das ging bald darauf aus.

Purefoy stieg aus und rüttelte am Tor. Es war verschlossen. »Ich hoffe bei Gott, er hat den Schlüssel«, sagte er. »Ich halte nichts davon, den Zaun einzutreten. Das würde einen Heidenlärm machen.«

Vom Meer her hörte man das Platschen der Wellen auf dem Watt. Mittlerweile war Flut, der Wind hatte aufgefrischt, und weit draußen sah man die Lichter eines vom Kontinent kommenden Schiffes, das nach King's Lynn unterwegs war. Purefoy ging zitternd zu dem Ford Transit zurück, um nachzusehen, ob die Hecktüren schon offenstanden, damit sie Skullion und den Rollstuhl rasch hineinheben konnten. Er hatte das dumpfe Gefühl, etwas Unrechtmäßiges zu tun, eine Art Entführung, was sich der eventuell auftauchenden Polizei nur schwer erklären ließ. Solche Ängste beschäftigten Mrs. Ndhlovo nicht. Sie amüsierte sich königlich. Skullion hatte sie beeindruckt. Noch im Rollstuhl und halb gelähmt hatte sie in ihm einen richtigen Mann erkannt, wenn auch einen begreiflicherweise garstigen.

Um Punkt eins hörten sie den Rollstuhl und sahen, wie die dunkle Gestalt über die löchrige Asphaltauffahrt auf sie zurumpelte.

»Öffnen sich die Torflügel nach innen oder außen?« fragte Skullion.

»Nach innen, glaube ich. Ja, nach innen«, antwortete Purefoy.

»In Ordnung, hier ist der Schlüssel. Während Sie aufschließen, rolle ich ein Stück zurück.« Er reichte ihnen einen

Schlüsselbund, und Purefoy suchte mit Hilfe der Taschenlampe das Schloß. Als die Torflügel geöffnet waren, rollte Skullion schnell nach draußen. »Jetzt wickeln Sie die Kette wieder rum, schließen ab und geben mir die Schlüssel. Dann merken die endlich mal, wie es ist, eingeschlossen zu sein.«

»Ich dachte, Sie wollten nicht, daß man Sie verfolgt«, sagte Mrs. Ndhlovo, was Skullion zum Kichern brachte.

»Mich verfolgt, Schätzchen? Die würden mich auf keinen Fall suchen, außer ich wär das letzte arme Arschloch da drüben, und ihre Arbeitsstellen hingen davon ab. Die sind froh, wenn sie mich von hinten sehen. Was umgekehrt ebenso gilt. Und das Telefon haben sie immer abgeschlossen, damit nur sie es benutzen oder hören können, was man sagt. Den Schlüssel für das Telefon hab ich auch, genau wie den vom Keller und von der Speisekammer. Hundsgemein. Jetzt wird's richtig schwierig, nämlich mich in das Auto zu heben. Nehmen Sie erst den Stuhl. Ich stütze mich hier ab.«

Es war kein Zuckerschlecken, ihn mitsamt seines Rollstuhls in den Wagen zu verfrachten, doch endlich hatten sie es geschafft, und sobald Skullion keuchend in dem festgezurrten Rollstuhl saß, fuhren sie schon die Fish Lane hoch.

»Wohin wollen Sie, Mr. Skullion?« fragte Mrs. Ndhlovo.

»Nach Hause«, antwortete Skullion. »Trautes Heim, Scheißglück allein.«

»Sie meinen Porterhouse?«

»Bloß nicht, nicht dahin. Jedenfalls noch nicht. Fahren Sie einfach nach Cambridge, dann zeig ich's Ihnen. Nehmen Sie die Straße nach Swaffham. Um diese nachtschlafende Zeit ist da kaum Verkehr.«

37

Am nächsten Tag wachten Purefoy und Mrs. Ndhlovo spät auf. Sie waren erst nach drei Uhr morgens in Cambridge angekommen und hatten Skullion bei einem Paar abgesetzt, das in einer Seitenstraße der Newmarket Road wohnte und sein unverhofftes Eintreffen mitten in der Nacht recht gelassen aufnahm, so als wäre es das Normalste der Welt.

»Alte Freunde«, mehr verriet Skullion nicht. »Wenn Sie möchten, kommen Sie vorbei, und ich erzähle Ihnen, was Sie wissen wollen. Hier wird man mich nicht finden, wenn Sie nichts verraten.« Dort hatten sie ihn zurückgelassen, und Purefoy hatte den Transporter am anderen Flußufer abgestellt, bevor er müde nach Porterhouse zurückging.

Jetzt am Morgen haftete dem ganzen Erlebnis etwas Unwirkliches an, jedenfalls für Purefoy. Für Mrs. Ndhlovo war es offenbar völlig normal, mitten in der Nacht eine Befreiungsaktion aus einem sogenannten Seniorenwohnheim durchzuführen. »Da kriegte man ja eine Gänsehaut, und diese Mrs. Morphy, die ist bestimmt für Zwangseuthanasie. Aber deinen Mr. Skullion mag ich. Der ist mal was anderes.«

Purefoy widersprach nicht. Skullion war wirklich etwas anderes, dennoch wußte er noch nicht recht, ob er ihn mochte. Der Mann strahlte eine Härte aus, die Purefoy beunruhigte, und außerdem konnte er den drohenden Unterton in Skullions Stimme nicht vergessen, als der den Dekan gewarnt hatte. »Das liegt daran, daß du ein so behütetes Leben geführt hast, Purefoy«, hatte ihn Mrs. Ndhlovo aufgeklärt. »Wann bringen wir den Transporter zurück und holen den Pkw? Bitte nicht heute. Ich bin zu müde, außerdem solltest du dir erst mal anhören, was er zu sagen hat.«

Sie gingen essen, und als sie schließlich zu dem Haus in der Onion Alley kamen, war es sechzehn Uhr. Eine rundliche Frau ließ sie ein. »Wegen der Treppe ist er vorne im Wohnzimmer, das brauchen wir sowieso nie«, erklärte sie. »Nur für besondere Gelegenheiten. Da haben wir ihm ein Bett hergerichtet. Er liegt immer noch. Ich seh mal eben nach, ob er besuchsfertig ist. Ach ja, ich bin übrigens Mrs. Rawston. Charlie, mein Mann, ist mit Mr. Skullion zur Schule gegangen.«

Als sie eintraten, saß Skullion im Bett, und seine Melone lag neben ihm auf dem Tisch. »Hab mich schon gefragt, wann Sie kommen. Dachte mir, Sie hätten vielleicht kalte Füße gekriegt.«

»Deswegen muß man doch nicht unhöflich sein«, sagte Mrs. Rawston.

»Ich bin nicht unhöflich«, widersprach Skullion. »Der Dekan weiß mittlerweile, wie ich aus dem Park entkommen bin, und Sie haben doch diesem Weibsstück Ihren Namen genannt, stimmt's? Damit haben die eine ziemlich genaue Vorstellung davon, was passiert ist.«

»Zu mir hat keiner etwas gesagt«, entgegnete Purefoy. »Aber Sie haben recht. Diese schauderhafte Person weiß, wie ich heiße.«

»Hauptsache, Sie erzählen denen nicht, daß ich hier bin. Falls man Sie fragt, behaupten Sie einfach, ich hätte gesagt, Sie sollten abhauen. Die sollen ruhig noch eine Weile im Watt wühlen. Kann nichts schaden. Und denen im College kann es nicht schaden, wenn sie sich fragen, was wohl aus dem Rektor geworden ist. Ist schon in Ordnung, Mrs. Charlie, Sie müssen nicht warten, wenn Sie nicht eine Menge Geschichte hören wollen.«

»Ich mache eine Kanne Tee«, sagte Mrs. Rawston und ging.

»Wir kommen gleich zu den Gründen, warum ich mich Sir

Godber Evans gegenüber so verhalten habe«, fuhr Skullion fort. »Zuerst erzähle ich Ihnen, was das für Leute sind, und warum ich hier bin und nicht da, wo ich hinkommen sollte, wie mir General Sir Cathcart D'Eath versprochen hat, wenn ich die Klappe halte, nämlich auf Coft Castle.«

Sie lauschten seiner Geschichte, und kurz darauf kam Mrs. Rawston mit dem Teetablett und ein paar Keksen zurück, um sie gleich wieder allein zu lassen.

»Können Sie stenografieren?« wollte Skullion dann von Mrs. Ndhlovo wissen. Sie verneinte, sagte aber, sie könne sehr schnell schreiben. »Schön, dann nehmen wir eben einen Kassettenrecorder, und ich rede langsam, weil ich noch eine Menge zu erzählen habe, wenn Sie es hören wollen. Nämlich die Geschichte des Colleges von einer Warte aus, wie man sie von keinem anderen erzählt bekommt. Wie sie wirklich ist oder war und nicht geschönt und etliche Ereignisse unterschlagen, weil sie nicht ins Bild passen. Fünfundvierzig Jahre war ich drüben im Pförtnerhaus, und was die Pförtner und Collegebediensteten in fünfundvierzig Jahren nicht erfahren, das lohnt sich nicht zu wissen. Länger als der Dekan, länger als der Praelector, länger als sonst irgendwer. Und wenn Sie's hören wollen, erzähl ich's Ihnen.«

»Aber unbedingt«, sagte Purefoy. »Von dieser Warte aus hat wohl noch keiner eine Geschichte von Porterhouse geschrieben.«

»'türlich nicht. Keiner hat gefragt, und wenn doch, hätten es der Dekan und die anderen nicht erlaubt. Ihnen werden sie's auch nicht erlauben, jedenfalls nicht, daß es veröffentlicht wird. Aber Sie können es der Ordnung halber aufschreiben. Bewahren Sie es nur ja nicht in Ihrem Zimmer auf. Der Dekan und der Obertutor haben es neulich durchsucht, als Sie nicht zu Hause waren.«

»Was?« rief Purefoy wütend. »Die haben meine Aufzeichnungen und alles durchsucht... Wissen Sie das genau?«

»Hundertprozentig«, sagte Skullion. »Ich hab sie von meinem Schlafzimmer im Rektorenhaus aus beobachtet. Hab sie durch das Fenster gesehen, wie sie sich verstohlen umsahen und das Büro der Sekretärin betreten haben. Wollen Sie den Grund wissen?«

»Klar, natürlich, verdammt noch mal.«

»Weil da ein Kopiergerät steht. Dann ist der Dekan raufgegangen, und als er wieder rauskam, hatte er eine äußerst selbstgefällige Miene.« Skullion lachte. »Manches entgeht mir vielleicht, aber nicht sehr viel, und was ich nicht sehe oder höre, krieg ich von anderen erzählt. Aber das bleibt unter uns. Klar?«

»Wenn's sein muß«, sagte Purefoy, der immer noch vor Wut schäumte. »Aber sie hatten kein Recht...«

»Nun machen Sie mal halblang. Recht? Recht hat damit nichts zu tun. Sie tauchen hier plötzlich als Sir-Godber-Evans-Gedächtnis-Fellow auf, werden in Abwesenheit des Dekans ernannt, und der Obertutor bringt mich dazu, Ihre Ernennungsurkunde zu unterschreiben, ohne mir zu sagen, was Sie sind oder wer das Geld bereitgestellt hat, und die im College wissen immer noch nicht genau Bescheid, und da glauben Sie, die wollen es nicht rauskriegen? Gab es da irgendwas, das besagte, daß Lady Mary hinter Ihnen stand?«

»Nein, nein, das wohl nicht.«

»Aber etwas haben sie gefunden, weil der Dekan am selben Nachmittag Sir Cathcart in Coft Castle aufgesucht hat, und das macht er nicht bloß, um ein Schwätzchen zu halten. Ist ja auch egal. Lassen Sie bloß nicht herumliegen, was ich Ihnen erzählen werde. Bringen Sie es an einen sicheren Ort außerhalb des Colleges.«

Er trank seinen Tee aus und reichte die Tasse Mrs. Ndhlovo. »Und Sie sollten sich hier nicht sehen lassen«, riet er ihr. »Am besten nehmen Sie sich ein möbliertes Zimmer. Mrs. Charlie wird Ihnen ein paar empfehlen. Der Dekan und der Obertutor halten nichts von Frauen im College.«

»Ist mir egal, wovon sie etwas halten. Ich bin berechtigt …«

»Berechtigt? Schon möglich, daß Sie berechtigt sind, aber die finden garantiert irgendeine Vorschrift, in der das Gegenteil steht, und damit machen sie Ihrem Freund einen Haufen Ärger. Das dürfen Sie mir glauben. Sobald ich fertig bin, sieht die Sache anders aus. Doch im Moment halten Sie sich besser bedeckt. Die können vermuten, was sie wollen, aber unternehmen können sie nichts. Und ich will nicht, daß sie mich finden und daran hindern, alles auszuplaudern.«

»Wenn Sie es sagen, Mr. Skullion, wenn Sie es sagen.«

»Vernünftig«, sagte Skullion, dem das »Mister« gefiel. »Jetzt wollen Sie bestimmt den Transporter zurückbringen und Ihr Auto holen. Fragen Sie Mrs. Charlie nach den möblierten Zimmern, und wir sehen uns morgen. Irgendwann vormittags, wann Sie wollen.«

Es war kurz vor Mitternacht, als sie wieder nach Cambridge kamen und sich nach oben in Purefoys Wohnung schlichen. »Nur dieses eine Mal«, sagte Mrs. Ndhlovo. »Morgen früh beziehe ich ein Zimmer.«

Das Abendessen im Speisesaal war eine triste Angelegenheit gewesen. Gewöhnlich wurde Porterhouse Park nicht erwähnt, weil das Thema als unpassend und makaber galt, doch diesmal kam man nicht darum herum.

»Dr. Osbert und eine Frau haben ihn besucht? Wie haben sie bloß den Weg da hinaus gefunden?« wollte der Obertutor wissen.

»Offenbar ist unser junger Kollege viel raffinierter als sein Auftreten vermuten läßt«, sagte der Dekan. »Ein angeblicher Krankenhausmitarbeiter rief hier an, um mitzuteilen, man benötige Blut für eine Transfusion, bei Skullion sei ein Geschwür aufgebrochen oder irgend so ein Quatsch, und sie bräuchten die Adresse. Walter gab sie ihnen. Und jetzt ist Skullion verschwunden, und die Polizei berichtet mir, daß sämtliche Tore verschlossen waren und alle Schlüssel weg sind.«

»Übel, ganz übel. Er kann sich nicht zufällig aus eigener Kraft entfernt haben?«

»Man sollte nicht meinen, daß jemand in seinem Zustand in einem Rollstuhl sehr weit kommt, ohne entdeckt zu werden. Nein, meiner Ansicht nach muß man davon ausgehen, daß Dr. Osbert ihm bei der Flucht geholfen hat.«

»Aber warum um alles in der Welt? Ich kann mir absolut nicht vorstellen, daß er und Skullion auch nur die geringste Gemeinsamkeit haben. Der ist genau die Sorte junger Mann, die er nicht leiden kann.«

Der Dekan behielt seine Überlegungen zu dem Thema für sich und warf dem Praelector einen vielsagenden Blick zu, doch der war mit anderen Dingen beschäftigt. Bald waren die Bootsrennen und danach die Maibälle, und zum erstenmal seit vielen Jahren veranstaltete Porterhouse einen eigenen Maiball. Zu diesem Zeitpunkt sollte Hartang schon im Rektorenhaus untergebracht sein – ausnahmsweise wurde die Amtseinführung des neuen Rektors bis zum Michaelstag verschoben, für den Fall, daß man gewisse »Änderungen« vornehmen mußte. Zudem hatte der Praelector einen Teil des Nachmittags mit drei Personen aus London zugebracht, deren Ausweise besagten, daß sie Zollinspektoren waren, deren Fragen und genaue Überprüfung des Colleges und besonders des Rektorenhauses aber eher einer Sicherheitsüberprüfung glichen. Die Frau hatte den Praelector am meisten beeindruckt. Sie mochte Mitte Vierzig gewesen sein und wirkte wie eine ganz normale Hausfrau, die gerade vom Supermarkt heimkehrte – sie hatte sogar eine Einkaufstasche dabei – oder von der Stadtbücherei, wo sie einen neuen historischen Liebesroman ausgeliehen hatte. Ihre dauergewellten Haare waren leicht blaugetönt. Sie war klein und mollig und erschien auf den ersten Blick verträumt und geistesabwesend. Als die drei fertig waren, war dieser erste Eindruck gänzlich verflogen. Zu viele intelligente Fragen und ihre offensichtlich vorhandene Autorität hatten die scheinbar verträumte Geistesabwesenheit verdrängt. Der Praelector wollte lieber nicht wissen, was in der Einkaufstasche steckte. Besonders interessierte sich die Frau offenbar für den Maiball.

»Teilnehmen darf jeder, der eine Eintrittskarte gekauft hat«, erzählte ihr der Praelector, worauf sie ihm prompt versicherte, in diesem Jahr würden gewisse nicht näher spezifizierte Maßnahmen ergriffen, um die ungehobelteren Elemente fernzuhalten.

»Es soll ein fröhliches Fest sein«, sagte sie. »Die Auswahl des Personals können Sie getrost uns überlassen. Wir haben einige ausgezeichnete Catering-Firmen, die wir zur Verfügung stellen, wodurch wir der College-Verwaltung zusätzliche Arbeit ersparen. Und jetzt zur Unterbringung des Rektors.«

Der Praelector hatte die Leute zum Rektorenhaus gebracht und dort allein gelassen. »Falls Sie mich brauchen, ich bin in meinem Zimmer«, sagte er.

Sie waren mehrere Stunden dort geblieben und wirkten zufrieden, als sie wieder gingen. »Wirklich ein angenehmes Haus. Und wie praktisch, wenn man einen Aufzug hat. Natürlich müssen neue Leitungen gelegt und ein paar zusätzliche Verbesserungen angebracht werden. In ein, zwei Tagen schikken wir einige Elektriker vorbei. Das College muß sich damit nicht befassen. Sie werden das Haus durch den Haupteingang betreten, in Begleitung von Bill hier. Er kennt sich mit so was aus.«

Bill war der größere der beiden Männer und sah aus, als wüßte er eine Menge über noch ganz andere Dinge.

»Und könnten wir uns jetzt mal eben mit den Pförtnern unterhalten?«

Der Praelector hatte sie nach unten ins Pförtnerhaus begleitet und war in dem unangenehmen Bewußtsein in seine Wohnung zurückgekehrt, soeben die Bekanntschaft dreier Menschen gemacht zu haben, mit denen nicht gut Kirschen essen war. Es würde ein sehr seltsamer Maiball werden. Und als er an diesem Abend nach unten ging, um nachzusehen, ob Post in seinem Fach lag, war Walter ungewöhnlich gedrückter Stimmung gewesen.

»Verdammte Bullen«, sagte er mit einer für ihn untypischen Offenheit, als der Praelector wissen wollte, ob die Besucher lange geblieben waren. »Schreiben mir vor, wie ich meine Arbeit machen soll. In der Maiwoche wollen die hier bei Henry und mir irgendeinen Burschen unterbringen. Wozu soll das gut sein?«

»Vielleicht halten sie Ausschau nach Personen, die sich im Festtrubel ins College einschleichen, um zu stehlen«, antwortete der Praelector taktvoll. »Sie werden Ihnen bestimmt nicht in die Quere kommen.«

»Das möchte ich ihnen auch geraten haben. Hab genug zu tun, ohne daß sich hier haufenweise Polente rumtreibt. Die fallen auf wie Neger in Grönland, und unverschämt sind sie auch noch.«

Sir Cathcart hätte dieser Einschätzung voll und ganz zugestimmt. An diesem Morgen waren zwei uniformierte Beamte und einer in Zivil ohne vorherige Anmeldung in einem Einsatzwagen vorgefahren, und ihr Auftreten hatte ihm überhaupt nicht gefallen. Sie hatten erklärt, ihnen läge die Anzeige einer Mrs. Ransby vor, und sie hätten Grund zu der Annahme, daß er ihnen behilflich sein könne.

Sir Cathcart hatte versucht, das mit einem Lachen abzutun. »Sie dürfen nicht alles glauben, was Sie in den Zeitungen lesen. Eine völlige Entstellung der Tatsachen. In Wirklichkeit wollte sie mich erpressen.«

»Aha, Sir. Tatsächlich? Sie wollte Sie erpressen? Und wie hat sie das angestellt?« hatte der Sergeant in einem Tonfall gefragt, wie ihn der General von einem Polizisten noch nie gehört hatte. Der Kripomann schwieg. Er stand einfach nur da, betrachtete angelegentlich die Möbel im Hausflur und schien sich für nichts zu interessieren. Er hatte etwas an sich, das Sir Cathcart – der sich vor dem Frühstück zwei Drinks genehmigt hatte – zutiefst zuwider war.

»Mrs. Ransby wollte Sie erpressen, und Sie waren nicht geneigt, sie zu bezahlen. Eine ganz natürliche Haltung, Sir, und darf man fragen, wie Sie auf ihre Forderungen – vermutlich verlangte sie einen Geldbetrag – reagierten?«

»Ich sagte ihr, sie solle sich zur Hölle scheren«, antwortete der General. »Und ich wäre ehrlich gesagt froh, wenn auch Sie verschwinden und sich anderswo nützlich machen würden. Falls Sie noch irgend etwas mit mir besprechen möchten, lassen Sie sich einen Termin geben. Ich bin sehr beschäftigt und…«

Der Polizist in Zivil stellte sich vor. »Ich heiße Dickerson, Kriminalinspektor Dickerson, und ich habe hier einen Durchsuchungsbefehl für ein Gebäude an der Botanic Lane…«

Es war ein entsetzlicher Moment gewesen, und der weitere Vormittag wuchs sich zu einer regelrechten Katastrophe aus. Sir Cathcart hatte verärgert reagiert, und als ihn die Beamten fragten, ob er seinen Anwalt bei der Hausdurchsuchung dabei haben wollte, hatte Sir Cathcart bejaht, obwohl es das letzte war, was er wollte; dann hatte er seine Meinung geändert und es mit einer anderen Taktik probiert. Die war auch fehlgeschlagen.

»Der Polizeipräsident hält sich heute in London auf, Sir. Wenn Sie seinen Stellvertreter sprechen möchten...« Darauf hatte Sir Cathcart verzichtet und die Schmach ertragen, in die Botanic Lane gefahren zu werden, weil es, wie der Sergeant erklärt hatte, keinen guten Eindruck machte, wenn man wegen Geschwindigkeitsübertretung angehalten würde.

Gar nichts hatte einen guten Eindruck gemacht. Die Architekten im Erdgeschoß hatten sein Eintreffen interessiert beobachtet, und als sie in sein, wie es Sir Cathcart früher scherzhaft genannt hatte, kleines Liebesnest kamen, hatte ihn das dortige Chaos völlig unvorbereitet getroffen. Überall waren unübersehbare Anzeichen für Myrtles vergeblichen Kampf mit dem Latexkostüm, und die Schnapsflasche lag immer noch auf dem Schlafzimmerfußboden. Im Bad sah es noch übler aus. Die Folgen des Schnapsexzesses fanden sich im Waschbecken, die Zahnbürste und der alte Naßrasierer lagen auf dem Boden herum, und es stank bestialisch. Doch es sollte noch schlimmer kommen.

»Ein Einwegspiegel, hm? Und eine Videokamera. Wer hätte das gedacht. Sieht ganz so aus, als stünde da jemand auf Pornos. Da brauchen wir wohl einen Fotografen und die Spurensicherung«, sagte der Inspektor und schlug vor, draußen im Wagen zu warten. Der General ging nach unten, absolvierte den Spießrutenlauf am Architekturbüro vorbei und nahm in dem Polizeiauto Platz. Was den Anwalt betraf, hatte er seine Meinung geändert.

»Sie können das Autotelefon benutzen, Sir«, sagte man ihm. Eine Stunde später stiegen alle samt dem Anwalt, einem sehr angesehenen Anwalt, der sich nicht anmerken ließ, ob er General Sir Cathcart D'Eath schon einmal unter angenehmeren Umständen begegnet war, die Treppe nach oben und inspizierten die Zimmer erneut. Die Lederfesseln und der aufblasbare Knebel wurden beschlagnahmt.

»Sie brauchen keine Aussage zu machen, und ich rate Ihnen, es zu unterlassen«, teilte der Anwalt Sir Cathcart mit und verlangte, daß man seinen Klienten nach Hause gehen ließ.

Der General fuhr mit dem Taxi nach Coft Castle zurück, wo ihn ein junger Zeitungsreporter ablichtete, der sich zufällig gerade dort herumtrieb.

Sir Cathcart D'Eath saß allein mit einem Revolver und einer Flasche Chivas Regal in seinem Arbeitszimmer und überlegte, ob er diese verfluchte Myrtle Ransby erschießen sollte. Und vielleicht gleich in einem Aufwasch ein paar Polizisten mit.

38

Als das Trimesterende näherrückte und man Anstalten machte, die Zelte für den Maiball aufzubauen, traf Hartang beinahe unbemerkt in Porterhouse ein. Sein Wagen, keine extralange Limousine mit schwarzen Fenstern, sondern ein drei Jahre alter Ford, ebenso unauffällig wie Hartang persönlich, rollte in den alten Wagenschuppen, und der designierte Rektor stieg aus und betrachtete das Sammelsurium alter Autos: den buckligen Rover des Dekans, den uralten Armstrong Siddeley des

Kaplans und Professor Pawleys noch älteren Morris. Nach nur hundert Kilometern Fahrt hatte er die Sicherheit und sterile Modernität des Transworld Centre gegen ein Mausoleum für Oldtimer eingetauscht. Selbst die riesigen eisernen Riegel an den Türen des Wagenschuppens beunruhigten ihn in ihrer Einfachheit, und die an einer weißgetünchten Schuppenmauer hängende hölzerne Heutrage zeugte sogar von einer noch archaischeren Lebensweise. Der Boden war mit Kopfsteinen gepflastert und ölfleckig. Hartang betrachtete all das mißtrauisch und hatte das Gefühl, eine Niederlage erlitten zu haben.

»Wenn Sie mir einfach folgen würden, Sir«, sagte der größere der beiden Männer, die ihn auf der Fahrt begleitet hatten. »Wir können unbeobachtet zum Rektorenhaus rübergehen.« Er öffnete eine Seitentür und trat ins Freie. Hartang folgte ihm nervös und blinzelte in die helle Sonne. Seine Augen, nicht mehr von der dunkelblauen Sonnenbrille geschützt, schmerzten in dem Licht, und um dem gleißenden Schein zu entgehen, senkte er beim Gehen den Kopf, bis sie die Diele des Rektorenhauses betreten hatten. Auch hier atmete alles Vergangenheit: das Inventar aus solider schwarzer Eiche und dunklem Mahagoniholz, der alte Hutständer mit geschwungenen Schnitzereien. Die Möbel, die er bei früheren Besuchen gesehen hatte, waren vergleichsweise modern gewesen. Von der Wand spähte Humphrey Lombert, Rektor 1852–1883, durch eine kleine Metallbrille streng in die Ferne über Hartangs Kopf. Auf dem glänzenden Parkettfußboden lag ein dunkelroter afghanischer Läufer. Hinter ihm machte der kleinere Mann leise die Tür zu, und sie gingen durch in den Salon, wo eine Frau mit dauergewellten Haaren und in braunem Tweedkostüm auf einem Chintzsofa saß und ein Exemplar von *The Field* durchblätterte. »Ach, da sind Sie ja«, sagte sie höflich. »Hoffentlich hatten Sie eine ereignislose Fahrt.«

Hartang rang sich ein Lächeln ab und sagte, sie sei gut verlaufen. »Tja, da Sie nun sicher angekommen sind«, fuhr sie fort, ohne sich vorzustellen, »machen Sie es sich doch bequem. Ihr Gepäck ist oben, und alles wurde ausgepackt. Sie finden es in den Schränken und Kommodenschubladen. Ich zeige es Ihnen gleich. Doch zuerst sind hier Ihr neuer Reisepaß und die neue Geburtsurkunde. Auch ein Lebenslauf ist dabei. Da steht nichts drin, was Ihnen Schwierigkeiten bereiten könnte. Wir haben uns bemüht, ihn möglichst eng an Ihre persönlichen Eigenheiten anzulehnen. Sie sind ein fanatischer Einsiedler mit sehr wenigen externen Interessen. Wir haben eine Reihe Hobbyvorschläge aufgelistet. Beispielsweise könnten Sie sich eine Sammlung amerikanischer juristischer Fachbücher aus dem achtzehnten Jahrhundert zugelegt haben. Oder auch ...«

Hartang nahm in einem Sessel Platz und wußte, er saß in der Falle. Bis zu diesem Augenblick und bevor er es mit dieser Frau mit den stämmigen Beinen und der Dauerwelle zu tun gehabt hatte, war er sich nicht sicher gewesen. Er wußte zwar, er steckte mächtig in der Scheiße, doch auch aus tiefer Scheiße kam man unter Umständen wieder heraus, wenn man gründlich drüber nachdachte und einem andere halfen. Das hier aber war etwas anderes. Er war allein und in eine Welt versetzt, die er nicht einmal ansatzweise verstand, und diese Person erzählte ihm, wie er sein Leben zu führen und was er zu denken hatte, und sie gestattete ihm lediglich, sich ein paar Hobbys auszusuchen. Am schlimmsten war ihre offensichtliche Gewißheit, daß er ihre Anweisungen buchstabengetreu befolgen würde. Sogar im Gefängnis hatte sich Hartang freier gefühlt als jetzt. Und als seine Begleiter mit ihm im Aufzug nach oben fuhren und ihm erklärten, Türen, Dach und Boden seien kugelsicher, und falls er sich je bedroht fühle, müsse er nur schnell da reingehen und auf den gelben Knopf drücken, verschaffte ihm das keinerlei Beruhigung. Ganz im Gegenteil. Die metallenen Wände glichen einer Zelle, ja, mehr noch: Sie *waren* eine Zelle.

Auch das Schlafzimmer hatte man mit altmodischen Möbeln vollgestopft, und erst als sie ein kleines, fensterloses Zimmer betraten, fand Hartang eine Umgebung vor, die ihm vertraut war – Computerbildschirme, Drucker, weiße Holztische und bequeme Chefsessel.

»Hier befindet sich Ihr Kommunikationszentrum, wo Sie sich alle Informationen holen können, die Sie brauchen, und weltweit mit jedem gewünschten Gesprächspartner kommunizieren können«, sagte die Frau. Hartang bezweifelte das. Was er auch unternahm, alle Nachrichten, die er absandte oder empfing, würden aufgezeichnet werden. Er wollte wissen, was hier verdammt noch mal los war.

Und schließlich, kurz bevor die Frau ging, fragte er nach Transworld Television Productions. »Wie sollen die den Laden schmeißen, ohne daß ich da bin und ihnen sage, welche Projekte sie verfolgen sollen? Die brauchen mich, um Entscheidungen zu treffen. Außer mir kann das da unten keiner.«

»Das kriegen Ihre Mitarbeiter schon hin. Man weiß, daß Sie schwer erkrankt sind, und wenn Sie früher in Thailand oder auf Bali waren, hat ja auch alles prima funktioniert.«

»Heißt das, ich kann nicht mit ihnen in Verbindung treten?« fragte Hartang.

»Natürlich können Sie das. Die gesamte erforderliche Ausrüstung haben Sie oben, und Mr. Skundler wird jeden Morgen Ihre Anweisungen entgegennehmen. Sobald Sie sich eingelebt haben, läuft alles wie geschmiert. Sonst noch etwas?«

»Ja«, sagte Hartang. »Ich will mit Schnabel sprechen.«

»Aber selbstverständlich. Das Telefon steht im Arbeitszimmer«, sagte die Frau und ging.

Hartang begab sich ins Arbeitszimmer und wählte die Nummer von Schnabels Büro. Er bekam den Anrufbeantworter. »Mr. Schnabel nimmt keine Nachrichten entgegen«, verkündete eine Männerstimme, und die Leitung war tot. Bei Feuchtwangler und Bolsover war es genauso. Hartang wußte, daß er nicht nur »schwer erkrankt« war. Er steckte in Einzelhaft. Er betrachtete die Bücher auf den Regalbrettern. Sie hatten alle mit dem amerikanischen Rechtswesen zu tun.

Eine Zeitlang saß er am Schreibtisch und starrte aus dem Fenster auf das Labyrinth. Den Geräuschen nach zu urteilen spielten irgendwo in der Nähe Leute Krocket. Jemand hatte ihm einmal erzählt, daß Krocket zwar vornehm wirkte, aber eigentlich ein brutales Spiel sei, und so hatten selbst diese Geräusches etwas Beunruhigendes.

In der Küche saß der kleinere der beiden Männer am Tisch und half Arthur beim Kartoffelschälen. Im Keller überwachte der größere, Bill, eine ganze Batterie Fernsehmonitore, auf denen die Straßen, die Auffahrt mit dem Garten sowie sämtliche Türen zu sehen waren.

Im Wohnzimmer des Hauses an der Onion Alley berichtete Skullion gerade, warum Dr. Vertel damals in aller Eile in den Porterhouse Park gebracht werden mußte. Er hatte schon von Lord Wurford erzählt und wie der damalige Schatzmeister Fitzherbert das Geld des Colleges durchgebracht hatte. Drei Tage lang saß er da und berichtete von Porterhouse und seiner Vergangenheit, während Mrs. Ndhlovo Notizen machte und neben ihm leise der Kassettenrecorder surrte. Früher hatte Skullion jene Zeit verklärt, als Porterhouse noch ein College für Gentlemen gewesen war. Heute sah er das anders. In den Jahren, die er an einen Rollstuhl gefesselt im Rektorenhaus verbrachte, hatte er Zeit zum Nachdenken gehabt, wie er behandelt worden war. Das herablassende Verhalten des Dekans, der Fellows und sogar der Studenten hatte er immer als notwendiges Übel hingenommen und ertragen, weil es nun einmal zu der Stellung eines Pförtners gehörte und weil es ihm gleichzeitig ein merkwürdiges Gefühl der Überlegenheit verlieh. Er war nicht gebildet, hatte keine Ahnung von Naturwissenschaften, Geschichte oder irgendwelchen anderen Fächern, für die sie sich interessierten. Statt dessen hatte er die Männer studiert, die das College absolvierten oder blieben und Fellows wurden. Als Chefpförtner war er stolz auf Porterhouse gewesen und hatte sich mit seiner Rolle abgefunden, weil er immerhin im Dienst von Gentlemen stand. Es war eine notwendige, wenn auch nicht vollständig überzeugende Illusion gewesen. Er hatte sich ihr nie ganz hingegeben, und er hatte, wie ihm auf zahlreichen Abschweifungen und Seitenpfaden der Erinnerung plötzlich einfiel, erlebt, wie sich die Illusion allmählich verflüchtigte, bis nur mehr die Hülle des Colleges blieb und die Gentlemen nicht mehr vorhanden waren.

»Sie hörten auf, sich ordentlich zu kleiden, und gingen nicht mehr zum Frisör, was nicht heißt, daß einige, besonders die echten Gelehrten, überhaupt jemals so richtig gewußt hätten, was sie anhatten. Ich denke da an den Chemiker Strekker, der hatte einen glänzenden Ruf, ja, er galt sogar als Genie, war Fellow der Royal Society, und sein Diener, Landon hieß er, mußte ihm Hemd und Unterhose rauslegen und ihn daran erinnern, sich den Hals zu waschen. Aber ein Gentleman der alten Schule. Nein, so richtig schief lief es nach dem Krieg. Da kamen eine Menge ehemaliger Soldaten, von denen die Hälfte nur den Grundwehrdienst abgeleistet hatten und nie im Krieg gewesen waren, aber als sie ihr Studium anfingen, waren sie älter, über zwanzig, und man konnte keine richtigen Porterhouse-Männer mehr aus ihnen machen. Ihr habt ja keine

Ahnung, ihr jungen Leute, was das damals für eine Zeit war. Finster. Im Speisesaal gab es Walfleisch und Hechtmakrele, und als einziges hatten sie offenbar beim Militär gelernt, sich zu drücken.«

Purefoy schwieg zu allem und ließ lieber Skullion reden und den Tee trinken, den Mrs. Charlie brachte, um seine Kehle anzufeuchten. Und damit Mrs. Ndhlovo ihrer Schreibhand ein wenig Ruhe gönnte. Am dritten Tag konnte sie nicht mehr und kaufte zur Unterstützung des ersten Geräts einen zweiten Kassettenrecorder. »Das alles abtippen zu lassen, wird ein Vermögen kosten«, sagte sie, worauf Skullion erwiderte, sie dürften das auf keinen Fall in Cambridge machen lassen. Am besten von jemandem in London, der nicht so genau wußte, wovon da die Rede war.

Er hielt es für klug, daß sich Purefoy ebenfalls ein Zimmer genommen hatte. »Sonst würden die Sie ausfragen. Oder Sie sogar beschatten lassen. Ich werde mich schon rechtzeitig zurückmelden, wenn Sie alles aufgeschrieben haben, was Sie brauchen.«

Und dann gingen sie die Geschichte durch, wie Sir Godber die Häuser der Collegebediensteten in der Rhyder Street verkaufen wollte, Skullions Gefühl, verraten worden zu sein, als er gefeuert wurde, wie sie ihn nach seinem Mord an Sir Godber zum Rektor gemacht hatten und er im Beisein des Dekans und des Obertutors einen Porterhouse Blue bekam, die beiden aber nicht gemerkt hatten, was es war, und daß er vielleicht gestorben wäre, wenn Smutje nicht später am Abend vorbeigekommen wäre und einen Krankenwagen geholt hätte. Es folgten die Jahre im Rollstuhl, und wie er geistig rege geblieben war, indem er sich ins Gedächtnis zurückrief, wer in welchen Jahren welches Zimmer bewohnt hatte. »Ich hab dagesessen und über alles nachgedacht, und das kriegen Sie jetzt, damit es nicht vergessen oder beschönigt wird, denn schön war's wirklich nicht.«

Purefoys Interesse schwankte je nach den Themen. Skullions Einschätzung der leitenden Fellows fand er höchst faszinierend. »Der Dekan ist nicht mehr derselbe. Er hat keinen Schwung mehr, jetzt bleibt ihm nur noch seine Verschlagenheit, die hat er immer gehabt. Damit hat er seine fehlende Gelehrsamkeit kaschiert. Hat nie irgendwas veröffentlicht, der Dekan, sondern bloß das College geleitet, und das kann er jetzt nicht mehr. Der Obertutor ist aus anderem Holz. War immer ein ausgezeichneter Student und hatte was im Kopf. Vor langer Zeit hat er mal über Gezeiten oder Flüsse oder so was promoviert, aber das hat er aufgegeben und sich mit Leib und Seele dem Sport verschrieben. Porterhouse war schließlich nicht für akademische Leistungen berühmt, und er wollte dazugehören. Ich glaube nicht, daß er heute noch vernünftig denken kann. Das hat er verlernt, als er neben den Achtern her den Treidelpfad rauf und runter geradelt ist. Aber er gehörte dazu, obwohl der Dekan und er sich wie Hund und Katz bekämpft haben. Die haben sich gehaßt, und so ist das mit den meisten, wenn Sie mich fragen. Denken sich stundenlang Dinge aus, die sie einander an die Köpfe werfen. Der Kaplan ist taub, wenigstens tut er so. Er ist noch am ehesten Mensch geblieben. Er mag die Mädels, unser Kaplan, die Mädels bei Woolworth und Boots. Ich hab ihn oft gesehen, wie er um die Parfümtheke herumgeschnuppert hat, nur um sie sich anzusehen. Fotografiert hat er sie auch. Nicht ihren Körper, nur die Gesichter, wenn sie einverstanden waren. Er mag ein hübsches Gesicht, und wer kann's ihm verdenken. Hat nie einem Menschen was zuleide getan, der Kaplan.«

»Und was ist mit dem Praelector?« fragte Purefoy. »Ist er ein netter Mensch?«

»Nett? Der Praelector? Nein, das würd ich nicht sagen. Er ist ein seltsamer alter Knochen, der Praelector. Jahrelang war er ein richtiger Duckmäuser, und auf einmal zeigt er sich von einer Seite, die man nie erwartet hätte. Engländer, Sie verstehen schon. Hat seine Frau verloren, da war sie erst fünfundvierzig, daraufhin war er ein gebrochener Mann. Ist ins College gezogen und hat nie wieder eine andere Frau angesehen. Hat im Krieg irgendwas bei der Panzerabwehr gemacht, was man ihm aber wirklich nicht ansieht. Er war Militärhistoriker, hat Bücher über den Ersten Weltkrieg geschrieben und was für Trottel die Generäle waren. Davon kann ich ein Lied singen. Mein Vater ist am zweiten Tag an der Somme gefallen.«

An diesem Abend in ihrem Zimmer an der City Road fragte sich Mrs. Ndhlovo, wie sie wohl die Unmengen von Material ordnen wollten, mit denen Skullion sie versorgt hatte. »Das sind gewaltige Mengen, und die Hälfte ist Ballast.«

»Sobald wir die Abschrift haben, werde ich es redigieren«, sagte Purefoy. »Ich werde nicht zuviel herausstreichen, aber recht hast du, er wiederholt sich. Das muß ein einzigartiger Bericht über das Collegeleben sein, und zwar von einer völlig neuen Warte aus.«

»Und was ist mit Lady Mary?«

»An die denke ich im Augenblick nicht, außerdem bekommt sie einen ausführlichen Bericht. Ob er ihr gefällt ist mir ziemlich egal. Ich erfülle meinen Auftrag.«

39

»Der Obertutor hat mir einen sehr seltsamen Brief geschickt«, sagte Goodenough eines Morgens beim Kaffee zu Mr. Lapline.

Den überraschte das keineswegs. »Üble Geschichte. Man sollte meinen, ein Mann in D'Eaths Position wäre vernünftiger. Wenn er unbedingt in schwarzes Latex verpackte Frauen fesseln will, hätte er wenigstens eine gewisse Anonymität wahren können. So etwas macht auf die Öffentlichkeit einen denkbar schlechten Eindruck.«

»Das habe ich gar nicht gemeint«, sagte Goodenough, der erstaunt war, daß Mr. Lapline die *Sun* las. »Es geht um diesen komischen Purefoy Osbert.«

Mr. Lapline erschauerte. »Ich wußte immer, daß das ein schwerer Fehler war. Was hat der gräßliche Kerl denn jetzt angestellt?«

»Wenn Sie den Brief selbst lesen, können Sie die Lage wohl besser einschätzen«, sagte Goodenough und legte ihn mit spitzen Fingern auf den Schreibtisch. Der Anwalt las das Schreiben zweimal durch.

»Den Rektor entführt? Den Rektor aus Porterhouse Park entführt? Ist der Mann vollkommen durchgedreht? Und was zum Teufel ist Porterhouse Park? Davon habe ich noch nie etwas gehört«, schimpfte Mr. Lapline schließlich.

»Ich habe keine Ahnung. Er schreibt lediglich, daß Skullion, also der Rektor, sich da erholt habe, und daß Dr. Osbert dort mit irgendeiner Frau aufgetaucht sei ...«

»Ich weiß, was der Obertutor schreibt. Auch wenn es ein recht merkwürdiger Brief für einen angeblich gebildeten Mann ist. Aber den Rektor entführen, der in einem Rollstuhl sitzt? Und was bedeutet das, von wegen das Haus abschließen, damit niemand die Polizei verständigen kann? Und der Mann ist seit einer Woche verschwunden, und bisher ist keiner von beiden gesichtet worden? Das ist absolut grauenhaft. Goodenough, ich mache Sie dafür verantwortlich, daß Sie diesen verdammten Schuft überhaupt auf Porterhouse losgelassen haben. Und das meine ich ernst.«

»Immer mit der Ruhe«, antwortete Goodenough grimmig. »Nicht vergessen, Sie haben schließlich darauf bestanden, diese Bloody Mary als Klientin zu behalten, und dann sind Sie an Ihrer elenden Gallenblase erkrankt und haben mir das Problem aufgehalst.«

»Sie haben sich freiwillig gemeldet«, entgegnete Mr. Lapline, dessen Gallenblase sich just in diesem Moment unangenehm meldete. »Sie sagten ausdrücklich, Sie könnten die Lage in den Griff kriegen und Lady Mary zufriedenstellen. Dann haben Sie ihr eine Ansammlung von Sexualpsychopathen und Neonazis vorbeigeschickt, obwohl Sie sehr gut wußten, daß sie die schlichtweg ablehnen würde, bis Sie ihr endlich diesen Knilch angeboten haben, der sich hingebungsvoll mit den ekelhaftesten Details des Erhängens befaßt.«

»Nun machen Sie mal halblang...«, fing Goodenough an, doch Mr. Lapline war noch nicht fertig.

»Jeder mit einem bißchen Grips im Kopf hätte diese Katastrophe voraussehen können, und das haben Sie ja auch. Sie sagten, die Leute würden ihr blaues Wunder erleben, und jetzt entführt dieser gräßliche Mensch den Rektor aus seinem Krankenbett und hat den armen Kerl womöglich erhängt, was wissen wir denn.«

»In Wirklichkeit ist Purefoy ein engagierter Gegner des Erhängens. Es ist eine seiner Lieblingsaversionen.«

»Ich werde Ihnen eine meiner Lieblingsaversionen verraten«, sagte Mr. Lapline böse, riß sich aber gerade noch am Riemen.

Schließlich war Goodenough sein Partner und nahm sich sehr erfolgreich jener Klienten an, die Mr. Lapline am wenigsten mochte. »Jedenfalls ist das Kind nun in den Brunnen gefallen, und Sie müssen es Lady Mary eben sagen ...«

»Noch nicht, um Himmels willen«, bat Goodenough. »Vielleicht war es ja ein Irrtum.«

»Vielleicht?« wiederholte Mr. Lapline.

Doch am Ende erschien es beiden angeraten, abzuwarten und das Beste zu hoffen.

Auf Coft Castle hatte Sir Cathcart D'Eath alle Hoffnung fahren lassen. Seine sämtlichen weiblichen Angestellten waren verschwunden, übrig waren nur noch der japanische Butler und Kudzuvine, der allerdings nichts mehr zu tun hatte, da Cathcarts Katzenfutterfabrik geschlossen worden war. Die Enthüllung, daß Sir Cathcart die Angewohnheit hatte, alte Rennpferde schlachten und als Katzenfutter in Dosen pressen zu lassen, hatte den gesamten Bezirk gegen ihn aufgebracht. Auf der Rennbahn in Newmarket war er von alten Freunden geschnitten worden, und vor dem Haus hatte es einen Tumult gegeben, als Tierschützer unbefugt eindrangen und von der Polizei vertrieben werden mußten. Am schlimmsten war das Gerücht, er habe nur Pferde gezüchtet, um die Katzen der Nation zu verköstigen, weil Pferde nämlich schneller wuchsen als Kühe. Selbst seine eher zurückhaltenden Nachbarn waren so wütend gewesen, daß sie seinen Range Rover einmal auf der Fahrt durch Coft mit faulen Eiern beworfen hatten.

Sir Cathcart verbarrikadierte sich in seinem Arbeitszimmer und trank mit Kudzuvine, der keine Ahnung hatte, was die ganze Scheiße sollte. Pferde waren nun mal Pferde, auch wenn er ehrlich gesagt Schweinefleisch vorzog. Die beschissenen Schildkröten und Oktopusbabys konnten sie behalten, aber mit den beschissenen Schweinen war es wieder was anderes. Sir Cathcart stimmte dem zu, doch selbst in seinem betrunkenen Zustand fand er die ganze Angelegenheit nicht sehr erfreulich, und apropos beschissene Schweine, daß Myrtle Ransby ... Kudzuvine sagte, die habe ihn auch nicht angetörnt. So 'ne alte Schnepfe konnte man anziehen, wie man wollte, und das schwarze Gummi hätte gar nichts gebracht, sondern allenfalls bewirkt, daß man ihr Gesicht nicht mehr sehen mußte. Klar kannte er ein paar Typen, die ihr Fleisch gern gut abgehangen mochten. Sir Cathcart erwiderte, er hätte dieses Miststück schon längst gehängt, wenn er geahnt hätte, was sie ihm antun würde. Kudzuvine sagte, Hartang hätte sie umnieten lassen, na logo, so wie die sich aufgeführt hatte. Die Unterhaltung war höchst unergiebig.

Im Rektorenhaus verlief das Gespräch zwischen Hartang und Ross Skundler nur um Nuancen zivilisierter. Auch der Schatzmeister, der Dekan und der Praelector hatten daran teilgenommen, damit Skundler sicher sein konnte, daß er bei dem neuen Rektor *persona grata* war, aber auch, wie es der Dekan formulierte, um herauszufinden, ob sie dem neuen Rektor mit irgendwelchen Kleinigkeiten behilflich sein konnten, damit er sich im College heimisch fühlte.

»Ficken Sie sich ins Knie«, sagte Hartang und sah dabei Skundler an, bezog aber offensichtlich den Schatzmeister, den Praelector und den Dekan in diese Aufforderung mit ein. Er hatte zwei grauenhafte Nächte in seiner neuen Unterkunft verbracht, den Geräuschen nach zu urteilen in Gesellschaft einer Kolonie riesiger Ratten, die den Speicher über seinem Kopf bevölkerten. Während des Frühstücks (Hartang war regelrecht ausfallend geworden, was den Cholesteringehalt zweier Spiegeleier und einer Porterhouse-Portion fettigen Schinkenspecks betraf, von dem in Schmalz gebratenen Brot ganz zu schweigen, das Skullions Lieblingsessen gewesen war) hatte sich Arthur bemüht, ihm klarzumachen, daß es sich nur um Täubchen handelte.

»Unter dem Dach? Täubchen unter dem Dach?« hatte Hartang ungläubig erwidert. »Ich glaub's nich. Kommen da diese Eier her?«

»Nein, Sir, das sind Hühnereier. Auf dem Dachboden halten wir keine Hühner.«

»Und Täubchen sind keine Hühner, stimmt's?«

»Junge Tauben, Sir. Früher waren Tauben in Porterhouse eine Delikatesse, und einige ihrer Nachkommen bewohnen immer noch das Haus ihrer Vorfahren. Sie werden die Einfluglöcher an den Giebelwänden erkennen. Da oben könnte auch noch eine Kolonie Kleine Mausohren leben.«

»Fledermäuse? Fledermäuse?« sagte Hartang, der immerhin wußte, was ein Kleines Mausohr war. »Gelten die in Porterhouse auch als Delikatesse? Scheiße.«

»Nein, Sir. Fledermäuse stehen unter Naturschutz. Sie zu töten ist gesetzlich verboten«, sagte Arthur und ging wieder in die Küche, um nachzusehen, ob er etwas Haferkleie und fettarme Milch fand, da Hartang betont hatte, zum Frühstück esse er nichts anderes. Als Skundler und die leitenden Fellows dann eintraten, war Hartang alles andere als guter Laune. Er hatte mit Müsli vorliebnehmen müssen, und selbst da war Zucker drin. Und der Kaffee hatte ekelhaft geschmeckt.

Auch Arthur war nicht gerade glücklich. »Ein ausgesprochen ungehobelter Herr, der neue Rektor«, sagte er zu den Bodyguards, die den Wortwechsel über die interne Gegensprechanlage mitangehört hatten. Was sie jetzt zu Ohren bekamen, sprach für sich. Daß der Dekan das Wort »Komfort« in den Mund nahm, hatte das Faß zum Überlaufen gebracht.

»Komfort? Welcher Komfort? Seit ich hier angekommen bin, hab ich noch kein Quentchen Komfort erlebt. Die Scheißbadewanne ist groß genug, um drin zu ertrinken, es dauert eine Stunde, bis sie voll ist, und inzwischen ist das Kackwasser wieder eiskalt.«

»Tja, wir hatten früher einige recht massige Rektoren«, erklärte der Dekan. »Die brauchten eine ansehnliche Wanne. Das mit dem Wasser tut mir leid, aber Porterhäusler sind eher lauwarmes Badewasser gewöhnt.«

»Aber ich nicht«, versicherte ihm Hartang. »Ich mag heißes Wasser. Und wenn man nach dem Zeug geht, was mir dieser trottelige Ober heute zum Frühstück auftischen wollte, das sogar Elefantenarterien in Null Komma nichts verstopfen würde, dann schätze ich, daß eure früheren Rektoren ausnahmslos krank waren. Die haben drauf gepfiffen, was sie mit ihren Körpern gemacht haben.«

»Sehr gut möglich«, sagte der Praelector beruhigend. »Wie Ihnen bestimmt aufgefallen ist, sind wir ein sehr altes College, und einige unserer Gebräuche kommen Ihnen vielleicht ein wenig unzeitgemäß vor. Bestimmt können wir Sie in Räumlichkeiten unterbringen, die Ihnen mehr zusagen.«

Hartang schwieg. Als er den Praelector im Transworld Television Centre kennengelernt hatte, war er durch ihn ziemlich eingeschüchtert worden, und das Wort »unterbringen« hatte einen bedrohlichen Unterton. »Ich wäre froh, wenn man den Boiler reparieren könnte«, sagte Hartang. »Sehr dankbar.«

Anschließend unterhielt er sich ernst mit Skundler, der sich Notizen machte und nur Fragen beantwortete, die den Fellows allesamt unverständlich waren. Als sie schließlich gingen, war dem designierten Rektor sein Sprecherziehungs- und Benimmunterricht wieder eingefallen, und er dankte ihnen höflich für ihr Kommen.

»Das funktioniert nie und nimmer«, stellte der Dekan fest, sobald sie außer Hörweite waren. »Dieser Mann gehört hinter schwedische Gardinen. Daß solche Menschen existieren, will mir immer noch nicht in den Kopf. Was sollen wir um Himmels willen tun?«

»Zunächst einmal gar nichts«, antwortete der Praelector. »Ich schlage vor, daß wir ihm aus dem Weg gehen und dafür sorgen, daß sein Badewasser heiß ist. Und vermutlich müssen wir seine Anwälte überreden, vorbeizukommen und mit ihm zu sprechen. Ich habe sie als äußerst entgegenkommend erlebt.«

Da war Hartang anderer Meinung.

Im Abhörraum wurde das Band mit dem Gespräch weggeschlossen, und der ältere, größere Mann griff zum Telefon. Er war genau derselben Ansicht wie der Dekan. Der designierte Rektor entwickelte sich nicht wunschgemäß. »Sie sagt, das dauert noch seine Zeit, und man soll nichts übereilen. Sie brauchen immer noch einige Informationen von ihm. Wir sollen ihn nur unter Verschluß halten.«

In der Küche erklärte Arthur dem Koch, »der da drüben« wolle etwas, das Nuwell Kuhsien heiße.

»Kenn ich nicht«, sagte der Koch. »Am besten sehen wir mal bei Marks & Sparks am Markt nach. Heute abend gibt es im Speisesaal Rind mit Knödeln, vorneweg eine Stilton-Suppe und Omelette als Nachspeise.«

Arthur konnte sich nicht vorstellen, daß »der da drüben« ein begeisterter Eieresser war, und Smutje erwiderte, ihm sei egal, was er gern mochte, noch sei er nicht Rektor und würde auch keiner werden, bis Mr. Skullion sein Plazet gab, weil Mr. Skullion immer noch Rektor war, ganz gleich, was andere sagten.

»Ich wüßte gern, wo er abgeblieben ist, Smutje. Er und dieser Dr. Osbert.«

»Das wüßte ich auch gern, Arthur, das wüßte ich auch gern«, war der einzige Kommentar des Kochs. »Und sagen Sie das bloß nicht weiter.«

40

»Ich verstehe sehr gut, was in Ihnen vorgeht, Rektor«, behauptete Schnabel, als er endlich nach Porterhouse kam. Dem widersprach Hartang heftig. Wer nicht selbst in einem beschissenen Museum wohnte, zusammen mit einem Haufen Schnarchsäcken, die einen Dollar nicht von einem Peso unterscheiden könnten und ihre Finger zu Hilfe nehmen müßten, um bis zehn zu zählen, konnte nicht einmal ansatzweise begreifen, was das für ein Gefühl war.

»Ich glaube, Sie sollten sich nicht täuschen lassen«, sagte Schnabel. »Akademiker führen einen gern hinters Licht, und Engländer waren schon immer für ihr Understatement berühmt. Es gehört zu ihrem Nationalcharakter. Ihre Gefühle tragen sie nicht gern zur Schau. Auf den äußeren Schein darf man bei ihnen nichts geben.«

Hartang sah aus dem Fenster auf die Zelte, die auf dem großen Rasen standen, und wünschte, er könnte seine Gefühle in Worte fassen. Er hatte noch nie etwas auf den äußeren Schein gegeben, außer vielleicht in Kinofilmen. Einige der besten Auftragsmörder Chicagos und Miamis hatten schließlich ganz hübsche Gesichter. »Haben Sie sich schon mal von einem fetten Weib mit blaugetönten Haaren sagen lassen müssen, was Sie zu tun haben?« fragte er. »Mit Kunstperlen und 'ner

Stimme wie eine entsicherte Luger. Hat zwei Männer dabei, die beim SAS sein könnten. Sie wohnen bei mir im Haus. Nicht die Frau. Die Männer.«

»Bestimmt zu Ihrem Schutz«, sagte Schnabel. »Die werden sich während der Anfangsphase um Sie kümmern, bis Sie sich eingewöhnt haben, und dann ziehen sie sich zurück. So war es vereinbart. Sie möchten ja wohl keine Laien haben, die nichts von ihrer Arbeit verstehen.«

»Hoffentlich bleibt es dabei. Ist irgendwer bei Transworld aufgetaucht? Sie wissen schon, ›irgendwer‹?«

»Meines Wissens nicht. Das Geld fließt immer noch auf dieselben Konten, daher besteht kein Grund zu der Annahme, daß Sie irgendwie daran beteiligt waren. Wenn Sie damit durchgebrannt wären, sähe die Sache anders aus. In Ihrem Büro befindet sich ein Mann von Ihrer Größe, der wie Sie gekleidet ist, Ihren Lebenswandel hat. Wenn also jemand das Personal fragt, sind Sie da. Und eines Tages, sagen wir in einem halben Jahr, kriegt er einen Infarkt, und in Golders Green gibt es eine große Einäscherung nebst Nachruf in der Times, wie Sie Transworld aus dem Nichts aufgebaut haben.«

»Jemand wird die Leiche sehen wollen.«

»Natürlich«, sagte Schnabel. »Das geht in Ordnung. Gleicher Körperbau, gleiches Gesicht, gleiche Perücke und Brille. Man wird Sie fotografieren, aber nicht berühren dürfen. Die Leute, unter deren Schutz Sie stehen, haben Bestatter, die Frankenstein wie Marilyn Monroe aussehen lassen können. Was glauben Sie denn, wie die IRA-Informanten neue Identitäten verschaffen?«

»Soll das heißen, die werden einbalsamiert? Scheiße, ich will's gar nicht wissen.«

»Sie balsamieren irgendeinen Toten ein. Plastische Chirurgie der Extraklasse. So sind sie nun mal. Profis.«

»Hauptsache, sie ändern nicht ihre Meinung, was mich betrifft. Ich habe keine Lust, in diesem Golders Green zu landen.«

»Das werden Sie nicht«, sagte Schnabel. »Dazu sind Sie zu wertvoll. Also: Hartang ist tot, es lebe der neue Rektor von Porterhouse.«

Hartang dachte eine Weile nach. »Ich werde kein Testament aufsetzen«, sagte er schließlich. »Wenn sie mein Geld haben wollen, sollen sie dafür sorgen, daß ich am Leben bleibe.«

»Sehr klug. Sie legen Wert auf Ihr finanzielles Genie. Das kaufen sie sich ein – dafür erhalten sie Sie am Leben und ziehen Sie aus dem Verkehr. Kommt Ross Skundler zurecht?«

»Dieses Arschgesicht«, sagte Hartung und fühlte sich besser.

Und Skundler kam zurecht. Alle paar Tage betrachtete er die alten gebundenen Hauptbücher und bat den Schatzmeister um einen Gänsekiel, doch die neue finanzielle Lage war in Ordnung. Und auch der Schatzmeister war zufriedener. Er mußte sich keine Sorgen mehr um die Schulden des Colleges machen, sondern konnte sich ansehen, wie die Arbeit an der Kapelle voranschritt und wieviel besser das College aussah. Nicht einmal Skullions Verschwinden störte ihn. Er hatte ihn nie gemocht, und Skullion hatte aus seiner Verachtung für den Schatzmeister nie einen Hehl gemacht. Wie man es auch drehte und wendete, alles entwickelte sich ganz hervorragend.

Purefoy war fix und fertig. Das galt auch für Mrs. Ndhlovo. Eine Woche lang hatten sie Skullion in der Onion Alley zugehört, und jetzt hatten sie das Gefühl, seit Ewigkeiten in Porterhouse zu leben. Das lag an der Wiederholung, an den ständigen Wiederholungen und Abschweifungen im Verlauf des Berichts, der immer wieder um Skullions Hauptanliegen kreiste: der Verrat, der ihm widerfahren war, und zwar nicht nur einmal, auch nicht zweimal, sondern von dem Augenblick an, als er Porterhouse betreten und vor den dortigen Gentlemen seinen Hut gezogen hatte. Dieses Gefühl, verraten worden zu sein, das jetzt sogar noch ausgeprägter war als damals, als Sir Godber ihn rausgeschmissen hatte, gab ihm die Kraft weiterzureden, seine Erinnerung nach Details jener Brüskierungen und kleinen Beleidigungen zu durchforsten, die, wie er mittlerweile wußte, nur der Vorgeschmack auf den allergrößten Verrat gewesen sein sollten.

»Dieser elende Sir Cathcart hat mir seinen Eid als Gentleman geschworen, ich müßte nicht in den Park. Hat mir sein Wort gegeben, daß ich auf Coft Castle bleiben könnte, wenn ich mein Amt aufgäbe. Dieser verfluchte Scheißkerl«, schimpfte er immer und immer wieder. »Darauf sagte ich, es sei mein gutes Recht, meinen Nachfolger zu bestimmen, was ich auch getan habe, und er pflichtete dem bei. Konnte gar nicht anders. Eine Collegetradition seit Urzeiten. Der abtretende Rektor hat das Recht, seinen Nachfolger zu ernennen. Und das habe ich getan. ›Lord Pimpole‹, sagte ich, ›der Ehrenwerte Jeremy Pimpole aus Pimpole Hall in der Grafschaft Yorkshire.‹ Den habe ich benannt, und einem netteren jungen Herrn sind Sie noch nie begegnet. Hat sein Studium 1959 begonnen. Er und Sir Launcelot Gutterby waren die besten.« Skullion hielt inne, als er an ihre unvergleichliche Überheblichkeit und Arroganz dachte.

Dann spuckte er in den Kamin. »Und was passiert? Dieser Dreckskerl Sir Cathcart läßt mich in einen Krankenwagen verfrachten, sie schließen mich im Park weg, und im Rektorenhaus haben sie irgend so einen beschissenen Yank.« Die Unerhörtheit dieser letzten erlittenen Schmach überwältigte ihn so sehr, daß er stumm in den sinnlosen Abgrund aus Haß starrte, den dieser letzte verräterische Akt heraufbeschworen hatte.

Am schlimmsten war, daß er sich das alles selbst zuschreiben mußte. Er hätte seinen unabhängigen Verstand bewahren können, auf den er sich immer etwas eingebildet hatte, doch das war ihm nicht gelungen. Er hatte ihn Porterhouse ausgeliefert, seinem bequemen Arbeitsplatz, in dem selbstzufriedenen Bewußtsein, daß er seine Pflicht erfüllte. Pflicht! Ungefähr genausosehr seine Pflicht wie ein beschissener Zirkuspudel, der durch Reifen springt und auf den Hinterbeinen geht, weil er einem aus Idioten bestehenden Publikum gefallen will. So hatte seine Pflicht ausgesehen. Das wußte er jetzt. Er wußte es, weil sie ihn verraten hatten.

Und sie hatten Porterhouse mit ihrer Dummheit verraten. Jeder Trottel hätte schon vor Jahren gemerkt, was mit dem College geschah, und Maßnahmen ergriffen, um diese Institution zu schützen und ihre Unabhängigkeit zu wahren. Er selbst hatte es erkannt und ebenfalls geleugnet, weil er ihnen vertraute. Und weil er nichts hätte unternehmen können. So hatte er sich selbst eingeredet, irgendwie werde schon alles gut. Statt dessen war alles schiefgegangen. In seinem Hinterkopf spukte ein noch schlimmerer Gedanke herum: daß es schon immer falsch gewesen war und er sein Leben im Dienst für die Verderbten vergeudet hatte. Das dachte er jetzt, allerdings ohne es Purefoy, Mrs. Ndhlovo und dem Kassettenrecorder anzuvertrauen. Sie waren jung, und es hatte keinen Sinn, sie mit seiner Resignation zu behelligen. Das Leben selbst würde es ihnen zeigen. Außerdem brauchte er sie für seine Zwecke.

»Immer noch nichts von Skullion?« fragte der Praelector und schaute aus dem privaten Speiseraum der Fellows auf die Zelte, Tische und hölzernen Tanzbühnen, die man auf dem Rasen plaziert hatte. Ein paar Tontechniker bauten gerade die Lautsprecher auf, und überall standen Scheinwerfer herum.

»Gar nichts«, antwortete der Dekan. »Und Osbert ist auch verschwunden. Kein Collegebediensteter hat eine Ahnung, wo sie stecken.«

»Wenn sie's wüßten, würden sie's uns nicht verraten«, knurrte der Obertutor. »Schon bevor Skullion Rektor wurde, haben sie vor ihm gekatzbuckelt.«

»Stimmt, aber sie machen sich auch Sorgen. Wenn sie es wüßten, aber nichts sagten, herrschte eine andere Stimmung. Ich bin mir sicher, daß sie keine Ahnung haben.

»Die Polizei weiß auch nichts Genaues. Sie hat nur herausgefunden, daß Dr. Osbert in Hunstanton einen Transporter geliehen und zwei Tage später zurückgebracht hat. Die Polizei hat Krankenhäuser befragt, aber er ist nirgends eingeliefert worden. Das ist alles höchst beunruhigend.«

»Da wir ohnehin nichts unternehmen können, sollten wir uns deswegen keine grauen Haare wachsen lassen«, sagte der Praelector. »Ich muß gestehen, daß der neue Rektor mehr Anlaß zur Sorge bietet. Er entpuppt sich als ein sogar noch unangenehmerer Zeitgenosse, als ich befürchtet hatte.«

»Er war Ihr Kandidat, und das müssen Sie ganz allein sich selbst zuschreiben«, sagte der Obertutor.

»Diese Verantwortung nehme ich auf mich, und ich schreibe es mir selbst zu. Andererseits steht seine Amtseinführung noch bevor, und wenn jemandem eine geeignete Alternative einfällt, ein Mann, der dem College den finanziellen Rückhalt geben kann, den es so dringend braucht, könnten wir vermutlich die zuständigen Behörden überreden, ihn uns abzunehmen.«

»Mit ›Behörden‹ meinen Sie wohl die bei ihm im Rektorenhaus untergebrachten Personen«, sagte der Obertutor. »Ich muß sagen, daß die auch nicht eben angenehm sind. Soviel ich weiß, haben sie Professor Pawley einer Leibesvisitation unterzogen, als er dem Rektor seine Aufwartung machen wollte. Er hat immer noch nicht überwunden, wie rabiat sie dabei vorgingen.«

»Na, immerhin halten sie diesen gräßlichen Menschen in Schach«, warf der Dekan ein. »Dafür müssen wir dankbar sein, außerdem sind sie auf unserer Seite.«

Der Praelector ließ sie stehen und ging nachdenklich über den Hof. Es war Zeit für einen Plausch mit dem Koch.

41

In den folgenden vier Tagen war der Praelector ein vielbeschäftigter Mann. Er konsultierte die Herren Retter und Wyve; er telefonierte mit London, traf in Grantchester eine füllige, mit einer Liberty-Einkaufstüte bewaffnete Frau und führte auf einem Wiesenspaziergang ein langes Gespräch mit ihr; er fuhr sogar nach Coft Castle, wo er eine äußerst unangenehme Stunde mit Sir Cathcart verbrachte, der Skullion Krokodilstränen nachweinte und sich schließlich einverstanden erklärte, eine Badekur zu machen. Er sprach auch mit Kentucky Fry, der sagte: Scheiße, so einen Kack werde er nicht tun. Der General habe ihm ein paar Ferkel gekauft, und er wolle ganz groß in die Schweinezucht einsteigen. Ein Typ habe ihm erzählt, ehemaliges Land der Luftwaffenstützpunkte würde für transzendentale Meditation verkauft, aber er dachte, Schweine seien besser, mit fünfzigtausend im Dreck wühlenden Ferkeln hätte man ein gutes Auskommen, und das sei für ihn jetzt das Ding, seinen Lebensunterhalt verdienen, überleben. Dem pflichtete der Praelector bei, es sei eine gute Idee, doch in der Zwischenzeit solle er bloß ein wenig darüber nachdenken. Kentucky Fry entgegnete, er könne an nichts anderes denken außer …

»Wie wär's mit einer Auslieferung? Nach Singapur vielleicht«, schlug der Praelector vor und lenkte Kudzuvines Aufmerksamkeit von der Schweinezucht ab. Lächelnd gab ihm der Praelector zwei Stunden Bedenkzeit. Kudzuvine brauchte keine zwei Stunden. Nein, Sir, wenn Sie das wirklich wollen, nur so 'ne Art zeremoniellen Auftritt, und er nichts anderes tun müßte, sei die Antwort ja. Der Praelector fuhr mit dem Taxi zurück nach Porterhouse und sprach mit dem Koch, der sagte, es sei zwar etwas ungewöhnlich, aber im Grunde spräche nichts dagegen. Und schließlich traf der Praelector nach Voranmeldung in der Onion Alley ein und hatte eine lange Unterredung mit Skullion.

Doch seine schwerste Aufgabe schob er möglichst lange hinaus, nämlich bis der Maiball in vollem Gange war und die Telefone im Pförtnerhaus mit Anrufen von Nachbarn überschwemmt wurden, die den entsetzlichen Lärm nicht ertrugen, ihre Beschwerden aber nicht laut genug vorbringen konnten, daß Walter sie verstand.

»Ich muß Ihnen was sagen«, schrie er dem Dekan zu, der dastand und wie hypnotisiert einer karibischen Band lauschte, die keine Lautsprecherboxen brauchte, um jedem in Hörweite den Kopf durchzupusten. Auf der Tanzfläche vor ihnen hopsten Studenten unter pulsierenden Stroboskoplampen wild und ekstatisch herum, was den Dekan so anwiderte, daß er keine vernünftige Antwort hätte geben können, wenn er den Praelector denn verstanden hätte, was aber nicht der Fall war. Der Praelector schrie noch mehr, doch der von dem wummernden Beat gemarterte Dekan nickte nur.

»Sie haben völlig recht«, brüllte er zurück, nachdem der Praelector auch seinen dritten Gesprächsversuch abgebrochen hatte.

»Danke sehr«, blaffte der Praelector. »Freut mich ungemein,

daß Sie meiner Meinung sind.« Und damit begab er sich zum Rektorenhaus, wo ihn der kleinere und furchterregendere der beiden diensthabenden Männer sofort einließ.

»Er ist oben in der Kommunikationszentrale«, sagte der Mann, nachdem er die Tür zugemacht hatte. »Anscheinend schläft er nie. Ständig surft er im Internet auf der Suche nach Dingen, von deren Existenz ich nichts wußte, obwohl ich bei der Sitte gearbeitet habe, bevor ich dieser Einheit zugeteilt wurde. Ich melde ihm, daß Sie kommen.«

Der Praelector wartete im Salon, schaute hinaus in die pulsierende Nacht und dachte an die Maibälle, die er aus seiner Jugend kannte. Das waren beschauliche Festivitäten gewesen, die er sehr genossen hatte; er war durch den Speisesaal geglitten, hatte einen Quickstep, einen Foxtrott oder – gewagter ging es nicht – einen Tango aufs Parkett gelegt, und zwar mit einer eleganten und lebhaften Begeisterung, die sich unendlich von dem mechanischen Bacchanal unterschied, nach dem sich die jungen Leute heutzutage offenbar sehnten. Und das konnte er ihnen nicht verdenken. Sie übertönten eine scheinbar durch nichts mehr zusammengehaltene Welt, einen monströsen Basar, in dem es nur wenige anerkannte Kriterien gab, nämlich Geld, Sex, Drogen und das Streben, wenigstens zeitweise partielles Vergessen zu erreichen. Vielleicht war es eine bessere Welt, als er sie gekannt hatte – als Europa in den Krieg gezogen und Disziplin alles gewesen war. Er wußte es nicht und würde nicht lange genug leben, um es herauszufinden.

Hartangs Kommen unterbrach seine Träumereien. Er war kleiner, als der Praelector ihn in Erinnerung hatte, er schien geschrumpft zu sein und wirkte irgendwie verhärmt. »Sie wollten mich sprechen?« fragte er fast bescheiden, und seine schlechten Augen blinzelten in das helle Licht des Salons.

Der Praelector nickte respektvoll. »Guten Abend, Rektor«,

sagte er. »Hoffentlich störe ich nicht. Leider ist unser Maiball in diesem Jahr ungewöhnlich laut. Die Studenten feiern, daß sich das Glück des Colleges gewendet hat, und Ihre Ernennung.«

Hartang lächelte schwach. Bei dem Praelector wußte er nie genau, woran er war. »Hört man gern, wenn sich die Kids amüsieren«, sagte er. Er deutete auf einen Stuhl, und der Praelector nahm Platz.

»Ich möchte Ihnen mitteilen, Rektor, daß Ihre Amtseinführungsfeier für den kommenden Donnerstag festgesetzt wurde, und ich wüßte gern, ob Ihnen das recht ist.«

»Amtseinführungsfeier?« Hartang klang unsicher.

»Ja, ein notwendiger Bestandteil der Zeremonien, die in Porterhouse traditionell die Ernennung eines neuen Rektors begleiten. Wir trinken im Gemeinschaftsraum Sherry und begeben uns dann in den Speisesaal, wo Sie Ihren Platz auf dem Rektorenstuhl einnehmen.«

»Muß ich da mitmachen?« fragte Hartang.

»Daß ein Rektor fernbleibt, hat es noch nie gegeben«, antwortete der Praelector. »Es gilt als große Ehre. Das College wird für den Abend geschlossen, und man lädt keine Gäste ein. Es ist eine rein private Porterhouse-Feier.«

Hartang überlegte einen Augenblick. »Dann geht das vermutlich in Ordnung«, sagte er endlich. »Ja, wird wohl so sein. Donnerstag?«

»Wir versammeln uns um 19.30 Uhr, und die leitenden Fellows begleiten Sie in den Gemeinschaftsraum. Es ist nicht erforderlich, daß Sie eine Rede halten.«

»Hört sich gut an. Halb acht?«

»Danke sehr, Rektor. Wir fühlen uns durch Ihre Anwesenheit geehrt.«

Der Praelector verließ das Haus sehr zufrieden, und Hartang ging zurück in seine Kommunikationszentrale. Er wollte wissen, wie es um den Yen bestellt war. Er war gestiegen, und die Tokioter Börse lag um hundert Punkte tiefer. Er hatte wieder recht gehabt.

Purefoy und Mrs. Ndhlovo saßen am Flußufer in Richtung Grantchester und sahen die Stakkähne vorbeifahren. Es war sechs Uhr morgens, und die fröhlichen Festgäste waren unterwegs zum Frühstück im Orchard Tea Garden, bevor sie sich müde zurück nach Cambridge und ins Bett treiben ließen. Es war eine alte Sitte, und vor dem Hintergrund der gestutzten Weidenbäume und der platten Felder auf dem anderen Flußufer wirkten sie in ihren Abendkleidern und Smokings merkwürdig deplaziert. »Ist nicht unsere Szene«, bemerkte Purefoy, »muß man aber mal gesehen haben. Wie eine Zeitreise fünfzig Jahre und wahrscheinlich noch viel länger zurück. Verrückt.«

Doch Mrs. Ndhlovo war ein wenig neidisch. Gern hätte sie die Nacht durchgetanzt und in einem Kahn gelegen, der von Purefoy einhändig flußaufwärts gestoßen wurde, wie es einige junge Männer vor ihren Augen machten. Und doch wußte sie, was Purefoy meinte. Selbst in ihren Tänzen fehlte den Engländern die Lebhaftigkeit der Menschen, die sie in Südamerika und Afrika gesehen hatte. Auch ihr Lachen war anders. In Mrs. Ndhlovos Ohren klang es nicht spontan, lediglich wie eine unbeholfene konventionelle Reaktion, die man von ihnen erwartete. Aber es waren junge Leute, die seit Jahren nach akademischen Leistungen trachteten und sich in ernsten Debatten ergingen, und das Gewicht der Welt lastete schwer auf ihnen. Sie waren Rekruten in einem Heer des Intellekts, im Denken gedrillt und diszipliniert. Und nachdem sie Skullion eine Woche lang zugehört hatte, war sie verwirrt. Hinter der Fassade aus Konvention machten sich auf unheimliche Weise so viele finstere Komplexe bemerkbar. Nichts war so, wie es schien. Sie und Purefoy hatten einen Blick hinter die Kulissen einer kleinen Welt werfen dürfen, die voller seltsamer Ungereimtheiten und versteckter Trauer war. Ihre Welt war das nicht.

Sie drehte sich um und betrachtete das Gras. Ameisen hasteten geschäftig auf einem selbstgeschaffenen Weg hin und her, ohne länger als einen Augenblick eine unbekannte und unergründliche Absicht aus den Augen zu verlieren. Mrs. Ndhlovo fragte sich, ob sie vielleicht aus einem Satelliten betrachtet genauso aussah. Jedenfalls benahm sich Purefoy so, wie er geschäftig seinen Tatsachen nachjagte und so sehr auf das geschriebene Wort fixiert war. Mit der mündlich überlieferten Geschichte seiner mehr als vierzig Jahre in Porterhouse hatte Skullion dieses feste Vertrauen erschüttert, und vielleicht würde sich Purefoy ändern. Doch noch reichte es nicht. Schon war er hektisch bei der Arbeit, redigierte wie besessen das Manuskript, strich hier einen Nebensatz und notierte ihn für spätere Verwendung, entfernte dort überflüssige Wiederholungen, ja, einmal – und in ihren Augen unverzeihlicherweise – eliminierte er »im Interesse der Klarheit« penibel eine doppelte Verneinung. Seufzend drehte sich Mrs. Ndhlovo wieder herum und sah im Sommerhimmel ein paar vorbeiwandernden Wolken nach.

»Purefoy, Geliebter«, sagte sie, »du bist kein Sir-Godber-Evans-Gedächtnis-Fellow mehr. Du bist jetzt der James-Skullion-Gedächtnis-Fellow. Aus dem, was er dir gegeben hat, wirst du ein Buch machen, und mit all den Recherchen und Verweisen wird es dein Lebenswerk sein. Dein Opus dei.«

Doch Purefoy Osbert entging diese Anspielung. Er war streng protestantisch erzogen. »Unseres«, sagte er und legte sich neben sie. Mrs. Ndhlovo lächelte und schwieg. Sie würde weder in Cambridge noch bei Purefoy bleiben, hatte aber nicht vor, ihm das jetzt schon zu sagen. Er war zu glücklich. Dazu war es noch früh genug, wenn er seine Nase in das fertige Buch steckte, wodurch er das Gefühl haben würde, wirklich etwas geleistet zu haben, so daß der Verlust nicht so schwer wog. Außerdem hätte es zwischen ihnen beiden nie funktioniert. Purefoy war viel zu leicht zu belügen und viel zu sanft, als daß man ihn kränken dürfte. Sie würde sich einen unanständigen Mann suchen, einen, der sie verstand.

In Porterhouse waren die Zelte verschwunden, und nur dort, wo die Tanzflächen und Pflöcke gewesen waren, blieben Spuren auf dem Rasen zurück. In den Höfen herrschte wieder Ruhe, und die Tische und Bänke standen wieder im Speisesaal, als sich Kudzuvine nervös am Pförtnerhäuschen meldete und eingelassen wurde.

»Schiet, was is 'n mit dem Gras passiert?« fragte er Walter auf dem Weg zur Buttery. »Das Zeug wächst da seit Jahrhunderten. Das steht doch unter Naturschutz. Wieso ist das alles versaut?«

»Das kommt vom Maiball letzte Woche.«

In Kudzuvines Kopf kamen bei diesen Worten finstere Erinnerungen hoch. »Letzte Woche? Letzte Woche war Juni.«

»Jawohl, Sir«, sagte Walter. »Letzte Woche war Juni.« Er hatte keineswegs vor, diesem Yank irgend etwas zu erklären. Die standen ihm bis hier. Nur Mr. Skullion wußte, wie man mit denen umsprang, und der saß in seinem Rollstuhl im Gemeinschaftsraum, hatte immer noch die Melone trotzig auf dem Kopf und betrachtete die Fellows finster und mit unerschütterlicher Autorität. Selbst der Dekan war jetzt ernst und respektvoll. Er wußte, wann er geschlagen war.

Nur der Kaplan legte die gewohnte Jovialität an den Tag. »Ah, mein guter alter Skullion, wie nett, Sie wiederzusehen.

Muß schon Ewigkeiten her sein, daß wir miteinander geplaudert haben. Was haben Sie so getrieben?«

»Och, dies und jenes«, antwortete Skullion. »Hauptsächlich dies, aber auch ein bißchen jenes.«

»Ein bißchen jenes, hm? Und das in Ihrem Alter! Wie ich Sie beneide. Ich erinnere mich noch an das eine Mal, ist Jahre her ... Doch dann brach er rechtzeitig ab und wirkte verblüfft. »Ein bißchen dies und jenes, hm? Wer hätte das gedacht.«

Als schließlich alle versammelt waren, gingen der Praelector, der Dekan und der Obertutor in ihren Festtalaren und seidenen Kapuzen langsam durch den Garten, um den neuen Rektor abzuholen. Auf dem Rückweg schritt Hartang zwischen ihnen. Aus dem Hintergrund behielten die beiden Männer die Prozession diskret im Auge und folgten in gemessenem Abstand.

»Es ist uns eine große Ehre ...«, sagte der Dekan gerade, doch für die Sicherheitsexperten hatten diese Worte eine andere Bedeutung. Sie hatten keine Zeit für Hartang und wollten sich nur allzugern wieder richtiger Arbeit widmen. Sie nahmen ihre Positionen im Speisesaal ein, der kleinere auf der Musikergalerie und der ältere im Halbdunkel hinter dem High Table, wo Arthur gerade die Kerzen anzündete und das Silber glänzte. Sie brauchten nicht lange zu warten. Der neue Rektor sagte, er trinke keinen Amontillado, und Whisky bot ihm niemand an. Dann öffnete sich die Tür des Gemeinschaftsraums, und die Fellows marschierten in den Saal. Diesmal schritten der Dekan und der Praelector voran, gefolgt von Skullion im Rollstuhl, und dahinter kam Hartang. Er fühlte sich schauderhaft. Das hier war sein zukünftiges Leben, und so stellte er sich die Hölle vor.

Der Kaplan sprach das Tischgebet, und man bot Hartang den Rektorenstuhl an. Zu seinen beiden Seiten nahmen die Fellows Platz, und am anderen Ende saß Skullion in seinem Rollstuhl und betrachtete wohlgefällig die Tafel. Wenigstens wurden keine Abstriche an dem gewohnten Niveau gemacht. Das Silber war poliert, und der alte Eichentisch war gewachst worden, bis er spiegelte. Und doch hatte er noch immer Bedenken, daß die Fellows ihn erneut hinters Licht führen würden. Sogar der Anblick des Speisesaals verstärkte seine Besorgnis, weil er Erinnerungen an Feste und bedeutende Gelegenheiten weckte, bei denen er, Skullion, Collegebediensteter gewesen war, und dies mit einigem Stolz. Skullion versuchte jeden Gedanken an den Sirenenruf dieser Vergangenheit weit von sich zu weisen und wappnete sich mit Verachtung für die Gegenwart. Hilfreich war, daß ihm der Dekan gelegentlich einen ängstlichen Blick zuwarf. Diese Männer waren ebenso alt und gebrechlich wie er, aber ihre Schwäche wog schwerer: Sie hatten ihren Schwung verloren. Daß dies nicht für ihn galt, würden sie schon merken.

»Hoffentlich gibt es kein übermäßig schweres Essen«, sagte Hartang zum Praelector.

»Ich versichere Ihnen, Rektor, die Speisenfolge wurde sorgfältig und mit besonderer Beachtung Ihrer Konstitution zusammengestellt. Bestimmt mögen Sie deutschen Wein. Wir beginnen mit Vichyssoise, dazu wird ein delikater Rheinwein gereicht. Es folgt der kalte Lachs, eine Spezialität des Küchenchefs und eine Lieblingsspeise der Königinmutter.« Er brach ab, damit der Dekan Gelegenheit bekam, von seiner Begegnung mit der Königinmutter – damals noch Königin – und dem König auf dem Schlachtschiff *Duke of York* zu erzählen, dem Flaggschiff der britischen Flotte in Heimatgewässern während der Flottenparade im Jahre 1947 auf dem Clyde. Die leitenden Fellows kannten diesen Schwank auswendig, und Hartang interessierte sich nicht für Könige und Königinnen, wenn er sie nicht in der Hand hielt, doch die Geschichte half ihnen über die Suppe und den Lachs hinweg. Hartang dachte nur daran, daß er in Sicherheit war. In Sicherheit und gelangweilt. Seine Gedanken wanderten nach Thailand und zu dem Strandhaus, das er dort besaß, und zu all den Dingen, die er tun würde, wenn er dort wäre, statt hier bei diesen Mümmelgreisen zu hocken.

Wenig später wurde ihm jedoch zur grausigen Gewißheit, daß er keineswegs in Sicherheit war. Die Türen am anderen Ende des Speisesaals unter der Musikgalerie wurden aufgestoßen, und die vier eintretenden Kellner trugen einer monströsen Bahre gleich ein gigantisches Schwein auf den Schultern, einen hauerbewehren Eber mit geschwärztem Apfel im Maul. Ihnen folgten Kellner mit noch zwei solchen Kalibern. Und neben dem ersten Schwein schritt ein von Kopf bis Fuß in Schwarz gekleideter Kudzuvine, in den Händen ein riesiges Tranchiermesser samt Gabel. Mehrere Sekunden lang starrte Hartang die grauenhaften Viecher schreckensbleich an. Die an den langen Tischen sitzenden Studenten schrieen und klatschten begeistert. Im Speisesaal herrschte das Chaos. Dann rappelte sich der Finanzier mit einem nur für ihn hörbaren Schrei – er öffnete den Mund, aber es kam kein Ton heraus – mühsam auf, ohne den Blick von dem immer näher kommenden Monstrum wenden zu können. Das war der Tod, und Kudzuvine war sein Vorbote. Der große Stuhl des Rektors kippte krachend um, und Hartang wich zurück, von Grauen gepackt. Die Fellows beachteten ihn nicht. Staunend und voller Begeisterung betrachteten sie den Eber. Das schlichte Tischgebet des Kaplans, »Dem Herrn sei Dank für das, was er uns in Kürze bescheren wird«, war mehr als erhört worden. Genau wie der Wunsch des Praelectors. Hartang stolperte ein paar Schritte und fiel.

»Kudzuvine, kümmern Sie sich um Ihren Rektor«, befahl der Praelector, und Kudzuvine kam um den Tisch herum, doch sein Eingreifen war nicht erforderlich, um diese Farce zu beenden. Hartang war bereits tot.

»Ein Porterhouse Blue, oder was meinen Sie?« erkundigte sich der Obertutor, als die Leiche entfernt und der große Eber vom Koch persönlich tranchiert worden war.

»Weniger ein Schlaganfall als ein Angstanfall, wenn Sie mich fragen«, antwortete der Dekan, dem plötzlich einfiel, daß auf dem Tonband von Hartangs Angst vor Schweinen die Rede war.

»Es sieht so aus, als müßten wir uns nach einer anderen Geldquelle umsehen«, stellte der Schatzmeister betrübt fest. »Das ist wirklich sehr schade.«

»Ich glaube nicht, daß wir uns über die Collegefinanzen sorgen müssen«, sagte der Praelector und genehmigte sich noch einen Nachschlag Apfelmus. »Zufällig weiß ich, daß er verstarb, ohne ein Testament zu hinterlassen.«

»Sie meinen ...«, setzte der Obertutor an.

»Kein Testament. Keine Verwandten. Und wie Sie wissen, ist in solchen Fällen die Krone die Begünstigte. Wir werden wohl erfahren, daß man uns nicht vergessen hat. Schließlich haben wir uns im Umgang mit einer sehr unangenehmen Situation äußerst kooperativ verhalten.«

Die Fellows betrachteten ihn verdutzt und stellten fast das Kauen ein.

»Aber das heißt doch, daß der Premierminister den neuen Rektor ernennt«, sagte der Obertutor. »Am Ende kriegen wir womöglich noch Tebbit.«

»Mir fallen schlimmere Kandidaten ein«, bemerkte der Dekan unbeabsichtigt scharfsichtig.

»Sie vergessen wohl, daß der Rektor noch unter uns weilt«, sagte der Praelector mit einem Blick auf Skullion. »Traditionell hat er das Recht, seinen Nachfolger zu benennen, und ich wüßte keinen besseren Zeitpunkt.«

Am Tischende hob Skullion den Kopf und gab seine Erklärung ab. Einen schrecklichen Augenblick lang sah es so aus, als wolle der Dekan Hartangs Beispiel folgen, doch er hatte lediglich ein Stück Kruste in den falschen Hals bekommen. Als er nicht mehr hustete und man ihm noch ein Glas Fonbadet gereicht hatte, brachte er immer noch kein Wort heraus.

»Was hat der Dekan gesagt?« rief der Kaplan.

»Das weiß Gott allein«, antwortete der Praelector äußerst taktvoll.

42

Es war mitten im Sommer, als Purefoy Osbert die erste Fassung von Skullions Memoiren beendet hatte, wie er das Buch jetzt im stillen nannte. Es war mitnichten die endgültige Version, sondern eine interpunktierte Abschrift des langen Monologs, doch er fand, es reiche aus, um Lady Mary nachzuweisen, daß er seine Zeit nicht vergeudet hatte. Mrs. Ndhlovo tippte es für ihn ab – Purefoy war viel zu sehr damit beschäftigt, die College-Archive nach Belegen zu durchforsten, um die Endfassung auch nur zu überfliegen. Um ihm einen Weg abzunehmen, brachte sie das Manuskript dann nach London und gab es bei Lapline und Goodenough ab. Mr. Lapline las es mehrmals durch und war nach jeder Lektüre entsetzter. »Das können wir ihr unmöglich zeigen«, sagte er zu Goodenough. »Kommt nicht in Frage.«

»Ich wüßte nicht, was dagegen spräche. Schließlich wollte sie sämtliche Fakten erfahren, und hier sind sie.«

»Ja, aber ihr war nicht klar, daß sie einen derart unflätigen Bericht über die Studentenzeit ihres Gatten bekommen würde. Ich hatte keine Ahnung, daß er zu so etwas fähig war. Allein die Geschichte, wie er den Praelector erpreßt hat, wäre genug, ihn umzubringen. Der Mann war ein widerwärtiges Scheusal.«

»Das war uns ohnehin klar«, sagte Goodenough. »War nur hinter dem Geld her, und Sie wissen schon …«

»Wohl wahr, aber so genau wollte ich es gar nicht wissen.«

»Da liegt der Hase im Pfeffer, nicht wahr?«

Mr. Lapline verzog das Gesicht. »Ich wünschte, Sie würden auf solche Anspielungen verzichten, Goodenough. Auch ohne zusätzliche kulinarische Verweise war es schmerzhaft genug, diesen Schmutz ertragen zu müssen.« Er lächelte freudlos über seinen eigenen Scherz.

»Jedenfalls werden jetzt Sir Cathcart D'Eaths merkwürdige Vorlieben ein wenig verständlicher«, sagte Goodenough. »Auch wenn mir unverständlich bleibt, warum er auf eingeschweißte fette Frauen mittleren Alters steht. Jedem Tierchen sein Pläsierchen.«

»Wie auch immer, wir können auf keinen Fall zulassen, daß Lady Mary dieses … dieses Dokument zu sehen bekommt. Ihre glücklichen Erinnerungen an ihre Ehe mit Sir Godber soll sie mit ins Grab nehmen.«

»Nach dieser Lektüre würde ich die Verwendung des Wortes ›glücklich‹ relativieren. Doch Sie haben vermutlich recht. Sie ist alt, und es hat keinen Zweck, ihr so was aufs Brot zu schmieren. Verzeihung, ich wollte sagen: Salz in die Wunde zu streuen.«

Im Büro der Sekretärin erklärte Mrs. Ndhlovo Vera, warum sie Purefoy verließ, ohne ihm Bescheid zu sagen. »Ich will ihn nicht verletzen«, sagte sie.

Vera erwiderte, das verstehe sie zwar, bezweifle aber, daß Purefoy lange verletzt bleiben werde. »Er verliebt sich andauernd, und dann ist es genauso schnell wieder vorbei. Einmal war er leidenschaftlich in mich verliebt, jedenfalls glaubte er das. Denn mein lieber armer Cousin ist unfähig, zu lieben oder Leidenschaft zu empfinden. Für ihn sind alle Frauen physische Varianten von Wörtern. Einen schlimmeren Irrtum gibt es gar nicht. Ich bezweifle, daß er jemals etwas anderes als eine Bibliothek heiraten wird. Immerhin haben Sie ihn vom Tod durch den Strang abgebracht. Dafür wird Ihnen seine Mutter unendlich dankbar sein. Sie hatte große Probleme mit seinem Vater, der ständig seine Weltanschauung änderte. Purefoys Weltanschauung ändert sich nie. Er klammert sich an unverbrüchliche Unrichtigkeiten.«

Im Porterhouse Park saßen Skullion und der Praelector gemeinsam auf der Veranda, blickten in Richtung Meer über das Watt und schwiegen. Es war Hochsommer, und eine Handvoll Urlauber wanderte den Küstenweg entlang, weil sie der Langeweile entkommen wollten, die aufkommen kann, wenn man nichts zu tun hat. Die beiden alten Männer wußten es besser. Für sie gab es kein Entkommen mehr. Sie hatten das Glück gehabt, daß sie etwas zu tun gehabt hatten, und jeder hatte auf seine Art etwas erreicht. Jetzt bezogen sie Kraft aus der Illusion. Auf dem Meer fuhren keine Fischerboote, und es gab kaum noch Fische zu fangen. Nur die kleinen Dinghis und Jachten ließen sich zum Vergnügen ziellos vom Wind hin und her treiben.

Im Rektorenhaus erkärte der neue Rektor Arthur, in welchem Verhältnis man die Bestandteile mischen mußte, um eine richtig gute Hundeschnauze zu erhalten. Leicht war es nicht. Arthur wollte partout nicht begreifen, wie ein aus sieben Unzen Gin und dreizehn Unzen Bier bestehendes Gebräu drei Drittel ergeben konnte. Zu Smutje sagte er: »Man könnte meinen, er hätte nie eine ordentliche Bildung genossen. So was von daneben.«

»Bin keinem Don begegnet, der das nicht wäre«, entgegnete der Koch. »Liegt nicht in ihrer Natur.«

In seinem Steingarten hatte der Dekan beschlossen, die neben dem Teich wuchernde Gunnera zu entfernen. Sie war fleischig, gewöhnlich und völlig fehl am Platz. Wie so vieles andere, was ihm mittlerweile zutiefst verhaßt war, stammte sie aus der Neuen Welt. Er würde sie durch etwas ersetzen, das klein, einfach, elegant und winterhart war. Außerdem dachte er an den nächsten Rektor. Der Hundeschnauzenmann machte es nicht lange. Der soff sich zu Tode. Es war des Dekans einziger Trost.

Von dem bevorstehenden Schicksal der Gunnera und des verabscheuungswürdigen Pimpole wandten sich seine Überlegungen den Japanern zu. Es stimmte, was dieser abscheuliche Lapschott gesagt hatte. Die Japaner waren ein Inselvolk, so, wie die Briten es einmal gewesen waren: ein schwer arbeitendes und gnadenlos tüchtiges Volk. Sie waren einfallsreich, und ihr technisches Know-how war unerreicht, sie hatten aus ihren Fehlern gelernt und gaben nie auf. Sie waren unglaublich reich und hielten große Stücke auf Autorität, außerdem begriffen sie, wie wichtig Rituale und Zeremonien waren, wenn man die Annehmlichkeiten des Lebens erhalten wollte. Vor allem hielten sie Tugenden wie Höflichkeit und Mut hoch. Und sie waren pflichtbewußt bis in den Tod. Zum erstenmal im Leben sah der Dekan dem Unvorstellbaren ohne mit der Wimper zu zucken und unverzagt ins Angesicht. Er würde auf die Ernennung eines japanischen Rektors von Porterhouse dringen. Und dann für ihn arbeiten.

Es würde ihm eine Ehre sein.

TOM SHARPE

Ein dicker Hund

Roman

Deutsch von Hans M. Herzog
317 Seiten · Gebunden

Bisher hatte Sir Arnold Gonders seine Schäfchen immer fest im Griff. Und noch keiner konnte dem korrupten und doch zutiefst gottesfürchtigen Polizeichef von Twixt und Tween etwas am Zeug flicken. Bis er eines Nachts einen bewußtlosen und splitterfasernackten Jüngling namens Timothy Bright in seinem Ehebett entdeckt. Sir Arnold wittert Verrat – und mit der ganzen Erfahrung eines mit allen Wassern gewaschenen Kriminalisten holt er zum furchtbaren Gegenschlag aus. Einem Gegenschlag, an den sich nicht nur der gebeutelte Timothy Bright noch lange erinnern wird ...

»Ein dicker Hund« ist eine haarsträubende Tour de force durch die noble und weniger noble englische Gesellschaft – und eine zwerchfellerschütternde Burleske von Tom Sharpe, dem Großmeister des schwarzen britischen Humors!

»Satirisch, grotesk, überdreht, destruktiv, irrwitzig, grell.«
Hannoversche Allgemeine

GOLDMANN VERLAG

TOM SHARPE

Schwanenschmaus in Porterhaus

Roman

Deutsch von Hans M. Herzog
256 Seiten · Paperback

Der neue Rektor von Porterhouse plant Ungeheuerliches: Die heiligen Hallen des ehrwürdigen College sollen vom Staub der Jahrhunderte befreit und wieder zu einem Hort der Bildung werden.

Die Reformwut Sir Godbergs scheint keine Grenzen zu kennen. Doch als er dem Faktotum des Hauses, Oberpförtner Skullion, kündigen will, ist das Maß voll…

»Sie werden sich über diesen Roman kranklachen, und das ist keine Kritikerübertreibung, sondern eine exakte Beschreibung der Auswirkungen Sharpes auf den menschlichen Körper.«
Observer

TOM SHARPE

Der Renner

Roman

Deutsch von Hans M. Herzog
316 Seiten · Paperback

Sex, Liebe, Leidenschaft und Schicksalsschläge: Das anonym eingesandte Manuskript, das dem Literaturagenten Frensic in die Hände fällt, hat alles, was ein Bestseller braucht. Nur leider keinen Autor. Ein verkrachter Dichter dient als Strohmann, doch eines hat keiner bedacht: daß der vermeintliche Autor einen Blick in das Werk werfen könnte...

»Ein Knüller ... voll zupackendem Witz!«
Nürnberger Nachrichten